U0568717

中国历代通俗演义

前漢通俗演義

蔡东藩 ● 著

上

中国书籍出版社
China Book Press

图书在版编目（CIP）数据

前汉通俗演义：全2册/蔡东藩著．—北京：中国书籍出版社，
2015.10

（中国历代通俗演义）

ISBN 978 - 7 - 5068 - 5236 - 4

Ⅰ.①前… Ⅱ.①蔡… Ⅲ.①章回小说 - 中国 - 现代 Ⅳ.①
I246.4

中国版本图书馆 CIP 数据核字（2015）第 249879 号

前汉通俗演义（上）

蔡东藩　著

图书策划	武　斌　崔付建	
责任编辑	刘　娜	
责任印制	孙马飞　马　芝	
出版发行	中国书籍出版社	
地　　址	北京市丰台区三路居路 97 号（邮编：100073）	
电　　话	(010)52257143(总编室)　(010)52257153(发行部)	
电子邮箱	chinabp@ vip. sina. com	
经　　销	全国新华书店	
印　　刷	阳谷毕升印务有限公司	
开　　本	880 毫米 ×1230 毫米　1/32	
字　　数	700 千字	
印　　张	28. 25	
版　　次	2016 年 1 月第 1 版　2021 年 2 月第 2 次印刷	
书　　号	ISBN 978 - 7 - 5068 - 5236 - 4	
总 定 价	980. 00 元（全十一卷）	

自　序

　　吾国之有史，由来旧矣。自汉司马迁创作《史记》，体例独详，遂为后世史家之祖。班固因之，辑成《汉书》，而迁固之名乃并著焉。窃案迁《史》起自黄帝，讫于天汉，大旨在叙古从略，叙秦汉从详，综计得百三十篇，共五十二万六千余言。班《书》则始于秦季，终于孝平王莽，凡百二十卷，计七十余万言，视迁《史》为尤繁矣。后之学者，慕其名，辄购《史》、《汉》二书而庋藏之，问其熟览与否，则固无以应也。盖二书繁博，非旬月所能卒读，且文义精奥，浅见之士，尚不能辨其句读，一卷未终，懵然生厌，遑问其再四寻绎乎？他若《涑水通鉴》、《紫阳纲目》，以及《通鉴纪事本末》、《通鉴辑览》、《纲鉴会纂》、《纲鉴易知录》等书，编年纪事，历姓相承，而首数卷间，各列秦汉事实，读史者辄举而窥之，固求其提要钩玄，记忆不忘者，亦罕有所闻。至如稗官野史之纪载，则一鳞一爪，或犹能称道之。是无他，稗史之引起观感，令人悦目，固较正史为尤易也。

　　鄙人不敏，尝借说部体裁，演历史故事，由今追昔，溯而上之，以至秦汉。秦自始皇至子婴历国三世，第十有五年耳。依事演述，寥寥数回，不足以成卷帙；且名为一朝，但闻暴政，未底于治，实为由周至汉之过渡时代，附入于汉，存其名而已足矣。汉则两京迭嬗，阅年四百有余，而前汉二百一十年

·1·

间，有女宠，有外戚，有方镇，有夷狄，有嬖幸，有阉宦，有权奸，盖已举古今来病国之厉阶，汇集其中，故治日少而乱日多。其尤烈者，则为女宠，为外戚。高祖以百战成帝业，而其权且移于宫闱；文景惩之，厥祸少杀；至武帝尊田蚡、贵卫青，女宠外戚，于此复盛；至许史盛于宣元，王赵丁傅盛于成哀；平帝入嗣，元皇后老而不死，卒贻王莽篡弑之祸；然则谓前汉一代与女宠外戚相终始，亦无不可也。

本编兼采正稗，贯彻初终，所有前汉治乱之大凡，备载无遗，而于女宠外戚之兴衰，尤再三致意，揭示后人，非敢谓有当史学，但以浅近之词，演述故乘，期为通俗教育之助云尔。班马可作，当亦不笑我粗疏也。惟书成仓卒，不无讹词，匡而正之，是在海内之通儒。

中华民国十四年立冬之日
古越蔡东藩叙

目 录

第一回

移花接木计献美姬　用李代桃欢承淫后

皇有皇猷，帝有帝德，史家推论史事，首推三皇五帝。其实三皇五帝的本身，并未尝自称为皇，自称为帝，后人因他首出御宇，创造文明，把一个浑浑沌沌的世界，化成了雍雍肃肃的国家，真是皇猷丕显，帝德无垠，所以格外推崇，因把皇字帝字的徽号，加将上去。是意未经人道，一经揭破，恰有至理。到了夏、商、周三朝，若大禹，若成汤，若周文、武，统是有道明君，他却恐未及古人，不敢称皇道帝，但降号为王罢了。及东周已衰，西秦崛起，暴如嬴政，凭借了祖宗遗业，招揽关陇间数十百万壮丁，横行海内，蚕食鲸吞，今日灭这国，明日灭那国，好容易把九州版图，一古脑儿聚为己有，便自以为震古铄今，无人可及，遂将三皇的"皇"字，五帝的"帝"字，合成了一个名词，叫做"皇帝"。

咳！这皇帝两字的头衔，并不是功德造就，实在是腥血铸成。试看暴秦历史，有甚么皇猷？有甚么帝德？无非趁着乱世纷纷的时候，靠了一些武力，侥幸成功，他遂昂然自大，惟我独尊。还有一种千古纪念的事情，就是我国的君主专制，实是嬴政一人，完全造成。从前黄帝开国以来，颁定国法，原是君主政体，历代奉为准绳，但究未尝有"言莫予违，独断独行"的思想。尧置谏鼓，立谤木，舜询四岳，咨十有二牧，禹拜昌言，汤改过不吝，周有询群臣、询群吏、询万民的制度，简策流传，至今勿替。可见古时的圣帝明王，虽然尊为天子，管辖九州，究竟也要集思广益，依从舆论，好民所好，恶民所恶，才能长治久安，做一位升平主子，贻谋永远，传及子孙。看官听说！这便是开明专制，不是绝对专制哩。声大而闳。

自从嬴政得国，专务君权，待遇百姓，好似牛马犬豕一般，凡所有督责抑勒的命令，严酷残暴的刑罚，无一不作，无一不行。也以为生杀予夺，惟我所为，百姓自然帖伏，不敢再逞，从此皇帝的位置，牢固不破，好教那子子孙孙、千代万代的遗传下去。那知专欲难成，众怒难犯，本身幸得速死，不致陨首，才及一传，宫廷里面，就闹得一塌糊涂，戍卒叫，函谷举，楚人一炬，可怜焦土。于是楚汉逐鹿，刘项争雄。项羽力能扛鼎，叱咤万夫，却是个空前绝后的壮士，无如有勇无谋，以暴易暴，反让那泗上亭长，出人头地，用了好几个策士谋臣，武夫猛将，终将项霸王除去，安安稳稳得了中原。史官说他豁达大度，确非凡夫，而且入关约法，尽除苛禁，能得百姓欢心，所以扫秦灭项，五年大成。

但小子追溯汉家事迹，多半沿袭秦制，并没有一番大改革的事业。萧何原是刀笔吏，叔孙通又是绵蕝生，绵蕝系表位标准，绵是置设绵索，蕝是植茅地上，为肄习典礼之处，使知尊卑次序。所见所闻，无非是前秦故事，晓得甚么体国经野的宏规，因此佐汉立法，仍旧是换汤不换药的手段，厉行专制政体，尊君抑民。汉高祖尝沾沾自喜，谓吾今日乃知皇帝之贵。照此看来，秦汉二代，规模大略相同，不过严刑峻法，算比暴秦差了一层。史官或铺张扬厉，极端称许，其实多是浮词谀颂，未足尽信呢。汉高一殁，吕后专权，险些儿覆灭刘氏，要继续那亡秦的后尘。这便是贻谋未善。幸亏还有一二社稷臣，拨乱反正，才得保全刘家基业。孝文入嗣，却是个守成令主，允恭玄默，守俭持盈，宽刑律，奖农事，府藏充实，囹圄空虚，汉家元气，实是孝文一代，休养成功。景帝遵业，略带刻薄，用兵七国，未免劳民，但尚是万不得已的举动，未可讥他黩武，此外还有乃父遗风，不忘恭俭。周云成康，汉言文景，两相比例，颇若同揆。传至孝武，与祖考全不相同，简直是好大喜功，仿佛秦始皇一流人物。秦皇好征伐，汉武亦好征伐；秦皇好巡游，汉武亦好巡游；秦皇好雄猜，汉武亦好雄猜；秦皇好诛夷，汉武亦好诛夷；秦皇好土木，汉武亦好土木；秦皇好神仙，汉武亦好神仙；秦皇好财色，汉武亦好财色；后世尝以秦皇、汉武并称，还道他力征经营，开拓疆宇，东西南北的外族，闻风远遁，好算是一代武功，两朝雄主。谁知秦亡不由胡亥，实自始皇；汉亡不在孝平，实始武帝。本编并列秦汉，隐寓此意。文、景二主四十余年积蓄，被汉武一生荡尽，从此海内虚耗，民生困敝。昭、宣二朝，尚能与民更始，励精图治，勉强维持过去。传到元、成时代，弘恭、石显，几类赵高，杜钦、谷永，酷似李斯，外戚王氏，遂得乘隙入朝，把持国柄。哀、平昏庸，汉祚潜移。不文不武的王莽，佯作谦恭，愚弄士民，朝野称安汉公功德，多至八千人，虽由王莽善能运动，得此无谓的标榜，但也由汉武以来，人心渐贰，不愿归汉，遂为那逆莽所绐，平白地将汉室江山，篡夺了去。推究祸根，不能不归咎汉武。若谓秦传二世，汉传至十一世，历年久暂，大判径庭，这是由汉祖汉宗，有一两代积德累仁的效果，不比那秦嬴政一味暴横，无人感念，所以一暂一久，有此区别呢。评论的确。话休叙烦，事归正传。

且说秦朝第一代皇帝，就是嬴政，远祖乃是帝舜时代的伯益。益掌山泽，佐禹治水，有功沐封，赐姓嬴氏。好几传到了蜚廉，生子恶来，善走有力，助纣为虐，与纣同诛。恶来五世孙非子，住居犬邱，善养马，得周孝王宠召，令主汧渭间畜牧。马大蕃息，孝王遂封他为附庸，食邑秦地。四传至襄公，佐周平戎，护送平王东迁，得岐丰地，受封为伯，嬴秦始大。又数传至穆公，并国十二，遂霸西戎。再历十余传，正当六国七乱的时候，孝公奋起，用商鞅为左庶长，变法图强，战胜各国，定都咸阳。子惠文君嗣，僭号称王，嗣是为武王、昭襄王，与山东六国争衡，攻城略地，日见盛强。周赧王献地入秦，所有宝器九鼎，统被秦人取归。昭襄王子孝文王，有子异人，入质赵国，阳翟大贾吕不韦，行经赵都邯郸，见了异人，私叹为奇货可居，乃阳为结纳，与订知交。异人质居异地，举目无亲，免不得抑郁寡欢，离愁百结，蓦然碰着了意外良朋，正是天涯知己，相得益欢，当下往来日密，情好日深，遂把那羁旅苦衷，及平生愿望，一一流露出来。不韦遂替他设法，想出一条斡旋的妙计。原来异人出质时，昭襄王尚然在位，孝文王柱，正为太子，有妃华阳夫人，未得生男，异人乃是夏姬所出，兄弟甚多，约有二十余人。不韦既得异人传述，便即乘间进言，谓"必取悦华阳夫人，作为嫡嗣，将来方得承统"云云。异人当然称善，但恨无人代为先容，偏不韦又愿为效劳，且慨出千金，半赠异人，令结宾客，半贮行囊，西行诣秦，替异人作运动费。这真叫作投机事业。异人听到这般帮忙，怎得不感激万分？便与不韦订了密约，说是计果得成，他日当与共秦国。不韦便欣然西去，沿途购办奇物玩好，携入关中，先向华阳夫人的阿姊处，买通关节，托她入白夫人。大略谓："夫人无子，亟宜择贤过继，若待至色衰爱弛，尚且无嗣承立，悔何可及？今异人出质赵国，日夜泣思太子及夫人，乘此机会，立异人为嫡嗣，请令归国，是异人必感德不忘，夫人亦终身有靠，一举两得，莫如此策"云云。这一席话，说得夫人如梦初醒，非常感佩。当夜转告太子，用着一种含颦带泪的柔颜，宛转陈词，不由太子不从。彼此破符为约，决立异人为嗣子。夫人得自姊言，知由不韦替他画策，便嘱使不韦归傅异人，并赠

他厚赆。已经赚得利息。不韦返报异人，异人自然欣慰，从此
与异人交谊，又加添了一层。

　　不韦更怀着鬼胎，随时访觅美人儿。凑巧赵都中有一歌
妓，生得袅娜娉婷，楚楚可爱，遂不惜重资，纳为簉室，凭着
那天生精力，交欢数次，居然种下了一点灵犀。不韦预先窥
测，料是男胎，这是何术？想是不韦蓄有种子秘方。便去引那异人
进来，开簉相待。酒到半酣，才令赵姬盛妆出见，从旁劝酒。
异人不瞧犹可，瞧着那花容月貌，禁不住目眩心迷，一时神情
失主，尽管偷眼相窥。偏那赵姬也知凑趣，转动了一双秋波，
与他对映，想是不韦已经授意，但此姬本来狂荡，当然爱及少年。惹
得异人心痒难熬，跃跃欲动。可巧不韦似有酒意，就在席间假
寐，把手枕头，略有鼾声。异人色胆如天，便去牵动翠袖，涎
脸乞怜。那美姬若嗔若喜，半就半推，正要引人入胜，不防座
上"拍"的一声，接连便闻呵叱道："你、你敢调戏我姬人
么？"异人慌忙回顾，见不韦已立起座前，面有怒容，顿吓得
魂飞天外，只好在不韦前做了矮人，长跪求恕。不韦又冷笑
道："我与君交好有年，不应这般戏侮，就使爱我姬人，也可
直言告我，何必鬼鬼祟祟，作此伎俩呢？"异人听了，转惊为
喜，便向不韦叩头道："果蒙见惠，感恩不浅，此后如得富
贵，誓必图报。"不韦复道："交友贵有始终，我便将此姬赠
君，但有条约二件，须要依我。"异人道："除死以外，无不
可从。"不韦即说出两大条件："一是须纳此姬为正室，二是
此姬生子，应立为嫡嗣。"异人满口应承，方由不韦将他扶
起，索性嘱使赵姬，坐在异人座侧，缓歌侑觞，直饮到夜色苍
黄，才唤入一乘轻舆，使赵姬陪伴异人上车，同返客馆。这时
赵姬的身孕，已经两阅月了。美眷如花，流光似水，异人与赵
姬日夕绸缪，约莫过了八个月，本来是腹中儿胎，应该分娩，
偏偏这个异种，安然藏着，不见震动，又迟延了两月，方才坐

蓐临盆，生下一个男儿。说也奇怪，巧遇是日为正月元旦，因取名为政，寄姓赵氏。非吕非嬴，不如姓赵。异人总道是十月生男，定由己出，那知是吕氏种下的暗胎，已有以吕代嬴的默兆了。特笔表明。

越三年，秦赵失和，邯郸被围，赵欲杀害异人，亏得吕不韦阴赂守吏，把他纵去，逃赴秦军，妻子由不韦引匿。待至魏兵救赵，秦军西还，异人原得归国，不韦也将异人妻子，送入咸阳，俾他完聚。华阳夫人见了异人，异人当即下拜，涕泣陈情，叙那数年离别的思慕，引起夫人的感情。他又因夫人本是楚女，特地改着楚服，取悦亲心。果然夫人悲感交并，也挥泪与语道："我本楚人，汝能曲体我心，便当养汝为子，汝可改名为楚罢。"异人唯唯从命，自是晨昏定省，格外殷勤。想又是不韦所教。就是赵姬母子，得入秦宫，见了华阳夫人，也是致敬尽礼，不敢少疏。因此华阳夫人，喜得佳儿佳妇，便与孝文王再申前约，决不负盟。既而昭襄王病殁，孝文王嗣位，即立楚为太子。丧葬才毕，升殿视事，才阅三日，便即逝世。太子楚安然继统，得为秦王，报德践约的期限，居然如愿以偿。当下尊嫡母华阳夫人为华阳太后，生母夏姬为夏太后，立赵姬为王后，子政为嗣子，进吕不韦为相国，封文信侯，食河南洛阳十万户，一番大交易，至此成功。

会东周君联合诸侯，谋欲伐秦，为秦王楚所闻，遂遣相国吕不韦督兵往攻。东周君地狭兵单，那里敌得过秦军，诸侯复观望不前，眼见是周家一脉，不得再延。东西周详情，应载入周史中，故本回从略。吕不韦大出风头，灭了东周，把东周君迁锢阳人聚，周朝八百多年的宗祚，反被一个阳翟贾人，铲灭无遗，文武成康，恐也不免余恫呢。明"蔺姬篆"暗移嬴祚，凶狡如吕不韦，怎得久存。不韦班师还朝，饮至受赏，不劳细说。

转眼间又是四年，秦王楚春秋鼎盛，坐享荣华，总道是来日方长，好与那正宫王后，白头偕老，毕世同欢。谁料到二竖为灾，膏肓受厄，终落得呜呼哀哉，伏惟尚飨，年才三十有六。子政甫十三岁，继承秦祚，追谥父楚为庄襄王，尊母为王太后，名目上虽是以子承父，暗地里实是以吕易嬴。画龙点睛。政未能亲政，国事俱委任吕不韦，号为仲父。应该呼父。不韦大权在握，出入宫廷，时常与秦王母子，见面叙谈。只这位庄襄太后，尚不过三十岁左右，骤遭大故，竟作媚姝，她本是个送旧迎新的歌姬，怎禁得深宫寂寂，孤帐沉沉？空守了好几月，终有些忍耐不住，好在不韦是个旧欢，乐得再与勾引，申续前盟。不韦也未免有情，因同她重整旗鼓，演那颠凤倒鸾的老戏文。宫娥彩女，统是太后心腹，守口如瓶，秦王政究竟少年，未识个中情景，所以两口儿暗地往来，仍然与伉俪相似。

一年、二年、三四年，秦王政已将弱冠了，不韦年亦渐老了。偏太后淫兴未衰，时常宣召不韦，入宫同梦。不韦未免愁烦，一则恐精力浸衰，禁不住连宵戕贼，一则恐少主浸长，免不得瞧破机关，于是想出一法，私拟荐贤自代。凑巧有个浪子嫪毐，读若爱。阳道壮伟，尝戏御桐木小车，不假手力，但用那活儿插入轮轴，也能转捩运行。见《不韦列传》。事为不韦所闻，立即召为舍人，先向太后关说，极称嫪毐绝技。太后果然歆羡，亲欲一试，当由不韦令人告讦，诬毐有罪，当置宫刑，一面厚贿刑吏，但将毐拔去须眉，并未割势，便使冒作阉人，入侍太后。太后即引登卧榻，实地试验，果然坚强无比，久战不疲，惹得太后乐不可支，如获至宝，朝朝暮暮，我我卿卿，老淫妪又居然有娠了。多年不闻生育，至此又复怀妊。毕竟嫪毐有力。会值夏太后病逝，嫪毐遂与太后密商，买通卜人，诈言宫中不利母后，应该迁居避祸。秦王政不知有诈，就请母后徙往雍宫，嫪毐当然从往。嗣是母子离居，不必顾忌，一索得男，再索复得男，保抱鞠育，视若寻常；且封嫪毐为长信侯，食邑山阳，寻且加封太原郡国。凡宫室、车马、衣服，及苑囿、驰猎等情，均归嫪毐主持，毐至此真快活极了。小子有诗叹道：

> 宫闱厮养得封侯，肉战功劳也厚酬。
> 若使雄狐长得志，人生何惮不淫偷！

欲知嫪毐后事，且待下回说明。

　　本回第一段文字，揭出"皇帝专制"四字，是笼罩全书之大宗旨。秦造成之，汉沿袭之，是秦、汉本一脉相关，无甚区别，此著书人之所以并为一编、不烦另提也。且秦皇汉武，为后人连语之口头禅，两两相较，不期而合，即秦即汉，会心固不远耳。叙事以后，即写秦政出世之来历，见得嬴吕相代，暗寓机关。后来政母复通吕不韦，并淫及嫪毐，母既不贞，子安得不流为暴虐？演述之以示后人，亦一儆世之苦心也。

第二回

诛假父纳言迎母　称皇帝立法愚民

　　却说嫪毐得封长信侯，威权日盛，私下与秦太后密谋，拟俟秦王政殁后，即将毐所生私子，立为嗣王。毐非常快乐，往往得意妄言。一日与贵臣饮博，喝得酩酊大醉，遂互起龃龉，大肆口角，嫪毐瞋目大叱道："我乃秦王假父，怎敢与我斗口？汝等难道有眼无珠，不识高下么？"贵臣等听了此言，便都退去，往报秦王。秦王政已在位九年，年已逾冠，血气方刚，蓦然听到这种丑事，不禁忿怒异常，当下密令干吏，调查虚实。旋得密报，说毐原非阉人，确与太后有奸通情事，遂授昌平君、昌文君为相国，引兵捕毐。昌平、昌文史失姓名，或谓昌平君为楚公子，入秦授职，未知确否，待考。毐得知消息，不甘坐毙，便捏造御玺，伪署敕文，调发卫兵县卒，抗拒官军。两下里争锋起来，究竟真假有凭，难免败露，再经昌文、昌平两君，声明毐罪，毐众当即溃散，单剩毐数百亲从，如何支持，也便窜去。

　　秦王政更下令国中，悬赏缉毐，活擒来献，赏钱百万，携首来献，赏钱五十万。大众期得厚赏，踊跃追捕，到了好時，竟得擒住淫贼，并贼党二十人，献入阙下。秦刑本来酷烈，再加嫪毐犯了重罪，当命处毐辗刑，五马分尸。毐党一体骈诛，且夷毐三族。父族、母族、妻族。一面饬将士往搜雍宫，得太后私生二子，扑杀了事。就把太后驱往萯阳宫，派吏管束，不准自由。是谓乐极生悲。吕不韦引毐入宫，本当连坐，因念他侍奉先王，功罪相抵，不忍加诛，但褫免相国职衔，勒令就国，食采河南。

秦大臣等互相议论，多怪秦王背母忘恩，未免过甚；就中有几个激烈官吏，上疏直谏，请秦王迎还太后。秦王政本来蜂鼻长目，鸷膺豺声，是个刻薄少恩的人物，一阅谏书，怒上加怒，竟命处谏官死刑，并榜示朝堂，敢谏者死。还有好几个不怕死的，再去絮聒，徒落得自讨苦吃，身首分离。总计直谏被杀，已有二十七人，太后不谓无罪，谏官真自取死。群臣乃不敢再言。独齐客茅焦，伏阙请谏，秦王大怒，按剑危坐，且顾左右取镬，即欲烹焦。焦毫不畏缩，徐徐趋进，再拜起语道："臣闻生不讳死，存不讳亡，讳死未必得生，讳亡未必终存，死生存亡的至理，为明主所乐闻，陛下今亦愿闻否？"秦王政听了，还道他别有至论，不关母事，因即改容相答道："容卿道来。"焦见秦王怒容已敛，便正色朗声道："陛下今日行同狂悖，车裂假父，囊扑二弟，言之太甚。幽禁母后，残戮谏士，夏桀商纣，尚不至此。若使天下得闻此事，必且瓦解，无复响秦，秦国必亡，陛下必危。臣不忍缄默无言，与国同尽，情愿先就鼎镬，视死如归！"说着，便解去外衣，赴镬就烹。说得秦王政也觉着忙，下座揽焦，当面谢过。秦王政之得据中原，想由这点好处。遂命焦为上卿，令他随往迎母，与太后同辇还都，再为母子如初。

吕不韦既往河南，一住年余，山东各国，多遣使问讯，劝驾请往。莫非也要他去作淫乱事么。事为秦廷所闻，秦王政防他为变，即致不韦书道："君与秦究有何功，得封国河南，食十万户？君与秦究属何亲，得号仲父？今可率领家属速徙蜀中，毋得逗留！"不韦得书览毕，长叹数声，几乎泪下。任君用尽千般计，到头仍是一场空。意欲上书申辩，转思从前情事，统皆暧昧，未便明言，倘若唐突出去，反致速毙。想了又想，将来总没有良好结果，不如就此自尽，免得刀头受苦。主意已定，便取了鸩酒，勉强吞下，须臾毒发，当然毕命。看到此处，方知刁钻无益。

不韦妻已经先死，安葬洛阳北邙，僚佐等恐尚有后命，急将不韦遗骸，草草棺殓，黄夜舁往与妻合葬。后人但知吕母冢，不知吕相坟，其实是已经合墓，乏人知晓，所以有此传闻呢。生时不明白，死也不明白。惟这位庄襄王后，又苟延了七八年，与华阳太后相继病亡。秦王政总算举哀成服，发丧引柩，与庄襄王合葬茞阳。实是不必。这也毋庸细表。

且说秦王政亲揽大权，很是辣手，居然有雷厉风行的气象。当时山东各国，均已浸衰，秦遂乘隙出兵，陆续吞并。秦王政十七年，使内史胜《史记》作腾。灭韩，虏韩王安；十九年，又遣将王翦灭赵，虏赵王迁；二十二年，复命将王贲灭魏，虏魏王假；二十四年，再令王翦灭楚，虏楚王负刍；二十五年，更令王贲灭燕，虏燕王喜；二十六年，饬贲由燕南攻齐，掩入齐都临淄，齐王建举国降秦，被徙至共，活活饿死，六国悉数荡平，秦遂得统一中原，囊括海内了。于是秦王政满志踌躇，想干出一番空前绝后的大事业，号令四方，遂首先下令道：

> 寡人以眇眇之身，兴兵诛暴乱，赖宗庙之灵，咸伏其辜，天下大定，今名号不更，无以称成功、传后世，其妥议帝号上闻。

这令一下，丞相王绾，御史大夫冯劫，廷尉李斯，便召集博士，会议了一日一夜。越宿，方入朝奏闻道："古时五帝在位，地方不过千里，外列侯服夷服等类，或朝或否，天子常不能制。今陛下兴义兵，除残贼，平定天下，法令统一，自从上古以来，得未曾有，五帝何能及此？臣等与博士合议，统言古有天皇，有地皇，有泰皇，想即人皇。泰皇最贵。今当恭上尊号，奉陛下为泰皇，命为制，令为诏，自称曰朕，伏乞陛下裁择施行。"秦王听了，半晌无言，暗想"泰皇"虽是贵称，究竟成为陈迹，没甚稀奇，我既功高古人，奈何再袭旧名，众议当然未合，应即驳去，另议为是。嗣又转念道："有了有了，古称三皇五帝，我何不将皇帝二字合成徽称，较为美善呢。"乃宣谕群臣道："去泰存皇，更采古帝位号，称为皇帝便了。余可依议。"王绾等便皆匍伏，口称陛下德过三皇，功高五帝，应该尊称皇帝，微臣等才疏识浅，究竟不及圣明。说着又舞蹈三呼，方才起来。一班媚子谐臣。秦王大喜，便命退朝，自己乘辇入宫。过了一日，又复颁制道：

> 朕闻太古有号毋谥，中古有号，死而以行为谥，如此则子得议父，臣得议君，甚无谓也，朕所弗取，自今以后，除去谥法，朕为始皇帝，后世子孙，以次计数，二世三世至千万世，传之无穷，岂不懿欤！

看官，你道这篇制书，是何命意？他想谥有美恶，都是本人死后，定诸他人。美谥原不必说了；倘若他人指摘生平，加一恶谥，岂不要遗臭万年？我死后，保不住定得美谥，不若除去谥法，免得他人妄议；且我手定天下，无非为子孙起见，得能千万代的传将下去，方不负我一番经营，所以特地颁制，说出这般一厢情愿的话头。当下追尊庄襄王为太上皇，自称始皇。小子依史叙述，此后也呼他为始皇了。提清眉目。

先是齐人邹衍，尝论五德推迁，更迭相胜，如火能灭金，即火能胜金，金能克木，即金能胜木，列代鼎革，就是相胜等语。始皇采用衍说，以为周得火德，秦应称为水德，水能胜火，故秦可代周。自是定为水德，命河名为德水。又因夏正建寅，商正建丑，周正建子，秦应特创一格，与昔不同，乃定制建亥，以十月朔为岁首。阴历莫如夏正，商周改建，不免多事，如秦更觉无谓了。衣服、旌旄、节旗，概令尚黑，取象水色。水主北方，终数为六，故用六为纪数，六寸为符，六尺为步，冠制六寸，舆制六尺。且谓水德为阴，阴道主杀，所以严定刑法，不尚慈惠，一切举措，纯用法律相绳，宁可失入，不可失出。后世谓秦尚法律，似有法治国规模，不知秦以刑杀为法，如何制治。从此秦人不能有为，动罹法网，赭衣满道，黑狱丛冤。

会丞相王绾等伏阙上言，略说"诸侯初灭，燕、齐、楚地方辽远，应封子弟为王，遣往镇守"。始皇不以为然，乃令群臣妥议。群臣多赞成绾言，唯廷尉李斯驳议道："周朝开国，封建同姓子弟，不可胜计，后嗣疏远，互相攻击，视若仇雠，周天子无法禁止，坐致衰亡。今赖陛下威灵，统一海内，何勿析置郡县，设官分治？所有诸子功臣，但宜将公家赋税，量为赏给，不令专权。内重外轻，天下自无异志，这乃是安宁至计哩。"计非不善，但上无令主，无论如何妙法，总难持久。始皇欣然喜道："天下久苦兵革，正因列侯互峙，战斗不休。现在天下初定，若再仍旧制封王立国，岂不是复开兵祸么？廷尉议是，朕当照行！"王绾等扫兴退出，始皇即命李斯会同僚属，规划疆土。费了许多心力，才得支配停当，分天下为三十六郡，列名如下：

内史郡	三川郡	河东郡	南阳郡	南　郡	九江郡
鄣　郡	会稽郡	颖川郡	砀　郡	泗水郡	薛　郡
东　郡	琅琊郡	齐　郡	上谷郡	渔阳郡	古北平郡
辽西郡	辽东郡	代　郡	巨鹿郡	邯郸郡	上党郡

太原郡　云中郡　九原郡　雁门郡　上　郡　陇西郡
北地郡　汉中郡　巴　郡　蜀　郡　黔中郡　长沙郡

　　每郡分置守尉，守掌治郡，尉掌佐守，典武职甲卒。朝廷
设御史监郡，便称为监。每县设令，与郡守尉同归朝廷简放。
守令下有郡佐、县佐，各由守令任用。以下便是乡官，选自民
间，大约十里一亭，亭有长；十亭一乡，乡有三老，及啬夫、
游徼。三老掌教化，啬夫判诉讼，游徼治盗贼，这还是周朝遗
制，略存一斑。改命百姓为黔首，特创出一条恩例，许民大
酺。原来秦律尝不准偶语，不准三人以上一同聚饮，此次因海
内混一，总算特别加恩，令民人合宴一两天，所以叫做"大
酺"。百姓接奉此令，才得亲朋相聚，杯酒谈心，也可谓一朝
幸遇。那知酒兴未阑，朝旨又到，一是令民间兵器，悉数缴
出，不准私留；二是令民间豪家名士，即日迁居咸阳，不准迟
慢；三是令全国险要地方，凡城堡关塞等类，统行毁去。小子
揣测始皇心理，无非为防人造反起见：吸收兵器，百姓无从得
械，徒手总难起事；迁入豪家名士，就近监束，使他无从勾
结，自然不能反抗朝廷；削平城堡关塞，无险可据，何人再敢
作乱？这乃是始皇穷思极想，方有这数条号令，颁发出来。自
以为智，实是呆鸟。

　　只可怜这百姓又遭荼毒，最痛苦的是令民迁居。他本来各
守土著，安居乐业，不劳远行，此番无端被徙，抛去田园家
产，又受那地方官吏的驱迫，风餐露宿，饱尝路途辛苦，才到
咸阳。咸阳虽然热闹，无如人地生疏，谋食维艰，好好一个富
户，变做贫家，好好一个豪士，也害得垂头丧气，做了落魄的
穷氓，可叹不可叹呢！就是名城巨堡，无故削平，虽是与民无
碍，但总要劳动百姓，且将来或有盗贼，究靠何处防守？至若
兵器一项，乃是民间出资购造，防卫身家，始皇叫他一概缴

出，并没有相当偿给，百姓只有自认晦气。郡县守令，把兵器收下，一古脑儿运入咸阳。这种兵器，统是铜质造成，始皇立命熔毁，共有数百万斤。适值临洮县中，报称有十二大人出现，长约五丈，足履六尺，统着夷人服饰云云。始皇以为瑞兆，即命将熔化诸铜，摹肖大人影象，铸成铜人十二个，每个重二十四万斤，摆列宫门外面。这好算做铜像开始。还有余铜若干，令铸钟及钟架，分置各殿。相传这十二个铜人，汉时尚存，至汉末董卓入京，始椎破了十个，移铸小钱，尚剩两个，传到西晋亡后，被后赵主石虎徙至邺城，后来秦王苻坚，又把铜人搬还长安，销毁了事。这是后话不题。

　　惟秦始皇令行禁止，梦想太平，自思天下可从此无事，乐得寻些快乐，安享天年。从前秦国诸宗庙，及章台、上林等苑榭，统在渭南。及削平六国，辄令画工往视，仿绘各国宫室制度，汇呈秦廷，始皇便择一精巧华丽的图样，令匠役依式营造。当下在咸阳北坂，辟一极大旷地，南临渭水，西距雍门，东至泾、渭二水合流处，迤逦筑宫，若殿宇，若楼阁，若台榭，沿路连络，层接不穷，下亘复道，上架周阁，风雨不侵，日光无阻。落成以后，就将六国的妃嫔子女，钟虡鼓乐，分置宫中，没一处不有美人，没一室不有音乐。始皇除临朝视政外，往往至宫中玩赏，张乐设饮，唤女侑筵。这班被俘的娇娃，还记甚么国亡主辱，但期得始皇欢心，殷勤伺候，一遇召幸，好似登仙一般，巴不得亲承雨露，仰沐皇恩。可惜始皇只有一身，怎能到处周旋，慰她渴望，所以咸阳宫里，怨女成群，惟不敢流露面目，只背人拭泪罢了。亡国妇女，状似可怜，实是可恨。

　　始皇尚嫌宫宇狭小，才阅一年，又在渭南添造宫室，叫做"信宫"。嗣复改名"极庙"，取象天极。自极庙通至骊山，造一极大的殿屋，叫做"甘泉前殿"。殿通咸阳宫，中筑甬道，如街巷相似，乘舆所经，外人不得望见，这也是防人侵犯的计策。始皇到此，好算是穷奢极欲，快乐无比了。偏他是个好动不好静的人物，日日在宫中游宴，似觉得味同嚼蜡，没甚兴趣，遂又想出一法，令天下遍筑驰道，准备御驾巡游。小子有诗叹道：

> 为臣不易为君难，名论相传最不刊。
> 古有覆车今可鉴，暴秦遗史试重看！

欲知驰道规模，及始皇出巡事迹，且至下回续详。

嫪毐自称假父，可丑之至，但毐固一无赖子，宜有此等口吻。茅焦乃亦以假父称之，而始皇乃下座谢过，然是异事！乃母既与毐犯奸，则已自绝于宗祧，迁居别宫，亦无不可。惟秦王若念鞠育之恩，但报之以终养可耳，禁锢固不可也，迎还亦属不必。独怪他人谏死，至二十七人，而茅焦独能数语挽回，此非始皇尚知恋母，实因焦以天下瓦解之语，作为恐吓，始皇有志统一，乃不得不迫而相从尔。不然，嫪毐当诛，吕不韦尚若可赦，胡为亦逼诸死地，不念前功耶？厥后始皇并吞六国，自称皇帝，种种法令，无一非毒民政策，彼果若知孝亲，何至如此不仁？不过彼毒民，民亦必还而毒彼，彼以为智，实则愚甚。夫始皇为吕不韦所生，不韦欲愚人而卒致自愚，始皇亦欲愚民而终亦自愚，有是父即有是子，是毋乃所谓父作子述耶？阅此回，可笑亦可慨矣。

第三回

封泰岱下山避雨　过湘江中渡惊风

却说秦始皇欲出外巡游，特令天下遍筑驰道。驰道便是御驾往来的大路，须造得平坦宽敞，方便游行。当时秦筑驰道，定制广五十步，相距三丈，土高石厚，各用铁椎敲实，两旁栽植青松，浓阴密布，既可却暑，复可赏心，真是最好的布置，不过劳民费财，骚扰天下罢了。始皇二十七年秋季，下诏西巡，令一班文武百官，扈跸起行，卤簿仪仗，很是繁盛。始皇戴冕旒，著衮龙袍，安坐銮舆上面。骅骝开道，貔虎扬镳，出陇西，经北地，逾鸡头山，直达回中。时当深秋，草木凋零，也没有甚么景色。惟劳动了地方官吏，奔走供应，迎送往来，费了若干金银，尚不见始皇如何喜欢，但得免罪愆，总算幸事。始皇亦兴尽思归，即就原路回入咸阳。

过了残年，渐渐的冬尽春来，日光和煦。秦以十月为岁首，已见前回，故文中加入渐渐二字。始皇游兴又动，复照着西巡故事，改令东巡。途中俱已筑就驰道，两旁青松，方经着春风春露，饶有生意，欣欣向荣。始皇左顾右瞩，兴致益然。行了一程又一程，已到齐鲁故地，望见前面层峦叠嶂，木石嵯峨，便向左右问明山名，才知是邹峄山。当下登山游眺，览胜探奇，向东顾视，又有一大山遥峙，比邹峄山较为高峻，岚光拥碧，霞影增红，写景语自不可少。不由的瞻览多时，便指问左右道："这便是东岳泰山么？"左右答声称是，始皇复道："朕闻古时三皇五帝，多半巡行东岳，举办封禅大典，此制可有留遗否？"左右经此一问，都觉对答不出，但说是年湮代远，无从查考。始皇道："朕想此处为邹鲁故地，就是孔孟二人的故乡，儒风称盛，定有读书稽古的士人，晓得封禅的遗制，汝等可派员征召数十人，教他在泰山下接驾，朕向他问明便了。"左右奉命，立即派人前去。始皇又顾语群臣道："朕既到此，不可不勒石留铭，遗传后世！卿等可为朕作文，以便镌石。"群臣齐声遵旨。始皇一面说，一面令整銮下山，留宿行宫。是夕即由李斯等咬文嚼字，草成一篇勒石文，呈入御览。始皇览着，语语是歌功颂德，深惬心怀。翌日便即发出，令他缮就篆文，镌石为铭，植立邹峄山上，当由臣工赶紧照办，不消细叙。

始皇随即启程，顺道至泰山下，早有耆儒七十人候着，上前迎驾。行过了拜跪礼，即由始皇传见，问及封禅仪制。各耆儒虽皆有学识，但自成周以后，差不多有七八百年，不行此礼，倒也无词可对。就中有一个龙钟老生，仗着那年高望重，贸然进言道："古时封禅，不过扫地为祭，天子登山，恐伤土石草木，特用蒲轮就道，蒲干为席，这乃所以昭示仁俭哩。"始皇听了，心下不悦，露诸形色。有几个乖巧的儒生，见老儒所对忤旨，乃易说以进。谁知始皇都不合意，索性叫他罢议，一概回去。便为坑儒伏案。

各儒生都扫兴而回，那始皇饬令工役，斩木削草，开除车道，就从山南上去，直达山巅，使臣下负土为坛，摆设祭具，望空祷祀，立石作志，这便叫作"封礼"。又徐徐向山北下来，拟至梁父小山名。行禅。禅礼与封礼不同，乃在平地上扫除干净，辟一祭所，古称为墠，后人因墠为祭礼，改号为禅。车驾正要下山，忽刮到一阵大风，把旗帜尽行吹乱，接连又是几阵旋飙，吹得沙石齐飞，满山皆黯，霎时间大雨如注，激动溪壑，上降下流，害得巡行人众，统是带水拖泥，不堪狼狈。幸喜山腰中有大松五株，亭亭如盖，可避风雨，大众急忙趋近，先将乘舆拥入树下，然后依次环绕，聚成一堆。虽树枝中不免余滴，究比那空地中间，好得许多。始皇大喜，谓此松护驾有功，可即封为五大夫。树神有知，当不愿受封。

既而风平雨止，山色复明，乃行，就梁父山麓，申行禅礼，衣仗多半霑湿，免不得礼从简省，草草告成。始皇返入行辕，尚觉雄心勃勃，复命词臣撰好颂辞，自夸功德，勒石山中。史家曾将原文载录，由小子抄述如下：

　　皇帝临位，作制明法，臣下修饬。二十有六年，初并天下，罔不宾服。亲巡远方黎民，登兹泰山，周览东极。从臣思迹，本原事业，只诵功德。治道运行，诸产得宜，皆有法式。大义休明，垂于后世，顺承勿革。皇帝躬圣，既平天下，不懈于治。夙兴夜寐，建设长利，专隆教诲。训经宣达，远近毕理，咸承圣志，贵贱分明，男女礼顺，慎遵职事。昭融内外，靡不清净，施于后嗣。化及无穷，遵奉遗诏，永承重戒。

封禅已毕，游兴未终，再沿渤海东行，过黄腄，穷成山，跂之罘，之今作芝。历祀山川八神，天主、地主、兵主、阴主、阳主、日主、月主、四时主，共称八神。见《史记·封禅书》。统是立石纪功，异辞同颂。又南登琅琊山，见有古台遗址，年久失修，已经毁圮，始皇问是何人所造？有几人晓得此台来历，便即陈明。原来此台为越王勾践所筑，勾践称霸时，尝在琅琊筑一高台，以望东海，遂号召秦、晋、齐、楚，就台上歃血与盟，并辅周室。到了秦并六国，约莫有数百年，怪不得台已毁圮了。始皇得知原委，便道："越王勾践，僻处偏隅，尚筑一瑯瑯台，争霸中原。朕今并有天下，难道不及一勾践么？"说着，即召谕左右，速令削平旧台，另行构造，规模须较前高敞数倍，不得有违。左右答称台工浩大，非数月不能成事，始皇作色道："偌大一台，也须数月么？朕准留此数旬，亲自督造，何患不成！"摹写暴主口吻，恰是毕肖。左右不敢再言，只好赶紧兴工。即命就地官吏，广招夫役，日夜营造。万人不足，再加万人，二万人不足，又加万人，三万人一齐动手，运木石，施畚捅，加版筑，劳苦的了不得，尚未能指日告成。始皇连日催促，势迫刑驱，备极苛酷，工役无从诉冤，没奈何拼命赶筑，直至三易蟾圆，方才毕事。台基三层，层高五丈，台下可居数万家，端的是崇闳无比，美大绝伦。始皇亲自察看，逐层游幸，果然造得雄壮，极合己意。乃下令奖励工役。命三万人各迁家属，居住台下，此后得免役十二年。好大皇恩。遂又使词臣珥笔献颂，刻石铭德。略云：

维二十八年，皇帝作始，端平法度，万物之纪。以明人事，合同父子。圣智仁义，显白道理。东抚东土，以省卒士。事已大毕，乃临于海。皇帝之功，勤劳本事。上农除末，黔首是富。普天之下，搏心揖志。器械一量，同书文字。日月所照，舟舆所载，皆终其命，莫不得意。应时动事，是维皇帝。匡饬异俗，陵水经地。忧恤黔首，朝夕不懈。除疑定法，咸知所辟。方伯分职，诸治经易。举措毕当，莫不如画。皇帝之明，临察四方。尊卑贵贱，不逾次行。奸邪不容，皆务贞良。细大尽力，莫敢怠荒。远迩辟隐，专务肃庄。端直敦忠，事业有常。皇帝之德，存定四极。诛乱除害，兴利致福。节事以时，诸产繁殖。黔首安宁，不用兵革。六亲相保，终无寇贼。欢欣奉教，尽知法式。六合之内，皇帝之土，西涉流沙，南尽北户，东有东海，北过大夏，人迹所至，无不臣者。功盖五帝，泽及牛马，莫不受德，各安其宇。

俗语说得好，做了皇帝好登仙，这就是秦始皇故事。始皇督造瑯琊台，一住三月，常在山上眺望，遥见东海中间，隐隐有楼阁耸起，灿烂庄严。俄而又有人影往来，肩摩毂击，仿佛如市中一般。无非是蜃楼海市。及仔细辨认，又觉半明半灭，转眼间且绝无所见了。始皇不禁惊异，连称怪事，左右问为何因？由始皇述及海中形态，并询左右有无见过。左右或言所见略同，且乘间进言道："这想是海上三神山，就叫做蓬莱、方丈、瀛洲。"捣鬼。始皇猛然触悟道："是了，是了！朕记得从前时候，有燕人宋毋忌羡门子高等，入海登仙，徒侣辗转传授，谓海上有三神山，诸仙丛集，并有不死药，齐威王、宣王、燕昭王，尝派人入海访求，可惜皆不得至。相传神山本在渤海中，不过舟不能近，往往被风吹回，朕今亲眼看见，才知传闻是实。可惜朕未能亲往，无从乞求不死药，就使贵为天子，总不免生老病死，怎得与神仙相比哩。"说罢，又长叹了数声。左右亦未便劝解，只好听他自言自叹罢了。及瑯琊台筑成，再到海边探望神山，有时所见，仍与前相同，不由的瞻顾徘徊，未忍舍去。

可巧齐人徐市等，市系古黻字，一作徐福。素为方士，上书言事，说是斋戒沐浴，与童男童女若干人，乘舟往求，可到神山云云。始皇大喜，立命他如法施行。徐市等分雇船只，率领童男女数千名，航海东去，始皇便在海滨布幄为辕，恭候了一两天，并不见有好音回报。又越一二日，仍无音信，忍不住焦躁起来，复亲出探望。适有好几船回来，移时停泊，始皇还道有仙药采到，急忙传问。那知舟中人统是摇首，谓被逆风吹转，虽近神山，不得拢岸，说得始皇满腔欲望，化作冰消，旋由徐市等到来复命，亦如前说。不知到何处玩耍几天。

　　始皇不便再留，只好命他随时访求，得药即报，自己启跸西归。千乘万骑，陆续拔还。道过彭城，始皇又发生幻想，欲向泗水中寻觅周鼎，因即虔心斋戒，购募熟习水性的人民，入水捞取。原来周有九鼎，为秦昭王所迁，迁鼎时用船载归，行经泗水，突有一鼎跃入水中，无从寻取，只有八鼎徙入咸阳。始皇得自祖传，记在心里，此次既过泗水，乐得乘便搜寻。当下茹素三日，祷告水神，一面传集水夫，共得千人，督令泗水取鼎。千人各展长技，统向水中投入，巴不得将鼎取出，好领重赏。偏偏如大海捞针一般，并没有周鼎影迹。好多时出水登岸，报称鼎无着落，始皇又讨了一场没趣，喝退募夫，渡淮西去。顺道过江，至湘山祠，蓦从水波中刮起狂飙，接连数阵，舟如箕簸，吓得始皇魂魄飞扬，比在泰山上面，还要危险十分。一班扈跸人员，亦皆惊惶得很，还亏船身坚固，舵工纯熟，方才支撑得住，慢慢儿驶近岸旁。登山遇风，过江又遭风，莫谓山川无灵。

　　始皇屡次失意，懊恼的了不得，待船既泊定，就向岸上望去，当头有一高山，山中露出红墙，料是古祠，便语左右道："这就是湘山祠么？"左右答声称是。始皇又问祠中何神？左右以湘君对。再经始皇问及湘君来历，连左右都答不出来。幸有一位博士，在旁复奏道："湘君系尧女舜妻，舜崩苍梧，二妻从葬，故后人立祠致祭，号为湘君。"始皇听了，不禁大怒道："皇帝出巡，百神开道，甚么湘君，敢来惊朕？理应伐木赭山，聊泄朕忿。"左右闻命，忙传地方官吏，拨遣刑徒三千人，携械登山，把山上所有树木，一律砍倒，复放起一把无名火来，烧得满山皆赤，然后回报始皇。始皇才出了胸中恶气，下令回銮，取道南郡，驰入武关，还至咸阳。

　　好容易又是一年，已是秦始皇二十九年了，天下初平，人心思治，虽是以暴易暴，受那秦始皇的专制，各种法律，非常森严，但比七国战乱的时代，究竟情势不同，略能安静，四面八方，没有兵戈。百姓但得保全骨肉，完聚家室，就是终岁勤劳，竭力上供，也算是太平日子。受赐已多，还要起甚么异心？闯甚么祸祟？所以始皇两次游幸，只有那风师雨伯，山神川祗，同他演了些须恶剧，隐示儆戒，此外不闻有狂徒暴客，犯跸惊尘等事。始皇得安安稳稳的出入往来，未始非当日幸事。自从东巡还都以后，安息咸阳宫中，所有六国的珍宝，任他玩弄；六国的乐悬，任他享受；六国的美女娇娃，任他颠鸾倒凤，日夕交欢，这也好算得无上快乐，如愿以偿。又况天下无事，不劳筹划，正好乘着政躬闲暇，坐享承平，何必再出巡游，饱受那风霜雨露，跋涉那高山大川呢？

那知他好大喜功，乐游忘倦，还都不过数月，又想出去巡行。默思去年东巡时，余兴未阑，目下又是阳春时候，不妨再往一游，乃即日下制，仍拟东巡。文武百官，不敢进谏，只好遵制奉行。一切仪仗，比前次还要整备，就是随从武士，亦较前加倍。前呼后拥，复出了咸阳城，向东进发。但见戈铤蔽日，甲乘如云，一排排的雁行而过，一队队的鱼贯而趋，当中乃是赫声濯灵的御驾，坐着一位蜂准鸟膺的暴主，坦然就道，六辔无惊。好在驰道宽大，能容多人并走，拥驾过去。全为下文返射。夹道青松，逐年加密，愈觉阴浓，也似为了天子出巡，露出欢迎气象。始皇到此，当然目旷神怡，非常爽适。一路行来，已入阳武县境，径过博浪沙，猛听得一声怪响，即有一大铁椎飞来，巧从御驾前擦过，投入副车。小子就以博浪椎为题，咏成一诗道：

　　削平六合恣巡游，偏有奇男誓报仇。
　　纵使祖龙犹未死，一椎已足永千秋！

毕竟铁椎从何处飞来，且至下回叙明。

巡狩古制也，而封禅不见古书，惟《管子》中载及之，此未始非后人之謷言，伪托管子遗文，作为证据，欺惑时主耳。况古时天子巡狩，度亦必轻车简从，不扰吏民，宁有如秦皇之广筑驰道，恣意巡游，借封禅之美名，为荒耽之佚行也者？而且筑琅琊台，遣方士率童男女数千，航海求仙，种种言动，无非厉民之举。至若渡江遇风，即非真天意之示儆，亦应知行路之艰难，奈何迁怒湘君，复为此伐木赭山之暴令也！后世以好大喜功讥始皇，始皇之恶，岂止好大喜功已哉！

第四回

误椎击逃生遇异士　见图谶遣将造长城

　　却说博浪沙在今河南省阳武县境内，向系往来大道，并没有丛山峻岭，曲径深林，况已遍设驰道，车马畅行，更有许多卫队，拥着始皇，呵道前来，远近行人，早已避开，那个敢触犯乘舆，浪掷一椎。偏始皇遇着这般怪剧，还幸命不该绝，那铁椎从御驾前擦过，投入副车。古称天子属车三十六乘，副车就是属车的别号，随着乘舆后行，车中无人坐着，所以铁椎投入，不至伤人，惟将车轼击断了事。始皇闻着异响，出一大惊，所有随驾人员，齐至始皇前保护，免不得哗噪起来。始皇按定了神，喝定哗声，早有卫士拾起铁椎，上前呈报。始皇瞧着，勃然大怒，立命武士搜捕刺客。武士四处查缉，毫无人影，不得已再来复命。始皇复瞋目道："这难道是天上飞来吗？想是汝等齐来护朕，所以被他溜脱，前去定是不远，朕定当拿住凶手，碎尸万段！"说着，即传令就地官吏，赶紧兜拏。官吏怎敢违慢，严饬兵役，就近搜查，害得家家不宁，人人不安，那刺客终无从捕获，只好请命驾前，展宽期限。始皇索性下令，饬天下大索十日，务期捕到凶人，严刑究办。那知十日的限期，容易经过，那刺客仍没有捕到。奇哉怪哉。始皇倒也无法可施，乃驰驾东行，再至海上，重登之罘，又命词臣撰就歌功颂德的文辞，镌刻石上。一面传问方士，仍未得不死药，因即怏然思归。此次还都，不愿再就迂道，但从上党驰入关中，匆匆言旋，幸无他变。一椎已足褫魄。

　　看官欲究问椎走情由，待小子补叙出来。投椎的是一个力士，史家不载姓名，小子也不便臆造。惟主使力士，乃是一位大名鼎鼎的人物，后来报韩兴汉，号称人杰，姓张名良字子房。张子房为无双谱中第一人，应该特笔提出。良系韩人，祖名开地，父名平，并为韩相，迭事五君。秦灭韩时，良尚在少年，未曾出仕，家僮却有三百人，弟死未葬，他却一心一意，想为韩国报仇，所有家财，悉数取出，散给宾客，求刺秦皇。无如此时秦威远震，百姓都屏足帖耳，不敢偶谈国事，还有何人与良同志，思复国仇。就使有几个力大如虎的勇士，也是顾命要紧，怎敢到老虎头上搔痒，太岁头上动土？所以良蓄志数年，终难如愿。他想四海甚大，何患无人，不如出游远方，或可得一风尘大侠，籍成己志。于是托名游学，径往淮阳。好容易访闻仓海君，乃是东方豪长，蓄客多人，当下携资东往，倾诚求见。仓海君确是豪侠，坦然出见，慨然与语，讲到秦始皇暴虐无道，也不禁怒发冲冠，愤眦欲裂。再加张良是绝有口才，从旁怂恿，激起雄心，遂为张良招一力士，由良使用。良见力士身躯雄伟，相貌魁梧，料非寻常人物，格外优待，引作知交。平时试验力士技艺，果然矫健绝伦，得未曾有，因此解衣推食，俾他知感，然后与谈心腹大事，求为臂助。力士不待说毕，便即投袂起座，直任不辞。也是专诸、聂政一流人物。张良大喜，就秘密铸成一个铁椎，重量约一百二十斤，交与力士，决计偕行。一面与仓海君辞别，自同力士西返，待时而动。

　　可巧始皇二次东巡，被良闻知，急忙告知力士，迎将上去。到了博浪沙，望见尘头大起，料知始皇引众前来，便就驰道旁分头埋伏，屏息待着。驰道建筑高厚，两旁低洼，又有青松植立，最便藏身。力士身体矫捷，伏在近处，张良没甚技力，伏得较远。这是想当然之事，否则张良怎得逃生？待至御驾驰至，由力士纵身跃上，兜头击去，不意用力过猛，那铁椎从手中飞出，误中副车。扈跸人员，方惊得手足无措，力士已放开脚步，如风驰电掣一般，飞奔而去。张良远远听着响声，料力士已经下手，只望他一击成功；不过因身孤力弱，还是乘此远扬，再探虚实。所以良与力士，分途奔脱，不得重逢，后来闻得误中副车，未免叹惜。继又闻得大索十日，无从缉获，又为力士欣幸，自己亦改姓埋名，逃匿下邳去了。张良以善谋闻，不闻多力，《史记》虽有良与客狙击秦皇之言，但必非由良自击，作者读书得间，故演述情形语有分寸。

且说下邳地濒东海，为秦时属县，距博浪沙约数百里，张良投奔此地，尚幸腰间留有余蓄，可易衣食，不致饥寒。起初还不敢出门，蛰居避祸。嗣因始皇西归，捕役渐宽，乃放胆出游，尝至圮上眺望景色。圮上就是桥上，土人常呼桥为圮，良不过借此消遣，聊解忧思。忽有一皓首老人，蹒跚登桥，行至张良身旁，巧巧坠落一履，便顾语张良道：“孺子，汝可下去，把我履取来！”张良听着，不由的动起怒来。自思此人素不相识，如何叫我取履？意欲伸手出去，打他一掌，旋经双眼一瞟，见老人身衣毛布，手持竹杖，差不多有七八十岁的年纪，料因足力已衰，步趋不便，所以叫我拾履。语言虽是唐突，老态却是可矜，不得已耐住忿怀，抢下数步，把他的遗履拾起，再上桥递给老人。老人已在桥间坐下，伸出一足，复与良语道：“汝可替我纳履。”张良至此，又气又笑，暗想我已替他取履，索性好人做到底，将他穿上罢了。遂屈着一腿，长跪在老人前，将履纳入老人足上。亏他容忍。老人始掀髯微笑，待履已着好，从容起身，下桥径去。良见老人并不称谢，也不道歉，情迹太觉离奇，免不得诧异起来。且看他行往何处，作何举动，一面想，一面也即下桥，远远的跟着老人。走了一里多路，那老人似已觉着，转身复来，又与张良相值，温颜与语道："孺子可教！五日以后，天色平明，汝可仍到此地，与我相会！"张良究竟是个聪明的人，便知老人有些来历，当即下跪应诺。老人始扬长自去，张良也不再随，分投归寓。

流光易过，倏忽已到了第五日的期间，良遵老人前约，黎明即起，草草盥洗，便往原地伺候老人。偏老人先已待着，愤然作色道："孺子与老人约会，应该早至，为何到此时才来？汝今且回去，再过五日，早来会我！"良不敢多言，只好复归。越五日，格外留心，不敢贪睡，一闻鸡鸣，便即趋往，那知老人又已先至，仍责他迟到，再约五日后相会。这也可谓历试诸艰。良又扫兴而回。再阅五日，良终夜不寝，才过黄昏，便已戴月前往，差幸老人尚未到来，就伫立一旁，眼睁睁的望着。约历片时，老人方策杖前来，见张良已经伫候，才开颜为喜道："孺子就教，理应如此！"说着，就从袖中取出一书，交给张良，且嘱咐道："汝读此书，将来可为王者师！"良心中大悦，再欲有问，老人已申嘱道："十年后当佐命兴国；十三年后，孺子可至济北谷城山下，如见有黄石，就算是我了。"说毕遂去。此时夜色苍茫，空中虽有淡月，究不能看明字迹，良乃怀书亟返。卧了片刻，天已大明，良急欲读书，霍然而起，即将书展阅。书分三卷，卷首注明"太公兵法"，当然惊喜。他亦知太公为姜子牙，熟谙韬略，为周文王师，惟所传兵法，未曾览过，此次由老人传授，叫他诵读，想必隐寓玄机。嗣是勤读不辍，把《太公兵法》三卷，念得烂熟。古谚有云："熟能生巧。"张良既熟读此书，自然心领神会，温故生新，此后的兴汉谋划，全靠《太公兵法》，融化出来。惟圯上老人，究系何方人氏，或疑他是黄石化身，非仙即怪。若编入寻常小说，必且鬼话连篇，捏造出许多洞府，许多法术。小子居今稽古，征文考献，虽未免有谈仙说怪等书，但多是托诸寓言，究难信为实事。就是圯上老人黄石公，大约为周秦时代的隐君子，饱览兵书，参入玄妙，只因年已衰老，不及待时，所以传授张良，俾为帝师。后来张良从汉高祖过济北，果见谷城山下，留一黄石，乃取归供奉，计与圯上老人相见，正阅一十三年，这安知非老人尚在，特留黄石以践前言。况老人既预知未来时事，怎见得不去置石，否则张良殁后，将黄石并葬墓内，为甚么不见变化呢？夹入论断，扫除一切怪谈。

话休叙烦。再说始皇自上党回都，为了博浪沙一击，未敢远游，但在宫中安乐。一住三年，渐渐的境过情迁，又想出宫游幸。他以为京畿一带，素为秦属，人民向来安堵，总可任我驰驱，不生他变；但尚恐有意外情事，特屏去仪仗，扮作平民模样，微服出宫，省得途人注目。随身带着勇士四名，也令他暗藏兵器，不露形迹，以便保护。一日正在微行，忽听道旁有数人唱歌，歌云：

神仙得者茅初成，驾龙上升入太清，时下玄洲戏赤城，继世而往在我盈，帝若学之腊嘉平。

始皇听得这种歌谣，一时不能索解，遂向里中父老询明歌中的语意，父老便据他平日所闻，约略说明。原来太原地方，有一茅盈，研究道术，号为真人。他的曾祖名濛，表字初成，相传在华山中，得道成仙，乘云驾龙，白日升天。这歌谣便是茅濛传下，流播邑中，因此邑人无不成诵，随口讴吟。始皇欣然道："人生得道，果可成仙么？"父老不知他是当代皇帝，但答称人有道心，便可长生；既得长生，便可成仙。始皇不禁点首，遂与父老相别，返入宫中，依着歌中末句的意思，下诏称腊月为嘉平月，算作学仙的初基。复在咸阳东境，择地凿池，引入渭水，潴成巨浸，长二百里，广二十里，号为兰池。池中垒石为基，筑造殿阁，取名蓬瀛，就是将蓬莱瀛洲，并括在内的痴想。又选得池中大石，命工匠刻作鲸形，长二百丈，充做海内的真鲸。不到数月，便已竣工，始皇就随时往来，视此地如海上神山，聊慰渴望。实是呆鸟。

不意仙窟竟成盗薮，灵沼变做萑蒲，都下有几个暴徒，亡命兰池中，昼伏夜出，视同巢穴。始皇那里知晓，日日游玩，未见盗踪。某夕乘着月色，又带了贴身武士四人，微行至兰池旁，适值群盗出来，一拥上前，夹击始皇。始皇慌忙避开，倒退数步，吓做一团，亏得四武士拔出利刃，与群盗拼命奋斗，才得砍倒一人。盗众尚未肯退，再恶狠狠的持械力争，究竟盗众乌合，不及武士练就武功，杀了半晌，复打倒了好几个，余盗自知不敌，方呼啸一声，觅路逃去。始皇经此一吓，把游兴早已打消，急忙由武士卫掖，拥他回宫。诘旦有严旨传出，大索盗贼。关中官吏，当然派兵四缉，提了几个似盗非盗的人物，毒刑拷讯。不待犯人诬伏，已早毙诸杖下。官吏便即奏报，但说是已得罪人，就地处决。始皇尚一再申斥，责他防检不严，申令搜缉务尽。官吏不得不遵，又复挨户稽查，骚扰了好几天，直至二旬以后，才得消差。自是始皇不再微行。

忽忽间又过一年，始皇仍梦想求仙，念念不忘，暗思仙术可求，不但终身不死，就是有意外情事，亦能预先推测，还怕甚么凶徒？主见已定，不能不冒险一行，再命东游，出抵碣石。适有燕人卢生，业儒不就，也借着求仙学道的名目，干时图进。遂往谒始皇，凭着一张利口，买动始皇欢心，始皇就叫他航海东去，访求古仙人羡门高誓。卢生应声即往，好几日不见回音，始皇又停踪海上，耐心守候，等到望眼将穿，方得卢生回报。卢生一见始皇，行过了礼，便捏造许多言词，自称经过何处，得入何宫，满口的虚无缥渺，夸说了一大篇，然后从怀中取出一书，捧呈始皇，谓仙药虽不得取，仙书却已抄来。始皇接阅一周，书中不过数百言，统是支离恍惚，无从了解。惟内有"亡秦者胡"一语，映入始皇目中，不觉暗暗生惊。此语似应后谶，不识卢生从何采入？他想胡是北狄名称，往古有獯鬻、獫狁等部落，占据北方，屡侵中国，辗转改名，叫作匈奴。现在匈奴尚存，部落如故，据仙书中意义，将来我大秦天下，必为胡人所取，这事还当了得？趁我强盛时候，除灭了他，免得养痈贻患，害我子孙。当下收拾仙书，令卢生随驾同行，移车北向，改从上郡出发，一面使将军蒙恬，调兵三十万人，北伐匈奴。

匈奴虽为强狄，但既无城郭，亦无宫室，土人专务畜牧，每择水草所在，作为居处，水涸草尽，便即他往。所推戴的酋长，也不过设帐为庐，披毛为衣，宰牲为食，差不多与太古相类。只是身材长大，性质强悍，礼义廉耻，全然不晓，除平时畜牧外，一味的跑马射箭，搏兽牵禽。有时中国边境，空虚无备，他即乘隙南下，劫夺一番。所以中国人很加仇恨，说他是犬羊贱种。独史家称为夏后氏远孙淳维后裔，究竟确实与否，小子也无从证明。但闻得衰周时代，燕、赵、秦三国，统与匈奴相近，时常注重边防，筑城屯兵，所以匈奴尚不敢犯边，散居塞外。匈奴源流不得不就此略叙。

此次秦将军蒙恬，带着大兵，突然出境，匈奴未曾预备，骤遇大兵杀来，如何抵挡，只好分头四窜，把塞外水草肥美的地方，让与秦人。这地就是后人所称的河套，在长城外西北隅，秦人号为河南地，由蒙恬画土分区，析置四十四县，就将内地罪犯，移居实边；再乘胜斥逐匈奴，北逾黄河，取得阴山等地，分设三十四县。便在河上筑城为塞，并把从前三国故城，一体修筑，继长增高，西起临洮，东达辽东，越山跨谷，延袤万余里，号为万里长城。看官！你想此城虽有旧址，恰是断断续续，不相连属，且东西两端，亦没有这般延长，一经秦将军蒙恬监修，才有这流传千古的长城，当时需工若干，费财若干，实属无从算起，中国人民的困苦，可想而知，毋容小子描摹了。小子有诗叹道：

> 鼙鼓频鸣役未休，长城增筑万民愁。
> 亡秦毕竟谁阶厉？外患虽宁内必忧。

长城尚未筑就，又有一道诏命，使将军蒙恬遵行。欲知何事，请看下回。

> 博浪沙之一击，未始非志士之所为，但当此千乘万骑之中，一椎轻试，宁必有成，幸而张良不为捕获，尚得重生，否则如荆卿之入秦，杀身无补，徒为世讥，与暴秦果何损乎？苏子瞻之作《留侯论》，谓幸得圯上老人，有以教之，诚哉是言也！彼始皇之东巡遇椎，微行厄盗，亦应力惩前辙，自戒侠游，乃惑于求仙之一念，再至碣石，遣卢生之航海，得图谶而改辕。北经上郡，遽发重兵，逐胡不足，继以修筑长城之役，其劳民为何如耶？后人或谓始皇之筑长城，祸在一时，功在百世，亦思汉晋以降，外患相寻，长城果足恃乎？不足恃乎？天子有道，守在四夷，筑城亦何为乎！

第五回

信佞臣尽毁诗书　筑阿房大兴土木

却说蒙恬方监筑长城，连日赶造，忽又接到始皇诏旨，乃是令他再逐匈奴。蒙恬已返入河南，至此不敢违诏，因复渡河北进，拔取高阙、陶山、北假等地。再北统是沙碛，不见行人，蒙恬乃停住人马，择视险要，分筑亭障，仍徙内地犯人居守，然后派人奏报，伫听后命。嗣有复诏到来，命他回驻上郡，于是拔塞南归，至行宫朝见始皇。始皇正下令回都，匆匆与蒙恬话别，使他留守上郡，统治塞外。并命辟除直道，自九原抵云阳，悉改坦途。蒙恬唯唯应命，当即送别始皇，依旨办理。此时的万里长城，甫经修筑，役夫约数十万，辛苦经营，十成中尚只二三成，粗粗告就，偏又要兴动大工，开除直道，这真是西北人民的厄运，累得叫苦不迭！又况西北一带，多是山地，层岭复杂，深谷漾洄，欲要一律坦平，谈何容易。怎奈这位蒙恬将军，倚势作威，任情驱迫，百姓无力反抗，不得不应募前去，今日堑山，明日堙谷，性命却拼了无数，直道终不得完工。所以秦朝十余年间，只闻长城筑就，不闻直道告成，空断送了许多民命，耗费了许多国帑，岂不可叹！一片凄凉呜咽声。

越年为秦始皇三十三年，始皇既略定塞北，复思征服岭南。岭南为蛮人所居，未开文化，大略与北狄相似，惟地方卑湿，气候炎燠，山高林密等处，又受热气熏蒸，积成瘴雾，行人触着，重即伤生，轻亦致病，更利害的是毒蛇猛兽，聚居深箐，无人敢撄。始皇也知路上艰难，不便行军，但从无法中想出一法，特令将从前逃亡被获的人犯，全体释放，充作军人，使他南征。又因兵额不足，再索民间赘婿，勒令同往。赘婿以外，更用商人充数，共计得一二十万人，特派大将统领，克日南行。可怜咸阳桥上，爷娘妻子，都来相送，依依惜别，哭声四达。那大将且大发军威，把他赶走，不准喧哗。看官，你道这赘婿、商人，本无罪孽，为何与罪犯并列，要他随同出征呢？原来秦朝旧制，凡入赘人家的女婿，及贩卖货物的商人，统视作贱奴，不得与平民同等，所以此次南征，也要他行役当兵。这班赘婿、商人，无法解免，没奈何辞过父母，别了妻子，衔悲就道，向南进行。

途中越山逾岭，备尝艰苦，好多日才至南方。南蛮未经战阵，又无利械，晓得甚么攻守的方法，而且各处散居，势分力薄，蓦然听得鼓声大震，号炮齐鸣，方才有些惊疑。登高遥望，但见有大队人马，从北方迤逦前来，新簇簇的旗帜，亮晃晃的刀枪，雄纠纠的武夫，恶狠狠的将官，都是生平未曾寓目，至此才得瞧着，心中一惊，脚下便跑，那里还敢对敌？有几个蛮子蛮女，逃走稍慢，即被秦兵上前捉住，放入囚车。再向四处追逐蛮人，蛮人逃不胜逃，只好匍匐道旁，叩首乞怜，情愿充作奴仆，不敢抗命。叙写南蛮，与前回北伐匈奴时，又另是一种笔墨。其实秦兵也同乌合，所有囚犯、赘婿、商人，统未经过训练，也没有甚么技艺，不过外而形式，却是有些可怕，侥幸侥幸。竟得吓倒蛮人，长驱直入。不到数旬，已将岭南平定，露布告捷。旋得诏令颁下，详示办法，命将略定各地，分置桂林、南海、象郡，设官宰治。所有岭南险要，一概派兵驻守。岭南即今两粤地，旧称南越，因在五岭南面，故称岭南。五岭就是大庾岭、骑田岭、都庞岭、萌渚岭、越城岭，这是古今不变的地理。惟秦已取得此地，即将南征人众，留驻五岭，镇压南蛮。又复从中原调发多人，无非是囚犯、赘婿、商人等类，叫他至五岭间助守，总名叫做谪戍，通计得五十万人。这五十万人离家远适，长留岭外，试想他愿不愿呢！近来西国的殖民政策，也颇相似，但秦朝是但令驻守，不令开垦，故得失不同。

　　独始皇因平定南北，非常快慰，遂在咸阳宫中，大开筵宴，遍饮群臣。就中有博士七十人，奉觯称寿，始皇便一一畅饮。仆射周青臣，乘势贡谀，上前进颂道："从前秦地不过千里，仰赖陛下神圣，平定海内，放逐蛮夷，日月所照，莫不宾服，当今分置郡县，外轻内重，战斗不生，人人乐业，将来千世万世，传将下去，还有甚么后虑？臣想从古到今，帝王虽多，要象陛下的威德，实是见所未见，闻所未闻。"始皇素性好谀，听到此言，越觉开怀。偏有博士淳于越，本是齐人，入为秦臣，竟冒冒失失的，起座插嘴道："臣闻殷、周两朝，传代久远，少约数百年，多约千年，这都是开国以后，大封子弟功臣，自为枝辅。今陛下抚有海内，子弟乃为匹夫，倘使将来有田常等人，从中图乱，淳于越究是齐人，所以仅知田常。若无亲藩大臣，尚有何人相救？总之，事不师古，终难持久。今青臣又但知谀媚，反为陛下重过，怎得称为忠臣！还乞陛下详察！"始皇听了，免不得转喜为怒，但一时却还耐着，便即遍谕群臣，问明得失。当下有一大臣勃然起立，朗声启奏道："五帝不相因，三王不相袭，治道无常，贵通时变。今陛下手创大业，建万世法，岂愚儒所得知晓！且越所言，系三代故事，更不足法。当时诸侯并争，广招游学，所以百姓并起，异议沸腾；现在天下已定，法令画一，百姓宜守分安已，各勤职业，为农的用力务农，为工的专心作工，为士的更应学习法令，自知避禁。今诸生不思通今，反想学古，非议当世，惑乱黔首，这事如何使得？愿陛下勿为所疑！"始皇得了这番言语，又引起余兴，满饮了三大觥，才命散席。

看官道最后发言的大员，乃是何人？原来就是李斯。李斯此时，已由廷尉升任丞相；他本是创立郡县、废除封建的主议，见第二回。得着始皇信用，毅然改制，经过了六七年，并没有甚么弊病；偏淳于越独来反对，欲将已成局面，再行推翻，真正是岂有此理！为此极力驳斥，不肯少容。淳于越却是多事。到了散席回第，还是余恨未休，因复想出严令数条，请旨颁行，省得他人再来饶舌。当下草就奏章，连夜缮就，至翌晨入朝呈上，奏中说是：

> 丞相李斯昧死上言：古者，天下散乱，莫之能一，是以诸侯并作，语皆道古以害今，饰虚言以乱实，人善其所私学，以非上之所建立。今皇帝并有天下，别黑白而定一尊。私学而相与非法教，人闻令下，则各以其学议之。入则心非，出则巷议，夸主以为名，异趣以为高，率群下以造谤。如此弗禁，则主势降乎上，党与成乎下。禁之便！臣请：史书非秦纪皆烧之；非博士官所职，天下敢有藏诗书百家语者，悉诣守尉杂烧之；有敢偶语诗书，弃市；以古非今者族；吏见知不举者与同罪。令下三十日不烧，黥为城旦。刺面成文为黥，即古墨刑，城旦系发边筑城，每旦必与劳役，为秦制四岁刑。所不去者，医药、卜筮、种树之书。若欲有学法令，以吏为师。庞言息而人心一，天下久安，永誉无极。谨昧死以闻。

这篇奏章，呈将进去，竟由始皇亲加手笔，批出了一个"可"字。李斯当即奉了制命，号令四方，先将咸阳附近的书籍，一体搜索，视有《诗》、《书》百家语，尽行烧毁，依次行及各郡县，如法办理。官吏畏始皇，百姓畏官吏，怎敢为了几部古书，自致犯罪，一面将书籍陆续献出，一面把书籍陆续烧完，只有曲阜县内孔子家庙，由孔氏遗裔藏书数十部，暗置复壁里面，才得保存。此外如穷乡僻壤，或尚有几册留藏，不致尽焚，但也如麟角凤毛，不可多得。惟皇宫所藏的书籍，依然存在，并未毁去，待至咸阳宫尽付一炬，烧得干干净净。文献遗传，也遭浩劫，煞是怪事！无非愚民政策。

一年易过，便是始皇三十五年。始皇厌故喜新，又欲大兴土木，广筑宫殿，乘着临朝时候，面谕群臣道："近来咸阳城中，户口日繁，屋宇亦逐渐增造，朕为天下主，平时居住只有这几所宫殿，实不敷用。从前先王在日，不过据守一隅，所筑宫廷，不妨狭小，自朕为皇帝后，文武百官，比前代多寡不同，未便再拘故辙。朕闻周文都丰，周武都镐，丰镐间本是帝都，朕今得在此定居，怎得不扩充规制，抗迹前王！未知卿等以为何如？"群臣闻命，当然连声称善，异口同辞。于是在渭南上林苑中，营作朝宫。先命大匠绘成图样，务期规模阔大，震古铄今，各匠役费尽心思，才得制就一个样本，呈入御览。复经始皇按图批改，某处还要增高，某处还要加广，也费了好几日工夫，方将前殿图样，斟酌完善，颁发出去，令他照样赶筑；此外陆续批发，次第经营。匠役等既经奉命，就将前殿筑造起来，役夫不足，当由监工大吏，发出宫刑、徒刑等人，一并作工，逐日营造。相传前殿规模，东西五百步，南北五十丈，分作上下两层，上可坐万人，下可建五丈旗，四面统有回廊，可以环绕，廊下又甚阔大，无论高车驷马，尽可驱驰。再经殿下筑一甬道，直达南山，上面都有重檐复盖，迤逦过去，与南山相接，就从山巅竖起华表，作为阙门。殿阙既就，随筑后宫，五步一楼，十步一阁，不消细说。监工人员，与作工役夫，统已累得力尽筋疲，才算把前殿营造，大略告就。偏始皇又发诏令，说要上象天文，天上有十七星，统在天极紫宫后面，穿过天汉，直抵营室。今咸阳宫可仿天极，渭水不啻天汉，若从渭水架起长桥，便似天上十七星之轨道，可称阁道。因此再命加造桥梁，通过渭水。渭水两岸，长约二百八十步，筑桥已是费事，且桥上须通车马，不能狭隘，最少需五六丈，这般巨工，比筑宫殿还要加倍。始皇也不管民力，不计工费，但教想得出、做得到，便算称心。需用木石，关中不足，就命荆蜀官吏，随地采办，随时输运。工役亦依次征发，逐届加添，除匠人不计外，如宫、徒两刑犯人，共调至七十万有奇。他尚以为人多事少，再分遣筑宫役夫，往营骊山石椁，所以此宫一筑数年，未曾全竣，到了始皇死后，尚难完成。惟当时宫殿接连，照图计算，共有三百余所，关外且有四百余所，复压至三百多里，一半已经筑就，不过装潢垩饰，想还欠缺，就中先造的前殿，已早告成。时人因他四阿旁广，叫做"阿房"。其实始皇当日，欲俟全工落成，取一美名，后来病死沙邱，终不能偿此宿愿，遂至"阿房"宫三字，长此流传，作为定名了。实是幻影。

且说始皇既筑阿房宫，不待告竣，便将美人音乐，分宫布置，免不得有一番忙碌。适有卢生入见，始皇又惹起求仙思想，便问卢生道："朕贵为天子，所有制作，无不可为，只是仙人不能亲见，不死药无从求得，如何是好！"卢生便信口答道："臣等前奉诏令，往求仙人，并及灵芝奇药，曾受过多少风波，终未能遇，这想是有鬼物作祟，隐加阻害。臣闻人主欲求仙术，必须随时微行，避除恶鬼，恶鬼远离，真人便至；若人主所居，得令群臣知晓，便是身在尘凡，不能招致真人。真人入水不濡，入火不蒸，乘云驾雾，到处可至，所以万年不死，寿与天地同长。今陛下躬亲万机，未能恬淡，虽欲求仙，终恐无益。自今以后，愿陛下所居宫殿，毋使外人得知，然后仙人可致，不死药亦可得呢。"全是瞎说。这一席话，说得始皇爽然若失，不禁欷歔道："怪不得仙人难致，仙药难求！原来就中有这般阻难，朕今才如梦初觉了。但朕既思慕真人，便当自称真人，此后不再称朕，免为恶鬼所迷。"面前就是恶鬼，奈何不识。卢生即顺势献谀道："究竟陛下圣明天纵，触处洞然，指日就可成仙了。"指日就要变鬼了。说毕，即顿首告退。看官试想始皇为人，虽然有些痴呆，究竟非妇孺可比；况并吞六国，混一区宇，总有一番英武气象，为甚么听信卢生，把一派荒诞绝伦的言语，当作真语相看，难道前此聪明，后忽愚昧么？小子听得乡村俗语云："聪明一世，懵懂一时。"越是聪明越是昏，想始皇一心求仙，所以不多思索，误入迷途呢。

自经始皇迷信邪言，遂令咸阳附近二百里内，已成宫观二百余所，统要添造复道甬道，前后联接，左右遮蔽，免得游行时为人所见，瞧破行踪。并令各处都设帷帐，都置钟鼓，都住妃嫱，其余一切御用物件，无不具备。今日到这宫，明日到那宫，一经趋入，便是吃也有，穿也有，侑觞伴寝，一概都有。只是这班宋子齐姜，吴姬赵女，拨入阿房宫里，伺候颜色，打扮得齐齐整整，袅袅婷婷，专待那巫峡襄王，来做高唐好梦。有几个侥幸望着，总算不虚此生，仰受一点圣天子的雨露。但也不过一年一度，仿佛牛郎织女，只许七夕相会；还有一半晦气的美人，简直是一生一世，盼不到御驾来临，徒落得深宫寂寂，良夜凄凄。后人杜牧尝作"阿房宫赋"，中有数语云：

妃嫔媵嫱，王子皇孙，辞楼下殿，辇来于秦。朝歌夜弦，为秦宫人。明星荧荧，开妆镜也；绿云扰扰，梳晓鬟也；渭流涨腻，弃脂水也；烟斜雾横，焚椒兰也；雷霆乍惊，宫车过也；辘辘远听，杳不知其所之也。一肌一容，尽态极妍，缦立远视，而望幸焉，有不得见者，三十六年。

内多怨女，外多旷夫，兴朝景象，岂宜若此！那始皇尚执迷不悟，镇日里微行宫中，不使他人闻知。且令侍从人员，毋得漏泄，违命立诛，侍从自然懔遵。不过始皇是开国主子，究竟不同庸人，所有内外奏牍，仍然照常批阅，凡一切筑宫人役，劳绩可嘉，便令徙居骊邑、云阳，十年免调。总计骊邑境内，迁住三万家，云阳境内，迁住五万家，又命至东海上朐界中，立石为表，署名东门。他以为皇威广被，帝德无涯，那知百姓都愿守土著，不乐重迁，虽得十年免役，还是怨多感少，忍气吞声。始皇何从知悉？但觉得言莫予违，快乐得很。

一日游行至梁山宫，登山俯瞩，忽见有一队人马，经过山下，武夫前呵，皂吏后随，约不下千余人，当中坐着一位宽袍大袖的人员，也是华丽得很，可惜被羽盖遮住，无从窥见面目。不由的心中惊疑，便顾问左右道："这是何人经过，也有这般威风？"左右仔细审视，才得据实复陈。为了一句答词，遂令始皇又起猜嫌。小子有诗咏道：

> 欲成大德务宽容，宁有苛残得保宗！
> 怪底秦皇终不悟，但工溪刻好行凶。

究竟山下是何人经过。容至下回发表。

始皇之南征北略，已为无名之师，顾犹得曰华夷大防，不可不严，乘锐气以逐蛮夷，亦圣朝所有事也。乃误信李斯之言，烧诗书，燔百家语，果奚为者？诗书为不刊之本，百家语亦有用之文，一切政教，恃为模范，顾可付诸一炬乎？李斯之所以敢为是议者，乃隐窥始皇之心理，揣摩迎合耳。天下非一人之天下，岂一人所得而私？始皇不知牖民，但务愚

民，彼以为世人皆愚，而我独智，则人莫予毒，可以
传世无穷。庸讵知其不再传而即止耶！若夫阿房之
筑，劳役万民，图独乐而忘共乐，徒令怨女旷夫，充
塞内外，千夫所指，无疾而死，况怨旷者之数不胜数
乎！其亡也忽，谁曰不宜！

第六回

阬深谷诸儒毙命　得原璧暴主惊心

却说梁山下面，经过的大员，就是丞相李斯。当由始皇左右，据实陈明，始皇道："丞相车骑，果如此威风么？"这句说话，明明是含有怒意。左右从旁窥透，便有人报知李斯。李斯听说，吃惊不小，嗣是有事出门，减损车从，不复如前，偏又被始皇看见，越觉动疑，便将前日在梁山宫时，所有侍从左右，一律传到，问他何故泄漏前言？左右怎敢承认，相率狡赖，惹得始皇怒不可遏，竟命武士进来，把左右一齐绑出，悉数斩首。冤酷之至。余人无不股栗，彼此相戒，永不多言。卢生屡绐始皇，免不得暗地心虚，私下与韩客侯生商议道："始皇为人，天性刚戾，予智自雄，幸得并吞海内，志骄意满，自谓从古以来，无人可及，虽有博士七千人，不过备员授禄，毫不信用。丞相诸大臣，又皆俯首受成，莫敢进言。尚且任刑好杀，亲幸狱吏，天下已畏罪避祸，裹足不前。我等近虽承宠，锦衣美食，但秦法不得相欺，不验辄死，仙药岂真可致？我也不愿为求仙药，不如见机早去，免受祸殃。"真是乖习。侯生也以为然，遂与卢生乘隙逃去。

及始皇闻知，追捕无及，不由的大怒道："我前召文学、方士，并至都中，无非欲佐致太平，炼求奇药。今徐市等费至巨万，终不得药，卢生等素邀厚赐，今反妄肆诽谤，敢加侮蔑。我想方士如此，其他可知。现在咸阳诸生，不下数百，必有妖言构造，煽惑黔首。我已使人探察，略得情伪，此次更不得不彻底清查了。"随即颁诏出去，令御史案问诸生，讯明呈报。御史等隐承意旨，传集诸生数百人，问他有无妖言惑众等情，诸生等俱齐声道："圣明在上，某等怎敢妄议？"说尚未毕，但听得一声惊堂木，出人意外。接连有厉声相诃道："汝等若不用刑，怎肯实供！"说着，即喝令皂役，取出许多刑具，把诸生拖翻地上，或加杖，或加笞，打得诸生皮开肉烂，鲜血直喷。有几个凄声呼冤，又经问官令加重刑。三木之下，何求不得，没奈何屈打成招，无辜诬伏。问官煞是厉害，再把供词深文锻炼，辗转牵引，遂构成一场大狱，砌词朦奏。始皇反说他有治狱才，立即准词批复，饬将犯禁诸生，一体处死，使天下知所惩戒，不敢再犯。可怜诸生遭此惨祸，尽被狱卒如法捆绑，推出咸阳市上，共计得四百六十余人。可巧始皇长子扶苏，入宫省父，瞥见市上一班罪犯，统是两手反翦，踯躅前来，面上都带惨容，口中尚有呼词，情既可怜，迹亦可悯，遂商诸监刑官，叫他暂时停刑，俟自己奏请后，再行定夺。监刑官见是扶苏，自然不敢反抗，连声相应。扶苏忙抢步入宫，寻见始皇，好容易才得觅着，行过了问省礼，便向始皇进谏道："天下初定，黔首未安，诸生皆诵法孔子，习知礼义，今若绳以重法，概处死刑，臣恐人心不服，反累圣聪。还求陛下特沛仁恩，酌予赦免。"道言甫毕，即闻始皇盛怒道："孺子何知？也来多言！此处用你不着，你可北赴上郡，监督蒙恬，快将长城直道，赶紧造就，我就要北巡了。"扶苏见始皇面带威棱，料知不好再谏，只得奉谕出宫，饬人报知监刑官，述明情形。监刑官怎好再缓，索性将四百六十多个儒生，尽驱入深谷中，上面抛掷土石，霎时间将谷填满，一班读书士子，冤魂相接，统入枉死城中去了。恐枉死城中尚是容受不住。

扶苏闻诸生坑死，也为泪下，只因父命在身，未敢稽留，只得匆匆北去。也是前去送死。始皇虽尽坑咸阳诸生，尚嫌不足，意欲将四方名士，悉数屠灭，才得斩草除根，不留遗种。惟一旦下诏，叫地方官尽杀文人，究未免令出无名，反致骚动天下；况文人多半狡猾，一闻命令，或即远飏，如卢生、侯生等类，在逃未获，终致漏网，岂不可虑！于是辗转图维，竟得想就了一个妙策，下诏求才，限令地方官访求名儒，送京录用。地方官当即采访，便有许多梯荣干进的儒生，冒死应征。不到数月，已由各处保送，陆续赴都，准备召见。始皇大喜，一齐宣入，检点人数，约有七百名，半系耆年，半系后进。当即温言询问，得了答词，或通经，或善文，尽命左右证明履历，然后令退。越宿即传出一道旨意，命七百人都为郎官。七百人得此恩诏，真个是意外高升，弹冠相庆，_{热中者其听诸}便即联翩入宫，舞蹈谢恩。

　　转瞬间已届寒冬，忽由骊山守吏，报称马谷地方，有瓜成实，累累可观。始皇便召集郎官，故意惊问道："现当严寒时候，果实皆残，为何马谷生出瓜来？卿等稽古有年，可能道出原因否？"诸郎官闻此异事，倒也暗暗称奇，但又不敢不对答数语。有的说是瑞兆，有的说是咎征，聚讼盈庭，莫衷一是。还是始皇定出主意，叫他同往马谷，亲去审视，方足核定灾祥。各郎官也欲亲往一瞧，验明真伪，随即联袂出都。一口气跑至马谷，果然谷中有瓜数枚，新鲜得很，大众越加惊讶，互相猜疑。正在纷纷议论的时候，猛闻得有爆裂声，不由的慌张四望，说也奇怪，那一声暴响后，便有许多土石，从头上压来。急忙忍痛四审，觅路欲奔，偏偏谷口外面，已被木石塞住，不留一隙。大众到此，才知始皇是设计阴险，巧为陷害，彼此懊悔无及，哭作一涡。过了数时，都已被木石打倒，骈死谷中。_{谁叫你等想做高官。}

　　看官阅此，应已晓得马谷坑儒的冤案；但冬令如何有瓜，不免费后人疑猜。原来骊山下有温泉，通入马谷，谷中包含热气，无论天时寒暖，常生草木。始皇密令心腹，至谷内植下瓜种，逐渐发生，竟得结实。诸生那里晓得毒谋，遂为始皇所欺，骗到谷中。那时谷外已预设伏机，一经诸生入谷，便有人扳动机捩，乱抛土石，且把谷口塞断，使他无从飞越，除死以外无他法，七百人竟不留一个。后人称马谷为"坑儒谷"，或号为"愍贤乡"，至唐明皇时，又改为"旌贤乡"，这是后话不提。

且说始皇在世，刻忌的了不得，不但读书士人，冤冤枉枉的死了无算，就是海内百姓，也为了连年徭役，吃尽了许多苦楚，并没有甚么封赏。就中只有两人，得叨恩眷，亲受封旌。一个是乌氏县中的贩竖，名叫做倮；一个是巴郡中的寡妇，名叫做清。倮素畜牧，至畜类蕃盛，便即出售，赚了若干银钱，便去改买绸绢，运往西戎兜销。戎人素着毛褐，从未见过花花色色的缯彩，一经见到，都是啧啧称羡，立向戎王报知。戎王召倮入见，看了许多缯物，即把玩流连，不忍释手。也是倮福至心灵，便挑选上等绸匹，双手奉献。戎王不禁大悦，情愿偿还价值，只苦西戎境内，没有金银，只有牲畜，当卜命将牲畜给倮，约千百头，作为缯价，倮乐得收受，谢别戎王，驱归牲畜，再至内地销售，赢利十倍。又辗转豢养马牛，越养越多，数不胜计，连圈笠都不够容纳，索性购置一座山园，就将马牛等驱至谷内，朝出暮羁，但教谷中满足，便算没有走失。从来富可致贵，钱足通灵，不知如何运动官长，竟将他奏闻始皇，说他专心畜牧，因致巨富。若非阿堵物上献，则倮本贩夫，为秦所贱，怎得仰邀封赏。好容易得了一道恩诏，竟比倮为封君，准他按时入都，得与群臣同班朝贺，号为"朝请"。一介贾竖，居然参入朝班，岂非异数？

那寡妇清，青年守节，靠着祖传的丹穴，作为生计，克勤克俭，享有巨资，她恐盗贼抢劫，也随时取出金帛，馈送官吏。官吏也派兵保护，严拒盗贼，又复代为出奏，说她如何矢志，如何持家。始皇平日未尝不好色宣淫，独对着民间妇女，偏要他男女有别，谨守防闲。既得巴郡奏举，便下一特旨，叫寡妇清入朝见驾。寡妇清是个女中丈夫，闻命以后，一些儿没有惊惶，当即带着行囊，乘传入都。沿途守吏，因寡妇清由朝廷征召，来历很大，当然不敢怠慢，一切照料，格外周到。妇人就征，却是难得。寡妇清既至咸阳，就将囊中所贮白镪，散给始皇心腹，当有人代为称誉，预达始皇。无非是要钱财做出。始皇即命引见，寡妇清放胆进去，跪下丹墀，九叩三呼，均皆合节。始皇见她楚楚有礼，特垂青眼，命她起身，且嘱左右取过金墩，赐令旁坐。秦朝制度，阶级很不平等，就是当朝丞相，也只得在旁站立，从不闻有赐坐等情。偏这位巴蜀妇人，初次登殿，竟沐这般厚恩，居然以客礼相待，引得两旁文武，无不惊奇。及始皇好言慰问，寡妇清亦应对周详，并无仓皇态度。始皇甚喜，优加赏赐。经清起身拜谢，便欲告辞，又由始皇留住数日，使得周游咸阳宫，然后命归。一别出都，长途无恙，又由官吏沿路欢送，供应与前相同。至清既归家，即有郡守前来问候，据言朝命复下，当为夫人筑一怀清台，旌扬贞节。寡妇清倍加欣慰。果然不日兴工，即就寡妇清所居乡中，倚山建筑，造成一台，颜曰"怀清"。至今蜀中名为"台山"，或称"贞女山"，便是秦时寡妇清居处。事且慢表。

再说始皇三十六年，荧惑守心，荧惑与心皆星名。有流星坠于东郡，化成一石，石上留有字迹，好象有人雕镂。仔细认明，乃是"始皇帝死而地分"，共得七字。这事虽属希奇，究竟无关紧要，似不必报达朝廷。无如始皇尝下命令，凡世间无论何事，俱由地方官奏闻，不准隐匿。东郡郡守，既得将怪石验明，不敢不报。始皇大怒道："甚么怪石！大约是莠民呪我，刻石成词，非派员查明，不能惩奸！"说着，即遣御史速往东郡，严行究治。御史奉诏，立即出发，驰往东郡，传问石旁人民，统说是天空下坠，无人刻字。御史但务严酷，拷讯多日，不得实供，因即使人驰报。谁知始皇还要刻毒，即日传诏，饬将石旁居民，全体诛戮，并将怪石毁去。御史遵诏施行，又晦气了许多百姓，身首两分，石头也遭劫火，变成泥沙，事毕复命。始皇单怕一个"死"字，虽将石头灭迹，心中尚觉不快。乃使博士各咏仙真人诗，共若干首，无非是长生不死等语。当下付与乐人，叫他谱入管弦，作为歌曲。每出游幸，即令乐工歌弹，消遣愁怀。也是无聊之极思。

　　到了秋日，有使臣从关东来，经过华阴，出平舒道，忽有一人持璧相授，且与语道："可替我赠滴池君，今年祖龙当死。"使臣愕然不解，再欲详问，那人倏然不见，惊得使臣莫名其妙。顾视手中，璧仍携着，未尝失去。料知事必有因，只好入都报闻。始皇把璧取视，璧上也没有甚么怪异，一面摩挲，一面思量，好多时才启口道："汝在华阴相遇，定是华山脚下的山鬼。山鬼有何智识。就使稍有知觉，也不过晓得眼前情事，至多不出一年，何足凭信！"使臣不敢多言，默然自退。始皇又自言自语道："'祖龙'两字，寓何意义？人非祖宗，身从何来？是'祖'字应该作'始'字解；'龙'为君象，莫非果应在我身不成！"继又自慰道："祖龙是说我先人，我祖亦曾为王，早已死去，这等荒诞无稽的说话，睬他甚么？"恰有此种心理，一经作者摹写，比史家叙得有味。当下将璧交与御府，府中守吏，却认得此御府故物，谓从前二十八年时，东行渡江，曾将此璧投水祀神，今不知如何出现，也觉不解。始皇听了，越觉心下动疑，踌躇莫决。不得已召入太卜，叫他虔诚卜卦，辨定吉凶。太卜遂向神祷告，演出龟兆，证诸三易，连山、归藏、周易，号为三易。辞义多半深奥，未尽明了。

太卜不便直告，但云游徙最吉。仍是迎合上意。始皇暗想，我可游不可徙，民可徙不可游，不如我游民徙，双方并作，当可趋吉避凶。但又恐山鬼所言，今年当死，一或出游，未免遭人暗算，我且在年内徙民，年外出游，便可无虑了。于是颁诏出去，命将内地百姓三万家，分徙河北、榆中。百姓并无事故，又要离乡背井，扶老携幼，辛辛苦苦的历碌奔波，这种不幸情事，真是出诸意外，没奈何吞声饮恨，遵旨移徙去了。

秋去冬来，便经残腊，始皇只恐致死，深居简出。静养了好几月，居然疾病不作，安稳过年。一出正月，即夏正十月。始皇心宽体泰，把数月间的惊惶情态，已尽消释，便即下诏出巡。史称始皇三十七年十月东巡，同年七月至沙邱而崩，想是编年准诸秦法，纪月准诸夏正，否则，十月之后，何又有七月耶。这番巡行，却是不循原辙，特向东南出发。法驾具备，但留右丞相冯去疾居守。本拟令少子胡亥，与去疾同在都中，偏胡亥年已弱冠，也想从父出游，一扩眼界，便即禀请乃父，托名随侍，乞许偕行。始皇本爱怜少子，又见他具有孝思，欣然允诺，遂令他随着，陪辇出都。所有侍从人等，不胜缕述。最著名的乃是左丞相李斯，及中车府令赵高。

赵高是一个阉竖，在宫服役，生性非常刁猾，善伺人主颜色，又能强记秦朝律令，凡五刑细目若干条，俱能默诵。始皇尝披阅案牍，遇有刑律处分，稍涉疑义，一经赵高在旁参决，无不如律。始皇就说他明断有识，强练有才，竟渐加宠信，擢为中车府令，且使教导少子胡亥，判决讼狱。胡亥少不更事，又是个皇帝爱子，怎肯静心去究法律？一切审判，均委赵高代办。赵高熟悉始皇性情，遇着刑案，总教严词锻炼，就使犯人无甚大罪，也说他死有余辜。一面奉承胡亥，导他淫乐，所以始皇父子，并皆称赵高为忠臣。高越加横恣，渐渐的招权纳贿，舞法弄文，不料事被发觉，竟为始皇所闻，饬令参谋大臣蒙毅，审讯高罪。毅依罪定谳，应该处死，偏始皇格外加怜，念他前时勤敏，特下赦书，不但贷他一死，并且赏还原官。偏是此人不死。此次胡亥从行，赵高也一同相随。为了阉人骖乘，遂至贻祸无穷。小子有诗叹道：

> 休言天道本微茫，假手阉人复帝纲。
> 若使金壬先伏法，强秦何至遽论亡。

欲知始皇出巡后事，待至下回再叙。

　　始皇之杀人多矣，而心计之刻毒，莫如坑儒，即其亡国之祸根，亦实自坑儒始。儒不坑，则扶苏不致进谏，扶苏不谏，则不致外出，而后日赵高矫诏之事，亦不致发生。始皇道死，扶苏继立，秦其犹可不亡乎！然始皇能杀诸生，而不能杀一赵高，所谓人有千算，天教一算者非与？或谓始皇生平，非无小惠：乌氏保之比为封君，巴寡妇之待以客礼，亦为后世庸主所未逮。不知巴寡妇尚属可能，乌氏保何足致赏？赏罚不明，倒行逆施，适以见其昏谬耳。况滥杀石旁居民，肝脑涂地，若再不死，民命曷存？至若归璧一事，似近荒诞，但乖气致戾，反常为妖，莫谓灾异之尽出无凭也？

第七回

寻生路徐市垦荒　从逆谋李斯矫诏

却说始皇出巡东南，行至云梦，道过九嶷山，闻山上留有舜冢，乃望山祷祀。前曾迁怒湘山祠，伐木赭山，此次胡为祀舜？再渡江南下，过丹阳，入钱塘，临浙江，江上适有大潮，风波甚恶，因向西绕道，宽行百二十里。从陜中渡过江流，乃上会稽山，祭大禹陵，又望祀南海。仍依前时故例，立石刻颂。文云：

皇帝休烈，平一宇内，德惠修长。三十有七年，亲巡天下，周览远方。遂登会稽，宣省习俗，黔首斋庄。群臣诵功，本原事迹，追首高朋。秦圣临国，始定刑名，显陈旧彰。初平法式，审别职任，以立恒常。六王专倍，贪戾傲猛，率众自疆。暴虐恣行，负力而骄，数动甲兵。阴通间使，以事合从，行为僻方。内饰诈谋，外来侵边，遂起祸殃。义威诛之，殄熄暴悖，乱贼灭亡。圣德广密，六合之中，被泽无疆。皇帝并宇，兼听万事，远近毕清。运理群物，考验事实，各载其名。贵贱并通，善否陈前，靡有隐情。饰省宣义，有子而嫁，倍死不贞。防隔内外，禁止淫泆，男女洁诚。夫为寄豭，杀之无罪，男秉义程。妻为逃嫁，子不得母，咸化廉清。大治濯俗，天下承风，蒙被休经。皆遵度轨，和安敦勉，莫不顺令。黔首修洁，人乐同则，嘉保太平。后敬奉法，常治无极，舆舟不倾。从臣诵烈，请刻此石，光垂休铭。

立石以后，始皇也不久留，便即启銮北行，还过吴郡，从江乘渡江，又到海上，再至琅琊。传问方士徐市，曾否求得仙药。徐市借求药为名，逐年领取费用，已不胜计，他是逍遥海上，并未去寻不死药。此次忽蒙宣召，眼见得无从报命，亏他能言善辩，见了始皇，但言"连年航海，好几次得到蓬莱，偏海中有大鲛鱼为祟，掀风作浪，阻住海船，故终不得上山求药。臣想蓬莱药非不可得，惟必须先除鲛鱼；欲除鲛鱼，只有挑选弓弩手，乘船同去，若见鲛鱼出没，便好连弩迭射，不怕鲛鱼不死"。始皇听说，不但不责他欺诳，还要依议施行，竟择得善射数百人，伴着御舟，亲往射鱼。这虽是始皇求仙心切，容易受欺，但也有一种原因，因致此举。始皇尝梦与海神交战，不能得胜，唯见海神形状，也与常人相同。及醒后召问博士，博士答称水中有神，不易见到，平时常有大鱼鲛龙，作为候验。今陛下祀神甚谨，偏有此种恶神，暗中作祟，理应设法驱除，方得善神相见。全是捣鬼。始皇还将信将疑，及闻徐市言，适与博士相符，不由的迷信起来，所以带了弓弩手数百，亲往督射，欲与海神一决雌雄。愚不可及。随即由琅琊起程，北至荣成山，约航行了数十里，并不见有甚么大鱼，甚么鲛龙。再前行至之罘，方有一大鱼扬鬐前来，若沉若浮，巨鳞可辨。各弓弩手齐立船头，突见此鱼，便各施展技艺，向鱼射去。霎时间血水漂流，那大鱼受了许多箭伤，不能存活，便悠悠的沉下水去。各弓弩手统皆喜跃，报知始皇。始皇已早瞧着，即指大鱼为恶神，谓已射死了他，此后当可无虞，乃命徐市再去求药。

徐市即将原有船只，载得童男、童女各三千人，并许多粮食物品，航海东去。此番东行，已含有避秦思想，拟择一安身地方，作为巢窟。也是天从人愿，竟被他觅得一岛，岛中草木丛生，并无人迹。当由徐市领着童男童女，齐至岛上眺览多时，且与大众语道："秦皇要我等求不死药，试想不死药从何而来？若再空手回报，必逢彼怒，我等统要被斩首了。"大众听着，禁不住号哭起来。徐市又道："休哭，休哭！我已想得一条活路在此。汝等试看这座荒岛，虽然榛莽丛杂，却是地热易生；若经我等数千人，并力开垦，种植百谷，定有收获，便可资生。好在舟中备有谷种，并有农具，一经动作，无不见效。如虑目前为难，我已筹足资粮，足供半年食料，照此办法，我等均得安居乐业，既不必输粮纳税，又不至犯法受刑，岂不是一劳永逸么？"大众鼓掌称善，当然转悲为喜，愿听徐市指挥。徐市即分派男女，逐日垦荒，即垦即耕，即耕即种，半年以后，便有生息。已而麻麦芃芃，禾役穟穟，竟把这荒芜海岛，变做了饶沃田园。既得足食，复拟营居，辟地筑庐，上栋下宇，起初还是寄宿舟中，朝出暮返，至此复得就地栖身，不劳跋涉。再加徐市体察周到，索性将童男童女，配为夫妇，使得双宿双栖，这是与众同乐，最惬人情。大众俱有室家，安然度日，还想甚么西归？就奉徐市为主子，做了一个海外桃源。后来徐市老死，便在岛上安葬。相传现今日本境内，尚留徐市古墓，数千年来，遗迹未泯，倒也好算个殖民首领了。*哥仑布不得专美，应该称许。*

且说始皇驻舟海上，还想徐市得药，就来回报，偏他一去不返，杳无消息，不得已命驾西还。渡河至平原津，忽觉得龙体不安，寒热交作，连御膳都吃不下去，日间还是勉强支持，夜间更不得安眠，心神恍惚，言语狂谵，好似见神遇鬼，不知人事。随驾非无医官，诊脉进药，全不见效，反且逐日加重，病到垂危。左丞相李斯，逐次省视，眼见始皇病笃，巴不得即日到京，催趱人马，赶快就道。好容易得至沙邱，始皇病已大渐，差不多要归天了。沙邱尚有故赵行宫，至此不得不暂憩乘舆，就借行宫住下。李斯明知始皇将死，每思启问后事，怎奈始皇生平，最忌一个死字，李斯恐触犯忌讳，又不敢率尔进陈。及始皇自知不起，乃召李斯、赵高入谕，嘱为玺书，赐与长子扶苏，叫他速回咸阳，守候丧葬。斯、高二人，依言草就，呈与始皇复阅，始皇已痰气上壅，只睁着眼对那玺书。李斯还道他留心察视，那知他已死去，只有双目未瞑。原难瞑目。毕竟赵高乖巧，用手一按，已是气息全无，奄然长逝，他即把玺书取置袖中，方与李斯说明驾崩。李斯不免张皇，急筹后事，也无暇向高索取玺书了。赵高已蓄阴谋。始皇死时，年正五十，一代暴主，从此了局。总计始皇在位三十七年，惟就并吞六国，自称皇帝时算起，只有一十二年。

　　李斯筹画一番，恐始皇道死，内外有变，不如秘不发丧，暂将始皇棺殓，载置辒辌车中，伪称始皇尚活，仍拟起行。一面催赵高发出玺书，速召扶苏回入咸阳。偏赵高怀着鬼胎，匿书不发，私下语胡亥道：“主上驾崩，不闻分封诸子，乃独赐长子书，长子一到，嗣立为帝，如公子等皆无寸土，岂不可虑！”胡亥答道：“我闻，知臣莫若君，知子莫若父，父无遗命分封诸子，为子自应遵守，何待妄议。”赵高不悦道：“公子错了！方今天下大权，全在公子与高，及丞相三人，愿公子早自为谋。须知人为我制，与我为人制，大不相同，怎可错过？”胡亥勃然道：“废兄立弟，便是不义；不奉父诏，便是不孝；自问无材，因人求荣，便是不能，三事统皆背德，如或妄行，必至身殒国危，社稷且不血食了！”此时胡亥尚有天良，故所言如此。赵高哑然失笑道：“臣闻汤武弑主，天下称义，不为不忠；卫辄拒父，国人皆服，孔子且默许，不为不孝。从来大行不顾小谨，盛德不矜小让，事贵达权，怎可墨守？及此不图，后必生悔，愿公子听臣大计，毅然决行，后必有成。"小人之言，往往于无理中说出一理，故足淆人听闻，这数语说罢，引得胡亥也为心动，沉吟半晌，方叹息道："今大行未发，丧礼未终，怎得为了此事，去求丞相？"赵高见说，便接口道："时乎时乎，稍纵即逝！臣自能说动丞相，不劳公子费心。"说着即走，胡亥并不拦阻，由他自去。已为赵高所惑。

赵高别了胡亥，便往见李斯，李斯即问道："主上遗书已发出否？"赵高道："这书现在胡亥手中，高正为了此事，来与君侯商议。今日主上崩逝，外人皆未闻知，就是所授遗嘱，只有高及君侯，当时预闻，究竟太子属诸何人，全凭君侯与高口中说出。君侯意中，果属如何？"李斯闻言大惊道："汝言从何处得来？这是亡国胡言，岂人臣所得与议么？"赵高道："君侯不必惊忙。高有五事，敢问君侯。"李斯道："汝且说来。"赵高道："君侯不必问高，但当自问，才能可及蒙恬否？功绩可及蒙恬否？谋略可及蒙恬否？人心无怨，可及蒙恬否？与皇长子的情好，可及蒙恬否？"李斯道："这五事原皆不及蒙恬，敢问君何故责我？"赵高道："高为内官厮役，幸得粗知刀笔，入事秦宫二十余年，未尝见秦封赏功臣，得传二世，且将相后嗣，往往诛夷。皇帝有二十余子，为君侯所深悉，长子刚毅武勇，若得嗣位，必用蒙恬为丞相，难道君侯尚得保全印绶，荣归乡里么？高尝受诏教习胡亥，见他慈仁笃厚，轻财重士，口才似拙，心地却明，诸公子中，无一能及，何不立为嗣君，共成大功？"李斯道："君毋再言！斯仰受主诏，上听天命，得失利害，不暇多顾了。"赵高又道："安即可危，危即可安，安危不定，怎得称明？"李斯作色道："斯本上蔡布衣，蒙上宠擢，得为丞相，位至通侯，子孙并得食禄，这乃主上特别优待，欲以安危存亡属斯，斯怎忍相负呢！且忠臣不避死，孝子不惮劳，斯但求自尽职守罢了！愿君勿再生异，致斯得罪。"

赵高见斯色厉内荏，不能坚持，便再进一步，用言胁迫道："从来圣人无常道，无非是就变从时，见末知本，观指睹归。今天下权命，系诸胡亥手中，高已从胡亥意旨，可以得志，惟与君侯相好有年，不敢不真情相告。君侯老成练达，应该晓明利害。从处制中谓之惑，从下制上谓之贼，秋霜降，草花落，水摇动，万物作，势有必至，理有固然，君侯岂尚未察么？"*仍是怵以利害。*李斯喟然道："我闻晋易太子，三世不安；齐桓兄弟争位，身死为戮；纣杀亲戚，不听谏臣，国为邱墟，遂危社稷。总之逆天行事，宗庙且不血食，斯亦犹人，怎好预此逆谋？"*不遽声明高罪，反将迂词相答，斯已气为所夺了。*赵高听着，故作愠色道："君侯若再疑虑，高也无庸多说，惟今尚有数言，作为最后的忠告。大约上下合同，总可长久，中外如一，事无表里。君侯诚听高计议，就可长为通侯，世世称孤，寿若乔松，智如孔墨；倘决意不从，必至祸及子孙，目前就恐难免。高实为君侯寒心，请君侯自择去取罢。"言毕，即起身欲行。李斯一想，这事关系甚大，胡亥、赵高已经串同一气，非独力所能制，我若不从，必有奇祸，从了他又觉违心，一时无法摆布，禁不住仰天长叹，垂泪自语道："我生不辰，偏遭乱世，既不能死，何从托命！主上不负臣，臣却要负主上了！"*看你后来果能不死否？*

赵高见他已有允意，欣然辞出，返报胡亥道："臣奉太子明令，往达丞相，丞相斯已愿遵从。"胡亥闻李斯也肯依议，乐得将错便错，好去做那二世皇帝。便与赵高密谋，假传诏旨，立子胡亥为太子，另缮一书，赐与长子扶苏、将军蒙恬。略云：

　　朕巡天下，祷祠名山诸神，以延寿命。今扶苏与蒙恬，将师数十万以屯边，十有余年矣，不能进而前，士卒多耗，无尺寸之功，乃反数上书，直言诽谤我所为，以不得归为太子，日夜怨望。扶苏为子不孝，其赐剑以自裁；恬与扶苏居外，不能匡正，应与同谋，为人臣不忠，其赐死！以兵属裨将王离，毋得有违！

书已缮就，盖上御玺，托为始皇诏命，即由胡亥派遣门下心腹，赍往上郡。李斯并皆与闻，明知赵高所为，悖逆天理，行险图功，但为自己身家起见，不能不勉强与谋，暂保富贵，所以一切秘计，无不赞同。人生败名丧节，统为此念所误。赵高又恐扶苏违诏，先入咸阳，因即将辒辌车出发，自与心腹阉人，跨辕参乘。沿途所经，仍令膳夫随食，文武百官，亦皆照常奏事。辒辌车本是卧车，四面有窗帷遮蔽，外人无从了见，还道始皇未死，恭恭敬敬的伫立车旁。那赵高等坐在车内，随口乱道，统当作圣旨一般。好在途中没甚大事，总教随奏随允，便可敷衍过去。百官等既邀允准，大都高兴得很，转身就去，何人敢来探察？因此赵高、李斯的诡谋，终未被人窥破。无如时当秋令，天时寒暖无常，有时已是清凉，有时还觉炎热，再加天空红日，照彻车驾，免不得尸气熏蒸，冲出一种臭气。赵高又想出一策，矫诏索取鲍鱼，令百官车上，各载一石。百官都不解何意，只因始皇专制，已成习惯，无论甚么命令，总须懔遵无违，才得免罪，所以矫诏一传，无不立办。鲍鱼向有臭气，各车中一概载着，惹得人人掩鼻，怎能再辨得明白，这是鲍鱼的臭气，还是尸身的臭气呢。赵高真是乖巧。

当下一路催趱，星夜前进，越井陉，过九原，经过蒙恬监筑的直道，径抵咸阳。都中留守冯去疾等，出郊迎驾，当由赵高传旨，疾重免朝，冯去疾等也不知是诈，拥着辒辌车，驰入咸阳。可巧前时胡亥心腹，从上郡回来，报称扶苏自杀，蒙恬就拘，胡亥、赵高、李斯三人，并皆大喜。小子却有诗叹道：

扶苏不死未亡秦，谁料邪谋使逆伦。
祸本已成翻自喜，嗟他忘国并忘身！

欲知扶苏自杀，及蒙恬就拘等情，待小子下回叙明。

　　徐市一方士耳，假异术以欺始皇，其存心之叵测，与卢生相似。独其后航行入海，垦辟荒岛，不可谓非殖民之至计，较诸卢生等之但知远扬，专务私图者，盖不可同日语矣。始皇稔恶，道死沙邱，赵高包藏祸心，倡谋废立，始唆胡亥，继唆李斯；胡亥少不更事，为高所惑，尚可言也，李斯身为丞相，位至通侯，受始皇之顾命，乃甘心从逆，与谋不轨，是岂大臣之所为乎？虽暴秦之罪，上通于天，不如是不足以致亡，但斯为秦相，应具相术，平时既不能匡主，临变又不思除奸，徒营营于利禄之私，同预废立之计，例以《春秋》书法，斯为首恶，而赵高犹其次焉者也。故本回标目，独斥李斯，隐寓《春秋》之大义云尔。

第八回

葬始皇骊山成巨冢　戮宗室犴狱构奇冤

却说扶苏本监督蒙恬，出居上郡，自胡亥派遣心腹，赍着伪诏御剑，前往赐死，扶苏得书受剑，泣入内舍，即欲自刎。蒙恬慌忙抢入，谏止扶苏道："主上在外，未立太子，令臣将三十万众守边，公子为监，这是天下重任，非得主上亲信，怎肯相授！今但凭一使到此，便欲自杀，安知他不有诈谋，且待派人驰赴行在，再行请命，如果属实，死也未迟。"扶苏却也怀疑，偏经使人连番催促，速令自尽，逼得扶苏胸无主宰，只好痛哭一场，顾语蒙恬道："父要子死，不得不死，我死便罢，何必多请。"说着，即取御剑自挥，青锋入项，颈血狂喷，便即倒毙。也是个晋太子申生。蒙恬替他棺殓，草草藁葬。使人又促蒙恬自裁，蒙恬却不肯遽死，但丢出兵符，给与裨将王离接受，自入阳周狱中，再待后命。使人也无可如何，因即匆匆返报。

胡亥、赵高、李斯，既得如愿，方传出始皇死耗，即日发丧，就立胡亥为二世皇帝。胡亥即位受朝，文武百官，总道是始皇遗命，自然没有异议，相率朝贺。礼成以后，丞相以下，俱仍旧职，惟进赵高为郎中令，格外宠任。赵高欲尽杀蒙氏兄弟，报复前仇。即蒙毅审讯赵高一事，见第六回中。既将蒙恬拘系阳周，复因蒙毅出外祠神，传诏出去，把他拿办。蒙毅方回至代地，正与朝使相遇，接读诏旨，俯首就缚，暂锢代地狱中。

　　是年九月，便将始皇棺木，奉葬骊山。骊山在骊邑南境，与咸阳相近，山势雄峻，下有温泉。始皇在日，早已就山筑墓，穿圹辟基，直达三泉，四周约五六里。泉本北流，冲碍墓道，因特用土障住，移使东西分流。且因山上有土无石，须从别山挑运，需役甚多，所以调发人夫，不下数十万，就中多系犯着徒刑，叫他服劳抵罪，小子于第五回中，曾叙及骊山石椁一语，便是指此。待石椁筑成轮廓，已似一座城墙，工程费了无数。还要内作宫观，备极巧妙，上象天文，用绝大的珍珠，当作日月星辰，下象地舆，取极贵的水银，当作江河大海。宫中备列百官位次，刻石为象，站立两旁。余如珍奇物玩，统皆罗致，灿然杂陈。又令匠人制造机弩，分置四围，倘若有人发掘，误触机关，弩矢便即射出，可以拒人。再从东海中觅取人鱼，取油作烛，常燕圹中。人鱼产自东海，四足能啼，状如人形，长约尺许，肉不堪食，惟熬油可以作烛，耐久不灭。似此穷奢极欲，真是古今罕闻，自兴土建筑后，差不多有十余年，工方告竣。棺已待窆，当由二世皇帝胡亥，带着宫眷，及内外文武官吏，一体送葬，舆马仪仗，繁丽绝伦，笔下尚描写不尽。既至葬所，便即下棺，胡亥却自出一令道："先帝后宫，未曾产子，应该殉葬，不必出境！"这例出自何处？这令一下，宫眷等多半无子，当然号啕大哭，响彻山谷。那胡亥毫不加怜，但命有子的妃嫔，走出圹外；余皆留住圹内，不准私逃。有几个已经撞死，有几个亦已吓倒，尚有一大半绝色娇娃，正在没法摆布，偏被工匠闭了圹门，用土封固。这班美人儿不是闷死，便是饿死，仙姿玉骨，尽作髑髅，看官道是惨不惨呢！红粉骷髅，原是一体，不足深怪！工匠等重重封闭，已至外面第一重圹门，有人向胡亥说道："圹中宝藏甚多，虽有机弩伏着，工匠等应皆知悉，保不住有偷掘等事，不如就此除灭，免留后患。"胡亥召过赵高，向他问计。经赵高附耳数语，即由胡亥派令亲卒，遽将外门掩住，再用土石填塞，一些儿不留余隙，工匠等无路可出，当然毕命。胡亥也这般刻毒，好算是始皇肖子。封圹既毕，又从墓旁栽植草木，环绕得周周密密，郁郁苍苍，墓高已五十余丈，再经草木长大起来，参天蔽日，真是一座绝好的山林。谁知不到数年，便被项羽发掘，搜刮一空，后来牧童到此牧羊，为了羊坠圹中，取火寻觅，羊既觅着，掷去余炬，索性将始皇遗冢，烧得干干净净，连枯骨都作灰尘！后人才知始皇父子，用尽心机，俱属无益，倒不如小民百姓，死后葬身，五尺桐棺，一抔黄土，或尚可传诸久远呢！慨乎言之。

且说秦二世胡亥，葬父已毕，还朝听政，即欲释放蒙恬。独赵高阴恨蒙氏，定欲害死蒙氏兄弟，不但欲诛蒙恬，并且欲诛蒙毅。当下向二世进谗道："臣闻先帝未崩时，曾欲择贤嗣立，以陛下为太子；只因蒙恬擅权，屡次谏阻，蒙毅且日短陛下，所以先帝遗命，仍立扶苏。今扶苏已死，陛下登基，蒙氏必将为扶苏复仇，恐陛下终未能安枕哩。"二世闻言，自然不肯轻赦蒙氏兄弟，再经赵高日夜怂恿，也巴不得斩草除根，遂即拟定诏书，欲把蒙氏兄弟，就狱论死。忽有一少年进谏道："从前赵王迁杀死李牧，误用颜聚，燕王喜轻信荆轲，骤背秦约，齐王建屠戮先世遗臣，偏听后胜，终落得身死国亡，夷灭宗祀。今蒙氏兄弟，为我秦大臣谋士，有功国家，陛下反欲将他骈诛，臣窃以为不可！臣闻轻虑不可以治国，独智不可以存君。今诛戮忠臣，宠任宵小，必至群臣懈体，斗士灰心，还请陛下审慎为是！"二世瞧着，乃是兄子子婴。他竟不愿对答，叱令退去，便使御史曲宫，赍诏往代，谴责蒙毅道："先帝尝欲立朕为太子，卿乃屡次阻难，究是何意？今丞相以卿为不忠，将罪及卿宗，朕颇不忍，但赐卿死，卿当曲体朕心，速即奉诏！"误杀大臣，还要示惠。蒙毅跪答道："臣少事先帝，迭沐厚恩，许参末议，先帝未尝欲立太子，臣亦未敢无故进谗。且太子从先帝周游天下，臣又不在主侧，何嫌何疑，乃加臣罪？臣非敢爱死，但恐近臣蛊惑嗣君，反累先帝英明，故臣不能无辞！从前秦穆杀三良，楚平杀伍奢，吴王夫差杀伍子胥，昭襄王杀武安君白起，四君所为，皆贻讥后世。所以圣帝明王，不杀无罪，不罚无辜，惟大夫垂察！"曲宫已受赵高密嘱，怎肯容情？待至蒙毅说罢，竟潜拔佩剑，顺手一挥，"霎"的一声，毅已首落。曲宫也不复多顾，抽身便走，还都复旨。

二世又遣使至阳周，赐蒙恬书道："卿负过甚多，卿弟毅又有大罪，因赐卿死。"蒙恬愤然道："自我祖父以及子孙，为秦立功，已越三世，今臣将兵三十余万，身虽囚系，势足背畔，今自知必死，不敢生逆，无非是不忘先主，不辱先人。古时周成王冲年嗣阼，周公旦负扆临朝，终定天下。及成王有病，周公旦且祷河求代，藏书金縢。后来群叔流言，成王误信，几欲加罪公旦，幸发阅金縢藏书，流涕悔过，迎还公旦，周室复安。今恬世守忠贞，反遭重谴，想必由孽臣谋乱，蔽惑主聪。桀杀关龙逄，纣杀王子比干，信谗拒谏，终致灭亡。恬死且进言，非欲免咎，实欲慕死谏遗风，为陛下补阙，敢请大夫复命。"朝使答说道："我只知受诏行法，不敢以将军所言，再行上闻。"蒙恬望空长叹道："我何罪于天，无过而死？"继复太息道："恬知道了！前起临洮至辽东城，穿凿万余里，难保不掘断地脉，这乃是恬的罪过，死也应该了！"劳役人民，不思谏主，这是蒙恬大罪，与地脉何关。乃仰药自杀。朝使当即返报，海内都为呼冤，独赵高得泄前恨，很是欣慰。

好容易已越一年，秦二世下诏改元，尊始皇庙为祖庙，奉祀独隆。二世复自称朕，并与赵高计议道："朕尚在少年，甫承大统，百姓未必畏服，每思先帝巡行郡县，表示威德，制服海内，今朕若不出巡行，适致示弱，怎能抚有天下呢？"赵高满口将顺，极力逢迎，越引起二世游兴，立即准备銮驾，指日启程。赵高当然随行，丞相李斯，一同扈驾。此外文武官吏，除留守咸阳外，并皆出发。一切仪制，统仿始皇时办理。路中约历月余，才到碣石。碣石在东海岸边，曾由始皇到过一两次，立石纪功。见第四回。二世复命在旧立石旁，更竖一石，也使词臣等摛藻扬华，把先帝嗣皇的创业守成，一古脑儿说将上去，无非是父作子述、先后同揆等语。文已缮就，照刻石上。再从碣石沿过海滨，南抵会稽，凡始皇所立碑文，统由二世复视，尚嫌所刻各辞，未称始皇盛德，因各续立石碑，再将先帝恩威，表扬一番，并将择贤嗣立的大意，并叙在内。李斯等监工告成，复奏明白，乃转往辽东，游历一番，然后还都。

于是再申法令，严定刑禁，所有始皇遗下的制度，非但不改，反而加苛。中外吏民，虽然不敢反抗，免不得隐有怨声。而且二世的位置，是从长兄处篡夺得来，天下事若要不知，除非莫为，当时被他隐瞒过去，后来总不免渐渐漏泄。诸公子稍有所闻，暗地里互相猜疑，或有交头接耳等情。偏有人报知二世，二世未免加忧，因与赵高密谋道："朕即位后，大臣不服，官吏尚强，诸公子尚思与我争位，如何是好！"这数语正中赵高心怀，高却故意踌躇，欲言不言。贼头贼脑。二世又惊问数次，赵高乃复说道："臣早欲有言，实因未敢直陈，缄默至今。"说到今字，便回顾两旁。二世喻意，即屏去左右，侧耳静听。赵高道："现在朝上的大臣，多半是累世勋贵，积有功劳。今高素微贱，乃蒙陛下超拔，擢居上位，管理内政，各大臣虽似貌从，心中却怏怏不乐，阴谋变乱。若不及早防维，设法捕戮，臣原该受死，连陛下也未必久安。陛下如欲除此患，亟须大振威力，雷厉风行，所有宗室勋旧，一体除去，另用一班新进人员，贫使骤富，贱使骤贵，自然感恩图报，誓为陛下尽忠，陛下方可高枕无忧了！"二世听毕，欣然受教道：

"卿言甚善，朕当照办！"赵高道："这也不能无端捕戮，须要有罪可指，才得加诛。"二世点首会意。

才阅数日，便已构成大狱，有诏拏究公子十二人，公主十人，一并下狱，并将旧臣近侍，也拘系若干，悉付讯鞫。问官为谁？就是郎中令赵高。赵高得二世委任，一权在手，还管甚么金枝玉叶，故老遗臣？但令把犯人提出阶前，硬要加他谋逆的罪名，喝令详供。诸公子间或怀疑，并没有确实逆谋，甚且平时言论，也不敢大加谤讟，平白地作了犯人，叫他从何供起？当然全体呼冤。偏赵高忍心害理，专仗那桁杨箠楚，打得诸公子死去活来。诸公子熬受不住，只好随口承认，赵高说一句，诸公子认一句，赵高说两句，诸公子认两句，此外许多诬供，统由赵高一手捏造，连诸公子俱不得闻。至若冤枉坐罪的官吏，见诸公子尚且吃苦，不如拼着一死，认作同谋，省得皮肉受刑。赵高遂牵藤摘瓜，穷根到底，不论他皇亲国戚，但教与己有嫌，一股脑儿扯入案中，濑成死罪。有几个素无仇怨，不过怕他将来升官，亦趁此贬黜了事。乐得一网打尽。当下复奏二世，二世立即批准，一道旨下，竟将公子十二人，推出市曹，尽行处斩，陪死的官吏，不可胜计。还有公主十人，不便在大廷审问，索性驱至杜陵，由二世亲往鞫治，赵高在旁执法。十公主统是生长深宫，娇怯得很，禁锢了好几日，已是黛眉损翠，粉脸成黄，再经胡亥、赵高两人，逞凶恫喝，不是气死，已是吓倒，连半句话儿都说不出来。赵高还说他不肯招承，也命刑讯，接连喝了几个"打"字，鞭挞声相随而下，雪白的嫩皮肤，怎经得一番摧折？霎时间香消玉殒，血溅冤沈。赵高是个阉人，怪不得仇视好女，敢问胡亥是何心肠。

公子将闾等兄弟三人，秉性忠厚，素无异议，至此也被株连，囚系内宫，尚未议罪。二世既捶死十公主，还惜甚么将闾兄弟，因遣使致辞道："公子不臣，罪当死！速就法吏！"将阊叫屈道："我平时入侍阙廷，未尝失礼；随班廊庙，未尝失节；受命应对，未尝失辞。如何叫做不臣，乃令我死？"使人答道："奉诏行法，不敢他议。"将阊乃仰天大呼，叫了三声"苍天"，又流涕道："我实无罪！"遂与兄弟二人拔剑自杀。

尚有一个公子高，未曾被收，自料将来必不能免，意欲逃走，转思一身或能幸免，全家必且受累，妻子无辜，怎忍听他骈戮？乃辗转思维，想出了一条舍身保家的方法，因含泪缮成一书，看了又看，最后竟打定主意，决意呈入。二世得书，不知他有何事故，便展开一阅，但见上面写着：

> 臣高昧死谨奏：昔先帝无恙时，臣入则赐食，出则乘舆，御府之衣，臣得赐之，中厩之宝马，臣得赐之；臣当从死而不能。为人子不孝，为人臣不忠，不孝不忠者，无名以立于世。臣请从死，愿葬骊山之足，惟陛下幸哀怜之！

二世阅毕，不禁喜出望外，自言自语道："我正为了他一人，尚然留着，要想设法除尽，今他却自来请死，省得令我费心，这真可谓知情识意，我就照办便了。"继又自忖道："他莫非另有诡计，假意试我？我却要预防一着，休为所算。"遂召赵高进来，把原书取示赵高。待赵高看罢，便问高道："卿看此书，是否真情？朕却防他别寓诈谋，因急生变呢。"赵高笑答道："陛下亦太觉多心，人臣方忧死不暇，难道还能谋变么？"二世乃将原书批准，说他孝思可嘉，应即赐钱十万，作为丧葬的费用。这诏发出，公子高虽欲不死，亦不能不死了。当下与家人诀别，服药自尽，才得奉旨发丧，安葬始皇墓侧。总计始皇子女共有三四十人，都被二世杀完，并且籍没家产，只有公子高拼了一死，尚算保全妻孥，不致同尽。小子有诗叹道：

祖宗作恶子孙偿，故事何妨鉴始皇！

天使孽宗生孽报，因教骨肉自相戕。

欲知二世后事，且看下回分解。

　　始皇之恶，浮于桀纣。桀纣虽暴，不过及身而止，始皇则自筑巨冢，死后尚且殃民。妃嫔之殉葬，出自胡亥之口，罪在胡亥，不在始皇。若工匠之掩死圹中，实自始皇开之，始皇不预设机弩，预防发掘，则好事者无从借口，而胡亥之毒计，无自而萌；然则始皇之死尚虐民，可以知矣。夫始皇一生之心力，无非为一己计，无非为后嗣计，枯骨尚欲久安，而项羽即起而乘其后。至若子女之骈诛，且假之于少子胡亥之手，骨尚未寒，而后嗣已垂尽矣。狡毒之谋，果奚益哉！

第九回

充屯长中途施诡计　杀将尉大泽揭叛旗

却说秦二世屠戮宗室，连及亲旧，差不多将手足股肱，尽行斫去。他尚得意洋洋，以为从此无忧，可以穷极欢娱，肆行无忌，因此再兴土木，重征工役，欲将阿房宫赶筑完竣，好作终身的安乐窝。乃即日下诏道：

> 先帝谓咸阳朝廷过小，故营阿房宫为室堂，未就而先帝崩，暂辍工作，移筑先陵。今骊山陵工已毕，若舍阿房宫而弗就，则是章先帝举事过也。朕承先志，不敢怠遑，其复作阿房宫，毋忽！

这诏下后，阿房宫内，又聚集无数役夫，日夕营缮，忙个不了。二世尚恐臣下异心，或有逆谋，特号令四方，募选才勇兼全的武士，入宫屯卫，共得五万人。于是畜狗马、豢禽兽，命内外官吏，随时贡献，上供宸赏，官吏等无不遵从。但宫内的妇女仆从，本来不少，再加那筑宫的匠役，卫宫的武人，以及狗马禽兽等类，没一个不需食品，没一种不借刍粮，咸阳虽大，怎能产得出许多刍粟，足供上用？那二世却想得妙策，令天下各郡县筹办食料，随时运入咸阳，不得间断；并且运夫等须备粮草，不得在咸阳三百里内购食米谷，致耗京畿食物。各郡县接奉此诏，不得不遵旨办理。但官吏怎有余财，去买刍米？无非是额外加征，取诸民间。百姓迭遭暴虐，已经困苦不堪，此次更要加添负担，今日供粟菽，明日供刍藁，累得十室九空，家徒四壁，甚至卖男鬻女，赔贴进去，正是普天愁怨、遍地哀鸣。二世安处深宫，怎知民间苦况？还要效乃父始皇故事，调发民夫，出塞防胡。为此一道苛令，遂致乱徒四起、天下骚扰，秦朝要从此灭亡了。承上启下，线索分明。

　　且说阳城县中有一农夫，姓陈名胜字涉，少时家贫，无计谋生，不得已受雇他家，做了一个耕田佣。他虽寄人篱下，充当工役，志向却与众不同。一日在田内耦耕，扶犁叱牛，呼声相应，约莫到了日昃的时候，已有些筋疲力乏，便放下犁耙，登垄坐着，望空唏嘘。与他合作的佣人，见他懊恨情形，还道是染了病症，禁不住疑问起来。陈胜道："汝不必问我，我若一朝得志，享受富贵，却要汝等同去安乐，不致相忘！"胜虽具壮志，但只图富贵，不务远大，所出无成。佣人听了，不觉冷笑道："汝为人佣耕，与我等一样贫贱，想甚么富贵呢？"陈胜长叹道："咄！咄！燕雀怎知鸿鹄志哩！"说着，又叹了数声。看看红日西沉，乃下垄收犁，牵牛归家。

　　至二世元年七月，有诏颁到阳城，遣发闾左贫民，出戍渔阳。秦俗民居，富强在右，贫弱在左，贫民无财输将，不能免役，所以上有征徭，只好冒死应命。阳城县内，由地方官奉诏调发，得闾左贫民九百人，充作戍卒，令他北行。这九百人内，陈胜亦排入在内，地方官按名查验，见胜身材长大，气宇轩昂，便暗加赏识，拔充屯长。又有一阳夏人吴广，躯干与胜相似，因令与胜并为屯长，分领大众，同往渔阳。且发给川资，预定期限，叫他努力前去，不得在途淹留。陈、吴两人当然应命，地方官又恐他难恃，特更派将尉二员，监督同行。

　　好几日，到了大泽乡，距渔阳城尚数千里，适值天雨连绵，沿途多阻。江南北本是水乡，大泽更为低洼，一望弥漫，如何过去？没奈何就地驻扎，待至天色晴霁，方可启程。偏偏雨不肯停，水又增涨，惹得一班戍卒，进退两难，互生嗟怨。胜与广虽非素识，至此已做了同事，却是患难与共，沆瀣相投，因彼此密议道："今欲往渔阳，前途遥远，非一二月不能到达。官中期限将至，屈指计算，难免逾期，秦法失期当斩，难道我等就甘心受死么？"广跃起道："同是一死，不若逃走罢！"胜摇首道："逃走亦不是上策。试想你我两人，同在异地，何处可以投奔？就是有路可逃，亦必遭官吏毒手，捕斩了事。走亦死，不走亦死，倒不如另图大事，或尚得死中求生，希图富贵。"希望已久，正好乘此发作。广蹙然道："我等无权无势，如何可举大事？"胜答说道："天下苦秦已久，只恨无力起兵。我闻二世皇帝，乃是始皇少子，例不当立。公子扶苏，年长且贤，从前屡谏始皇，触怒乃父，遂致迁调出外，监领北军。二世篡立，起意杀兄，百姓未必尽知，但闻扶苏贤明，不闻扶苏死状。还有楚将项燕，尝立战功，爱养士卒，楚人忆念勿衰，或说他已死，或说他出亡。我等如欲起事，最好托名公子扶苏，及楚将项燕，号召徒众，为天下倡。我想此地本是楚境，人心深恨秦皇，定当闻风响应，前来帮助，大事便可立办了。"借名号召，终非良图。广也以为然，但因事关重大，不好冒昧从事，乃决诸卜人，审问吉凶。卜人见胜、广趋至，面色匆匆，料他必有隐衷，遂详问来意，以便卜卦。胜、广未便明言，惟含糊说了数语。卜人按式演术，焚香布卦，轮指一算，便向二人说道："足下同心行事，必可成功，只后来尚有险阻，恐费周折，足下还当问诸鬼神。"已伏下文。胜、广也不再问，便即告别。途中互相告语道："卜人欲我等问诸鬼神，敢是教我去祈祷么？"想了一番，究竟陈胜较为聪明，便语吴广道："是了，是了！楚人信鬼，必先假托鬼神，方可威众，卜人教我，定是此意。"吴广道："如何办法？"胜即与广附耳数语，约他分头行事。

翌日上午，胜命部卒买鱼下膳，士卒奉令往买，拣得大鱼数尾，出资购归。就中有一鱼最大，腹甚膨胀，当由部卒用刀剖开，见腹中藏着帛书，已是惊异。及展开一阅，书中却有丹文，仔细审视，乃是"陈胜王"三字，免不得掷刀称奇。大众闻声趋集，争来看阅，果然字迹无讹，互相惊讶。当有人报知陈胜，胜却喝着道："鱼腹中怎得有书？汝等敢来妄言！曾知朝廷大法否？"做作得妙！部卒方才退去，烹鱼作食，不消细说。但已是啧啧私议，疑信相参。

到了夜间，部卒虽然睡着，尚谈及鱼腹中事，互相疑猜。忽闻有声从外面传来，仿佛是狐嗥一般，大众又觉有异，各住了口谈，静悄悄的听着。起初是声浪模糊，不甚清楚，及凝神细听，觉得一声声象着人语，约略可辨。第一声是"大楚兴"，第二声是"陈胜王"。众人已辨出声音，仗着人多势旺，各起身出望，看个明白。营外是一带荒郊，只有西北角上，古木阴浓，并有古祠数间，为树所遮，合成一团。那声音即从古祠中传出，顺风吹来，明明是"大楚兴"，"陈胜王"二语。更奇怪的是丛树中间，隐约露出火光，似灯非灯，似燐非燐，霎时间移到那边，霎时间又移到这边，变幻离奇，不可测摸。过了半晌，光已渐灭，声亦渐稀了。叙笔亦奇。大众本想前去探察，无如时当夜半，天色阴沉得很，路中又泥滑难行，再加营中有令，不准夜间私出，那时只好回营再睡。越想越奇，又惊又恐，索性都做了反舌无声，一同睡熟了。

看官欲知鱼书狐嗥的来历，便是陈胜、吴广两人的诡计。倒载而出。陈胜先私写帛书，夜间偷出营门，寻得渔家鱼网中，蓄有大鱼，料他待旦出售，便将帛书塞入鱼口。待鱼汲入腹中，胜乃悄悄回营。大泽乡本乏市集，自经屯卒留驻，各渔家得了鱼虾，统向营中兜销，所以这鱼即被营兵买着，得中胜计。至若狐噪一节，也是陈胜计划，嘱令吴广乘夜潜出，带着灯笼，至古祠中伪作狐噪，惑人耳目。古祠在西北角上，连日天雨，西北风正吹得起劲，自然传入营中，容易听见。后人把疑神见鬼等情，说做篝火狐鸣，便是引用陈胜、吴广的古典。陈胜既行此二策，即与吴广暗察众情，多是背地私语，以讹传讹，有的说是鱼将化龙，故有此变，有的说是狐已成仙，故能预知。只胜、广两人，相视而笑，私幸得计。好在营中的监督大员，虽有将尉二员，却是一对糊涂虫，他因天雨难行，无法消遣，只把那杯中物作为好友，镇日里两人对饮，喝得酩酊大醉，便即睡着，醒来又是饮酒，醉了又睡，无论甚么事情，一概不管，但令两屯长自去办理，无暇过问。胜、广乐得设法摆布，又在营中买动人心，一衣一食，都与部卒相同，毫不克扣。部卒已愿为所用，更兼鱼书狐鸣，种种怪异，尤足耸动观听，益令大众倾心。

陈胜见时机已至，又与吴广定谋，乘着将尉二人酒醉时，闯入营帐，先由广趋前朗说道："今日雨，明日又雨，看来不能再往渔阳。与其逾限就死，不如先机远扬。广特来禀知，今日就要走了。"将尉听着，勃然怒道："汝等敢违国法么？欲走便斩！"广毫不惊慌，反信口揶揄道："公两人监督戍卒，奉令北行，责任很是重大，如或愆期，广等原是受死，难道公两人尚得生活么？"这数句话很是利害，惹得一尉用手拍案，连声呼答；一尉还要性急，索性拔出佩剑，向广挥来。广眼明手快，飞起一脚，竟将剑踢落地上，顺手把剑拾起，抢前一步，用剑砍去，正中将尉头颅，劈分两旁，立即倒毙。还有一尉未死，咆哮得很，也即拔剑刺广。广又持剑格斗，一往一来，才经两个回合，突有一人驰至将尉背后，喝一声着，已把将尉劈倒，接连又是一刀，结果性命。这人为谁？便是主谋起事的陈胜。

　　胜、广杀死二尉，便出帐召集众人，朗声与语道："诸君到此，为雨所阻，一住多日，待到天晴，就使星夜前进，也不能如期到渔。失期即当斩首，侥幸遇赦，亦未必得生。试想北方寒冷，冰天雪窖，何人禁受得起？况胡人专喜寇掠，难保不乘隙入犯。我等既受风寒，又撄锋刃，还有甚么不死！丈夫子不死便罢，死也要死得有名有望；能够冒死举事，才算不虚此一生。王侯将相，难道必有特别种子么？"大众见他语言慷慨，无不感动，但还道二尉尚存，一时未敢承认，只管向帐内探望，似有顾虑情状。胜、广已经窥透，又向众直言道："我两人不甘送死，并望大众统不枉死，所以决计起事，已将二尉杀死了。"大众到此，才齐声应道："愿听尊命！"胜、广大喜，便领众人入帐，指示二尉尸首，果然血肉模糊，身首异处。当由陈胜宣令，枭了首级，用竿悬着。一面指挥大众，在营外辟地为坛，众擎易举，不日告成。就将二尉头颅，做了祭旗的物品。旗上大书一个"楚"字。陈胜为首，吴广为副，余众按次并列，对着大旗，拜了几拜，又用酒为奠。奠毕以后，并将二尉头上的血沥，滴入酒中，依次序饮，大众喝过同心酒，当然对旗设誓，愿奉陈胜为主，一同造反。胜便自称将军，广为都尉，登坛上坐，首先发令，定国号为"大楚"。再命大众各袒右臂，作为记号。一面草起檄文，诈称公子扶苏，及楚将项燕，已在军中，分作主帅。项燕与秦为仇，死于楚难，假使不死，宁有拥戴扶苏之理。陈胜虽智，计亦大谬。

　　檄文既发，就率众出略大泽乡。乡中本有三老，又有啬夫，见第二回。听得陈胜造反，早已逃去。胜即把大泽乡占住，作为起事的地点。居民统皆散走，家中留有耜头、铁耙等类，俱被大众掠得，充作兵器，尚苦器械不足，再向山中斩木作棍，截竹为旗。忙碌了好几日，方得粗备军容。老天却也奇怪，竟放出日光，扫除云翳，接连晴了半个月，水势早退，地上统干干燥燥，就是最低洼的地方，也已滴水不留。老天非保佑陈胜，实是促秦之亡。大众以为果得天助，格外抖擞精神，专待出发。各处亡命之徒，复陆续趋集，来做帮手。于是陈胜下令，麾众北进。原来大泽乡属蕲县管辖，胜既出兵略地，不得不先攻蕲县。蕲县本非险要，守兵寥寥无几，县吏又是无能，如何保守得住？一闻胜众将至，城内已惊惶得很，结果是吏逃民降。胜众不烦血刃，便已安安稳稳的据住县城。再令符离人葛婴，率众往略蕲东，连下铚酂、苦柘及谯县，声势大震。沿路收得车马徒众，均送至蕲县，归胜调遣。

胜复大举攻陈，有车六七百乘，骑兵千余，步卒数万人，一古脑儿趋集城下。适值县令他出，只有县丞居守，他却硬着头皮，招集守兵，开城搦战。胜众一路顺风，势如破竹，所有生平气力，未曾施展，完全是一支生力军。此次到了陈县，忽见城门大开，竟拥出数百人马，前来争锋，胜众各摩拳擦掌，一拥齐上，前驱已有刀枪，乱砍乱戳，凶横得很；后队尚是执着木棍，及耙头、铁耙等类，横扫过去。守兵本是单弱，不敢出战，但为县丞所逼，没奈何出城接仗。偏碰着了这班暴徒，情形与瘛犬相似，略一失手，便被打翻，稍一退步，便被冲倒，数百兵马，死的死、逃的逃，县丞见不可敌，也即奔还。那知胜众紧紧追入，连城门都不及关闭，害得县丞无路可奔，不得不翻身拼命，毕竟势孤力竭，终为胜众所杀。县丞身食秦禄，不得谓非忠良。

胜与吴广联辔入城，也想收拾人心，禁止侵掠，各处张贴榜示，居然说是除残去暴，伐罪吊民。过了数日，复号召三老豪杰共同议事，三老豪杰闻风来会，由胜温颜召入，问及善后事宜。但听得众人齐声道："将军披坚执锐，伐无道，诛暴秦，复立楚国社稷，功无与比，应即称王，以副民望。"这数句话正中胜意，只一时不便应允，总要退让数语，方可自表谦恭。当下说了几句假话，引起三老豪杰的哗声，彼誉此颂，一再劝进。胜正要允诺，忽外面有人入报，说有大梁二士，前来求见。胜问过姓名，便向左右道："这二人也来见么？我素闻二人贤名，今得到此，事无不成了。"说着即命左右出迎，且亲自起座，下阶伫候。正是：

　　饰礼宁知真下士？伪恭但欲暂欺人。

毕竟大梁二士姓甚名谁，容待下回详报。

　　暴秦之季，发难者为陈胜、吴广，而陈胜尤为首谋。是胜之起事，实暴秦存亡之一大关键也。胜一耕佣，独具大志，不可谓非轶类材。但观其鱼腹藏书，及篝火狐鸣之术，亦第足以欺愚夫，而不足以服枭杰。况其徒贪富贵，孳孳为利，子舆氏所谓蹠之徒者，胜其有焉。惟因暴秦无道，为民所嫉，史家所以大书曰："陈胜吴广，起兵于蕲，"实则皆为叛乱之首而已。杀将驱卒，斩木揭竿，乱秦有余，平秦不足。本书之不予胜、广，其好治抑乱之心，已寓言中，正不徒以文字见长也。

第十回

违谏议陈胜称王　善招抚武臣独立

　　却说大梁二士来谒陈胜，一个叫作张耳，一个叫作陈余。两人俱籍隶大梁，家居不远。张耳年长，陈余年少，所以余事耳如父，耳亦待余如子弟，两人誓同生死，时人称为刎颈交。

　　耳曾为魏公子门客，后因犯事出奔，避居外黄。外黄有一富家女，生得美貌如花，艳名鹊起，偏偏嫁了一个庸奴，免不得夫妻反目，时有怨声。一日又复噪闹，甚至互哄，富家女身材袅娜，怎禁得起乃夫老拳！如花美眷，不知温存，还想饱以老拳，真是庸奴。急不暇择，逃出夫家，竟潜至父执家中，匿身避祸。父执见他泪容满面，楚楚可怜，遂与富家女说道："汝果不欲适庸奴，何妨再求贤夫。我意中却有一人，未知汝可愿否？"富家女当然心动，含糊答应。父执复令女在屏后立着，亲判妍媸，自己出外一走。不到片时，已引入一个俊俏郎君，故意的高声与语。女从屏后露出半面，约略相窥，果然是温文尔雅，与前夫大不相同。及父执送客出门，入与女语；女问及来客姓名，才知是大梁人张耳，芳心欲醉，恨不得即与并头。父执愿为玉成，即往与女父熟商，令女改嫁张耳。女父本来溺爱，悔为女误配匪人，至此愿出巨资，给女前夫，与他离婚。女夫与女不和，乐得取钱弃女，听他转嫁。呆鸟。俏佳人终偶才郎，错姻缘幸得改正，不但富家女心满意足，就是亡命徒张耳，得此意外奇逢，也是乐不胜言。还有一桩极好的机缘，张耳既得美妇，又得妇财，索性结交远客，广为延誉，声名渐达魏廷。魏主竟不记前愆，反用耳为外黄令，铜章墨绶，俨然一百里小侯了。富家女得做县令夫人，应更惬意。陈余少好读书，并喜游览，偶至赵国苦陉地方，得邀富人公乘氏赏识，也愿招他为婿。女貌颇亦不俗，陈余自然乐允，择日成礼。两小无猜，又是一对好夫妻。张、陈两人，想都是红鸾星照命。

及魏被秦灭，张耳失官，仍在外黄居住，陈余亦挈妻还乡。不料秦朝竟悬出赏格，购缉两人，赏格上面，煌煌写着，获张耳赏千金，获陈余赏五百金。二人不知何因，但情急逃生，不得已移名改姓，避居陈县，充当里正监门。仔细探听，方知秦令购缉，实恐二人多才，重复兴魏，所以务欲翦除。张耳得此消息，时常戒勉陈余，须要谨慎小心，毋得败露真情，陈余亦格外记着。冤冤相凑，竟为着一些小事，触怒里吏，里吏将加余笞罪。余不肯忍耐，起身欲走，可巧张耳在旁，慌忙把足蹑余，使他受笞。及笞毕吏去，耳引余至桑下，悄悄与语道："我与汝曾已说过，汝奈何失记！区区小辱，不甘忍受，乃欲与里吏拼命，死何足惜！"余始悔悟谢过。复由耳想出一计，用着监门名义，号令里中，叫他访拿张耳、陈余。里人怎知诈谋？心下贪赏，还往四处寻缉。其实张、陈二人，原在眼前，反被他用计瞒过了。却是好计。

至胜、广入陈，张耳、陈余乃踵门求见。胜也闻得二人大名，尝遭秦忌，因此亟欲一见，特地下阶伫候，表明敬意。待二人既入，向胜行礼，胜忙与答揖，引至座前，令他分坐两旁，然后与议军情，并谈及称王意见。张耳答道："秦为无道，破人国家，灭人社稷，绝人后嗣，疲民力，竭民财，暴虐日甚。今将军瞋目张胆，万死不顾一生，为天下驱除残贼，真是绝大的义举。惟现方发迹至陈，亟欲以王号自娱，窃为将军不取！愿将军毋急称王，速引兵西向，直指秦都。一面立六国后人，自植党援，裨益秦敌。敌多力自分，与众兵乃强，将见野无交兵，县无守城，诛暴秦，据咸阳，号令诸侯，诸侯转亡为存，无不感戴，将军再能怀柔以德，天下自相率悦服，帝业也可成就了，还要称王何用！"说到此处，见陈胜默默无言，似有不悦情状。正想开言再劝，那陈余已接入道："将军不欲平定四海，倒也罢了，如有志安邦，宜图大计。若仅据一隅，便拟称王，恐天下都疑及将军，怀挟私意，待至人情失望，远近灰心，将军悔也无及了！"陈胜沉吟半晌，方才说出一语道："容待再议。"两人见话不投机，本想就此告辞，只因途中多阻，不能不暂时安身，再作计较，乃留住陈胜麾下，充作参谋。胜竟自立为王，国号"张楚"，隐寓张大楚国的意思。

是时河南诸郡县，苦秦苛法，豪民多戕杀官吏，起应陈胜。胜乃使吴广为假王，监督诸将，西攻荥阳。广已出发，张耳、陈余，也想乘此外出，离开陈邑，遂由张耳暗嘱陈余，令他向胜献计道："大王举兵梁楚，志在西讨，入关建业，若要顾及河北，想尚未遑。臣尝游赵地，素知河北地势，并结交豪杰多人，今愿请奇兵，北略赵地，既足牵制秦军，复足抚定赵民，岂不是一举两得么？"也想飞去。胜听余言，却也称为奇计，但因他新来归附，总难深信，乃特选故人武臣为将军，邵骚为护军，督同张耳、陈余二人，领兵三千，往徇赵地；耳与余不给重任，但使他为左右校尉，作为武臣的帮办。二人别有隐衷，不暇计及官职大小，欣然领命，渡河北去。

胜将葛婴，未曾至陈，独率部往略九江。行至东城，遇着楚裔襄疆，一见如故，竟不待胜命，擅立襄疆为楚王。嗣得陈胜文书，内有"张楚王"字样，始知胜已称王，不能另立襄疆，自悔一时鲁莽，潜图变计。凑巧陈胜命令，又复颁到，叫他领兵还陈，他越恐陈胜动疑，竟将襄疆杀死，持首还报。果然胜已闻知，待婴到后，立即传婴入见，数责罪状，喝令斩首。左右将婴推出，一刀两段，死于非命。婴已悔过，罪不至死。部众见婴惨死，未免寒心，互相私议。胜尚以为令出法行，可无他虑，复遣汝阴人邓宗，东略九江，魏人周市，北徇魏地。

会接吴广军报，说是"进攻荥阳，不能得胜，现由秦三川守李由，坚守荥阳城，非再行发兵，难下此城"等语。胜乃召集谋士，申议攻秦方法。上蔡人蔡赐，本为房邑君长，献议胜前，请派名将西行，径入函谷关，直捣咸阳。胜依了赐议，并封他为上柱国。一面访求良将，得着陈人周文，召入与语。文自述履历，谓"曾事春申君黄歇，又为项燕军占验吉凶，素谙军事"。胜即大喜，特给将军印信，使他西行攻秦。周文奉命就道，沿途收集壮士，编入队伍，众至数十万，长驱西进，直薄函谷关。关中守吏，飞章告急，谁知秦廷里面，好象没人一般，任他如何急报，总不闻有将士出援。原来二世恣意淫乐，朝政俱归赵高把持，高专事炀蔽，凡遇外面奏报，一律搁起，不使二世得闻，所以陈胜起兵，已有数月，二世全然不知。会有使臣从东方回来，面谒二世，奏称陈胜造反，郡县多叛，请即遣将讨平。二世还道他是妄言欺主，命将使臣下狱。嗣是他使还京，由二世问及乱事，俱答称幺麽小丑，不足有为，现已由各郡守尉，四面兜捕，即可荡平，陛下尽可放心。二世大喜，把乱事置诸度外，毫不提及，朝廷得过且过，也不敢渎陈外事，上下相蒙，乱端益炽，直至周文入关，秦廷尚视若无事，这真叫做糊涂世界呢。不如是，不足致亡。

且说周文一路进兵，攻城掠地，所向无前，当然派人至陈，一再报捷，陈胜喜如所望，遂轻视秦室，不复设备。博士孔鲋，系孔夫子的八世孙，曾持家传礼器，诣陈谒胜，胜因留为博士。至此独进谏道："臣闻兵法有言：不恃敌不攻我，但恃我不可攻，今大王恃敌不攻，未知所以自恃的道理；倘或敌人骤至，无法抵御，一有蹉跌，全局瓦解，虽悔也是迟了！"胜不肯从，惟专望各路捷音，好去做那关中皇帝。怎知福为祸倚，乐极悲生，那四面八方的警报，已是陆续到来。第一路的警信，就是出徇赵地的武臣等军。第二路的警信，乃是进攻秦都的周文等军，小子只有一枝秃笔，不能双管齐下，只好依次叙述，先后说明。

自武臣等率兵北去，从白马津渡河，所过诸县，偏谕豪杰，无非说是"暴秦无道，劳役百姓，绳以重法，迫以苛征，今由陈王起义，天下响应，我等奉令北渡，前来招安，诸君皆为豪士，理应并力同心，共除暴秦"云云。豪杰等正苦秦暴，听了这番名正言顺的话儿，还有甚么不服，当即愿为前导，分趋各城，城中守吏，多被杀死。接连得了十座城池，人数亦越聚越多，渡河时只有三千人，至是却多了好几万名。当下推武臣为武信君，再出招谕。偏是余城不屈，各募兵民拒守，武臣因诸城无关险要，竟引众趋向东北，独攻范阳。范阳令徐公，有志保城，也即缮甲厉兵，准备抵御。偏有一个辩士蒯彻，入见徐公，先说出一个"吊"字，后说出一个"贺"字。便是说客口吻。惹得徐公莫明其妙，不得不惊问理由。蒯彻道："彻闻公将死，故来吊公；但公得彻一言，便有生路，故又复贺公。"徐公道："君不必故作疑团，正好明白说来。"彻又道："足下为范阳令，已十余年，杀人父，孤人子，断人足，黥人首，想已不可胜数。百姓无不怀怨，但恐秦法严重，未敢剚刃公腹，致灭全家。今天下大乱，秦法不行，足下岂尚得自全？一旦敌临城下，百姓必乘机报仇，刃及公胸，这岂不是可吊么？幸亏彻来见公，为公定计，俟武信君尚未到来，即由彻先去游说，为公效力，使公转祸为福，这又便是可贺了！"徐公喜道："君言甚善，请即为我往说武信君！"蒯彻因即前往，求见武臣。武臣方招致豪杰，当然许见。蒯彻进言道："足下到此，必待战胜然后略地，攻破然后入城，未免过劳。彻有一计，可不攻而得城，不战而得地，但教一纸檄文，便足略定千里，未知足下愿闻否？"武臣急问道："果有此计，怎不愿闻！"蒯彻道："今范阳令闻公攻城，正拟整顿兵马，守城拒敌，惟城中士卒不多，该令又逡巡畏死，贪恋禄位，目下不肯归降，实因公前下十城，见吏即诛，降亦死，守亦死，故不得不拼死图存。就使范阳少年，嫉吏如仇，起杀范阳令，亦必据城拒公，不甘就死。为公设法，不若赦范阳令，并给侯印，该令喜得富贵，自愿开城出降，范阳少年亦不敢杀令，是全城便唾手可下了。公再使该令乘朱轮，坐华毂，徇行燕赵郊野，燕赵吏民，孰不欣羡，必争先降公。公得不攻而取，不战而服，这就所谓传檄可定呢！"面面俱到，真好口才。武臣点首称善，便令刻就侯印，交彻赍赐范阳令。范阳令徐公，大喜过望，即开城迎武臣军。武臣复如彻言，特给徐公高车驷马，往抚燕赵，赵地果闻风趋附，不到旬月，已平定了三十余城，乘势入邯郸县。

适有周文败报，自西传来，又探得陈胜部将，多因谗毁得罪，武臣不免疑惧。张耳、陈余，更生异谋。他本怨陈胜不用己言，复只得了左右校尉的名目，未绾兵符，因此乘隙生心，遂进说武臣道："陈王起兵蕲县，才得陈地，便自称为王，不愿立六国后裔，居心可知。今将军率三千人，下赵数十城，偏居河北，若非称王，何由镇抚；况陈王好信谗言，妒功忌能，将军功高益危，不如南面称王，脱离陈王羁绊，免得意外受祸。时不可失，愿将军勿疑！"武臣听了"称王"二字，岂有不喜欢的道理，当下在邯郸城外，群地为坛，也居然堂皇高坐，朝见僚属，竟称孤道寡起来。武臣自为赵王，授陈余为大将军，张耳为右丞相，邵骚为左丞相，且使人报知陈胜。

胜得报后，怒不可遏，即欲饬拘武臣家属，尽行屠戮，更发兵往击武臣。独上柱国蔡赐入谏道："秦尚未灭，先杀武臣家属，是又增出一秦，为大王敌，大王东西受攻，必遭牵制，如何得成大业！今不若遣使往贺，暂安彼心，并令他从速攻秦，遥援周文，是东顾既可无忧，西略便为得势。灭秦以后，图赵未迟，何必急急哩！"陈胜乃转怒为喜，但将武臣家属，徙入王宫，把他软禁。并封张耳子敖为成都君，派人贺赵，乘便报闻。张耳、陈余见了胜使，早已瞧透胜意，表面上佯与为欢，背地里却私语武臣道："大王据赵称尊，必为陈王所忌，今遣使来贺，明明是怀着诡谋，使我并力灭秦，然后再北向图我。大王不如虚与周旋，优待来使，至来使去后，尽管北收燕代，南取河内。若得南北两方，尽为赵有，楚虽胜秦，也必不敢制赵，反且与我修和，大王却好沈着观变，坐定中原了。"计亦甚是。武臣也称好计，款待胜使，厚礼遣归。随即使韩广略燕，李良略常山，张黡略上党，三路出发，独不遣一卒西向。

那时攻入秦关的周文，孤军无助，竟被秦将章邯击退，败走出关。章邯为秦少府，官名。颇有智勇，因闻周文攻入关中，直至戏地，不由的愤激得很，意欲入宫详陈。可巧警报与雪片相似，飞达咸阳，连赵高也觉吃惊，不得不据实奏明。二世至此，方才似梦初觉，吓出一身冷汗，急召文武百官，入朝会议，自己也亲出御朝，询问御敌方法。百官都面面相觑，莫敢发言，独章邯出班奏道："贼众已近，亟须征剿，若要征集将士，已恐不及，臣请赦免骊山徒犯，尽给兵器，由臣统领前去，奋力一击，当可退贼。"二世已焦急万分，只望有人解忧，幸得章邯替他划策，并请效力，当然喜逐颜开，褒奖了好几语。一面颁诏大赦，即命章邯为将军，招集骊山役徒，编制成军，出都退敌。章邯确是有些能力，挑选丁壮，作为前驱，自居中坚调度，老弱派充后队，管领辎重。待至戏地相近，又晓谕大众，有进无退，进即重赏，退即斩首。兵役都是犯人出身，本来是不甚怕死，此次得了将令，都望赏赐，当即拼命杀出，冲入周文营中。周文自东至西，沿途未遇大敌，总道是秦人无用，意存轻视。不料章邯兵到，势似潮涌，一时招架不住，只好倒退，那秦兵得占便宜，越加厉害，杀得周军七零八落，东逃西散。周文无法禁遏，也跑出函谷关去了，小子有诗叹道：

　　孤军转战入函关，一败颓然即遁还。
　　锐进由来防速退，先贤名论总难删。

　　秦兵大捷，关内粗安，偏东方复迭出异人，与秦为难。就中更有个真命天子，乘时崛起，奋发有为。欲知他姓名履历，待至下回再详。

　　张耳，陈余，号称贤者，实亦策士之流亚耳。当其进谒陈胜，谏阻称王，请胜西向，为胜计不可谓不忠。及胜不从忠告，便起异心，徇赵之计，出自二人，武臣为将，二人为副，渡河北赴，连下赵城，向时之阻胜称王者，乃反以王号推武臣，何其自相矛盾若此？彼且曰："为胜计，不宜称王；为武臣计，正应称王。"此即辩士之利口，荧惑人听，实则无非为一己计耳。始欲助胜，继即图胜，纤芥之嫌，视若仇敌，策士之不可恃也如此。然二人之不克有成，亦于此可见矣。

第十一回

降真龙光韬泗水　斩大蛇夜走丰乡

却说秦二世元年九月，江南沛县地方，有个丰乡阳里村，出了一位真命天子，起兵靖乱，后来就是汉朝高祖皇帝，姓刘名邦字季。父名执嘉，母王氏，名叫含始。执嘉生性长厚，为里人所称美，故年将及老，时人统称为太公。王氏与太公年龄相等，因亦呼为刘媪。刘媪尝生二子，长名伯，次名仲，伯、仲生时，无甚奇异，到了第三次怀孕，却与前二胎不同。

相传刘媪有事外出，路过大泽，自觉脚力过劳，暂就堤上小坐，闭目养神，似寐非寐，蓦然见一个金甲神人，从天而下，立在身旁，一时惊晕过去，也不知神人作何举动。此亦与姜嫄履拇同一怪诞，大抵中国古史，好谈神话，故有此异闻。惟太公在家，记念妻室，见他久出未归，免不得自去追寻。刚要出门，天上忽然昏黑，电光闪闪，雷声隆隆，太公越觉着急，忙携带雨具，三脚两步，趋至大泽。遥见堤上睡着一人，好似自己的妻房，但半空中有云雾罩住，回环浮动，隐约露出鳞甲，象有蛟龙往来。当下疑惧交乘，又复停住脚步，不敢近前。俄而云收雾散，天日复明，方敢前往审视，果然是妻室刘媪，欠伸欲起，状态朦胧，到此不能不问。偏刘媪似无知觉，待至太公问了数声，方睁眼四顾，开口称奇。太公又问她曾否受惊，刘媪答道："我在此休息，忽见神人下降，遂至惊晕，此后未知何状。今始醒来，才知乃是一梦。"太公复述及雷电蛟龙等状，刘媪全然不知，好一歇神气复原，乃与太公俱归。

不意从此得孕，过了十月，竟生一男。难道是神人所生么？长颈高鼻，左股有七十二黑痣。太公知为英物，取名为邦，因他排行最小，就以季为字。太公家世业农，承前启后，无非是春耕夏耘，秋收冬获等事。伯、仲二子，亦就农业，随父营生。独刘邦年渐长大，不喜耕稼，专好浪游。太公屡戒勿悛，只好听他自由。惟伯、仲娶妻以后，伯妻素性悭吝，见邦身长七尺八寸，正是一个壮丁，奈何勤吃懒做，坐耗家产，心中既生厌恨，口中不免怨言。太公稍有所闻，索性分析产业，使伯、仲挈眷异居。邦尚未娶妻，仍然随着父母。

光阴易过，倏忽间已是弱冠年华，他却不改旧性，仍是终日游荡，不务生产。又往往取得家财，结交朋友，征逐酒食。太公本说邦秉资奇异，另眼相看，至此见他年长无成，乃斥为无赖，连衣食都不愿周给。邦却怡然自得，不以为意，有时恐乃父叱逐，不敢回家，便至两兄家内栖身。两兄究系同胞，却也呼令同食，不好漠视。那知伯忽得疾，竟致逝世，伯妻本厌恨小叔，自然不愿续供了。邦胸无城府，直遂径行，不管她憎嫌与否，仍常至长嫂家内索食。长嫂尝借口孤寡，十有九拒，邦尚信以为真。一日更偕同宾客数人，到长嫂家，时正晌午，长嫂见邦复至，已恐他来扰午餐，讨厌得很，再添了许多朋友，越觉不肯供给，双眉一皱，计上心来，急忙趋入厨房，用瓢刮釜，佯示羹汤已尽，无从取供。邦本招友就食，乘兴而来，忽闻厨中有刮釜声，自悔来得过迟，未免失望。友人倒也知趣，作别自去。邦送友去后，回到长嫂厨内，探视明白，见釜上蒸气正浓，羹汤约有大半锅，才知长嫂逞习使诈，一声长叹，掉头而出。不与长嫂争论，便是大度。

嗣是绝迹不至嫂家，专向邻家两酒肆中，做了一个长年买主。有时自往独酌，有时邀客共饮。两酒肆统是妇人开设，一呼王媪，一呼武妇。《史记》作负，负与妇通。二妇虽是女流，却因邦为毗邻少年，也不便斤斤计较；并且邦入肆中，酤客亦皆趋集，统日计算，比往日得钱数倍，二主妇暗暗称奇，所以邦要赊酒，无不应允。邦生平最嗜杯中物，见二肆俱肯赊给，乐得尽情痛饮，往往到了黄昏，尚未回去，还要痛喝几杯。待至醉后懒行，索性假寐座上，鼾睡一宵。王媪、武妇，本拟唤他醒来，促令回家，谁知他头上显出金龙，光怪离奇，不可逼视。那时二妇愈觉希罕，料邦久后必贵，每至年终结帐，也不向邦追索。邦本阮囊羞涩，无从偿还，历年宕帐，一笔勾销罢了。两妇都也慷慨。

但邦至弱冠后，非真绝无知识，也想在人世间，做些事业，幸喜交游渐广，有几人替他谋划，教他学习吏事。他一学便能，不多时便得一差，充当泗上亭长。亭长职务，掌判断里人狱讼，遇有大事，乃详报县中，因此与一班县吏，互相往来。最莫逆的就是沛县功曹，姓萧名何，与邦同乡，熟谙法律。何为三杰之一，故特笔叙出。次为曹参、夏侯婴诸人，每过泗上，邦必邀他饮酒，畅谈肺腑，脱略形骸。萧何为县吏翘楚，尤相关切，就使刘邦有过误等情，亦必代为转圜，不使得罪。

会邦奉了县委，西赴咸阳，县吏各送赆仪，统是当百钱三枚，何独馈五枚。及邦既入咸阳城，办毕公事，就在都中闲逛数日。但见城阙巍峨，市廛辐凑，车马冠盖，络绎道旁，已觉得眼界一新，油然生感。是时始皇尚未逝世，坐了銮驾，巡行都中。邦得在旁遥观，端的是声灵赫濯，冠冕堂皇，至御驾经过，邦犹徘徊瞻望，喟然叹息道："大丈夫原当如是哩！"人人想做皇帝，无怪刘季。既而出都东下，回县销差，仍去做泗上亭长。

约莫过了好几年，邦年已及壮了，壮犹无室，免不得怅及鳏居。况邦原是好色，怎能忍耐得住？好在平时得了微俸，除沽酒外，尚有少许余蓄，遂向娼寮中寻花问柳，聊做那蜂蝶勾当。里人岂无好女？只因邦向来无赖，不愿与婚。邦亦并不求偶，还是混迹平康，随我所欲，费了一些缠头资，倒省了多少养妇钱。会由萧何等到来晤谈，述及单父<small>单音善，父音斧。</small>县中，来了一位吕公，名父字叔平，与县令素来友善。此次避仇到此，挈有家眷，县令顾全友谊，令在城中居住，凡为县吏，应出资相贺云云。邦即答道："贵客辱临，应该重贺，邦定当如约。"说毕，大笑不止。<small>已寓微旨。</small>何亦未知邦怀何意，匆匆别去。越日，邦践约进城，访得吕公住处，昂然径入。萧何已在厅中，替吕公收受贺仪，一见刘邦到来，便宣告诸人道："贺礼不满千钱，须坐堂下！"<small>明明是戏弄刘邦。</small>刘邦听着，就取出名刺，上书贺钱盈万，因即缴进。当有人持刺入报，吕公接过一阅，见他贺礼独丰，格外惊讶，便亲自出迎，延令上坐。端详了好一会，见他日角斗胸，龟背龙股，与常人大不相同，不由的敬礼交加，特别优待。萧何料邦乏钱，从旁揶揄道："刘季专好大言，恐无实事。"吕公明明听见，仍不改容，待至酒肴已备，竟请邦坐首位。邦并不推让，居然登席，充作第一位嘉宾。大众依次坐下，邦当然豪饮，举杯痛喝，兴致勃然。到了酒阑席散，客俱告辞，吕公独欲留邦，举目示意。邦不名一钱，也不加忧，反因吕公有款留意，安然坐着。吕公既送客出门，即入语刘邦道："我少时即喜相人，状貌奇异，无一如季，敢问季已娶妇否？"邦答称尚未。吕公道："我有小女，愿奉箕帚，请季勿嫌。"邦听了此言，真是喜从天降，乐得应诺。当即翻身下拜，行舅甥礼，并约期亲迎，欢然辞去。吕公入告妻室，已将娥姁许配刘季。娥姁即吕女小字，单名为雉。吕媪闻言动怒道："君谓此儿生有贵相，必配贵人，沛令与君交好，求婚不允，为何无端许与刘季？难道刘季便是贵人么?"吕公道:"这事非儿女子所能知,我自有慧鉴,断不致误!"吕媪尚有烦言,毕竟妇人势力,不及乃夫,只好听吕公备办妆奁,等候吉期。

转瞬间吉期已届,刘邦着了礼服,自来迎妇。吕公即命女雉装束齐整,送上彩舆,随邦同去。邦回转家门,迓女下舆,行过了交拜礼,谒过太公刘媪,便引入洞房。揭巾觑女,却是仪容秀丽,丰采逼人,不愧英雌。顿时惹动情肠,就携了吕女玉手,同上阳台,龙凤谐欢,熊罴叶梦。过了数年,竟生了一子一女,后文自有表见,暂且不及报名。

只刘邦得配吕女,虽然相亲相爱,备极绸缪,但他是登徒子一流人物,怎能遂不二色?况从前在酒色场中,时常厮混,免不得藕断丝连,又去闲逛。凑巧得了一个小家碧玉,楚楚动人,询明姓氏,乃系曹家女子,彼此叙谈数次,竟弄得郎有情、女有意,合成一场露水缘,曹女却也有识。她却比吕女怀妊,还要赶早数月,及时分娩,就得一男。里人多知曹女为刘邦外妇,邦亦并不讳言,只瞒着一个正妻吕雉,不使与闻。已暗伏吕雉之妒。待吕氏生下一子一女,曹女尚留住母家,由邦给资赡养,因此家中只居吕妇,不居曹妾。

邦为亭长,除乞假归视外,常住亭中。吕氏但挈着子女,在家度日。刘家本非富贵,只靠着几亩田园,作为生活,吕氏嫁夫随夫,暇时亦至田间刈草,取做薪刍。适有一老人经过,顾视多时,竟向吕氏乞饮。吕氏怜他年老,回家取汤给老人。老人饮罢,问及吕氏家世,吕氏略述姓氏,老人道:"我不意得见夫人,夫人日后必当大贵。"吕氏不禁微哂,老人道:"我素操相术,如夫人相貌,定是天下贵人。"当时何多相士。吕氏将信将疑,又引子至老人前,请他相视,老人抚摩儿首,且惊且语道:"夫人所以致贵,便是为着此儿。"又顾幼女道:"此女也是贵相。"说毕自去。适值刘邦归家,由吕氏具述老人言语，邦问吕氏道："老人去了，有多少时候？"吕氏道："时候不多，想尚未远。"邦即抢步追去，未及里许，果见老人踽踽前行，便呼语道："老丈善相，可为我一看否？"老人闻言回顾，停住脚步，即将邦上下打量一番，便道："君相大贵，我所见过的夫人、子女，想必定是尊眷。"邦答声称是。老人道："夫人、子女，都因足下得贵，婴儿更肖足下，足下真贵不可言。"邦喜谢道："将来果如老丈言，决不忘德！"老人摇首道："这也何足称谢。"一面说，一面转身即行，后来竟不知去向。至刘邦兴汉，遣人寻觅，亦无下落，只得罢了。

惟当时福运未至，急切不能发迹，只好暂作亭长，静待机会。闲居无事，想出一种冠式，拟用竹皮制成。手下有役卒两名，一司开闭堭除，一司巡查缉捕，当下与他商议，即由捕盗的役卒，谓薛地颇有冠师，能作是冠，邦便令前去。越旬余见他返报，呈上新冠，高七寸，广三寸，上平如板，甚合邦意。邦就戴诸首上，称为"刘氏冠"。后来垂为定制，必爵登公乘，才得将刘氏冠戴着。这乃是汉朝特制，为邦微贱时所创出，后人号为"鹊尾冠"，便是刘邦的遗规了。叙入此事，见汉朝创制之权舆。

二世元年，秦廷颁诏，令各郡县遣送罪徒，西至骊山，添筑始皇陵墓。沛县令奉到诏书，便发出罪犯若干名，使邦押送前行。邦不好怠玩，就至县中带同犯人，向西出发。一出县境，便逃走了好几名，再前行数十里，又有好几个不见，到晚间投宿逆旅，翌晨起来，又失去数人。邦孑然一身，既不便追赶，又不能禁压，自觉没法处置，一路走、一路想，到了丰乡西面的大泽中，索性停住行踪，不愿再进。泽中有亭，亭内有人卖酒，邦嗜酒如命，怎肯不饮，况胸中方愁烦得很，正要借那黄汤，灌浇块垒，当即觅地坐下，并令大众都且休息，自己呼酒痛饮，直喝到红日西沉，尚未动身。

　　既而酒兴勃发，竟抽身语众道："君等若至骊山，必充苦役，看来终难免一死，不得还乡。我今一概释放，给汝生路，可好么？"大众巴不得有此一着，听了邦言，真是感激涕零，称谢不置。邦替他一一解缚，挥手使去。众又恐刘邦得罪，便问邦道："公不忍我等送死，慨然释放，此恩此德，誓不忘怀；但公将如何回县销差？敢乞明示。"邦大笑道："君等皆去，我也只好远扬了，难道还去报县，寻死不成？"道言至此，有壮士十数人，齐声语邦道："如刘公这般大德，我数人情愿相从，共同保卫，不敢轻弃。"邦乃申说道："去也听汝，从也听汝。"于是十数人留住不行，余皆向邦拜谢，踊跃而去。刘邦胆识，可见一斑。

　　邦乘着酒兴，戴月夜行，壮士十余人，前后相从。因恐被县中知悉，不敢履行正道，但从泽中觅得小径，鱼贯而前。小径中最多荆莽，又有泥洼，更兼夜色昏黄，不便急走。邦又醉眼模糊，慢慢儿的走将过去，忽听前面哗声大作，不禁动了疑心。正要呼问底细，那前行的已经转来，报称大蛇当道，长约数丈，不如再还原路，另就别途。邦不待说毕，便勃然道："咄！壮士行路，岂畏蛇虫？"说着，独冒险前进。才行数十步，果见有大蛇横架泽中，全然不避，邦拔剑在手，走近蛇旁，手起剑落，把蛇劈作两段。复用剑拨开死蛇，辟一去路，安然趋过。行约数里，忽觉酒气上涌，竟至昏倦，就择一僻静地方，坐下打盹，甚且卧倒地上，梦游黑甜乡。待至醒悟，已是鸡声连唱，天色黎明。

　　适有一人前来，也是丰乡人氏，认识刘邦，便与语道："怪极！怪极！"邦问为何事？那人道："我适遇着一个老妪，在彼处野哭，我问他何故生悲？老妪谓人杀我了，怎得不哭？我又问他子何故被杀，老妪用手指着路旁死蛇，又向我呜咽说着，谓我子系白帝子，化蛇当道，今被赤帝子斩死，言讫又泪下不止。我想老妪莫非疯癫，把死蛇当做儿子，因欲将她笞辱，不意我手未动，老妪已经不见。这岂不是一件怪事？"邦默然不答，暗思蛇为我杀，如何有"白帝"、"赤帝"等名目，语虽近诞，总非无因，将来必有征验，莫非我真要做皇帝么？想到此处，又惊又喜，那来人还道他酒醉未醒，不与再言，掉头径去。邦亦不复回乡，自与十余壮士，趋入芒、砀二山间，蛰居避祸去了。小子有诗咏道：

不经冒险不成功，仗剑斩蛇气独雄。
漫说帝王分赤白，乃公原不与人同。

刘邦避居芒、砀山间，已有数旬，忽然来了一个妇人，带了童男童女，寻见刘邦。欲知此妇为谁，请看下回便知。

本回叙刘季微贱时事，脱胎《高祖本纪》，旁采史汉各传，语语皆有来历，并非向壁虚造。惟史官语多忌讳，往往于刘季所为，舍瑕从善，经本回一一直叙，才得表明真相，不没本来。盖刘季本一酒色徒，其所由得成大业者，游荡之中，具有英雄气象，后来老成练达，知人善任，始能一举告成耳。若刘媪之感龙得孕，老妪之哭蛇被斩，不免为史家附会之词；然必谓竟无此事，亦不便下一断笔。有闻必录，抑亦述史者之应有事也。

第十二回

戕县令刘邦发迹　杀郡守项梁举兵

却说芒、砀二山，本来是幽僻的地方，峰回路转，谷窈林冥。刘邦与壮士十余人，寄身此地，无非为避祸起见，并恐被人侦悉，随处迁移，踪迹无定。偏有一妇人带着子女，前来寻邦，好象河东熟路，一寻就着。邦瞧将过去，不是别人，正是那妻室吕氏。夫妻父子，至此聚首，正是梦想不到的事情。邦惊问原委，吕氏道："君背父母，弃妻孥，潜身岩谷，只能瞒过别人，怎能瞒妾？"邦闻言益惊，越要详问。吕氏道："不瞒君说，无论君避在何地，上面总有云气盖着，妾善望云气，所以知君下落，特地寻来。"父善相人，女善望气，确是吕家特色。邦欣然道："有这等事么？我闻始皇常言，东南有天子气，所以连番出巡，意欲厌胜，莫非始皇今死，王气犹存，我刘邦独能当此么？"始皇语借口叙出，可省笔墨。吕氏道："苦尽甘来，安知必无此事。但今日是甘尚未回，苦楚已吃得够了。"说着，两眼儿已盈盈欲泪，邦忙加劝慰，并问他近时苦况。待吕氏说明底细，邦亦不禁泪下盈眶。

原来邦西行后，县令待他复报，久无消息。嗣遣役吏出外探听明白，才知邦已纵放罪徒，逃走了去。当下派役搜查邦家，亦无着落，此时邦父太公，已令邦分居在外，幸免株连。只吕氏连坐夫罪，竟被县役拘送至县，监禁起来。秦狱本来苛虐，再经吕氏手头乏钱，不能贿托狱吏，狱吏遂倚势作威，任意凌辱。且因吕氏华色未衰，往往在旁调戏，且笑且嘲。吕氏举目无亲，没奈何耐着性子，忍垢蒙羞。巧有一个小吏任敖，也在沛县中看管狱囚，平时与刘邦曾有交谊，一闻邦妻入狱，便觉有心照顾，虽然吕氏不归他看管，究竟常好探视，许多便当。某夕又往视吕氏，甫至狱门，即有泣声到耳。他便停步细听，复闻狱吏吆喝声、嫚侮声，谑浪笑敖，语语难受。顿时恼动侠肠，大踏步跨入门内，抡起拳头，就向该狱吏击去。狱吏猝不及防，竟被他殴了数拳，打得头青目肿，两下里扭做一团，往诉县令。县令登堂审问，彼此各执一词，一说是狱吏无礼，调戏妇女，一说是任敖可恶，无端辱殴。县令见他各有理由，倒也不好遽判曲直，只好召入功曹萧何，委令公断。萧何谓狱吏知法犯法，情罪较重，应该示惩。任敖虽属粗莽，心实可原，宜从宽宥。左袒任敖，就是隐护吕氏。这谳案一经定出，县令亦视为至公，把狱吏按律加罚。狱吏挨了一顿白打，还要加受罪名，真是自讨苦吃，俯首退下，连呼晦气罢了。*谁教你凌辱妇人？* 萧何更为吕氏解免，说他身为女流，不闻外事，乃夫有过，罪不及妻，不如释出吕氏，较示宽大等语。县令也得休便休，就将吕氏释放还家。

吕氏既至家中，不知如何探悉乃夫，竟挈子女寻往芒、砀，得与刘邦相遇。据吕氏谓望知云气，或果有此慧眼，亦未可知。邦已会晤妻孥，免得忆家，索性在芒、砀山中，寻一幽谷，作为家居。后世称芒、砀山中有皇藏峪，便是因此得名，这且不必絮述。

且说陈胜起兵蕲州，传檄四方，东南各郡县，往往戕杀守令，起应陈胜。沛县与蕲县相近，县令恐为胜所攻，亦欲举城降胜。萧何、曹参献议道："君为秦吏，奈何降盗？且恐人心不服，反致激变，不若招集逋亡，收得数百人，便可压制大众，保守城池。"县令依议，乃遣人四出招徕。萧何又进告县令，谓刘季具有豪气，足为公辅，若赦罪召还，必当感激图报。县令也以为然，遂使樊哙往召刘邦。哙亦沛人，素有膂力，家无恒产，专靠着屠狗一业，当做生涯，娶妻吕媭，就是吕公的少女，吕雉的胞妹。哙得吕媭为妻，想亦由吕公识相，特配以女，好与刘邦做成一对特别连襟。县令因他与邦有亲，故叫他召邦。果然哙已知邦住处，竟至芒、砀山中，与邦相见，具述沛令情意。邦在山中已八九月，收纳壮士，约有百人，既闻沛令相招，便带领家属徒众，与哙同诣沛县。

行至中途，蓦见萧何、曹参，狼狈前来。当即惊问来意，萧、曹二人齐声道："前请县令召公，原期待公举事，不意县令忽有悔意，竟疑我等召公前来，将有他变，特下令闭守城门，将要诛我两人，亏得我两人闻风先逃，逾城而出，尚得苟延生命。现只有速图良策，保我家眷了。"邦笑答道："承蒙两公不弃，屡次照拂，我怎得不思报答？幸部众已有百人，且到城下察看形势，再作计较。"萧、曹二人，遂与邦复返，同至沛县城下。城门尚是关着，无从闯入。萧何道："城中百姓，未必尽服县令，不若先投书函，叫他杀令自立，免受秦毒。可惜城门未开，无法投递，这却如何是好？"刘邦道："这有何难？请君速即缮书，我自有法投入。"萧何听着，急忙草就一书，递与刘邦。邦见上面写着道：

> 天下苦秦久矣！今沛县父老，虽为沛令守城，然诸侯并起，必且屠沛。为诸父老计，不若共诛沛令，改择子弟可立者以应诸侯，则家室可完！不然，父子俱屠无益也。

邦约略阅过，便道："写得甚好！"便将书加封，自带弓箭，至城下呼守卒道："尔等毋徒自苦，请速看我书，便可保住全城生命。"说罢，即把书函系诸箭上，用弓搭着，飕的一声，已将箭干射至城上。城上守卒，见箭上有书，取过一阅，却是语语有理，便下城商诸父老。父老一体赞成，竟率子弟们攻入县署，立把县令杀死，然后大开城门，迎邦入城。

邦集众会议，商及善后方法，众愿推邦为沛令，背秦自主。邦慨然道："天下方乱，群雄并起，今若置将不善，一败涂地，悔何可追？我非敢自爱，恐德薄能鲜，未能保全父老子弟，还请另择贤能，方足图谋大事。"众见邦有让意，因更推萧何、曹参，萧、曹统是文吏出身，未娴武事，只恐将来无成，诛及宗族，因力推刘邦为主，自愿为辅。邦仍然推辞，诸父老同声说道："平生素闻刘季奇异，必当大贵，且我等已问过卜筮，莫如季为最吉，望勿固辞！"邦还想让与别人，偏大众俱不敢当，只好毅然自任，应允下去。众乃共立刘邦为沛公，是时刘邦年已四十有八了。

九月初吉，邦就沛公职，祠黄帝，祭蚩尤，杀牲衅鼓，特制赤旗赤帜，张挂城中。他因前时斩蛇，老姬夜哭，有"赤帝子斩白帝子"语，故旗帜概尚赤色。即授萧何为丞，曹参为中涓，樊哙为舍人，夏侯婴为太仆，任敖等为门客。部署既定，方议出兵。看官听说！自刘邦做了沛公，史家统称"沛公"二字，作为代名，小子此后叙述，也即称为沛公，不称刘邦了。沛公令萧何、曹参，收集沛中子弟，得二三千人，出攻胡陵、方与，俱县名，方音旁，与音豫。命樊哙、夏侯婴为统将，所过无犯。胡陵、方与二守令，不敢出战，但闭城守着。哙与婴正拟进攻，忽接到沛公命令，乃是刘媪去世，宜办理丧葬，未遑治兵，因召二人还守丰乡。二人不好违命，只得率众还丰。沛公至丰治丧，暂将军事搁起。

那故楚会稽郡境内，又出了项家叔侄，芒吏起事，集得子弟八千人，横行吴中。叙出项氏叔侄，笔亦不苟。

看官欲知他叔侄姓名，便是项梁、项籍。项梁本下相县人，即楚将项燕子，燕为秦将王翦所围，兵败自杀，楚亦随亡。梁既遭国难，复念父仇，常思起兵报复，只因秦方强盛，自恨手无寸铁，不能如愿。有侄名籍，表字子羽，少年丧父，依梁为生。梁令籍学书，历年无成，改令学剑，仍复无成。梁不禁大怒，呵叱交加，籍答说道："学书有甚么大用？不过自记姓名。学剑虽稍足护身，也只能敌得一人。一人敌何如万人敌，籍愿学万人敌呢！"有志如此，也好算是英雄。梁听了籍言，怒气渐平，方语籍道："汝有此志，我便教汝兵法。"籍情愿受教。梁祖世为楚将，受封项地，故以项为姓。家中虽遭丧乱，尚有祖传遗书，未曾毁灭，遂一律取出，教籍阅读。籍生性粗莽，展卷时却很留心，渐渐的倦怠起来，不肯研究，所以兵法大意，略有所知，终未能穷极底蕴。籍之终于无成者，便由此夫。梁知他的本性难移，听他蹉跎过去。

既而梁为仇家所讦，株连成狱，被系栎阳县中。幸与蕲县狱掾曹无咎，素相认识，作书请托，得无咎书，投递狱掾司马欣，替梁缓颊，梁才得减罪，出狱还家。惟梁是将门遗种，怎肯受人构陷，委屈了事？冤冤相凑，那仇人被梁遇着，由梁与他评论曲直，仇人未肯认过，惹起梁一番郁愤，竟把仇人拳打足踢，殴死方休。一场大祸，又复闯出，自恐杀人坐罪，为吏所捕，不得已带同项籍，避居吴中。吴中士大夫，未知项梁来历，梁亦隐姓埋名，伪造氏族，出与士大夫交际，遇事能断，见义必为，竟得吴人信从，相率悦服。每遇地方兴办大工，及豪家丧葬等事，辄请梁为主办。梁约束徒众，派拨役夫，俱能井井有条，差不多与行军相似，吴人越服他才识，愿听指挥。

当秦始皇东巡时，渡浙江，游会稽，梁与籍随着大众，往看銮驾。大众都盛称天子威仪，一时无两，独籍指语叔父道："他！他虽然是个皇帝，据侄儿看来，却可取得，由我代为呢！"与刘季语异心同。梁闻言大惊，忙举手掩住籍口道："休得胡言，倘被听见，罪及三族了！"籍才不复说，与梁同归。时籍年已逾冠，身长八尺，悍目重瞳，力能扛鼎，气可拔山，所有三吴少年，无一能与籍比勇，个个惮籍。梁见籍艺力过人，也料他不在人下，因此阴蓄大志，潜养死士数十人，私铸兵器，静待时机。

到了陈胜发难，东南扰攘，梁正思起应，忽由会稽郡守殷通，差人前来，召梁入议。梁奉召即往，谒见郡守。殷通下座相迎，且引入密室，低声与语道："蕲陈失守，江西皆叛，看来是天意亡秦，不可禁止了。我闻先发制人，后发为人所制，意欲乘机起事，君意以为何如？"这一席话，正中项梁心坎，便即笑颜相答，一力赞成。殷通又道："行兵须先择将，当今将才，宜莫如君。还有勇士桓楚，也是一条好汉，可惜他犯罪逃去，不在此地。"梁答道："桓楚在逃，他人都无从探悉，惟侄儿项籍，颇知楚住处。若召楚前来，更得一助，事无不成了！"殷通喜道："令侄既知桓楚行踪，不得不烦他一往，叫楚同来。"梁又说道："明日当嘱籍进谒，向公听令。"说着，即起身告辞，径回家中，私下与籍计议多时，籍一一领教。

翌日早起，梁令籍装束停当，暗藏利剑，随同前往。既至郡衙，即嘱籍静候门外，待宣乃入，并申诫道："毋得有误！"话里藏刀。籍唯唯如命。梁即入见郡守殷通，报称侄儿已到，听候公命。殷通道："现在何处？"梁答道："籍在门外，非得公命，不敢擅入。"殷通闻言，忙呼左右召籍。籍在外伫候传呼，一闻内召，便趋步入门，直至殷通座前。通见籍躯干雄伟，状貌粗豪，不由的喜欢得很，便向梁说道："好一位壮士，真不愧项君令侄。"梁微笑道："一介蠢夫，何足过奖。"殷通乃命籍往召桓楚，梁在旁语籍道："好行动了。"口中说着，眼中向籍一瞅。籍即拔出怀中藏剑，抢前一步，向通砍去，首随剑落，尸身倒地。殷通的魂灵儿恐尚莫名其妙。

梁俯检尸身，取得印绶，悬诸腰间。复将通首级拾起，提在手中，与项籍一同出来。行未数步，就有许多武夫，各持兵器，把他拦住。籍有万夫不当的勇力，看那来人不过数百，全不放在心里，一声叱咤，举剑四挥，剑光闪处，便有好几个头颅，随剑落地。众武夫不敢近籍，一步步的倒退下去。籍索性大展武艺，仗着一柄宝剑，向前奋击，复杀死了数十人，吓得余众四散奔逃，不留一人。府中文吏，越觉心慌，统在别室中躲着，不敢出头。还是项梁自去找寻，叫他无恐，尽至外衙议事。于是陆续趋出，战兢兢的到了梁前。梁婉言晓谕，无非说是秦朝暴虐，郡守贪横，所以用计除奸，改图大事。众人统皆惊惶，怎敢说一个不字，只好随声应诺，暂保目前。梁又召集城中父老，申说大意，父老等不敢反抗，同声应命。

全城已定，派吏任事。梁自为将军，兼会稽郡守，籍为偏将；遍贴文告，招募兵勇，当有丁壮逐日报名，编入军籍；复访求当地豪士，使为校尉，或为候司马。有一人不得充选，竟效那毛遂故事，侈然自荐。项梁道："我非不欲用君，只因前日某处丧事，使君帮办，君尚未能胜任，今欲举大事，关系甚巨，岂可轻易用人！君不如在家安身，尚可无患。"这一席话，说得那人垂头丧气，怀惭自去。众益称项梁知人，相偕畏服。梁即使籍往徇下县。籍引兵数百，出去招安，到处都怕他英名，无人与抗；或且投效马前，愿随麾下；籍并收纳，计得士卒八千人，统是膂力方刚，强壮无比。籍年方二十有四，做了八千子弟的首领，越显出一种威风。他表字叫做子羽，因嫌双名累赘，减去一字，独留"羽"字，自己呼为项羽，别人亦叫他项羽，所以古今相传，反把"项羽"二字出名，小子后文叙述，也就改称项羽了。小子有诗咏道：

欲成大业在开端，有勇非难有德难

一剑敢挥贤郡守，发硎先已太凶残。

项氏略定江东，同时又有几个草头王，霸据一方。欲知姓名履历，容至下回再详。

刘项起兵，迹似相同，而情则互异。沛令从萧何言，往召刘邦，设非后来之翻悔，则亦不至自杀其身。且杀令者为沛中父老，非真邦亲手下刃也。若项梁之赴召，明明为郡守之诚意，梁正不妨依彼举事，为君父复仇，何必计嘱项籍，无端下刃乎！况仇为秦皇，无关郡守，杀之尤为无名，适以见其贪诈耳。观此而刘、项之仁暴，即此而分，即刘、项之成败，从此而定。老夫刘邦之退让鸣恭，项梁之专横自立，盖第为一节之见端，犹其小焉者也。

第十三回

说燕将厮卒救王　入赵宫叛臣弑主

　　却说陈胜为张楚王，曾遣魏人周市，北略魏地。见前文第十回。市引兵至狄城，狄令拟婴城固守。适有故齐王遗族田儋，充当城守，独与从弟田荣、田横等，潜谋自立。当即想出一法，佯把家奴缚住，说他有通敌情事，押解县署，自率少年同往，请县令定罪加诛。县令不知是计，贸然出讯，被田儋拔出宝剑，砍死县令，也与项梁相类，怪不得与梁同死。遂招豪吏子弟，当面晓谕道："诸侯皆背秦自立，我齐人如何落后？况齐为古国，由田氏为主百数十年，儋为田氏后裔，理应王齐，光复旧物。"大众各无异言，儋遂自称齐王，募兵数千，出击周市。周市经过魏地，未遇剧战，猛见齐人奋勇前来，料知不便轻敌，遂即引兵退还。儋既击退周市军，威名渐震，便遣荣、横等分出招抚，示民恢复。齐人正因秦法暴虐，追怀故国，闻得田儋称王，自然踊跃投诚，不劳兵革。惟周市退还魏地，魏人亦欲推市为王，市慨然道："天下昏乱，乃见忠臣，市本魏人，应该求立魏王遗裔，才好算是忠臣呢。"会闻魏公子咎，投效陈胜麾下，市即遣使往迎。胜不肯将咎放归，再经市再三固请，直至使人往复五次，方得陈胜允许，命咎返魏，立为魏王。市为魏相，辅咎行政。于是楚、赵、齐、魏已成四国。

　　同时尚有燕王出现，看官道是何人？原来就是赵将韩广。见前文第十回。赵王武臣，使韩广略燕，广一入燕境，各城望风归附，燕地大定。燕人且欲奉广为王，广也欲据燕称尊；但因家属居赵，并有老母在堂，不忍致死，所以对众告辞，未敢相从。燕人说道："当今楚王最强，尚不敢害赵王家属，赵王岂敢害将军老母？尽请放心，不妨自主。"广见燕人说得有理，便自称燕王。赵王武臣，得知此信，遂与张耳、陈余商议，两人意见，以为杀一老妪，无甚益处，不如遣令归燕，示彼恩惠，然后乘他不防，再行攻燕未迟。武臣依议，遣人护送广母，并广妻子，一同赴燕。广得与骨肉相见，当然大喜，厚待赵使，遣令归谢。

武臣便欲侵燕，亲率张耳、陈余诸人，出驻燕、赵交界的地方。早有探马报知韩广，广恐赵兵入境，急令边境戒严，增兵防守。张耳、陈余，觇知燕境有备，拟请武臣南归，徐作后图。偏武臣志在得燕，未肯空回，耳、余也无可如何，只好随着武臣，仍然驻扎。惟彼此分立营帐，除有事会议外，各守各营，未尝同住。武臣独发生异想，竟思潜入燕界，窥探虚实，只恐耳、余二人谏阻，不愿与议，自己放大了胆，改装易服，扮做平民模样，挈了仆从数名，竟出营门，偷入燕境。燕人日夕巡逻，遇有闲人出入，都要盘查底细，方才放过。冒冒失失的赵王武臣，不管甚么好歹，闯将进去，即被燕人拦住，向他究诘。武臣言语支吾，已为燕人所疑，就中还有韩广亲卒，奉令助守，明明认得武臣，大声叫道："这就是赵王。快快拿住！"道言未绝，守兵都想争功，七手八脚，来缚武臣，武臣还想分辩，那铁链已套上头颈，好似凤阳人戏猢狲，随手牵去。咎由自取。余外仆从，多半被拘，有两三个较为刁猾，转身就走，奔还赵营，报知张耳、陈余。

耳、余两人，统吃了一大惊，寻思没法营救，互商多时，别无他策，只有选派辩士，往说燕王韩广，愿将金银珍宝，赎回赵王。及去使返报，述及燕王索割土地，必须将赵国一半，让与了他，方肯放还赵王。张耳道："我国土地，也没有甚么阔大，若割去一半，便是不成为国了。这事如何允许！"陈余道："广本赵臣，奈何无香火情；况从前送还家眷，亦应知感。今当致书诘责，令彼知省；万不得已，亦只能许让一二城，怎得割界一半呢？"书生迂论。张耳踌躇一会，委实没法，乃依陈余言，写好书信，复遣使赍去。那知待了数日，杳无复音，再派数人往探消息，仍不见报。到后来逃回一人，说是燕王韩广，贪虐得很，非但不允所请，反把我所遣各使，陆续杀死。顿时恼动了张耳、陈余，恨不即驱动大众，杀入燕境，把韩广一刀两段。但转想投鼠忌器，如欲与燕开战，胜负未可预料，倒反先送了赵王性命。两人搔头挖耳，思想了两三日，终没有甚么良策。忽帐外有人入报道："大王回来了！"张耳、陈余又惊又疑，急忙出营探望。果见赵王武臣，安然下车，后面随一御人，从容入帐。二人似梦非梦，不得不上前相迎，拥入营中，详问情状。我亦急欲问明。武臣微笑道："两卿可问明御夫。"二人旁顾御者，御者便将救王计策，说明底细。

原来御人本赵营厮卒，不过在营充当火夫，炊爨以外，别无他长。自闻赵王被掠，张、陈两将相，束手无策，他却顾语同侪道："我若入燕，包管救出我王，安载回来！"同侪不禁失笑道："汝莫非要去寻死不成？试想使人十数，奉命赴燕，都被杀死，汝有甚么本领，能救我王？"厮卒不与多言，竟换了一番装束，悄悄驰往燕营，燕兵即将他拘住，厮卒道："我有要事来报汝将军，休得无礼！"燕兵不知他有何来历，倒也不敢加缚，好好的引他入营。厮卒一见燕将，作了一个长揖，便开口问燕将道："将军知臣何为而来？"燕将道："汝系何人？"厮卒道："臣系赵人。"直认不讳，确是有胆有识。燕将道："汝既是赵人，无非来做说客，想把赵王迎归。"厮卒道："将军可知张耳、陈余为何等人？"飏开一笔妙。燕将道："颇有贤名，今日想亦无策了。"厮卒道："将军可知两人的志愿否？"
燕将道："也不过欲得赵王。"厮卒哑然失笑，吃吃有声，好做
作。燕将怒道："何事可笑！"厮卒道："我笑将军未知敌情。
我想张耳、陈余，与武臣并辔北行，唾手得赵数十城。他两人
岂不想称王？但因初得赵地，未便分争，论起年龄资格，应推
武臣为王，所以先立武臣，暂定人心。今赵地已定，两人方想
平分赵地，自立为王。可巧赵王武臣，为燕所拘，这正是天假
机缘，足偿彼愿。佯为遣使，求归赵王，暗中巴不得燕人下
手，立把赵王杀死，他好分赵自立，一面合兵攻燕，借口报
仇，人心一奋，何战不克？将军若再不知悟，中他诡计，眼见
得燕为赵灭了！"三寸舌贤于十万师。燕将听了，频频点首，待
厮卒说罢，便道："据汝说来，还是放还赵王为妙。"正要你说
出这句。厮卒道："放与不放，权在燕国，臣何敢多口！又作一
顾愈妙。但为燕国计，不如放还赵王，一可打破张、陈诡谋，
二可永使赵王感激，就使张、陈逞刁，有赵王从中牵制，还有
何暇图燕呢！"明明为自己计，反说为燕国计，真好利口。燕将乃
进白韩广，广也信为真情，遂放出赵王武臣，依礼相待，并给
车一乘，使厮卒御王还赵。张耳、陈余穷思极索，反不及厮卒
一张利口，也觉惊叹不置。赵王武臣，乃拔营南归，驰回
邯郸。

　　适赵将李良，自常山还报，谓已略定常山，因来复命。赵
王复使良往略太原，进至井陉。井陉为著名关塞，险要得很，
秦用重兵扼守，阻住赵军。良引兵到了关下，正拟进攻，偏有
秦使到来，递入一书，书面并不加封，由良顺手取出一纸，但
见上面写着，竟是秦二世的谕旨。略云：

　　　　皇帝赐谕赵将李良：良前曾事朕，得膺贵显，应知朕
　　待遇之隆，不应相负。今乃背朕事赵，有乖臣谊，若能翻

然知悔，弃赵归秦，朕当赦良罪，并予贵爵，朕不食言！

李良看罢，未免心下加疑。他本做过秦朝的官员，只因位居疏远，乃归附赵国，愿事赵王。此次由二世来书，许赐官爵，究竟是事赵呢，还是事秦呢！那知这封书信，并不由二世颁给，乃是守关秦将，假托二世谕旨，诱惑李良，且故意把书不封，使他容易漏泄，传入赵王耳中，令彼相疑，这就叫做反间计呢。李良不知是计，想了多时，方得着一条主意。当下遣回秦使，自引兵径回邯郸，且到赵王处申请添兵，再作计较。

一路行来，距邯郸只十余里，遥见有一簇人马，吆喝前来，当中拥着銮舆，前后有羽扇遮蔽，男女仆从，环绕两旁，仿佛似王者气象。暗想这种仪仗，除赵王外还有何人？遂即一跃下马，伏谒道旁。那车马疾驰而至，顷刻间已到李良面前，良不敢抬头，格外俯伏，口称臣李良见驾。道言甫毕，即听车中传呼，令他免礼。良才敢昂起头来，约略一瞧，车中并不是赵王，乃是一个华装炫服的妇人。正要开口启问，那车马已似风驰电掣一般，向前自去。李良勃然起立，顾问从吏道："适才经过的车中，究系何人坐着？"有数人认得是赵王胞姊，便据实相答。良不禁羞惭满面，且愧且忿道："王姊乃敢如此么？"旁有一吏接口道："天下方乱，群雄四起，但教才能迈众，便可称尊。将军威武出赵王右，赵王尚且优待将军，不敢怠慢，今王姊乃一女流，反敢昂然自大，不为将军下车，将军难道屈身妇女，不思雪耻么？"这数语激动李良怒气，越觉愤愤不平，便下令道："快追上前去，拖落此妇，一泄我恨！"说着，便奋身上马，加鞭疾走。

部众陆续继进，赶了数里，竟得追着王姊的车马，就大声呼喝道："大胆妇人，快下车来！"王姊车前的侍从，本没有什么骁勇，不过摆个场面，表示雌威。既见李良引众赶来，料他不怀好意，统吓得战战兢兢。有几个胆子稍大的，还道李良不识王姊，因此撒野，遂撑着喉咙，朗声答道："王姊在此，汝是何人，敢来戏侮？"李良叱道："甚么王姊不王姊？就使赵王在此，难道敢轻视大将不成！"一面说，一面拔出佩剑，横掠过去，砍倒了好几人。部众又扬声助威，霎时间把王姊侍从，尽行吓散。王姊素来嗜酒，此次出游郊外，正是为饮酒起见。她已喝得醉意醺醺，所以前遇李良，视作寻常小吏，未尝下车。邯郸城内岂无美酒，且身为王姊，何求不得，必要出城觅饮，真是自来送死！偏偏弄成大错，狭路中碰着冤家，竟至侍从逃散，单剩了孤身只影，危坐车中。正在没法摆布，见李良已跃下了马，伸出蒲扇一般的大手，向她一抓。她便身不由主，被良抓出，摔在地上，跌得一个半死半活。是喝酒的回味。发也散了，身也疼了，泪珠儿也流下来了，索性拼着一死，痛骂李良。良正忿不可耐，怎忍被她辱骂？便举剑把她一挥，断送性命。好去做女酒鬼了。

王姊既死，良已知闯了大祸，还是先发制人，乘着赵王尚未知晓，一口气跑到邯郸。邯郸城内的守兵，见是李良回来，当然放他进城，他竟驰入王宫，去寻赵王武臣。武臣毫不预防，见良引众进来，不知为着何事，正要向良问明，良已把剑砍到，一时不及闪避，立被劈死。宫中卫兵，突然遭变，统皆逃去。良又搜杀宫中，把赵王武臣家眷，一体屠戮；再分兵出宫，往杀诸大臣，左丞相邵骚，也冤冤枉枉的死于非命。不良如此，如何名良！只右丞相张耳、大将军陈余，已得急足驰报，溜出城门，不遭毒手。两人素有闻望，为众所服，所以城中逃出的兵民，陆续趋附。

才过了一二日，已聚了数万人。两人便想编成队伍，再入邯郸，替赵王武臣报仇。适有张耳门客，为耳献谋道："公与陈将军，均系梁人，羁居赵地，赵人未必诚心归附。为两公计，不如访立赵后，由两公左右夹辅，导以仁义，广为号召，方可扫平乱贼，得告成功。"张耳也觉称善，转告陈余，余亦赞成。乃访得故赵后裔，叫做赵歇，立为赵王，暂居信都。

那李良已据住邯郸，胁迫居民，奉他为主，遂部署徒众，增募兵勇，约得一二万人，即拟往攻张耳、陈余，会闻张、陈复立赵王歇，传檄赵地，料他必来报复，还是赶早发兵，往攻信都，较占先着。主见已定，当即率兵前往，倍道亟进。张耳、陈余，正思出击邯郸，巧值李良自来讨战，便由张耳守城，陈余出敌。安排妥当，余即领兵二万，开城前行，约越数里，已与李良相遇。两阵对圆，兵刃相接，彼此才经战斗，李良麾下的人马，已多离叛，四散奔逃。

看官听说！师直为壮，曲为老，本是兵法家的恒言。李良已为赵臣，无端生变，入弑赵王，并把赵王家眷，屠戮殆尽，这乃大逆不道的行为。时局虽乱，公论难逃，人人目李良为乱贼，不过邯郸城内的百姓，无力抵御，只好勉强顺从。良尚自鸣得意，引众攻入，怎能不溃？张耳、陈余，本来是有些名声，更且此番出师，纯然为主报仇，光明坦白；又拥立一个赵歇，不没赵后，足慰赵人想望，因此同心同德，一古脑儿杀将上去。李良抵当不住，部众四窜，各自逃生。陈余见良军败退，趁势追击，杀得良军七零八落，人仰马翻。李良也逃命要紧，奔回邯郸。尚恐陈余前来攻城，支持不住，不若依了秦二世的来书，投降秦朝。当下派将守城，自率亲兵数百人，径至秦将章邯营中，屈膝求降去了。小子有诗咏道：

> 人心叵测最难防，挟刃公然弑赵王。
> 只是舆情终未服，战场一鼓便逃亡。

欲知章邯驻兵何地，待至下回叙明。

　　赵王武臣，为燕所拘，张耳、陈余二人，竭毕生之智力，终不能迎还赵王，而大功反出一厮卒，可见皂隶之中，未尝无才，特为君相者不善访求耳。史称厮卒御归赵王，不录姓氏，良由厮卒救王以后，未得封官，仍然湮没不彰，故姓氏无从考据耳。夫有救主之大功，而不知特别超擢，此赵王武臣之所以终亡也。赵王姊出城游宴，得罪李良，既致杀身，并致亡国，古今来之破家覆国者，往往由于妇人之不贤，然亦由君主之不知防闲，任彼所为，因至酿成巨衅。故武臣之死，衅由王姊，实即武臣自取之也，于李良乎何诛！

第十四回

失兵机陈王毙命　兔子祸婴母垂言

却说秦将章邯，自击退周文后，追逐出关。文退至曹阳，又被章邯追到，不得不收众与战。那知军心已散，连战连败，再奔入渑池县境，手下已将散尽，那章邯还不肯罢休，仍然追杀过来。文势穷力竭，无可奈何，便即拼生自刎，报了张楚王的知遇。士为知己者死，还算不负。

时已为秦二世二年了。章邯遣使奏捷，二世更命长史司马欣，都尉董翳，领兵万人，出助章邯，嘱邯进击群盗，不必还朝。邯乃引兵东行，径向荥阳进发。荥阳为楚假王吴广所围，数月未下。见前文第十回。及周文战死，与章邯进兵的消息，陆续传来，吴广尚没有他法，仍然顿屯城下，照旧驻扎。部将田臧、李归等，私下谋议道："周文军闻已败溃了，秦兵旦暮且至，我军围攻荥阳，至今未克，若再不知变计，恐秦兵一到，内外夹攻，如何支持！现不若少留兵队，牵制荥阳，一面悉锐前驱，往御秦军，与决一战，免致坐困。今假王骄不知兵，难与计议，看来只有除去了他，方好行事。"除去吴广，亦未必遂能成功。于是决计图广，捏造陈王命令，由田臧、李归两人赍入，直至广前。广下座接令，只听得田臧厉声道："陈王有谕，假王吴广，逗留荥阳，暗蓄异谋，应即处死！"说到"死"字，不待吴广开口，便拔出佩刀，向广砍去。广只赤手空拳，怎能抵御，况又未曾防着，眼见得身受刀伤，不能动弹。再经李归抢上一步，剁下一刀，自然毙命。随即枭了广首，出示大众，尚说是奉命诛广，与众无干。大众统被瞒过，无复异言。也是广平日不得众心之过。

田臧刁猾得很，即缮就一篇呈文，诬广如何顿兵，如何谋变，说得情形活现，竟派人持广首级，与呈文并达陈王。陈胜与吴广同谋起兵，资格相等，本已暗蓄猜疑，既得田臧禀报，快意的了不得，还要去辨甚么真假？当即遣还来使，另派属吏赍着楚令尹印信，往赐田臧，且封臧为上将。臧对使受命，喜气洋洋，一俟使人去讫，便留李归等围住荥阳，自率精兵西行，往敌秦军。到了敖仓，望见秦军漫山遍野，飞奔前来，旗械鲜明，兵马雄壮，毕竟是朝廷将士，比众不同，楚兵都有惧色，就是田臧也有怯容，没奈何排成队伍，准备迎敌。

秦将章邯，素有悍名，每经战阵，往往身先士卒，锐厉无前，此次驰击楚军，也是匹马当先，亲自陷阵。秦军踊跃随上，立将楚阵冲破，左右乱搅，好似虎入羊群，所向披靡。田臧见不可敌，正想逃走，恰巧章邯一马突入，正与田臧打个照面，臧措手不及，被章邯手起一刀，劈死马下。好与吴广报仇。楚军失了主帅，纷纷乱窜，晦气的个个送终，侥幸的还算活命。章邯乘胜前进，直抵荥阳城下。李归等闻臧败死，已似摄去魂魄一般，茫无主宰，既与秦军相值，不得不开营一战。那秦军确是利害，长枪大戟，无人敢当，再加章邯一柄大刀，旋风飞舞，横扫千军。李归不管死活，也想挺枪与战，才经数合，已由章邯大喝一声，把好头颅劈落地上，一道灵魂，驰入鬼门关，好寻着密友田臧，与吴广同对冥簿去了。贪狡何益。余众或死或降，不消细叙。

且说章邯阵斩二将，解荥阳围，复分兵攻郏，逐去守将邓说，自引兵进击许城。许城守将伍徐，亦战败逃还，与邓说同至陈县，进见陈胜。胜查讯两人败状，情迹不同，伍徐寡不敌众，尚可曲原；独邓说不战即逃，有忝职守，因命将他绑出，置诸死刑。遂命上柱国蔡赐，引兵御章邯军，武平君畔，出使监郯下军。时陵县人秦嘉，铚县人董缉，符离县人朱鸡石，取虑县人郑布，徐县人丁疾等，各纠集乡人子弟，攻东海郡，屯兵郯下。武平君畔奉使至郯，欲借楚将名目，招抚各军。秦嘉不肯受命，自立为大司马，且遍告军吏道："武平君尚是少年，晓得甚么兵事，我等难道受他节制么？"说着，即率军吏攻畔。畔麾下只数百人，怎能敌得过秦嘉，急切无从逃避，竟被杀死。就是上柱国蔡赐，与章邯军交战一场，也落得大败亏输，为邯所杀。邯长驱至陈，陈境西偏，有楚将张贺驻守。贺闻秦军杀到，飞报陈胜，请速济师。胜至此才觉惊惶，急忙调集将吏，呼令出援。偏是众叛亲离，无人效命，害得陈胜仓皇失措，只好带领亲卒千人，自往援应。

原来胜自田间起兵，所有从前耕佣，多半与胜相识，且因胜有富贵不忘的约言，所以闻胜为王，统想攀鳞附翼，博取荣华。癞蛤蟆想吃天鹅肉。当下结伴至陈，叩门求见。门吏见他面目黧黑，衣衫褴褛，已是讨厌得很，便即喝问何事？大众也不晓得甚么称呼，但说是要见陈涉。门吏怒叱道："大胆乡愚，敢呼我王小字！"一面说，一面就顾令兵役，拿下众人。还亏众人连忙声辩，说是陈王故交，总算门吏稍留情面，饬令免拿，但将他撵逐出去。大众碰了一鼻子灰，心尚未死，镇日里在王宫附近，伫候陈胜出来，好与他见面扳谈。果然事有凑巧，陈王整驾出门，众人一齐上前，争呼陈胜小字。陈胜听着，低头一瞧，都是贫贱时的好朋友，倒也不好怠慢，便命众人尽载后车，一同入宫。乡曲穷氓，骤充贵客，所见所闻，统是稀罕得很，不由的大呼小叫，满口喧哗。或说殿屋有这么高大，或说帷帐有这般新奇，又大众依着楚声，伙颐伙颐，道个不绝。楚人谓多为伙，颐语助声，即多咦之意。宫中一班役吏，实在瞧不过去，只因他们是陈王故人，不便发作，但把那好酒好肉，取供大嚼。众人吃得高兴，越加胡言乱道，往往拍案喧呼道："陈涉陈涉，不料汝竟有此日！沉沉王府，由汝居住。"还有几个凑趣的愚夫，随口接着道："我想陈涉佣耕时，衣食不周，吃尽苦楚，为何今日这般显耀，交此大运呢？"随后你一句、我一语，各将陈胜少年的故事，叙述出来，作为笑史。谁知谈笑未终，刀锯已伏，这种鄙俚琐亵的言论，早有人传入陈王耳中，且请陈王诛此愚夫，免得损威。陈胜老羞成怒，依了吏议，竟把几个多说多话的农人，传将进去，一体绑缚，砍下头颅。酒肉太吃得多了，应该把头颅赔偿。大众不防有此奇祸，蓦听得这个消息，顿吓得魂飞天外，情愿回去吃苦，不愿在此杀头，遂陆续告辞，踉跄趋归。胜有妻父妻兄，尚未知胜如此薄情，贸然进见。胜虽留居王宫，惟惩着前辙，当作家奴看待。妻父怒说道："怙势慢长，怎能长久！我不愿居此受累！"即不别而行，妻兄亦去。

为此种种情迹，他人都知陈胜刻薄，相率灰心，不肯效力。胜尚不以为意，命私人朱房为中正，胡武为司过主司，专察将吏小疵，滥加逮捕，妄用严刑。甚至将吏无辜，惟与朱胡有嫌，即被他囚系狱中，任情刑戮。于是将吏等越加离心，到了秦军入境，个个冷眼相看，谁愿为胜致死，拼命杀敌。胜悔恨无及，只因大敌当前，没奈何自去督战。行至汝阴，已有败兵逃回，报称张贺阵亡，全军覆没。贺死用虚写，笔法一变。

陈胜一想，去亦无益，徒自送死，不若逃回城中，再作后图，遂命御人速即回车。御夫叫作庄贾，依言返奔，途中略一迟缓，便被胜厉声呼叱，骂不绝口。庄贾当然衔恨，驱车至下城父，索性停车不进，自与从吏附耳密谈。胜焦急异常，连叫数声，贾竟反唇相讥，恶狠狠的仇视陈胜。结果是掣剑在手，没头没脑，劈将过去，可怜六个月的张楚王，竟被一介车夫，砍成两段！贾不顾胜尸，驰入陈县，草起降书，遣人往投秦营。去使尚未回报，将军吕臣已从新阳杀入，为胜复仇，诛死庄贾。当即收胜尸首，礼葬砀山。后来汉沛公平定海内，追念胜为革命首功，特命地方官修治胜墓，且置守冢三十家，俾得世祀。若大佣夫，得此食报，也算是不虚此一生了。原还值得。

先是陈令宋留，奉胜军令，率兵往略南阳，西指武关，至胜已被杀，秦军复将南阳夺去，截住宋留归路。留进退失据，奔还新蔡，又遭秦军邀击，苦不能支，只好乞降。章邯以宋留本为陈令，不能死难，反为陈胜攻秦，罪无可恕，因将留捆缚起来，囚解进京。二世向来苛酷，命处极刑，车裂以徇。各郡县官吏，得此风声，引为大戒，既已叛秦自主，不得不坚持到底，誓死拒秦。秦嘉等闻陈胜已死，求得楚族景驹，奉为楚王，自引兵略方与城，攻下定陶，且遣公孙庆往齐，欲与齐王田儋，合兵御秦。田儋尚未知陈胜死状，遂向庆诘责道："我闻陈王战败，生死未卜，怎得另立楚王，且何不向我请命，竟敢擅立呢！"庆不肯少屈，也大声对答道："齐未尝向楚请命，自立为王，楚何必向齐请命，方得立王呢！况楚首先起兵，西攻暴秦，诸侯应该服从楚令，奈何反欲楚听命齐命呢？"田儋听他言语不逊，勃然怒起，竟命将庆推出斩首，不肯发兵助楚。

那吕臣既据陈县，也假楚字为名，号令人民。秦将章邯，连下各地，军威大震，又收得赵将李良，自往邯郸，徙赵民至河内，毁去城郭，随处部署，无暇亲攻二楚。回应前回李良降秦事。但遣左右校秦官名。引兵击陈。吕臣出战败绩，引兵东走，途次遇见一彪人马，为首一员猛将，面有刺文，生得威风凛凛，相貌堂堂，麾下兵士，统用青布包头，不似秦军模样。料知他是江湖枭桀，乘乱起事，与秦抗衡，当下停住下马，拱手问讯。来将却也知礼，在马上欠身相答，彼此各通姓名，才知来将叫做黥布。如闻其声。吕臣从未闻有黥姓，不禁相讶，及黥布详叙本末，方得真相。当由吕臣邀布为助，反攻秦军。布慨然乐允，因与吕臣一同北行。

看官欲知黥布履历，待小子演述出来。布系六县人氏，本来姓英，少时遇一相士，谛视布面，许为豪雄，且与语道："当先受黥刑，然后得王。"布半疑半信，惟恐他日受黥，特改称黥布，谋为厌解。偏偏厌解无效，过了数载，年已及壮，竟至犯法论罪，被秦吏捉入狱中，谳定黥刑，就布面上刺成数字，且充发骊山作工。布欣然笑道："相士谓我当刑而王，莫非我就要做王了！"旁人听了，都相嘲讽，布毫不动怒，竟启行到了骊山。骊山役徒，不下数十万名，有几个骁悍头目，才技过人，布尽与交好，结为至友。当即密谋逃亡，乘隙偕行，辗转遁入江湖，做了一班亡命奴。及陈胜发难，也想起应，只因朋辈寥寥，不过三五十人，如何举事！闻得番阳番音婆，即今之鄱阳县。令吴芮，性情豪爽，喜交宾客，随即只身往谒，劝他起兵。吴芮见他举止不凡，论断有识，不觉改容相待，留居门下。嗣复面试技艺，又是拳棒精通，弓马纯熟，引得吴芮格外器重，愿招布为快婿，诹吉成礼。一个是壮年俊杰，出色当行，一个是仕女班头，及时许嫁，两人做了并头莲，真个是郎才女貌，无限欢娱。艳语夺目。惟布具有大志，怎肯在温柔乡中，消磨岁月，当下招引旧侣，并集番阳，即向吴芮借兵，出略江北。可巧碰着了楚将吕臣，互谈心曲，布毫不踌躇，愿助吕臣一臂之力，夺还陈县。吕臣喜出望外，便合兵还陈，再与秦军交战。秦军无战不胜，无攻不克，偏遇了这位黥将军，执槊飞舞，无论如何勇力，不敢进前；并且黥布麾下的弁目，亦无一弱手，东冲西突，杀人如麻；吕臣也麾众继进，立将秦阵踹破，扫将过去，赶得一个不留。

秦左右校统已窜去，由吕臣收还陈城，邀入黥布，置酒高会。欢宴了好几天，布不屑安居，便与吕臣作别，率徒众东去。适项梁叔侄，渡江西指，声威传闻远近，布亦乐得相从，遂径诣项氏营中，愿为属将。项梁方招揽英雄，那有不收纳的道理，惟项氏西向的原因，却也有一人引他出来。

当时有一广平人召平，曾为陈胜属将，往攻广陵，旬月未下。会接陈胜死耗，自知孤军难恃，恐为秦军所乘，乃渡江东下，伪称陈王尚在，矫命拜项梁为上柱国，且传语道："江东已定，请即西向击秦！"梁信为真言，就带了八千子弟，逾江西行。沿途有许多难民，扶老携幼，向前急趋。梁未识何因，遂命左右追捉数人，问明意见。难民答道："现闻东阳县令，为众所戕，另立令史陈婴。陈公素来长厚，体恤民艰，小民等所以前往，求他保护，免得受殃。"梁不禁惊叹道："东阳有这般贤令史么？我当先与通问，邀他同往攻秦，方为正当办法。"说罢，遂将难民纵去，自命属吏缮就一书，招致陈婴，派人持去。

婴平日循谨，为邑人所推重，自经东阳乱起，避居家中，不欲与闻。偏东阳少年，聚积至数千人，杀死县令，公议立婴，统至婴门固请，定要他出来统众。婴固辞不获，只得出诣县署，妥为约束。并将县令遗尸埋葬。远近闻婴贤名，争先趋附，越数日即得二万人。众又欲推婴为王，婴不敢遽允，立白老母，母摇首道："自从我为汝家妇，从不闻汝家先代出一贵人，可见汝家向来寒微，没有闻望。今汝投效县中，又不过一寻常小吏，徒靠着平生忠厚，与人无忤，方得大众信从。但忠厚二字，只能勉强自守，不能突然兴国，若骤得大名，非但不能享受，转恐惹出祸殃。况且天下方乱，未知瞻乌所止，汝断不可行险侥幸，自取后悔！我为汝计，不如择主往事，有所依附，事成可得封赏，事败容易逃亡，省得被人指名，这还是处乱知几的方法呢！"如此审慎，才不愧为母教。婴唯唯而出，决意不受王号，但自称东阳县长。适项梁遣使到来，递入梁书，由婴展阅一周，便召集属吏部兵，开言晓谕道："今项氏致书相招，欲我与他连和，合兵西向。我想项氏世为楚将，素有威名，项梁叔侄，又是英武绝伦，不愧将种，我等欲举大事，非与他叔侄连合，终恐无成。看来不如依书承认，徙倚名族，然后西向攻秦，不患不能成事了！"众人听得婴言，颇有至理，且闻项氏叔侄，英名盖世，势难与敌，还是先机趋附，保全城池为是，乃齐声称善，各无异言。婴就写好复书，先遣来使返报。旋即持了军籍，赴项梁营，愿率部众相依，悉听指挥。

项梁大喜，受婴军籍，仍令婴自统部众。不过出兵打仗，总要禀承项氏，方好遵行。这乃是主权所关，不足深怪。项梁遂与婴合兵渡淮，并得黥布相从，已约有四五万人。嗣复来了一位蒲将军，也有一二万部众，投附项梁。《史记》不载蒲将军姓名，故本书亦从阙略。于是项梁属下的兵士，差不多有六七万名，一古脑儿会齐下邳，探听前途消息，再定行止。忽有探卒走报，乃是秦嘉驻兵彭城，不容大军过去。项梁听说，遂召谕将士道："陈王首先起事，攻秦失利，未即死亡，秦嘉乃遽背陈王，擅立景驹，这便叫做大逆不道，诸君当为我努力，往诛此贼！"道言未绝，各将士已齐声应令，便排好队伍，执定兵械，一声炮响，好似潮水奔赴，争向彭城杀去。小子有诗咏道：

> 八千子弟渡江来，一鼓便将伪楚摧。
> 若使到头无误事，声威原足挟风雷。

欲却胜负如何，待至下回详叙。

历朝革命，首事者往往无成，而胜、广之名为益著，即其败亡也亦甚速。广不足道耳。陈胜以陇上耕佣，一呼而起，集众数万，据陈称王，何兴之暴也？厥后各军连败，秦兵相逼，胜不能一战，竟死于御者之手，又何其惫也！史称其滥杀故人，苛待属吏，遂至众叛亲离，以底于亡，此固不可谓非陈胜之定评，然自来真主出现，必有首事者为之先驱，首事者死，而真主乃得收功，项氏且不能据有海内，遑论一陈胜乎？若陈婴母其知此道矣，诚婴称王，嘱使依人，宁辞大名，免遭大祸。莫谓巾帼中必无智者，婴母固前事之师也。

第十五回

从范增访立楚王孙　信赵高冤杀李丞相

却说项梁带领部众，杀奔彭城，仗着一股锐气，冲入秦嘉营垒，杀的杀、砍的砍，厉害得很。嘉自起兵以来，从未经过大敌，骤然遇了项家兵队，勇悍异常，叫他如何抵挡？没奈何弃营逃去。项梁驱兵追赶，直至胡陵，逼得秦嘉无路可奔，只好收集败兵，还身再战。奋斗多时，究竟强弱不敌，终落得兵败身亡。残众进退两难，统皆弃械投降。秦嘉所立的楚王景驹，孤立无依，出奔梁地，后来也一死了事。项梁进据胡陵，复引兵西进，适值秦将章邯，南下至栗，为梁所闻，乃使别将朱鸡石、余樊君等，往击秦军。余樊君战死，朱鸡石逃还。梁愤杀鸡石，驱兵东出，攻入薛城。忽由沛公刘邦，到来乞师，梁与沛公本不相识，两下晤谈，见沛公英姿豪爽，却也格外敬礼，慨然借兵五千人，将吏十人，使随沛公同行。沛公谢过项梁，引兵自去。回应第十二回。

惟沛公何故乞师，应该就此补叙。沛公前居母丧，按兵不动，偏秦泗川监官名来攻丰乡，乃调兵与战，得破秦兵。泗川监遁还，沛公命里人雍齿居守，自引兵往攻泗川。泗川监平，及泗川守北，出战败绩，逃往薛地，又被沛公军追击，转走戚县。沛公左司马曹无伤，从后赶去，杀死泗川守，只泗川监落荒窜去，不知下落。沛公既得报怨，乃还军亢父，不意魏相周市，遣人至丰，招诱雍齿，啖以侯封。雍齿素与沛公不协，竟背了沛公，举丰降魏。沛公闻报，急引兵还攻雍齿，偏雍齿筑垒固守，屡攻不下。丰乡为沛公故里，父老子弟，本已相率畏服，不生贰心，乃被雍齿胁迫，反抗沛公，沛公如何不愤！自思顿兵非计，不如另借大兵，再来决斗，乃撤兵北向，拟至秦嘉处乞师。道出下邳，巧与张良相遇。张良伏处有年，闻得四方兵起，也欲乘势出头，特纠集同志百余人，拟往从楚王景驹。会见沛公过境，因乘便求见，沛公与语一切兵机，良应对如流，大得沛公赏识，授为厩将。最奇怪的是张良所言，无人称赏，独沛公一一体会，语语投机。良因叹息道："沛公智识，定由天授，否则我所进说，统是太公兵法，别人不晓，为何沛公独能神悟呢？"良得太公兵法，见前文第四回。嗣是良遂随着沛公，不复他去。会秦嘉为项梁所杀，景驹走死，沛公乃竟造项梁营门，乞师攻丰。既得项军相助，便亟返丰乡，再攻雍齿。雍齿保守不住，出投魏国去了。

沛公逐去雍齿，驰入丰乡，传集父老子弟，训责一番。大众统皆谢过，乃不复与较，但改丰乡为县邑，筑城设堡，留兵扼守，再向薛城告捷，送还项军。旋接项梁来书，特邀沛公至薛商议另立楚王。沛公方感他厚惠，当然应召，带同张良等趋至薛城。适值项羽战胜班师，因得与羽相见，询明战状，乃是羽拔襄城，尽坑敌兵，方才告归。羽一出师，便尽坑襄城敌兵，其暴可知。惺惺惜惺惺，两人一见如故，联成为萍水交。刘、项相交自此始。

过了一宵，项氏属将，一齐趋集。当由项梁升帐议事，顾语大众道："我闻陈王确已身死，楚国不可无主，究应推立何人？"大众听了，一时也不便发言，只好仍请项梁定夺。有几个乘机献媚的将吏，竟要项梁自为楚王，梁方欲承认下去，忽帐外有人入报，说是居鄡人范增，前来求见。鄡一作巢，即今巢县。梁即传令入帐。少顷，见一个老头儿，伛偻进来，趋至座前，对梁行礼。死多活少，何苦再来干进！梁亦拱手作答，延坐一旁，并温颜与语道："老先生远来，必有见教，愿乞明示！"范增答道："增年已老朽，不足谈天下事，但闻将军礼贤下士，舍己从人，所以特来见驾，敬献刍言。"项梁道："陈王已逝，新王未立，现正筹议此事，尚无定论，老成人想有高见，幸即直谈！"增又道："仆正为此事前来，试想陈胜本非望族，又乏大才，骤欲据地称王，谈何容易！此次败亡，原不足惜。自从暴秦并吞六国，楚最无罪，怀王入秦不反，楚人哀思至今。仆闻楚隐士南公，深通术数，尝谓'楚虽三户，亡秦必楚'，照此看来，三户尚足亡秦，今陈胜首先起事，不知求立楚后，妄自称尊，怎得不败！怎得不亡！将军起自江东，渡江前来，故楚豪杰，争相趋附，无非因将军世为楚将，必立楚后，所以竭诚求效，同复楚国。将军诚能俯顺舆情，扶植楚裔，天下都闻风慕义，投集尊前，关中便一举可下了。"增言亦似是而非。项梁喜道："我意也是如此，今得老先生高论，更无疑义，便当照行。"增闻言称谢，梁又留与共事，增亦不辞。

此时增年已七十，他本家居不仕，好为人设法排难，谋无不中。既居项梁幕下，当然做了一个参谋。梁遂派人四出，访求楚裔，可巧民间有一牧童，替人看羊，查问起来，确是楚怀王孙，单名是个心字，当即报知项梁。梁即派遣大吏数人，奉持舆服，刻日往迎。说也奇怪，那牧童得了奇遇，倒也毫不惊慌，就将破布衣服脱下，另换法服，居然象个华贵少年，辞别主人，出登显舆，一路行抵薛城。项梁已率领大众，在郊迎接，一介牧童，不知从何处学得礼节，居然不亢不卑，与梁相见。梁遂导入城中，拥他高坐，就号为楚怀王，自率僚属谒贺。牧童为王，虽后来不得令终，总有三分奇异。行礼既毕，复与大众会议，指定盱眙为国都，命陈婴为上柱国，奉着怀王，同往盱眙。梁自称武信君，又因黥布转战无前，功居人上，封他为当阳君。布乃复英原姓，仍称英布。

张良趁此机会，谋复韩国，遂入白项梁道："公已立楚后，足副民望。现在齐、赵、燕、魏，俱已复国，独韩尚无主，将来必有人拥立，公何不求立韩后，使他感德；名虽为韩，实仍属楚，免得被人占了先着，与我为敌呢。"语有分寸。项梁道："韩国尚有嫡派否？"良答道："韩公子成，曾受封横阳君，现尚无恙，且有贤声，可立为韩王，为楚声援，不致他变。"梁依了良议，遂使良往寻韩公子成。良一寻便着，返报项梁。梁因命良为韩司徒，使他往奉韩成，西略韩地。良拜辞项梁，又与沛公作别，径至韩地，立韩成为韩王，自为辅助，有兵千人，取得数城。从此山东六国，并皆规复，暴秦号令，已不能远及了。

独秦将章邯，自恃勇力，转战南北，飘忽无常，竟引兵攻入魏境。魏相周市，急向齐、楚求救，齐王田儋，亲自督兵援魏，就是楚将项梁，亦命项它领兵赴援。田儋先至魏国，与周市同出御秦，到了临济，正与秦军相遇，彼此交战一场，杀伤相当，不分胜负。儋与市择地安营，为休息计，总道夜间可以安寝，不致再战。那知章邯狡黠得很，竟令军士衔枚夜走，潜来劫营。时交三鼓，齐、魏各军，都在营中高卧，沉沉睡着，蓦地里一声怪响，方才从梦中惊醒，开眼一瞧，那营内已被秦军捣入。急忙爬起，已是人不及甲，马不及鞍，如何还能对敌？秦军四面围杀，好似砍瓜切菜一般，齐魏兵无路可奔，多被杀死。田儋、周市，也死于乱军中，同至枉死城头，挂号去了。章邯踏平齐、魏各营，遂驱兵直压魏城。魏王咎自知不支，因恐人民受屠，特遣使至章邯营，请邯毋戮人民，便即出降。邯允如所请，与定约章，遣使回报。魏王咎看过约文，心事已了，当即纵火自焚，跟着祝融氏祝融，火神名。同去。却是一个贤王，可惜遭此结果。弟魏豹缒城出走，巧遇楚将项它，与述国破君亡等事，项它知不可救，偕豹还报项梁。

梁方出攻亢父，闻得魏都破灭，项它还军，正拟自往敌秦，赌个输赢。适值齐将田荣，差来急足，涕泣求援。经梁问明底细，才知田儋死后，齐人立故齐王建弟田假为王，田角为相，田间为将。独田儋弟荣不服田假，收儋余兵，自守东阿，秦兵乘势攻齐，把东阿城围住。城中危急万分，因特遣使求救，项梁奋然道："我不救齐，何人救齐！"遂撤了亢父，立偕齐使同赴东阿。

秦将章邯，方督兵攻东阿城，限期攻入。忽闻楚军前来救齐，乃分兵围攻，自率精锐去敌项梁。一经交锋，觉得项梁兵力，与各国大不相同，当下抖擞精神，率兵苦斗；偏项军都不怕死，专从中坚杀来，无人敢当。章邯持刀独出，拦截楚军，兜头碰着一个楚将，横槊相迎，刀槊并交，不到数合，杀得章邯浑身是汗，只好抛刀败退。看官道楚将为谁？就是力能扛鼎的项羽。邯生平未遇敌手，乃与项羽争锋，简直是强弱悬殊，不足一战。自思楚军中有此健将，怎能抵敌？不如赶紧收军，走为上计。于是挥众急走，奔回东阿，索性将攻城人马，一律撤去，向西驰还。田荣引兵出城，会合楚军，追击秦兵至十里外，望见章邯去远，荣托词告归。独项梁尚不肯舍，再追章邯，逐节进兵。

既而田假逃至，报称为荣所逐，乞师讨荣，项梁未许，但促田荣会师攻秦。荣方驱逐田假，及田角、田间，另立兄儋子市为齐王，自为齐相，弟横为将，出徇齐地，无暇发兵攻秦。及楚使到来，荣与语道："田假非前王子弟，不应擅立，今闻他逃入楚营，楚应为我讨罪。田角、田间，与假同恶，现皆奔往赵国；若楚杀田假，赵杀田角、田间，我自当引兵来会，烦汝回报便了。"田假系齐王建弟，岂必不可为王？荣为是言，无非强词夺理。楚使还见项梁，具述荣言，项梁道："田假已经称王，今穷来投我，怎忍杀他？田荣不肯来会，由他去罢。"一面说，一面使沛公、项羽，往攻城阳。羽亲冒矢石，首先登城，入城以后，又将兵民尽行屠戮。沛公亦无法劝阻，俟羽屠城毕事，同归告捷。

项梁复率众西追章邯，再破秦军，邯败入濮阳，乘城固守。梁攻城不克，移攻定陶。定陶城内，亦有重兵守着，兀自支撑得住。梁自驻定陶城下，指挥军事，另命沛公、项羽，往西略地。两人行至雍邱，却遇秦三川守李由引兵迎敌。项羽一马当先，突入秦阵，李由不知好歹，仗剑来迎，被项羽手起一槊，挑落马下，眼见是一命告终了。秦兵失了主将，自然大乱，逃去一半，死了一半。惟李由为秦丞相李斯长子，战死沙场，总算是为秦尽忠；那知秦廷还说他谋反，竟把乃父李斯，拘入狱中！李由死无对证，李斯冤枉坐罪，这真叫做不明不白，生死含冤呢。也是李斯造孽太深，故有此报。说将起来，都是赵高一人的狡计。

秦二世宠任赵高，不亲政务，及四方乱起，警报频闻，却不向赵高归罪，但去责成丞相李斯。李斯是个贪恋禄位的佞臣，只恐二世加谴，反要迎合上意，请二世讲求刑名，严行督责，且云督责加严，臣民自然畏惧，不敢生变。这数语正合二世心理，遂大申刑威，不论有罪无罪，孰贵孰贱，每日总要刑戮数人，总算实做那督责的事情。官民栗栗危惧，各有戒心。赵高平日，恃恩专恣，往往报复私仇，擅杀无辜，此次恐李斯等从旁讦发，祸及己身，乃先行设法，入白二世道："陛下贵为天子，亦知天子称贵的原因么？"二世茫然不解，转问赵高，高答说道："天子所以称贵，无非是高拱九重，但令臣下闻声，不令臣下见面。从前先皇帝在位日久，臣下无不敬畏，故得日见臣下，臣下自不敢为非，妄进邪说。今陛下嗣位，才及二年，春秋方富，奈何常与群臣计事？倘或言语有误，处置失宜，反使臣下看轻，互相诽议，这岂不是有玷神圣么？臣闻天子称朕，朕字意义，解作朕兆，朕兆便是有声无形，使人可望不可近。愿陛下从今日始，不必再出视朝，但教深居宫禁，使臣与二三侍中，或及平日学习法令诸吏员，日侍左右，待有奏报，便好从容裁决，不致误事。大臣见陛下处事有方，自不敢妄生议论，来试陛下，陛下才不愧为圣主了。好似哄骗小儿。

　　二世闻言甚喜，乐得在宫安逸，恣意淫荒。从前尚有视朝的日子，至此杜门不出，唯与宦官、宫妾，一淘儿寻欢取乐，所有诰命出纳，统委赵高办理。赵高便往访李斯，故意谈及关东乱事，李斯皱眉长叹，唏嘘不已。高便进说道："关东群盗如毛，警信日至，主上尚恣为淫乐，征调役夫，修筑阿房宫，采办狗马无用等物，充斥宫廷，不知自省。君侯位居丞相，不比高等服役宫中，人微言轻，奈何坐视不言，忍使国家危乱哩！"哄骗李斯又另用一番口吻。李斯道："非我不愿进谏，实因主上深居宫中，连日不出视朝，叫我如何面奏？"赵高道："这有何难，待我探得主上闲暇，即来报知君侯，君侯便好进谏了。"李斯听着，还道赵高是个忠臣，怀着好意，当即欣然允诺。

　　过了一二日，果由赵高遣一阉人，通知李斯促令进谏。李斯忙穿了朝服，匆匆至宫门外，求见二世。二世正在宫中宴饮，左抱右拥，快乐无比的时候，忽见内官趋入，报称丞相李斯求见，不由的艴然道："有何要事，败我酒兴？快叫他回去罢！明日也好进来。"内官出去，依言拒斯，斯只好回去。明日再往求见，又被二世传旨叱回，斯乃不敢再往。偏赵高又着人催促，说是主上此刻无事，正好进谏，不得再误。斯尚以为真，急往求见，又受了一碗闭门羹。斯白跑三次，倒也罢了，那知二世动了懊恼，赵高乘势进谗，说是"沙邱矫诏，斯实与谋，他本望裂地封王，久不得志，因与长子由私下谋反。近日屡来求见，定有歹意，不可不防！"二世听了，尚在沉吟，赵高又加说道："楚盗陈胜等人，统是丞相旁县子弟，斯为上蔡人，与陈胜阳城相近，故云旁县。为甚么得横行三川，未闻李由出击？这就是真凭实据了。请陛下速拘丞相，毋自贻患！"二世仍沉吟多时，究因案情重大，不好草率，特先使人按察三川，是否有通盗实迹，再行问罪。赵高不敢再逼，只好听二世派人出去，暗中贿嘱使臣，叫他诬陷李斯父子。

偏李斯已知中计，且闻有查办李由等情，因上书劾奏赵高，历陈罪恶。二世略阅斯书，便顾语左右道："赵君为人，清廉强干，下知人情，上适朕意，朕不任赵君，将任谁人？丞相自己心虚，还来诬劾赵君，岂不可恨！"李斯越弄越糟。说着，即将原奏掷还。李斯见二世不从，又去邀同右丞相冯去疾，将军冯劫，联名上书，请罢修阿房宫，请减发四方徭役，并有隐斥赵高的语意。惹得二世越加动怒，愤然作色道："朕贵为天子，理应肆意极欲，尚刑明法，使臣下不敢为非，然后可制御海内。试看先帝起自侯王，兼并天下，外攘四夷，所以安边境，内筑宫室，所以尊体统，功业煌煌，何人不服。今朕即位二年，群盗并起，丞相等不能禁遏，反欲举先帝所为，尽行罢去，是上不能报先帝，次又不能为朕尽忠，这等玩法的大臣，还要何用呢？"赵高在旁，连忙凑趣，请即将三人一并罢官，下狱论罪。二世当即允准，遂由赵高派出卫士，拿下李斯、冯去疾、冯劫，囚系狱中。

去疾与劫，倒还有些志趣，自称身为将相，不应受辱，慨然自杀。独李斯还想求生，不肯遽死，再经赵高奉旨讯鞫，硬责他父子谋反，定要李斯自供。斯怎肯诬服？极口呼冤，被赵高喝令役隶，捞掠李斯，直至一千余下，打得李斯皮开肉烂，实在熬受不住，竟至昏晕过去。若得就此毕命，也免身受五刑。小子有诗叹道：

> 严刑峻法任君施，祸报临头悔已迟。
> 家族将夷犹惜死，桁杨况味请先知。

毕竟李斯性命如何，且看下回续叙。

　　范增之请立楚后，与张耳、陈余之进说陈胜，其说相同。此第为策士之诈谋，无足深取。丈夫子迈迹自身，岂必因人成事？试观郦食其请立六国后，而张良借箸以筹，促销刻印，汉卒成统一之功，是可知范增之谋，不足图功，反足贻祸。项氏之亡，实亡于弑义帝，谓非增贻之祸而谁贻之乎？或谓张良亦尝请立韩公子成，夫良之请立韩后，不过为韩存祀而已，其与范增之借楚为名，亦安可同日语者。苏子瞻资议范增，犹目之为人杰，毋乃尚重视范增欤！彼夫李斯之下狱，原属冤诬，然试思残刻如斯，宁能令终？坑儒生者李斯，杀扶苏、蒙恬者亦李斯，请行督责者亦李斯，斯杀人多矣，安保不为人杀乎？故杀斯者为赵高，实不啻斯自杀之耳，冤云乎哉！

第十六回

驻定陶项梁败死　屯安阳宋义丧生

却说李斯受了刑讯，搒掠至千余下，竟至昏晕不醒。赵高令左右取过冷水，喷上斯面，斯才苏醒转来。再经高喝令供实，斯恐重遭搒掠，不得已当堂诬服，随即牵还狱中。斯且忍痛作书，自叙前功，尚望二世从轻发落，特浼狱吏呈将进去，偏又为赵高所闻，呼吏入责道："囚犯怎得上书？汝莫非受他贿托么？"说得狱吏魂魄飞扬，慌忙自称不敢，叩谢而出。斯书当然毁去，不得上闻。赵高复使心腹人伪为御史，及侍中谒者等官，私往按验，至再至三，斯一呼冤，便即笞杖交下，不令翻供，嗣经二世派人复审，斯以为徒受笞杖，无从明冤，不如拼了一死，诬供了事。复审员还报二世，二世喜说道："若非赵君，几为李斯所卖！"于是斯遂谳成死罪。及三川查办员还都，先向赵高处陈明，说是李由阵亡，死无对证，正好捏造反词，构成大狱。赵高喜甚，遂令他捏词奏报。二世益怒，竟令斯备受五刑，并诛三族。应有此报。

可怜李斯家内，所有子弟族党，一古脑儿拿到法庭，与李斯一同捆缚，推出市曹。斯顾次子呜咽道："我欲与汝再牵黄犬，出上蔡东门，赶捕狡兔，已不能再得了！"说着，大哭不止。次子亦哭，家属无一不哭。俄而监刑官至，先命将李斯刺字，次割鼻，次截左右趾，又次枭首，又次斩为肉泥。五刑用毕，斯魂早入阿鼻地狱。余外子弟族党等，一并诛死，真落得阴风惨惨，冤魄沉沉。总计李斯一门，除长子由为三川守外，诸男多尚秦公主，诸女多嫁秦公子，显贵无比。李斯也尝叹物极必衰，终因贪恋禄位，倒行逆施，害得这般结果，可见贵富二字，最足误人，愿后世看作榜样，切勿贪心不足呢！暮鼓晨钟，无此异响。

　　且说赵高既害死李斯，遂得代斯后任，做了一个中丞相，凡军国大事，都归他一人包揽，二世似傀儡一般，毫无主权。高因祸乱日亟，特致书章邯，责成平盗。章邯困守濮阳，也想出奇制胜，建立战功，每日派遣侦骑，探听项梁军情，以便乘隙定计。项梁驻兵定陶城下，适值霖雨兼旬，不便力攻。沛公、项羽，自雍邱还攻外黄，亦为雨所阻，但把外黄城围住，为持久计。项梁屡胜而骄，既不将两军召回，又复逐日宽懈，但在营中饮酒消遣，所有军纪军律，几乎搁起一边，不复过问，全营将士，亦乐得逍遥自在，快活几天。这种情形，早被秦探窥知，往报章邯，邯尚恐兵力未足，不敢轻出，但向各处征调兵马。待至各军趋集，方图大举，与项梁决一雌雄。

　　项梁麾下，有一谋士宋义，察知秦兵日增，引以为忧，遂入帐谏项梁道："公渡江到此，屡破秦军，威名日盛，可喜无过今日，可惧亦无过今日。大约战胜以后，将易骄，卒易惰，骄惰必败，不如不胜。试看各营将士，已渐骄了，已稍惰了，秦兵虽败，秦将章邯，究竟是经过百战，不可轻视。近闻他屡次添兵，必将与我决一死斗；若我军不先戒备，一旦被他袭击，如何抵敌！所以义日夜担忧，为公增惧呢。"项梁道："君亦太觉多心。章邯屡次败退，那里还敢再来！就使他逐日添兵，也不过守着濮阳罢了；况天公连日下雨，路上泥泞得很，怎能攻我。一俟天晴，我即当攻克此城，去杀那章邯，看他逃往何处！"说至此，掀髯大笑。骄态如绘。

　　宋义尚欲有言，项梁先接入道："我前拟征集齐师，同去攻秦，偏田荣有怀私怨，忘我大惠。我本想遣使诘责，只因一时无暇，延误多日，今若虑章邯增兵，与我为难，不如再召田荣，率师来会。荣若仍然不至，我却要移兵攻齐了。"宋义见梁语益支离，料难再谏，眉头一皱，计上心来，即向项梁说道："公如欲使齐，臣愿一往。"梁欣然许诺，义即起身辞行，出营东去。越快越妙。

走至半途，适遇齐使高陵君显，免不得互相接谈。义便问显道："君将往见武信君么？"显答声称是。义又与说道："我受武信君差遣，出使贵国，一是为两国修和，二是为一己避祸。愿君亦不可速进，免受灾殃。"显不禁诧异，详问原因，义答道："武信君屡战屡胜，已致骄盈，士卒亦多懈怠，恐难再战。我闻秦将章邯，连日增兵，志在报复。武信君轻视秦军，拒谏不纳，将来必为所乘，不败何待？君今前去，未免受累，看来还是徐徐就道，方可无虞。我料这旬日内，武信君就要失败了！"显似信非信，乃与义拱手揖别，各走各路。自思义为楚臣，有此关照，不为无因，今何妨迟迟吾行，较为妥当。遂嘱咐舆夫，缓缓前进。

果然高陵君未到楚营，武信君已经败亡。原来项梁遣去宋义，仍然宽弛得很，不但军中未曾戒严，就是斥堠巡卒，也听他散处，不加检查。时当秋季，凄风苦雨，连宵不止，把定陶城下的几座楚营，直压得黑气弥漫，不见天日。便是不祥之兆。楚军也无人占候，但知昼餐夜宿，蹉跎过去。一夕，俱安睡营中，忽闻营外喊杀连天，好似千军万马，奔杀进来。楚军方才惊起，但见四围统是火光，照彻内外，一队队的敌军，统向营门中突入，见人便砍，遇马便刺，吓得楚军倒躲不及。勉强持了军械，上前拦阻，那里是敌军对手，徒断送了许多头颅。最利害的是后面大将，金盔铁甲，跃马舞刀，锋刃所及，血肉横飞，越使楚人丧胆，只恨自己未生羽翼，不能飞上天空，逃脱性命。还有这位武信君项梁，仓皇出帐，单穿着一身常服，执着一把短剑，要想冲出大营，觅路逃生。冤家碰着狭路，正与敌军中大将相值，被他拦住。两下里争起锋来，一个是长刀乱劈，光焰逼人，一个是短剑难支，心胆已落。才阅片时，即由敌帅一刀刴下，劈作两段。敌帅为谁？就是秦将章邯。邯既招集兵马，黄夜冒着风雨，来劫楚营，项梁毫不预备，自然中了邯计，一死不足，还要害及全军，这便叫做骄兵必败，应了宋义的前言呢。前回述章邯劫营，是顺叙而下，此回却用倒笔，愈见突兀。

楚营中失了主帅，没头乱跑，当被秦兵掩杀一阵，多半毙命。只有几个命不该死的兵士，溜出营外，逃往外黄，报知沛公、项羽。项羽不听犹可，听了叔父阵亡，不由的悲从中来，放声大哭。沛公亦为泪下，待羽停住哭声，方与羽商议道："武信君已死，军心不免摇动，此处断难再驻了。我等只好东归，保卫怀王，抵御秦军。"羽也以为然，乃撤外黄围，引兵东还。道出陈县，复邀同吕臣军，共至江左，择地分驻。吕臣军驻彭城东，项羽军驻彭城西，沛公军驻砀郡，彼此列成犄角，约为声援。嗣恐怀王居住盱眙，为秦所攻，因请他移都彭城。怀王依议迁都，至彭城后，命将项羽、吕臣两军，并作一处，自为统帅。牧童能作统帅，却是不凡。惟沛公军仍使留砀，授为砀郡长，封武安侯。号项羽为鲁公，封长安侯，进吕臣为司徒，且使吕臣父青为令尹。部署已定，专待章邯到来，与他厮杀。偏章邯不来攻楚，反去攻赵，他道是项梁已死，楚无能为，所以北去。怀王闻秦军北行，料知魏地空虚，即使魏豹往略魏地，魏豹奔楚见前回。给兵千人，即日出发。豹却也顺手，竟得平定二十余城，派人报捷。怀王乃命豹为魏王，使作屏藩，这且慢表。

且说齐使高陵君显，在途中缓行数日，果得项梁死耗，才服宋义先见，幸得避灾。只因使命尚未交卸，不便回齐，且在途中探听楚人消息，再定行止。嗣闻楚怀王迁都彭城，刘项等同心夹辅，兵威复震，乃改道转趋彭城，入见怀王，传达使命。怀王依礼接见，赐座与谈。显问及宋义使齐，有无回来，怀王答称尚未。显又述及途次相遇，幸得宋义指示，不至及祸等情，怀王愕然道："义何以知项君必败？"显答道："据宋使言，武信君志骄气满，已露败象，后来不到数日，竟如所料。试想兵未交战，先见败征，岂不是特别知兵么？"怀王点头称是。

事有凑巧，正值宋义回来，即由怀王立刻召见，问明使齐情形，义据实复陈，无非说是齐愿修和，只因国内未定，所以暂缓出师。怀王复与语项梁败状，义答道："臣早知有此祸变，武信君不肯听臣，因致败亡。"怀王乃更商及拒秦政策，义仍主张西进，谓必须择一良将，剿抚兼施，进止有法，方可成功。怀王大喜，遂留宋义居侍左右，随时与议。一面遣回齐使，令他复命。俟齐使去后，乃遍召诸将，会议攻秦。怀王首先开口道："秦始皇暴虐人民，海内交怨，今二世尤为无道，自速危亡。前武信君西向进攻，所过皆克，不幸中道失计，忽遭败挫，现拟再接再厉，誓灭暴秦，还问何人敢当此任？"说至此，即顾视两旁，见诸将瞠目结舌，无一应命。怀王复朗声道："诸君听着，今日无论何人，但能麾兵西向，首先入关，便当立为秦王。"言未已，即有一人应声道："末将愿往！"是怀王激励出来。"往"字方才说毕，又有一人厉声道："我亦愿往！须当让我先去。"两人口吻，便有区别。怀王瞧着，第一个应声的乃是沛公，第二个厉声的就是项羽，两人统要西行，反弄得怀王左右为难，俯首沉吟。项羽又进说道："叔父梁战死定陶，仇尚未报，末将谊关子侄，誓不甘休！今愿请兵数千，捣入秦关，复仇雪耻，就使刘季愿往，末将亦决与同行，前驱杀贼。"怀王听着,方徐声道:"两将能同心灭秦,尚有何言?现且部署兵马,择日启行。"

沛公、项羽,奉令趋出。尚有老将数人,未曾告退,续向怀王进言道:"项羽为人,慓悍残忍,前次往攻襄城,月余才得破入,他因日久怀恨,纵兵屠戮,直把襄城百姓,杀得一个不留。嗣复转攻城阳,又将全城人民,任情残杀。此外所过地方,无不酷待,如此凶暴,怎好令他统军?况楚兵起义以来,陈王、项梁,统皆无成,这都为了以暴易暴,不足服人,所以终归败死。今既定议攻秦,不应单靠武力,须得一忠厚长者,仗义西行,沿途约束军士,慰谕父老,非至万不得已,不可加诛,彼秦地百姓,苦秦已久,若得义师前去,除暴救民,自然箪食相迎,无思不服。故为大王计,项羽决不可遣,宁可独遣沛公!沛公宽大有名,必不至如项羽的残暴呢。"怀王道:"我知道了!"诸老将方兴辞而出。怀王返入内室,免不得大费踌躇,自思羽若不遣,是自背前言;若遣令同往,必至所过残掠,大拂民意。想了多时,究竟是不遣为佳。

次日升堂议事,沛公、项羽,都来禀请出兵的日期。怀王顾语项羽,叫他暂留彭城,不必与沛公同行。项羽不禁暴躁起来,正要与怀王辩论,可巧外面有人入报,说是赵国使臣,前来求见。怀王正恐项羽多言,乐得打断了他,急命左右召入赵使。赵使跟跄进来,行过了礼,便将国书呈上。怀王虽做过牧童,究竟幼时读书识字,未尝忘却,况且天资聪敏,一习便熟,所以看到来书,就知赵使来楚乞援。原来秦将章邯,移兵攻赵,赵王歇使将军陈余,出兵抵敌,吃了一个大败仗,退至巨鹿。赵相张耳,亟奉赵王歇入巨鹿城,令陈余屯营城北,保护城池。章邯在城南下寨,就棘原筑起甬道,两面叠墙,俾通粮路,自督兵士攻城,昼夜不辍。城中当然危急,不得不遣使四出,分道求援。怀王将来书阅毕,传示诸将,惹得项羽雄心勃勃，又想去攻杀章邯，替叔报仇。当下请命欲行，怀王说道："此行正要烦君，但须有人同去，方慰我心！"无非防他残虐。遂即命宋义为上将，加号卿子冠军，卿子系时人褒美之辞，即与公子相类。冠读去声，有统军之意。作为统帅，项羽为次将，范增为末将，率兵数万，前往救赵。

赵使先归，宋义等随后出发，行至安阳，顿兵不进。怀王深信宋义，不欲遥制，由他自定行止，惟另遣沛公西行。沛公别过怀王，出都就道，遇着陈胜、项梁散卒，一并收集，约得万人。复至砀郡招领旧部，共同西进。过了成阳、杠里二县，连破秦军二戍，击走秦将王离，因向昌邑进发。时已为秦二世三年了。是年为秦亡之岁，不能从略。

秦将王离，败走河北，投章邯军，邯令他助攻巨鹿，巨鹿守兵，越加恟惧，日望楚军入援。偏宋义逗留安阳，不肯进兵，甚至赵使一再敦促，仍然不行。接连住了四十六日，部将等俱莫名其妙，项羽更忍耐不住，入帐语义道："秦兵围赵甚急，我军既已来援，应该速渡黄河，与秦交战，我为外合，赵为内应，秦兵便可破灭，为甚么久驻此间，坐失时机呢？"宋义摇首道："公言错了！古谚有言，当搏牛虻，不当破虮虱，虻大虱小，我等应从大处下手，方得大功。今秦兵攻赵，就使战胜，兵亦必疲，我可乘敝进攻，无虑不破。若秦兵不能胜赵，我便鼓行西进，直入秦关，还要去顾甚么章邯？我所以按兵不进，专待秦、赵两军，决一胜负，方定进止，公亦何必性急，且住为佳。总之披坚执锐，我不如公；运筹决策，公尚不如我哩。"言已，鼓掌大笑。义能知梁，不能知羽，想是命已该绝了。

羽忿忿而出。少顷有军令传出道："猛如虎，狠如羊，贪如狼，强不可使，俱应处斩！"这数语明明是指着项羽，气得项羽三尸暴炸，七窍生烟，恨不得手刃宋义，立即渡河。那宋义全然不睬，且遣子襄往做齐相，亲送至无盐地方，饮酒高会，自鸣得意。会值天气严寒，雨雪纷飞，士卒且冻且饥，不得一餐，独宋义堂皇高坐，与诸将豪饮大嚼，谈笑生风。看官试想！如此行为，能令众人心服么？将卒须共尝甘苦，义号为知兵，奈何不晓。

项羽虽然列席，胸中却说不出的烦躁，但借酒浇愁，喝干了数大觥。待至酒阑席散，宋襄东去，宋义归营，约莫是夜餐时候，士卒都一齐会食，羽独无心下膳，自出巡行，听得士卒且食且谈，互有怨言，不由的激起宿愤，乘机欲发。一俟大众食毕，即趋入宣言道："我等冒寒前来，实为救赵破秦起见，为何久留此地，不闻进行？方今岁饥民贫，士卒食芋菽，军营无现粮，乃尚饮酒高会，不思引兵渡河，往就赵粟，合攻秦兵，反说要乘他疲敝。试想秦兵强悍，攻一新立的赵国，势如摧枯，赵灭秦且益强，何敝足乘？况我国新遭败衄，主上坐不安席，尽发境内兵士，属诸上将军。国家安危，在此一举。今上将军不恤士卒，但顾私谋，这还好算得社稷臣么？"大众听了，虽未敢高声响应，但已是全体赞成。项羽窥透众意，方才归寝。宋义已经酒醉，回营便睡，一些儿没有知晓。竟变做糊涂虫。

到了翌日早起，羽借进谒为名，大踏步驰入义帐，义方在盥洗，被羽走近身旁，拔剑砍义，砉的一声，已将义首级劈落帐下。小子有诗叹道：

> 漫言智识果超群，一死何殊武信君！
> 才识恃才徒速祸，可怜身首已中分。

羽既杀死宋义，复枭了他的首级，提出帐前，举示大众。欲知大众是否服羽，且看下回便知。

项梁之死，失之于骄，宋义之死，亦未始非骄所致。义知项梁之骄兵必败，而果为其所料，诩诩然自夸先见之明，盖亦骄矣。及怀王召入幕中，宠信日深，更足酿成义之骄态。及擢为上将军，给以美号，畀以重权，而义之骄乃益甚。夫救兵如救火然，岂可中道逗留，月余不进乎？况行兵以锐气为主，锐气一衰，何足御敌？义尝以此讥项梁，而不知自蹈此辙，即使项羽无杀义之举，亦安在而不致败也！视人则明，处己则昏，吾于宋义亦云。

第十七回

破釜沉舟奋身杀敌　损兵折将畏罪乞降

却说项羽杀死宋义，携首出帐，举示大众，且号令军中道："宋义与齐私通，谋叛楚国，我奉楚王命令，已把他斩首了。"众将士已多怨义，更见羽奋髯如戟，振喉如雷，仿佛与黑煞神相似，顿令人人生畏，莫敢枝梧。当有数将士应命道："首立楚国，原出将军家中。今将军诛乱有功，应该代任上将军，统辖全营。"羽接入道："这也须禀明我王，静候旨意。"将士复道："军中不可无主，将军何妨摄行职务，再候王命未迟。"羽便允诺，大众便同声推立，称羽为假上将军。羽想出一条斩草除根的法子，索性派遣心腹将弁，赶上宋襄，一刀杀死；然后使属将桓楚，报命怀王，诡言宋义父子，谋叛不道，已由大众公同议决，诛死了事。怀王亦明知项羽夺权，但又不能制服项羽，只好将错便错，遣使传命，就使项羽为上将军。怀王之不得其死，已在此处伏案。一朝权在手，就把令来行，便遣当阳君英布，及蒲将军等，领兵二万人，渡河前进，自为后应，徐徐进行。

赵将陈余，自为秦军所败，不敢与秦争锋，惟征集常山兵数万人，屯驻巨鹿城北，虚张声势。秦兵得王离为助，饷足兵多，急攻巨鹿。巨鹿城内，日夜不安，守兵逐日伤亡，粮草又逐日减少，急得赵相张耳，焦灼异常，屡使人缒城夜出，往促陈余进战。余只畏战不进，耳越加惶急，又使张黡、陈泽二将，往责陈余，传述己言道："耳本与君为刎颈交，誓同生死，今王与耳困坐围城，朝不保暮，所望惟君，君乃拥兵数万，不肯相救，岂非有负前盟！如果诚心践约，何不亟赴秦军，拼同一死！死中或可求生，十分危险中，未必无一二侥幸，请君细思。"陈余喟然道："我非不欲相救，但兵力未足，冒昧前进，有败无胜，有亡无存。且余所以不敢轻死，实欲为赵王、张君，破秦报怨。今若同去拼死，譬如举肉喂虎，有何益处！"语虽近是，终由怯战。张黡、陈泽道："事已万急，总须誓死全信，后事也无暇顾虑了。"余又道："据我意见，同死终归无益，两君必欲尽忠，何勿先去一试？"黡泽齐声道："公如拨兵相助，虽死何辞！"原是要你去死。余乃拨兵五千人，使随二人进战。还要断送五千人性命。黡、泽也嫌兵少，因未便申请，就把死生置诸度外，引着五千兵士，径向秦营杀去。秦军开壁与战，拥出千军万马，来斗黡、泽，黡、泽虽拼命力争，怎奈秦兵越来越多，部兵越斗越少，终落得全军覆没，一并归阴。

秦兵益振，巨鹿益危。燕齐诸国，为了赵使一再乞援，各派兵赴救。张耳子敖，也从代郡招兵万余，入援巨鹿。惟皆惮秦兵威，只远远的驻扎兵马，未敢轻试。陈余也为加忧，因闻楚兵已发，多日不至，乃更使人敦促，直至项羽营中。羽正拟进兵，复得英布、蒲将军兵报，前驱尚称得利，惟请后军接应等语，羽遂与赵使约定军期，先使归报，一面驱动大队，悉数渡河。既至对岸，便下令沉船，破釜甑，烧庐舍，但令军士持三日粮，与秦兵决一死战，不求生还。将士等到了绝地，也晓得有进无退，个个怀着必死的念头，向前驰去。

行了半日有余，即与英布、蒲将军相遇。两人见了项羽，谓"已与秦兵交战数次，杀死多人，不过秦兵气势尚盛，粮运不绝，须先断彼粮道，方可制秦"云云。项羽点头道："断截粮道，原是要策；但秦将章邯、王离等人，岂有不防？且待我直救巨鹿，杀他一阵，再作计较。"说着，复麾兵急进，趋向巨鹿。途次遇着秦兵拦阻，但教项羽横槊一扫，都已东倒西歪，抱头窜去。及望见巨鹿城，城上虽有守兵列着，已是残缺不全，城下的秦营，好似围棋一般，四面密布，杀气腾腾。羽毫不畏缩，仍然拨马当先，率兵前进。

秦将王离等，听得楚军远来，竟敢进战，也料他有些胆力，不敢轻视，且又接得败兵回报，具述楚将厉害，于是调动兵马，自往接仗，留他将涉间围城，命裨将苏角守住甬道，放心大胆，去敌楚军。离城仅及里许，已碰着楚军前队，慌忙布阵，那知前队的统帅，就是项羽，举槊一扬，楚将楚兵，便向秦阵拥入。羽亦跃马入阵，王离麾兵拦截，俱被杀退。再加羽一杆长槊，神出鬼没，不可捉摸，秦阵里面，只见他一道槊影，七上八下，戳倒人马无数。离料不可当，回马便退，羽步步紧逼，不肯少缓。惹得王离性起，仗着人多势旺，翻身再战，偏项羽越战越勇，余外将士，亦越斗越奋，直杀到山摇地动，天日无光。离三进三却，只好奔回本营。

章邯见王离战败，亲来援应，再与楚军对垒。这时候的各国援军，统在自己营中，踞壁观战。遥见秦楚两方的将士，渐渐接近，秦兵甲仗整齐，人马雄壮，差不多如泰山一般，聚成一堆。楚军是衣服简陋，步伐粗疏，三三五五，各自成队，也没有甚么阵式，但向秦垒中冲来。各国将士，还道楚军没有纪律，一味蛮触，必败无疑，徒观皮相，晓得甚么！哪知项羽是杀星下降，但令兵士向前奋斗，不管甚么形式。况且楚兵不多，比秦兵要少一半，若要将对将、兵对兵，配搭均匀，方好动手，简直是不够分派，只好罢休。所以羽申令将士，使他各自为战，不必相顾，违令立斩。一班楚军，统是拼着性命，上前争杀，一当十、十当百，呼声动天地，怒气冲斗牛。不但秦兵在场交手，挡不住这种劲敌，吓得胆战心惊，就是壁上旁观的将士，也不禁目瞪口呆，不寒而栗。章邯本已在项羽手中，经过败仗，此次见楚军越加利害，料难久持，连忙引兵退下，十成中已丧失了三五成。项羽见章邯退去，才令部众下营休息，到了夜间，仍然严装待着。

好容易过了一宵，令军士饱食干粮，再行进攻。羽且下令道："今日若不扫尽秦兵，粮要绝了。彼死我活，就在今日，大众务要努力！"众将士齐称得令，就从营中拥出，直奔秦军。秦将章邯，不得已再来接战。这次交锋，邯亦鼓励将士，誓决雌雄。无如部下已经胆落，任你章邯如何激励，总是不能敌楚。章邯屡令前进，部众进一步、退两步，进两步、退四步，直至五进五退，已是不能成军了。计自项羽至巨鹿城下，与秦兵先后大战，已经九次，秦兵无一不败，章邯逃回城南大营，王离涉间，勉强守住本寨，不敢出头。项羽乃得使英布、蒲将军，往堵甬道，自攻王、离涉间。捣将进去，营门立破，王离想夺路逃生，兜头碰着项羽，只得持枪抵敌，战不三合，被羽用槊一拨，那王离手中的枪杆，陡向天空中飞了上去，奇语。离只剩一双空手，回头欲跑，楚兵一齐赶上，把离打倒，活擒出寨。涉间见王离被擒，自知死在眼前，索性放起火来，把营盘烧个净尽，连自身也葬入火窟，变做一段黑炭团。造语亦新。

羽见秦营火起，倒也一惊，忙令军士少退。俄而火势渐衰，秦营已成焦土，秦兵非死即降。各国军将，方陆续趋集，求见项羽，愿共击章邯军，羽狞笑道："嘻，此时才来见我么？"得意语，亦美落语。说罢，复命各国军将，往候自己营前，准备传见。羽整辔回营，升帐上坐，才召见各国军将。各军将正要入营，蓦见有一彪人马，拥着两员大将，踊跃前来。一将手持长枪，枪上挑着一个血淋淋的首级，可惊可怖。既至营前，两将一同下马，命部兵留站营外，且将枪械交付弁目，但携首级进去。须臾即有一人持出首级，悬示营门。各国军将，越觉惊惶，问明楚军，方知进营两将，就是英布、蒲将军，所携首级，乃是秦将苏角，为布所杀，故特来报功。杀苏角用虚写法，比实写尤有神采。各国军将听了，恐慌愈甚，不由的跪倒营门，膝行而入，至项羽座前，俯伏报名，不敢仰视。丑。羽故意迟慢，好一歇才命起身，刁。各军将又叩头称谢，慢慢儿的立起。经羽嘱令旁坐，略问了两三语，但听各人齐声道："上将神威，古今罕有，末将等愿听指挥！"羽也不多让，即答说道："既承诸公见推，我有借了！诸公且回营静守，俟有战事，自当通报。"各军将乃一律告退。

　　既而赵王歇及赵相张耳，也出城至项羽营，表明谢意，羽始下座相迎，与赵王歇等分坐左右。歇拱手称谢，羽略略谦逊，谈了数语，歇与耳亦起座辞去。耳尚私恨陈余，不及回城，便往陈余营中，责他坐视不救。又问及张黡、陈泽二人，陈余道："张黡、陈泽劝余拼死，余以为徒死无益，他两人定要出战，余乃拨遣五千人随他同往，果致全军覆没，两人俱死，真正可惜！"张耳变色道："恐怕不是这般。"陈余道："余与两人无仇无怨，想不至暗中加害，况两将出兵，万人注目，亦非余一人可以捏造，请公休疑。"两人虽非余所杀，但余也不能无咎。张耳总是不信，还要问他如何战死，如何不去救应，唠唠叨叨，说个不休，余不觉动怒道："公何怨余至此！余情愿缴出将印罢了！"说着，便将印绶解下，交与张耳，耳不意陈余决裂，倒也未敢接受。余将印绶置诸案上，出外如厕，当由张耳随员，私下语耳道："古人有言，天与不取，反受其咎。今陈将军解印与公，公若不受，恐违天不祥，何必多辞！"耳乃取过印绶，佩诸身上。及陈余复入，见张耳居然佩印，越有愠色，不复再言。竟出与亲卒数百人，悻悻自去，散居河上泽中，捕鱼猎兽，自寻生活，待后再表。余若从此不出，却是一个高人。

且说陈余既去，张耳身兼将、相，收揽陈余部曲，仍奉赵王歇还居信都，自复引兵随从项羽，一同攻秦。项羽遂进逼章邯，邯在棘原固垒自守，部众尚有二十余万人，羽又欲麾兵猛攻。还是这位老将范增，主张缓战，待他粮尽势蹙，自然溃退，省得多费兵力。羽乃就漳南下寨，与邯相持。邯也不敢出战，惟奏报咸阳，具陈败状，请旨定夺。

赵高独揽大权，竟将邯奏报搁着，概不呈入，二世当然无闻。偏有一班宦官宫姜，交头接耳，互谈章邯败耗，致被二世闻知。二世乃召入赵高，诘问军事，高复奏道："现在朝廷兵马，多归章邯一人调遣，臣忝为内相，不能远察军情，章邯亦没有甚么军报，不过近日传来风闻，说他损兵折将，究竟如何情状，尚未详悉。臣正拟奏闻，不意陛下烛照四方，先已周知，臣想关东群盗，多系乌合，为何章邯手拥重兵，不亟荡平，请陛下降诏切责，免致玩延。"二世听着，仍以赵高为忠，嘱使颁诏出去。其实赵高是疑忌章邯，还道他暗通内线，禀闻二世，所以将纵盗玩寇的罪名，一古脑儿推在章邯身上，即令文吏缮就严诏，派人驰递邯营。

邯接读诏书，且愤且惧，又使长史司马欣速诣咸阳，面奏一切。欣不敢怠慢，星夜入都，趋至朝门，急求进谒。哪知二世久不视朝，殿内只有赵高作主，听得章邯差人到来，故意不见，但使他在外伺候。欣只好耐心待着，一住三日，仍不闻有召见消息。不得已贿托门吏，探问底细，凡事非钱不行。门吏才为告知，无非说是丞相赵高，阴忌章邯等语。欣吃了一惊，且恐自己受累，急向朝门逃出，上马离都，从小路奔还棘原。待赵高闻欣出走，遣人追捕，但从官道赶去，杳无影迹，白跑了数十里，只好返报。那司马欣奔回本营，便向章邯报明情迹，且皇然道："赵高居中用事，不利将军，将军有功亦诛，无功亦诛，请将军自图良策。"章邯听到欣言，自然加忧，一时也想不出方法，但闷坐营中，嗟叹不已。忽帐外传入一书，当即取过展阅，但见上面写着：

章大将军麾下：仆闻白起为秦将，南征邬郢，皆楚地。北坑马服，赵括嗣父官爵，号马服君，为白起所杀。攻城略地，不可胜计，而竟赐死。蒙恬为秦将，北逐戎人，开榆中地数千里，竟斩阳周。何者？功多秦不能尽封，因以法诛之。今将军为秦将三岁矣，所亡失以十万数，而诸侯并起，今且益多，彼赵高但知阿谀，今事急，亦恐二世诛之，故欲以法诛将军以塞责，使人更代将军，以脱其祸。夫将军居外日久，必多内隙，无功固诛，有功亦诛。且天之亡秦，无论智愚，并皆知之，今将军内不能直谏，外为亡国将，孤持独立，而欲常存，岂不哀哉！将军何不还兵，与诸侯合纵连盟，约共攻秦，分王其地，南面称孤，岂不愈于身伏釜镬，妻子为戮乎？惟将军图之！故赵将陈余再拜。

章邯阅了又阅，反复数周，颇为感动，乃使候官始成，诣项羽营中请和。羽拍案大怒道："章邯杀我叔父，仇恨未消，我方欲枭邯首级，祭我叔父，乃还敢来请和么？本该将汝先斩，今暂借汝口还报，叫章邯速来受死，还可赦汝全军！"说罢，喝令左右将始成驱出营门。始成踉跄回报，邯愁上加愁。正在进退两难的时候，突有探骑入禀道："楚兵已渡三户津，由蒲将军带领过来，想是要来攻营了。"邯忙说道："休教他进逼我营！"一面说，一面即派令偏师，出去堵截。才越半日，便有败兵跑入道："楚兵甚锐，我军敌他不过，只好退回，请主帅速即济师。"章邯一想，项羽不来总还可当，不如自去抵敌为是。当下披挂上马，麾兵径行，才至汗水岸旁，便已接着楚军，彼此毫不答话，立即交战，约有一两个时辰，不分胜负。蓦听得楚军后面，喊声震地，鼓角喧天，乃是项羽引着大队人马，亲自杀到。写得有声有色。邯不禁心慌，秦兵越觉胆怯，纷纷倒退。说时迟，那时快，楚军已突过战线，冲破秦兵阵脚，秦兵登时大乱，四散奔逃；章邯亦顾命要紧，回马便走。好容易逃入本营，已亡失了无数士卒，还幸楚军赶了数里，便即停住，尚得徐收溃兵，勉守大寨。

邯至此穷极没法，都尉董翳，又劝邯向楚乞降，邯皱眉道："项羽记念前仇，不肯收纳，奈何？"董翳道："可教司马欣前去，便无他虑。"邯乃召入司马欣，叫他赍书降楚，欣竟不推辞，索书即去。未几便得欣复报，说是项羽已肯收容，不念旧怨了。看官，你道司马欣投诣楚营，何故一说便妥？原来欣曾充过栎阳狱掾，救免项梁，与项氏本有交情，小子于十二回中，也已叙及。此次往见项羽，便把前情说起，且劝羽舍私图公。羽尚不肯遽允，由范增从旁解劝，并言兵多粮少，未易支持，还是收降章邯，较为得计，羽乃允欣所请，与欣订约，决不害邯。总不免有负叔父。于是邯与司马欣、董翳等人，至洹水南岸，候着项羽，解甲乞降。小子有诗咏道：

> 扫尽雄威作楚奴，男儿志节太卑汙。
> 洹南立约虽逃死，终愧昂藏七尺躯！

欲知羽与邯相见等情，待至下回再表。

项羽之救巨鹿，为秦史上第一大战，秦楚兴亡之关键，实本于此。盖章邯为秦之骁将，邯不败，即秦

不亡。且山东各国，无敢敌邯，独羽以破釜沉舟之决
心，与拔山扛鼎之大力，一往直前，九战皆胜，虏王
离，杀苏角，焚涉间，卒使能征善战之章邯，一蹶不
振，何其勇也！然使秦无赵高之奸佞，二世之昏愚，
则邯犹不至降楚，或尚能反攻为守，亦未可知。天意
已嫉秦久矣，故特使赵高以乱其中，复生项羽以挠其
外，章邯一去而秦无人，安得不亡！谁谓冥冥中无主
宰乎？

第十八回

智郦生献谋取要邑　愚胡亥遇弑毙斋宫

却说章邯等行至洹南，向羽请降，羽引着许多将士，及各国军帅，昂然前来，旌旗严整，甲仗鲜明，威武的了不得，既至洹南，才一簇儿停住。洹南在安阳县北，商朝盘庚迁殷，就是此处，故号为殷墟。章邯等见羽到来，慌忙下马，长跪道旁。羽传令免礼，方起立道："邯为秦臣，本思效忠秦室，无如赵高用事，二世信谗，秦亡只在旦夕，邯不能随他俱亡。今仰将军神威，无战不克，此去除暴安良，入关称王，舍将军外，尚有何人。邯早欲择主而事，不过前时奋不顾私，触犯将军，自知负罪，未敢遽投。现蒙将军宽宥，恩同再造，誓当竭力图效，借报深恩。"说至此，呜咽流涕。想亦怕羞起来。羽乃出言抚慰道："君也不必多心，既知去逆效顺，我亦不便因私废公；若得乘此灭秦，富贵与共，决不食言。"章邯拜谢，秦将士并皆叩首，俟项羽一一登录，方敢起立。羽即命司马欣为上将军，令他带领秦兵二十余万，充作前驱，立章邯为雍王，留置营中。全是专擅行事，已不知有楚怀王了。自己引着楚军，及各国将士，约得四十万人，按程前进，关中大震。

还有一位赶先走着的沛公，已经向西直入，一路顺风，径指秦关，说将起来，也有一番事迹，自从沛公道出昌邑，守将据城不下，只好督兵进攻。适有昌邑人彭越，领了徒众，来见沛公，沛公甚喜，即令越一同攻城。城上矢石如雨，反伤了几百攻城兵，沛公饬令暂停，且与彭越另商他法。

越小字为仲，向在巨鹿泽中，捕鱼为业，膂力过人，泽中少年，推为渔长。及陈胜发难，项梁继起，海内鼎沸，相率叛秦，越党也欲起事，劝越据地自立。独越未肯遽发，说是两龙方斗，少待为佳。转眼间又过一年，泽中有百余少年，往从彭越，定要举他为长，定期举事。越辞无可辞，乃与诸少年预约，翌晨会议，后期即斩。诸少年应声而去。到了次日，越早起待着，诸少年陆续到来，或先至，或后至，最后的竟迟至日中。越忿然作色道："我原不欲为诸君长，诸君乃按年推立，必欲长我，应该听我指挥。昨与诸君立约，日出会议，今已差不多日中了，违约迟来，共计有十余人，本当一律处斩，但念人数太多，不可尽诛，只有将最后一人，斩首号令。"诸少年不待说完，便都笑说道："何至如此！后当遵约便了。"那知越已令校长，竟将后至的少年，推出外面，剁成两段。一面设坛祭神，悬首示众。也是一个杀星下凡。诸少年始相惊畏，不敢违越。越遂招集各地散卒，得千余人，一闻沛公过境，遂来助战。

沛公见昌邑难下，意欲改道进兵，与越相商。越谓改从高阳，亦无不可。沛公乃与越作别，但以后会为期，自率部兵径往高阳。叙彭越事，为后文封王张本。

高阳有一老儒，家贫落魄，无以为生，但充当里中监门吏，姓郦名食其。食音异，其音几。项梁等起兵楚中，尝遣将吏过高阳，先后约数十人。郦食其问明姓氏，统以为龌龊小才，不足成事，免不得背地揶揄。旁人笑他满口狂言，因呼为"狂生"。郦之不得令终，亦由多言取祸。至沛公到了高阳，有一麾下骑士为郦生同里子弟，与郦生素来认识，彼此相见，当然有一番扳谈。郦生语骑士道："我闻沛公性情倨傲，不肯下人，究竟是否属实？"骑士道："这种传说，不为无因；但却喜求豪俊，所过必问，如果有智士与谈，倒也极表欢迎，未尝轻视。"沛公之所长在此。郦生道："照汝说来，沛公确有大略，与众不同。我却愿与从游，汝肯为我先容否？"骑士半晌无言，郦生道："汝疑我老不中用么？汝可去见沛公，但言同里中有个郦生，年六十余，身长八尺，素号大言，里人都目为狂生，他却自谓非狂，读书多智，能助大业呢。"骑士摇首道："沛公最不喜儒生，遇有儒冠文士，前来求见，沛公便命他免冠，作为溺器，就是平日谈论，亦常谓儒生迂腐，笑骂不休，公奈何欲以儒生名义，往说沛公？"郦生道："汝试为我进言，我料沛公必不拒我。"

骑士欲试郦生智识，乃径见沛公，如郦生言。沛公也不多说，但令骑士往召。及郦生进谒时，沛公方在驿馆中，踞坐床上，使两女子洗足。郦生瞧着，故意徐进，从容至沛公前，长揖不拜。沛公仍然不动，好似未曾看见一般。郦生朗声道："足下引兵到此，欲助秦攻各国呢？还是与各国攻秦呢？"沛公见他儒服儒冠，已觉惹厌，并且举动粗疏，语言唐突，不由的动了怒意，开口骂道："竖儒！尚不知天下苦秦么？诸侯统欲灭秦，难道我独助秦不成！"郦生接口道："足下果欲伐秦，为何倨见长者！试想行军不可无谋，若慢贤傲士，还有何人再来献计呢！"无非战国时说士口吻。

沛公听了，才命罢洗，整衣而起，延他上坐。两下问答，郦生具述六国成败，口若悬河，滔滔不绝。沛公很是佩服，便与商及伐秦计策。郦生道："足下兵不满万，乃欲直入强秦，这真是驱羊入虎，但供虎吻罢了。据仆愚见，不如先据陈留。陈留当天下要冲，四通八达，进可战，退可守，且城中积粟甚多，足为军需。仆与该县令相识有年，愿往招安，倘若该令不从，请足下引兵夜攻，仆为内应，城可立下。既得陈留，然后招集人马，进破关中，这乃是今日的上计。"沛公大悦，即请郦生先行，自率精兵继进。

　　郦生到了陈留，投刺进见，当由该令迎入。叙过几句寒暄套话，郦生便将利害得失的关系，说了一遍，偏该令不为所动，情愿与城俱亡。郦生乃改变论调，佯与县令议守，一直谈到日昃时候。县令甚为合意，设宴相待。郦生本是酒徒，百杯不醉，那县令饮了数大觥，却已烂醉如泥，自去就寝，令郦生留宿署中。郦生待至夜半，竟静悄悄的混出县署，开了城门，放入沛公军，复导至县署左右。一声鼓噪，大众拥入，县署中能有几个卫队，一古脑儿逃之夭夭。县令尚高卧未醒，被军士突至榻前，用刀乱砍，便即身死。当下大开城门，迎入沛公，揭榜安民，秋毫无犯。城中百姓，统皆帖服，毫无异言。沛公检查谷仓，果然贮粟甚多，益信郦生妙算，封号广野君。

　　郦生有弟名商，颇有智勇，由郦生荐诸沛公，召为裨将，使他招募士卒，得四千人。沛公遂命他统带，随同西进，围攻开封。数日未下，蓦闻秦将杨熊，前来救应，沛公索性麾兵撤围，竟去截击杨熊。行至白马城旁，正值杨熊到来，便即冲杀过去。熊未及防备，慌忙退军，前队兵马，已伤亡多人，及退至曲遇东偏，地势平旷，熊因就地布阵，准备交战。沛公引兵进击，两阵对圆，各不相让。正杀得难解难分，忽有一支生力军赶到，竟向杨熊阵内，横击过去，把熊军冲作两段。熊军前后截断，自然溃乱；再经沛公乘势驱杀，哪里还能支持？杨熊夺路奔走，逃入荥阳，手下各军，伤失殆尽。惟沛公此次交兵，幸亏有人夹攻杨熊，有此大捷。正要派员道谢，来将已到面前，滚鞍下马，向沛公低头便拜。沛公也下马答礼，亲自扶起，当头一瞧，乃是韩司徒张良。突如其来，回应第十五回。故人重聚，喜气洋洋，当即择地安营，共叙契阔。良自言拜别以后，与韩王成往略韩地，取得数城。可恨秦兵屡来骚扰，数城乍得乍失，不得已在颍川左右，往来出没，作为游兵。今闻沛公过此，特来相助云云。沛公道："君来助我，我亦当助君且去取了颍川，再攻荥阳。"说罢，便麾动人马，南攻颍川。

颍川守兵，登陴抵御，高声辱骂。沛公大怒，亲自督攻，好几日才得破入，尽将守兵杀死，乃复议进兵荥阳。会有探骑来报，秦将杨熊，已由秦廷遣使加诛了。沛公喜道："杨熊已死，近地可无他患，我等且把韩地夺还，再作计较。"张良亦以为然。

会闻赵将司马卬，也欲渡河入关，沛公恐自己落后，乃北攻平阴，急切不能得手，改趋雒阳。雒阳颇多秦戍，攻不胜攻，因移就轘辕进军。轘辕乃是山名，岭路崎岖，共计有十二曲，须要盘旋环行，故名轘辕。秦人以地势迂险，不必扼守，遂使沛公畅行无阻。一过轘辕，势如破竹，连下韩地十余城。适韩王成来见沛公，沛公即令居守阳翟，自与张良等南趋阳城，夺得马千余头，配充马队，令作前驱，直向南阳进发。南阳郡守名齮，史失其姓。出兵至犨县东，拦截沛公，被沛公迎头痛击，齮军大败，走保宛城。沛公追至城下，望见城上已列守卒，不愿围攻，便从城西过兵，迤逦而去。约行数十里，张良叩马进谏道："公不欲攻宛，想是急欲入关，但前途险阻尚多，秦戍必众，若不下宛城，恐滋后患，秦击我前，宛塞我后，进退失据，岂非危迫！不如还攻宛城，掩他不备，幸得攻下，方可后顾无忧了。"沛公依议施行，复由良详为划策，传令各军绕道回宛，偃旗息鼓，黂夜疾行。静悄悄的到了城下，天色尚是未明，便将宛城围住，环绕三匝。布置已定，方放起号炮，响彻城中。

南阳守齮，总道沛公已去，不至再回，乐得放心安胆，酣睡一宵。及城外炮声大震，方才惊起，登城俯视，见敌军环集如蚁，吓得魂飞天外，踌躇多时，除死外无他法，不由的凄然道："罢！罢！"说到第二个罢字，便拔出佩剑，意欲自刎。

忽后面有人急呼道："不必，不必，死时尚早呢！"救星来了。郦闻言回顾，乃是舍人陈恢，便惊问道："君叫我不死，计将安出？"陈恢道："沛公宽厚容人，公不如投顺了他，既可免死，且可保全禄位，安定人民。"郦半晌方答道："君言也是有理，肯为我往说否？"恢一口应承，便缒城下来，当被攻城兵拘住。恢自称愿见沛公，军士便押至沛公座前。

　　沛公问他来意，恢进说道："仆闻楚王有约，先入关中，便可封王。今足下留攻宛城，宛城连县数十，吏民甚众，自知投降必死，不得不乘城固守，足下虽有精兵猛将，未必一鼓就下，反恐士卒多伤；若舍宛不攻，仍然西进，宛城必发兵追蹑，足下前有秦兵，后有宛卒，方且腹背受敌，胜负难料，如何骤能进关？为足下计，最好是招降郡守，给他封爵，使得仍守宛城，通道输粮，一面带领城士卒，一同西行，将见前途各城，闻风景慕，无不开门迎降，足下自可长驱入关，毫无阻碍了。"沛公一再称善，且语陈恢道："我并非拒绝降人，果使郡守出降，自当给他封爵，烦君还报便了。"恢即驰回城中，报知郡守。

　　郡守郦开城相迎，引导沛公入城。沛公封郦为殷侯，恢为千户，官名。仍然留守宛城。随即招集宛城人马，引与俱西，果然沿途城邑，无不迎降。嗣是经丹水，出胡阳，下析郦，严申军禁，毋得掳掠。秦民安堵如常，统皆喜跃，王师原宜如此。沛公遂得直抵武关。关上非无守将，只因沛公兵长驱直进，忽然掩至，急得仓皇无措，不及征兵，但令老弱残卒数千人，开关迎敌，不值沛公一扫，守将抱头窜去，好好把一座关城，让与沛公。沛公安然入关，咸阳一夕数惊，讹言四起，人多逃亡；那阴贼险很的赵高，至此也惶急起来。恶贯已将满了。

　　赵高威权日重，已把二世骗入宫中，好似软禁一般，不得过问。还恐朝上大臣，或有反对等情，因特借献马为名，入报二世。二世道："丞相来献，定是好马，可即着人牵来。"赵高遂令从吏牵入。二世瞧着，并不是马，乃是一鹿。便笑说道："丞相说错了！如何误鹿为马？"高尚说是马，二世不信，顾问左右，左右面面相觑，未敢发言。再经二世诘问，方有几个大胆的侍臣，直称是鹿。不料赵高竟忿然作色，掉头径去。不到数日，高竟将前时说鹿的侍臣，诱出宫禁，一并拿住，硬派他一个死罪，并皆斩首。二世全然糊涂，竟不问及，一任赵高横行不法。惟宫内的近侍，宫外的大臣，从此越畏惮赵高，没一个稍敢违慢，自丧生命。及刘、项两路兵马，东西并进，赵高还想瞒住二世，不使得闻。到了沛公陷入武关，遣人入白赵高，叫他赶紧投降，高方才着急。一时想不出方法，只好诈称有病，数日不朝。

二世平日，全仗赵高侍侧，判决政务，偏赵高连日不至，如失左右两手，未免惊惶。日间心乱，夜间当然多梦，朦朦胧胧，见有一只白虎，奔到驾前，竟将他左骖马啮死，还要跳跃起来，吓得二世狂叫一声，顿时醒悟，心下尚突突乱跳，才知是一个恶梦。死兆已见。翌日起床，越想越慌，乃召太卜入宫，令占梦兆。太卜说是泾水为祟，须由御驾亲祭水神，方可禳灾。敢问他如何依附上去？二世信为真言，遂至泾水岸旁的望夷宫，斋戒三日，然后亲祭。惟二世既离开赵高，总不免有左右侍臣，报称外间乱事，且云楚军已入武关。二世大惊，忙使人责问赵高，叫他赶紧调兵，除灭盗贼。

高不文不武，徒靠着一种刁计，窃揽大权，此次叫他调兵御乱，简直是无能为力；况且敌军逼近，大势已去，无论如何智勇，也难支持。高欲保全身家，想出一条卖主的法儿，意欲嫁祸二世，杀死了他，方得借口有资，好与楚军讲和。当下召入季弟赵成，及女婿阎乐，秘密定计。赵高阉人，如何有女，想是一个干女婿。成为郎中令，乐为咸阳令，是赵高最亲的心腹。

高因与二人密语道："主上平日，不知乱乱，今事机危迫，乃欲加罪我家，我难道束手待毙，坐视灭门么？现在只有先行下手，改立公子婴。婴性仁俭，人民悦服，或能转危为安，也未可知。"毒如蛇蝎，可惜也算错了一着。成与乐唯唯听命。高又道："成为内应，乐为外合，不怕大事不成！"阎乐听了，倒反迟疑道："宫中也有卫卒，如何进去？"高答道："但说宫中有变，引兵捕贼，便好闯进宫门了。"乐与成受计而去。高尚恐阎乐变心，又令家奴至阎乐家，劫得乐母，引置密室，作为抵押。乐乃潜召吏卒千余人，直抵望夷宫。

宫门里面，有卫令仆射守着，蓦见阎乐引兵到来，忙问何事。乐竟麾令左右，先将他两手反绑，然后开口叱责道："宫中有贼，汝等尚佯作不知么？"卫令道："宫外都有卫队驻扎，日夜梭巡，哪里来的剧贼，擅敢入宫！"乐怒道："汝尚敢强辩么？"说着，便顺手一刀，把卫令枭了首级，随即昂然直入，饬令吏卒射箭，且射且进。内有侍卫郎官，及阉人仆役，多半惊窜，剩下几个胆力稍壮的卫士，向前格斗，毕竟寡不敌众，统皆杀死。赵成复自内趋出，招呼阎乐，同入内殿，乐尚放箭示威，贯入二世坐帐。二世惊起，急呼左右护驾，左右反向外逃去，吓得二世莫名其妙，转身跑入卧室。回顾左右，只有太监一人随着，因急问道："汝何不预先告我，今将奈何！"太监道："臣不敢言，尚得偷生至今，否则，早已身死了！"

答语未完，阎乐已经追入，厉声语二世道："足下骄恣不道，滥杀无辜，天下已共叛足下，请足下速自为计！"二世道："汝由何人差来？"阎乐答出"丞相"二字。二世又道："丞相可得一见否？"阎乐连称不可。二世道："据丞相意见，料必欲我退位，我愿得一郡为王，不敢再称皇帝，可好么？"阎乐不许。二世又道："既不许我为王，就做一个万户侯罢！"乐又不许。二世呜咽道："愿丞相放我一条生路，与妻子同为黔首。"乐嗔目道："臣奉丞相命，为天下诛足下，足下多言无益，臣不敢回报。"说着，麾兵向前，欲弑二世。二世料不可免，便横着心肠，拔剑自刎。总计在位三年，年二十三岁。小子有诗叹道：

> 虎父由来多犬儿，况兼阉祸早留贻。
> 望夷求免终难免，为问祖龙知不知。

阎乐既杀死二世，当即返报赵高。欲知赵高后事，且至下回表明。

　　沛公素不喜儒，乃独能礼遇郦生，虽由郦生之语足动人，而沛公之甘捐己见，易倨为恭，实非常人所可及。厥后从张良之计，用陈恢之言，何一非舍己从人，虚心翕受乎！古来大有为之君，非必真智勇绝伦，但能从善如登，未有不成厥功者，沛公其前师也。彼赵高穷凶极恶，玩二世于股掌之上，至于敌军入境，不惜卖二世以保身家，逆谋弑主，横尸宫中，此为有史以来，宦官逞凶之首例。汉唐不察，复循复辙，何其愚耶！顾不有二世父子，何有赵高。始皇贻之，二世受之，一赵高已足亡秦，刘、项其次焉者也。

第十九回

诛逆阉难延秦祚　坑降卒直入函关

却说阎乐返报赵高，高闻二世已死，自然大喜，立即趋入宫中，抢得传国玉玺，悬挂身上。本想自己篡位，因恐中外不服，且将公子婴抬举上去，俟与楚军讲定和议，再作后图。主见已定，乃召集一班朝臣，及宗室公子，当众晓示道："二世不肯从谏，恣行暴虐，天下离畔，人人怨愤，今日已自刎了。公子婴仁厚得众，应该嗣立。惟我秦本一王国，自始皇统驭天下，乃称皇帝，现在六国复兴，海内分裂，秦地比前益小，不应空沿帝号，可仍照前称王为是。"大众闻言，心中统皆反对，因为积威所制，未敢异议，只好勉强作答，听凭裁夺。赵高便令子婴斋戒，择日庙见，行受玺礼。一面收拾二世尸首，视作寻常百姓一般，草草棺殓，藁葬杜南宜春苑中。三年皇帝，求生不得，死且不许服衰冕，也觉可怜！

公子婴虽被推立，自思赵高弑主，大逆不道，倘非设法加诛，将来必致篡位。旁顾大臣公子，无一可与同谋，只有膝下二儿，系是亲生骨肉，不妨密商，乃唤入与语道："赵高敢弑二世，岂尚畏我！不过布置未妥，暂借我做个傀儡，徐图废立。我不先杀赵高，赵高必且杀我了。"二子听着，不禁泣下。

正密议间，忽有一人踉跄趋入道："可恨丞相赵高，遣使往楚营求和，将要大杀宗室，自称为王，与楚军平分关中了。"子婴一瞧，乃是心腹太监韩谈，可与密商，因低声嘱咐道："我原料他不怀好意，今使我斋戒数日，入庙告祖，明明是欲就庙中杀我，我当托病不行，免遭毒手。"韩谈答道："公子但言有病，尚非善策。"子婴道："我若不去告庙，高必自行来请，汝可与我二子，先伏两旁，俟他进见，突出刺高，大患便可永除了。"谈欣然领命，与子婴二子预先准备，专等赵高进来，一同下手。

高正遣人诣沛公营，欲分王关中，偏沛公不肯允许，叱还高使。高不得逞计，且恐人心益散，急欲子婴告庙，镇定一时，因此定了日期，派人往报子婴，子婴并不推辞。届期这一日，高先至庙中，待了多时，竟不见子婴到来。一再差人催促，回称公子有疾，不能亲临。高愤然道："今日何日，尚好不至么？我当亲往速驾。"今日是汝死期，汝尚不知？说毕，即匆匆驰赴斋宫。下马入门，遥见子婴伏案假寐，便大声呼道："公子今已为王，速宜入庙告祖，奈何不行！"道言未绝，两旁趋出三人，持刃至前，喝声"弑君乱贼，还敢胡言！"赵高不及答话，已被韩谈手起刀落，砍倒地上，再经子婴二子，双刃并举，连下二刀，当即送命。也有此日。子婴见赵高已诛，亟召群臣入宫，指示高尸，历数罪恶。群臣争颂子婴英明，且言高死不足蔽辜，应夷三族。从前何皆无言？子婴点首，便令卫队往捕赵高家属，并及赵成、阎乐一并拿到，俱处死刑，于是往告祖庙，嗣登大位，征兵遣将，往守峣关。

探报至沛公营，具述底细，沛公即欲引兵进击，张良进言道："秦兵尚强，未可轻攻。良闻守关秦将，系一屠家子，必然贪利，愿公暂留营中，但使人赍着金宝，往啖秦将；一面就峣关四近，登山张旗，作为疑兵。秦将内贪重赂，外怯强兵，还有甚么不降？"沛公依议施行，命郦食其赍宝入关，招诱秦将，且拨部兵数千，悄悄上山，遍列旗帜。秦将登关东望，但见高低上下，统是楚帜竖着，不由的胆裂心寒。可巧郦生叩关入见，送上多珍，引得秦将心花怒开，看一样，爱一样，便问沛公何故厚遗？郦生道："沛公素仰大名，所以备物致意，通告将军，将军试想事至今日，秦朝尚能长存么？将军若孤守关中，愿为秦死，沛公有精兵数十万，当与将军相见。惟闻将军明察事机，熟知利害，所以先礼后攻，敢请将军明示。"秦将不待听毕，便已一口应承，愿与沛公连和，同攻咸阳。所谓利令智昏。

　　郦生当即告别，还报沛公。沛公甚喜，复欲令郦生入关订约，旁有一人出阻道："不可！句。不可！"沛公把头回顾，就是前日献计的张良。不觉动了疑心，问为何意？我亦要疑。张良道："这不过秦将一人，贪利轻诺，料他部下未必尽从。我若骤与连和，入关同行，万一彼众生变，潜袭我军，可危孰甚！最好是乘他不备，即日掩击，定获全胜。"是从假途灭虢的遗计变化出来。沛公连声称善，便令部将周勃，引步兵潜逾蒉山，绕出峣关后面，径袭秦营。秦将方以为郦生去后，必来续约，安心待着。猛听得一声喊起，即有许多敌兵，从营后杀来，秦兵茫无头绪，还道是做梦一般，纷纷惊溃。秦将不识何因，亲至营后察看，不防一大将持刀突入，直至面前，刀光闪处，已把秦将劈开头颅，脑浆迸流，死于非命。实是该死！

　　这大将就是周勃。勃系沛邑贫民，少时学织蚕箔，赚钱糊口，又因他善能吹箫，常往丧家充役，列入乐工。既而渐届壮年，身长力大，学习弓马，无不具精。沛令闻他技勇，引为中涓。官名。及沛公起兵入城，勃即投效麾下，战必先驱，所向有功。沛公为砀郡长，拜勃为虎贲令，及随军西向，尤多战绩。至是复杀死秦将，踏平秦营，关上守卒，亦皆遁去。沛公又引军入关，接应周勃，追杀秦兵。到了蓝田县南境，遇有戍将拦截，便痛击一阵。戍将大败，逃回咸阳。嗣是沿途无阻，直抵霸上。

是年适为夏正十月间，秦王子婴沿秦旧例，方在改元，交相庆贺，是年为汉元年，故特提明。不意败将溃兵，陆续逃回，报称沛公军已逼都下。子婴闻报，惶急失措，忙集大臣计议。好多时来了三五人，统皆束手无策，莫敢发言。子婴越加焦灼，俄有军书递入，取过一阅，乃是沛公招降书。子婴想了一会，既不能战，又不能守，只好依书出降。乃驾着素车，乘着白马，用带套颈，捧着传国玉玺，流泪出城，至轵道旁，守候沛公。沛公领着全军，整队驰入，戈铤并耀，徒御无惊。既至子婴面前，子婴不得不屈膝就跪，俯首请降。始皇子孙，出丑至此，当是始皇在日百思不到。沛公接了玉玺，命他起身，偕入咸阳，众将中或请杀子婴，免滋后患，沛公道："怀王遣我入秦，正因我宽容大度，不为已甚，况人已投降，还要杀他，也是不详，君等幸勿多言！"说着，遂召过属吏叫他看管子婴，自率将佐入殿去了。总计子婴为王，只有四十六日，便把秦室江山，双手奉献。这并非子婴误国，实由始皇二世，造孽太深，所以有此惨象呢。评断的确。话休叙烦。

且说沛公既入殿中，与众休息，将士等乘隙取财，各去打开府库，携出金银宝贝，大家分用。独萧何自往丞相府，特觅秦朝图籍一并收藏，好待日后检查，得知海内情形，凡关塞险要，户口多寡等事，都可按图寻索，一目了然。这就是萧何特别精细，与他人不同。不愧为佐汉元勋。沛公也趁着闲暇，入宫探视，但见雕楼画栋，曲榭回廊，一步步的引人入胜，一层层的换样生新。到了内外便殿，端的是规模宏丽，构筑精工，所有花花色色的帷帐，奇奇怪怪的珍玩，罗列四围，目不胜睹。最可怜的是一班美人儿，娇怯怯的前来迎接，有的是蛾眉半蹙，有的是蜻领低垂，有的是粉脸生红，有的是云鬟舞翠，有的是带雨海棠，盈盈欲泪，有的是迎风杨柳，袅袅生姿。沛公左顾右盼，不禁惹动那好色心肠，一面传谕免礼，一面步入正寝，将身坐定，好多时不见出来。

突有一将趋入道："沛公欲有天下呢？还是做个富家翁，便算满志呢？"沛公看是樊哙，默然不答，但呆呆的坐着。_{痴了。}哙又道："沛公一入秦宫，难道就受迷不成！试看秦宫有此奢丽，所以致亡，沛公何需此物，请速还军霸上，毋留宫中！"沛公仍然不动，徐徐答道："我自觉困倦，今夕便在此一宿罢！"_{看中一班美人了。}哙不觉动恼，又恐出言唐突，反致触怒，便转身趋出，去寻那智士张良。可巧张良进来，即与语沛公情形，浼他进谏。良点头径入，与沛公说道："秦为无道，故公得至此，公为天下除残去暴，首宜反秦敝政，力与更新。今始入秦都，便想居此为乐，恐昨日秦亡，明日公亡，何苦为了一时安佚，自败垂成？古人有言：良药苦口利于病，忠言逆耳利于行，愿公听樊哙言，勿自取祸。"

沛公听了良言，倒也翻然自悟，起身趋出，_{幸有此尔。}封府库，闭宫室，竟回霸上。召集父老豪杰，慨然与语道："父老苦秦苛法，不为不久，诽谤受族诛，偶语便弃市，使诸父老痛苦至今，如何得为民上？今我奉怀王命令，伐暴救民，怀王曾有约语，先入秦关，便可称王，今我已入关中，当为秦王。从此与诸父老等约法三章：杀人处死，伤人及盗抵罪，外如亡秦苛法，一律除去，凡官吏人民，统可安枕，不必惊惶，我所以还军霸上，不过待别军到来，共定约束，余无他意。"父老豪杰，当然心喜，拜谢而去。沛公即传令大小三军，不得骚扰居民，违令立斩。又使人会同秦吏，安抚郡县，秦民欢欣鼓舞，惟恐沛公不为秦王，沛公因在霸上驻扎，听候项羽消息。

项羽自收服章邯，由东入西，行至新安，蓦闻秦兵有谋变消息，又惹动项羽一片杀机。原来秦朝盛时，各处吏卒，征调入都，往往为秦兵所虐待，此次联同项羽，战胜攻取，做了上手，那秦兵反为降虏，自然受着报复，被他凌辱。秦兵遂私相告语道："章将军无端投楚，教我等一同归降，我等被他哄骗，自入罗网，充做各国奴隶。如楚军得乘胜入关，我等尚得一见骨肉，死也甘心；否则，各国吏卒，把我等掳掠东归，秦必杀我父母妻子，奈何奈何！"这种议论，渐渐的传到各国军中，各国军将，便去告知项羽。项羽道："我自有计！"说着，即召英布、蒲将军入帐，与他面语道："秦兵虽然投降，闻他私下谋议，心甚不服，若我军到了秦关，降兵不肯听我号令，猝然生变，作为内应，我军尚能生还么？看来只有先行下手，赁夜围击，把他一并杀死，只留章邯、司马欣、董翳三人，同他入秦，方可无虞。"一语杀死二十万人，羽心何毒！

英布、蒲将军，受了面命，就去预备妥当。待到夜半，趁着月色无光，引兵出营，往袭降兵。降兵在新安城南，靠山立寨，沉沉夜睡。英布指麾部众，把他三面围住，单留后面山路，故意纵他逃走。又分兵与蒲将军，令他上山伏着，待有秦兵入山，便用矢石抛发，不使遗留。蒲将军分头自去，英布与兵士休息片时，大约蒲将军已可上山，乃驱动兵士，破营直入。降兵方才惊起，睡眼模糊，不知外兵从何处杀到，就是司马欣亦未知秘计，慌忙出来，兜头遇着英布，英布道："君为全营统领，奈何营中谋变，尚安然睡着哩！亏得我军已侦破逆谋，前来剿杀，君可速往项上将营，自去声辩，免得连坐呢。"司马欣中了布计，急觅得一马，将身跃上，加鞭径去。英布放出司马欣，便将营门堵住，秦兵逃出一个，杀死一个，逃出两个，杀死一双。可怜秦兵前无去路，只得向后逃生，后面都是山谷，七高八低，就是日间行走，也防失足，况且天色又暗，心内又急，忙不择路，多半堕入谷中。忽见山上火炬齐明，还道是遇着救星，谁知却是催命使，或放箭，或掷石，一班逃兵，不受箭伤，就遭石压。到了鸡声远起，曙色微明，二十万人，已经死完，简直是一个不留了！惨乎不惨！

　　英布、蒲将军，坑尽降兵，返报项羽。项羽早已接见司马欣，好言慰谕，留置本营，自己坐待消息。及两将复命，才得放心进兵，拔营西指。途中已无秦垒，如入无人之境，一口气跑至函谷关，关门却是紧闭，上面列着守卒，也是楚军，只随风荡漾的旗帜，当中都有"刘"字写着。羽在途中，已微闻沛公入关音信，至此见有刘字旗帜，越觉心中着忙，便仰呼守卒道："汝等替何人守关？"守卒答道："奉沛公令，在此守着。"羽复道："沛公已入咸阳否？"守卒又答道："沛公早破咸阳，现在霸上驻扎。"羽急说道："我率大军前来，汝等快快开关，使我入见沛公。"守卒道："沛公有命，无论何军，不准放入！"羽大怒道："刘季无礼，竟敢拒我么？"便令英布等努力攻关，自在后面监督，退后立斩。英布等挥兵猛攻，沿关驾起云梯，冒险上登。守兵不过数千，顾左失右，顾右失左，如何禁遏得住。不到一日，便被英布等跃登关上，杀散守兵，随即开关迎入项羽，进至戏地。

　　时已天暮，就在戏地西首，扎下营盘。这地方叫作鸿门，羽在营中设宴，大犒士卒，且与将佐商议，对付沛公。有主张决裂的，有主张从缓的，羽亦不能自决。忽来了一个使人，说是沛公左司马曹无伤，有机密事传报。羽即召他入帐，那人上前跪禀，谓由曹无伤差来。羽问为何事？那人道："沛公欲王关中，用秦子婴为相，秦宫府中一切珍宝，都想据为己有了。"羽不禁跃起，拍案大骂道："可恨刘邦，目无他人，我明日定要灭他！"范增在旁进言道："沛公居山东时，贪财好色，今入秦关，闻他不取财物，不近妇女，先后若出两人，这定是具有大志，不可小觑！且增已令望气人士，遥观彼营，据言营上有龙虎形，叠成五彩，就是天子气。若此时不除，还当了得！请将军号令将士，急击勿失！"增既知有天子气，应该舍此就彼，才算智士，奈何尚欲逆天行事呢？羽悍然道："我破一刘邦，如摧枯朽，有何难处！今日大众饮宴，时又昏夜，且让他活着一宵，明晨进击便了。"说罢，遣回来使，嘱他还报曹无伤，明日进兵，请作内应，来使应声自去。

看官听说！项羽有众四十万，号称百万，气焰无比。沛公只有兵十万人，比那项羽部下，四成中仅得一成。并且鸿门、霸上，相距止四十里，又没有甚么险阻，羽兵一发即至，如何遮拦？眼见得一强一弱，一众一寡，沛公生死关头，就在旦夕间了。那知人有千算，天教一算，天意已属沛公，当然有救星出现，化险为夷。小子有诗咏道：

> 到底天心是好生，云龙独护沛公营。
> 任他亚父多谋算，怎及苍穹视听明？

欲知何人往救沛公，下文自当说明。

子婴不动声色，能诛赵高，未始非英明主；假使秦尚可为，子婴得在位数年，兴利除害，救衰起弊，则秦亦不至遽亡。然如始皇之暴虐，二世之愚顽，岂尚得传诸久远？子婴不幸，为始皇之孙，贤而失位，且为项羽所杀，祖宗不善，贻祸子孙，报应其果不爽欤！项羽以暴易暴，坑死秦降卒二十万人，无道若此，宁能久存？沛公虽弱，独能除暴救民，约法三章，且财物无所取，妇女无所幸，一变至道，天命攸归，项羽岂能加害乎？范增于项羽之暴，并不进谏，且激项羽之怒，欲害沛公。人谓其智，吾谓其愚，如增者何足道焉！

第二十回

宴鸿门张樊保驾　焚秦宫关陕成墟

却说项羽有个叔父，叫做项伯，为楚左尹。他在秦朝时候，因怒杀人，自知不免死罪，逃往下邳，幸亏遇着张良，与他同病相怜，引同居处，方得避祸。嗣是记念旧恩，常欲图报，时正在项羽营中，闻知范增计策，不免为张良担忧。暗思沛公被攻，与我无涉，惟张良跟着沛公，一同受祸，岂不可惜！当下乘夜出营，单骑加鞭，直至沛公营前，求见张良。好在沛公营内，闻得项羽入关，驻扎鸿门，也恐他夜来袭击，所以格外戒严，不敢安睡。张良也凭烛坐着，听说项伯来会，料有密事，急忙出迎。项伯入见张良，即与悄语道："快走快走！明日便要遇祸了！"良惊问原委，由项伯略述军情。良沉吟道："我不能急走！"项伯道："同死何益，不如随我去罢！"良又道："我为韩王送沛公，沛公今有急难，我背地私逃，就是不义。君且少坐，待我报知沛公，再定行止。"说着，抽身便去，项伯禁止不住，又未便擅归，只好候着。

张良匆匆入沛公营，可巧沛公亦尚未寝，即向沛公说道："明日项羽要来攻营了！"沛公愕然道："我与项羽并无仇隙，如何就来攻我？"良答道："何人劝公守函谷关？"沛公道："鲰生前来语我！<small>鲰生即小生，或谓姓鲰。</small>谓当派兵守关，毋纳诸侯，方可据秦称王。我乃依议照行，莫非我误听了么？"<small>自知有误，便是聪明。</small>良便问道："公自料部下士卒，能敌项羽否?"沛公徐说道:"只怕未必。"良接口道:"我军只十万人,羽军却有四十万,如何敌得!今幸项伯到此,邀良同去,良怎敢负公?不得不报。"沛公顿足道:"今且奈何?"良又道:"看来只好情恳项伯,叫他转告项羽,只说公未尝相拒,不过守关防盗,请勿误会。项伯乃是羽叔,当可止住羽军。"沛公道:"君与项伯何时相识?"良答道:"项伯尝杀人坐罪,由良救活,今遇着急难,故来告良。"沛公道:"比君少长如何?"良答言项伯年长。沛公道:"君快与我呼入项伯,我愿以兄礼相事。如能代为转圜,决不负德!"

良乃出招项伯,邀他同见沛公。项伯道:"这却未便。我来报君,乃是私情,怎得径见沛公?"良急说道:"君救沛公,不啻救良,况天下未定,刘、项二家,如何自相残杀?他日两败俱伤,与君亦属不利,故特邀君入商,共议和平。"娓娓动人。项伯尚要推辞,再经良苦劝数语,方偕良入见沛公。沛公整衣出迎,延他上坐,一面令军役摆出酒肴,款待项伯,自与良殷勤把盏,陪坐一旁。酒至数巡,沛公开言道:"我入关后,秋毫不敢私取,封府库,录吏民,专待项将军到来。只因盗贼未靖,擅自出入,所以遣吏守关,不敢少忽,何尝是拒绝将军?愿足下代为传述,但言我日夜望驾,始终怀德,决无二心。"项伯道:"君既见委,如可进言,自当代达。"张良见项伯语尚支吾,又想出一法,问项伯有子几人,有女几人?想入非非。项伯一一具答,良乘间说道:"沛公亦有子女数人,好与伯结为姻好。"沛公毕竟心灵,连忙承认下去。项伯尚是迟疑,托词不敢攀援,良笑说道:"刘、项二家,情同兄弟,前曾约与伐秦,今得入咸阳,大事已定,结为婚姻,正是相当,何必多辞!"好一个撮合山。沛公闻言遽起,奉觞称寿,递与项伯;项伯不好不饮,饮尽一觞,也酌酒相酬。良待沛公饮讫,即从旁笑谈道:"杯酒为盟,一言已定,他日二姓谐欢,良亦

得叨陪喜席。"项伯、沛公，亦皆欢洽异常，彼此又饮了数
杯。项伯起身道："夜已深了，应即告辞。"沛公复申说前言，
项伯道："我回去即当转告，惟明日早起，公不可不来相见！"
沛公许诺，亲送项伯出营。

　　项伯上马驱驰，返入本营，差不多有三四更天气了。营中
多已就寝，及趋入中军，见项羽还是未睡，因即进见。羽问
道："叔父何来？"项伯道："我有一故友张良，前曾救我生
命，现投刘季麾下，我恐明日往攻，破灭刘季，良亦难保，因
此往与一言，邀他来降。"项羽素来性急，即张目问道："张
良已来了么？"项伯道："良非不欲来降，只因沛公入关，未
尝有负将军，今将军反欲加攻，良谓将军未合情理，所以不敢
轻投，窃恐将军此举，未免有失人心了。"羽愤然道："刘季
乘关拒我，怎得说是不负？"项伯道："沛公若不先破关中，
将军亦未能骤入。今人有大功，反欲加击，岂非不义！况沛公
守关，全为防备盗贼起见，他却财物不敢取，妇女不敢幸，府
库宫室，一律封锁，专待将军入关，商同处置；就是降王子
婴，也未尝擅自发落。如此厚意，还要遭击，岂不令人失望
么？"力为沛公解说，全是张良之力。羽迟疑半晌，方答说道：
"据叔父意见，莫非不击为是？"项伯道："明日沛公当来谢
罪，不加好为看待，借结人心。"羽点头称是。项伯方才退出。

　　略睡片刻，便即天晓，营中将士，都已起来，吃过早餐，
专候项羽命令，往击沛公。不料羽令未下，沛公却带了张良、
樊哙等人，乘车前来。到了营前，即下车立住，先遣军弁通名
求谒。守营兵士，入内通报，项羽即传请相见，沛公等走入营
门，见两旁甲士环列，戈戟森严，绕成一团杀气，不由的忐忑
不安。独张良神色自若，引着沛公，徐步进去。既至中军营
帐，始让沛公前行，留樊哙守候帐外，自随沛公趋入。项羽高
坐帐中，左立项伯，右立范增，待沛公已到座前，才把身子微

动，总算是迓客的礼仪。沛公身入虎口，不能不格外谦恭，便向羽下拜道："邦未知将军入关，致失迎谒，今特踵门谢罪。"羽冷笑道："沛公亦自知罪么？"沛公道："邦与将军，同约攻秦，将军战河北，邦战河南，虽是两路分兵，邦却遥仗将军虎威，得先入关破秦。为念秦法暴酷，民不聊生，不得不立除苛禁，但与民约法三章，此外毫无更改，静待将军主持。将军不先示邦，说明入关期间，邦如何得知？只好派兵守关，严备盗贼。今日幸见将军，使邦得明心迹，尚复何恨？惟闻有小人进谗，使将军与邦有隙，这真是出人意外，还求将军明察！"这一席话，想是张良教他。

项羽本是个粗豪人物，胸无城府，喜怒靡常，一闻沛公言语有理，与项伯所说略同，反觉自己薄情，错恨沛公。因即起身下座，握沛公手，和颜直告道："这是沛公左司马曹无伤使人来说，否则籍何至如此！"沛公复婉言申辩，说得项羽躁释矜平，欢昵如旧，便请沛公坐下客位。张良亦谒过项羽，侍立沛公身旁。羽在主位坐定，命具酒肴相待，才阅片时，已将筵宴陈列，由羽邀沛公入席。沛公北向，羽与项伯东向，范增南向，各就位次坐定，张良西向侍坐；帐外奏起军乐，大吹大打，侑觞劝酒。沛公素来善饮，至此却提心吊胆，不敢多喝。羽却真情相劝，屡与沛公赌酒，你一杯、我一觥，正在高兴得很。偏范增欲害沛公，屡举身上所佩玉玦，目示项羽；一连三次，羽全然不睬，尽管喝酒。增不禁着急，托词趋出，召过项羽从弟项庄，私下与语道："我主外似刚强，内实柔懦，沛公自来送死，偏不忍杀他，我已三举玉玦，不见我主理会，此机一失，后患无穷。汝可入内敬酒，借着舞剑为名，刺杀沛公，我辈才得安枕了！"何苦逞刁。

项庄听罢，遂撩衣大步，闯至筵前。先与沛公斟酒，然后进说道："军中乐不足观，庄愿舞剑一回，聊助雅兴。"羽也不加阻，一任项庄自舞。庄执剑在手，运动掌腕，往来盘旋。良见庄所执剑锋，近向沛公，慌忙顾视项伯。项伯已知良意，也起座出席道："剑须对舞方佳。"说着，即拔剑出鞘，与庄并舞，一个是要害死沛公，一个是要保护沛公，沛公身旁，全仗项伯一人挡住，不使项庄得近，因此沛公不致受伤。但沛公已惊慌得很，面色或红或白，一刻数变。张良瞧着，亦替沛公着急，即托故趋出帐外。见樊哙正在探望，便与语道："项庄在席间舞剑，看他意思，欲害沛公。"哙跃起道："依此说来，事已万急了！待我入救罢！"张良点首。

　　哙左手持盾，右手执剑，闯将进去。帐前卫士，看了樊哙形状，还道他要去动武，当然出来拦住。哙本来力大，再加此时拼出性命，不管甚么利害，但向前乱撞乱推，格倒卫士数人，得了一条走路，竟至席前，怒发上冲，嗔目欲裂。项庄、项伯，见有壮士突至，都停住了剑，呆呆望着。项羽倒也一惊，便问哙道："汝是何人？"哙正要答言，张良已抢步趋入，代哙答道："这是沛公参乘樊哙。"项羽随口赞道："好一个壮士！可赐他卮酒彘肩。"左右闻命，便取过好酒一斗，生猪蹄一只，递与樊哙。哙横盾接酒，一口喝干，复用刀切肉，随切随食，顷刻亦尽。屠狗英雄，自然能食生肉。乃向羽拱手称谢。项羽复问道："可能再饮否？"哙朗声答道："臣死且不避，卮酒何足辞！"羽又问道："汝欲为谁致死？"哙正色道："秦为无道，诸侯皆叛，怀王与诸将立约，先入秦关，便可称王。今沛公首入咸阳，未称王号，独在霸上驻扎，风餐露宿，留待将军，将军不察，乃听信小人，欲杀功首，这与暴秦何异？臣窃为将军不取呢！惟臣未奉传宣，遽敢突入，虽为沛公诉枉而来，究竟是冒渎尊严，有干禁令，臣所以谓死且不避，还请将军鉴原！"羽无言可答，只好默然。

　　张良又目视沛公，沛公徐起，伪说如厕，且叱樊哙出外，不必在此絮聒。哙因即随同出帐。既至帐外，张良也即出来，劝沛公速回霸上，勿再停留。沛公道："我未曾辞别，怎得遽去？"张良道："项羽已有醉意，不及顾虑，公此时不走，尚待何时？良愿代公告辞。惟公随身带有礼物，请取出数件，留作赠品便了。"沛公乃取出白璧一双，玉斗一双，交与张良，自己另乘一马，带了樊哙，及随员三人，改从间道行走，驰回霸上。独张良一人留着，迟迟步入，再见项羽。*真好大胆。*

羽据席坐着，但觉得醉眼朦胧，似寐非寐，好一歇方才旁顾道："沛公到何处去了？如何许久不回！"*他已去远，不劳费心。*良故意不答。项羽因使都尉陈平，出寻沛公。既而陈平入报，谓沛公车从尚在，只沛公不见下落。羽乃问张良道："沛公如何他去？"良答道："沛公不胜酒力，未能面辞，谨使良奉上白璧一双，恭献将军，还有玉斗一双，敬献范将军！"说着，即将白璧、玉斗取出，分头献上。项羽瞧着一双白璧，确是光莹夺目，毫无瘢点，不由的心爱起来，便即取置席上，且顾问张良道："沛公现在何处？"良直说道："沛公自恐失仪，致被将军督责，现已脱身早去，此时已可还营了。"羽愕问道："为何不告而去？"良又道："将军与沛公情同兄弟，谅不致加害沛公；惟将军部下，或与沛公有隙，想将沛公杀害，嫁祸将军。将军今日，初入咸阳，正应推诚待人，下慰物望，为何要疑忌沛公，阴谋设计？沛公若死，天下必讥议将军，将军坐受恶名，诸侯乐得独立。譬如卞庄刺虎，一计两伤，沛公不便明言，只好脱身避祸，静待将军自悟。将军英武天纵，一经返省，自然了解，岂尚至责备沛公么？"*好似为项羽划策，妙甚。*

项羽躁急多疑，听了张良说话，反致疑及范增，向他注视。增因计不得行，已是说不出的懊恼；再见项羽顾视，料他起了疑心，禁不住怒上加怒，气上加气，当即取过玉斗，掷置地上，拔剑砍破，且目视项庄，恨恨说道："唉！竖子不足与谋！将来夺项王天下，必是沛公，我等将尽为所虏哩！”项羽见增动怒，不欲与较，起身拂袖，向内竟入。范增等也即趋出，只项伯、张良，相顾微笑，徐徐引退。到了营外，良谢过项伯，召集随从人员，一径回去。是时沛公早回霸上，唤过左司马曹无伤，责他卖主求荣，罪在不赦。无伤不能抵赖，垂首无言，当被沛公喝令推出，枭首正法。待张良等还营报闻，沛公喜惧交并，且再驻扎霸上，徐作计较。

　　过了数日，项羽自鸿门入咸阳，屠戮居民，杀死秦降王子婴，及秦室宗族，所有秦宫妇女，秦库货币，一古脑儿劫取出来，自己收纳一半，余多分给将士。最可怪的是将咸阳宫室，付诸一炬，无论什么信宫极庙，及三百余里的阿房宫，统共做了一个火堆。今日烧这处，明日烧那处，烟焰蔽天，连宵不绝，一直过了三个月，方才烧完。可怜秦朝数十年的经营，数万人的构造，数万万的费用，都成了眼前泡影、梦里空花！秦固无谓，项羽尤觉无谓。羽又令兵士三十万名，至骊山掘始皇墓，收取圹内货物，输运入都，足足搬了一月。只剩下一堆枯骨，听他抛露，此外搜刮净尽，毫不遗留。厚葬何益。本来咸阳四近，是个富庶地方，迭经秦祖秦宗，创造显庸，备极繁盛。此次来了一个项羽，竟把他全体残破，弄得流离满目，荒秽盈途。羽为了一时意气，任意妄行，及见咸阳已成墟落，也觉没趣，不愿久居，便欲引众东归。适有韩生入见，劝羽留都关中，且向羽说道：“关中阻山带河，四塞险阻，地质肥饶，真是天府雄国，若就此定都，便好造成霸业了。”羽摇首道：“富贵不归故乡，好似衣锦夜行，何人知晓？我已决计东归哩！”韩生趋出，顾语他人道：“我闻里谚有言，楚人沐猴而冠，今日果然相验，才知此言不虚了。”那知为了这语，竟有人传报项羽，羽即命将韩生拿到，剥去衣服，掷入油锅，用了烹燔的方法，把韩生炙成烧烤。看官试想，惨不惨呢！羽之暴且过亡秦。

羽既烹韩生，便想起程，转思沛公尚在霸上，我若一走，他便名正言顺的做了秦王，如何使得？看来不如报知怀王，请他改过前约，方好将沛公调徙远方，杜绝后患。于是派使东往，嘱他密请怀王，毋如前约。待使人去后，眼巴巴的望着复报，好容易盼到回音，乃是怀王不肯食言，仍将如约二字，作了复书。羽顿时动恼，召集诸将与议道："天下方乱，四方兵起，我项家世为楚将，所以权立楚后，仗义伐秦。但百战经营，全出我叔侄两人，及将相诸君的劳力。怀王不过一个牧竖，由我叔父拥立，暂界虚名，毫无功业，怎得自出主见，分封王侯？今我不废怀王，也算是始终尽道，若诸君披坚执锐，劳苦三年，怎得不论功行赏，裂土分封？诸君可与我同意否？"诸将皆畏项羽，且各有王侯希望，当然齐声答应，各无异词。项羽又道："怀王究系我主子，应该尊他帝号，我等方可为王为侯。"何必尊牧儿为帝，不如废去了他，较为直捷。众又同声称是。羽遂决称怀王为义帝，另将有功将士，按次加封。惟第一个分封出去，已觉有些为难，先不免踌躇起来。正是：

　　　　只手难遮天下目，分封要费个中思。

毕竟项羽欲封何人，须待踌躇，小子且暂停一停，俟至下回发表。

　　沛公身入鸿门，为生平罕有之危机，项羽令焚秦宫，为史册罕有之大火，于此见刘、项之成败，即定楚汉之兴亡。鸿门一宴，沛公已在项氏掌握，取而杀之，反手事耳；乃有项伯为之救护，有张良、樊哙为之扶持，卒使项羽不能逞其勇，范增不能施其智，虽

曰人事，岂非天命！天不欲死沛公，羽与增安得而杀
之？若羽之焚秦宫，愚顽实甚，秦宫之大，千古无
两，材料无不值钱，散给民生，正足嘉惠黎庶，焚之
果何为者？武王灭纣，不闻举纣宫而尽焚之，越王沼
吴，又不闻举吴台而尽焚之，羽果何心，付诸一炬？
甚且杀子婴，屠咸阳，掘始皇冢，烹韩生，以若所
为，求若所欲，安往而不败亡耶？秦之罪上通于天，
羽且过之，故秦尚能传至二世，而羽独及身而亡。

第二十一回

烧栈道张良定谋　筑郊坛韩信拜将

却说项羽欲分封诸将，想了多时，自己不能决定，只好仍请范增商议。范增虽为了鸿门一役，有些懊恼，但总不忍遽去，尚为项氏效忠。*血气既衰，戒之在得，增何不三复斯言，洁身早去。*既闻项羽召请，便即入帐相见。项羽与增密议道："我欲按功加封，别人都不难处置，只有刘季一人，封他何处，请君为我一决。"增答道："将军不杀刘季，实是错着，今日又把他加封，是更留遗患了。"项羽道："他未尝有罪，无故杀他，必致人心不服，且怀王又欲照原约；种种为难，君亦应该谅我，并非我不肯从君！"增又答道："既经如此，不如封他王蜀。蜀地甚险，易入难出，秦时罪人，往往发遣蜀中，便是此意。且蜀亦关中余地，使为蜀王，也好算是依照旧约了。"项羽点首称善。增又道："章邯、司马欣、董翳三人，皆秦降将，最好令他分王关中，使他阻住蜀道，他必感恩效力，堵截刘季，就是将军东归，亦可无虞。*后来偏不如所料，奈何！*"羽喜说道："此计甚妙，应即照行。"说罢，复与增妥议各将封地，及所有名称，一一决定，增始退出。

适由沛公遣人探信，至项伯处详问一切。项伯已闻项羽定议，封沛公为蜀王，乃即告知大略。来人忙去回报沛公，沛公大怒道："项羽无礼，竟敢背约么？我愿与他决一死战。"樊哙、周勃、灌婴等，亦皆摩拳擦掌，想去厮杀。独萧何进谏道："不可，不可！蜀地虽险，总可求生，不至速死。"沛公道："难道去攻项羽，便至速死么？"萧何道："彼众我寡，百战百败，怎能不死？汤武尝服事桀纣，无非因时机未至，不得不因屈求伸。今诚能先据蜀地，爱民礼贤，养精蓄锐，然后还定三秦，进图天下，也未为迟哩。"沛公听了，怒气稍平，因转问张良。良亦如萧何言，但请沛公厚赂项伯，使他转达项羽，求汉中地。为暗渡陈仓伏案。沛公乃取出金币，派人遣遗项伯，乞将汉中地加封。项伯已阴助沛公，且有金币可取，乐得代为说情。项羽竟依了项伯，把汉中地加给沛公，且改封沛公为汉王。于是颁发分封诸王的命令，列记如下：

沛公为汉王，得巴蜀汉中地，都南郑。　秦降将章邯为雍王，得咸阳以西地，都废邱。　司马欣为塞王，得咸阳以东地，都栎阳。　董翳为翟王，得上郡地，都高奴。　魏王豹徙封河东，号西魏王，都平阳。　赵王歇徙封代地，仍号赵王，都代郡。　赵将张耳为常山王，得赵故地，都襄国。司马卬为殷王，得河内地，都朝歌。　申阳张耳嬖臣先下河南迎楚。为河南王，得河南地，都洛阳。　楚将英布为九江王，都六。　楚柱国共敖曾击南郡有功。为临江王，都江陵。燕王韩广徙封辽东，改号辽东王，都无终。　燕将臧荼从楚救赵，且随项羽入关。为燕王，得燕故地，都蓟。　番君吴芮芮为英布妇翁，曾由布招芮，从羽入关。为衡山王，都邾。　齐王田市徙封胶东，改号胶东王，都即墨。　齐将田都从楚救赵，随羽入关。为齐王，得齐故地，都临淄。　田安故齐王建孙，下济北数城，引兵降楚！为济北王，都博阳。　韩王成封号如旧，仍都阳翟。

项羽自称西楚霸王，拟还都彭城，据有梁楚九郡。一面派遣将士，迫义帝迁往长沙，定都郴地。郴音琛。郴地僻近南岭，比不得彭地繁庶。羽欲自去建都，怎肯使义帝久住，所以将他逼徙，好似迁锢一般。另拨部兵三万人，托词护送沛公，即令西往就国。此外各国君臣，皆一律还镇。

沛公既为汉王，此后叙述，应该以汉王相呼。汉王就从霸上起行，因念张良功劳，赐金百镒、珠二斗。良拜受后，却去转赠项伯，并与项伯作别，还送汉王出关。就是各国将士，或慕汉王仁厚，也尽愿跟随西去，差不多有数万人，汉王并不拒绝，一同登程。好容易到了褒中，张良意欲归韩，即向汉王说明，汉王乃遣良东归。两下告别，统是依依不舍。良复请屏左右，献上一条密计，汉王也即依从。良即拜辞而去，汉王仍然西进。不料后队人马，统皆喧嚷起来。当下问为何因？有军吏入报道："后面火起，烈焰冲天，闻说栈道都被烧断了！"汉王绝不回顾，但促部众西行，说是到了南郑，再作后图，部众不敢违慢，只好前进。旋闻栈道为张良所烧，免不得咒骂张良，说他断绝后路，永不使回见父老，真是一条绝计，太觉忍心。那知张良烧绝栈道，却是寓着妙算，与庸众思想不同。一是计给项羽，示不东归，好教他放心安胆，不作准备；二是计御各国，杜绝出入，好教他知难而退，不敢入犯。当时拜别汉王，与汉王秘密定谋，便是这条计策。良之决送汉王，也是为此。汉王已经接洽，自然不致惊惶，一心一意的驰赴南郑去了。既至南郑，拜萧何为丞相，此外将佐亦皆授职有差，不必细述。

惟张良拜别汉王，转身东行，过一路，烧一路，已将栈道烧尽，方向阳翟进发，等候韩王成归国。原来项羽入关，韩王成未曾随随，嗣经羽进驻鸿门，号令诸王，韩王成方才往见。羽虽嫌他无功，终究是无罪可加，不得不许复旧封。只有一语相嘱，叫他召回张良。及韩王成与良接洽，良亦知项羽加忌，不令事汉，所以有此要约，当时答复韩王，俟送汉王出境，然后还韩。韩王不便相强，因即应诺。偏偏项羽借口有资，责成违命纵良，将他留住，不令归国，但使随军东行。成无拳无勇，怎能拗得过项羽，没奈何跟着羽军，出发秦关。羽把秦宫中所得金银，及子女玉帛等类，一古脑儿载入后车，启程东归。到了彭城，复将韩王成贬爵，易王为侯；过了数月，索性把他杀死了事。还有燕王韩广，不愿迁往辽东，被臧荼引兵逐出，追至无终，一鼓击死。韩广了。乃使人报知项羽，羽不咎臧荼擅杀，反说荼讨广有功，令他兼王辽东。就是齐王田市，本由齐将田荣拥立，田荣前不愿从项氏攻秦，为羽所憎，见第十六回。故羽徙封田市，改封田都田安，独将田荣搁起不提。全是私心用事。荣秉性倔强，不服羽命，竟羁留田市，拒绝田都，待田都将到临淄，竟发兵邀击中途，把都杀败，都逃往彭城。田市闻田都败却，恐他向羽求救，复来攻齐，因此潜身脱走，驰诣胶东。偏田荣恨他私逃，自领兵追杀田市，荣亦太觉狷狂。再西向袭击济北，刺死田安，便自称齐王，并有三齐。是时彭越尚在巨野，彭越见前文。有众万人，无所归属，田荣给与将军印绶，使他略夺梁地，越遂为荣效力，攻下数城。

　　赵将陈余，自去职闲游后，羁居南皮，仍然留意外务，常欲出山。陈余事见前文，但余既归隐，何必再寻烦恼。他本与张耳齐名，项羽封耳为常山王，却有人进说项羽，请封陈余。羽因余未尝从军，但封他南皮附近的三县。余怒说道："余与张耳，功业相同，今耳封常山王，余乃只得三县地方，充个邑侯，岂非不公！我要这三县地何用呢？"当下使党徒张同、夏说，往见田荣道："项羽专怀私意，不顾公道，所有部将，尽封善地，独将旧王徙封，使居僻境，如此不公，何人肯服？今大王崛起三齐，首先拒羽，威声远震，东海归心。赵地与齐相近，素为邻国，现赵王被徙至代，也觉不平，臣余本赵旧将，愿大王拨兵相助，往攻常山，若得将常山攻破，仍迎赵王还国，当世为齐藩，永不背德！”田荣听了，立即应允，因派兵往助陈余。陈余尽发三县士卒，会同齐兵，星夜驰击常山。张耳未曾预防，仓猝拒敌，竟被杀败，向西遁走。陈余遂迎赵王歇还国，遣还齐兵。赵王号余为成安君，兼封代王。余因赵王初定，不便遽离，仍然留辅赵王，但命夏说为代相，令往守代，事且慢表。

且说汉王刘邦，到了南郑，休兵养士，安息了一两月，独将士皆思东归，不乐西居。汉王部下，有一韩故襄王庶孙，单名为信，此与淮阴侯韩信异人同名。曾从汉王入武关，辗转至南郑，为汉属将。因见人心思归，自己亦生归志，乃入见汉王道：“项王分封诸将，均在近地，独使大王西居南郑，这与迁谪何异？况军吏士卒，皆山东人，日夜望归，大王何不乘锋东向，与争天下？若待海内已定，人心皆宁，恐不可复用，只好老死此地了。”汉王道：“我亦未尝不忆念家乡，但一时不能东还，如何是好！”正议论间，忽有军吏入报，丞相萧何，今日出走，不知去向。汉王大惊道：“我正思与他商议，奈何逃去！莫非另有他事么？”说着，即派人往追萧何。一连二日，未见萧何回来，急得汉王坐立不安，如失左右两手。方拟续派得力兵弁，再去追寻，却有一人踉跄趋入，向王行礼，望将过去，正是两日不见的萧何。却是奇怪。心中又喜又怒，便佯骂道：“汝怎得背我逃走？”何答道：“臣不敢逃，且去追还逃人！”汉王问所追为谁？何又道：“臣去追还都尉韩信！”汉王又骂道：“我自关中出发，直至此地，沿途逃亡多人，就是近日又有人逃去，汝并不往追，独去追一韩信，这明明是骗我了。”何说道：“前时逃失诸人，无关轻重，去留不妨听便，独韩信乃是国士，当世无双，怎得令他逃去？大王若愿久居汉中，原是无须用信；如必欲争天下，除信以外，无人合用，故臣特亟去追回。"汉王道："我难道不愿东归，乃郁郁久居此地么？"何即接入道："大王果欲东归，宜急用韩信，否则信必他去，不肯久留了。"汉王道："信有这般才干么？君既以为可用，我即用他为将，一试优劣。"何又道："但使为将，尚未足留信。"汉王道："我就用他为大将可好么？"何连说了几个"好"字。汉王道："君为我召入韩信，我便当命为大将。"何正色道："大王岂可轻召么？本来大王用人，简慢少礼，今欲拜大将，又似传呼小儿，所以韩信不愿久留，乘隙逃去。"汉王道："拜大将当用何礼？"何答道："须先择吉日，预为斋戒，筑坛具礼，敬谨行事，方算是拜将的礼节。"汉王笑道："拜一大将，须要这般郑重么？我就依君一行，君为我按礼举行便了。"看到此种问答，便是兴王大度。何乃退出，便去照办。

　　究竟韩信，是何等人物？听小子约略叙明。信为三杰中人，自应补叙明白。信本淮阴人氏，少年丧父，家贫失业，不农不商，要想去充小吏，也属无善可推，因此游荡过日，往往就人寄食。家中虽有老母，不获赡养，也累得愁病缠绵，旋即逝世。南昌亭长，颇与信相往来，信常去吃饭，致为亭长妻所嫉；晨炊蓐食，不使信知，待信来时，好多时不见具餐。信知惹人厌恨，乃掉头径去，从此绝迹不至。便是有志。独往淮阴城下，临水钓鱼。有时得鱼几尾，卖钱过活；有时鱼不上钩，莫名一钱，只好挨着饥饿，空腹过去。会有诸老妪濒水漂絮，与韩信时常遇着，大家见他落魄无聊，当然不去闻问。独有一位漂母，另具青眼，居然代为怜惜，每当午餐送至，辄分饭与信。信亦饥不择食，乐得吃了一餐，借充饥腹。那知漂母慷慨得很，今日饲信，明日又饲信，接连数十日，无不如此。与亭长妻相较，相去何如！信非常感激，便向漂母称谢道："承老母这般厚待，信若有日得志，必报母恩。"道言甫毕，漂母竟含嗔相叱道："大丈夫不能谋生，乃致坐困，我特看汝七尺须眉，好象一个王孙公子，所以不忍汝饥，给汝数餐，何尝望汝报答呢！"妇人中有此识见，好算千古一人。说着，携絮自去。韩信呆望一会，很觉奇异，但心中总怀德不忘，待至日后发迹时，总要重重谢她，方足报德。无如福星未临，命途多舛，只好得过且过，将就度日。他虽家无长物，尚有一把随身宝剑，时时挂在腰间。一日无事，踯躅街头，碰着一个屠人子，当面揶揄道："韩信，汝平时出来，专带刃剑，究有何用？我想汝身体长大，胆量如何这般怯弱呢？"信绝口不答，市人却在旁环视。屠人子又对众嘲信道："信能拼死，不妨刺我，否则只好出我胯下！"说着，便撑开两足，立在市中。韩信端详一会，就将身子匍伏，向他胯下爬过。能忍人所不能忍，方可有为。市人无不窃笑，信却不以为辱，起身自去。

到了项梁渡淮，为信所闻，便仗剑过从，投入麾下。梁亦不以为奇，但编充行伍，给以薄秩。至项梁败死，又属项羽，羽使为郎中。信屡次献策，偏不见用，于是弃楚归汉，从军至蜀。汉王亦淡漠相遭，惟给他一个寻常官职，叫做连敖。连敖系楚官名，大约与军中司马相类。信仍不得志，未免牢骚，偶与同僚十三人，叙饮谈心，到了酒后忘情，竟发出一种狂言，大有独立自尊的志愿。适被旁人闻知，报告汉王，汉王疑他谋变，即命拿下十三人，并及韩信，立委夏侯婴监斩。婴将众犯驱往法场，陆续枭首，已有十三个头颅，滚落地上。猛听得一人狂呼道："汉王不欲得天下么？奈何杀死壮士！"这是命中注定，应有一番作为，故脱口而出。婴不禁诧异，便命停斩，引那人至面前，见他状貌魁梧，便动了怜才的念头。及验过斩条，乃是韩信，便问他有甚么经略？信将腹中所藏的材具，一一吐露出来，大为婴所叹赏。就与语道："十三人皆死，唯汝独存，看汝将来当为王佐，所以漏出刀下，我便替汝解免罢！"

说着，遂命将信释缚，自去返报汉王，极称信才，不应处死，且当升官。

汉王是个无可无不可的人物，一闻婴言，即宥信死罪，命为治粟都尉。治粟都尉一官，虽比连敖加升一级，但也没甚宠异。独有丞相萧何，留意人才，随时物色。闻得夏侯婴器重韩信，也召与共语，果然经纶满腹，应对如流，才知婴言不谬，即面许他为大将才。信既得何称许，总道是相臣权重，定当保荐上去，不致长屈人下。偏偏待了旬月，毫无影响，自思汉王终不能用，不如见机引去，另寻头路，乃收拾行装，孑身出走，并不向丞相署内报闻。及有人见信自去，告知萧何，何如失至宝，忙拣了一匹快马，耸身跃上，加鞭疾驰，往追韩信。差不多跑了百余里，才得追及，将信挽住。信不愿再回，经何极力敦劝，且言自己尚未保荐，因此稽迟。信见他词意诚恳，方与何仍回原路。既入汉都，由何禀报汉王，与汉王问答多词，决意拜为大将。语见上文。因即命礼官选定吉日，筑坛郊外。

汉王斋戒三日，才届吉期，清晨早起，即由丞相萧何，带领文武百官，齐集王宫，专候汉王出来。汉王也不便迟慢，整肃衣冠，出宫登车。萧何等统皆随行，直抵坛下。当由汉王下车登坛，徐步而上。但见坛前悬着大旗，迎风飘扬，坛下四围，环列戎行，静寂无哗，容止不紊，天公都也做美，一轮红日，光照全坛，尤觉得旌旄变色，甲杖生威，顿令汉王心中，倍加欣慰。这是兴汉基础，应该补叙数语。丞相何也即随登，捧上符印斧钺，交与汉王。一班金盔铁甲的将官，都翘首仁望，不知这颗斗大的金印，应该属诸何人？就中如樊哙、周勃、灌婴诸将，身经百战，积功最多，更眼巴巴的瞧着，想总要轮到己身。忽由丞相何代宣王命，请大将登坛行礼，当有一人应声趋出，从容步上。大众眼光，无不注视，装束却甚端严，面貌似曾相识，仔细看来，乃是治粟都尉韩信，不由的出人意外，全军皆惊！小子有诗咏道：

> 胯下王孙久见轻，谁知一跃竟成名。
> 古来将相本无种，庸众何为色不平！

欲知韩信登坛情形，容至下回再表。

　　本回叙述，可作为三杰合传，张良之烧绝栈道，一奇也；萧何之私追逃人，二奇也；韩信之骤拜大将，三奇也。有此三奇，而汉王能一一从之，尤为奇中之奇。乃知国家不患无智士，但患无明君。汉王虽倨慢少礼，动辄骂人，然如张良之烧栈道而不以为怪，萧何之追逃人而不以为嫌，韩信之拜大将而不以为疑，是实有过人度量，固非齐、赵诸王，所得与同日语者。有汉王而后有三杰，此良臣之所以必择主而事也。

第二十二回

用秘计暗渡陈仓　受密嘱阴弒义帝

却说韩信上登将坛，向北立着，便有乐工奏起军乐，鸣铙击鼓，响遏行云。既而弦管悠扬，变成细曲，当由赞礼官朗声宣仪，第一次授印，第二次授符，第三次授斧钺，俱由汉王亲自交代，韩信一一拜受。汉王复面谕道："阃外军事，均归将军节制，将军当善体我意，与士卒同甘苦，无胥戕，无胥虐，除暴安良，匡扶王业。如有藐视将军，违令不从，尽可军法从事，先斩后闻！"说到末句，喉咙格外提响，故意使大众闻知。大众听了，果皆失色。韩信拜谢道："臣敢不竭尽努力，仰报大王知遇隆恩。"汉王大喜，因命信旁坐，自己亦即坐下，开口问道："丞相屡言将军大材，将军究有何策，指教寡人？"信答道："大王今欲东向争衡，岂非与项王为敌么？"汉王说了一个"是"字。信又道："大王自料勇悍仁强，能与项王相比否？"汉王沉吟道："寡人恐不如项王。"信应声道："臣亦谓大王不如项王，但臣尝投项王麾下，素知项王行为。项王暗鸣叱咤，千人皆惊，独不能任用良将，这乃所谓匹夫之勇，不足与语大谋。有时项王亦颇仁厚，待人敬爱，言语温和，遇人疾病，往往涕泣分食，至见人有功，应该加封，他却把玩封印，未肯遽授，这乃所谓妇人之仁，不足与成大事。此两节，实不如汉王。今日项王虽称霸天下，役使诸侯，乃不都关中，往都彭城，明明是自失地利；况违背义帝原约，任性妄行，甚且放逐义帝，专把私人爱将，分封善地，诸侯亦皆效尤，各将旧王驱逐，据国称雄，试想山东诸国，倏起倏仆，争夺不休，如何致治？且项王称兵以来，所过地方，无不残灭，天下多怨，百姓不亲。不过眼前威势，总要算项王最强，所以被他劫制，不敢俱叛，将来各国势力，逐渐养足，何人肯再服项王？可见项王虽强，容易致弱。今大王诚能遵道而行，与彼相反，专任天下谋臣勇将，何敌不摧？所得天下城邑，悉封功臣，何人不服？率领东归将士，仗义东征，何地不克？三秦诸王，虽似扼我要塞，犄角设防；但彼皆秦朝旧将，带领秦士卒数年，部下死亡，不可胜计，到了智尽能索，复胁众归降项王，项王又起了杀心，诈坑秦降卒二十余万，只剩章邯、司马欣、董翳三人，生还秦关。秦父老怨此三人，痛入骨髓，恨不得将三人食肉寝皮，今项王反立此三人为王，秦民当然不服，怎肯诚心归附？惟大王首入武关，秋毫无犯，除秦苛法，与秦民约法三章，秦民无不欲大王王秦。且义帝原约，无人不知，大王被迫西行，不但大王怨恨项王，就是秦民亦无不怀愤！大王若东入三秦，传檄可定，三秦既下，便好进图天下了！"看似平常计议，但已如兵法所云，知己知彼，百战百胜。汉王喜甚，即慰谕道："寡人悔不早用将军！今得亲承指导，如开茅塞。此后全仗将军调度，指日东征！"信复答道："将非练不勇，兵非练不精。项王虽有败象，终究是百战经营，未可轻视。现须部署诸将，校阅士卒，约过旬月，方可启行。"汉王称善，乃与信下坛回朝。

越日，即由信升帐阅兵，定出军律数条，号令帐外。大小将士，因他兵权在手，只好勉遵约束。信遂亲自督操，口讲指划，如何排列阵势，如何整齐步伐，如何奇正相生，如何首尾相应，如何可合可分，如何可常可变，种种法制，都是樊哙、周勃、灌婴等人，未曾详晓，既得韩信训示，才知信确有抱负，不等寻常，于是相率敬畏，各听信命。操演部曲，甫经数日，已是军容不振，壁垒一新。乃择定汉王元年八月吉日，出师东征。特标年月，点清眉目。是时栈道已经烧绝，不便行军。汉王却早由张良定计，叫他明修栈道，暗渡陈仓。当下召入韩信，问明出路，信所言适与张良相合。汉王鼓掌道："英雄所见，毕竟略同。"遂派了兵士数百人，佯去修筑栈道，自与韩信率领三军，悄悄的出发南郑。但使丞相萧何居守，征税收粮，接济军饷。

时当仲秋，天高气爽，将士等各愿东归，日夜趱程，由故道直达陈仓。雍王章邯，本奉项王密嘱，堵住汉中，作为第一重门户，平时亦派兵巡察，但恐汉王出来。不过他算差一着，总道汉王东出，必须经过栈道，栈道未曾修筑，纵有千家万马，也难通行，所以章邯安心坐待，一些儿不加防备。旋经探卒走报，汉兵已有数百人，修理栈道。章邯微笑道："栈道甚长，烧毁时原是容易，修筑时却是万难，区区数百人，怎能济事？汉王既欲东来，当时何必烧绝栈道，呆笨如此，真正可笑极了！"他并不呆，你却呆甚！既而又有人传入邯耳，谓汉已拜韩信为大将。邯尚不知韩信为何人，复派干员探明履历，及返报后，闻说韩信屈身胯下，毫无志节，遂又大笑道："胯下庸夫，也配做大将么？汉王如此糊涂，怪不得他行为乖谬，前烧栈道，已是失策，今修栈道，又只派了数百人，看他至何年何月，方将栈道修竣哩！"嗣是愈加轻视，毫不为意。

到了八月中旬，忽有急报传到，乃是汉兵已抵陈仓。章邯尚疑是说谎，顾语左右道："栈道并未修好，汉兵从何处出来，难道真能插翅高飞么？"话虽如此，但也不得不再派干员，探听明白。未几，果有陈仓逃兵，走至废邱，报称汉王亲率大军，据住陈仓，杀死戍将，不日就要进攻了。章邯才觉有些着忙，自思汉兵未经栈道，如何通路，莫非另有小径，可出陈仓！今不如亲领兵队，前往邀击为是。乃引兵数万，径赴陈仓，邀截汉军。一路行去，但见逃兵，不见难民。原来汉兵经过的地方，丝毫不准侵掠，所以民皆安堵，不致流离。章邯将逃兵收集，急急的赶到陈仓，正值汉兵整队东来。两下相遇，便即交战，汉兵是积愤已深，奋身不顾，一经对垒，好似猛虎离山，无论甚么刀兵水火，统是不怕，只管向前杀去。章邯部下的兵士，本是怀恨未销，勉强隶属，怎肯为邯拼着死力，自伤生命？所以战不多时，已经四溃。章邯只得回走，奔往好畤，汉兵从后追杀，不肯罢休。

究竟章邯是个惯战人员，也不愿为了一败，甘心歇手。且看部兵丧失一半，还有一半随着，不若回头再战，出敌不意，返戈奋斗，或能转败为胜，亦未可知，因此号令军中，再与汉兵赌个死活。那知韩信早已防着，嘱令前驱小心追赶，免为所乘，自己居中调度，随时策应；待至章邯还军拼命，汉兵前队，毫不慌乱，仍然照前厮杀，无懈可击。邯见汉兵整肃如故，自知所谋不遂，添了一种懊恼，没奈何支撑一阵。偏汉中军又调出左右两翼，策应前驱，前锋就是樊哙，左翼主将，就是灌婴，右翼主将，就是周勃。这三人系著名大将，夹攻一个章邯，叫邯如何抵敌！徒然断送了许多士卒，去做一班冤死鬼。邯却乘间溜脱，使长子平一说平为邯弟。入守好畤，自引败卒遁还废邱。

汉军两获胜仗，即进攻好畤。章平已知汉兵利害，怎敢出头？只有召集兵民，乘城拒守。汉将樊哙等率兵围城，竭力攻扑，约阅两日，见城上守兵稍懈，哙即令兵士架起云梯，督令登城。城上尚有矢石，陆续放掷，兵士未敢遽上，恼动樊哙性子，左拥盾、右执刀，首先登梯。此公惯用两般兵器。梯级尚未毕登，那城上已是大哗，乱放硬箭，乱掷巨石，哙竟用盾格开，觑着城上空隙，一跃而上，用刀乱掠，剁落头颅好几个。

守兵措手不迭，再经汉兵蜂拥登城，杀散守兵，立即下城开门，放入余军。章平忙从后门逃出，落荒窜去。县令、县丞，不及出奔，尽被杀死。城中百姓，无一反抗，情愿降汉。汉兵不杀一民，当即平定。韩信也即入城，叙唅首功，报知汉王。汉王已封唅为临武侯，至此复加授郎中骑将。唅与周勃、灌婴等，分徇下邽、槐里、柳中诸地，俱皆略定。乘势攻入咸阳，击走守将赵贲。惟废邱为章邯所守，往攻不下。

韩信得报，亲至废邱城外，周览地势，已得破城方法，遂召樊唅等授以密计，嘱他分头往办。章邯因汉兵攻城，日夜防守，很是留意。长子章平，已从好畤逃至废邱，与乃父相助为理，竭力抵御，所以汉兵虽盛，急切未能攻入。一日到了夜间，忽闻城中兵民，大噪起来。章邯父子，慌忙巡视，但见平地上面，水深数尺，却不知从何处涌来。未几，水势更涨，仿佛似万马奔腾，不可控遏。转眼间竟涨至丈许，漂没民庐，外面偏喊声大震，骇人听闻。章邯料不能守，急同长子平带领家小，及所有将士，从北门水浅处冲出，奔往桃林。最奇的是章邯一走，城中水势，便即退下。看官道是何因？原来废邱城两面环水，自西北流向东南，韩信令樊唅等，壅住下流，使水不得顺下，水无可归，当然泛滥，涌入城中。况当秋季水涨，奔流湍急，单靠一座城墙，如何阻得住急流。章邯名为大将，徒知浪战，不知预防，正中了韩信的秘计。<small>叙得明白。</small>樊唅等既逐章邯，便将下流宣泄，水自泻去，城中就点滴不留。汉兵陆续入城，安民已毕，复去追击章邯。章邯父子无路可奔，再战再败，章平被擒，章邯自刎而亡。<small>始终难免一死，不若前时死于漳南，免为贰臣。</small>

雍地尽为汉有，乃移兵转攻翟、塞二王。翟王董翳，塞王司马欣，本来是章邯手下的属将，勇武远不及章邯。邯败走后，曾遣人向二王求救，二王恐汉兵入境，不敢发兵救雍。及闻章邯败死，更吓得胆战心惊。再加民心不服，一闻汉兵杀到，多去降汉。董翳先知不敌，向汉请降，司马欣越加孤立，也只有低首下心，降汉了事。三秦地方，不到一月，都归汉王，项霸王第一着计策，是完全失败了。赵相张耳，西行入关，正值汉兵平定三秦，也即投顺汉王。汉王兵力，因此益强。

项王前闻齐、赵皆叛，已是忿恨，此次又闻关中失去，三秦都为汉属，不由的大肆咆哮，急欲西向击汉。一面令故吴令郑昌为韩王，牵制汉兵，一面使萧公角率兵数千，往攻彭越。萧公当是官号，角为萧公名。越击败萧角，项羽更为动怒，自思彭越小丑，何能为力，无非仗着田荣声势，有此猖狂，欲除彭越，不得不先除田荣。于是既欲攻汉，又欲攻齐。可巧来了一封书函，接过一阅，乃是张良署名。他本深忌张良，偏这番看了良书，竟要依他行事，是又堕入张良计中了。张良书中，略言"汉王失职，但得收复三秦，如约即止，不再东进。惟有齐、梁蠢动，连同赵国，要想灭楚"等语。这明明是良为汉计，使项王北向击齐，不急攻汉，好教汉王乘隙东来。那项王有勇无谋，竟被张良一激便动，先去攻齐。良复归入汉，为汉王画策东行。

汉王使韩庶子信领兵图韩，许俟韩地平定后，封为韩王，信即受命去讫。张良又欲从信东去，因由汉王挽留，乃居住幕下，受封为成信侯。汉王复遣郦商等往取上郡、北地，俱皆得手；再使将军薛欧、王吸，引兵前往南阳，会同王陵徒众，东入丰沛，迎取眷属入关。陵亦沛人，素与汉王相识，颇有胆略，汉王因陵年较长，事以兄礼。及起兵西进，路过南阳，适值陵亦集党数千人，在南阳独立一帜，汉王因遣人招陵，陵尚不甘居汉王下，托词不往。至此次薛、王二将，复来邀同王陵，陵闻汉王已得三秦，声威远著，乃决拟归汉。且有老母在沛，正好乘此迎接，脱离危机，于是合兵东行。到了阳夏，却被楚兵拦住，不得前进，只好暂时停驻，派人报告汉王，时已为汉王二年了。汉王得薛、王二将报告，本思即日东略，只因项王兵威未挫，正是一个劲敌，不便轻率发兵，所以大加简阅，广为号召，待筹足三五十万兵马，方好启行。

那项王却已亲率大众，向齐进攻，临行时候，征召九江王英布，一同会师。英布独称病不赴，但遣偏将往会。项王也不加诘责，另有一道密嘱，寄与英布，叫他即日照行，不得再违。布接着密令，明知事关重大，易受恶名，惟不好屡次违拗，开罪项王，没奈何叫过心腹，示以项王密书，令他前去照办。心腹将士，奉令承教，便去改扮装束，乘了快船，急向长江上流，星夜驰去。约莫赶了数百里，望见前面有大小船只，鼓棹西行，料知办事目的，已在眼前，当即抢前速驶，追行数里，已得与前船相并，可巧天日已暮，夜色朦胧，一班改装的九江兵，竟跳上前船仓中，拔出利刃，顺手剁去。前船也有军人，一时不及对敌，只好伸着头颅，由他屠戮。还有一位身穿龙袍的主子，无从奔避，也落得一命呜呼，死得不明不白。究竟此人为谁？就是前号怀王、后号义帝的楚王孙心。画龙点睛。

自从项王回都彭城，迁徙义帝，义帝不能不行。但左右群臣，依恋故乡，未肯速徙，义帝也须整顿行李，慢慢儿的启程。至项王将到彭城，不愿再见义帝，屡使人催促西行。义帝不得已出都就道，所有从吏，陆续逃去，就是舟夫水手，也瞧不起义帝，沿途延捱，今日驶了五十里，明日驶了三十里，因此出都多日，尚不能到郴地，终被九江兵追及，假扮强盗，弑死义帝。舟中人夫，不做刀头面，就做江中鬼。九江兵既经得手，乐得将舟中财物，搬取一空，饱载而回。途次又遇着好几艘来船，彼此问讯，乃是衡山王吴芮、临江王共敖。两处遣派的兵士，也是受了项王密命，来弑义帝，及见九江兵已占先着，不烦再进，遂各分路回去。九江兵还报英布，布自然转达项王。项王方自喜得计，谁知被人做了话柄，反好声罪致讨了！小子有诗叹道：

> 敢将故主弑江中，如此凶残怎望终？
> 没道阴谋人未觉，须知翘首有苍穹。

欲知何人声讨项羽，容待下回说明。

　　不识地理者，不足以为将；章邯为将有年，乃于栈道以外，未知汉中之可出陈仓，是实颠顶糊涂，毫无将略，无惑乎其败死也。汉王还定三秦，为项羽计，正宜大举攻汉，杜其侵轶，乃因张良一书，不攻汉而攻齐，尤为误事。良书所言，不足以欺他人，而项羽乃堕其计中，全是有勇无谋之弊。且敢冒天下之大不韪，弑义帝于江中。夫乱臣贼子，人人得诛，自羽弑义帝，为天下所不容，而汉乃得起而乘之，故羽之失道，莫甚于弑义帝，而羽之失计，亦莫过于弑义帝。

第二十三回

下河南陈平走谒　过洛阳董老献谋

却说汉王整缮兵马，志在东略，且闻项羽攻齐，相持未决，正好乘间出师，遂与大将韩信等，出关至陕郡。关外父老，相率欢迎，汉王传令慰抚，众皆喜悦，额手称庆。河南王申阳，望风输款，由汉王复书许降，惟改置河南郡，仍令申阳镇守。会接韩地捷音，乃是韩庶子信击败郑昌，昌穷蹙乞降，韩地大定，汉王乃实授信为韩王。郑昌当然失位，不过做了一个韩王的属员，苟全性命罢了。项羽第二着拒汉计谋，又复失败。

是时已值隆冬，雨雪纷飞，途中多阻。汉尚沿秦正朔，故虽已改年，尚在隆冬。汉王因未便远征，重还关中，暂都栎阳。开放秦时苑囿，令民耕作，改秦社稷为汉社稷，赦罪人，减赋税，凡民年五十以上，具有善行，得选为三老，每乡一人；复就乡三老中，采择一人，令为县三老，辅助县令丞尉，兴教施仁，关中大安。待至春回寒尽，汉王乃复引兵东出，从临晋关渡过黄河，直抵河内。河内为殷王司马卬居守，闻知汉兵入境，不得不发兵迎敌。一场交战，哪里敌得过汉军，徒折伤了好几千人，败回朝歌。汉将樊哙等进逼城下，麾众围攻，司马卬自然督守，不敢少懈。一面遣人驰报项王，乞求援兵。

项王方攻入齐地，所向无敌，进迫城阳。齐王田荣，未娴兵略，徒靠那一股悍气，横行青齐，但欲与项羽赌决雌雄。究竟强弱不同，主客悬绝，所以田荣屡战屡败，连城阳都不能守，只带了残卒数百，走入平原。平原百姓，未尝实受荣惠，荣反叫他输粮纳刍，不准迟延，顿时恼动众意，纠合至万余人，围住田荣。荣手下只剩百残兵，如何抵挡，眼见得众怒难犯，坐被那平原百姓，击毙了事。军阀家其鉴诸。项王乘势直入，纵兵焚杀，毁城郭，坏庐舍，坑死降兵，拘系老弱妇女，一些儿没有仁恩。惟复立田假为齐王，总算不绝齐后。田假为荣所逐，亡入楚军，事见前文。齐人不愿奉假，情愿拥戴田荣弟田横，横得收集余烬，得众数万，逐走田假，再据城阳。假又走入楚营，项王说他庸弱无才，不能自立，索性赏他一刀，结果性命，自领兵猛扑城阳。总道田横新立，容易铲灭，谁知田横却得人心，合力拒守，齐人又皆惮羽凶威，自知难免一死，不如拼出性命，坚持到底，因此楚兵虽盛，终不能攻破城阳；项王又未肯舍去，总想把城阳荡平，方足泄恨。接连数旬，仍然相持不下。及河内求救，不过分拨将士若干名，作为援应，且令使人先归，虚张声势，但言楚军将移动全队，来援朝歌。只是误事。

司马卬得了复音，越觉抖擞精神，乘城拒敌。忽见汉兵逐渐撤围，一日一夜，竟皆撤尽，不留一人。他想汉兵无故退去，定由项王亲自到来，所以致此，此时正好追击一阵，干些功劳。遂不待踌躇，立率城中将士，开门追赶。约跑了五六十里，未见动静，天色却已薄暮，四面又尽是山林，司马卬也防有埋伏，吩咐收兵。道言未绝，林中一声炮响，闪出两员汉将，各带精兵，来攻司马卬。司马卬不敢恋战，往后便退，部众慌乱，多半弃甲抛戈，随卬奔回。卬策马先奔，只恐汉兵赶来，恨不得一步入城。好容易到了城下，突遇一猛将据住吊桥，大声喝道："司马卬往哪里走？快快下马受缚，免得一死！"卬魂飞天外，欲想审避，又虑后面追兵到来，越觉难敌。没奈何硬着头皮，挺枪与战，才经三合，已被猛将用刀格枪，轻舒左臂，把印擒住，及印众奔还，印已早作俘囚。又经猛将厉声呼降，还有何人再敢交锋，落得匍匐桥边，乞降求生。

究竟这猛将是谁？就是汉先锋樊哙；还有埋伏林中的两将，就是周勃、灌婴。这三将分头伏着，都是韩信所授的密计。他料司马印败还城中，必向项王外求援，倘或援兵骤至，里应外合，反不胜防，因特用了诱敌的方法，佯为撤围，使樊哙退伏城隅，周勃、灌婴退伏林间，专诱司马印来追，便好前后截杀，把他擒捉；果然司马印贪功中计，被樊哙活捉到手，献至汉王面前。汉王令即解缚，慰谕数语，印拜伏地上，自称愿降，当由汉王带领将士，偕印入城，城中兵民，见印已归顺汉王，自然全体投诚。

汉兵复出略修武，适有一美貌丈夫，前来投谒。当由军吏问过姓名，便是楚都尉陈平，名见前文。自称阳武县人，与汉王部将魏无知，素来相识。至说明履历，即有人入报魏无知，无知便出营迎入。班荆道故，相得益欢，且为陈平设宴接风，私下问道：“闻足下已事项王，为何今日到此？”陈平道：“险些儿不能见君，还亏平具有小智，方得脱险前来。”无知惊问原因，陈平道：“平自往事项王，受官都尉，虽未得项王宠信，却还不见薄待。前因殷王司马印，谋叛项王，项王遣平往讨，平不欲劳兵，只与殷王说明利害，殷王总算谢罪了事。平还报项王，项王却赐平金二十镒。近日汉王攻殷，由项王拨兵救应，行至中途，闻殷王已经降汉，因即折回。项王见救兵还营，问明情形，登时大怒，便欲将平加罪。平只好封还金印，脱身西走，是以到此。”陈平弃楚投汉，借他口中叙出，且将司马印前时叛楚，及楚兵救司马印中道折还等情，一并叙过，省却许多转折。无知道：“汉王豁达大度，知人善任，远近豪杰，相率归心。今足下弃暗投明，无知当即为荐举，俾展大才！”陈平

道："故人高谊，很是可感，但平尚有一种危险的情事，容待
说明。平逃出楚营，还幸无人知觉，得离大难。乃到了黄河，
雇舟西渡，舟子却有四五人，统是粗蛮大汉，平急不暇择，只
好下船坐着，催他速驶。偏舟子一面摇船，一面只管向我注
目，还道我怀珍宝，要想谋财害命。我身旁只有一剑，并且不
习武事，怎能敌得过数人？君想这般情景，岂不是危险万分
么？"无知道："这却如何脱难？"平笑道："我想舟子动疑，
无非利我财物，我索性脱下衣服，赤着身体，帮他摇船。他看
我空无所有，也就罢休，一到对岸，我仍将衣服穿好，付与船
钱，跳上河岸，一口气跑到此间，还算是天大的造化哩。"又
借平口中自述，以见平之急智。无知道："如足下的聪明，真是一
时无两了。"说着，复与平畅饮多时，待至日暮更深，即留平
住宿营中。

　　翌日早起，无知便往见汉王，面荐陈平。汉王遂召平入
见。平从容进谒，行过了礼，未蒙汉王问及，只好站立一旁。
时当午餐，汉王即顾令左右，引平至侧厢就食。同席共有七
人，俱是因事进见，留赐午膳。及彼此食毕，平又欲入白汉
王，使中涓石奋代请，适汉王饮酒微醺，不愿见平，只令他往
就馆中。石奋出语陈平，平答道："臣为要事前来，今日便当
详告，不能再延。"奋因再报汉王，汉王乃复召入，问有何
谋，平进言道："大王诚欲讨楚，何不乘项王伐齐时，迅速东
行，捣破巢穴。若得入彭城，截彼归路，那时楚军心乱，容易
溃散，项王虽勇，也无能为了。"汉王大喜，复问及进军方
略。平具陈路径，了如指掌，说得汉王眉飞色舞，欣慰异常，
便问平在楚时，受何官职？平答言曾为都尉。汉王道："我亦
任汝为都尉，何如？"平当然拜谢。汉王道："且慢！我还要
使汝参乘，兼掌护军。"平亦即受命，再拜而出。

　　帐下诸将，见陈平骤得贵官，不禁大哗，你一言、我一

语，无非说是陈平初至，心迹未明，如何得引为亲近，不辨贤奸！这种私议，传入汉王耳中，汉王不以为意，且待平加厚。这便是汉王过人处。一面整顿兵马，指日东行。平代为部署，急切筹备，限令甚严。众将故意试平，向平行贿，乞稍展限，平亦未尝峻拒，每得贿金，往往直受不辞。于是众将得隙攻平，并推周勃、灌婴出头，进白汉王道："陈平虽美如冠玉，恐徒有外貌，未具真才。臣等闻他家居时，逆伦盗嫂，今掌护军，又多受诸将贿金，如此淫黩，实为不法乱臣，请大王熟察，毋为所惑！"汉王听了此言，也不免疑心起来，遂召入魏无知，当面诘责道："汝荐陈平可用，今闻他盗嫂受金，行止不端，岂不是荐举非人么？"无知道："臣举陈平，但重平才，大王乃责及行谊，实非今日要务。今日楚汉相距，全仗奇谋，不尚细行，就使信若尾生，古信士，与女子期于桥下，女子不来，水至不去，抱桥柱而死，语见《庄子》。贤如孝己，殷高宗子事亲至孝，高宗惑于后妻之言，放之而死。有何效用？大王但当察平计划，曾否可采，不必详究盗嫂受金等事。倘平实无智能，臣甘坐罪！"无知所言，亦未免落偏。汉王听着，尚是半信半疑，待无知退后，又召平入责问。平直答道："臣本为楚吏，项王不能用臣，故弃楚归汉，沿途受尽艰难，只剩得孑然一身，来归大王，若不受金，即无自取资，如何展策！大王今日，如以为臣言可用，不妨听臣行事，否则原金具在，尽当输官，请恩赐骸骨便了！"必受金，方可行事，平之言毋乃太过。汉王乃改容谢平，更加厚赐。嗣且迁任护军中尉，监护诸将，诸将乃不敢复言。

　　惟受金一事，平既自认不讳，毋庸拟议，独盗嫂事关系暧昧，平不自辩，无知亦未尝代为洗刷，迄今犹传为疑案。其实事属子虚，应该剖白，免致误传。平少丧父母，惟与兄伯同居，兄已娶妻，务农为业，独平喜读书，手不释卷。兄见他诚心好学，遣使从师，情愿独身耕稼，勉力持家，但兄妻是女流见识，很滋不悦。一日陈平在家，有里人看他面色丰腴，便戏语道："君家素来贫乏，君食何物，乃这般丰肥？"平尚未及答，忽伊嫂遽出来对答道："我叔有何美食，无非吃些糠粞罢了，有叔如此，不如无有！"此妇亦与汉王嫂相类，但庸妇局量，往往如此，能有几个漂母慧眼识人？这数语明寓讥嘲，急得陈平面红耳赤，几乎无地自容。可巧乃兄进来，亦有所闻，怒责彼妇，说他离间兄弟，立刻休回母家。平慌忙解劝，乃兄决计不从，竟将彼妇撵逐。好一位贤兄。照此看来，嫂叔绝对不和，何有私通情事？况且陈平后来，又得了一个美妻，乃是同里富翁张负的孙女。

平不事生产，年逾弱冠，尚未娶妻，富家不肯与平联姻，贫家亦为平所不愿。适张负孙女，五次许字，五次丧夫，遂致无人过问。独平见张宅多财，张女又貌美如花，暗暗艳羡，只苦无人替他作伐。事有凑巧，里人举办大丧，浼平襄理，平先往后归，格外出力。张负亦在丧家吊唁，见平丰仪出众，办事精勤，不由的大加赏识，记在胸中。嗣复往视平家，虽是陋巷贫居，门外却有贵人车辙，当下趋回家中，召子仲与语道："我欲将孙女嫁与陈平。"仲愕然道："陈平系一介贫儒，邑人统笑他寒酸，不愿联姻，奈何我家独遣女往嫁呢？"张负拈髭笑道："世上岂有美秀如陈平，尚至长久贫贱么！"也是别具青眼。仲尚是不欲，入问伊女，伊女却无违言。想是平日亦见过陈平，两心相悦之故。再经张负遣媒定约，上下相迫，任他张仲如何不乐，也只好筹办妆奁，嫁女出门。张负又阴出财帛，给与陈平，使得诹吉成礼。平大喜过望，指日完娶。亲迎这一日，张负且叮嘱孙女，叫她谨守妇道，勿得倚富压贫。孙女唯唯登舆，到了平家，青庐交拜，绿酒谐欢，可意郎君，得了如花美眷，真个是情投意合，我我卿卿，一夜夫妻百夜恩，无论甚么外缘，总夺不去两人恩爱，就使乃兄再娶后妻，亦不过乡村俗女，怎及得张女纤秾，是可知盗嫂情事，定属虚诬。

自从平娶得张女，用度既充，交游益广，就是里人亦另眼相待。会遇里中社祭，公推平为社宰，分肉甚均，父老交口称赞道："好一个陈孺子，不愧社宰。"平闻言叹息道："使我得宰天下，也当如分肉一般，秉公办事呢！志趣不凡，平佐汉王定天下，后为丞相，故补叙独详。既而陈胜起兵，使部将周市徇魏，立魏咎为魏王，见前文。平就近往谒，得为太仆。未几有人构平，平乃走投项羽，从羽入关，受官都尉。至此复西归汉王，言听计从，指挥如意，遂得与汉家三杰，并传不朽了。这且慢表。

且说汉王传集人马，统率东征，渡过平阴津，进抵洛阳。途次遇一龙钟老人，叩谒马前。汉王询明姓氏，乃是新城三老董公，年已八十有二。当即命他起立，问有何言？董公道："臣闻顺德必昌，逆德必亡，师出无名，如何服人？敢问大王出兵，究讨何人？"汉王道："项王不道，所以往讨。"董公又道："古语有言，明其为贼，敌乃可服，项羽原是不仁，但逆天害理，莫如弑主一事。大王前与羽共立义帝，北面臣事，今义帝被弑江中，遗骸委地，虽说江畔居民，捞尸藁葬，终究是阴灵未瞑，逆恶未彰。为后文建立义帝祠冢张本。为大王计，果欲东讨项羽，何不为义帝发丧，全军缟素，传檄诸侯，使人人知义帝凶信，罪由项羽，然后师出有名，天下瞻仰，三王盛举，亦不过如是了。"汉王听说，很觉有理，遂向董公答道："好极，好极！若非先生，寡人几不得闻此正论了。"足愧三杰。当下欲留住董公，使参军政。董公自称老病，不求仕进，告辞而去。汉王乃为义帝举哀，令三军素服三日，分遣使人，赍着檄文，布告各国。文中说是：

天下共立义帝，北面事之。今项羽放杀义帝于江南，

大逆无道，寡人亲为发丧，诸侯皆缟素，悉发关内兵，收
三河士，南浮江汉以下，愿从诸侯王击楚之杀义帝者！

这檄文传报各国，魏王豹复书请从，汉王当然作答，叫他
发兵相助。魏王豹如约而来。惟汉使至赵，赵相陈余，却要汉
王杀死张耳，方肯听命。使人返报汉王，汉王不忍杀耳，偏从
兵中寻出一人，面貌与耳相类，竟将他割下首级，仍遣原使持
示陈余。杀一无辜而得天下，仁者不为，汉王此举，毋乃伤仁！余举
首审视，已是血肉模糊，未能细辨，不过大略相似，遂以为
真，因也拨兵从汉。汉得塞、翟、韩、魏、殷、赵、河南各路
大兵，共计五十六万人，浩浩荡荡，杀奔彭城。又恐项羽乘虚
袭秦，特使韩信留驻河南，扼要防守，自引大兵东出。路过外
黄，正值彭越进谒，报告杀败楚将，收取魏地十余城。见前回。
汉王道："将军既得魏地，应该仍立魏后，魏王豹可以复位，
将军即为魏相便了。"越领命自去，汉王径至彭城。

彭城里面，守兵寥寥，所有精兵猛将，都随项王伐齐，单
剩老弱数千人，留守城中，如何抵敌数十万大兵，当下闻风遁
去，听令汉兵入城。汉兵鱼贯而进，即将彭城占住。汉王揽辔
徐入，检查项王宫中，美人具在，珍宝杂陈，不由的故态复
萌，就在宫中住下，朝饮醇酒，暮拥娇娃，享受那温柔滋味。
就是部下将士，亦皆置酒高会，欢呼畅饮，快活异常。此时张
良、樊哙想亦从军，奈何不复进谏！小子有诗叹道：

　　　　乐极悲生本古箴，如何一得便骄淫！
　　　　彭城置酒寻欢夜，锦帐沉沉祸已深。

汉王正在纵乐，不料项王已回马杀来。欲知两军胜负，且
待下回叙明。

　　司马卬之反复无常，宜为项王所痛恨，然不能责及陈平。平之说降司马卬，已为尽职，若卬之战败降汉，平亦安能预料。乃项羽无端迁怒，拟加平以连坐之罚，卒使平畏罪走汉，是何异于为丛殴爵，为渊殴鱼乎？汉得陈平，卒赖其六出奇计，以成王业，故本回特详叙履历，代为表扬。至若盗嫂一事，却一再辨诬，所以维持风化，杜后人之口实，意至深也。然陈平主议东征，而未及缟素发丧之大义，反使新城遗老，叩马进辞，是可知策士遗风，但尚诡谋，不知正道，王迹亡而乱贼兴，纲常或几乎息矣，得董公以规正之，未始非末流之砥柱也。

第二十四回

脱楚厄幸遇戚姬　知汉兴拼死陵母

却说彭城溃卒，奔至城阳，往报项羽。羽闻彭城失守，气得暴跳如雷，留下诸将攻齐，自率精骑三万人，倍道回援。由鲁地出胡陵，径抵萧县。萧县东南，有汉兵数营扎住，本由汉王遣使防羽，营中亦不甚戒备。谁知项王夤夜到来，时正黎明，全营将士，方才睡起，竟被项王麾军突入，任意蹂躏。汉兵除被杀外，逃避一空，项王长驱直进，奔向彭城。

汉王日耽酒色，宴卧迟起，众将亦连宵醉卧，不知早晚。忽闻楚兵已临城下，统吓得形色仓皇，心神慌乱。当由汉王擦开倦眼，出宫升帐，调齐大队人马，开城迎战。遥见项王跨着乌骓，穿着铁甲，当先开道，挟怒前来。一声大吼，激成异响，已令人胆战心寒；再加楚兵楚将，都是凶悍得很，要来与汉军拼命，夺还家室。这般毒气，不堪逼近，汉将亦晓得厉害，不得已向前争锋。战一合、败一合，战十合、败十合，那项王复亲自动手，执着一竿火尖枪，左右乱搠，无人可当。突然间冲入汉阵，挑落数将，竟向汉王马前，狂杀过来。樊哙等慌忙拦截，统不是项王对手，纷纷倒退。汉王也觉心慌，但恐项王杀到，只好拍马返奔，才走数步，回顾大纛，已被项王枪尖拨倒。大纛为全军耳目，一经倒地，军士自然乱窜，汉王不暇顾及，只好落荒奔去，没命乱跑。众将亦各走各路，无心保护汉王。项王从后追击，杀得昏天黑地，日色无光，汉兵都从谷、泗二水旁，逃将过去，前走的自相践踏，后走的都遭屠戮，惨死至十余万人。还有三四十万人马，南窜入山，又为楚兵所追，杀毙了好几万。余众至灵璧县东，竞渡睢水，水中溺死了许多，岸上挤落了许多，约莫有十多万人，随波漂积，睢水为之不流。前日喝得好酒，今日要他去吸清流了。

汉王逃了一程，竟被楚兵追及，围至三匝。自顾随身士卒，止数百骑，如何冲突得出？不禁仰天长叹道："我今日死在此地了！"语尚未毕，忽天上狂风大作，飞砂走石，拔木扬尘，自西北吹向东南，遍地昏冥，好似夜间一般。楚兵既站立不住，又咫尺不辨尔我，只得退回。汉王乘间脱围，觅路再走。行了数里，后面又有楚兵追来，回望楚将面目，很是熟识，便高声呼道："两贤何必相厄？不若放我逃生！"说罢，又掉头急奔，却好后面的楚将，停住不追，竟自回去。这楚将叫做丁公，闻得汉王称为贤人，就乐得卖个人情，收兵还营，谁知后来竟致陨首！因此汉王复得脱走。自思距家不远，不如趁便回家，搬取老父娇妻，免落楚兵毒手。当下驰至丰乡，走近家门，但见双扉紧闭，外加封锁，禁不住吃了一惊，慌忙查问四邻，俱云不知去向。那时孑影徘徊，踌躇了好多时，谅想无从追寻，只好纵辔自去。

行行复行行，倏已走了数十里，日色已经西沉，渐觉得饥寒交迫，疲乏不堪。本拟下马休息，又恐楚兵追来，未便小憩，没奈何垂头丧气，向前再走。又过了好几里，遥闻有犬吠声，料知前面定有村洛，及抬头一望，果见前面有一树林，从林隙处露出灯光，隐隐有村落出现，摹写有致。当即策马前进，想到村中借宿。事有凑巧，适与村内老人相遇，不得不殷勤问讯，求宿一宵。老人见汉王容止，不同凡人，因就引至家中，延令上坐，叩明姓氏，汉王也不讳言，讲明实迹。老人说道："老朽不知驾到，有失远迎！今因里中有喜庆事，夜宴归来，得遇大王尊驾，不胜荣幸。"说着，便向汉王下拜。汉王忙即扶起，且转问老人家世，老人道："老朽姓戚，系定陶县人，前因秦项交兵，避乱至此，当时妻子流离，俱皆丧失，现只小女随着，权借此地寓居。乱世为人，不如太平为犬，说也可怜。"言下甚是惨沮。

汉王已饥肠辘辘，急欲求食，向老人说道："此处有无酒饭可沽?"老人道："此地乃是僻乡，并无市镇，大王如不嫌简亵，寒家尚有薄酒粗肴，可以上供。"汉王不待说毕，连忙说好。老人即传声入内，叫他女儿整备酒饭。约阅一时，便有一个二九佳人，携着酒食，姗步来前。汉王瞧着，虽是衣衫朴陋，却也体态轻盈，免不得称羡起来。老人命女放下酒肴，便向汉王行礼。汉王起身相答，那戚女盈盈拜毕，转身返入。老人遂与汉王酌饮，汉王连饮数觥，愁肠渐放，娓娓言情，且问戚女曾否字人。老人道："小女尚未许字。前有相士谈及，谓小女颇有贵相，今日大王到此，莫非前缘注定，应侍大王巾栉，未知大王尊意如何?"汉王道："寡人逃难到此，得蒙留宿，已感盛情，怎好再屈令媛为姬妾哩?"也要做作。老人道："只怕小女不配侍奉，大王何必过谦!"汉王乃说道："既承老丈美意，我即领情便了。"当下解交玉带，作为聘礼。老人复唤女出拜，女腼腆出来，含羞检衽，受了玉带。并由老人叫她斟酒，捧献汉王，汉王一饮而尽。至戚女斟至第二杯，汉王就命戚女酬饮，戚女也不固辞，慢慢儿的喝干，这便算做合卺酒了。既而戚女复入内取饭，出供汉王，汉王又吃了一饱。夜色已阑，老人却甚知趣，便令该女陪着汉王，入室安寝。汉王趁着酒兴，挽女同宿。戚女年已及笄，已解云情雨意，且终身得侍汉王，可望富贵，不如曲意顺承，由他宽衣解带，拥入衾中。两情缱绻，一索得男，居然是结下珠胎，不虚此乐了。为生子如意张本，戚女想做妃嫔，谁知后来竟为人彘!

　　诘旦起床，出见戚公，吃过早膳，汉王即欲辞行。戚公父女，苦留汉王再住数日，汉王道："我军败溃，将士等不知所在，我何能在此久留？且容我往收散卒，待有大城可住，当来迎接老丈父女，决不爽约！"戚公乃不好强留，送别汉王，只有戚女格外生感，仅得了一宵恩爱，偏即要两地分离，怎得不蹙损眉尖，依依惜别！汉王到了此时，也未免儿女情长，英雄气短，临歧絮语，握着戚女的柔荑，恋恋不舍。结果是硬着心肠，嘱咐了一声珍重，出门上马，扬鞭径去。

　　走了多时，忽见尘头起处，约有数百骑驰来。他恐防是楚兵，急忙藏入林中，偷眼窥着。待来骑已近，方认得是自己人马，当先一员将弁，不是别人，就是部将夏侯婴。时婴已受封滕公，兼职太仆，常奉王车。彭城一战，婴亦随着，惟因战败以后，汉王舍车乘马，仓皇走脱，所以与婴相失。婴保着空车，突出楚围，四处找寻汉王，走了一夜有余，方得与汉王相遇。汉王见是夏侯婴，自然放胆出来，婴即下马拜见，具述经过情形，且请汉王换马登车。汉王依了婴言，改坐车上，由婴跨辕随行。沿途见有难民，纷纷奔走，就中有一幼童、一幼女，狼狈同行，屡顾车中，夏侯婴眼光灵警，一经瞧见，似曾相识，便语汉王道："难民中有两个孩儿，好似大王的子女，究竟是与不是，请大王鉴察！"汉王方张目外顾，果然两孩非别，乃是亲生的子女，便命婴叫他过来。婴下车招呼，抱登车上，当由汉王问明情由，两孩谓与祖父、母亲等，避难出奔，想来寻访我父，途次被乱兵冲散，遂致分离，今祖父、母亲，已不知何处去了。汉王又惊又喜，更问及昨宵情状，两孩答道："儿等已离家两日，夜间统借宿别村。今日出门行路，偏偏撞着乱兵，祖父失散，母亲等又忽然不见，幸亏遇着父亲！"说到"亲"字，泪下不止。*你的父亲，昨夜却快活得很。*汉王也为动容。

正叙谈间，夏侯婴忽惊报道："那边有旗帜飘扬，莫非楚兵追来么？"汉王急着道："快走罢！"婴也觉着忙，自至汉王车后，亲为汉王推车，向前飞奔。后面果有楚兵追至，首将叫做季布，前来赶拿汉王。汉王走一程，季布追一程，一走一追，看看将及。汉王恐车重行迟，竟将子女推堕车下。夏侯婴见了，仍然左提右挈，把两孩抱置车中。俄而汉王又将两孩推落，夏侯婴再把两孩扶载，接连有好几次，惹得汉王怒起，顾叱夏侯婴道："我等危急万分，难道还要收管两孩，自丧性命么？"婴抗答道："这是大王亲生骨肉，奈何弃去？"汉王更加懊恼，拔出剑来，欲杀夏侯婴。何以粗暴乃尔！婴闪过一旁，见两孩复被汉王踢下，索性令别将御车疾驰，自己伸展左右两腋，轻轻挟住两孩，一跃上马，随王走免。楚将季布，追赶不及，也只好领兵回去。

汉王见追兵去远，稍稍放心，夏侯婴亦策马驰至，两下会叙，决向下邑投奔。下邑在砀县东，曾由汉王妻兄吕泽，带兵驻扎。汉王与夏侯婴挈了子女，从间道行至下邑，吕泽正派兵探望，见了汉王，当然迎入，汉王方得了一个安身的地方。已而汉将等闻王所在，陆续趋集，势又渐振。惟调查各路诸侯消息，殷王司马卬已经阵亡；塞王司马欣，与翟王董翳，又复降楚；韩、赵、河南各路残兵，亦皆散归。这虽是关系不小，但尚随合随离，不足深恨。最关紧要的，乃是汉王父太公，及妻吕氏等人，好多日不闻音信。仔细探听，已被楚军掳掠去了。

原来，太公带领家眷，避楚奔难，子妇孙女以外，尚有舍人审食其相从。食其亦读为异基。大家扮做难民，鬼鬼祟祟，从僻路潜行出去，首二日还算平安，昼行夜宿，不过稍受一些辛苦。至第三日早起，又复启行，约越数里，适来了许多楚兵，慌忙避开。偏偏楚兵队里，有几个认识太公，及汉王妻、吕氏，竟一哄过来，把他两人拘住。审食其不肯舍去，也为所

拘，余皆走散。汉王仅得子女二人，所有兄弟亲族，又俱未
见，更闻得老父娇妻，为敌所虏，生死未卜，忍不住号咷起
来。旋经诸将解劝，勉强收泪，乃引众转趋砀县，再着侦骑往
探，寻问太公吕氏音信。后来接得确音，才知二人在楚军中，
尚幸未死，只项羽视为奇货，留作抵押，要想汉王往降。汉王
怎肯身入虎口，只得暂从割舍，徐图良策。妻子可以割舍，老父
亦可割舍吗？

过了数日，复接王陵哀报，乃是"老母被掠，伏剑身亡，
现愿奉母遗命，事汉无二，誓报大仇"云云。汉王听着，悲喜
交并，当下复书劝慰，叫他节哀顺变，协力复仇。一面启节西
行，道出梁地，复得楚军进攻消息，且惧且忿，特召集将佐，
商议退敌方法。将佐等甫经败衄，未敢主战，彼此相觑，不发
一言。汉王勃然道："我情愿弃去关东，分授豪杰，但不知何
人肯为效力，破楚立功，得享受此关东土地呢！"道言甫毕，
即有一人接口道："九江王英布，与楚有隙，彭越助齐据梁，
两人皆有大才，可以招致，使为我用。若大王部下，莫如韩
信，大王果将关东土地，分给英布、彭越、韩信三人，彼必感
激思奋，愿出死力，项羽虽强，也容易破灭了。"汉王见献计
的人，就是张良，便连声称善，并顾问左右道："何人能为我
往说九江王，使他背楚从我？"旁有谒者随何，谒者二字，系秦
官名，汉亦仍之。挺身出应，自愿前往。汉王乃派吏二千人，
与何偕行，何即领命去讫。汉王复向韩、彭两军，派使求援，
自引兵由梁至虞，由虞至荥阳。荥阳为河右要冲，不得不就此
扼住，阻楚西进。汉王命部众屯驻城外，自入城中安歇。

才阅一宵，忽来了一员将弁，素衣素服，踉跄趋入，拜倒
汉王座前，鸣咽不止。汉王急忙审视，见是沛中故友王陵，当
即离座扶起，延令旁坐。陵且泣且语道："臣与逆贼项羽，不
知有何宿世冤仇，既逼我母自杀，还要将我母遗骸，付诸鼎

烹。臣愤不欲生，愿大王拨助雄师，与臣偕行，若不将贼羽碎尸万段，誓不甘休！"汉王愕然道："项羽竟这般残忍么？不但君欲报仇，就是我与君多年故交，亦当替君出力。况我的衰父弱妻，亦陷没羽军，存亡难料，怎好不前去救应？只恨我军新败，还须搜乘补阙，募兵添将，方好前去争锋，一鼓破贼。否则彼强我弱，彼众我寡，再若一败，不堪收拾了！"王陵仍然流涕，又由汉王慰谕一番，拟俟韩信等兵马到来，便当出发。陵亦无可奈何，只好含泪拜谢。

惟陵母也是个女中豪杰，何故自杀，何故被烹，小子应该补叙大略，表明烈妇情形。补笔断不可少。陵母为羽所虏，羽留置军营，胁她招降王陵，陵母不肯作书，由羽使人驰往阳夏，假传陵母遗命，嘱陵弃汉归楚。陵料有诈谋，且亦不愿降羽，乃遣归楚使，另派心腹往楚省母，探明虚实。陵使到了彭城，无从与陵母相见，不得已进谒项羽，传述陵言，愿见陵母，羽即唤陵母出见，使他东向坐着，面谕陵使，叫陵即日来降，保全母命。陵母对着项羽面前，不便直述己见，只得支吾对付，敷衍数语。及陵使辞归，陵母假送使为名，步出辕门。直至使人将要登车，向母拜别，陵母流泪与语道："烦使人传语陵儿，叫他善事汉王。汉王宽厚得民，将来必有天下，吾儿切勿顾念老妇，怀着二心。言已尽此，老妇当以死相送了。"使人尚不知陵母已具死意，还道是一时愤语，不足介怀，但说了"尊体保重"四字，匆匆上车。那知陵母袖中，取出一柄亮晃晃的匕首，向西叫了两声"陵儿"，便咬着牙关，把匕首向颈上一横，喉管立断，鲜血直喷，好一位志节高超的老母，撞倒车旁，一命归阴去了！比漂母更高一倍。使人不及施救，并恐连害自身，疾驰而去。项羽正差人出视陵母，见了陵母言动等情，也为惊愕。至陵母已死，即刻入报，项羽大怒，喝令左右，舁入陵母尸首，掷置鼎镬，用火一烧，顷刻糜烂，羽才算泄忿。但人已死去，烹亦何益？徒使王陵闻知，越加痛恨，这真叫做冤仇不解，越结越深呢。

汉王专待韩信等来援，韩信果然率兵来会；还有丞相萧何，也遣发关中守卒，无论老弱，悉诣荥阳，人数又至十余万。汉王大喜，遂使韩信统军留着，阻住楚锋，自引子女还栎阳。韩信究竟能军，出与楚兵连战三次，统获胜仗。一次是在荥阳附近，二次是在南京地方，南京系春秋时郑京，与近今之江宁不同。三次是在索城境内。楚兵节节败退，不敢越过荥阳。韩信复令军士沿着河滨，筑起甬道，运取敖仓储粟，接济军粮，渐渐的兵精粮足，屹成重镇。汉王到了栎阳，连得韩信捷报，放心了一大半，遂立子盈为太子，大赦罪犯，命充兵戍。太子盈年只五岁，使丞相萧何为辅，监守关中。且立宗庙，置社稷，一切举措，俱委萧何便宜行事。何慨然受命，愿在关中转漕输粟，担任兵饷，并请汉王仍往荥阳，督兵东讨。汉王依议，乃与萧何嘱别，复东往荥阳去了。小子有诗赞萧丞相道：

从龙带甲入关中，转粟应推第一功。
为语武夫休击柱，发踪指示孰如公？

汉王再到荥阳，究竟如何东讨，且看下回叙明。

汉王既入彭城，应该亟迎老父，乃耽恋美人宝货，置酒高会，匪特不知有亲，并且不知有敌，何其昏迷乃尔！睢水之败，乃其自取，太公、吕后之被掳，亦何莫非汉王致之？况子身避难，一遇戚女，即兴谐欢，父可忘，妻可弃，兄弟家族可不顾，将帅士卒可不计，而肉欲独不可不偿，汉王亦毋乃不经乎？惟当时项王暴虐，各诸侯亦不足有为，苍苍者天，乃不得不属意汉王，大风之起，已有特征。陵母以一妇人，独能见微知著，拼死嘱儿，是真一女中丈夫，非庸妪所得同日语也。本回叙及戚姬，所以原人彘之祸，不没陵母，所以扬彤帷之光，详正史之所略，而惩劝之意寓于中，是亦一中垒之遗绪云。

第二十五回

木罂渡军计擒魏豹　背水列阵诱斩陈余

却说汉王再至荥阳，与韩信会师进讨，诸将皆踊跃从命，期雪前耻。独魏王豹入白汉王，乞假归视母疾。汉王见他始终相从，未尝擅返，总道是存心不贰，可无他患；况且老母有病，理应归省，遂慨然应诺，与约后期。豹订约而去，回到平阳，遽将河口截断，设兵扼守，叛汉联楚。当有人报知汉王，汉王虽然懊恨，但尚以为待豹不薄，或可劝他悔悟，免致动兵。因即召过郦食其，令他往说魏豹，且与语道："先生善长口才，若能劝豹回心，使我减去一敌，便是大功，我当拨出魏地万户，封赏先生！"郦生欣然领命，星夜驰往平阳，进见魏豹，仗着三寸不烂的舌根，反复陈词，晓谕祸福。偏魏豹毫不动情，淡淡的答说道："人生世间，好似白驹过隙，若得一日自主，便是一日如愿。况汉王专喜侮人，待遇诸侯群臣，不啻奴仆，今朝骂，明朝又骂，毫无君臣礼节，我不愿与他再见了。"

郦生说他不动，只得归报。汉王大怒，即命韩信为左丞相，率同曹参、灌婴二将，统兵讨魏。待韩信等已经出发，又召问郦生道："魏豹竟敢叛我，想必有恃无恐，究竟他命何人为大将？"郦生道："闻他大将叫做柏直。"汉王掀髯笑道："柏直口尚乳臭，怎能挡我韩信。还有骑将为谁？"郦生又答是冯敬。汉王道："敬系秦将冯无择子，颇有贤名，惜少战略，也不能挡我灌婴。此外只有步将了。"郦生接入道："叫做项它。"汉王大喜道："这也不能挡我曹参，我可无虑了！"*料事如见。*遂放下愁肠，静待韩信军报。

韩信等到了临晋津，望见对岸统是魏兵，不便径渡，乃择地安营，赶办船只，与魏兵隔河相距，暗中却派遣干员，探察上流形势。未几即得探报，谓对河统有魏兵守着，惟上流的夏阳地方，魏兵甚少，守备空虚。韩信听着，便已想得破敌的计策，先召曹参入帐，嘱令引兵入山，采取木料，不论大小，尽可合用，但教从速为妙，参受令而去。继又召入灌婴，叫他派遣兵士，分往市中，购取瓦罂，每罂须容纳二石，约数千具，即日候用，不得少延。灌婴听了，不禁疑讶起来，便问韩信道："瓦罂有何用处？"韩信道："将军不必急问，但教依令往办，自可建功。"婴尚是莫明其妙，只因军令难违，不得不如言办理。才阅两日，参与婴先后缴令，各将木料、瓦罂，一律办齐。信又取出一函，交与两人，命他自去展阅，两人受函出帐，拆视函中，乃是叫他制造木罂。这木罂的造法，系用木夹住罂底，四围缚成方格，把绳绊住，一格一罂，两格两罂，数十格即数十罂，合为一排，数千罂分做数十排。制成以后，再行请令。灌婴道："渡河须用船只，现在船已渐集，何故要造这木罂？真正奇事！"*故作疑幻，令人不测。*曹参道："想元帅总有妙用，我等且监督工兵，依法制就便了。"于是日夜赶造，不到数日，已将木罂制齐，因即请令定夺。

韩信亲自验毕，待至黄昏，留兵数千，使灌婴带着，但准摇旗擂鼓，守住船只，不得擅自渡河，违令斩首。灌婴唯唯受教。*这却是个美差。*信却与曹参督同大兵，搬运木罂，趁夜行抵夏阳，即将木罂放入河中，每罂内装载兵士两三人，却也四平八稳，不致倾覆。兵士就在罂内，用械划动，自然移去。信与曹参亦下马就罂，一同渡河。好容易到了对岸，并皆跃登陆地，整队前行。那魏将柏直等人，但扼住临晋津，不使汉兵得渡。嗣闻汉兵陈船呐喊，越加小心防守，一步儿不敢他去。就是魏王豹亦注意临晋，不及夏阳。因为夏阳平日，向无船只，势难徒涉，所以置诸度外，绝不过问。谁知韩信竟用木罂渡军，无阻无碍，直至东张，才见有魏兵营盘，挡住大道。曹参拍马舞刀，竟向魏营杀入，汉兵当然随上。魏将孙遬，仓猝抵敌，终落得大败亏输，向北窜去。曹参乘胜直入，进薄安邑，守将王襄，出城迎战，甫经数合，即被曹参卖个破绽，让他劈来，轻身一闪，彼落空，此得势，顺手牵住丝绦，活擒下马，掷付部军。魏兵见主将被擒，何人再敢抵敌？或逃或降，安邑城空若无人，遂由曹参引兵占住。韩信也即进城，犒赏将士，再拟入攻魏都。

　　魏都就是平阳，魏王豹居住都中，连接东张、安邑败耗，惊慌的了不得，遂差人追回柏直等军，自率亲兵出都，堵截汉军。到了曲阳，刚遇汉军杀来，当即摆开兵马，与他交战。汉军已经深入，自知有进无退，奋不顾身，俗语说得好，一夫拼命，万夫莫当，况大众不下数万，又有韩信、曹参两将帅，前后指麾，凭他如何劲敌，也是不能支持。魏王豹既无韬略，又乏精锐，眼见得有败无胜，向北乱逃。汉兵用力追赶，驰抵东垣，复将魏豹围住。豹冒死冲突，总不得出，韩信知豹穷蹙，传语魏兵，叫他早降免死。魏兵弃甲投戈，都称愿降。魏豹穷极无奈，也顾不得面子，只好下马伏地，束手受擒。却不怕汉王辱骂么？

　　韩信把豹囚入槛车，直抵平阳城下，便令曹参押豹出示，晓谕守兵，叫他出降。守兵瞠目伸舌，无心抵御，乐得举城奉献，保全性命。韩信、曹参，依次入城，下令兵民，一体赦宥，惟将魏豹家眷，尽行拿下，与豹一同系着。会值魏将柏直等引兵回援，途次闻得汉军袭入，连破城邑，并魏王亦被擒去，统吓得不知所为。可巧韩信着人招降，指示一条生路，大众无法可施，没奈何走到平阳，跪降了事。魏将全然无用，果如汉王所料。韩信召到灌婴，令与曹参分徇魏地，各处城邑，无不归附，魏地大定。信欲乘便击赵，留兵不返，但将魏豹全家，悉数解往荥阳，听候汉王发落。自请添兵三万人，往平赵国，且言从赵入燕，从燕入齐，东北既平，方好专力击楚，南下会师。却是绝大计划。汉王允如所请，立拨部兵三万，使张耳带去，会同韩信等击赵。一面提入魏豹，拍案大骂，意欲将豹枭首，慌得豹匍匐座前，头如捣蒜，乞贷死罪。亏他一张老脸皮。汉王转怒为笑道："量汝这等鼠子，有何能力！我今日不妨饶汝，权给汝首，汝若再有异心，族诛未迟。"豹又叩了几个响头，方才退出。

汉王又命将魏豹家眷，除老母年迈不能充役外，余皆没入为奴。豹妾薄姬，姿容最美，发往织室作工。后来被汉王瞧见，颇觉中意，又把她送入后宫。说将起来，这个薄姬却与汉魏大有关系。姬母薄氏，本为魏国宗女，魏为秦灭，流落他乡，与吴人薄姓私通，俨成夫妇，生下一女，出落得袅袅婷婷，齐齐整整。魏豹得立为王，薄女已经及笄，夤缘入宫，得为豹妾。时有河内老妪许氏，具相人术，言无不中，世人称为许负。负与妇通，注见前文。豹闻许负善相，特召她进来，遍相家属。许负看到薄女，不胜惊愕道："将来必生龙种，当为天子。"豹亦惊喜道："可真么？试看我面，应该如何结果。"许负笑说道："大王原是贵相，今已为王，尚好说是未贵么？"句中有眼。豹听到此语，料知自己不过为王，惟得子为帝，胜如自为，倒也欢喜得很。当下厚赠许负，送她归家，且格外宠爱薄女，几与正室无二。就是兴兵背汉，也为了许负一言，激成变志。他想有子为帝，必须由自身先立基业，方可造成帝系。若尽管臣事汉王，如何独立，如何贻谋，所以决意叛汉，负嵎自雄。子尚未生，便作痴想，安得不败，安得不亡。偏偏痴愿难偿，反致国亡家破，那相亲相爱的薄家女，竟被汉王攫去，罚作宫妃。薄女也自伤薄命，身为罪人，充当贱役，始居织室，继入汉宫，终不见有意外幸事，只得死心塌地，做个白头宫人，便算了却一生。那知过了年余，竟得了一个梦兆，乃是苍龙据腹，大惊而寤。默思此梦主何吉凶，一时也无从详起。越宿起床，并无征验，迟至夜间，忽接内使宣召，叫她入侍，不得不略略整妆，前去应命。及见过汉王，在旁侍立，汉王方在酣饮，一双醉眼，注视了好几回，等到酒后撒看，竟将她扯入内寝，要演那高唐故事，此时身不由主，任所欲为。到了交欢的时候，薄女始将昨宵梦兆，告知汉王。汉王道："这是贵征，我今夕就与汝玉成了。"说也奇怪，薄女经过一番雨露，便得怀胎，十月满足，果生一男，取名为恒，便是将来的汉文帝；只晦气了一个魏王豹，求福得祸，一败涂地。可见人生遇合，都有命数，切勿可过信术士，痴心妄想呢！唤醒世梦。

闲话休表。且说韩信寓居平阳，筹备伐赵，可巧张耳带兵到来，与信会师，信遂合兵东行，进攻代郡。这伐赵的原因，系由赵相陈余，本已出兵从汉，自汉王为楚所败，赵兵散归，报称张耳尚存，顿时恼动陈余，复与汉绝和。张耳诈死见二十三回。韩信援为话柄，责赵背汉，因此长驱攻代，直抵阏与。代为陈余受封地，余留辅赵王，用夏说为代相，使他居守。见二十一回。说闻汉兵已至阏与，距代城不过数十里，当即引兵出敌，与汉兵前队相遇。汉先锋将乃是曹参，跃马持刀，直指夏说，说亦持刀相迎。战了一二十合，参虚晃一刀，拍马就走，汉兵亦返身同奔。明明是诈。说麾兵大进，迤逦追赶，约行了二十多里，忽两面喊声大起，左有灌婴，右有张耳，两路兵杀出，冲断代兵，再经曹参引兵杀回，三面夹攻，代兵大败，说慌忙遁还。偏汉兵不肯罢手，从后急追，走至邬东，已被曹参追及，刀伤说马后股，马负痛倒地，把说掀翻，便为汉兵所擒。参劝说投降，说反骂汉欺人无信，激动参怒，手起刀落，把说劈下头颅，因即攻入代城。

安民已毕，就去迎接韩信。信立即至代，再拟移兵入赵。适有汉王使命到来，调回将士，助守敖仓，信乃使曹参南还。参道出邬城，为赵将戚将军所阻，一场恶斗，力把戚将军劈死，方得打通路径，还诣敖仓去了。惟韩信麾下，要算参最为智勇，所领部曲，亦皆善战。参既南下，部众当然随去，信不得不募兵补阙，好容易招添万人，驱往击赵。沿途探听赵兵消息，先后接得探报，各称赵兵据井陉口，差不多有二十万人。信素知井陉口的险要，未便轻进，约距井陉口三十里外，停兵下寨，再遣细作往觇虚实，然后进兵。

是时赵已知代地失守，格外严防，所以扼险固守，阻住汉军。有谋士广武军李左车，进说陈余道："韩信、张耳，乘胜远斗，锋不可当。但臣闻千里馈粮，士有饥色，樵苏后爨，师不宿饱，他敢远道至此，必利在速战。好在我国门户，有井陉口为阻，车不得方轨，骑不得成列，彼若从此处进兵，势难兼运粮草，所有辎重，定在后面。愿假臣三万人，由间道潜出，截取彼粮，足下但深沟高垒，勿与交锋；彼前不得战，后不得还，野无所掠，何从得食，不出十日，两将首级，可致麾下！否则，虽有险阻，不足深恃，恐反为二子所擒了！"左车之计，足以守赵，若必谓足擒信耳，亦觉过夸。陈余本是书生出身，见识迂拘，尝自称为义兵，不尚诈谋，因辞退李左车，屏绝勿用。

事为韩信所闻，暗暗心喜，遂传入骑都尉靳歙，嘱他如此如此。待靳歙去后，又召左骑将傅宽，及常山太守张苍，亦授以密计，令他分头去讫。自己待至夜半，拔寨起行，及抵井陉口，天色微明，只令裨将分给干粮，叫全军暂时果腹，且传谕大众道："今日便好破赵，待成功后，会食未迟。"将士等统皆疑讶，但亦不敢细问，只好齐声应令。却是奇怪。信又挑选精兵万人，叫他渡过泜水，背着河岸，列阵待着。赵军望见背水阵，不禁窃笑，就是汉将等亦皆惊疑。只韩信平日兵谋，往往令人不测，所以依令照行，未敢有违。信复笑语张耳道："赵兵据险立营，未见我大将旗鼓，故坚持不动。我当与君同往，亲去督攻，使彼夺气，彼自然退去了。"耳亦未以为然，勉从信言，相偕渡河。信即命军士扬旗示众，伐鼓助威，大模大样的闯入井陉口。

早有赵卒报达陈余，余大开营门，麾兵出战。两下交绥，赵兵仗着势众，一拥上前，来围韩信、张耳。信呼耳急走，且令军士抛去帅旗，掷去战鼓，一齐返奔，驰还泜河。显是诡谋。陈余部众得胜，自然并力追击，还有居守营内的赵兵，也想乘势邀功，竟把赵王歇都拥了出来，掠取汉军旗鼓，扬扬得意，哗声如雷。那时韩信等已退到泜河，陈余等亦皆追至，泜河上面，本有汉军列着，纳入韩信、张耳，出拒陈余。韩信下令军中，决一死战，退后立斩。汉兵本无退路，就使没有号令，也只可拼死求生。当下奋力拒战，争先杀敌，自辰牌斗至午牌，不分胜负。陈余恐部众腹饥，不能再战，乃收军回去。

不料到了半途，遥见营中旗帜，都已变色，一张张的随风飘动，好似红霞散彩，灿烂异常。及仔细辨认，分明是汉军赤帜，不由的魂驰魄丧，色沮心惊。正在慌张的时候，刺斜里突出一军，乃是汉左骑将傅宽，引兵杀来。余急忙对敌，且战且走；忽又有一路人马，兜头拦住，为首统将，系汉常山太守张苍，吓得余不知所措，反从后面倒退。张苍、傅宽合兵赶杀，却故意不去夹击，惟把余逼回泜水，余军不顾前后，但教有路可逃，走了再说。余明知泜水旁边，驻有汉军，此去乃是一条绝路，自往寻死，为此喝止部众，饬令死战；偏部众已无斗志，不肯听令，只管狂奔。余不觉怒起，命部将连杀数人，越杀越逃，越逃越乱，连余亦只好跟着，不能独返。看看泜水将近，心下愈急，忽来了一个冤家，驱兵乱斫，先将余纛砍翻，继即将余围住。余没甚武力，怎能自脱，即被来兵杀死。这来兵中的主将，究是何人？看官听着，就是前时刎颈交张耳！杀人不杀己，想也好算是刎颈交。

余既被杀，赵兵除逃去外，悉数降汉。张耳还报韩信，且请往拿赵王歇，信微笑道："公得斩陈余，大功已立，那擒拿赵王歇的功劳，就让与别人罢了。"言未毕，已由靳歙部下，押到一个俘虏，张耳瞧着，俘虏非他，正是赵王歇，又喜又惊。韩信令推歇至前，问了数语，歇默然不答，由信喝令斩讫。当有将士奉令，牵歇出外，枭首复命。赵君臣统皆授首，赵地自平。

惟诸将虽得大捷，却看了韩信用兵，好似神出鬼没，无从捉摸，各欲向信问明。好在功成以后，应该入贺，就趁那贺捷的机会，请教玄机。正是：

> 欲知妙计平强敌，要待明言示暗机。

究竟韩信如何答说，且至下回再详。

本回叙述韩信兵谋，说得迷离惝恍，不可究诘。迨一经揭出，始知韩信用兵，确有神出鬼没之妙。谋固奇而笔亦奇，以视正史中之直言纪载，趣味何如！夫正史尚直笔，小说尚曲笔，体裁原是不同，而世人之厌阅正史、乐观小说，亦即于此处分之。然或向壁虚造，与正史毫不相符，则又为荒诞无稽，何关学术。试看本回之演述木罂渡军，背水列阵，于史事有否不同？不过化正为奇，较足夺目，能令阅者兴味不

穷，是即历史小说之特长也。中插薄姬一段，更于阵
云战雨之中，辟出风流佳话，尤足生色。且事关汉魏
兴亡，不可不叙，文以载事，即以道情，吾于是书
亦云。

第二十六回

随何传命招英布　张良借箸驳郦生

　　却说韩信灭赵，诸将入贺，乘便问及计谋。经韩信从头叙明，才知前时所遣的三路人马，都寓玄机。靳歙一路，是叫他黄夜出发，绕到赵营后面，暗暗伏着，等到赵兵空壁出战，便乘虚劫营，拔去赵帜，改竖汉帜。傅宽、张苍两路，是叫他向晨出发，埋伏赵营附近，等到陈余回军，分头截杀，仍使陈余退还泜上，好教张耳守候，把他送终。陈余果然中计，徒落得身首两分。就是赵王歇被众拥出，一闻营塞失陷，当即回马，巧值靳歙杀出，击走赵兵，赵王歇走得少慢，且被靳歙赶着，活捉了来，也致毕命。这都是韩信预先布置，好似设着天罗地网，把赵君臣二十万人，一古脑儿罩住，无从摆脱，待至功成事就，由韩信表白出来，众将方如梦初醒，无不佩服。_{说破疑}团，使人醒目。惟背水列阵，乃是兵法所忌，韩信违法行兵，反得大捷，尚令诸将生疑，要想问个明白，当下齐声问信道："兵法有言，右背山林，前左山泽，今将军背水为阵，竟得胜赵，究是何因？"信答说道："这也何尝不是兵法？诸君虽阅兵书，未得奥旨，所以生疑。兵法中曾有二语云：陷之死地而后生，置之亡地而后存，便是此意。试想我军新旧夹杂，良窳难分，信又非善能拊循，徒叫他奋身杀敌，怎望有成？惟置诸死地，使他人自为战，然后勇气百倍，无人可当，这又如兵法所言，驱市人为战，不能不用此术哩。"诸将听了，皆下拜道："将军妙算，非他人可及，末将等谨受教了。"信又说道："赵歇、陈余，虽皆擒斩，但尚有一谋士李左车，不知去向，此人不除，尚为后患，诸君能为我活擒到来，当有重赏。"诸将受命而出，四处寻捉李左车，竟无音响。信又明悬赏格，谓能生擒李左车，立赏千金。

过了数日，果然有人捉住左车，解到辕门，信验明属实，即出千金为赏，一面召入李左车。诸将在侧，总道是将他立斩，谁知左车进来，信忽下座相迎，亲为解缚，延令东向坐着，自己西向陪坐，仿佛弟子见师，格外敬礼。且柔声婉问道："仆欲北向攻燕，东向伐齐，如何可收全功？"左车皱眉道："亡国大夫，不足图存，请将军另择高明！左车何敢参议？"信又道："仆闻百里奚居虞，无救虞亡，及到了秦国，佐成霸业，这并非为虞计拙，为秦计巧，乃是用与不用，听与不听，因致先后不同。若使成安君陈余号成安君见二十一回。听用君计，恐仆亦束手成擒了。今仆虚心求教，幸勿推辞。"左车方才说道："将军涉西河，虏魏王，擒夏说，东下井陉，仅阅半日，得破赵兵二十万众，诛成安君，兼毙赵王，名闻海内，威震天下，农夫莫不辍耕释耒，争望将军颜色，这是将军的长处，一时无两了。但迭经战阵，师劳卒疲，不堪再用，今将军若引往攻燕，燕人凭城固守，将军欲战不得，欲攻不克，情急势拙，日久粮尽，燕既不服，齐又称强，二国相持，刘项胜负，终难决定，这反变做将军的短处，岂不可惜！古来良将用兵，须要用长击短，切不可用短击长。"

信听言至此，忍耐不住，连忙接问道："君言甚是，今日究用何策？"左车道："为将军计，莫若安兵息甲，镇抚赵民，百里以内，如有牛酒来献，尽可宰飨将士，鼓励军心。暗中先遣一辩士，赍着尺书，晓示燕王，详陈利害，燕惧将军声威，不敢不从。待燕已听命，便好东向击齐。齐成孤立，不亡何待！虽有智士，也无能为谋了。这就是先声后实的兵法，请将军采择。"信鼓掌称善，当即厚待左车，留居幕中。特派一个说客，持书赴燕。燕王臧荼，当然畏威乞降，复书报信。信得燕王降书，更遣人报知汉王，且请加封张耳，使他王赵。汉王闻燕赵皆平，当然心喜，因即依了信议，封张耳为赵王，另命信引兵击齐。复使已发，复接得随何书报，已将九江王英布说妥，指日来降。这真是喜气重重，无求不遂了。随何出使九江，见二十四回。

先是，随何到了九江，九江王英布，但使太宰招待，留居客馆，一连三日，未许进见。何因语太宰道："仆奉汉王使命，来谓大王，大王托故不见，迄今已阅三日。仆料大王意思，无非楚强汉弱，尚待踌躇，但亦何妨与仆相见，仆所言如果合意，大王便可听从；倘若不合，就可将仆等二十人，枭首市曹，转献楚王，岂不较快！愿足下转达鄙忱。"太宰乃入白英布，布始召何入见，命坐左侧。何便开口道："汉王使何到此，敬问大王起居，且嘱何转请大王，为甚么与楚独亲？"英布道："寡人尝为楚属，北向臣事，自不得不相亲了。'何又道："大王与楚王，俱列为诸侯，今乃北向事楚，想是视楚为强，可以托国；但楚尝伐齐，项王身先士卒，亲负版筑，大王理应亲率部众，为楚先驱，奈何只拨四千人，往会楚军，难道北面称臣，好这般敷衍塞责吗？且汉王入彭城时，项王尚在齐地，一时不及赴援，大王距居较近，应早统兵出救，渡淮力争，乃不闻一卒逾淮，坐视成败，难道托身他人，好这般袖手旁观吗？大王名为事楚，并无实际，将来项王动怒，定要归罪大王，前来声讨，不知大王将如何对待呢？"

英布听了，沉吟不答，何复申说道："大王视楚为强，必且视汉为弱。其实楚兵虽强，天下已皆嫉视，不愿臣服。试想项王背盟约、弑义帝，何等不道！今汉王仗义讨逆，招集诸侯，固守成皋、荥阳，转运蜀粟，深沟高垒，与楚相持，楚兵千里深入，进退两难，势且坐困，强必转弱，何一可恃？就使楚得胜汉，诸侯必将团结一气，并力御楚，众怒难犯，怎得不败？照此看来，楚实远不及汉哩。今大王不肯联汉，反向外强中干、危亡在迩的楚国，称臣托庇，岂非自误！目前九江军马，虽未必果能灭楚，但使大王背楚与汉，项王必前来攻击，大王能将项王绊住数月，汉王便可稳取天下，那时何与大王，提剑归汉，汉王自然裂土分封，仍将九江归诸大王，大王方得高枕无忧；否则大王与受恶名，必遭众矢，恐楚尚未亡，九江先已摇动，不但项王记念前嫌，要来与大王寻衅呢！"一层逼进一层。英布被他说动，不由的起身离座，与何附耳道："寡人当遵从来命，惟近日且勿声张，少待数日，然后宣示便了。"何乃辞归客馆。

守候了好几天，仍无动静，探问馆员，才知楚使到来，促布发兵攻汉，布尚未决议，因此迟延。他就想出一法，专伺楚使行止。一日楚使入见，坐催布下动员令，何亦昂然趋入，走至楚使上首，坐定与语道："九江王已经归汉，汝系楚使，怎得来此征兵？"英布还想瞒住，一经随何道破，当然失色。楚使见有变故，也即惊起，向外走出。随何急语英布道："事机已露，休使楚使逃归，不如杀死了他，速即助汉攻楚，免得再误！"英布一想，好似箭在弦上，不得不发，索性依了随何，立命左右追拘楚使，一刀两段。于是宣告大众，自即日起，与楚脱离关系，联络汉王，兴师伐楚。

这消息传到彭城，气得项王双目圆睁，无名火高起三丈，立饬亲将项声，与悍将龙且，领着精兵，驰攻九江。英布出兵对敌，连战数次，却也杀个平手，没甚胜败，相持了一月有余，楚兵逐渐加增，九江兵逐渐丧失，害得布支持不住，吃了一回大败仗，只好弃去九江，与随何偕赴荥阳，投顺汉王。

汉王传请相见，即由随何导布进去。到了大厅，尚不见汉王形影，再曲曲折折的行入内室，始见汉王踞坐榻上，令人洗足。恐汉王有洗足癖，故屡次如此。但前见郦生本是无心，此次见布，却是有意，阅者休被瞒过。布不禁懊怅，但事已到此，只得向前通名，屈身行礼。汉王略略欠身，便算是待客的礼节，余不过慰问数语，也没有多少厚情，布因即辞出，很是愧悔。凑巧随何也即出来，便怅然与语道："不该听汝诳言，骤到此地！现在懊悔已迟，不如就此自杀罢！"说至此，拔剑出鞘，即欲自刎。随何连忙止住，惊问何因？布复说道："我也是一国主子，南面称王，今来与汉王相见，待我不啻奴仆，我尚有何颜为人，不如速死了事。"看到英布后来结局，原是速死为宜。随何又急劝道："汉王宿酒未醒，所以简慢，少顷自有殊礼相待，幸勿性急。"

正对答间，里面已派出典客人员，请布往寓馆舍，貌极殷勤，布乃藏剑入鞘，随同就馆。但见馆中陈设华丽，服御辉煌，所有卫士从吏，统皆站立两旁，非常恭敬，俨然如谒见主子一般，既而张良、陈平等人，亦俱到来，延布上坐，摆酒接风。席间肴馔精美，器皿整洁，已觉得礼隆物备，具惬心怀。到了酒过数巡，更来了一班女乐，曼声度曲，低唱侑觞，引得布耳鼓悠扬，眼花缭乱，快活的了不得，把那前半日寻死的心肠，早已销融净尽，不留遗迹了。及酒阑席散，夜静更深，尚有歌女侍着，未敢擅去。布乐得受用，左拥右抱，其乐陶陶，一夜风光，不胜殚述。差不多似迷人馆。翌日，乃入谢汉王，汉王却竭诚相待，礼意兼优，比那昨日情形不相同。操纵庸夫，便是此术。布越觉惬意，当面宣誓，愿为汉王效死。汉王乃令布出收散卒，并力拒楚。

布受命退出，即差人潜往九江，招徕旧部，并乘便搬取家眷。好多日方得回音，旧部却有数千人同来，独不见妻妾子女。问明底细，才知楚将项伯，已入九江，把他全家诛戮了。布大为悲忿，立刻进见汉王，说明惨状，原教你全家诛戮，好令死心归汉。且欲自带部卒，赴楚报仇。汉王道："项羽尚强，不宜轻往，况闻将军部曲，不过数千，怎能敷用？我当助兵万人，劳将军往扼成皋，一俟有机可乘，便好进兵雪恨了。"布闻言称谢，出具行装，即日就道。汉王亦知他情急，便派兵万名，随他同往，布即辞行而去。

汉王既遣出英布，拟向关中催趱军粮，与楚兵决一大战。可巧丞相萧何，差了许多兄弟子侄，押着粮车，运到荥阳，汉王一一传见，且问及丞相安否？大众齐声道："丞相托大王福庇，安好如常，惟念大王栉风沐雨，亲历戎行，恨不得囊鞬相随，分任劳苦。今特遣臣等前来服役，愿乞大王赐录，奈籍从军！"汉王大喜道："丞相为国忘家，为公忘私，正是忠诚无两了。"当下召入军官，叫他将萧氏兄弟子侄，量能录用，不得有违。军官应命，引着大众，自去支配，无庸细说。惟丞相萧何，派遣兄弟子侄，投效军前，却有一种原因。自从汉王出次荥阳，时常遣使入关，慰问萧何，萧何也不以为意。偏有门客鲍生，冷眼窥破，独向萧何进言，说是"汉王在军，亲尝艰苦，及时来慰问丞相，定怀别意。最好由丞相挑选亲族，视有丁壮可用，遣使从军，方足固宠释疑"等语。萧何依计而行，果得汉王心喜，不复猜嫌，君臣相安，自然和洽，还有甚么异言？

惟关中转饷艰难，不能随时接济，全靠那敖仓积粟，取资军食。敖仓在荥阳西北，因在敖山上面，筑城储粮，所以叫做敖仓，这是秦时留存的遗制。前由韩信遣将占据，旁筑甬道，由山达河，接济荥阳屯兵，原是保卫荥阳的要策。回应二十四回，且足补前次所未详。至韩信北征，敖仓委大将周勃驻守，更拨曹参为助，非常注重。项羽屡欲进攻荥阳，发兵数次，不能得手，旋闻汉王招降英布，失去一个帮手，更不禁怒发冲冠，亟拟督军亲出，踏破荥阳。旁有范增献议道："汉王固守荥阳，无非靠着敖仓粮运，今欲往攻荥阳，必须先截敖仓，敖仓路断，荥阳乏食，自然一战可下了。"项王听着，立遣部将钟离眜，率兵万人，往截敖仓粮道，连番冲突，攻破甬道好几处，把汉兵输运军粮，抢去甚多。周勃虽闻信赶救，已是不及，且被钟离眜邀击一阵，反致败回。钟离眜飞书告捷，竟促项王进攻荥阳，项王遂大举西行，直向荥阳进发。

荥阳城内，已忧乏食，刚要派兵救应敖仓，夹攻钟离眜，不防项王统率大军，亲来夺取荥阳。这事非同小可，累得汉王寝馈难安，因召入郦食其，向他问计。郦生答道："项羽倾国前来，锐气正盛，未可与敌。为大王计，惟有分封诸侯，牵制楚军，方可纾患。从前商汤放桀，仍封夏后，周武灭纣，亦封殷后，至暴秦并吞六国，不使存祀，所以速亡。今大王若分封六国后嗣，六国君民，必皆感恩慕义，愿为臣妾，合力拥戴大王。大王得道多助，自可南乡称霸；楚成孤立，必然失势，亦当敛衽来朝，不敢与大王抗衡了。"汉王道："此计甚善，可即命有司刻印，赍封六国，各处都烦先生一行，为我传命。"郦生趋出，当然代戒有司，速铸六国王印，印尚未成，郦生已整装待发。

适值张良入谒，见汉王方在午膳，趦趄不前。汉王已经瞧着，向良招呼道："子房来得正好，可为我商决一事。"良乃趋近座前，汉王又与语道："近日有人献策，请封六国后人，牵制楚军，究竟可否照行？"张良忙答道："何人为大王出此下计？此计若行，大事去了！"汉王不觉一惊，把箸放下，就将郦生所言，转告张良。良随手取箸，指陈利弊道："臣请为大王借管代筹，说明害处。从前汤武放伐桀纣，仍封后嗣，乃是能制彼死命，不妨示恩。今日大王自问，能制项羽的死命否？这就是一不可行。武王入殷，表商容闾，释箕子囚，封比干墓，今日大王能否为此？这就是二不可行。武王发钜桥粟，散鹿台财，专济贫穷，今日大王能否为此？这就是三不可行。武王胜殷回国，偃革为轩，倒载干戈，示不复用，今日大王能否为此？这就是四不可行。休马华山，不复再乘，大王能做得到否？这就是五不可行。放牛桃林，不复再运，大王能做得到否？这就是六不可行。况且天下豪杰，抛亲戚，弃坟墓，去故旧，来从大王，无非为日后成功，冀得尺寸封土，今复立六国后，尚有何地可封诸臣，豪杰统皆失望，不如归事故主，大王得靠着何人，共取天下？这就是七不可行。楚若不强，倒也罢了；倘强盛如故，六国新王，必折服楚国，大王怎得强令称臣？这就是八不可行。有此八害，岂不是大事尽去么？"汉王口中含饭，仔细听说，及张良说罢，竟将口中饭吐出，大骂郦生道："竖儒无知，几误乃公大事！幸亏子房为我指明，免得错行。"说至此，急命左右传语有司，促令销印，郦生一场高兴，化作冰销。但细思良言，确是有理，也觉得自己错想，不敢渎陈了。老头儿太多言。

　　过了数日，楚兵前锋，竟逼至荥阳城下，城外戍兵，陆续避入城中。汉王急命大小诸将，闭城固守，自在厅室中坐着，默筹方法。适值陈平来报军情，汉王即令他旁坐，商议破敌事宜。这一番有分教：

　　　　六出奇谋缘此始，七旬亚父命该终。

欲知陈平如何献谋，且至下回再表。

　　　　英布实一鄙夫耳！患得患失之见，横亘胸中，故随何怵以祸福，即为所动，背楚归汉。及入见汉王，偶遭慢侮，便欲自刎，何其轻躁乃尔！就馆以后，服御满前，美人侍侧，采色悦目，肥甘适口，转不禁大喜欲狂，又何其志趣之卑陋也！唐李文饶以汉王见布，深得驾驭英雄之术，吾谓此足以驭鄙夫，断不足以驭英雄。伊尹必三聘而始至，吕尚必师事而后来，倘如汉王之踞床洗足，已早望望然去之矣，宁如英布之易受牢笼乎？郦生之初见汉王，亦遭踞床洗足之侮，而不复他适，其志识亦不过尔尔。请封六国，所见何左，一经张子房之驳斥，而其计谋之绌，已可概见。英布固鄙夫也，不得为英雄；郦生亦庸流耳，宁真得为智士！

第二十七回

纵反间范增致毙　甘替死纪信被焚

却说陈平入见汉王，汉王正忧心时局，亟顾语陈平道："天下纷纷，究竟何时得了？"平答说道："大王所虑，无非是为着项王。臣料项王麾下，不过范亚父、钟离眜等数人，算做项氏忠臣，替他出力。大王若肯捐弃巨金，贿通楚人，流言反间，使他自相猜疑，然后乘隙进攻，破楚自容易了。"汉王道："金银何足顾惜？但教折除敌焰，便足安心。"说着，即命左右取出黄金四万斤，交与陈平，任令行事。平受金退出，提出数成，交与心腹小校，使他扮做楚兵模样，怀金出城，混入楚营，贿嘱项王左右，偏布谣言。俗语说是钱能通神，有了黄金，没一事不能照办，大约过了两三日，楚军中便纷纷传说，无非是嫁诬钟离眜等，说他"功多赏少，不得分封，将要联汉灭楚"等语。项王素来好猜，一闻讹传，就不禁动了疑心，竟把钟离眜等视做贰臣，不肯信任。惟待遇范增，尚然如故。范增且请速攻荥阳，休使汉王逃走，项王遂亲督将士，把荥阳城团团围住，四面猛扑，一些儿不肯放松。

汉王恐不能守，姑遣人与楚讲和，愿画荥阳为界，将荥阳东面属楚，西面属汉。项王未肯遽允，不过因汉使前来，就也遣使入城，递一个回话手本，且借此探察城中虚实。这也由项王中气渐馁，故愿遣使入城，否则已将汉使杀毙，何用回报！那知被陈平凑着机会，摆就了现成圈套，好教楚使着迷，堕入计中。

楚使未曾预防，贸然径入，先向汉王报命。汉王已由陈平指导，佯作酒醉，模模糊糊的对付数语。楚使不便多言，即由陈平等导入客馆，留他午宴。陈平等走了出去，楚使静坐片刻，便有一班仆役，抬进牛羊鸡豚，及美酒佳肴，向厨房中趋入。楚使心中暗想，莫非汉王格外优待，须要飨我太牢盛馔，所以有许多物品，扛抬进来。已而又由陈平趋进，问及范亚父起居，并询亚父有无手书？楚使道："我奉项王使命，为了和议而来，并非由亚父所遣。"陈平听了，故意失色道："原来是项王使人。"说着又去。未几即有吏人跑入厨房，指令仆役，尽将牲饩酒肴等抬出，且听他厨下私语道："他不是由亚父差来，怎得配飨太牢呢？"楚使不禁惊愕，俟各物抬去后，竟好一歇不见动静。到了日影西斜，饥肠乱鸣，才见有一两人搬入酒饭，放在案上，来请用膳。楚使大略一瞧，无非是蔬食菜羹等类，连鱼肉都不见面，不由的怒气上冲。本想拒绝不吃，只因肚饥难熬，胡乱的吃了少许。不料菜蔬中带着臭味，未能下咽，而且酒也是酸的，饭也是烂的，叫他如何适口？越看越恼，当时放下杯箸，大踏步走出客馆，但与门吏说了一声辞别，匆匆出城去了。分明是个饭桶。

城中守吏，并不阻挡，由他自去。他竟一口气跑回军营，入见项王。便一五一十的报告明白，且言亚父私通汉王，应该防着。项王怒道："我前日早有传闻，还道他是老成可靠，不便遽信人言，那知他果有通敌情事！这个老匹夫，想是活得不耐烦了！"说着，便欲召入范增，当面诘责。还是左右替增排解，请项王勿可过急，待有真凭实据，方可加罪；否则恐防敌人诡谋，不宜遽信云云。如陈平的反间计，尚易窥破，只因项羽躁急，乃入彀中。项王乃暂从含忍，不遽发作。

独范增尚未得知，一心思想，要为项王设法灭汉。他见项王为了和议，又复把攻城事情，宽懈下去，免不得暗暗着急，因此再入见项王，仍请督励将士，速下荥阳。项王已心疑范增，默默无言。范增急说道："古人有言：当断不断，反受其乱。从前鸿门会宴时，臣曾劝大王速杀刘季，大王不从臣言，因致养痈贻患。挨到今日，复得了天赐机会，把他困住荥阳；若再被逃脱，纵虎离山，一旦卷土重来，必不可敌。臣恐我不逼人，人且逼我，后悔还来得及么！"项王被他一诘，忍不住一种闷气，便勃然道："汝叫我速攻荥阳，我非不欲从汝，但恐荥阳未必攻下，我的性命，要被汝送脱了！"

范增摸不着头脑，只对着项王双目睖着。忽然想到项王平日，从没有这等话说，今定是听人谗间，故有是语。因也忍耐不下，便向项王朗声道："天下事已经大定，愿大王好好自为，勿堕敌人狡计，臣年已衰老，原宜引退，乞赐臣骸骨，归葬乡里便了。"说毕，掉头径出。项王也不挽留，一任增回入本营。增至此已知绝望，遂将项王所封历阳侯印绶，遣人送还项王，自己草草整装，即日东归。一路走，一路想，回溯近几年来，为了项王夺取天下，费尽了无数心机，满望削平刘汉，好教项王混一宇内，自己亦得安享荣华，聊娱暮景。偏偏项王信谗加忌，弄得功败垂成，此后楚国江山，看来总要被刘氏夺去，一腔热血，付诸流水，岂不可叹！于是自嗟自怨，满腹牢骚，日间踯躅途中，连茶饭都无心吃下；夜间投宿逆旅，也是睡不得安，翻来复去，好几夜不能合眼。从来愁最伤人，忧易致疾，况范增已年逾七十，怎经得起日夕烦闷，郁极无聊！因此迫成疾病，渐渐的寒热侵身，起初还是勉强支持，力疾就道，忽然背上奇痛得很，才阅一宵，便突起一个恶疮。途次既无良医，增亦不愿求生，但思回见家人，与他永诀。所以卧在车中，催趱速行。将到彭城，背疽越痛越大，不堪收拾，增亦昏迷不醒。尚有几个从人，见他死在目前，不得不暂停旅舍。过了两日，增大叫一声，背疽暴裂，流血不止，竟尔身亡，寿终七十一岁。时已为汉王三年四月中了。急点年月。

从吏见范增已死，买棺敛尸，运回居鄛，埋葬郭东。后人因他忠事项王，被敌构陷，死得可怜，乃为他立祠致祭，流传不绝。并称县廷中井为亚父井，留作纪念。九原有知，也好从此告慰了。还算是身后幸事。

且说项王闻范增道死，反觉伤感，又未免起了悔心。自思范增事我数年，当无歹意，安知非汉王设计，害我股肱，今与刘季誓不两立，定当踏平此城，方足泄恨。晓得迟了。乃又召入钟离眜等，好言抚慰，且嘱他用力攻城，立功候赏等语。钟离眜等倒也感奋，拼死进攻，四面围扑，晨夕不休。

荥阳城内的将士，连日抵御，害得筋疲力尽，困惫得很；再加粮道断绝，贮食将罄，眼见得危急万分，朝不保暮。汉王亦焦灼异常，陈平、张良，虽然智术过人，到此亦没有良法，只好向众将面前，用了各种激励的话头，鼓动众志。果然有一位替死将军，慷慨过人，情愿粉骨碎身，仰报知遇。这人为谁？乃是汉将纪信。当下入见汉王，请屏左右，悄悄相告道："大王困守孤城，已有数月，现在敌势甚盛，城内兵少粮空，定难久守，为大王计，不如脱围他去，方得自全。但敌军四面围着，毫无隙路，须要设法诳敌，把臣躯代作大王，只说是出城投降，好教敌军无备，然后大王可以乘间出围，不致危险了。"汉王道："如将军言，我虽得出重围，将军岂不冒险吗？"纪信又道："大王若不用臣言，城破以后，玉石俱焚，臣虽死亦有何益。今只死了一臣，不但大王脱祸，就是许多将士，亦得全生，是一臣可抵千万人性命，也算是值得了！"汉王尚迟疑未决，恐也是做作出来。纪信奋然道："大王不忍臣死，臣终不能独生，不如就此先死罢。"说着意拔剑在手，遽欲自刎。慌得汉王连忙下座，把他阻住，且向他垂涕道："将军忠诚贯日，古今无二，但愿天心默佑，共得保全，更为万幸。”纪信乃收剑答说道：“臣死也得所了。”汉王更召入陈平，与语纪信替死等情。陈平道：“纪将军果肯替死，尚有何说！但也须添设一计，方保无虞。”汉王问有何策？平与汉王附耳数语，汉王自然称妙。便由陈平写了降书，嘱使干吏出城，赍书往谒项王。

项王展书阅毕，便问汉使道：“汝主何时出降？”汉使道：“今夜便当出降了。”项王大喜，发放汉使，叫他复告汉王，不得误约，否则明日屠城，汉使唯唯而去。项王便令钟离昧等，领兵伺候，一俟汉王出来，就好将他拿下祭刀，钟离昧等振起精神，眼巴巴的待着。

时至黄昏，尚未见城中动静。转眼间已是夜半，方见东门大启，放出多人，前后并无火炬，望将过去，好似穿着军装，满身甲胄。大众恐他诈降，忙将兵器高举，向前拦阻，但听得娇声高叫道：“我等妇女，无食无衣，只好趁着开门时候，出外求生，还望将军们放开走路，赏我一线生机，将来当福寿双全，公侯万代！”想都是陈平教他。楚兵仔细一瞧，果然是妇人女子，老少不同，有的是鸡皮白发，有的是蝉鬓朱颜，只身上都披着敝甲，扭扭捏捏，好看得很，禁不住惊异起来。又问他出城逃生，如何有这种异装？妇女统答说道：“我等没有衣穿，不得已将守兵弃甲，取来御寒，幸请勿怪！”楚兵听说，虽然释去疑团，总不免少见多怪，暗暗称奇。大众分立两旁，让开走路，看她过去，且个个睁着馋眼，见有姿色的娇娃，恨不将他搂抱过来，图些快乐。更奇怪的是这种妇女，陆续不绝，过了一班，又是一班，连连络络，鱼贯而出，一时传为奇观。却是楚军的眼福。甚至西南北三方的楚兵，亦都趋至东门，来看热闹。楚将也道是东门大启，汉王总要出降，不必顾着营寨，但教趋候东门左右，不使汉王走脱，就好算得尽职，所以兵士到来，将吏等亦皆踵至。那汉王就潜开西门，带着陈平、张良，及夏侯婴、樊哙等，溜了出去，但留御史大夫周苛、裨将枞公，与前魏王豹同守荥阳，保住城池。

楚兵毫无所闻，专在东门丛集，尚见纷纷妇女出来，好多时才得走完，约莫有二三千人。天色已将黎明了，城中始有兵队继出，还执着旌旗羽葆，徐徐行动。又走了好一歇，无非推延时刻，好使汉王远飏。方来了一乘龙车，当中端坐一位王者，黄屋左纛，前遮后拥，面目模糊难辨。楚将楚兵，总道是汉王来降，都替项王喜欢，高呼万岁，喧声如雷。待至龙车推近楚营，并不见汉王下车，大众不免惊疑，入报项王。项王亲自出营，张开那重瞳炬目，审视车中，那车内仍无动静，不由的大怒道："刘邦莫非醉死，见我亲出，尚端坐如木偶么？"说着，便喝令左右，用着火炬，环照车中。但见坐着这位人物，衣服虽似汉王模样，面貌却与汉王不同，因厉声叱问道："汝是何人，敢来冒充汉王？"车中人才应声出答道："我乃大汉将军纪信。"说了一语，又复停住。一语已足千秋。项王越觉咆哮，大骂不止。纪信反呵呵笑说道："项羽匹夫，仔细听着！我王岂肯降汝？今已早出荥阳，往招各路兵马，来与汝决一雌雄，料汝总要失败，必为我王所擒。汝若知己，不若赶紧退去，尚得免死。"项王气极，麾令军士齐集火炬，烧毁来车。军士应命，环车纵火，烈焰飞腾，车中麾盖，统皆燃着。纪信在车中大呼道："逆贼项羽，敢弑义帝，复要焚杀忠臣，我死且留名，看汝死后何如？"说至此，身上已经被火，仍然忍痛端坐，任他延烧，霎时间皮焦骨烂，全车成灰，一道忠魂，已往九霄云外去了。

项王急欲入城，不料城门已闭，城上又满列守卒，整备矢石，抵御楚军。项王督兵再攻，城中兵粮虽少，却靠着周苛、枞公两人，誓死固守，振作士气，连番放箭掷石，不使楚军近城。楚军攻扑数次，终被击退。周苛更与枞公商议道："我等奉了王命，留守此城，城存与存，城亡与亡。仓中尚有积粟数十石，总有旬日可以支持，但恐魏豹居心反复，或被楚兵勾通，作了内应，那时防不胜防，难免失手，不如把他杀死，除绝内患。就使我王将来，责我擅杀，我等也好据实答复。万一我王不肯赦宥，我也宁可完城坐罪，比那亡城死敌，好得多了!"枞公也是一个忠臣，当即赞成，惟说是欲诛魏豹，须要乘他不备，从速下手。周苛遂想出一法，托言会议军情，召豹入商。豹未曾预料，坦然趋至，周苛、枞公迎他入座。才说数语，就被周苛拔出佩剑，砍将过去。豹不及闪避，立致受伤，还想负痛逃走，又由枞公取剑一挥，劈倒地上，了结性命。该死久矣。豹母已死，豹妾薄氏，又由汉王带去，无人出来领尸。周苛索性陈尸军中，声言豹有异心，因此加诛，如有怯战通敌等情，当与豹一同科罪。军吏等统皆咋舌，不敢少懈。嗣是拼死拒敌，戮力同心，竟得将一座危城，兀自守住。周苛见众心已固，方将豹尸收殓埋葬，自与枞公分陴固守。

项王怎肯舍去? 还想并力破城。会有侦骑走报，汉王向关中征兵，驰出武关，竟向宛洛进发，说得项王惊愕失常，奋袂起座道："刘邦诡计甚多，我中他诈降计，被他走脱，今复移兵南下，莫非又去攻我彭城? 我应急往拦截为是。"随即传令将士，撤围南行。

究竟汉王何故转出武关，说来也有原因。汉王用陈平密计，东放妇女出城，误人耳目，西向成皋驰去，不见楚兵追击，幸得安抵成皋。旋闻纪信被焚，且悲且恨，遂向关中招集兵马，再拟出救荥阳，替信报仇。可巧有一辕生，入白汉王道："大王不必再往荥阳，但教出兵武关，南向宛洛，项王必虑大王复袭彭城，移兵拦阻，荥阳自可解围，成皋亦不致吃紧。大王遇着楚兵，更当坚壁勿战，与他相持数月，一可使荥阳、成皋，暂时休息;二可待韩信、张耳，平定东北，前来会师；然后大王再还荥阳，合军与战，我逸彼劳，我盈彼竭，还怕不能破楚吗！"汉王道："汝言颇有至理，我当依议便了。"于是出师武关。到了宛城，果闻项王引兵前来，连忙命军士竖栅掘濠，立定营垒，待至楚军逼近，已经预备妥当，好同他坚持过去。小子有诗咏道：

> 到底行军在运筹，尚谋尚力总难侔。
> 深沟高垒坚持日，不怕雄兵不逗遛？

欲知项王曾否进攻，容待下回分解。

　　陈平致死范增，称为六出奇计之二，请捐金以间项王，一也；进草具以待楚使，二也。吾谓此计亦属平常，项王虽愚，度亦不至遽为所欺，或者范增应该毕命，遂致项王动疑，迫令道死耳。夫范增事项数年，于项王之残暴不仁，未闻谏止，而且老犹恋栈，可去不去，安知非天之假手陈平，使之用谋毙增乎？鄞人之立祠致祭，实为无名，死而有知，恐亦愧享庙食矣！彼纪信之甘代汉王，舍身赴难，脱汉王于围城之中，而自致焚死，此为汉室之第一忠臣。及汉已定国，功臣多半封侯，而独不闻有追恤纪信之典，汉王其真寡恩哉！范增有祠，而纪信无祠，此古今仁人智士，所以有不平之叹也。

第二十八回

入内帐潜夺将军印　救全城幸得舍人儿

却说项王移兵至宛，见汉兵固垒守着，好几次前往挑战，并不见汉兵迎敌。要想攻打进去，又为壕栅所阻，不能冲入。项王正暴躁得很，忽接得探马急报，乃是魏相国彭越，渡过睢水，大破下邳驻扎的楚军，杀死楚将薛公，气势甚盛。项王大愤道："可恨彭越，这般撒野，我且去击毙了他，再来擒捉刘邦。"说着，又拔营东去，往击彭越。越自受汉王命，为魏相国，见二十二回。略定梁地十余城。至汉王败走睢水，楚兵漫山遍野，争逐汉军，越亦保守不住，北走河上。项王进攻荥阳，又由越往来游弋，截楚粮道。那时项王已恨越不置，此次越又阵斩楚将，叫项羽如何不愤？倍道东行，一遇越兵，便与豺虎相似，兜头乱噬。越抵敌不住，又只得退渡睢水，仍然向北奔去。项王追赶不及，复拟往攻汉王，因即探听汉王行踪。时汉王已由宛城转入成皋，与英布合兵驻守。英布往扼成皋，见二十六回中。项王接到确音，便引兵西进，顺道先攻荥阳。

荥阳城内，仍由周苛、枞公住着，两人原赤胆忠心，为汉守土，但总道项王已去，一时不致骤来，所以防备少疏，与民休息。哪知楚兵大至，乘锐攻打，比前次还要凶狠。周苛、枞公，连忙登城拒敌，已是不及。楚兵四面齐上，竟将荥阳城攻破，并把周苛、枞公，一并擒住。项王也即入城，先召周苛至前，温颜与语道："汝能坚守孤城，至今才破，不可谓非将材，可惜汝误投汉王，终为我军所擒。若肯向我降顺，我当授汝上将，封邑三万户，汝可愿否？"周苛睁目怒叱道："汝不去降汉，反要劝我降汝，真是怪极！汝岂是汉王敌手么？"项王怒起，厉声大骂道："不中抬举的东西！我若将汝一刀两段，还太便宜，左右快与我取过鼎镬来！"左右闻命，即将鼎镬取人，由项王命烹周苛。苛毫无惧色，任他褫剥衣服，掷入鼎镬，眼见是水火既济，熔成一锅人肉羹了。造语新颖。苛既烹死，枞公也被推入。项王令他顾视鼎镬，枞公道："我与周苛同守荥阳，苛遭烹死，我亦何忍独生！情愿受死，听凭大王处置便了！"项王听他说得有理，总算不使就烹，但令推出斩首，刀光一闪，魂离躯壳，随那汉御史大夫周苛，同返太虚，这也不消细说。已极褒扬。

项王遂进逼成皋，警信传入成皋城内，汉王不免惊心。暗思荥阳已失，成皋恐亦难守，哪里还有第二个纪信，再来替死？因此带同夏侯婴，潜开北门，预先出走。及至诸将得知，汉王已经去远，彼此不愿再留，遂陆续出城追去。英布独力难支，索性也弃城北走，成皋遂被项王夺去。项王闻汉王早出，料知不及追赶，就在成皋驻下，休养兵锋，徐图进取。独汉王驰出成皋，北向修武，拟往依韩信、张耳等军。原来韩信本想伐齐，只因赵地未平，乃与张耳四处剿抚，驻扎修武县中。汉王已曾闻报，所以星夜趱程，渡河至小修武，宿了一宵，到了翌晨，清早即起，与夏侯婴出了驿舍，径入韩信、张耳营中。

营兵方起，出视汉王，尚是睡眼朦胧，且见汉王未着王服，不知他从何处差来，当下略回来历，不遽放入。汉王诈称汉使，奉命来此，有急事要报元帅。营兵闻有王命，当然不便再阻，但言元帅尚未起来，请入营待报。汉王也不与多说，抢步趋入内帐，当有中军护卫，认识汉王，慌忙向前行礼。汉王向他摆手，不令声张，惟使引往韩信卧室。信还在梦中，一些儿没有知晓。汉王却静悄悄的走至榻旁，见案上摆着将印兵符，当即取在手中，出升外帐，命军吏传召诸将。诸将尚疑是韩信点兵，统来参谒，及走近案前，举头仰望，并不是韩元帅，却是一位汉大王，大家统皆惊愕。但也不便细问，只好依礼下拜。汉王待他拜罢，径自发令，把诸将改换职守，一一遣出。

韩信、张耳，至此方得人唤醒，整衣进见，伏地请罪道："臣等不知大王驾到，有失远迎，罪该万死！"韩信号为国士，何竟有此失着。汉王微笑道："这也没有甚么死罪，不过军营里应该如何严备，方免不测；况天已大明，亦须早起，奈何高卧未醒，连将印兵符等要件，俱未顾着！倘若敌人猝至，如何抵御；或有刺客诈称汉使，混入营中，恐将军首级，亦难自保，这岂不是危险万分么？"韩、张二人听着，禁不住满面羞惭，无词可对。汉王又问韩信道："我本烦将军攻齐，一得齐地，即来会师攻楚。今将军留此不往，意欲何为？"韩信乃答说道："赵地尚未平定，若即移兵东向，保不住赵人蠢动，复为我患。就使有张耳驻守，恐兵分力薄，未足支持，况臣率士卒数万，转战赵魏，势已过劳，骤然东出，齐阻我前，赵扼我后，腹背受敌，兵不堪战，岂非危道！故臣拟略定赵地，宽假时日，既可少纾兵力，复可免蹈危机。近正部署粗定，意欲伐齐，适值大王驾到，得以面陈。大王且屯兵此地，伺便攻复成皋，臣即当引兵东去，得仗大王威力，一鼓平齐，便好乘胜西向，与大王会师击楚了。"汉王方和颜道："此计甚善。将军等可起来听令。"两人拜谢而起。汉王命张耳带着本部，速回赵都镇守，使韩信募集赵地丁壮，东往攻齐。所有修武驻扎的营兵，尽行截留，归汉王自己统带，再出击楚。韩、张两人，不敢有违，只好就此辞行，分头办事去了。

韩、张既去，汉王坐拥修武大营，得了许多人马，复见成皋诸将，陆续奔集，声势复振。因拟再出击楚，忽从外面递入军书，报称项王从成皋发兵，向西进行。汉王忙遣得力将士，前往巩县，堵住楚兵西进，一面与众商议道："项王今欲西往，无非是窥我关中。关中乃我根本重地，万不可失，我意愿将成皋东境，一律弃去，索性还保巩、洛，严拒楚军，免得关中摇动，诸君以为何如？"郦食其急忙应声道："臣意以为不可！臣闻君以民为本，民以食为天，敖仓储粟甚多，素称足食，今楚兵既拔荥阳，不知进据敖仓，这正是天意助汉，不欲绝我民命呢。愿大王速即进兵，收复荥阳，据敖仓粟，塞成皋险，控太行山，距蜚狐口，守白马津，因势利便，阻遏敌人；敌恐后路中断，必不敢轻向关中，关中自可无虞，何必往守巩、洛呢？"汉王乃决计复出敖仓，路经小修武，誓众进战。

郎中郑忠，却献了一条绝粮的计策，谓不如断楚粮饷，使他乏食自乱，然后进击未迟。汉王乃令部将卢绾、刘贾，率领步卒二万，骑士数百，渡过白马津，潜入楚地，会同彭越，截楚粮草。越知楚兵辎重，屯积燕西，遂与卢、刘二将，议定计策，黄夜往劫。楚兵未曾防备，被彭越等暗暗过去，放起一把火来，烧得满地皆红，一片哗哗剥剥的声音，惊起楚兵睡梦，慌忙起身出望，已是烟焰逼人。再加彭越、卢绾、刘贾三将，三面杀入，闹得一塌糊涂，楚兵除被杀外，四散窜去，霎时间逃得精光。所有辎重粮草，尽行弃下，一半被焚，一半搬散。彭越更乘势夺还梁地，共取睢阳、外黄等十七城。得失原是无常。

项王尚在成皋，未得西军捷报，正在愁烦，不防燕西粮饷，又被彭越等焚掠一空，恼得项王火星透顶，复要亲击彭越。因召大司马曹咎进嘱道："彭越又劫我军粮，可恨已极！且闻他大扰梁地，猖獗异常，看来非我亲自往征，不能扫平此贼！今留将军等守住成皋，切勿出战，但当阻住汉王，使他不得东来，便是有功。我料此番击越，大约十五日内，就可平定梁地，再来与将军相会。将军须要谨记我言，毋违毋误！”项王此言，却也精细，可惜任用非人。曹咎唯唯听命，项王尚恐曹咎误事，复留司马欣助守，然后引兵自去。

彭越不怕别人，但怕项王自至，怎奈冤家碰着对头，偏又闻得项王亲来，越只好入外黄城，督兵拒守。外黄在梁地西偏，项王从成皋过来，第一重便是外黄城。他已怒气勃勃，目无全敌，一见外黄城关得甚紧，上面有守兵罗列着，越觉忍无可忍，立率将士攻城。写出项王暴躁，反衬舍人小儿。接连攻了数日，城中很是危急，彭越自知难守，等到夜静更深的时候，开了北门，引兵冲出，得了一条走路，飞马驰去。楚兵不及追赶，仍然留住城下。城内已无主帅，如何保守！因即开门投降。

项王挥动三军，鱼贯入城，既至署中，当即查点百姓，凡年在十五以上，悉令前往城东，听候令令。看官道是何故？他因百姓投顺彭越，帮他守城，好几日才得攻下，情迹可恨，意欲将十五岁以上的男子，一体坑死，方足泄愤。这号令传示民间，人人晓得项王残暴，定是前去送死，你也慌、我也怕，激成一片悲号声，震响全城。就中有一个髫龄童子，发仅及肩，独能顾全万家，挺身出来，竟往楚军中求见项王。楚兵瞧着，怪他年幼，不免问及履历，小儿说道：“我父曾为县令舍人，我年一十三岁，今有要事，前来禀报大王，敢烦从速通报。”楚兵见他口齿伶俐，愈觉称奇，遂替他入报项王。项王闻有小儿求见，倒也诧异，便令兵士引入。小儿从容入内，见了项王，行过了拜跪礼，起立一旁。项王见他面白唇红，眉清目秀，已带着三分怜爱，便柔声问道：“看汝小小年纪，也敢来见我么？”小儿道：“大王为民父母，小臣就是大王的赤子，赤子爱慕父母，常思瞻依膝下，难道父母不许谒见么？”开口便能动人。项王本来喜谀，更兼小儿所言，入情入理，便欣然问道："汝既来此，定有意见，可即说明。"小儿道："外黄百姓，久仰大王威德，只因彭越逞强，骤来攻城，城中无兵无饷，只有一班穷苦百姓，不能抵敌，没奈何向他暂降。百姓本意，仍日望大兵来援，脱离苦厄。今幸大王驾临，逐去彭越，使百姓重见天日，感戴何如？乃大王军中，忽有一种讹传，想把十五岁以上的丁口，统皆坑死。小臣以为大王德同尧舜，威过汤武，断不忍将一班赤子，屠戮净尽。况屠戮以后，与大王不但无益，反且有损。所以小臣斗胆进来，请大王颁下明令，慰谕大众，免得人人危疑。"好一番说词，恐郦生等尚恐勿如。项王道："汝说彭越劫制人民，也还有理，但我已引兵到此，为何尚助越拒我？我所以情不甘休。且我要坑死人民，就使无益，何致有损！汝能说出理由，我便下令安民；否则，连汝都要坑死了！"

小儿并不慌忙，反正容答说道："彭越入据城中，部兵甚多，闻得大王亲征，但恐百姓作为内应，就将四面城门，各派亲兵把守，百姓手无寸铁，无从斩关出迎，只好由他守着，惟心中总想设法驱越，所有越令，均不承认，越见人心未附，所以黄夜北遁。若百姓甘心助逆，还要拼死坚守，等到全城死亡，方得由大王入城，最速亦须经过五日十日；今彭越一去，立即开城迎驾，可见百姓并不助越，实是效顺大王。大王不察民情，反欲坑死壮丁，大众原是没法违抗，不得不俯首就死；但外黄以东，尚有十数城，听说大王坑死百姓，何人再敢效顺？降亦死，不降亦死，何如始终抗命，尚有一线希望。试想彭越从汉，必且向汉乞师，来敌大王，大王处处受敌，纵使处处得胜，也要费尽心力，照此看来，便是无益有损了。"说得明明白白，不怕项王不依。项王一想，这个小儿，却是语语不错，况与曹咎期约半月，便回成皋，今已过了数日，倘或前途十余城，果如小儿所言，统皆固守，多费心力，倒也罢了；倘或误过时日，成皋被汉兵夺去，关系甚大，如何使得？因面嘱小儿道："我就依汝，赦免全城百姓罢。"小儿正要拜辞，项王又令左右取过白银数两，赏赐小儿，小儿领谢而出。

项王即传出军令，收回前命，所有全城百姓，一体免罪，部兵不准侵扰。这令一下，百姓变哭为笑，易忧为喜。起初还道由项王大发慈悲，相率称颂；后来知是舍人儿为民请命，才得幸免，于是感念项王的情意，统移到舍人儿身上。一介黄童，竟得保全千万苍生，真是从古以来，得未曾有了。可惜史家不留姓名。项王复引兵出外黄城，向东进发，沿途所过郡县，统畏楚军声威，不敢与抗；且闻外黄人民，毫不遭害，乐得望风投诚。彭越已向谷城奔去，把前时略定十七城的功劳，化为乌有。项王得唾手取来，行至睢阳，差不多要半个月了。

时已秋尽冬来，照着秦时旧制，又要过年。项王就在睢阳暂住，待将佐庆贺元旦，方才启行。转眼间已是元旦，即汉王四年。项王就在行辕中，升帐受贺。将佐等统肃队趋入，行过了礼，即由项王赐宴，内外列座，开怀畅饮，兴会淋漓。忽有急足从成皋驰来，报称城已失守，大司马曹咎阵亡。项王大惊道："我叫曹咎谨守成皋，奈何被汉兵夺去？"报子说道："曹咎违命出战，被汉兵截住汜水，不能退回，因致自尽。"项王又顿足道："司马欣呢？"报子又说道："司马欣也殉难了。"项王忙即起座，命左右撤去酒肴，立刻传集三军，西赴成皋，小子有诗叹道：

　　　　圣王耀德不劳兵，得国何从仗力征。
　　　　试问乌骓奔命后，到头曾否告成功！

究竟成皋如何归汉，下回再当叙明。

　　自汉王起兵以来，所有军谋，似皆出诸他人之口，几若汉王无所用心，不过好受人言，虚怀若谷而已。然观他驰入赵营，潜夺兵符，并不由旁人之授计，乃知汉王未尝无谋，且谋出韩信诸人之上，此张子房之所以称为天授也。但韩信号为名将，而防禁乃疏阔若此，岂古所谓节制之兵者？张耳更无论已。彼十三岁之外黄儿，竟能说动暴主，救出万人生命，智不可及，仁亦有余。昔项王坑秦降卒二十万人，未有能进阻之者，使当时有如外黄儿之善谏，宁有不足动项王之心乎？故项王若能得人，非不足与为善，惜乎其部下将佐，均不逮一黄口小儿，范增以人杰称，对外黄儿且有愧色，遑问其他！无惑乎项王之终亡也。

第二十九回

贪功得祸郦生就烹　数罪陈言汉王中箭

却说楚大司马曹咎，与塞王司马欣，统是项王故人，始终
倚任。咎与欣尝有德项梁，事见十二回。项王且封咎为海春侯，叫
他坚守成皋，原是特别重委；再派司马欣为助，总道是万稳万
当，可无他虞。曹咎也依命守着，不欲轻动。偏汉兵屡来挑
战，一连数日，未见曹咎出兵，倒也索然无味，还报汉王。汉
王与张良、陈平等人，商就一计，用了激怒的方法，使兵士往
诱曹咎；一面派遣各将，埋伏汜水左右，专等曹咎出击，好教
他入网受擒。布置已定，遂由兵士再逼城下，百般辱骂，语语
不堪入耳。城中守兵，都听得懊恼异常，争向曹咎请战。曹咎
素性刚暴，也欲开城厮杀，独司马欣谏阻道："项王临行，曾
有要言嘱托足下，但守毋战。今汉兵前来挑动，明明是一条诱
敌计，请足下万勿气忿，静候项王到来，与他会战，不怕不
胜。"曹咎听了，只得勉强忍耐，饬令兵士静守，不准出战。
汉兵骂了一日，不见城中动静，方才退出。越日天晓，又到城
下喊闹，人数越多，骂声越高，甚至四面八方，环集痛詈。到
了日已亭午，未免疲倦，就解衣坐着，取出怀中干粮，饱食一
顿，又复精神勃发，仍然叫骂不绝。直到暮色凄凉，乃复收队
回营。至第三四日间，汉兵且各持白布幡，写着曹咎姓名，下
绘猪狗畜生等类，描摹丑态，众口中仍然一派讥嘲。曹咎登城
俯望，不由的怒气填胸，且见汉兵或立或坐，或卧或舞，手中

用着兵械，乱戳土石，齐声喧呼，当做剁解曹咎一般。若非诱敌，宁作此态。咎实不能再耐，便一声号令，召集兵马，杀出城来。红曲鳝上钩了。司马欣不及拦阻，也只好跟了曹咎，一同出城。

汉兵不及整甲，连衣盔旗帜等类，一齐抛弃，都纷纷向北逃走。咎与欣从后追赶，但见汉兵到了汜水，陆续跃下，凫水遁去。咎愤愤道："我军也能凫水，难道怕汝贼军不成！"遂催动人马，趋至水滨，不管前后左右有无埋伏，就督兵渡将过去。才渡一半，便有两岸汉兵，摇旗呐喊，踊跃前来。左岸统将为樊哙，右岸统将为靳歙，各持长枪大戟，来杀楚兵。楚兵行伍已乱，不能抵敌，咎在水中，欣尚在岸上，两人又无从相顾，慌张的了不得。欣心中埋怨曹咎，想收集岸上人马，自返成皋，偏汉兵已经杀到，无从脱身，只好拼命敌住。那曹咎进退两难，还想渡到对岸，冒死一战，谁知对岸又来了许多兵马，隐隐拥着麾盖，竟是汉王带领众将，亲来接应。咎料难再渡，不得已招兵渡回，忽听得鼓声一响，箭似飞蝗般射来。楚兵洇在水中，不能昂头，多半淹毙。咎亦身中数箭，受伤甚重，慌忙登岸，又被汉兵截住，没奈何拔出佩刀，自刎而亡。司马欣左冲右突，好多时不能脱身，手下残兵，只有数十骑随着，眼见得死在目前，不如自尽，索性也举枪自刺，断喉毕命。

汉王见前军大胜，便令停止放箭，安渡汜水，会同樊哙、靳歙两军，直入成皋。成皋已无守将，百姓都开城迎接，由汉王慰谕一番，尽命安居复业，百姓大悦。还有项王遗下的金银财宝，一古脑儿归入汉王。汉王取出数成，分赏将士，将士亦喜出望外，欢跃异常。休息三日，汉王命向敖仓运粟，接济军粮。待粮已运至，复引兵出屯广武，据险设营，阻住项王回军；一面探听齐地，专望齐地得平，便可调回韩信，共同御楚。

　　小子叙到此处，更要补叙数语，方能前后贯通。原来韩信奉汉王命，往招赵地兵丁，东出击齐，免不得费时需日。汉王部下的郦食其，志在邀功，独请命汉王，自愿招降齐王，省得劳兵。汉王乃遣令赴齐。是时齐王为谁？就是田横兄子田广，即田荣子。由田横拥立起来，横为齐相，佐广守齐。齐经过城阳一役，严兵设戍，力拒楚兵。城阳事见二十三回。项王为了彭城失守，南归败汉，嗣后专与汉王战争，无暇顾齐。就是留攻城阳的楚将，也因齐地难下，次第调归，所以齐地已有年余，不遭兵革。回顾前文，笔不渗漏。至韩信募兵击齐，颇有风声传入齐都。齐都便是临淄城，齐王广与齐相横，由城阳还都故土，一闻韩信将要来攻，亟遣族人田解，与部将华无伤等，带同重兵，出戍历下。可巧郦食其驰至，求见齐王，齐王广便即召入。

　　两下相见，郦生就进说道：“方今楚汉相争，连年未解，大王可料得将来结果，究应归属何人？”齐王道：“这事怎能预料？”郦生道：“将来定当归汉。”齐王道：“先生从何处看来？”郦生道：“汉、楚二王，同受义帝差遣，分道攻秦。当时楚强汉弱，何人不知，乃汉王得先入咸阳，是明明为天意所归，不假兵力。偏项王违天负约，徒靠着一时强暴，迫令汉王移入汉中，又将义帝迁弑郴地，海内人心，无不痛恨。自从汉王仗义兴师，出定三秦，即为义帝缟素发丧，传檄讨贼，名正言顺，天下向风。所过城邑，但教降顺，悉仍旧封，所得财货，不愿私取，尽给士卒，与天下共享乐利，所以豪杰贤才，俱愿为用。项王背约不信，弑主不忠，勒惜爵赏，专用私亲，人民背畔，贤才交怨，怎能不败！怎能不亡！照此看来，便可见天下归汉，无庸疑议了。况且汉王起兵蜀汉，所向皆克，三秦既定，复涉西河，破北魏，出井陉，诛成安君，势如破竹。

若单靠人力，那有这般神速！今又据敖仓，塞成皋，守白马津，杜太行坂，距蜚狐口，地利人和，无往不胜，楚兵不久必破。各地诸侯王，已皆服汉，惟齐国尚未归附，大王诚知几助顺，向汉输款，齐国尚可保全；否则大兵将至，危亡就在眼前了！"齐王广乃答说道："寡人依言归汉，汉兵便可不来么？"郦生道："仆此来并非私行，乃由汉王顾惜齐民，不忍涂炭，特遣仆先来探问。如果大王诚心归汉，免动兵戈，汉王自然心喜，便当止住韩信，不复进兵。尽请大王放心！"郦生此时可谓踌躇满志，那知后来偏不如此。

田横在旁接入道："这也须由先生修书，先与韩信接洽，方免他虑。"郦生毫不推辞，就索了书笺，写明情迹，请韩信不必进兵，即差从人赍书，偕同齐使，往报韩信。信正招足赵兵，东至平原，接着郦生书信，展阅一周，即对着来使道："郦大夫既说下齐国，还有何求？我当旋师南下便了。"随即写了复书，交付来使，遣还齐国。郦生接到复函，立白齐国君相，齐王广与齐相横，互阅来书，当然勿疑；且有齐使作证，更加相信。遂传令历下各军，一律解严，并款留郦生数日，昼夜纵饮，不问外情。郦生本高阳酒徒，见了这杯中物，也是恋恋不舍，今日不行，明日复不行，一连数日，仍然不行，遂致一条老性命，要从此送脱了。酒能误人，一至于此。

自韩信发回齐使，便拟移军南下，与汉王会同击楚。忽有一人出阻道："不可！不可！"韩信瞧着，乃是谋士蒯彻，彻系燕人，已见前文。就启问道："齐已降顺，我自应改道南行，有什么不可呢？"蒯彻道："将军奉命击齐，费了若干心机，才得东指。今汉王独使郦生先往，说下齐国，究竟可恃与否，尚难料定。况汉王并未颁下明令，止住将军，将军岂可徒凭郦生一书，仓猝旋师呢？还有一说，郦生是个儒生，凭三寸舌，立下齐国七十余城，将军带甲数万，转战年余，才得平赵国五十余城。试想为将数年，反不敌一竖儒的功劳，岂不是可愧可恨么？为将军计，不如乘齐无备，长驱直入，扫平齐境，方得将所有功绩，归属将军了。"韩信闻言，意亦少动，沉吟了好一歇，才向蒯彻道："郦生尚在齐国，我若乘虚袭齐，齐必将郦生杀毙，是我反害死郦生，这事恐难使得！"韩信尚有良心。蒯彻微笑道："将军不负郦生，郦生已早负将军了。若使非郦生想夺功劳，摇惑汉王，汉王原遣将军攻齐，为什么又遣郦生呢？"辩士之口，诚属可畏。韩信勃然起座，即刻点齐人马，渡过平原，突向历下杀入。齐将田解、华无伤，已接齐王解严的命令，毫不戒备，骤然遇着汉兵，吓得莫名其妙，纷纷四溃。韩信麾兵追击，斩田解，擒华无伤，一路顺风，竟至临淄城下。

　　齐王广闻报大惊，急召郦生诘责道："我误信汝言，撤除边防，总道韩信不再进攻，谁知汝怀着鬼胎，佯劝我归汉撤兵，暗中却使韩信前来，乘我不备，覆我邦家。汝真行得好计，看汝今日尚有何说？"郦生也觉着忙，便答语道："韩信不道，背约进攻，非但卖友，实是欺君！愿大王遣一使臣，同仆出责韩信，信必无言可答，不得不引兵退去了。"齐王尚未及答，齐相田横冷笑道："先生想借此脱罪么？我前日已经受欺，今可不必哄我了。"郦生道："足下既疑仆至此，仆就死在此地，不复出城。但也须修书往诘，看韩信如何答复，就死未迟！"广与横齐声道："韩信如果退兵，不必说了；否则请就试鼎镬，莫怪我君臣无情！"郦生应着，匆匆写好书信，派人出城，递与韩信。信拆书一阅，着墨无多，备极凄恻，也不禁激动天良，半晌答不出话来。偏蒯彻又来进言道："将军屡临大敌，不动声色，如何为一郦生，反沾沾似儿女子态，不能遽决？一人性命，顾他甚么？毕世大功，岂可轻弃？请将军勿再迟疑。"想是前生积有冤孽，故必欲害死郦生。韩信道："逼死郦生，还是小事，抗违王命，岂非大罪！"蒯彻道："将军原奉命伐齐，得平齐地，正是为王尽力，有功无罪。若使今日退兵，使郦生得归报汉王，从中谗间，恐真要构成大罪了！"韩信本来贪功，又恐得罪，遂听了蒯彻言语，拒回来使，且与语道："我是奉命伐齐，未闻谕止，就使齐君臣果然许降，安知非一条缓兵计策，今日降汉，不久复叛？我既引兵到此，志在一劳永逸。烦为我转告郦大夫，彼此为国效死，不能多事瞻顾了。"

来使只好返报。齐王闻着，便令左右取过油鼎，要烹郦生。郦生道："我为韩信所卖，自愿就烹，但大王国家，亦必就灭，韩信将来，也难免诛夷，果报不爽，恨我不得亲见哩！"为下文韩信夷族张本。说罢，就用衣裹首，投入油鼎，须臾毕命。也是贪功所致。齐君臣登城拒守，不到数日，竟被韩信攻破。齐王广开了东门，当先出走，留住田横断后。田横带领齐兵，再与汉军奋斗数合，终致败却，落荒遁去。君臣先后离散，广奔高密，横走博阳，韩信驰入齐都，安民已毕，复拟引兵东出，追击齐王。齐王广得知风声，很是惶急，不得已派使西出，奉表项王，向他求救。

项王自梁地还兵，使钟离昧为先锋，驰回荥阳。汉王闻楚军到来，急命诸将出阻。诸将跃马驰去，随兵约有好几万名。行至荥阳城东，已与钟离昧相遇，彼此无暇问答，就一齐围裹拢来，把钟离昧困在垓心。钟离昧兵少难支，惶急得很，可巧项王从后驱至，一声呐喊，杀入围中。汉兵慌忙退回，已丧亡了数百人，项王救出钟离昧，进逼广武，与汉王夹涧屯军。广武本是山名，东连荥泽，西接汜水，形势险阻，山中有一断涧划开，分峙两峰，汉王就西边筑垒，依涧自固；项王即就东边筑垒，与汉相拒。彼此不便进攻，各自驻守。惟汉由敖仓运粟，源源接济，连日不绝；楚兵却没有这般谷仓，渐渐的粮食减少，不便久持。项王已是加忧，再经齐使驰至军前，乞发救兵，更令项王心下踌躇。想了多时，还是发兵相救，尚好牵制韩信，免得他来会汉王。乃使大将龙且、副将周兰，领兵二十万东往援齐；一面向汉王索战，汉王只是不出。

项王想出一法，命将汉王父太公，置诸俎上，推至涧旁，自在后面押住，厉声大呼道："刘邦听着！汝若不肯出降，我便烹食汝父！"这数语响震山谷，汉兵无不闻知，即向汉王通报。汉王大惊道："这……这却如何是好！"张良在旁进说道："大王不必着急！项王因我军不出，特设此计，来诱大王。请大王复词决绝，免堕诡谋！"汉王道："倘使我父果然被烹，我将如何为子？如何为人？"张良道："现在楚军里面，除项王外，要算项伯最有权力。项伯与大王已结姻亲，定当谏阻，不致他虞。"汉王乃使人传语道："我与项羽同事义帝，约为兄弟，我翁就是汝翁，必欲烹汝翁，请分我一杯羹！"项王听到此语，怒不可遏，就顾令左右，将太公移置俎下，付诸鼎烹。险哉太公。旁边闪出一人道："天下事尚未可知，还望勿为已甚。况欲争天下，往往不顾家族。今杀一人父，有何益处？多惹他人仇恨罢了。"项王乃命将太公牵回，照前软禁。这救护太公的楚人，就是项伯，果如张良所料。

项王又遣吏致语道："天下汹汹，连岁不宁，无非为了我辈两人，相持不下。今愿与汉王亲战数合，一决雌雄，我若不胜，卷甲即退，何苦长此战争，劳疲兵民呢！"汉王笑谢来使道："我愿斗智，不愿斗力。"楚使回报项王，项王一跃上马，跑出营门，挑选壮士数十骑，令作先驱，驰向涧旁挑战。汉营中有一弁目楼烦，素善骑射，由汉王派他出垒，夹涧放箭。"飕飕"的响了数声，射倒了好几个壮士。蓦见涧东来了一匹乌骓马，乘着一位披甲持戟的大王，眼似铜铃，须似铁帚，一种凶悍情状，令人生怖，再加一声叱咤，震响山谷，好似天空中霹雳一般，吓得楼烦双手俱颤，不能再射，还有两脚亦站立不住，倒退数步，索性回头就跑，走入营中。见了汉王，心中尚是乱跳，口齿几说不清楚。汉王着人探视敌踪，乃是项王尚在涧旁，专呼汉王答话。

汉王闻报，虽然有些惊心，但又不便始终示弱，因也整队趋出，与项王夹涧对谈。项王又叱语道："刘邦，汝敢与我亲斗三合否？"专恃蛮力，实属无谓。汉王道："项羽休得逞强，汝身负十大罪，尚敢向我饶舌么？汝背义帝旧约，王我蜀汉，罪一；擅杀卿子冠军，目无主上，罪二；奉命救赵，不闻还报，强迫诸侯入关，罪三；烧秦宫室，发掘始皇坟墓，劫取财宝，罪四；子婴已降，汝尚把他杀死，罪五；诈坑秦降卒二十万人，累尸新安，罪六；部下爱将，分封善地，却将各国故主，或徙或逐，罪七；出逐义帝，自都彭城，又把韩、梁故地，多半占据，罪八；义帝尝为汝主，竟使人扮作强盗，行弑江南，罪九；为政不平，主约不信，神人共愤，天地不容，罪十。我为天下起义，连合诸侯，共诛残贼，当使刑余罪人击汝，难道我配与汝打仗么？"泗上亭长，居然自高位置了。

项王气极，并不答言，但用戟向后一挥，便有无数弓弩手，赶将上来。一阵乱射，放出许多箭镞，跃过断涧，防不胜防。汉王正想回马，那胸中已中了一箭，疼痛的了不得，险些儿堕落马下。幸亏旁列将士，上前救护，把马牵转，驰入营门。汉王痛不可忍，屈身伏鞍，暗暗叫苦。将佐等统皆问安，汉王佯用手扪足道："贼……贼箭中我足趾了！"左右忙扶汉王下马，拥至榻前安卧。当即传召医官，取出箭镞，敷了疮药。还幸疮痕未深，不致伤命。小子有诗咏道：

> 一矢相遗已及胸，托词中趾示从容。
> 聪明毕竟由天授，通变才能却敌锋。

汉王中箭回营，项王始转怒为喜，只因绝涧难越，不便进攻，也即收兵退归。欲知后事，且看下回自知。

郦生之被烹，韩信实使之，而韩信将来之受诛，亦即由郦生之烹死，暗伏祸根。郦生之说齐，固奉汉王之命而往，既得招降齐国，不辱使命，乃偏为韩信所卖，卒致焚身，汉王闻之，宁有不隐恨韩信？不过楚尚未平，恃信为辅，因含忍而未发耳。况汉王之生平，本能忍人所不能忍，乃父已置诸敌俎，犹有分我杯羹之言，对父且如此，况他人乎！至若项王索战，夹涧与语，历数项王十罪，虽事有可征，并无虚构，然项王罪恶之大，莫过于弑义帝，汉王置此罪于八九之间，独以背约为罪首，重私轻公，易先为后，其心已可概见矣。彼智如韩信，独不能察汉王之隐，犹沾沾于平齐之功绩，听蒯彻而害郦生，此所以终遭诛戮也。

第三十回

斩龙且出奇制胜　划鸿沟接眷修和

却说项王归营以后，专探听汉营动静，拟俟汉王身死，乘隙进攻。汉营里面的张良，早已料着，即入内帐看视汉王。汉王箭创未愈，还可勉强支持，良因劝汉王力疾起床，巡行军中，借镇人心。汉王乃挣扎起来，裹好胸前，由左右扶他上车，向各垒巡视一周。将士等正在疑虑，忽见汉王乘车巡查，形容如故，方皆放下愁怀，安心守着。汉王巡行既遍，自觉余痛难禁，索性吩咐左右，不回原帐，竟驰返成皋，权时养病去了。这也是汉王急智。项王得着探报，据称汉王未死，仍在军中巡行，又不禁暗暗叹惜，大费踌躇。自思进不得进，退不得退，长此屯留过去，恐粮尽兵疲，后难为继。正在委决不下，蓦地里传到警耗，乃是大将龙且，战败身亡。项王大惊失色道："韩信有这般厉害么？他伤我大将龙且，必要乘胜前来，与刘邦合兵攻我。韩信韩信，奈何奈何！"句法似通非通，益觉形容得妙。说罢，复着人探明虚实，再作计较。究竟韩信如何得胜？龙且如何被杀？待小子演述出来。

龙且领着大兵，倍道东进，行入齐地，即遣急足驰报齐王，叫他前来会师。齐王广闻楚军大至，当然心喜，急忙收集散兵，出高密城，往迎楚军。两下至潍水东岸，凑巧相遇，彼此晤谈以后，一同就地安营。韩信正要向高密进兵，闻得龙且兵到，也知他是个劲敌，因复遣人报知汉王，调集曹参、灌婴两军，方才出发。到了潍水西岸，遥见对河遍扎军营，气势甚盛，乃召语曹、灌两将道："龙且系有名悍将，只可智取，不可力敌，我当用计擒他便了。"曹灌两将，自然同声应令。韩信命退军三里，择险立寨，按兵不出。楚将龙且，还疑是韩信怯战，便欲渡河进击。旁有属吏献议道："韩信引兵远来，定必向我奋斗，骤与接仗，恐不可当。齐兵已经败衄，万难再恃，且兵皆土著，顾念室家，容易逃散；我军虽与异趋，免不得被他牵动，他若四溃，我亦难支。最好是坚壁自守，勿与交锋，一面使齐王派遣使臣，招辑亡城。各城守吏，闻知齐王无恙，楚兵又大举来援，定然还向齐王，不肯从汉。汉兵去国二千里，客居齐地，无城可因，无粮可食，怎能长久相持？旬月以后，就可不战自破了。"龙且摇首道："韩信鄙夫，有何能力？我曾闻他少年贫贱，衣食不周，甚至寄食漂母，受辱胯下。这般无用的人物，怕他甚么！况我奉项王命，前来救齐，若不与韩信接仗，就使他粮尽乞降，也没有什么战功。今诚一战得胜，威震齐国，齐王必委国听从，平分土地，一半给我，岂不是名成利就么？"全是妄想。副将周兰，也恐龙且轻战有失，上前进谏道："将军不可轻视韩信。信助汉王定三秦，灭赵降燕，今复破齐，闻他足智多谋，机谋莫测，还望将军三思后行。"龙且笑说道："韩信所遇，统是庸将，故得侥幸成功；若与我相敌，管教他首级不保了。"慢说慢说，且管着自己头颅。当下差一弁目，渡过潍水，投递战书。韩信即就原书后面，批了"来日决战"四字，当即遣回。

　　楚使既去，信命军士赶办布囊万余，当夜候用，不得有违。又要作怪。原来营中随带布囊，本来不少，多半是盛贮干粮，此次军士得了将令，但将干粮取出，便可移用，因此不到半日，已经办齐。延至黄昏，由信召入部将傅宽，授与密计道："汝可领着部曲，各带布囊，潜往潍水上流，就在水边取了泥沙，贮入囊中，择视河面浅狭的地方，把囊沈积，阻住流水。待至明日交战时，楚军渡河，我军传发号炮，竖起红旗，可速命兵士捞起沙囊，仍使流水放下，至要至嘱！"傅宽遵令，率兵自去。*此处授计用明写法，但非看到后文，尚未知此计之妙。*信又召集众将道："汝等明日交战，须看红旗为号，红旗竖起，急宜并力击敌。擒斩龙且、周兰，便在此举，今可静养一宵，明日当立大功了。"众将闻言，俱各归帐安息。信但令巡兵守夜，自己亦即就寝。

诘旦起来，命大众饱餐一顿，传令出营。信自往挑战，带同裨将数名，径渡潍水，所有曹参、灌婴等军，统叫他留住西岸，分站两旁。潍水本来深广，不能徒涉，此时由傅宽壅住上流，水势陡浅，但教褰衣过去，便可渡登对岸。韩信到了岸东，摆成阵势，正值龙且驱众过来，信便出阵大呼道："龙且快来受死！"龙且听了，跃马出营，大声叱道："韩信，汝原是楚臣，为何叛楚降汉？今日天兵到此，还不下马受缚，更待何时？"信笑答道："项羽背约弑主，大逆不道，汝乃甘心从逆，自取灭亡，今日便是汝的死期了。"龙且大怒，举刀直取韩信，信退入阵中，当有众将杀出，敌住龙且。龙且抖擞精神，与众力战，约有一二十合，未分胜负，副将周兰，也来助阵，汉将等渐渐退却。韩信拍马就走，仍向潍水奔回。众将见信驰还，也即退下，随信同奔。龙且大笑道："我原说韩信无能，不堪一战呢。"说着，遂当先力赶，周兰等从后追上，行近潍水，那汉兵却渡过河西去了。

龙且赶得起劲，还管甚么水势深浅，也即跃马西渡。惟周兰瞧着水涸，不免动疑，见龙且已经渡河，急欲向前谏阻，因此紧紧随着，也望河西过去。无如龙且跑得甚快，转眼间已达彼岸，周兰不便折回，只好纵马过河，部众统皆落后，跟着龙且、周兰，不过二三千骑，余兵或渡至中流，或尚在东岸。猛

听得一声炮响，震动波流，水势忽然增涨，高了好几尺，既而
澎湃汹涌，好似曲江中的大潮，突如其来，不可推测，河中楚
兵，无从立足，多被漂去。只东岸未渡的人马，尚在观望，未
曾遇险。还有龙且、周兰，及骑兵二三千名，已登西岸，一时
免做溺死鬼。还是溺死，省得饮刀。那时汉兵中已竖起红旗，曹
参、灌婴两旁杀来，韩信亦领诸将杀回。三路人马，夹击龙且
周兰，任你龙且如何骁勇，周兰如何精细，至此俱陷入罗网，
摆脱不出。并且寡不敌众，单靠着二三千名骑兵，济得甚么战
事？结果是龙且被斩，周兰受擒，二三千骑楚兵，扫得干干净
净，不留一人。东岸的楚兵，遥见龙且等统已战殁，不寒自
栗，立即骇散。

　　齐王广似惊弓鸟、漏网鱼，那里还堪再吓，便即弃寨逃
回。行至高密，因见后面尘头大起，料有汉兵赶来，且随身兵
士，多已逃散，自知高密难守，不如走往城阳，于是飞马再
奔。将到城阳相近，汉兵已经赶到，七手八脚，把他拖落马
下，捆绑了去，解至韩信军前。韩信责他擅烹郦生，太觉残
忍，便令推出斩首。总算为郦生抵命。

　　复使灌婴往攻博阳，曹参进略胶东。博阳为田横所守，闻
得田广已死，自为齐王，出驻嬴下，截住灌婴。婴麾兵奋击，
杀得田横势穷力竭，止带了数十骑，遁往梁地，投依彭越去
了。尚有横族田吸，与横分路逃生，奔至千乘，被灌婴一马追
及，戮死了事。此外已无齐兵，遂枭了首级，还营报功。适值
曹参也持了一个首级，奏凯归来，问明底细，乃是胶东守将田
既，为参所杀，荡平胶东，回来缴令。两将并入大营，报明韩
信，信登簿录功，并将齐地所得财帛，分赏将士，不必细述。

　　惟韩信既平齐地，便想做个齐王，遂缮了一封文书，使人
至汉王前告捷，且要求齐王封印。汉王在成皋养病，已经告
痊，复至栎阳察视城守，勾留四日，仍驰抵广武军前。可巧韩

信差来的军弁，也到广武，遂将书信呈上。汉王展阅未终，不禁大怒道："我困守此地，日夜望他来助，他不来助我，还要想做齐王么？"张良、陈平在侧，慌忙走近汉王，轻蹑足趾。汉王究竟心灵，停住骂声，即将原书持示两人。书中大意，说是"齐人多伪，反复无常，且南境近楚，难免复叛，请暂许臣为假王，方期镇定"等语。两人看罢，附耳语汉王道："汉方不利，怎能禁止韩信为王？今不若使他王齐，为我守着，可作声援。否则恐变生不测了。"辛有此说。汉王因复佯叱道："大丈夫得平定诸侯，不妨就做真王，为何还要称假呢！"转风得快。随即遣回来使，叫韩信守候册封，来使自去。汉王便遣张良赍印赴齐，立韩信为齐王，信得印甚喜，厚待张良。良又述汉王意见，劝信发兵攻楚，信亦满口应承。良叨了一席盛宴，饮罢即归。

信择吉称王，大阅兵马，准备击楚，忽有楚使武涉，前来求见。韩信暗想，我与楚为仇敌，为何遣使到此？想必来做说客，我自有主意，何妨相见。因即顾令左右，引入武涉。武涉系盱眙人，饶有口才，素居项王幕下。项王探得齐地确信，果被韩信破灭，当然惊心，所以派遣武涉，往说韩信，为离间计。涉一见信面，便下拜称贺，信起座答礼，且微笑道："君来贺我做甚！无非为了项王，来作说客，尽请道来！"涉乃申说道："天下苦秦已久，故楚汉戮力击秦。今秦已早亡，分土割地，各自为王，正应休息士卒，与民更始，乃汉王复兴兵东来，侵人地，夺人土，胁制诸侯，与楚相争，可见他贪得无厌，志在并吞。足下明智过人，难道尚未能预察么？且汉王前日，尝入项王掌握中，项王不忍加诛，使王蜀汉，也算是情义两尽。偏汉王不念旧谊，复击项王，机诈如此，尚好亲信么？足下自以为得亲汉王，替他尽力，涉恐足下他日，亦必遭反噬，为彼所擒了！试想足下得有今日，实由项王尚存，汉王不能不笼络足下。足下眼前处境，还是进退裕如的时候，左投汉王、汉胜，右投项王、楚胜，汉胜必危及足下，楚胜当不致自危。项王与足下本有故交，时常系念，必不相负！若足下尚不肯深信，最好是与楚连和，三分天下，鼎足称王，楚、汉两国，都不敢与足下为难，这乃是万全良策了。"为韩信计，却是此策最善。韩信笑答道："我前事项王，官不过郎中，位不过执戟，言不听，计不用，所以背楚归汉。汉王授我上将军印，付我数万兵士，解衣衣我，推食食我，我若负德，必至不祥。我已誓死从汉了！幸为我复谢项王。"武涉见他志决，只好辞归。

信送出武涉，有一人随他进去，由信回头一顾，乃是蒯彻，因即邀令入座。彻开口道："仆近已学习相术了，相君面不过封侯，相君背乃贵不胜言。"信听得甚奇，料他必有微意，复引彻至密室，屏人与谈。彻又说道："秦亡以后，楚、汉分争，不顾人民，专务角逐。项王起兵彭城，转战逐北，直下荥阳，威震远近，今乃久困京索，连年不得再进。汉王率数十万众，据有巩、洛，凭借山河，一日数战，无尺寸功，反致屡败，这乃所谓智勇俱困呢。仆料现今大势，非有贤圣，莫能息争。足下乘时崛起，介居楚汉，为汉即汉胜，为楚即楚胜，楚、汉两主的性命，悬在足下手中，诚能听仆鄙计，莫若两不相助，三分鼎峙，静待时机。其实如足下大才，据强齐，并燕赵，得时西向，为民请命，何人不服？何国不从？将来宰割天下，分封诸侯，诸侯俱怀德畏威，相率朝齐，岂不是霸王盛业么？仆闻天与不取，反致受咎，时至不行，反致受殃，愿足下深思熟虑，毋忽鄙言！"韩信道："汉王待我甚厚，怎可向利背义呢？"彻又道："从前常山王张耳，与成安君陈余，约为刎颈交，后来为了张黡、陈泽的嫌疑，竟成仇敌，泜水一战，陈余授首。足下自思与汉王交情，能如张、陈二人否？所处嫌疑，止如酈、泽一事否？乃犹欲自全忠信，见好汉王，岂非大误！越大夫文种，存亡越，霸勾践，立功成名，尚且被戮，兔死狗烹，已成至论，足下的忠信，想亦不过如大夫种罢了。且仆闻勇略震主，往往自危，功盖天下，往往不赏。今足下已蹈此辙，归汉汉必惧，归楚楚不信，足下将持此何归呢？"语虽近是，但蒯彻与汉无仇，何故唆人叛主。韩信不免动疑，因即语彻道："先生且休，待我细思，更定进止。"彻乃辞退。过了数日，杳无动静，乃复入见韩信，请他决机去疑，慎勿失时。信终不忍背汉，又自恃功高，总道汉王不致变卦，决将蒯彻谢绝。彻恐久居被祸，假作疯癫，竟向别处作巫去了。信闻彻他去，也不着人挽留，惟心下忐忑不定，且将兵马停住，再听汉王消息。既已拒彻，应即发兵击楚，偏又停住不进，真是何意。

　　汉王固守广武，又是数旬，日望韩信到来，信终不至。乃立英布为淮南王，使他再赴九江，截楚后路。一面贻书彭越，仍侵入梁地，断楚粮道。布置已定，尚恐项王粮尽欲回，又取出太公，挟制多端，或乘怒将太公杀死，更觉可危。当下与张良、陈平商议救父的方法。两人齐声道："项王乏粮，必将退归，此时正好与他讲和，救回太公、吕后了。"汉王道："项王情性暴戾，一语不合，便至动怒，欲要遣使议和，必须选择妥人，方可无虞。"言未毕，有一人应声闪出道："臣愿往。"汉王一瞧，乃是洛阳人侯公，从军有年，素长应对，因即准如所请，嘱令小心从事。侯公遂驰赴楚营，求谒项王。

　　项王得武涉归报，甚是愁烦，又见粮食将尽，越觉愁上加愁，忽闻汉营中遣到使臣，乃仗剑高坐，传令入见。侯公徐徐步入，见了项王，毫无惧色，从容向前，行过了礼。项王瞋目与语道："汝主既不出战，又不退去，今差汝到来，有何话说？"侯公道："大王还是欲战呢？还是欲退呢？"项王道："我愿一战！"侯公道："战是危机，胜负难料；况相持已久，兵力皆疲，臣今为罢兵息争而来，故敢进见大王。"项王不觉脱口道："据汝来意，是欲与我讲和么？"侯公道："汉王并不欲与大王争锋，大王如为保国安民起见，易战为和，敢不从命。"

项王意已稍平，把剑放下，问及议和约款。侯公道："使臣奉汉王命，却有二议，一是楚、汉两国，划定疆界，彼此相安，不再侵犯。二请释还汉王父太公，及妻室吕氏，使他骨肉团圆，久感圣德。"项王掀髯狞笑道："汝主又来欺我么？他想保全骨肉，故令汝诡词请和。"侯公道："大王知汉王东出的意思否？人情无不念父母，顾妻子，汉王西居蜀汉，离家甚远，免不得怀念在心，前次潜至彭城，无非欲搬取家眷。嗣闻为大王所拘，急不暇择，遂至与大王为敌，累战不休。今大王无意言和，原是不必说了；既商和议，何不将两人释还，不但使汉王从此感德，誓不东行，就是天下诸侯，亦且争慕大王，无不歌颂。试想大王不杀人父，就是明孝，不污人妻，就是明义，已经拘住，又复放归，所以明仁，三德俱备，声名洋溢。如恐汉王负约，是曲在汉王，直在大王。古人有言：师直为壮，曲为老，大王直道而行，天下无敌，何论一汉王呢！"

项王最喜奉承，听了侯公一番言语，深惬心怀，遂复召入项伯，与侯公商议国界。项伯本是祖汉，乐得卖个人情，两下议决，就荥阳东南二十里外的鸿沟，划分界限，沟东属楚，沟西属汉。当由项王遣使，与侯公同报汉王，订定约章，各无异言。所有迎还太公、吕后的重差，仍然要劳烦侯公，侯公再偕楚使同行，至楚营请求如约，项王毫不迟疑，便放出太公、吕后，及从吏审食其，使与侯公同归。汉王闻知，当然出营迎接，父子夫妇，复得相见，正是悲喜交集，庆贺同声。汉王嘉侯公功，封他为平国君。是为汉四年九月间事。越日，即闻项王拔营东归，汉王亦欲西返，传令将士整顿归装，忽有两人进谏道："大王不欲统一天下么？奈何归休！"这一语有分教：

坛坫方才休玉帛，疆场又复启兵戈。

欲知两人为谁，待至下回报明。

兵法有言：骄兵必败，龙且未胜先骄，即非韩信之善谋，亦无不败之理。项王以二十万众，委诸龙且，何用人之不明欤？然项王同一有勇无谋之暴主，而龙且即为有勇无谋之莽将，同气相求，故有是失。龙且死而项王亦将败亡，此徒勇之所以无益也。武涉之说韩信，各为其主，原不足怪。蒯彻并非楚臣，何为唆信叛汉，使之君臣相猜，他时钟室之祸，非彻致之而谁致之乎？若汉之遣使请和，得归太公吕后，虽由侯生之善言，实出一时之徼幸；假使项王不允，加刃太公，则汉王虽得天下，终不免为无父之罪人而已。贪天幸以图功，君子所勿取焉。

第三十一回

大将奇谋鏖兵垓下　美人惨别走死江滨

却说汉王欲西还关中，有两人进来谏阻，两人为谁？就是张良、陈平。汉王道："我与楚立约修和，彼已东归，我尚留此做甚。"良、平齐声道："臣等请大王议和，无非为了太公、吕后二人。今太公、吕后已得归来，正好与他交战，况天下大势，我已得了大半，四方诸侯，又多归附，彼项王兵疲食尽，众叛亲离，乃是天意亡楚的时候，若听他东归，不去追击，岂不是养虎遗患么？"专知趋利，如信义何! 汉王深信二人，遂复变计，再拟向东进攻。只因孟冬已届，照了前秦旧制，又要过年，乃就营中备了酒席，宴饮大小三军，自与吕后陪着太公，在内帐奉觞称寿，畅饮尽欢。太公、吕后，从未经过这种乐事，此次父子完聚，夫妇团圆，白发红颜，相偕醉月，金樽玉斝，合宴连宵，真个是苦尽甘回，不胜欣慰了。恐此时吕后心中，尚恨审食其不得在座。元旦这一日，就是汉王五年，大书特书，是为汉王灭楚称帝之岁。汉王先向太公祝釐，然后升座外帐，受了文武百官的谒贺。礼已粗毕，即与张良、陈平，商议军事，决定分路遣使，往约齐王韩信，及魏相国彭越，发兵攻楚，中道会师，当下派员去迄。

过了一日，又差车骑数百人，送太公、吕后入关；汉王遂亲率大队，向东进发，沿路不复耽延，一直驰至固陵。前驱早有侦骑派出，探得楚兵相去不远，回报汉王。汉王乃择险安营，专待韩、彭两军到来，便好合击楚军。偏韩、彭两军，杳无音信，那项王已得了消息，恨汉负约，竟驱动兵马，骤向汉营杀来。汉王恐楚兵踹营，反觉不妙，不如督兵出战，较为得势，乃麾众出营，与楚接仗。两下相遇，汉兵尚未成列，项王已拍动乌骓，挺戟当先，专向汉军中坚，鼓勇冲入，寻杀汉王。汉将见项王到来，慌忙拦阻，怎禁得项王一股怒气，把手中戟飞舞起来，任凭汉军中有许多勇将，没有一个是他敌手，有几个命中带晦，不是被他刺死，就是被他戳伤，于是汉将俱纷纷倒退。汉王见不可支，还是拍马奔回，避开危险。主帅一动，全军皆散，项王乐得大杀一阵，把汉兵驱回营中，然后收兵自去。汉王狼狈还营，检点兵士，丧失了好几千名，将佐亦伤亡了好几十名，不由的垂头丧气，闷坐帐中。可巧张良进来，因即顾问道："韩、彭失约，我军又遭败挫，如何是好！"张良道："楚兵虽胜，尽可勿虑；只是韩、彭不至，却是可忧。臣料韩、彭二人，必由大王未与分地，所以观望不前。"汉王道："我封韩信为齐王，拜彭越为魏相国，怎得说是没有分地？"良答道："齐王信虽得受封，并非大王本意，信亦当然不安；彭越曾略定梁地，大王命他往佐魏豹，所以移兵，今魏豹已死，越亦望封王，乃大王未尝加封，不免觖望。今若取睢阳北境，直至谷城，封与彭越；再由陈以东，直至东海，封与韩信，信家在楚，尝想取得乡土。大王今日慨允，两人明日便来了。"窥透两人志愿。

汉王不得已依议，再遣使人飞报韩、彭，许加封地。果然两人满望，即日发兵。还有淮南王英布，与汉将刘贾，进兵九江，招降守将楚大司马周殷，一些儿不劳兵革，反得了九江许多人马，会同英布、刘贾，接应汉王。三路大兵，陆续趋集，汉王自然放胆行军。项王闻汉兵大至，兵食又尽，巴不得急回彭城，所以固陵虽获胜仗，仍然不愿久留，引军再退。路上恐汉兵追袭，用了步步为营的兵法，依次退去。好容易到了垓下，遥听得后面一带，鼓声马声呐喊声，非常震响。当下登高西望，见汉兵踊跃追来，差不多与蚂蚁相似，不禁仰天叹道："好多汉兵，我悔前日不杀刘邦，养成他这番气焰哩！"话虽如此，还仗着自己勇力，并手下将士，尚有十万名左右，倒也不甚着忙。遂就垓下扎营，准备对敌。汉王已会齐三路兵马，共至垓下，人数不下三十余万，复用韩信为大将，调度诸军。韩信素知项王骁勇，无人敢当，特将各军分作十队，各派统将带领，分头埋伏，回环接应，请汉王守住大营，自率三万人挑战。

项王单靠勇力，不尚兵谋，一闻敌兵逼营，立即怒马突出，迎敌汉军。楚兵亦一齐出寨，随着项王，奋勇向前。两军相接，交战了好几合，项王横戟一挥，部众统不管生死，专望汉军中杀入。韩信且战且走，诱引项王入网。项王平日，所向无敌，全不把韩信放在眼中，就使有人谏阻项王，叫他不可轻追，他亦不甘罢休，定要杀奔前去。约莫追了好几里，已入汉军伏中，一味莽撞，总要遭祸。韩信便鸣放号炮，唤起伏兵。先有两路杀出，与项王交战一次，项王全不退怯，麾斗了好多时，冲开汉军，还要追赶韩信。但听第二次炮声复发，又有两路伏兵杀出，截住项王，再加厮杀，好多时又被冲破。项王杀得性起，仍旧有进无退，接连是炮声迭响，伏兵迭起。项王杀开一重，又复一重，杀到第七八重时候，部众已零落了，将弁多伤亡了，项王也自觉力疲，渐渐的退却下来。那知韩信放完号炮，十面埋伏，一齐发出，都向项王马前，围裹拢来。所有楚兵，好似鸡犬一样，纷纷四窜，但靠项王一枝画戟，究竟挡不住百般兵器。项王悔已无及，只得令钟离眛、季布等断后，自己当先开路，猛喝一声，已足吓退汉兵，再加长戟纵横，一经触着，无不立毙，因此汉兵左右避开，让出一条血路，得使项王走脱，驰回垓下大营。

自从项王起兵以来，向未经过这般挫辱，此次已该数尽，偏碰着汉元帅韩信，用着十面埋伏的计策，杀败项王，把楚营十万锐卒，击毙了三四成，赶走了三四成，只剩得两三万残兵，跟回营中，叫项王如何不恼，如何不忧！他有一个宠姬虞氏，秀外慧中，知书识字，虽遇项王出兵打仗，也尝乘车随行、形影不离。名姬陪着悍王，似觉不甚相配。此番也在营间，守候项王归来。项王战败入营，当由虞姬迎着，见他形容委顿，神色仓皇，也觉惊异得很。待至项王坐定，喘息稍平，才问及战争情状。项王唏嘘道："败了！败了！"虞姬劝慰道："胜负乃兵家常事，愿大王不必忧劳。"项王道："怪不得汝等妇女，未识利害，连我也不曾遇此恶战哩。"虞姬本已嘱咐行厨，整备酒肴，想为项王接风，此时因项王败还，更欲替他解闷，便即令厨役搬出，陈列席间，请项王上坐小饮。项王已无心饮酒，但为了宠姬情意，未便遽却，乃向席间坐下，使虞姬旁坐相陪。才饮了三五杯，就有帐外军弁趋入，报称汉兵围营。项王道："汝去传谕将士，小心坚守，不可轻动，待我明日再决一战罢！"军弁应声退出。

时已天晚，项王复与虞姬并饮数觥，灯红酒绿，眉黛鬟青，平时对此情景，何等惬意，偏是夕反成惨剧，越饮越愁，越愁越倦，顿时睡眼模糊，敛肱欲寐。还是虞姬知情识意，请项王安卧榻中，休养精神。项王才就榻睡下，虞姬坐守榻旁，一寸芳心，好似小鹿儿乱撞，甚觉不宁。耳近又听得凄风飒飒，觱栗呜呜，俄而车驰马骤，俄而鬼哭神号，种种声浪，增人烦闷。旋复有一片歌音，递响进来，如怨如慕，如泣如诉，一声高、一声低、一声长、一声短，仿佛九皋鹤唳、四野鸿哀。虞姬是个解人，禁不住悲怀戚戚，泪眦荧荧。从虞姬一边叙入楚歌，尤觉凄切。回顾项王，却是鼻息如雷，不闻不知，急得虞姬有口难言，凄其欲绝。

究竟这歌声从何而来？乃是汉营中张子房，编出一曲楚歌，教军士至楚营旁，四面唱和，无句不哀，无字不惨，激动一班楚兵，怀念乡关，陆续散去。就是钟离昧、季布等人，随从项王好几年，也忽然变卦，背地走了。甚至项王季父项伯，亦悄悄的往投张良，求庇终身。树未倒而猢狲先散。单剩项王亲兵八百骑，守住营门，未曾离叛。正想入报项王，却值项王酒意已消，猛然醒寤。起闻楚歌，不禁惊疑，出帐细听，那歌声是从汉营传出，越加诧异道："汉已尽得楚地么？为何汉营中有许多楚人呢？"说着，便见军弁禀报，谓将士皆已逃散，只有八百人尚存。项王大骇道："有这等急变吗？"当即返身入帐，见虞姬站立一旁，已变成一个泪人儿，也不由的泣下数行。旁顾席上残肴，尚未撤去，壶中酒亦颇沉重，乃再令厨人烫热，唤过虞姬，再与共饮。饮尽数觥，便信口作歌道：

力拔山兮气盖世！时不利兮骓不逝！
骓不逝兮可奈何！虞兮虞兮奈若何！

项王生平的爱幸，第一是乌骓马，第二是虞美人，此番被围垓下，已知死在目前，惟心中实不忍割舍美人骏马，因此悲歌慷慨，呜咽唏嘘！虞姬在旁听着，已知项王歌意，也即口占一诗道：

汉兵已略地，四面楚歌声。
大王意气尽，贱妾何聊生！

虞姬吟罢，潸潸泪下，项王亦陪了许多眼泪；就是左右侍臣，统皆情不自禁，悲泣失声。蓦听得营中更鼓，已击五下，乃顾语虞姬道："天将明了，我当冒死出围，卿将奈何！"虞姬道："妾蒙大王厚恩，追随至今，今亦当随去，生死相依；倘得归葬故土，死也甘心！"项王道："如卿弱质，怎能出围？卿可自寻生路，我当与卿长别了。"虞姬突然起立，竖起双眉，喘声对项王道："贱妾生随大王，死亦随大王，愿大王前途保重！"说至此，就从项王腰间拔出佩剑，向颈一横，顿时血溅珠喉，香销残垒。阅书至此，虽铁石心肠，亦当下泪。项王还欲相救，已是不及，遂抚尸大哭一场，命左右掘地成坑，将尸埋葬。至今安徽省定远县南六十里，留有香冢，传为佳话。文人墨客，且因虞姬贞节可嘉，谱入词曲，竟把"虞美人"三字，作为曲名，美人千古，足慰芳魂。比后来人竟何如？

惟项王已看虞姬葬讫，勉强收泪，出乘乌骓，趁着天色未明的时候，带了八百骑亲兵，衔枚疾走，偷过楚营，向南遁去。及汉兵得知，急报韩信，已是鸡声报晓，晨光熹微了。韩信闻项王溃围，急令将军灌婴，率领五千兵马，往追项王。项王也防汉兵追来，匆匆至淮水滨，觅船东渡，部骑又散去大半，只剩了一二百人。行至阴陵，见路有两歧，不知何道得往彭城，未免踌躇。适有老农在田间作工，因向他访问行径，老农却有些认识项王，素来恨他暴虐，竟用手西指道："向这边去！"项王信是真话，策马西奔，约跑了好几里，扑面寒风，很是凛冽，前途流水渐渐，随风震响，仔细瞧着，乃是一个大湖，挡住去路。至此方知受欺，慌忙折回，再到原处，重向东行。为了这番盘旋，遂被汉将灌婴追及，一阵冲击，又丧失了百余骑。还是项王坐下的乌骓，跑走甚快，当先驰脱。后面陆续跟上，寥寥无几，到了东城，经项王回头察看，只有二十八骑，尚算随着。那四面的金鼓声、呐喊声，仍然不住，渐渐相逼。

项王自知难脱，引骑至一山前，走登岗上，摆成圆阵，慨然顾骑士道："我自起兵到今，倏已八年，大小七十余战，所挡必靡，所击必破，未尝一次败北，因得霸有天下。今日乃被困此间，想是天意已欲亡我，并非我不能与战呢。我已自决一死，愿为诸君再决一战，定要三战三胜，为诸君突围，斩将搴旗，使诸君知我善战，今实天意亡我，与我无干，免得向我归罪！"善战必亡，奈何至死不悟。

道言甫毕，汉兵已四面赶集，把山围住。项王乃分二十八骑为四队，与汉兵相向。东首有一汉将，不知死活，驱兵登岗，想来活捉项王。项王语骑士道："君等看我刺杀此将！"说着纵辔欲走，又回头顾语道："诸君可四面驰下，至东山下取齐，再作三处驻扎罢。"于是奋声大呼，挺戟驰下，一遇汉将，便猛力戳去。汉将不及躲避，陡被刺落，骨辘辘滚下山去，霎时毕命。汉兵见了，统皆逃还，项王便纵马下山。山下的汉将，仗着人多势旺，团团围绕，竟至数匝，都被项王杀退。汉骑将杨喜，上前追赶，由项王回头一喝，人马辟易，倒退了一两里。就是项王部下的二十八骑，亦皆驰集，先与项王打个照面，然后三处分驰。汉兵又从后赶来，未知项王所在，也分兵三路，追围项王。项王左手持戟，右手仗剑，或劈或刺，斩一汉都尉，刭毙汉兵数十百人，仍得杀透重围，再救出两处部骑，重聚一处，检点数目，只少了两个骑兵。便笑向部骑道："我的战仗如何？"部骑皆拜伏道："如大王言！"统计项王自山上杀下，一连九战，汉兵遇着项王，无不溃散，故后人称是山为九头山，亦号四溃山。

项王既得脱围，走至乌江，却值乌江亭长，泊船岸旁，请项王渡江过去。且敦促道："江东虽小，地方千里，尚足自王，现惟臣有一船，愿大王急渡！"项王听了，笑对亭长道：用两笑字，比哭尤惨。"天已亡我，我何必再渡！且籍与江东子弟八千人，渡江西行，今无一生还，就使江东父老，见我生怜，再肯王我，我有何面目相见哩？"说着，后面尘头又起，料知汉兵复到，亭长又出言催促，项王喟然道："我知公为忠厚长者，厚情可感，我无以为报，惟坐下的乌骓马，随我五年，日行千里，临阵无敌，今我不忍杀此马，特地赐公，见马犹如见我呢。"一面说，一面跳下马来，令部卒牵付亭长，又命部骑皆下马步行，各持短刀，转身待着汉兵。汉兵一齐赶至，项王又鼓勇再战，乱削乱劈，连毙汉兵数百人，自身亦受了十余创。蓦见有数骑将驰至，认得一人是吕马童，凄声与语道："汝不是我旧友吗？"吕马童不敢正视，但向项王望了一面，便旁顾僚将王翳道："这位就是项王。"项王又说道："我闻汉王悬有赏格，得我首级，赐千金，封邑万户，我今日就卖情与汝罢！"说毕，便用剑自刎，年终三十一岁。小子记得前人咏项王诗，曾有二绝，特录述如下云：

> 争帝图王势已倾，八千兵散楚歌声，
> 乌江不是无船渡，耻向东吴再起兵。
> 不修仁政枉谈兵，天道如何尚力争？
> 隔岸故乡归不得，十年空负拔山名。

项王已死，所余二十六骑，亦皆逃亡。欲知项王尸首如何，待至下回续表。

韩信之十面埋伏计，史策未详，但相传已久，度非无因。况当时汉兵竞集，为特一无二之大举，人数不下三十万，分作十队，绰有余裕，非行此计以困项王，则项王之勇悍，无人敢敌，几何而不蹈固陵之复辙也。虞姬之别，乌江之刎，最为项氏惨史，经著书人依次写来，尤觉得情节苍凉，令人悲咽。且虞姬守贞，何如吕后、戚姬之秽辱？慨然决死，何如韩信、彭越之诛夷？美人英雄，名播千秋，泉下有知，其亦足以自慰乎？惟观于项王之坑降卒，杀子婴，弑义帝，种种不道，死有余辜，彼自以为非战之罪，罪固不在战，而在残暴也。彼杀人多矣，能无及此乎！天亡天亡，夫复谁尤！

第三十二回

即帝位汉主称尊　就驿舍田横自刭

　　却说项王自刭以后，汉将争夺项王尸骸，甚至自相残杀，死了好几十人，结果是王翳得了头颅，吕马童与杨喜、吕胜、杨武等四将，各得一体，持向汉王前报功。汉王命将五体凑合，果然相符，遂即分封五人，命吕马童为中水侯，王翳为杜衍侯，杨喜为赤泉侯，杨武为吴防侯，吕胜为涅阳侯。楚地望风请降，独鲁城坚守不下，汉王大怒，引兵攻鲁，恨不得立刻入城，一体屠戮，荡成平地。不意到了城下，觉有一种弦诵的声音，悠扬入耳，因不禁转念道："鲁国素知礼义，今为主守节，不得为非，我不如设法招抚为是。"只一转念，便是兴王气象。乃将项王首级，令将士挑在竿上，举示城上守兵，且传谕降者免死，于是鲁城吏民，开门迎降。先是楚怀王尝封项羽为鲁公，至是鲁最后降，汉王因命用鲁公礼，收葬项王尸身，就在谷城西隅，告窆筑坟，亲为发丧。并命文吏缮成一篇祭文，无非说是前同兄弟，本非仇雠，拘太公不杀，虏吕后不犯，三年留养，尤见盛情，死后有知，应视此觫等语。及临祭读文，汉王亦不禁悲泣，泪下潸潸。恐非真情。将士等都为动容，祭毕乃还。吕马童为项王故人，到此亦知感否？今河南省河阳县有项羽墓，就是项羽自刭的地方，便系今日的乌江浦，在安徽省和县东北，留有祠宇，号为西楚霸王庙，这且不必细述。

　　汉王命赦项氏宗亲，一律免罪；且闻项伯已在张良营中，特别召见，封为射阳侯，赐姓刘氏；卖主求荣，项伯不能无惭。
还有项襄、项佗等，亦皆封侯赐姓，如项伯例。结婚一节，史中
未曾提及，想由汉王赖去。各路诸侯，都附势输诚，奉书称贺。
惟临江王共敖子尉，嗣爵为王，尚记念项王旧恩，不肯从汉。
经汉王派遣刘贾等人，率兵往讨，才阅旬日，便将共尉擒归，
江陵亦平。临江王都江陵，见前文。

　　汉王还至定陶，与张良、陈平二人，密议多时，即趋入韩
信营中。信亟起相迎，奉王就座，但听得汉王面谕道："将军
屡建大功，得平强项，寡人当始终不忘。今应休兵息民，不复
劳师，将军可缴还军符，仍就原镇便了！"此时信无词可拒，
只好把印信取出，交还汉王。汉王得了印信，便即持去。俄而
又传出一令，说是楚地已定，义帝无后，齐王信生长楚中，习
楚风俗，可改封楚王，镇定淮北，定都下邳。魏相国越，勤抚
魏民，屡破楚军，今即将魏地加封，号称梁王，就都定陶云
云。彭越是加授封爵，当然心喜，便至汉王前拜谢，受印而
去。惟韩信易齐为楚，明知汉王记着前嫌，不愿再令王齐，但
自思衣锦还乡，也足显扬故土，计不如遵着命令，就此荣归为
是。乃亦缴出齐王印，改领楚王印起行。

　　到了下邳，即差人寻访漂母，及受辱胯下的恶少年。漂母
先至，信下座慰问，特赐千金，漂母拜谢去讫。可谓一登龙门，
饭价百倍。既而恶少年到来，面无人色，俯伏请罪。信笑说道：
"我岂小丈夫所为，睚眦必报？汝可不必恐惧，我且授汝为中
尉官。"少年叩首道："小人愚蠢，曾误犯尊威，今蒙赦罪不
诛，恩同再造，怎敢再邀封赏？"信又说道："我愿授汝为官，
汝何必多辞！"少年乃再拜称谢，起身退出。信顾语左右道：
"这也是个壮士，他辱我时，我岂不能拼死与争？但死得无
名，所以忍耐至此，得有今日。"左右都服信大度，交口称
贤。信复与梁王彭越、淮南王英布、韩王信，故衡山王吴芮、

赵王张敖、是年张耳病殁，子敖嗣爵。燕王臧荼等，联名上疏，尊汉王为皇帝。疏中略云：

> 先时秦为无道，天下诛之，大王先得秦王，定关中，于天下功最多，存亡定危，救败继绝，以安万民，功盛德厚，又加惠于诸侯王，有功者使得立社稷。地分已定，而位号比拟，无上下之分，是大王功德之著，于后世不宣。谨昧死再拜上皇帝尊号，伏乞准行！

汉王得疏，召集群里，与语道："寡人闻古来帝号，只有贤王可当此称，虚名无实，殊不足取。今诸侯王乃推高寡人，寡人乏德，如何敢当此尊号？"群臣都齐声道："大王起自细微，诛不义，立有功，平定海内，功臣皆得裂土分封，可见大王本无私意。今大王德加四海，诸侯王不足与比，实至名归，应居帝位，天下幸甚！"汉王还要推让，再由内外臣僚，合词申请，乃命太尉卢绾及博士叔孙通等择吉定仪，就在汜水南面，郊天祭地，即汉帝位。文武百官，一齐朝贺，颁诏大赦，追尊先妣刘媪为昭灵夫人，立王后吕氏为皇后，王太子盈为皇太子。接连有谕旨二道，分封长沙、闽粤二王，文云：

> 故衡山王吴芮，与子二人，兄子一人，从百粤之兵，以佐诸侯，诛暴秦，有大功，为衡山王。项羽侵夺之，降为番君，今其以长沙、豫章、象郡、桂林、南海诸郡，立番君芮为长沙王，钦哉惟命！吴芮传国最久，故特录此诏。
>
> 故粤王无诸，越勾践后，姓驺氏。世奉越祀，秦侵夺其地，使其社稷，不得血食，诸侯伐秦，无诸身率闽中兵，以佐灭秦。项羽废而勿立，今以为闽粤王，王闽中地，勿使失职，以酬王庸。此诏并录，为后文闽越不靖张本。

　　是时诸侯王受地分封，共计八国，就是楚、韩、淮南、梁、赵、燕及长沙、闽粤二王。此外仍为郡县，各置守吏，如秦制相同。汉王命诸侯王皆罢兵归国，所有部下士卒，除量能授职外，亦俱遣令还家，本身免输户赋。一面启跸入洛，即以洛阳为国都。特派大臣赴栎阳，奉迎太公、吕后及太子盈，又遣使至沛邑故里，召入次兄刘仲，从子刘信，并同父异母的少弟刘交。想是太公继室所生。还有微时外妇曹氏，暨定陶人戚氏父女，亦乘便接入。曹女生子名肥，戚女生子名如意，当然挈同至都。曹氏见第十一回，戚氏见第二十四回。父子兄弟，妻妾子侄，陆续到齐，欢聚皇宫，没一个不喜出望外，额手称庆，汉帝亦乐不胜言。看官听说！汉帝后来庙号叫做高皇帝，并因他为汉朝始祖，就称为汉高祖，史家统是这般纪述，小子此后叙录，也沿例呼为汉高祖了。特笔提清。

　　高祖既平定海内，筹划政治，却也忙乱了好几月。由春及夏，诸事粗有头绪，方得少闲，因就洛阳南宫，大开筵宴，遍召群臣入内，一同会饮。酒行数巡，高祖乃对众宣言道：“列侯诸将，佐朕得有天下，今日一堂宴会，君臣同聚，最好是直言问答，不必忌讳。朕却有一问，朕何故得有天下？项氏何故致失天下？”当有两人起座，同声答道：“陛下平日待人，未免侮慢，不及项羽的宽仁。但陛下使人攻城略地，每得一城，即作为封赏，能与天下共利，所以人人效命，得有天下。项羽妒贤忌能，多疑好猜，战胜不赏功，得地不分利，人心懈体，乃失天下，这便是得失的辨别呢。”高祖听了，瞧着两人，乃是高起、王陵，便笑说道：“公等知一不知二，据我想来，得失原因，须从用人上立说。试想运筹帷幄，决胜千里，我不如子房；镇国家，抚百姓，运饷至军，源源不绝，我不如萧何；统百万兵士，战必胜，攻必取，我不如韩信。这三人系当今豪杰，我能委心任用，故得天下。项羽只有一范增，尚不能用，怪不得为我所灭了!"群臣闻言,各下座拜伏,称为至言。高祖大悦,又令大众归座,续饮多时,兴尽始散。

过了数日,有人入报高祖,说是故齐王田横,避匿海岛,有徒党五百余人,一同居住。高祖不免加忧,即派朝臣,赍了诏书,前往招安。横自被灌婴击败,投奔彭越,见第三十回。留居月余,闻越起兵从汉,自恐被祸,因潜身奔赴东海,寻得一个岛屿,作为枝栖。他本来疏财好士,广结豪侠,此次投奔海岛,有同时随行的,有闻风趋集的,因此人数得五百有余。及汉使到了岛中,交付诏书,由横阅毕,便向汉使说道:"我前时曾烹郦食其,今虽蒙天子赦罪,召令入都,但闻食其弟郦商,方为上将,怎肯不为兄报仇?因此不敢奉诏。"汉使听说,当即告辞,还都复命。高祖道:"这有何妨?横亦不免多虑,"因召入卫尉郦商,当面嘱咐道:"齐王田横,将要来朝,汝不得怀着兄仇,私下陷害!如若有违,罪当夷族。"郦商心虽不服,但未敢辩驳,只好应声退出。高祖再遣原使召横,叫他不必忧惧,且令传谕道:"田横来,大可封王,小亦封侯;倘再违诏不至,朕将发兵加诛,毋贻后悔!"这数语传入横耳,横不得已随使动身,徒党五百余人,俱请相从。横与语道:"我非不愿与诸君同行,惟人数过多,反招疑忌,不如留居此地,听候消息。我若入都受封,自当来召诸君。"大众乃止。横但与门客二人,同了汉使,航海登岸,乘驲赴都。行至尸乡驿,距洛阳约三十里,横顾语汉使道:"人臣入朝天子,应该沐浴表诚,此处幸有驿舍,可许我就馆洗沐否?"汉使不料他有别意,当然应诺,遂入驿小憩,听令沐浴。

横既得避开汉使,密唤二客近前,喟然与语道:"横与汉王皆南面称孤,本不相属,今汉王得为天子,横乃降为亡虏,要去北面朝谒汉帝,岂不可耻!况我曾烹杀人兄,乃欲与伊弟并肩事主,就使他震慑主威,不敢害我,我难道就好无愧么?

汉帝必欲召我，无非欲见我一面，汝可割下我首，速诣洛阳，此去不过三十里，形容尚可相认，不致腐败。我已国破家亡，死也罢了！"二客大惊，方欲劝阻，那知横已拔剑在手，刎颈丧生。总之是不肯降汉。汉使坐在外面，并未闻知，及听到二客哭声，慌忙趋过一看，见二客抚着横尸，正在悲恸。当下问明原委，由二客泣述横言。汉使也觉没法，只好将横首割下，令二客捧着，带同入都，报知高祖。高祖即传令二客入见，二客捧呈横首，高祖约略一瞧，面目如生，尚余英气，不由的叹息道："我知道了！田横等兄弟三人，起自布衣，相继称王，好算是当今贤士。今乃慷慨就死，不肯屈节，可惜可惜！"说罢也为流涕。

二客尚跪在座前，高祖命他起来，各授都尉。二客虽然称谢，却没有甚么喜容，怏怏退出。高祖又遣发士卒二千人，为横筑墓，并令收殓横尸，将首缝上，即用王礼安葬，送窆墓中。二客送至葬处，大哭一场，就在墓旁挖穿二穴，拔剑自刺，仆入穴中。当有人再行报闻，高祖越加惊叹，复遣有司驰诣墓所，出尸棺殓，妥为营葬。

待葬毕报命，高祖道："田横自杀，二客同殉，却是一种异事。但闻得海岛中，尚有五百多人，若统似二客忠贤，为横效死，岂不是一大隐患么？"乃复遣使驰赴海岛，诈称田横已受封爵，特来相招。汉高但知使诈，无怪田横等宁死不降。岛中五百余人，信为真言，一齐起行，同至洛阳。既入汉都，才知横及二客死耗，免不得涕泪交横，遂共至田横墓前，且拜且哭，并凑成一曲《薤露歌》，聊当哀词。歌哭以后，统皆自杀。至今河南省偃师县西十五里，尚存田横墓，就是《薤露歌》，亦流传千古。"薤露"二字的意义，谓人生如薤上露，容易晞灭。后世常称是歌为挽逝歌，这且搁过不提。

且说汉使既与五百人同来，本拟引他入朝，偏五百人自去谒墓，同时殉主，不得不据实入奏。高祖且惊且喜，仍令吏役一律掩埋。继思田横门客，尚且如此忠义，那项王手下的遗将，保不住暗中号召，与我反对，仔细记忆，想到季布、钟离昧二人，嗣复回思睢水战败时，季布追赶甚急，险些儿遭他毒手，现在要将他缉获，醢为肉酱，方足泄恨。因再悬赏千金，购拿季布，如有藏匿不报，罪及三族。这道命令申行出去，那一个不思得赏，那一个还敢窝留。

究竟季布遁往何处？原来是在濮阳周家。周家与季布交好多年，所以将布收留。旋闻汉廷悬赏缉拿，并有罪及三族的厉禁，也不觉慌急起来。当下想出一法，令布薙去头发，套环入颈，伪充髡钳刑犯，引至鲁朱家处，卖做奴仆。髡钳为奴，是秦朝遗制，汉仍之。朱家是个著名大侠，向与周氏相识，明知他不是贩奴，特欲保全此人，有意转托。若非依言收买，怎好算得济困扶危？于是将季布看了一番，问明身价，立即交付，送出周氏，然后再盘问季布数语。季布阅人已多，见他英姿豪爽，与众不同，已料是一位义士，可以求救，因也吞吞吐吐，说了一篇悲婉的吁词。朱家不待说明，便知除季布外，别无他人，因即买置田舍，使布经营，自己扮做商人模样，径往洛阳，替布设法去了。小子有诗赞道：

> 挺身入洛救人危，智勇深沉世独推。
> "游侠传"中膺首席，大名留与后生知。

欲知朱家如何救布，待看下回便知。

韩信身为大将，能挫项王于垓下，而不能防一汉高，前在修武，被夺军符，至定陶驻军，复由汉高驰入军营，片语相传，立取帅印，何其易也！且易齐为楚，仓猝改封，而韩信不能不去，此由汉高能用善谋，操纵有方，故信无从反抗耳。及汜水称尊，信实为劝进之领袖，前此怀疑而不来，后此献媚而不恤，自相矛盾，皆入汉祖之术中，汉祖其真雄主哉！独田横自居海岛，不肯事汉，应诏起行，所以保众，入驿自到，所以全名，至若二客同殉，五百人亦并捐躯，其平日信义之相孚，更可知矣。大丈夫虽忠不烈，视死如归，若田横诸人，其庶几乎！

第三十三回

劝移都娄敬献议　伪出游韩信受擒

却说朱家欲救季布，亲到洛阳，暗想满朝公卿，只滕公夏侯婴一人，颇有义气，尚可进言，乃即踵门求见。夏侯婴素闻朱家大名，忙即延入，彼此晤谈，却是情投意合，相得甚欢。遂将他留住幕下，每日与饮，对酌谈心。朱家畅论时事，娓娓动人，说得夏侯婴非常佩服，越加敬重。乃乘间进言道："仆闻朝廷饬拿季布，究竟季布犯何大罪，须要这般严厉呢？"夏侯婴道："布前时帮着项羽，屡困主上，所以主上必欲捕诛。"朱家道："公视季布为何如人？"夏侯婴道："我闻他素性忠直，倒也是一个贤士。"朱家又道："人臣各为其主，方算尽忠。季布前为楚将，应该为项氏效力，今项氏虽灭，遗臣尚多，难道可一一捕戮么？况主上新得天下，便欲报复私仇，转觉不能容人了。季布无地容身，必将远走，若非北向奔胡，便是南向投粤，自驱壮士，反资敌国，这正从前伍子胥去楚投吴，乞师入郢，落得倒行逆施，要去鞭那平王的遗墓呢！公为朝廷心腹，何不从容进说，为国尽言？"夏侯婴微笑道："君既有此美意，我亦无不效劳。"明人不用细说。朱家甚喜，乃向夏侯婴告别，回至家中，静候消息。

果然不到数旬，便有朝命颁下，赦免季布，叫他入朝见驾。朱家方与季布说明，季布当然拜谢，别了朱家，至洛阳先见滕公。滕公夏侯婴，具述朱家好意，且已代为疏通等情，布称谢后，即随婴入朝，屈膝殿前，顿首请罪。不及田横客多矣。高祖不复加责，但向布说道："汝既知罪前来，朕不多较，可授官郎中。"布谢恩而退。当时一班朝臣，已由夏侯婴说明原委，都说季布能摧刚为柔，朱家能救人到底，两难相并，不愧英雄，其实季布贪生怕死，未足称道，惟朱家救活季布，并不求报，且终身不与布相见，这真叫做豪侠过人呢。褒贬得当。

　　且说布既得官，有一个季布母弟，闻知此信，也即赶至洛阳，来求富贵。看官道是何人？原来就是楚将丁公。见前文。布系楚人，丁公系薛人，《楚汉春秋》云：丁公薛人，名固，或云齐丁公伋支裔，故号丁公。两人本不相关，只因布父早死，布母再醮，乃生丁公，籍贯姓氏虽然不同，究竟是一母所生，故称为季布母弟。他曾在彭城西偏，纵放高祖，早拟入都求见，因恐高祖不念旧情，以怨报德，所以且前且却，未敢遽至。及闻季布遇赦，并得受官，自思布为汉仇，尚且如此，若自己入谒，贵显无疑，乃匆匆驰入洛都，诣阙伺候。殿前卫士，也知他与主有恩，格外敬礼，待至高祖临朝，便即通报。高祖口中，虽嘱令传见，心中却已暗暗筹划。及见丁公趋入，俯伏称臣，便勃然变色，喝令左右卫士，把丁公捆绑起来。丁公连称无罪，并不见睬。卫士等亦暗暗称奇，只因皇帝有命，不敢违慢，只得将丁公两手反剪，牢牢缚定。丁公哭语道："陛下不记得彭城故事么？"高祖拍案怒叱道："我正为了这事，将汝加罪，彼时汝为楚将，奈何纵敌忘忠？"丁公至此，才自知悔，闭目就死，不复多言。求福得祸，可为热中者鉴。高祖又令卫士牵出殿门，徇示军中，且使人传谕道："丁公为项王臣，不肯尽忠；使项王失天下，就是此人！"传谕既遍，复从殿内发出诏旨，立斩丁公。可怜丁公一场高兴，反把性命送脱，徒落得身首两分。刑官事毕复命，高祖且申说道："朕斩丁公，足为后世教忠，免致效尤！"这是汉高祖的狡词，他正因诸将争功，无法处置，故决斩丁公，借以警众。否则项伯来降，何故得封列侯？

正议论间，忽由虞将军入殿，报称陇西戍卒娄敬求见。高祖方有意求才，不问贵贱，已贵者恐反招嫌。且有虞将军带引，料他必有特识，因即许令进谒。虞将军出来召敬，敬褐衣草履，从容趋入。见了高祖，行过了君臣礼，当由高祖命他起立，见敬衣服不华，形貌独秀，便与语道："汝既远来，不免饥馁，现正要午膳了，汝且去就食，再来见朕。"说罢，便令左右引敬就餐。待敬食毕进见，乃问他来意，敬因说道："陛下定都洛阳，想正欲比隆周室么？"高祖点头称是。敬又道："陛下取得天下，与周室不同。周自后稷封邰，积德累仁数百年，至武王伐纣，乃有天下。成王嗣位，周公为相，特营洛邑，无非因地处中州，四方诸侯，纳贡述职，道里相均，故有此举。但有德可王，无德易亡。周公欲令后王嗣德，不尚险阻，非不法良意美，只是隆盛时代，群侯四夷，原是宾服，传到后世，王室衰微，天下莫朝。虽由后王德薄，究竟也是形势过弱，致有此弊。今陛下起自丰沛，卷蜀汉，定三秦，与项羽转战荥阳、成皋间，大战七十次，小战四十次，累得天下人民，肝脑涂地，哭声未绝，疮痍满目，乃欲比隆周室，臣却不敢依声附和，徒事献谀。陛下试回忆关中，何等险固，负山带河，四面可守，就使仓猝遇变，百万人都可立办，所以秦地素称天府，号为雄国。为陛下计，莫如移都关中，万一山东有乱，秦地总可无虞，这所谓扼吭拊背，才可操纵自如哩。"这一席话，惹得高祖心下狐疑，未能遽决，因命娄敬暂退，另召群臣会议。群臣多系山东人氏，不愿再入关中，睽违乡里，当即纷纷争议，说是周都洛阳，传国至数百年，秦都关中，二世即亡，洛阳东有成皋，西有崤黾，背河向洛，险亦足恃，何必定都关中？

高祖听着众论，越弄得没有把握，想了多时，还是去召那足智多谋的张子房，商量可否，方能定夺。原来张良佐汉成功，志愿已足，遂学导引吐纳诸术，不甚食谷，并且杜门不出，谢绝交游。尝自语道："我家累世相韩，韩为秦灭，故不惜重金，替韩复仇。今暴秦已亡，汉室崛兴，我但靠着三寸舌，为帝王师，自问也应知足，愿从此不问世事，得从赤松子游，方足了我一生！"此乃张子房设词，看者莫被瞒过。话虽如此，高祖怎肯听他谢职？不过许令休养，有事仍要入朝。此时为了都城问题，便即遣人宣召。张良不便怠慢，只好应命入见。高祖遂将娄敬所陈，及群臣议论，具述一遍，命良折中裁决。良答道："洛阳虽有险阻，但中区狭小，不过数百里平原，田地又甚瘠薄，四面受敌，究非用武的地方。若关中左有崤函，右有陇蜀，三面据险，一面东临诸侯，诸侯安定，可由河、渭运漕，西给京师；诸侯有变，顺流而下，征发不烦，运输亦便，昔人所谓金城千里，诚非虚言！娄敬所说，不为无见，请陛下决议施行。"高祖接入道："子房以为可行，朕就依议便了。"当下择日移都，命有司整备行装，不得迟延。百官虽然不愿，也只得遵旨办理。忙碌了好几天，期限已届，即排齐仪仗，摆好法驾，请高祖登程。高祖奉着太公及后妃、太子等出宫就辇，向西进发，文武百官，统皆随行。

好容易到了栎阳，丞相萧何，当然接驾。高祖与谈迁都事宜，萧何道："秦关雄固，形势最佳，惟自项羽入关以后，咸阳宫统被毁去，就使剩下几间屋宇，也是残缺不完，陛下只好暂住栎阳，俟臣往修宫室，从速竣工，方好迁居呢。"高祖乃就栎阳住下，使萧何西入咸阳，监修宫阙，何领命自去。

忽有一个警报，从北方传到，乃是燕王臧荼，公然造起反来。是诸侯中第一个造反。高祖大怒道："臧荼本无大功，我因他见机投降，仍使王燕，他不知感恩，反敢叛我。我当亲征便了！"于是部署人马，克日备齐，星夜趱程，突入燕境。臧荼方议出兵，不料汉军已至，且由高祖督兵亲来，正是迅雷不及掩耳，急得脚忙手乱，魄散魂驰。燕地居民，又皆厌乱思治，不服臧荼。臧荼没法，只得冒险一战，胁同部兵，出了蓟城，迎敌汉军。两下里战不数合，燕兵已皆溃散，臧荼也只好逃回。高祖麾兵大进，把蓟城四面围住。城中兵民懈体，单靠着臧荼父子两人，如何济事？勉强支持了三五天，即被汉兵攻入。臧荼不及逃走，竟为所擒，惟荼子臧衍，开了北门，微服走脱，投奔匈奴去了。为下文诱叛卢绾伏案。高祖既得擒住臧荼，把他枭了首级，悬示燕民，燕民自然降顺，燕地遂平。

高祖因欲另立燕王，诏命将相列侯，公选一人，暗中却密嘱心腹遍告大众，叫他保荐太尉卢绾。绾与高祖同里，向属世交，又与高祖同日诞生，少同学，长同游，很见亲爱。高祖起兵，绾即相从，后来受官太尉，出入高祖卧室，不必避嫌，一切衣食赏赐，格外从优，就是萧何、曹参等人，都不能及。但绾才不过平庸，连岁从军，也没有多少功绩，只与刘贾往攻江陵，总算把共尉擒回，稍著战功。事见前回。此次高祖出讨臧荼，绾亦随着，有了两番微劳，高祖遂欲假公济私，想将绾抬举上去，封他为王。惟表面上不得不令大众推举，暗地里却又不得不代为疏通，方好玉成此事。好算一番苦心，那知他后来变卦。大众明知卢绾不配封王，无如主上偏爱卢绾，乐得将顺了事，遂一齐复旨，只说太尉卢绾，随从征战，所向有功，应请立为燕王。高祖遂留卢绾守燕，加了燕王的封册，自率大兵西归。

谁知一波才平，一波又起，降将颍川侯利几，又复逆命。因复移师东征，直抵颍川。利几本是楚臣，为陈县令，项羽败亡，乃举城降汉，受封颍川侯。颍川系一座小城，如何挡得住大兵？也是利几命运该绝，忽生叛志，遂致汉兵一到，城即陷落。好好一个吃饭家伙，随着刀锋，向地上滚了一转，寂静无声了。妙语解颐。

　　未几已是汉朝第六年，高祖还至洛阳，元旦受贺，宴集群臣，不劳细表。闲暇无事，想起项氏遗臣，尚有一个钟离眛，至今未获，却是可忧。乃复申令通缉，务获到案。未几有人通风报信，谓钟离眛避居下邳，由楚王韩信收留。高祖闻言，不觉失色，他本恐韩信为乱，屡次加防，此次又添了一个钟离眛，居信幕下，怎得不惊，乃亟派使赍诏晓谕韩信，令拿送钟离眛入都。眛与信同为楚人，素来相识，此时穷蹙无归，确是投依韩信。信顾念旧情，权令居住，及接到高祖诏书，仍不忍将眛献出，只托言眛未到此，当饬吏查缉云云。使臣如言返报，高祖似信未信，总难放怀，因此潜派干吏，驰向下邳附近，探察虚实。适值韩信出巡，车马喧阗，前后护卫，不下三五千人，声势很是威赫。侦吏遂援为话柄，密奏高祖，说信已有叛意。

　　高祖忙召集诸将，询问对信方法，诸将各摩拳擦掌，跃然有声，齐向高祖进言道："竖子造反，但教天兵一至，便可就擒！"莽夫漫语。高祖默然不答，诸将转觉扫兴，陆续退出。可巧陈平进见，高祖便向他问计。陈平料知韩信未反，只未便替信辩护，但答称事在缓图，不宜欲速。高祖着急道："这事如何从缓？汝总要为朕设法呢！"陈平道："诸将所说如何？"高祖道："都要我发兵往讨。"陈平接口道："陛下如何晓得韩信谋反？"高祖道："已有人密书奏报，谋反属实。"平又道："除有人上书外，有无别人知信反状？"高祖道："这却未曾闻得，想尚没人知晓。"平又道："信可晓得有人奏报否？"高祖又答言未知。平复问道："陛下现有的士卒，能否胜过楚兵？"高祖摇首道："不能！"平又道："陛下如欲用兵，必须遣将，今诸将中有能及韩信否？"高祖又连称不及。平接说道："兵不能胜楚，将又不及信，若突然起兵往击，激成战事，恐信不反亦反了。臣以为陛下此举，未必万全。"高祖皱眉道："这却如何是好？"平踌躇多时，才进陈一策道："古时天子巡狩，必大会诸侯。臣闻南方有云梦泽，向称形胜，陛下但云出游云梦，遍召诸侯，会集陈地，陈与楚西境相接，韩信既为楚王，且闻陛下无事出游，定然前来谒见，趁他谒见的时候，只需一二武夫，便好将信拿下，这岂不是唾手可得么？"相传陈平此策，为六出奇计之一，计非不奇，可惜尚诈！高祖大喜道："妙计！妙计！"当下遣使四出，先向各国传诏，谓将南游云梦，令诸侯会集陈地。诸侯王怎知有诈？一律应命。

惟韩信得了使命，不免动疑，他被高祖两夺兵符，已晓得高祖多诈，格外留心。既知预防，何必收留钟离昧，又何必陈兵出巡。此次驾游云梦，令诸侯会集陈地，更觉得莫名其妙。惟陈、楚地界毗连，应该先去迎谒，但又恐有不测情事，意外惹祸，因此迟疑莫决。将佐等见他纳闷，意欲代为解忧，因贸然进言道："大王并无过失，足招主忌，惟收留钟离昧一人，不免违命，今若斩昧首级，持谒主上，主上必喜，还有何忧！"信听了此言，很觉有理，便延入钟离昧，模模糊糊的说了数语。昧听他言中寓意，且面目上含有怒容，不似从前相待，因即出言探试道："公莫非虑昧在此，得罪汉帝么？"信略略点首，昧又道："汉所以不来攻楚，还恐昧与公相连，同心抗拒；若执昧献汉，昧今日死，公亦明日亡了！"一面说，一面瞧着信面仍然如故。乃起座骂信道："公系反复小人，我不合误投至此！"说着，即拔剑自杀。信见昧已刎死，乐得割下首级，带了从骑数人，径至陈地，谒候高祖。

高祖既派出使臣，不待返报，便自洛阳启行，直抵陈地。韩信已守候多时，一见御跸前来，便伏谒道旁，呈上钟离昧首级。但听高祖厉声道："快与我拿下韩信！"话未说完，已有武士走近信旁，把信反绑起来。信不禁惊叹道："果如人言，狡兔死，走狗烹，高鸟尽，良弓藏，敌国破，谋臣亡，天下已定，我固当烹。"高祖听着，嗔目语信道："有人告汝谋反，所以拘汝。"信也不多辩，任他缚置后车。高祖已得逞计，还要会集甚么诸侯，遂复颁诏四方，托词韩信谋叛，无暇往游云梦，各诸侯王不必来会。此诏一传，即带着韩信，仍由原路驰回洛阳。小子曾记得古诗云：

筑坛拜将成何济？破楚封王事已虚。
堪叹韩侯知识浅，何如范蠡五湖居！

究竟韩信如何发落，容待下回说明。

都洛阳，原不如都关中，娄敬之说是矣。然必谓关中险固，可无后忧，则又何解于嬴秦之亡？然则有国家者，仍在尚德，德足服人，天下自治，徒恃险阻无益也。高祖释季布而斩丁公，后世以劝忠称之，实则未然。夫以直报怨，以德报德，乃圣人不偏之至论。季布可赦也，赦之不失为直；丁公可赏也，执而杀之，背德实甚！如谓丁公事楚不忠，罪无可逭，则项伯早在应诛之列，一封一诛，何其背谬若此！要之汉高为当时雄主，一生举措，专喜诡谲，出人意外，释季布而斩丁公，正其所以示人不测也。厥后伪游云梦，诱擒韩信，虽由陈平之进策，实自高祖之好猜。信未尝反，而诬之以反，即斩丁公之谲谋耳。雄主寡恩，其信然乎！

第三十四回

序侯封优待萧丞相　定朝仪功出叔孙通

却说高祖诱执韩信，还至洛阳，乃大赦天下，颁发诏书。大夫田肯进贺道："陛下得了韩信，又治秦中，秦地带河阻山，地势雄踞，东临诸侯，譬如高屋建瓴，由上向下，沛然莫御，所以秦得百二，二万人可当诸侯百万人。还有齐地，濒居海滨，东有琅琊、即墨的富饶，南有泰山的保障，西有浊河即黄河。的制限，北有渤海的利益，地方二千里，也是天然生就的雄封，所以齐得十二，二万人可当诸侯十万人。这乃所谓东西两秦呢。陛下自都秦中，更须注重齐地，若非亲子亲弟，不宜使为齐王，还望陛下审慎后行！"高祖恍然有悟道："汝言甚善，朕当依从。"田肯乃退，群臣在旁听着，总道高祖即日下令，封子弟为齐王。不意齐王的封诏，并未颁下，那赦免韩信的谕旨，却传递出来。大众才知田肯所言，不是徒请分封子弟，并且寓有救免韩信的意思。韩信第一次功劳，是定三秦，第二次功劳，就是平齐，田肯不便明说，却先将韩信提出，再把齐秦形胜，略说一遍，叫高祖自去细思。高祖却也乖觉，便随口称善，且思韩信功多过少，究未曾明露反状，若把他下狱论刑，必滋众议。因此决意赦免，但降封韩信为淮阴侯。叙出田肯、高祖两人的微意，心细似发。

信既遇赦，不得不入朝谢恩。及退回寓邸，时常怏怏不乐，托疾不朝。高祖已夺他权位，料无能为，因也不再计较。

惟功臣尚未封赏，诸将多半争功，聚讼不休，高祖不得不选出数人，封为列侯，约略如下：

萧何封酂侯，	曹参封平阳侯，	周勃封绛侯，
樊哙封舞阳侯，	郦商封曲周侯，	夏侯婴封汝阴侯，
灌婴封颍阴侯，	傅宽封阳陵侯，	靳歙封建武侯，
王吸封清阳侯，	薛欧封广严侯，	陈婴封堂邑侯，
周緤封信武侯，	吕泽封周吕侯，	吕释之封建成侯，
孔熙封蓼侯，	陈贺封费侯，	陈豨封阳夏侯，
任敖封曲阿侯，	周昌封汾阴侯，即周苛从弟。	
王陵封安国侯，	审食其封辟阳侯。	

还有张良、陈平，久参帷幄，功在赞襄，高祖特将张良召入，使自择齐地三万户。良答说道："臣在下邳避难，闻陛下起兵，乃至留邑相会，这是天意举臣授陛下。陛下听用臣谋，幸得有功，今但赐封留邑，臣愿已足，怎敢当三万户呢？"高祖乃封良为留侯，良拜谢而退。嗣又召入陈平，因陈平为户牖乡人，就封他为户牖侯。平拜让道："这不是臣的功劳，请陛下另封他人。"高祖道："我用先生计划，战胜攻取，为何不得言功？"平答说道："臣若非魏无知，怎得进事陛下？"高祖嘉叹道："汝可谓不忘本了！"乃传见无知，特赐千金，且令平仍然受封。平与无知一同谢恩，然后退出。良、平两人，毕竟聪明。

一班有功战将，看到张良、陈平俱得封侯，心下已有些不服，暗想两人有谋无勇，也受荣封，真是万幸！但赏虽溢功，总还说得过去。独有萧何安居关中，毫无殊绩，反将他封为酂侯，食邑独多，究竟什么理由？因即约同进见，齐向高祖质问道："臣等披坚执锐，亲临战阵，多至百余战，少亦数十战，九死一生，才得邀受恩赐。今萧何并无汗马功劳，徒弄文墨，安坐论议，如何赏赐独隆，出臣等上？臣等不解，还请陛下明示！"高祖道："诸君亦知田猎否？追杀兽兔，靠着猎狗，发纵指示，靠着猎夫。诸君攻城克敌，却与猎狗相似，徒然取得几只走兽罢了。萧何能发纵指示，使猎狗逐取兽兔，这正可比得猎夫。据此看来，诸君不过功狗，萧何却是功人！况且萧何举族相随，多至数十人，试问诸君从我，能有数十人么？我所以重赏萧何，愿诸君勿疑！"诸将才不敢再言，惟心中总还未惬。后来排置列侯位次，高祖又欲举何为首，诸将慌忙进言道："平阳侯曹参，攻城略地，功劳最多，宜就首位。"高祖不觉沉吟，正想设词谕答，凑巧有一谒者官名。鄂千秋，出班发议道："平阳侯曹参，虽有攻城略地的功劳，究不过是一时的战绩，回忆主上与楚相争，先后共历五年，丧师失众，屡致败北，亏得萧何居守关中，遣兵补缺，输粮济困，才得转危为安，这乃是功传万世，比众不同。臣意以为少百曹参，汉尚无患，失一萧何，汉必无成，奈何欲将一时战绩，掩盖万世丰功！今当以萧何为第一，次属曹参。"高祖喜顾左右道："如鄂君言，才算公平。因即命萧何列第一位，特赐他剑履上殿，入朝不趋。一面又褒奖千秋，谓进贤应受上赏，加封千秋为安平侯。"迎合上意，究竟取巧。诸将拗不过高祖，纷纷趋退。高祖返入内殿，又想起从前时事，由泗上赴咸阳，别人各送钱三百，惟萧何送钱五百，赆仪独厚，现在我为天子，应该特别酬报，遂又加赏何食邑二千户，并封何父母兄弟十余人。二百钱得换食邑二千户，真好一种大交易。

诸将虽不免私议，但究竟与何无仇，倒也含忍过去。惟韩信曾做过大帅，所有许多战将，统皆隶属麾下，不意世事变迁，升降无定，前时部将，多得封侯，自己亦不过一个侯爵，反要与他称兄道弟，真正冤苦得很。一日闷坐无聊，乃乘着轻车，出外消遣。一路行来，经过舞阳侯樊哙宅门，本意是不愿进去，偏被樊哙闻知，连忙出来迎接，执礼甚恭，仍如前时在军时候，向信跪拜，自称臣仆。且语信道："大王乃肯下临臣家，真是荣幸极了！"韩信至此，自觉难以为情，不得不下车答礼，入门小坐，略谈片刻，便即辞出。哙恭送出门，俟信登车，方才返入。信不禁失笑道："我乃与哙等为伍么？"说着，匆匆还邸。嗣是更深居简出，免得撞见众将，多惹愁烦。何不挂冠归休？这且慢表。

　　且说高祖既封赏功臣，复记起田肯计议，要将子弟分封出去，镇抚四方。将军刘贾，系是高祖从兄，随战有功，应该首先加封。次兄仲与少弟交，更是同父所生，亦应畀他封土，列为屏藩。乃分楚地为二国，划淮为界，淮东号为荆地，就封贾为荆王；淮西仍楚旧称，便封交为楚王。代地自陈余受戮，久无王封，因将仲封为代王。齐有七十三县，比荆、楚、代地方阔大，特将庶长子肥，封为齐王，即用曹参为齐相，佐肥同去。分明是存着私见。于是同姓诸王，共得四国。惟从子信不得分封，留居栎阳。后来太公说及，还疑是高祖失记，高祖愤然说道："儿并非忘怀，只因信母度量狭小，不愿分羹，儿所以尚有余恨呢。"事见第一一回。阿嫂原是器小，阿叔亦非真大度。太公默然无言。高祖见父意未惬，乃封信为羹颉侯。号为羹颉，始终不肯释嫌。看官试想，高祖对着侄儿，还是这般计较，不肯遽封。他如从征诸将，岂止二三十人，前此萧何等得了侯封，无非因他亲旧关系，多年莫逆，所以特加封赏。此外未曾邀封，尚不胜数。大众多半向隅，免不得互生嗟怨，隐有违言。

　　一日，高祖在洛阳南宫，徘徊瞻顾，偶从复道上望将出去，见有一簇人聚集水滨，沿着沙滩，接连坐着，身上统是武官打扮，交头接耳，不知商量何事。一时无从索解，只好再去宣召张良，代为解决。待至张良到来，便与良述及情形。良毫不筹思，随口答道："这乃是相聚谋反呢！"一鸣惊人。高祖愕然道："为何谋反？"良解说道："陛下起自布衣，与诸将共取天下，今所封皆故人亲爱，所诛皆平生私怨，怎得不令人疑畏呢！疑畏一生，必多顾虑，恐今日未得受封，他日反致受戮，彼此患得患失，所以急不暇择，相聚谋反了。"高祖大惊道："事且奈何？"良半晌才道："陛下平日，对着诸将，何人最为憎嫌？"高祖道："我所最恨的就是雍齿。我起兵时，曾叫他留守丰邑，他无故降魏，由魏走赵，由赵降张耳。张耳遣令助我攻楚，我因天下未平，转战需人，不得已将他收录。及楚为我灭，又不便无故加诛，只得勉强容忍，想来实是可恨呢！"雍齿数年行迹，正好借口叙过。良急说道："速封此人为侯，方可无虞。"高祖惟良是从，就使不愿封他，也只好权从办理。越宿在南宫置酒，宴会群臣，面加奖励。及宴毕散席，竟传出诏命，封雍齿为什邡侯。雍齿更喜出望外，疾趋入谢；就是未得封侯的将吏，亦皆喜跃道："雍齿且得封侯，我辈还有何虑呢？"不出张良所料。嗣是相安无事，不复生心。高祖闻着，自然喜慰。

转眼间已是夏令，高祖居洛多日，忆念家眷，因启跸回至栎阳，省视太公。太公是个乡间出身，见了高祖，无非依着家常情事。高祖守着子道，每朝乃父，必再拜问安，且酌定五日一朝，未尝失约，总算是孝思维则的意思。独有一侍从太公的家令，见高祖即位已久，如何太公尚无尊号，急切又不便明言，乃想出一法，进向太公说道："皇帝虽是太公的儿子，究竟是个人主；太公虽是皇帝的父亲，究竟是个人臣，奈何令人主拜人臣呢！"太公闻所未闻，乃惊问家令，须用何种礼仪，家令教他拥彗迎门，才算合礼。太公便即记着，待至高祖入朝，急忙持帚出迎，且前且却。高祖大为诧异，慌忙下车，扶住太公。太公道："皇帝乃是人主，天下共仰，为何为我一人，自乱天下法度呢。"高祖猛然省悟，心知有失，因将太公扶入，婉言盘问。太公朴实诚悫，就把家令所言，详述一遍。高祖也不多说，辞别回宫，即命左右取出黄金五百斤，叫他赏给太公家令。一面使词臣拟诏，尊太公为太上皇，订定私朝礼仪。于是太公得坐享尊荣，不必拥篲迎门了。高祖称帝逾年，尊母忘父，全是不学无术，何张良等亦未闻入请？可见良等不过霸佐，未足称为帝佐。

　　但太公生平，喜朴不喜华，爱动不爱静，从前乡里逍遥，无拘无束，倒还清闲自在，偏做了太上皇，受了许多束缚，反比不得居乡时候，可以随便游行，因此常提及故乡，有意东归。乡村风味原比皇都为胜，可惜俗子凡夫，未能解此！高祖略有所闻，且见太公多虑少乐，也已瞧透三分，乃使巧匠吴宽，驰往丰邑，把故乡的田园屋宇，绘成图样，携入洛阳，就择栎阳附近的骊邑地方，照样建筑。竹篱茅舍，容易告成。复由丰邑召入许多父老，及妇孺若干人，散居是地，乃请太上皇暇时往游，与父老等列坐谈心，不拘礼节，太上皇才得言笑自如，易愁为乐。这也未始非曲体亲心，才有此举呢。不没孝思。高祖又名骊邑为新丰，垂为纪念。事且慢表。

　　且说高祖既安顿了太上皇，复想到一班功臣，举止粗豪，全然没有礼法，起初是嫉秦苛禁，改从简易，不料删繁就简，反生许多弊端，有功诸将，任意行动，往往入宫宴会，喧语一堂，此夸彼竞，张大己功，甚至醉后起舞，大呼大叫，拔剑击柱，闹得不成样子。似此野蛮举动，若再不加禁止，朝廷将变作吵闹场，如何是好！可巧有个薛人叔孙通，是秦朝博士出身，辗转归汉，仍为博士，号稷嗣君。平时素务揣摩，能伺人主喜怒，遂乘间入见道："儒生难与进取，可与守成，现在天下已定，朝仪不可不肃，臣愿往鲁征集儒生，及臣所有的弟子，并至都中，讲习朝仪。"高祖道："朝仪要改定，但恐礼繁难行。"叔孙通道："臣闻五帝不同乐，三王不同礼，务在因时制宜，方可合用。今请略采古礼，与前秦仪制，折中酌定，想不致繁缛难行了。"高祖道："汝且去试办，总教容易举行，便好定夺。"

通受命而出，当即启行至鲁，招集了二三十个儒生，嘱使随行入都，共定朝仪。各儒生乐得攀援，情愿相随，独有两生不肯同行，且当面嘲笑道："公前事秦，继事楚，后复事汉，历事数主，想都是曲意奉承，才得这般宠贵。今天下粗定，死未尽葬，伤未尽复，乃欲遽兴礼乐，谈何容易！古来圣帝明王，必先积德百年，然后礼乐可兴，公不过借此献谀罢了。我两人岂肯学公，请公速行，毋得污我！"可谓庸中佼佼。叔孙通被他一嘲，强颜为笑道："汝两人不知世务，真是鄙儒。"乃随他自便，但与愿行诸儒生，返回原路。又从薛地招呼弟子百余人，同至栎阳，先将朝仪大略，公同商定，逐条开明。嗣且实地练习，往就郊外旷地，拣一宽敞场所，与众演礼。惟因朝仪本旨，是在朝上举行，理应由侍臣到场，亲自学习，方免错误，乃奏闻高祖，请拨选左右文吏若干名，至演礼场观习仪文。高祖当然依言，即派文吏数十人，随通前去。

大众到了郊外，已有人在场铺设，竖着许多竹竿，当做位置的标准，又用绵线搓成绳索，横缚竹竿上面，就彼接此，分划地位，再把剪下的茅草，捆缚成束，一束一束的植立起来，或在上面，或在下面，作为尊卑高下的次序。这个名目，可叫做绵蕝习仪。布置已定，然后使侍臣儒生弟子等，权充文武百官，及卫士禁兵，依着草定的仪注，逐条演习，应趋即趋，应立即立，应进即进，应退即退，周旋有序，动作有规，好容易习了月余，方觉演熟。当由叔孙通入朝，请高祖亲出一观，高祖便即往视，但见诸人演习的礼仪，无非是尊君抑臣，上宽下严。<small>两语括尽。</small>便欣然语通道："我能为此，尽可照行。"语罢回宫，又颁诏群臣，令各赴演礼场观礼，准于次年岁首举行。

未几已秋尽冬来，例当改岁。<small>仍沿秦制。</small>巧值萧何驰奏到来，报称长乐宫告成。长乐宫就是秦朝的兴乐宫，萧何监工修筑，已经告竣。高祖正好凑便，遂至长乐宫过年。未几为汉朝七年元旦，各国诸侯王与大小文武百官，均诣新宫朝贺。天色微明，便有谒者官<small>名见前。</small>待着，见了诸侯群臣，当即依次引入，序立东西两阶。殿中早陈列仪仗，非常森严。卫官张旗，郎中执戟，左右分站，夹陛对楹。大行官<small>名。</small>肃立殿旁，计有九人，职司传命，迎送宾客。待至高祖乘辇出来，卫官郎中，交声传警，纠伤百官。高祖徐徐下辇，南面升坐，方由大行传呼出来，令诸侯王、丞相列侯以下，逐班进见。诸侯王、丞相列侯等，趋跄入殿，一一拜贺；高祖不过略略欠身，便算答礼，大行复传语平身，大众才敢起身趋退，仍归位次站立。于是分排筵宴，称为法酒。高祖就案宴饮，余人分席侍宴，旁立御史数人，注意监察，众皆屈身俯首，莫敢失仪，并且不敢擅饮，须按着尊卑次第，捧觞上寿，然后方得各饮数卮。酒至九巡，谒者便进请罢席，偶有因醉忘情，略略欠伸，便被御史引去，不准再坐，因此盈廷肃静，与前时宴会状态，大不相同。及大众谢宴散归，高祖亦退入内廷，不由的大喜道："我今日方知皇帝的尊贵了！"正是：

拔剑酣歌成往事，肃班就序睹新仪。

高祖既大喜过望，当然要重赏叔孙通。欲知通得何赏赐，且待下回再详。

功人、功狗之喻，不为无见，但必譬诸将为狗马，亦未免拟于不伦。子舆氏谓君之视臣如犬马，则臣视君如国人，高祖未能知比，徒以犬马视功臣，无惑乎沙中偶语，臣下不安，反侧者且四起也。况封同姓而忌异姓，全出私情，尊生母而忘生父，几亏子道，绳以修齐治平之大法，有愧多矣，何足与语王者之礼乐平？叔孙通揣摩求合，欲起朝仪，徒以绵蕞从事，贻讥后世；而高祖反喜出望外，叹为皇帝之贵，及今始知。夸外观而失真意，乌足制治？此鲁两生之所以不肯从行，而名节独高千古也。

第三十五回

谋弑父射死单于　求脱围赂遗番后

却说叔孙通规定朝仪，适合上意，遂由高祖特别加赏，进官奉常，官名。赐金五百斤。通入朝谢恩，且乘机进言道："诸儒生及臣弟子，随臣已久，共起朝仪，愿陛下俯念微劳，各赐一官。"高祖因皆授官为郎。通受金趋出，见了诸生，便悉数分给，不入私囊。诸弟子俱喜悦道："叔孙先生，真是圣人，可谓确知世务了！"原来叔孙通前时归汉，素闻高祖不喜儒生，特改着短衣，进见高祖，果得高祖欢心，命为博士，加号稷嗣君。他有弟子百余人，也想因师求进，屡托保荐，通却一个不举，反将乡曲武夫，荐用数人，甚至盗贼亦为先容。诸弟子统皆私议道："我等从师数年，未蒙引进，却去抬举一班下流人物，真是何意？"叔孙通得闻此语，乃召语弟子道："汉王方亲冒矢石，争取天下，试问诸生能相从战斗否？我所以但举壮士，不举汝等，汝等且安心待着，他日有机可乘，自当引用，难道我真忘记么？"诸弟子才皆无语，耐心守候。待至朝仪订定，并皆为官，然后感谢师恩，方知师言不谬，互相称颂。有其师，必有其弟，都是一班热中客。这且搁过不提。

且说长城北面的匈奴国，前被秦将蒙恬逐走，远徙朔方。见前文。至秦已衰灭，海内大乱，无暇顾及塞外，匈奴复逐渐南下，乘隙窥边。他本号国王为单于、王后为阏氏。音烟支。此时单于头曼，亦颇勇悍，长子名叫冒顿，音墨特。悍过乃父，得为太子。后来头曼续立阏氏，复生一男，母子均为头曼所爱。头曼欲废去冒顿，改立少子，乃使冒顿出质月氏，冒顿不得不行。月氏居匈奴西偏，有战士十余万人，国势称强。头曼阳与修和，阴欲进攻，且好使他杀死冒顿，免留后患。因此冒顿西去，随即率兵继进，往击月氏。月氏闻头曼来攻，当然动怒，便思执杀冒顿。冒顿却先已防着，暗中偷得一马，夤夜逃归。头曼见了冒顿，不禁惊讶，问明底细，却也服他智勇，使为骑将，统率万人，与月氏战了一仗，未分胜负，便由头曼传令，收兵东还。

冒顿回入国中，自知乃父此行，并非欲战胜月氏，实是陷害自己，好教月氏杀毙，归立少弟。现在自己幸得逃回，若非先发制人，仍然不能免害。乃日夕踌躇，想出一条驭众的方法，先将群人收服，方可任所欲为。主意已定，遂造出一种骨箭，上面穿孔，使他发射有声，号为鸣镝，留作自用。惟传语部众道："汝等看我鸣镝所射，便当一齐射箭，不得有违，违者立斩！"部众虽未知冒顿用意，只好一齐应令。冒顿恐他阳奉阴违，常率部众射猎，鸣镝一发，万矢齐攒，稍有迟延，立毙刀下。部众统皆知畏，不敢少慢。冒顿还以为不足尽恃，竟将好马牵出，自用鸣镝射马，左右亦皆竞射，方见冒顿喜笑颜开，遍加奖励。嗣复看见爱妻，也用鸣镝射去，部众不能无疑，只因前命难违，不得不射。有几个多心人还道是冒顿病狂，未便动手，那知被冒顿察出，竟把他一刀杀死。从此部众再不敢违，无论甚么人物，但教鸣镝一响，无不接连放箭。头曼有好马一匹，放在野外，冒顿竟用鸣镝射去。大众闻声急射，箭集马身，差不多与刺猬相似，冒顿大悦。复请头曼出猎，自己随着马后，又把鸣镝注射头曼，部众也即同射。可怜一位匈奴国王，无缘无故，竟死于乱箭之下！虽由头曼自取，然胡人之不知君父，可见一斑。冒顿趁势返入内帐，见了后母少弟，一刀一个，均皆劈死。且去寻杀头曼亲臣，复剁落了好几个头颅，冒顿遂自立为单于，国人都怕他强悍，无复异言。

惟东方有东胡国，向来挟众称强，闻得冒顿弑父自立，却要前来寻衅。先遣部目到了匈奴，求千里马。冒顿召问群臣，群臣齐声道："我国只有一匹千里马，乃是先王传下，怎得轻畀东胡？"冒顿摇首道："我与东胡为邻，不能为了一马，有失邻谊，何妨送给了他。"说着，即令左右牵出千里马，交与来使带去。不到数旬，又来了一个东胡使人，递上国书，说是要将冒顿的宠姬，送与东胡王为妾。冒顿看罢，传示左右，左右统发怒道："东胡国王，这般无礼，连我国的阏氏，都想要求，还当了得！请大单于杀了来使，再议进兵。"冒顿又摇首道："他既喜欢我的阏氏，我就给与了他，也是不妨。否则，重一女子，失一邻国，反要被人耻笑了！"全是骄兵之计，可惜戴了一顶绿头巾。当下把爱姬召出，也交原使带回。又过了好几月，东胡又遣使至匈奴来索两国交界的空地，冒顿仍然召问群臣。群臣或言可与，或言不可与，偏冒顿勃然起座道："土地乃国家根本，怎得与人？"一面说，一面喝使左右，把东胡来使，及说过可与的大臣，一齐绑出，全体诛戮。待左右献上首级，便披了戎服，一跃上马，宣谕全国兵士，立刻启行，往攻东胡，后出即斩。匈奴国人，原是出入无常，随地迁徙，一闻主命，立刻可出。当即浩浩荡荡，杀奔东胡。

东胡国王得了匈奴的美人良马，日间驰骋，夜间偎抱，非常快乐。总道冒顿畏他势焰，不敢相侵，所以逐日淫佚，毫不设备。蓦闻冒顿带兵入境，慌得不知所措，仓猝召兵，出来迎敌。那冒顿已经深入，并且连战连败，无路可奔，竟被冒顿驱兵围住，杀毙了事。所有王庭番帐，捣毁净尽，东胡人畜，统为所掠，简直是破灭无遗了。未知匈奴阏氏是否由冒顿带归。冒顿饱载而归，威焰益张。复西逐月氏，南破楼烦、白羊，乘胜席卷，把蒙恬略定的散地，悉数夺还，兵锋直达燕、代两郊。

直至汉已灭楚，方议整顿边防，特使韩王信移镇太原，控御匈奴。韩王信引兵北徙，既已莅镇，又表请移都马邑，实行防边。高祖本因信有材勇，特地调遣，及接到信表，那有不允的道理？信遂由太原转徙马邑，缮城掘堑。甫得竣工，匈奴兵已蜂拥前来，竟将马邑城围住。信登城俯视，约有一二十万胡骑，自思彼众我寡，如何抵敌？只好飞章入关，乞请援师。无如东西相距，不下千里，就使高祖立刻发兵，也不能朝发夕至。那冒顿却麾众猛扑，甚是厉害。信恐城池被陷，不得已一再遣使，至冒顿营求和。和议虽未告成，风声却已四达，汉兵正奉遣往援，行至中途，得着韩王求和消息，一时不敢遽进，忙着人报闻高祖。高祖不免起疑，亟派吏驰至马邑，责问韩王，为何不待命令，擅向匈奴求和？韩王信吃了一惊，自恐得罪被诛，索性把马邑城献与匈奴，愿为匈奴臣属。何无志气乃尔！冒顿收降韩王信，令为向导，南逾勾注山，直攻太原。

警报与雪片相似，飞入关中，高祖遂下诏亲征，冒寒出师。时为七年，冬十月中。猛将如云，谋臣如雨，马步兵共三十二万人，陆续前进。前驱行至铜鞮，适与韩王信兵相值，一场驱杀，把信赶走，信将王喜，迟走一步，做了汉将的刀头血。信奔还马邑，与部将曼邱臣、王黄等，商议救急方法。两人本系赵臣，谓宜访立赵裔，笼络人心。信已无可奈何，只得听了两人的计议，往寻赵氏子孙。可巧得了一个赵利，便即拥戴起来。好好的国王不愿再为，反去拥戴他人，真是呆鸟。一面报达冒顿，且请出兵援应。冒顿在上谷闻报，便令左右贤王，引兵会信。左右贤王的称号，乃是单于以下最大的官爵，仿佛与中国亲王相似。两贤王带着铁骑万人，与信合兵，气势复盛，再向太原进攻。到了晋阳，偏又撞着汉兵，两下交战，复被汉兵杀败，仍然奔回。汉兵追至离石，得了许多牲畜，方才还军。

　　会值天气严寒，雨雪连宵，汉兵不惯耐冷，都冻得皮开肉裂，手缩足僵，甚至指头都堕落数枚，不胜困苦。高祖却至晋阳住下，闻得前锋屡捷，还想进兵，不过一时未敢冒险，先遣侦骑四出，往探虚实，然后再进。及得侦骑返报，统说冒顿部下，多是老弱残兵，不足深虑，如或往攻，定可得胜。高祖乃亲率大队，出发晋阳。临行时又命奉春君刘敬，再往探视，务得确音。这刘敬原姓是娄，就是前时请都关中的戍卒，高祖因他议论可采，授官郎中，赐姓刘氏，号奉春君。回应三十三回。此时奉了使命，当然前往。

　　高祖麾兵继进，沿途遇着匈奴兵马，但教呐喊一声，便把他吓得乱窜，不敢争锋，因此一路顺风，越过了勾注山，直抵广武。却值刘敬回来复命，高祖忙问道："汝去探察匈奴情形，必有所见，想是不妨进击哩。"刘敬道："臣以为不宜轻进。"高祖作色道："为何不宜轻进？"敬答道："两国相争，理应耀武扬威，各夸兵力，乃臣往探匈奴人马，统是老弱瘦损，毫无精神，若使冒顿部下，不过如此，怎能横行北塞？臣料他从中有诈，佯示羸弱，暗伏精锐，引诱我军深入，为掩击计，愿陛下慎重进行，毋堕诡谋！"确是有识。高祖正乘胜长驱，兴致勃勃，不意敬前来拦阻，挠动军心，一经懊恼，便即开口大骂道："齐虏！敬本齐人。汝本靠着一张嘴、三寸舌，得了一个官职，今乃造言惑众，阻我军锋，敢当何罪？"说着，即令左右拿下刘敬，械系广武狱中，待至回来发落。粗莽已极。自率人马再进，骑兵居先，步兵居后，仍然畅行无阻，一往直前。

　　高祖急欲徼功，且命太仆夏侯婴，添驾快马，迅速趱程。骑兵还及随行，步兵追赶不上，多半剩落。好容易到了平城，蓦听得一声胡哨，尘头四起，匈奴兵控骑大至，环集如蚁。高祖急命众将对敌，战了多时，一些儿不占便宜。匈奴单于冒顿，复率大众杀到，兵马越多，气势越盛。汉兵已跑得力乏，再加一场大战，越觉疲劳，如何支撑得住，便纷纷的倒退下来。高祖见不可支，忙向东北角上的大山，引兵退入，扼住山口，迭石为堡，并力抵御。匈奴兵进扑数次，还亏兵厚壁坚，才得保守。冒顿却下令停攻，但将部众分作四支，环绕四周，把山围住。是山名为白登山，冒顿早已伏兵山谷，专待高祖到来，好教他陷入网罗。偏偏高祖中计，走入山中，冒顿乃率兵兜围，使他进退无路，内外不通，便好一网打尽，不留噍类。这正是冒顿先后安排的绝计！*狡哉戎首。*高祖困在山上，无法脱身，眼巴巴的望着后军，又不见到，没奈何鼓励将士，下山冲突，偏又被胡骑杀退。高祖还是痛骂步兵，说他逗留不前，那知匈奴兵马，共有四十万众，除围住白登山外，尚有许多闲兵，分扎要路，截住汉兵援应。汉兵虽徒步驰至，眼见是胡兵遍地，如何得入？遂致高祖孤军被围，无法摆脱。高祖逐日俯视，四面八方，都是胡骑驻着，西方尽白马，东方尽青马，北方尽黑马，南方尽赤马，端的是色容并壮，威武绝伦。*冒顿不读诗书，何亦知按方定色？*

　　接连过了三五日，想不出脱围方法，并且寒气逼人，粮食复尽，又冻又饿，实在熬受不起。当时张良未曾随行，军中谋士，要算陈平最有智计。高祖与他商议数次，他亦没有救急良方，但劝高祖暂时忍苦，徐图善策。转眼间已是第六日了，高祖越觉愁烦，自思陈平多智，尚无计议，看来是要困死白登，悔不听刘敬所言，轻惹此祸！正惶急间，陈平已想了一法，密报高祖，高祖忙令照行，平即自去办理，派了一个有胆有识的使臣，赍着金珠及画图一幅，乘雾下山，投入番营。天下无难事，惟有银钱好，一路贿嘱进去，只说要独见阏氏，乞为通报。原来冒顿新得一个阏氏，很是爱宠，时常带在身旁，朝夕不离。此次驻营山下，屡与阏氏并马出入，指挥兵士，适被陈平瞧见，遂从他身上用计，使人往试。

　　果然番营里面，阏氏的权力，不亚冒顿，平时举动，自有心腹人供役，不必尽与冒顿说明，但教阏氏差遣，便好照行，因此汉使买通番卒，得入内帐。可巧冒顿酒醉，鼾睡胡床，阏氏闻有汉使到来，不知为着何事，就悄悄的走出帐外，屏走左右，召见汉使。汉使献上金珠，只说由汉帝奉赠，并取出画图一幅，请阏氏转达单于。她原是女流，见了光闪闪的黄金、亮晃晃的珍珠，怎得不目眩心迷？一经到手，便即收下，惟展览画图，只绘着一个美人儿，面目齐整得很，便不禁起了妒意，含嗔启问道："这幅美人图，有何用处？"汉使答道："汉帝为单于所围，极愿罢兵修好，所以把金珠奉送阏氏，求阏氏代为乞请，尚恐单于不允，愿将国中第一美人，献于单于。惟美人不在军中，故先把图形呈上，今已遣快足去取美人，不日可到，就好送来，诸请阏氏转达便了。"阏氏道："这却不必，尽可带回。"汉使道："汉帝也舍不得这个美人，并恐献于单于，有夺阏氏恩爱，惟事出无奈，只好这样办法。若阏氏能设法解救，还有何说！当然不献入美人，情愿在阏氏前，再多送金珠呢。"阏氏道："我知道了！烦汝返报汉帝，尽请放心。"*已入彀中。*说着，即将图画交还汉使。汉使称谢，受图自归。

　　阏氏返入内帐，坐了片刻，暗想汉帝若不出围，又要来献美人，事不宜迟，应从速进言为是。当下起身近榻，巧值冒顿翻身醒来，阏氏遂进说道："单于睡得真熟，现在军中得了消息，说是汉朝尽起大兵，前来救主，明日便要到来了。"冒顿道："有这等事么？"阏氏道："两主不应相困，今汉帝被困此山，汉人怎肯甘休？自然拼命来救。就使单于能杀败汉人，取得汉地，也恐水土不服，未能久居；倘或有失，便不得共享安乐了。"说到此句，就呜咽不能成声。*是妇女惯技，但亦由作者体会出来。*冒顿道："据汝意见，应该如何？"阏氏道："汉帝被困六七日，军中并不惊扰，想是神灵相助，虽危亦安，单于何必违天行事？不如放他出围，免生战祸。"冒顿道："汝言亦是有理，我明日相机行事便了。"于是阏氏放下愁怀，到晚与冒顿共寝，免不得再申前言，凭你如何凶悍的冒顿单于，也不得不谨依阃教了。小子有诗咏道：

> 狡夷残忍本无亲，床第如何溺美人！
> 片语密陈甘纵敌，牝鸡毕竟戒司晨。

究竟冒顿是否撤围，待至下回再表。

冒顿之谋狡矣哉！怀恨乃父，作鸣镝以令大众，射善马，射爱妻，旋即射父。忍心害理，不顾骨肉，此乃由沙漠之地，戾气所钟，故有是悖逆之臣子耳。至若计灭东胡，诱困汉祖，又若深谙兵法，为孙吴之流亚。彼固目不知书，胡为而狡谋迭出也？高祖之被困白登，失之于骄，若非陈平之多谋，几致陷没。骄兵必败，理有固然。然冒顿能出奇制胜，而卒不免为妇人女子所愚，百炼钢化作绕指柔，甚矣，妇口之可畏也！

第三十六回

宴深宫奉觞祝父寿　系诏狱拼死白王冤

却说冒顿听了妻言，已经心动，又因韩王信及赵利等亦未到来，疑他与汉通谋，乃即于次日早起，传令出去，把围兵撤开一角，纵放汉兵。高祖自接得使臣复报，一夜不睡，专在山冈上面，眼巴巴的瞧着胡马。待至天色大明，才见山下有一角隙地，平空腾出，料知冒顿已听从阏氏，此时不走，尚待何时？乃即指麾大众，立刻下山。陈平忙说道："且慢，山下虽有走路，但也不可不防，须令弓弩手夹护陛下，张弓搭箭，各用双镞，视敌进止，方可下山。"又顾语太仆夏侯婴道："宁缓毋速，速即有祸！"夏侯婴听着，遂为高祖御车，徐徐下阪。两旁由弓弩手拥护，夹行而下。到了山麓，匈奴兵虽然望见，却也未尝拦阻，汉兵亦不发一箭，慢慢儿的过去，后面汉兵已陆续出围，幸皆走脱。到了平城附近，才得与步兵会合，一齐入城。冒顿见高祖从容不迫，始终防有他谋，不复追击，收兵自去。

高祖经过七日的苦楚，侥幸逃生，当然不愿再击匈奴，也即引兵南还。行经广武，亟赦刘敬出狱，向敬面谢道："我不用公言，致中虏计，险些儿不得相见！前次侦骑，不审虚实，妄言误我，我已把他尽诛了！"乃加封敬为关内侯，食邑二千户，号为建信侯；善能悔过，方不愧为英主。又加封夏侯婴食邑千户。再南行至曲逆县，见城池高峻，屋宇连绵，不由的赞叹道："壮哉此县！我遍行天下，惟有洛阳与此城，最算形胜哩。"乃召过陈平，说他解围有功，便将全县采地，悉数酬庸，且改封户牖侯为曲逆侯。总计陈平，随征有年，屡献智谋，一是捐金行反间计，二是用恶劣菜蔬进食楚使，三是夜出妇女，解荥阳围，四是潜蹑帝足，请封韩信，五是伪游云梦，六是救出白登，这便叫作六出奇计。高祖转战四方，幕中谋士，张良以外，要推陈平，此外都声望平常，想是不过如此了。话休叙烦。

且说高祖至曲逆县，略略休息，仍复启行，路过赵国，赵王张敖，出郊迎接，执礼甚恭。他与高祖谊属君臣，情兼翁婿，就是吕后所生一女，许字张敖，虽尚未曾下嫁，却已定有口约，因此敖格外殷勤，小心伺候。史中但言张敖执子婿礼，未及公主下嫁事，但观后来娄敬所言，请以长公主嫁单于，则其未嫁可知。谁知高祖瞧他不起，箕踞嫚骂，发了一番老脾气，便即动身自去。为下文贯高谋叛伏笔。行到洛阳，方才住下，忽见刘仲狼狈回来，说是匈奴移兵寇代，抵敌不住，只好奔回。刘仲封代事，见三十四回。高祖发怒道："汝只配株守田园，怪不得见敌就逃，连封土都不管了。"刘仲碰了一鼻子灰，俯首退出。高祖本欲将他加罪，因念手足相关，不忍重惩，因从宽发落，降仲为合阳侯。另封少子如意为代王，如意为戚姬所出，见三十二回。得蒙高祖宠爱，故年仅八岁，便得王封。嗣恐如意年幼，未能就国，特命阳夏侯陈豨为代相，先往镇守，陈豨也领命就任去了。

惟高祖接得萧何奏报，咸阳宫阙，大致告就，请御驾亲往巡视，高祖乃由洛阳至栎阳，复由栎阳至咸阳。萧何当然接驾，导入游览。最大的叫做未央宫，周围约有二三十里，东北两方，阙门最广，殿宇规模，亦多高敞。前殿尤为壮丽。还有武库太仓，分造殿旁，也是崇闳轮奂，气象巍峨。高祖巡视未周，便勃然动怒道："天下汹汹，劳苦已甚，成败尚未可知，汝修治宫室，怎得这般奢侈哩！"何不慌不忙，正容答说道："臣正因天下未定，不得不增高宫室，借壮观瞻。试想天子以四海为家，若使规模狭隘，如何示威！且恐后世子孙，仍要改造，反多费一番工役，还不如一劳永逸，较为得宜！"说到"宜"字，见高祖改怒为喜，和颜与语道："汝说亦是，我又不免错怪了。"

　　看官听说！前时修筑的长乐宫，不过踵事增华，没甚烦费，若未央宫乃是新造，由萧何煞费经营，两载始成，虽不及秦代的阿房宫，却也十得二三，不过占地较少，待役较宽，自然不致聚怨，激成民变。萧何与高祖结识多年，岂不知高祖性情，也是好夸，所以开拓宏规，务从藻饰；高祖责他过奢，实是佯嗔佯怒，欲令萧何代为解释，才免贻讥。一主一臣，心心相印，瞒不过明人炬眼，惟庸耳俗目，还道是高祖俭约哩！勘透一层。读史得问。高祖又命未央宫四围，添筑城垣，作为京邑，号称长安。当即带同文武官吏，至栎阳搬取家眷，徙入未央宫，从此皇居已定，不再迁移了。

　　但高祖生性好动，不乐安居，过了月余，又往洛阳。一住半年，又要改岁。至八年元月，闻得韩王信党羽，出没边疆，遂复引兵出击。到了东垣，寇已退去，乃南归过赵，至柏人县中寄宿。地方官早设行幄，供张颇盛。高祖已经趋入，忽觉得心下不安，急问左右道："此县何名？"左右答是柏人县，高祖愕然道："柏与迫声音相近，莫非要被迫不成？我不便在此留宿，快快走罢？"命不该死，故有此举。左右闻言，仍出整法驾，待着高祖上车，一拥而去。看官试阅下文，才知高祖得免毒手，幸亏有此一走呢。作者故弄狡狯，不肯遽说。

　　高祖还至洛阳，又复住下。光阴易过，转瞬年残，淮南王英布、梁王彭越、赵王张敖、楚王刘交，陆续至洛，朝贺正朔。高祖欲还都省亲，乃命四王扈跸同行。及抵长安，已届岁暮。未几便是九年元旦，高祖在未央宫中，奉太上皇登御前殿，自率王侯将相等人，一同谒贺。拜跪礼毕，大开筵宴，高祖陪着太上皇正座饮酒，两旁分宴群臣，按班坐下。殽核既陈，笾豆维楚，高祖即捧觞起座，为太上皇祝寿。太上皇笑容可掬，接饮一觞，王侯将相，依次起立，各向太上皇恭奉寿酒。太上皇随便取饮，约莫喝了好几杯，酒酣兴至，越觉开颜，高祖便戏说道："从前大人常说臣儿无赖，不能治产，还是仲兄尽力田园，善谋生计。今臣儿所立产业，与仲兄比较起来，究竟是谁多谁少呢？"大庭广众之间，亦不应追驳父言，史家乃传为美谈，真是怪极。太上皇无词可答，只好微微笑着。群臣连忙欢呼万岁，闹了一阵，才把戏言搁过一边，各各开怀畅饮，直至夕阳西下，太上皇返入内廷，大众始谢宴散归。

才过了一两日，连接北方警报，乃是匈奴犯边，往来不测，几乎防不胜防。高祖又添了一种忧劳，因召入关内侯刘敬，与议边防事宜。刘敬道："天下初定，士卒久劳，若再兴师远征，实非易事，看来这匈奴国不是武力所能征服哩。"高祖道："不用武力，难道可用文教么？"敬又道："冒顿单于，弑父自立，性若豺狼，怎能与谈仁义？为今日计，只有想出一条久远的计策，使他子孙臣服，方可无虞；但恐陛下未肯照行。"高祖道："果有良策，可使他子孙臣服，还有何说！汝尽可明白告我。"敬乃说道："欲要匈奴臣服，只有和亲一策。诚使陛下割爱，把嫡长公主遣嫁单于，他必慕宠怀恩，立公主为阏氏，将来公主生男，亦必立为太子，陛下又岁时问遗，赐他珍玩，谕他礼节，优游渐渍，俾他感格，今日冒顿在世，原是陛下的子婿，他日冒顿死后，外孙得为单于，更当畏服。天下岂有做了外孙，敢与外王父抗礼么？这乃是不战屈人的长策呢。还有一言，若陛下爱惜长公主，不令远嫁，或但使后宫子女，冒充公主，遣嫁出去，恐冒顿刁狡得很，一经察觉，不肯贵宠，仍然与事无益了。"刘敬岂无耳目？难道不知长公主已字赵王？且冒顿不知有父，何知妇翁，此等计策，不值一辩。高祖道："此计甚善，我亦何惜一女呢。"想是不爱张敖，因想借端悔婚。当下返入内寝，转语吕后，欲将长公主遣嫁匈奴。吕后大惊道："妾惟有一子一女，相依终身，奈何欲将女儿，弃诸塞外，配做番奴？况女儿已经许字赵王，陛下身为天子，难道尚可食言？妾不敢从命！"说至此处，那泪珠儿已莹莹坠下，弄得高祖说不下去，只好付诸一叹罢了。

过了一宵，吕后恐高祖变计，忙令太史择吉，把长公主嫁与张敖。好在张敖朝贺未归，趁便做了新郎，亲迎公主。高祖理屈词穷，只好听她所为。良辰一届，便即成婚，两口儿恩爱缠绵，留都数日，便进辞帝后，并辇回国去了。这位长公主的封号，叫做鲁元公主，一到赵国，当然为赵王后，不消细说。

惟高祖意在和亲，不能为此中止，乃取了后宫所生的女儿，诈称长公主，使刘敬速诣匈奴，结和亲约。往返约越数旬，待敬归报，入朝见驾，说是匈奴已经允洽，但究竟是以假作真，恐防察觉，仍宜慎固边防，免为所乘。高祖道："朕知道了。"刘敬道："陛下定都关中，不但北近匈奴，须要严防，就是山东一带，六国后裔，及许多强族豪宗，散居故土，保不住意外生变，觊觎帝室，陛下岂真可高枕无忧吗？"高祖道："这却如何预防！"敬答道："臣看六国后人，惟齐地的田、怀二姓，楚地的屈、昭、景三族，最算豪强，今可徙入关中，使他屯垦。无事时可以防胡，若东方有变，也好率领东征。就是燕、赵、韩、魏的后裔，以及豪杰名家，俱可酌迁入关，用备驱策。这未始非强本弱末的法制，还请陛下采纳施行！"高祖又信为良策，即日颁诏出去，令齐王肥、楚王交等饬徙齐、楚豪族，西入关中。还有英布、彭越、张敖诸王，已早归国，亦奉到诏令，调查豪门贵阀，迫使挈眷入关。统共计算，不下十余万口。亏得关中经过秦乱，户口散离，还有隙地，可以安插，不致失居。但无故移民，乃是前秦敝政，为何不顾民艰，复循旧辙？当时十万余口，为令所迫，不得不扶老携幼，狼狈入关。后来居住数年，语庞人杂，遂致京畿重地，变做五方杂处。豪徒侠客，借此混迹，渐渐的结党弄权，所以汉时三辅，号称难治。汉称京兆、左冯翊、右扶风，号称三辅。看官试想！这不是刘敬遗下的祸祟么？

高祖还都两月，又赴洛阳，适有赵相贯高的仇人，上书告变。高祖阅毕，立即大怒，遂亲写一道诏书，付与卫士，叫他前往赵国，速将赵王张敖，及赵相贯高、赵午等人，一并拿来。这事从何而起？便由高祖过赵，谩骂赵王，激动贯高、赵午两人，心下不平，竟起逆谋。他两人年过六旬，本是赵王张敖父执，使他为相，好名使气，到老不衰。自从张敖为高祖所侮，便觉得看不过去，互相私语，讥敖孱弱，且同入见敖，屏人与语道："大王出郊迎驾，备极谦恭，也算是致敬尽礼了。乃皇帝毫不答礼，任情辱骂，难道做得天子，便好如此？臣等愿为大王除去皇帝！"张敖大骇，啮指出血，指天为誓道："这事如何使得？从前先王失国，全仗皇帝威力，得复故土，传及子孙。此恩此德，世世不忘，君等奈何出此妄言！"还有良心。两人见敖不从，出语私人道："我等原是弄错了，我王生性忠厚，不忍背德，惟我等义难受辱，总要出此恶气，事成归王，不成当自去受罪罢。"何必如此。两人遂暗地设法，欲害高祖。

高祖匆匆过境，并不久留，一时无从下手，只好作罢。嗣闻高祖出次东垣，还兵过赵，遂密遣刺客数人，伺候高祖行踪，意图行刺。当时高祖行经柏人，心动即行，并未尝知有刺客，其实刺客正隐身厕壁，想要动手。偏偏高祖似有神助，不宿而去，仍致贯高等所谋不成。回应本回前文，说明事迹。及贯高怨家，讦发密谋，一道严诏，颁到赵国，赵王张敖，全然不觉，冤冤枉枉的受了罪名，束手就缚。赵午等情急拼生，统皆自刭，独贯高怒叱诸人道："我王并未谋逆，事由我等所为，今日连累我王，都教一死了事，试问我王的冤枉，何人替他申辩呢？"于是情愿受绑，随敖同行。有几个赤胆忠心的赵臣，也想随着。偏诏书中不准相从，并有罪及三族的厉禁，乃皆想出一法，自去髡钳，注释见前。假充赵王家奴，随诣洛阳。高祖也不与张敖相见，即交廷尉典狱官名。讯办。

廷尉因张敖曾为国王，且是高祖女婿，当然另眼相待，留居别室。独使贯高对簿，贯高朗声道："这都是我等所为，与王无涉。"廷尉疑他袒护赵王，不肯直供，便令隶役重笞贯高。贯高咬牙忍受，绝无他言。一次讯毕，明日再讯，后日三讯，贯高惟坚执前词，为王呼冤，廷尉复喝用严刑，当由隶役取过铁针向火烧热，刺入贯高肢体，可怜贯高不堪忍受，晕过数次，甚至身无完肤，九死一生，仍然不改前言。廷尉也弄得没法，只好把高系狱，从缓定谳。可巧鲁元公主，为了丈夫被逮，急往长安，谒见母后，涕泣求援。吕后也忙至洛阳，见了高祖，力为张敖辩诬，且说他身为帝婿，不应再为逆谋。高祖尚发怒道："张敖若得据天下，难道尚少汝一个女儿。"

吕后见话不投机，未便再请，但遣人往问廷尉。廷尉据实陈明，且即将屡次审讯情形，详奏高祖。高祖也不禁失声道："好一个壮士！始终不肯改言。"口中虽这般说，心下尚不能无疑，乃遍问群臣，何人与贯高相识？中大夫泄公应声道："臣与贯高同邑，也曾相识，高素尚名义，不轻然诺，却是一个志士。"高祖道："汝既识得贯高，可即至狱中探视，问明隐情，究竟赵王是否同谋？"泄公应命，持节入狱。狱吏见了符节，始敢放入。行至竹床相近，才见贯高奄卧床上，已是遍体鳞伤，不忍逼视。可谓黑暗地狱。因轻轻的唤了数声，贯高听着，方开眼仰视道："君莫非就是泄公么？"泄公答声称是。贯高便欲起坐，可奈身子不能动弹，未免呻吟。泄公仍叫他卧着，婉言慰问，欢若平生。及说到谋逆一案，方出言探问道："汝何必硬保赵王，自受此苦？"贯高张目道："君言错了！人生世上，那一个不爱父母、恋妻子。今我自认首谋，必致三族连坐，难道我痴呆至此？为了赵王一人，甘送三族性命？不过赵王实未同谋，如何将他扳入，我宁灭族，不愿诬王。"泄公乃依言返报，高祖才信张敖无罪，赦令出狱。且复语泄公道："贯高至死，且不肯诬及张王，却是难得，汝可再往狱中，传报张王已经释出，连他也要赦罪了。"于是泄公复至狱中，传述谕旨。贯高跃然起床道："我王果已释出么！"泄公道："主上有命，不止释放张王，还说足下忠信过人，亦当赦罪。"贯高长叹道："我所以拼着一身，忍死须臾，无非欲为张王白冤。今王已出狱，我得尽责，死亦何恨！况我为人臣，已受篡逆的恶名，还有何颜再事主上？就使主上怜我，我难道不知自愧么？"说罢，扼吭竟死。小子有诗咏道：

> 一身行事一身当，拼死才能释赵王。
> 我为古人留断语，直情使气总粗狂！

泄公见贯高自尽，施救无及，乃回去复命。欲知高祖如何措置，且至下回说明。

观汉高之言动，纯是粗豪气象，未央宫之侍宴上皇，尚欲与仲兄比赛长短，追驳父语，非所谓得意忘言歙？鲁元公主，已字张敖，乃欲转嫁匈奴，其谬尤甚。帝王驭夷，叛则讨之，服则舍之，从未闻有与结

婚姻者，刘敬之议，不值一辩，况鲁元之先已字人
乎？本回叙鲁元公主事，先字后嫁，最近人情。否则
鲁元已为赵王后，夺人妻以嫁匈奴，就使高祖、刘
敬，愚鲁寡识，亦不至此。彼贯高等之谋弑高祖，亦
由高祖之谩骂而来。谋泄被逮，宁灭族而不忍诬王，
高之小信，似属可取。然弑主何事，而敢行乎？高祖
之欲赦贯高，总不脱一粗豪之习。史称其豁达大度，
大度者果若是乎？

第三十七回

议废立周昌争储　讨乱贼陈豨败走

却说高祖闻贯高自尽，甚是叹惜。又闻有几个赵王家奴，一同随来，也是不怕死的好汉，当即一体召见，共计有十余人，统是气宇轩昂，不同凡俗。就中有田叔、孟舒，应对敏捷，说起赵王冤情，真是慷慨淋漓，声随泪下。廷臣或从旁诘难，都被他据理申辩，驳得反舌无声。高祖瞧他词辩滔滔，料非庸士，遂尽拜为郡守，及诸侯王中的国相。田叔、孟舒等谢恩而去。高祖乃与吕后同返长安，连张敖亦令随行。既至都中，降封敖为宣平侯，移封代王如意为赵王，即将代地并入赵国，使代相陈豨守代，另任御史大夫周昌为赵相。如意封代王，陈豨为代相，均见前回。周昌系沛县人，就是前御史大夫周苛从弟。苛殉难荥阳，见前文。高祖令昌继领兄职，加封汾阴侯。见三十四回。昌素病口吃，不善措词，惟性独强直，遇事敢言，就使一时不能尽说，挣得头面通红，也必要徐申己意，不肯含糊，所以萧曹等均目为诤臣，就是高祖也称为正直，怕他三分。

一日，昌有事入陈，趋至内殿，即闻有男女嬉笑声，凝神一瞧，遥见高祖上坐，怀中揽着一位美人儿，调情取乐，那美人儿就是专宠后宫的戚姬，昌连忙掉转了头，向外返走。不意已被高祖窥见，撇了戚姬，赶出殿门，高呼周昌。昌不便再行，重复转身跪谒，高祖趁势展开两足，骑住昌项，成何体统？

且俯首问昌道："汝既来复去，想是不愿与朕讲话，究竟看朕为何等君主呢？"昌仰面睁看高祖，把嘴唇乱动片刻，激出了一句话说道："陛下好似桀纣哩！"_{应有此说。}高祖听了，不觉大笑，就将足移下，放他起来。昌乃将他事奏毕，扬长自去。

惟高祖溺爱戚姬，已成癖性，虽然敬惮周昌，哪里能把床笫爱情，移减下去？况且戚姬貌赛西施，技同弄玉，能弹能唱，能歌能舞，又兼知书识字，信口成腔，当时有《出塞》《入塞》《望妇》等曲，一经戚姬度入娇喉，抑扬宛转，真个销魂，叫高祖如何不爱？如何不宠？高祖常出居洛阳，必令戚姬相随。入宫见嫉，掩袖工谛，本是妇女习态，不足为怪。因高祖素性渔色，那得不堕入迷团！_{古今若干英雄，多不能打破此关。}戚姬既得专宠，便怀着夺嫡的思想，日夜在高祖前颦眉泪眼，求立子如意为太子。高祖不免心动，且因太子盈秉性柔弱，不若如意聪明，与己相类，索性趁早废立，既可安慰爱姬，复可保全国祚。只吕后随时防着，但恐太子被废，几视戚姬母子，似眼中钉。无如色衰爱弛，势隔情疏，戚姬时常伴驾，吕后与太子盈每岁留居长安，咫尺天涯，总不敌戚姬的亲媚，所以储君位置，暗致动摇。会值如意改封，年已十龄，高祖欲令他就国，惊得戚姬神色仓皇，慌忙向高祖跪下，未语先泣，扑簌簌的泪珠儿，不知堕落几许！高祖已窥透芳心，便婉语戚姬道："汝莫非为了如意么？我本思立为太子，只是废长立幼，终觉名义未顺，只好从长计议罢！"那知戚姬听了此言，索性号哭失声，宛转娇啼，不胜悲楚。高祖又怜又悯，不由的脱口道："算了罢！我就立如意为太子便了。"

翌日临朝，召集群臣，提出废立太子的问题，群臣统皆惊骇，黑压压的跪在一地，同声力争，无非说是"立嫡以长，古今通例，且东宫册立有年，并无过失，如何无端废立，请陛下慎重"云云。高祖不肯遽从，顾令词臣草诏，蓦听得一声大呼道："不可！不……不可！"高祖瞧着，乃是口吃的周昌，便问道："汝只说'不可'两字，究竟是何道理？"昌越加情急，越觉说不出口，面上忽青忽紫，好一歇才挣出数语道："臣口不能言，但期期知不可行。陛下欲废太子，臣期期不奉诏。"高祖看昌如此情形，忍不住大笑起来，就是满朝大臣，听他说出两个"期期"，也为暗笑不置。究竟"期期"二字是甚么解，楚人谓"极"为"蒌"，昌又口吃，读"蒌"如"期"，并连说"期期"，倒反引起高祖欢肠，笑了数声，退朝罢议。

群臣都起身退归，昌亦趋出，殿外遇着宫监，说是奉皇后命，延入东厢，昌不得不随他同去。既至东厢门内，见吕后已经立候，正要上前行礼，不料吕后突然跪下，急得昌脚忙手乱，慌忙屈膝俯伏，但听吕后娇声道："周君请起，我感君保全太子，所以敬谢。"未免过礼，即此可见妇人心性。昌答道："为公不为私，怎敢当此大礼？"吕后道："今日若非君力争，太子恐已被废了。"说毕乃起，昌亦起辞，随即自去。看官阅此：应知昌后日日关心，早在殿厢伺着，窃听朝廷会议，因闻周昌力争，才得罢议，不由的感激非常，虽至五体投地，也是甘心了。

惟高祖退朝以后，戚姬大失所望，免不得又来絮聒。高祖道："朝臣无一赞成，就使改立，如意也不能安，我劝汝从长计议，便是为此。"戚姬泣语道："妾并非定欲废长立幼，但妾母子的性命，悬诸皇后手中，总望陛下曲为保全！"高祖道："我自当慢慢设法，决不使汝母子吃亏。"戚姬无奈，只好收泪，耐心待着。高祖沉吟了好几日，未得良谋，每当愁闷无聊，惟与戚姬相对悲歌，唏嘘欲绝。家事难于国事。

掌玺御史赵尧，年少多智，揣知高祖隐情，乘间入问道："陛下每日不乐，想是因赵王年少，戚夫人与皇后有隙，恐万岁千秋以后，赵王将不能自全么？"高祖道："我正虑此事，苦无良法。"赵尧道："陛下何不为赵王择一良相，但教为皇后、太子及内外群臣素来所敬畏的大员，简放出去，保护赵王，就可无虞。"高祖道："我亦尝作是想，惟群臣中何人胜任。"尧又道："无过御史大夫周昌。"高祖极口称善，便召周昌入见，令为赵相，且与语道："此总当劳公一行。"昌泫然流涕道："臣自陛下起兵，便即相从，奈何中道弃臣，乃使臣出为赵相呢？"明知赵相难为，故有此设词。高祖道："我亦知令君相赵，迹类左迁，当时尊右卑左，故谓贬秩为左迁。但私忧赵王，除公无可为相，只好屈公一行，愿公勿辞！"昌不得已受了此命，遂奉赵王如意，陛辞出都。如意与戚姬话别，戚姬又洒了许多珠泪，不消细说。屡次下泪，总是不祥之兆。惟御史大夫一缺，尚未另授，所遗印绶，经高祖摩弄多时，自言自语道："这印绶当属何人？"已而旁顾左右，正值赵尧侍侧，乃熟视良久。又自言自语道："看来是莫若赵尧为御史大夫。"尧本为掌玺御史，应属御史大夫管辖。赵人方与公，尝语御史大夫周昌道："赵尧虽尚少年，乃是奇士，君当另眼相看，他日必代君位。"昌冷笑道："尧不过一刀笔吏，何能至此！"及昌赴赵国，尧竟继昌后任。昌得知消息，才佩服方与公的先见，这也不在话下。

且说汉高祖十年七月，太上皇病逝，安葬栎阳北原。栎阳与新丰毗连，太上皇乐居新丰，视若故乡。见三十四回。故高祖徙都长安，太上皇不过偶然一至，未闻久留。就是得病时候，尚在新丰，高祖闻信往视，才得将他移入栎阳宫，未几病剧去世，就在栎阳宫治丧。皇考升遐，当然有一番热闹，王侯将相，都来会葬，独代相陈豨不至。及奉棺告窆，特就陵寝旁建置一城，取名万年，设吏监守。高祖养亲的典礼，从此告终。此事原不能略去。

葬事才毕，赵相周昌，乘便进谒，说有机密事求见。高祖不知何因，忙即召入。昌行过了礼，屏人启奏道："代相陈豨，私交宾客，拥有强兵，臣恐他暗中谋变，故特据实奏闻。"高祖愕然道："陈豨不来会葬，果想谋反么？汝速回赵坚守，我当差人密查；若果有此事，我即引兵亲征，谅豨也无能为呢！"周昌领命去讫，高祖即遣人赴代，实行查办。

豨本宛朐人氏，前从高祖入关，累著战功，得封阳夏侯，授为代相。代地北近匈奴，高祖令他往镇，原是格外倚任的意思。豨与淮阴侯韩信友善，且前日也随信出征，联为至交。当受命赴代时，曾至韩信处辞行，信挈住豨手，引入内廷，屏去左右，独与豨步立庭中，仰天叹息道："我与君交好有年，今有一言相告，未知君愿闻否？"豨答道："惟将军命。"信复道："君奉命往代，代地士马强壮，天下精兵，统皆聚集，君又为主上信臣，因地乘势，正好图谋大事。若有人报君谋反，主上亦未必遽信，及再至三至，方激动主上怒意，必且亲自为将，督兵北讨，我为君从中起事，内应外合，取天下也不难了。"豨素重信才，当即面允道："谨受尊教。"信又嘱托数语，方才相别。

豨到了代地，阴结爪牙，预备起事。他平时本追慕魏信陵君，即魏公子无忌。好养食客，此次复受韩信嘱托，格外广交，无论豪商巨猾，统皆罗致门下。尝因假归过赵，随客甚多，邯郸旅舍，都被占满。周昌闻豨过境，前去拜会，见他人多势旺，自然动疑。及豨假满赴镇，从骑越多，豨且意气自豪，越觉得野心勃勃，不可复制。昌又与晤谈片刻，待豨出境，正想上书告密，适值上皇驾崩，西行会葬，见陈豨未尝到来，当即谒见高祖，说明豨有谋变等情。嗣由高祖派员赴代，查得陈豨门客，诸多不法，豨亦未免同谋，乃即驰还报闻。高祖尚不欲发兵，但召豨入朝，豨仍不至，潜谋作乱。韩王信时居近塞，侦悉陈豨抗命情形，遂遣部将王黄、曼邱臣，入诱陈豨。豨乐得与他联结，举兵叛汉，自称代王，胁迫赵、代各城守吏，使为己属。

高祖闻报，忙率将士出发，星夜前进，直抵邯郸。周昌出城迎入，由高祖升堂坐定，向昌问道："陈豨兵有无来过？"昌答言未来，高祖欣然道："豨不知南据邯郸，但恃漳水为阻，不敢遽出，我本知他无能为，今果验了。"昌复奏道："常山郡共二十五城，今已有二十城失去，应把该郡守尉，拿来治罪。"高祖道："守尉亦皆造反否？"昌答称尚未。高祖道："既尚未反，如何将他治罪？他不过因兵力未足，致失去二十城。若不问情由，概加罪责，是迫使造反了。"随即颁出赦文，悉置不问，就是赵、代吏民，一时被迫，亦准他自拔来归，不咎既往。这也是应有之事。复命周昌选择赵地壮士，充做前驱将弁。昌挑得四人，带同入见，高祖忽漫骂道："竖子怎配为将哩！"四人皆惶恐伏地，高祖却又令他起来，各封千户，使为前锋军将。全是权术驭人。左右不解高祖命意，待四人辞退，便进谏道："从前一班开国功臣，经过许多险难，尚未尽得封赏，今此四人并无功绩，为何就沐恩加封？"高祖道："这非汝等所能知。今日陈豨造反，赵、代各地多半被豨夺去，我已传檄四方，征集兵马，乃至今还没有到来。现在单靠着邯郸兵士，我岂可惜此四千户，反使赵地子弟，无从慰望呢！"左右乃皆拜服。高祖又探得陈豨部属，多系商人，即顾语左右道："豨属不难招致，我已想得良法了。"于是取得多金，令干吏携金四出，收买豨将，一面悬赏千金，购拿王黄、曼邱臣二人。二人一时未获，豨将却陆续来降。高祖便在邯郸城内，过了残年。

　　至十一年元月，诸路兵马，奉檄援赵，会讨陈豨。豨正遣部将张春，渡河攻聊城，王黄屯曲逆，侯敞带领游兵，往来接应，自与曼邱臣驻扎襄国。还有韩王信，亦进居参合，赵利入守东垣，总道是内外有备，可以久持。那高祖亦分兵数道，前去攻击，聊城一路，付与将军郭蒙，及丞相曹参；曲逆一路，付与灌婴；襄国一路，付与樊哙；参合一路，付与柴武；自率郦商、夏侯婴等，往攻东垣。另派绛侯周勃，从太原进袭代郡。代郡因陈豨他出，空虚无备，被周勃一鼓入城，立即荡平。复乘胜进攻马邑，马邑固守不下，由勃猛扑数次，击毙守兵多人，方才还军。已而郭蒙会合齐兵，亦击败张春，樊哙又略定清河、常山等县，击破陈豨及曼邱臣，灌婴且阵斩张敞，击走王黄，数路兵均皆得胜。惟高祖自击东垣，却围攻了两三旬，迭次招降，反被守城兵士，罗罗苏苏，叫骂不休。顿时恼动高祖，亲冒矢石，督兵猛攻，城中尚拼死守住，直至粮尽势穷，方才出降。高祖驰入城中，命将前时叫骂的士卒，悉数处斩，唯不骂的始得免死。赵利已经窜去，追寻无着，也即罢休。

　　是时四路胜兵，依次会集，已将代地平定；王黄、曼邱臣，被部下活捉来献，先后受诛；陈豨一败涂地，逃往匈奴去了。独汉将柴武，出兵参合，未得捷报。高祖不免担忧，正想派兵策应，可巧露布驰来，乃是参合已破，连韩王信都授首了。事有先后，故叙笔独迟。原来柴武进攻参合，先遣人致书韩王信，劝他悔过归汉，信报武书，略言"仆亦思归，好似痿人不忘起，盲人不忘视，但势已至此，归徒受诛，只好舍生一决罢"。柴武见信不肯从，乃引兵进击，与韩王信交战数次，多得胜仗。信败入城中，坚守不出。武佯为退兵，暗地伏着，俟韩王信出来追赶，突然跃出，把信劈落马下，信众皆降，武方露布告捷。

高祖当然喜慰，乃留周勃防御陈豨，自引诸军西归。途次想到赵、代二地，不便强合，还是照旧分封，才有专责。乃至洛阳下诏，仍分代、赵为二国，且从子弟中择立代王。诸侯王及将相等三十八人，统说皇中子恒，贤智温良，可以王代，高祖遂封恒为代王，使都晋阳。这代王恒就是薄姬所生，薄姬见幸高祖，一索得男。见前文。后来高祖专宠戚姬，几把薄姬置诸不睬，薄姬却毫无怨言，但将恒抚养成人，幸得受封代地。恒辞行就国，索性将母妃也一同接去。高祖原看薄姬如路人，随他母子偕行，薄姬反得跳出祸门，安享富贵去了。小子有诗咏道：

> 其道生离不足欢，北行母子尚团圞；
> 试看人彘贻奇祸，得宠何如失宠安！

高祖既将代王恒母子，遣发出去，忽接着吕后密报，说是诛死韩信，并夷三族。惹得高祖又喜又惊。毕竟韩信何故诛夷，且至下回再详。

周昌固争废立，力持正道，不可谓非汉之良臣。或谓太子不废，吕后乃得擅权，几至以吕代刘，是昌之一争，反足贻祸，此说实似是而非。吕氏之得擅权于日后，实自高祖之听杀韩、彭，乃至酿成隐患，于太子之废立与否，尚无与也。惟高祖既欲保全赵王，不若使与戚姬同行。戚姬既去，则免为吕后之眼中钉，而怨亦渐销。试观代王母子之偕出，并无他虞，可以知矣。乃不忍远离宠妾，独使周昌相赵，昌虽强项，其如吕后何哉！若夫陈豨之谋反，启于韩信，而卒致无成，例以《春秋》大义，则豨

实有不忠之罪，正不得徒咎淮阴也，豨若效忠，岂
淮阴一言所能转移乎？《纲目》不书信反，而独书
豨反，有以夫！

第三十八回

悍吕后毒计戮功臣　智陆生善言招蛮酋

　　却说韩信自降封以后，怏怏失望，前与陈豨话别，阴有约言。及豨谋反，高祖引兵亲征，信托故不从，高祖也不令随行。原来高祖得灭项王，大功告成，不欲再用韩信，信还想夸功争胜，不甘退居人后，因此君臣猜忌，越积越深。一日信入朝见驾，高祖与论诸将才具，信品评高下，均未满意。高祖道：“如我可领多少兵马？”信答道：“陛下不过能领十万人。”高祖道：“君自问能领若干？”信遽答道：“多多益善。”高祖笑道：“君既多多益善，如何为我所擒？”信半晌才道：“陛下不善统兵，却善驭将，信所以为陛下所擒。且陛下所为，均由天授，不是单靠人力呢。”高祖又付诸一笑。待信退朝，尚注目多时，方才入内。看官可知高祖意中，是更添一层疑忌了。及出师征豨，所有都中政事，内委吕后，外委萧何，因得放心前去。

　　吕后正想乘隙揽权，做些惊天动地的事业，使人畏服。三语见血。适有韩信舍人栾说，遣弟上书，报称“信与陈豨通谋，前次已有密约，此次拟遥应陈豨，乘着夜间不备，破狱释囚，进袭皇太子”云云。吕后得书，当然惶急，便召入萧何，商定秘谋。特遣一心腹吏役，假扮军人，悄悄的绕出北方，复入长安，只说“由高祖遣来，传递捷音，已将陈豨破灭”云云。朝臣不知有诈，便即联翩入贺，只韩信仍然称病，杜门不出。萧何借着问病的名目，亲来探信，信不便拒绝，没奈何出室相迎。何握手与语道："君不过偶然违和，当无他虑，现在主上遣报捷书，君宜入宫道贺，借释众疑。奈何杜门不出呢？"信听了何言，不得已随何入宫。谁知宫门里面，已早伏匿武士，俟信入门，就一齐拥出，把信拿下。信急欲呼何相救，何早已避开，惟吕后含着怒脸，坐在长乐殿中，一见信至，便娇声喝道："汝何故与陈豨通谋，敢作内应？"信答辩道："此话从何而来？"吕后道："现奉主上诏命，陈豨就擒，供称由汝主使，所以造反；且汝舍人亦有书告发，汝谋反属实，尚有何言？"信还想申辩，偏吕后不容再说，竟令武士将信推出，即就殿旁钟室中，处置死刑。信仰天长叹道："我不用蒯彻言，反为儿女子所诈，岂非天命？"说至此，刀已近颈，砉然一声，头已坠地。

看官阅过前文，应知萧何追信回来，登坛拜将，何等重用。就是垓下一战，若非信足智多谋，围困项王，高祖亦未必骤得天下，乃十大功劳，一笔勾销，前时力荐的萧丞相，反且向吕后进策，诱信入宫，把他处决，岂不可叹？后人为信悲吟云：成也萧何，败也萧何，原是一句公论。尤可痛的是韩信被杀，倒也罢了，信族何罪，也要夷灭，甚至父族、母族、妻族，一古脑儿杀尽，冤乎不冤，惨乎不惨！世间最毒妇人心，即此已见吕后之泼悍。

高祖接得此报，惊喜交并，当即至长安一行。夫妻相见，并不责后擅杀，只问韩信死时，有无他语。其欲信之死也，久矣。吕后谓信无别言，但自悔不用蒯彻计议。高祖惊愕道："彻系齐人，素有辩才，不应使他漏网，再哄他人。"乃即使人赴齐，传语曹参，速将蒯彻拿来。参怎敢违慢，严饬郡吏，四处兜拿，任他蒯彻如何佯狂，也无从逃脱，被吏役拿解进京，由高祖亲自鞫问，怒目诘责道："汝敢教淮阴侯造反么？"

彻直答道："臣原叫他独立，可惜竖子不听我言，遂至族诛，若竖子肯用臣计，陛下怎得杀他？"高祖大怒，喝令左右烹彻。彻呼天鸣冤，高祖道："汝教韩信造反，罪过韩信，理应受烹，还有何冤？"彻朗声说道："秦失其鹿，天下共逐，高材疾足，方能先得。此时有甚么君臣名义，箝制人心。臣闻跖犬可使吠尧，尧岂不仁？犬但知为主，非主即吠。臣当时亦唯知韩信，不知陛下，就是今日海内粗平，亦未尝无暗地怀谋，欲为陛下所为。试问陛下，能一一尽烹否？人不尽烹，独烹一臣，臣所以要呼冤了！"佯狂不能免祸，还是用彼三寸舌。蒯彻佯狂见前文。高祖闻言，不禁微笑道："汝总算能言善辩，朕便赦汝罢！"遂令左右将彻释缚，彻再拜而出，仍回到齐国去了。究竟是能说的好处。

　　且说梁王彭越，佐汉灭楚，战功虽不及韩信，却也相差不远，截楚粮道，烧楚积聚，卒使项王食尽，蹙死垓下，这种功劳，也好算是汉将中的翘楚。自韩信被擒，降王为侯，越亦恐及祸，阴有戒心。到了陈豨造反，高祖亲征，曾派人召越，使越会师，越托病不赴，是越亦大失着。惹动高祖怒意，驰诏诘责。越又觉生恐，拟自往谢罪。部将扈辄旁阻道："王前日不行，今日始往，定必成擒。不如就此举事，乘虚西进，截住汉帝归路，尚可快心。"越听了扈辄一半计策，仍然借口生病，未尝往谢。但究竟不敢造反，只是蹉跎度日。不料被梁太仆闻知，暗暗记着，当下瞧越不起，擅自行事。越欲把他治罪，他却先发制人，竟一溜烟似的往报高祖。适值高祖返洛，途中遇着，便即上书告讦，谓越已与扈辄谋反。高祖信为实事，立遣将士赍诏到梁，出其不意，把越与扈辄两人，一并拘至洛阳，便令廷尉王恬开讯办。恬开审讯以后，已知越不听辄言，无意造反，但默窥高祖微旨，不得不从重定谳，略言"谋反计划，出自扈辄，越果效忠帝室，理应诛辄报闻，今越不杀辄，显是反形已具，应该依法论罪"等语。高祖为了韩信受诛，入都按问情形，因将越事悬搁数日。前后呼应。及再到洛阳，乃下诏诛辄，贷越死罪，废为庶人，谪徙至蜀地青衣县居住。越无可奈何，只好依诏西往，行至郑地，却碰着一位女杀星，要将彭越的性命催讨了去。看官道是何人？原来就是擅杀韩信的吕雉。直斥其名，痛嫉之至。

吕后闻得彭越下狱，私心窃喜，总道高祖再往洛阳，定将越置诸死刑，除绝后患。偏高祖将他赦免，但令他废徙蜀中。她一得此信，大为不然，所以即日启行，要向高祖面谈，请速杀越。冤家路狭，蓦地相逢，便即呼越停住，假意慰问。越忙拜谒道旁，涕泣陈词，自称无罪，且乞吕后乘便说情，请高祖格外开恩，放回昌邑故里。向女阎罗求生，真是妄想。吕后毫不推辞，一口应允，就命越回，从原路同入洛阳，自己进见高祖，使越在宫外候信。越眼巴巴的恭候好音，差不多待了一日，那知宫中有卫士出来，复将他横拖直拽，再至廷尉王恬开处候讯。王恬开也暗暗称奇，便探听宫内消息，再定谳词。未几已得确音，乃是吕后见了高祖，便劝高祖诛越，大旨谓"越本壮士，徙入蜀中，仍旧养虎遗患，不如速诛为是，今特把越截住，嘱使同来"云云。一面嘱令舍人告变，诬越暗招部兵，还想谋反，内煽外蛊，不由高祖不从，因再执越，交付廷尉，重治越罪。恬开是个逢迎好手，更将原谳加重，不但诛及越身，还要灭越三族。越方知一误再误，悔无及了。诏令一下，悉依定谳，遂将越捆缚出去，枭首市曹。并把越三族拘至，全体屠戮。越既枭首示众，还要把尸身醢作肉酱，分赐诸侯。何其残忍若此？且就悬首处揭张诏书，如有人收祀越首，罪与越同。

才阅数日，忽有一人素服来前，携了祭品，向着越首，摆设起来，且拜且哭。当被守吏闻知，便将那人捉住，送至高祖座前。高祖怒骂道："汝何人？敢来私祭彭越！"那人道："臣系梁大夫栾布。"高祖越厉声道："汝难道不见我诏书？公然哭祭，想是与越同谋，快快就烹！"时殿前正摆着汤镬，卫士等一闻命令，即将栾布提起，要向汤镬中掷入。布顾视高祖道："容待臣一言，死亦无恨。"高祖道："尽管说来！"栾布道："陛下前困彭城，败走荥阳、成皋间，项王带领强兵，西向进逼，若非彭王居住梁地，助汉苦楚，项王早已入关了。当时彭王一动，关系非浅，从楚即汉破，从汉即楚破，况垓下一战，彭王不至，项王亦未必遽亡。今天下已定，彭王剖符受封，岂不欲传诸万世，乃一征梁兵，适值彭王有病，不能遽至，便疑为谋反，诛彭王身，灭彭王族，甚至悬首醢肉，臣恐此后功臣，人人自危，不反也将逼反了！今彭王已死，臣尝仕梁，敢违诏私祭，原是拼死前来，生不如死，情愿就烹。"高祖见他语言慷慨，词气激昂，也觉得所为过甚，急命武士放下栾布，松开捆绑，授为都尉，布乃向高祖拜了两拜，下殿自去。

这栾布本是彭越旧友，向为梁人，家况甚寒，流落至齐，充当酒保。后来被人掠卖，入燕为奴，替主报仇，燕将臧荼，举为都尉。及荼为燕王，布即为燕将，已而荼起兵叛汉，竟至败死，布为所掳，亏得梁王彭越，顾念交情，将布赎出，使为梁大夫。越受捕时，布适出使齐国，事毕回梁，始闻越已被诛，乃即赶至洛阳，向越头下，致祭尽哀。古人有言："烈士徇名。"又云："士为知己者死。"栾布才算不愧哩！应该称扬。

惟高祖既诛彭越，即分梁地为二，东北仍号为梁，封子恢为梁王；西南号为淮阳，封子友为淮阳王。两子为后宫诸姬所出，母氏失传，小子也不敢臆造。只高祖猜忌异姓，改立宗支，明明是将中国土地，据为私产，也与秦始皇意见相似，异迹同情。若吕后妒悍情形，由内及外，无非为保全自己母子起见，这更可不必说了。讥剌得当。

梁事已了，吕后劝高祖还都，高祖乃挈后同归，入宫安居。约阅月余，忽想起南粤地方，尚未平服，因特派楚人陆贾，赍着印绶，往封赵佗为南粤王，叫他安辑百越，毋为边害。赵佗旧为龙川令，属南海郡尉任嚣管辖。嚣见秦政失纲，中原大乱，也想乘时崛起，独霸一方，会因老病缠绵，卧床不起，到了将死时候，乃召赵佗入语道："天下已乱，胜、广以后，复有刘、项，几不知何时得安。南海僻处蛮夷，我恐被乱兵侵入，意欲塞断北道，自开新路，静看世变如何，再定进止。不幸老病加剧，有志未逮。今郡中长吏，无可与言，只有足下倜傥不羁，可继我志。此地负山面海，东西相距数千里，又有中原人士，来此寓居，正可引为臂助，足下能乘势立国，却也是一州的主子呢！"佗唯唯受教，嚣即命佗行南海尉事。未几嚣死，佗为嚣发丧，实任南海尉，移檄各关守将，严守边防，截阻北路。所有秦时派置各县令，陆续派兵捕戮，另用亲党接充。嗣是袭取桂林象郡，自称南粤武王。

及汉使陆贾，到了南海，佗虽不拒绝，却大模大样的坐在堂上，头不戴冠，露出一个椎髻，身不束带，独伸开两脚，形状似箕，直至陆贾进来，仍然这般容态。陆贾素有口才，也不与他行礼，便朗声开言道："足下本是中国人，父母兄弟坟墓，都在真定，今足下反易天常，弃冠裂带，要想举区区南越，与天子抗衡，恐怕祸且立至了！试想秦为不道，豪杰并起，独今天子得先入关，据有咸阳，平定暴秦。项羽虽强，终致败亡，先后不过五年，海内即归统一，这乃天意使然，并不是专靠人力呢！今足下僭号南越，不助天下诛讨暴逆，天朝将相，俱欲移兵问罪，独天子怜民劳苦，志在休息，特遣使臣至此，册封足下，足下正应出郊相迎，北面称臣。不意足下侈然自大，骤思抗命，倘天子得闻此事，赫然一怒，掘毁足下祖墓，屠灭足下宗族，再遣偏将领兵十万，来讨南越，足下将如何支持？就是南越吏民，亦且共怨足下，足下生命，就在这旦夕间了！怵以利害，先挫其气。佗乃竦然起座道："久处蛮中，致失礼仪，还请勿怪！"贾答道："足下知过能改，也好算是一位贤王。"佗因问道："我与萧何、曹参、韩信等人，互相比较，究竟孰贤？"贾随口说道："足下似高出一筹。"略略奉承，俾悦其心。佗喜溢眉宇，又进问道："我比皇帝如何？"贾答说道："皇帝起自丰沛，讨暴秦，诛强楚，为天下兴利除害，德媲五帝，功等三王，统天下，治中国，中国人以亿万计，地方万里，尽归皇帝，政出一家，自从天地开辟以来，未尝得此！今足下不过数万兵士，又僻居蛮荒，山海崎岖，约不过大汉一郡，足下自思，能赛得过皇帝否？"佗大笑道："我不在中国起事，故但王此地；若得居中国，亦未必不如汉帝呢！"乃留贾居客馆中，连日与饮，纵谈时事，贾应对如流，备极欢洽。佗欣然道："越中乏才，无一可与共语，今得先生到来，使我闻所未闻，也是一幸。"贾因他气谊相投，乐得多住数日，劝他诚心归汉。佗为所感动，乃自愿称臣，遵奉汉约，并取出越中珍宝，作为赆仪，价值千金。贾亦将随身所带的财帛，送给赵佗，大约也不下千金，主客尽欢，方才告别。

　　贾辞归复命，高祖大悦，擢贾为大中大夫。贾既得主眷，时常进谒，每与高祖谈论文治，辄援据诗书，说得津津有味。高祖讨厌得很，向贾怒骂道："乃公以马上得天下，要用什么诗书？"贾答道："马上得天下，难道好马上治天下么？臣闻汤武逆取顺守，方能致治；秦并六国，任刑好杀，不久即亡。向使秦得有天下，施行仁义，效法先王，陛下怎能得灭秦为帝呢？"明白痛快。高祖听说，暗自生惭，禁不住面颊发赤。停了半晌，方与贾语道："汝可将秦所以失天下，与我所以得天下，分条解释，并引古人成败的原因，按事引证，著成一书，也可垂为后鉴了。"贾奉命趋出，费了好几天工夫，辑成十二篇，奏闻高祖。高祖逐篇称善，左右又齐呼万岁，遂称贾书为《新语》。小子有诗咏道：

奉书出使赴南藩，折服枭雄语不烦。
更有一编传治道，古今得失好推原。

欲知后事如何，且看下回分解。

韩信谋反，出自舍人之一书，虚实尚未可知，吕后遽诱而杀之，无论其应杀与否，即使应杀，而出自吕后之专擅，心目中亦岂尚有高祖耶？或谓高祖出征，必有密意授诸帷房，故吕后得以专杀，此言亦不为无因，试观高祖之不责吕后，与吕后之复请诛越，可以知矣。然吾谓韩、彭之戮，高祖虽未尝无意，而主其谋者，必为吕后。高祖擒信而不杀信，拘越而不杀越，犹有不忍之心，惟吕后阴悍过于高祖，高祖第黜之而不杀，吕后必杀之而后快，越可诬，信亦何不可诬？纲目于韩、彭之杀，皆不书反，而杀信则独书皇后，明其为吕后之专杀，于高祖固尚有恕辞也。妇有长舌，洵可畏哉！彼陆贾之招降赵佗，乃以口舌取功名，与郦食其、随何相类。惟"马上取天下，不能以马上治"二语，实足为佐治良谟，《新语》之作，流传后世，谓为汉室良臣，不亦宜乎！

第三十九回

讨淮南箭伤御驾　过沛中宴会乡亲

却说高祖既臣服南越，复将伪公主遣嫁匈奴，也得冒顿欢心，奉表称谢，正是四夷宾服，函夏风清。偏偏天有不测风云，人有旦夕祸福，高祖政躬不豫，竟好几日不闻视朝。群臣都向宫中请安，那知高祖不愿见人，吩咐守门官吏，无论亲戚勋旧，一概拒绝，遂致群臣无从入谒，屡进屡退，究不知高祖得何病症，互启猜疑。独舞阳侯樊哙，往返数次，俱不得见，惹得一时性起，号召群僚，排闼直入，门吏阻挡不住，只得任令入内。哙见高祖躺在床上，用一小太监作枕，皱着两眉，似寐非寐，便不禁悲愤道："臣等从陛下起兵，大小百战，从未见陛下气沮，确是勇壮得很，今天下已定，陛下乃不愿视朝，累日病卧，又为何困惫至此！况陛下患病，群臣俱为担忧，各思觐见天颜，亲视安否？陛下奈何拒绝不纳，独与阉人同处，难道不闻赵高故事么？"樊哙敢为是言，想知高祖并非真病。高祖闻言，一笑而起，方与哙等问答数语。哙见高祖无甚大病，也觉心安，遂不复多言，须臾即退。其实高祖乃是愁病，一大半为了戚姬母子，踌躇莫决，所以闷卧宫中，独自沈思。一经樊哙叫破，只好撇下心事，再起听政，精神一振，病魔也自然退去了。

过了数日，忽来一个淮南中大夫贲赫，报称淮南王英布谋反，速请征讨。高祖恐赫挟嫌诬控，未便轻信，乃把赫暂系狱中，别令人查办淮南。究竟英布谋反，是否属实，容小子约略表明。先是彭越被诛，醢肉为酱，分赐王侯。布得酿大惊，恐轮到自己身上，阴使部将带兵守边，预防不测。会因爱姬得病，就医诊治，医家对门，就是中大夫贲赫宅第。赫尝在英布左右，与王姬亦曾见过。此时因姬就医，便想乘便奉承。特购得奇珍异宝，作为送礼。待至姬病渐瘥，又备了一席盛筵，即借医家摆设，恭请王姬上坐，自就末座相陪。男女有别，奈何不避嫌疑？王姬不忍却情，就也入席畅饮，直至玉山半颓，酒阑席散，方才谢别还宫。布见姬已就痊，倒也心喜。有时追问病中情景，姬即就便称赫，说他忠义兼全。那知布面色陡变，迟疑半晌，方说出一语道："汝为何知赫忠义？"姬被他一诘，才觉得出言冒昧，追悔无及，但又不能再讳，只好将赫如何厚馈，如何盛宴，略说一遍。布不听犹可，听他说完，越加动怒，厉声诃责道："贲赫与汝何亲？乃这般优待，莫非汝与赫另有别情！"姬且悔且惭，又急又恼，慌忙带哭带辩，宁死不认。偏英布不肯相信，竟欲贲赫对质，使人宣召。何必这般性急。赫见了来使，还道是王姬代为吹嘘，非常高兴。及见来使语言有异，乃殷勤款待，探问情由。使人感赫厚情，便与他附耳说明，赫始知弄巧成拙，不敢应召，佯说是病不能起，只好从宽。待至使人去后，又恐布派兵来拿，当即乘车出门，飞奔而去。果然不到半日，即由布发到卫兵，围住赫第，入宅搜捕。四处寻觅，并不见赫，只得回去告布。布又命卫兵追赶，行了一二百里，杳无赫踪，仍然退归。赫已兼程西进，入都告变。

高祖恨不得杀尽功臣，正要他自来寻祸，还是萧何防赫挟嫌，奏明高祖，才得高祖首肯，也虑赫怀有诈意，一面将赫系住，一面派使查布。布因追赫不及，已料他西往长安，讦发隐情。至朝使到来，虽然没有严诏，但见他逐事调查，定由赫从中挑唆。自知一不做、二不休，索性将赫家全眷，尽行屠戮，且欲拿住朝使，一刀两段，亏得朝使预得风声，先期逃脱，奔还长安，报称布已起反。

高祖闻知，乃赦赫出狱，拜为将军，并召诸将会议出师。诸将统齐声道："布何能为？但教大兵一到，便好擒来。"高祖却不免迟疑，一时不能遽决。原来高祖病体新愈，尚未复原，意欲使太子统兵，出击英布。莫非与头曼单于同一思想？太子有上宾四人，统是岩栖谷隐，皓首庞眉。一叫做东园公，一叫做夏黄公，一叫做绮里季，一叫做甪音禄里先生。向来蛰居商山，号为商山四皓。高祖尝闻他重名，屡征不至。建成侯吕释之，系吕后亲兄，奉吕后命，要想保全太子，特向张良问计。良教他往迎四皓，辅佐太子，当不致有废立情事。释之也不知他有何妙用，但依了张良所言，卑礼厚币，往聘四人。四人见来意甚诚，勉允出山，面谒储君。及至长安，太子盈格外礼遇，情同师事，四人又不好遽去，只得住下。到了英布变起，太子盈有监军消息，四皓已窥透高祖微意，亟往见吕释之道："太子出去统兵，有功亦不能加封，无功却不免受祸，君何不急请皇后，泣陈上前，但言英布为天下猛将，素善用兵，不可轻敌。现今朝廷诸将，都系陛下故旧，怎肯安受太子节制。今若使太子为将，何异使羊率狼，谁肯为用？徒令英布放胆，乘隙西来，中原一动，全局便至瓦解。看来只有陛下力疾亲征，方可平乱云云。照此进言，太子方可无虞了。"释之得四皓教导，忙入宫报知吕后。吕后即记着嘱语，乘间至高祖前，呜呜咽咽，泣述一番。高祖乃慨然道："我原知竖子不能任事，总须乃公自行，我就亲征便了。"谁知已中了四皓的秘计。

是日即颁下诏命，准备亲征。汝阴侯夏侯婴，尚谓英布未必遽反，特召入门客薛公，与他商议。薛公为故楚令尹，向有才智，料事如神，既入见夏侯婴，说起英布造反等情，便以为确实无疑。婴复问道："主上已裂地封布，举爵授布，布得南面称王，难道还要造反么？"薛公道："往年杀彭越，前年杀韩信，布与信、越，同功一体，两人受诛，布怎能不惧？因惧思反，何足为怪？"婴又道："布果能逞志否？"薛公道："未必！未必！"婴深服薛公言论，遂入白高祖，力为保荐。高祖也即传见，向他问计。薛公道："布反不足深虑，设使布出上策，山东恐非汉有；若出中策，胜负尚未可知；惟出下策，陛下好高枕安卧了！"高祖道："上策如何？"薛公道："南取吴，西取楚，东并齐鲁，北收燕赵，坚壁固守，乃为上策，布能出此，山东即非汉有了！"高祖又问及中策下策。薛公道："东取吴，西取楚，并韩取魏，据敖仓粟，塞成皋口，便是中策。若东取吴，西取下蔡，聚粮越地，身归长沙，这乃所谓下策哩。"高祖道："汝料布将用何策？"薛公道："布一骊山刑徒，遭际乱世，得封王爵；其实是无甚远识，但顾一身，不顾日后，臣料他必出下策，尽可无忧！"高祖听了，欣然称善，面封薛公为关内侯，食邑千户。且立赵姬所生子长为淮南王，预为代布地步。

时方新秋，御跸启行，战将多半相从，惟留守诸臣，辅着太子，得免从军，但皆送行出都，共至霸上。留侯张良，平时多病，至此亦强起出送。想是辟谷所致。临别时方语高祖道："臣本宜从行，无如病体加剧，未便就道，只好暂违陛下！惟陛下此去，务请随时慎重，楚人生性剽悍，幸勿轻与争锋！"高祖点首道："朕当谨记君言。"良又说道："太子留守京都，关系甚重，陛下应命太子为将军，统率关中兵马，方足摄服人心。"高祖又依了良议，且嘱良道："子房为朕故交，今虽抱病，幸为朕卧傅太子，免朕悬念。"良答道："叔孙通已为太子太傅，才足胜任，请陛下放心。"高祖道："叔孙通原是贤臣，但一人恐不足济事，故烦子房相助，子房可屈居少傅，还望勿辞！"良乃受职自归。无非为着太子。高祖又发上郡、北地、陇西车骑，及巴蜀材官，并中尉卒三万人，使屯霸上，为太子卫军。部署既定，然后麾兵东行，逐队进发。

　　布已出兵略地，东攻荆，西攻楚，号令军中道："汉帝已老，必不亲来；从前善战诸将，只有韩信、彭越，智勇过人，今已皆死，余不足虑。诸君能努力向前，包管得胜，取天下也不难呢！"部众闻命，遂先向荆国进攻。荆王刘贾，战败走死。布取得荆地，复移兵攻楚。楚王刘交，分兵三路，出城拒布，有人谓楚统将道："布善用兵，为众所惮，我若并力抵拒，还可久持。今作为三路，势分力散，彼若败我一军，余军皆散，楚地便不保了！"楚将不从，果然两造交锋，前军为布所败，左右二军，不战自溃，楚将亦遁。就是楚王刘交，也保不住淮西都城，避难奔薛。布以为荆、楚已下，正好西进，遂如薛公所料，甘出下计，溯江西行，及抵蕲州属境会甄地方，正值高祖亲率大队，迤逦前来。布望将过去，隐隐见有黄屋左纛，却也吃了一惊。偏不如汝所料。但势成骑虎，不能再下，只得摆成阵势，与决雌雄。

　　高祖就庸城下营，登高窥敌，见布军甚是精锐，一切阵法，仿佛与项羽相似，心下很是不悦，因即策励诸将，出营与战。布严装披挂，立住阵门，高祖遥与布语道："我封汝为王，也足报功，何苦兴兵动众，猝然造反！"布说不出甚么理由，但随口答说道："为王何如为帝，我亦无非想做皇帝呢！"倒也痛快。高祖大怒，痛骂数语，便即用鞭一挥，诸将依次杀出，突入布阵。布令前驱射箭，群镞齐飞，争注汉军，汉军虽不免受伤，仍然拼死直前，有进无退。高祖也冒矢督战，毫无惧色。忽遇一箭飞来，迫不及避，竟中胸前，还亏身披铁甲，镞未深入，不过入肉数分，痛楚尚可忍耐。高祖用手扪胸，保护痛处，越觉得怒气上冲，大呼杀贼。诸将见高祖已经中箭，尚且舍命奋呼，做臣子的理应为主效劳，争先赴敌，还管甚么生死利害，但教一息尚存，总要拼个你死我活，于是从众矢攒集的中间，拨开一条血路，齐向布阵杀入。布兵矢已垂尽，汉军气尚未衰，顿时布阵捣破，横冲直撞，好似生龙活虎，不可复制，布众七零八落，纷纷四溃，布亦禁止不住，带领残骑，回头退走。高祖尚麾众追击，直逼淮水。布兵渡淮东行，只恐汉军追及，急忙凫水，多被漂没。及渡过对岸，随兵已不满千人，再加沿途散失，相从只百余骑兵，哪里还能保守淮南。

布势尽力穷，不敢还都，专望江南窜走。适有长沙王吴臣，贻书与布，叫他避难长沙。吴臣即吴芮子，芮已病殁，由臣嗣立，与布为郎舅亲。布得书心喜，急忙改道前往。行至鄱阳，夜宿驿中，不料驿舍里面，伏着壮士，突起击布。布猝不及防，竟被杀死，好与韩信、彭越一班阴魂，混做一淘，彼此诉苦去了。看官不必细猜，便可晓得杀布的壮士，乃是吴臣所遣。既得布首，当然赍献高祖，释嫌报功。大义灭亲，原不足怪，但必诱而杀之，毋乃不情。

那时高祖已顺道至沛，省视故乡父老，寓有衣锦重归的意思。沛县官吏，预备行宫，盛设供帐，待至高祖到来，出城跪迎。高祖因他是故乡官吏，却也另眼相看，就在马上答礼，命他起身，引入城中。百姓统扶老携幼，欢迎高祖，香花载道，灯彩盈街。高祖瞧着，非常高兴，一入行宫，即传集父老子弟，一体进见，且嘱他不必多礼，两旁分坐。沛中官吏，早已备着筵席，摆设起来。高祖坐在上面，即令父老子弟，共同饮酒，又选得儿童二百二十人，教他唱歌侑觞。儿童等满口乡音，咿咿呀呀的唱了一番，高祖倒也欢心。并因酒入欢肠，越加畅适，遂令左右取筑至前，亲自击节，信口作歌道：

大风起兮云飞扬，威加海内兮归故乡，安得猛士兮守四方！

　　歌罢，命儿童学习，同声唱和。儿童伶俐得很，一经教授，便能上口，并且抑扬顿挫，宛转可听，引得高祖喜笑颜开，走下座来，回旋动舞。无赖依然旧酒徒。舞了片刻，又回想到从前苦况，不由的悲感交乘，流下数行老泪。父老子弟等，看到高祖泪容，都不禁相顾错愕。高祖亦已瞧着，便向众宣言道："游子悲故乡，乃是常情。我虽定都关中，万岁以后，魂魄犹依恋故土，怎能忘怀？且我起自沛公，得除暴逆，幸有天下，是处系朕汤沐邑，可从此豁免赋役，世世无与。"大众听了，俱伏地拜谢。高祖又令他起身归座，续饮数巡，至晚始散。到了次日，复使人召入武负、王媪，及亲旧各家老妪，都来与宴。妇女等未知礼节，由高祖概令免礼，大众不过是敛衽下拜，便算是觐见的仪制。草草拜毕，依次入座。高祖与他谈及旧事，相率尽欢，且笑且饮，又消磨了一日。嗣是男女出入，皆各赐宴，接连至十余日，方拟启行，父老等固请再留。高祖道："我此来人多马众，日需供给，若再留连不去，岂不是累我父兄？我只好与众告辞了！"乃下令起程。

　　父老等不忍相别，统皆备办牛酒，至沛县西境饯行，御驾一出，全县皆空。高祖感念父老厚情，命在沛西暂设行幄，与众共饮，眨眨眼又是三日，始决计与别。父老复顿首请命道："沛中幸免赋役，唯丰邑未沐殊恩，还乞陛下矜怜！"高祖道："丰邑是我生长地，更当不忘，只因从前雍齿叛我，丰人亦甘心助齿，负我太甚，今既由父老固请，我就一视同仁，允免赋役罢了。"雍齿已给侯封，何必再恨丰人？父老等再为丰人叩谢。高祖待他谢毕，拱手上车，向西自去。父老等回入沛中，就在行宫前筑起一台，号为歌风台。曾记清朝袁子才，咏有歌风台诗云：

　　　　高台击筑记英雄，马上归来句亦工。

一代君民酣饮后，千年魂魄故乡中。
青天弓剑无留影，落日河山有大风。
百二十人飘散尽，满村牧笛是歌童。

高祖行次淮南，连接两次喜报，心下大悦。究竟所报何事，待看下回自知。

韩、彭未反而被戮，英布已反而始诛，是布固明明有罪，与韩、彭之受戮不同。然韩、彭不死，布亦未必遽反，兔死狐悲，物伤其类，布之反，实汉高有以激成之耳！究令布终不反，亦未必免祸。功成身危，千古同慨，此张子房之所以独称明哲也。及高祖破布，过沛置酒，宴集父老，大风作歌，慨思猛士，是岂因功臣之死，自觉寂寥，乃为慷慨悲歌乎？夫猛士可使守，枭将亦不反矣。甚矣哉高祖之徒知齐末，不知揣本也！

第四十回

保储君四皓与宴　留遗嘱高祖升遐

却说高祖到了淮南，连接两次喜报，一即由长沙王吴臣，遣人献上英布首级，高祖看验属实，颁诏褒功，交与来使带回。一是由周勃发来的捷音，乃是追击陈豨，至当城破灭豨众，将豨刺死，现已悉平代郡，及雁门、云中诸地，候诏定夺云云。高祖复驰诏与勃，叫他班师。周勃留代，见三十八回。惟淮南已封与子长，楚王交复归原镇，独荆王贾走死以后，并无子嗣，特改荆地为吴国，立兄仲子濞为吴王。

濞本为沛侯，年方弱冠，膂力过人，此次高祖讨布，濞亦随行，临战先驱，杀敌甚众。高祖因吴地轻悍，须用壮王镇守，方可无患，乃特使濞王吴。濞受命入谢，高祖留神细视，见他面目犷悍，隐带杀气，不由的懊悔起来。便怅然语濞道："汝状有反相，奈何？"说到此句，又未便收回成命，大费踌躇。濞暗暗生惊，就地俯伏，高祖手抚濞背道："汉后五十年，东南有乱，莫非就应在汝身？汝当念天下同姓一家，慎勿谋反，切记、切记！"既知濞有反相，何妨收回成命，且五十年后之乱事，高祖如何预知？此或因史笔好诛，故有是记载，未足深信。濞连称不敢，高祖乃令他起来，又嘱咐数语，才使退出。濞即整装去讫。嗣是子弟分封，共计八国，齐、楚、代、吴、赵、梁、淮阳、淮南，除楚王交、吴王濞外，余皆系高祖亲子。高祖以为骨肉至亲，当无异志，就是吴王濞，已露反相，还道是犹子比儿，不必过虑，谁知后来竟变生不测呢？这且慢表。

　　且说高祖自淮南启跸，东行过鲁，遣官备具太牢，往祀孔子。待祀毕复命，改道西行。途中箭创复发，匆匆入关，还居长乐宫，一卧数日。戚姬早夕侍侧，见高祖呻吟不辍，格外担忧，当下觑便陈词，再四吁请，要高祖保全母子性命。高祖暗想，只有废立太子一法，尚可保他母子，因此旧事重提，决议废立。张良为太子少傅，义难坐视，便首先入谏，说了许多言词，高祖只是不睬。良自思平日进言，多见信从，此番乃格不相入，料难再语，不如退归，好几日杜门谢客，托病不出。当时恼了太子太傅叔孙通，入宫强谏道："从前晋献公宠爱骊姬，废去太子申生，晋国乱了好几十年；秦始皇不早立扶苏，自致灭祀，尤为陛下所亲见。今太子仁孝，天下共闻，吕后与陛下，艰苦同尝，只生太子一人，如何无端背弃？今陛下必欲废嫡立少，臣情愿先死，就用颈血洒地罢。"说着，即拔出剑来，竟欲自刎。高祖慌忙摇手，叫他不必自尽，且与语道："我不过偶出戏言，君奈何视作真情？竟来尸谏，幸勿如此误会！"通乃把剑放下，复答说道："太子为天下根本，根本一摇，天下震动，奈何以天下为戏哩？"高祖道："我听君言，不易太子了！"通乃趋退。既而内外群臣，亦多上书固争，累得高祖左右两难，既不便强违众意，又不好过拒爱姬，只好延宕过去，再作后图。

　　既而疮病少瘳，置酒宫中，特召太子盈侍宴。太子盈应召入宫，四皓一同进去，俟太子行过了礼，亦皆上前拜谒。高祖瞧着，统是须眉似雪，道貌岩岩，心中惊异得很，便顾问太子道："这四老乃是何人？"太子尚未答言，四皓已自叙姓名。高祖愕然道："公等便是商山四皓么？我求公已阅数年，公等避我不至，今为何到此，从吾儿游行？"四皓齐声道："陛下轻士善骂，臣等义不受辱，所以违命不来。今闻太子仁孝，恭敬爱士，天下都延颈慕义，愿为太子效死。臣等体念舆情，故特远道来从，敬佐太子。"高祖徐徐说道："公等肯来辅佐我儿，还有何言？幸始终保护，毋致失德。"四皓唯唯听命，依次奉觞上寿。高祖勉强接饮，且使四皓一同坐下，共饮数卮。约有一两个时辰，高祖总觉寡欢，就命太子退去。太子起座，四皓亦起，随着太子，谢宴而出。高祖急召戚姬至前，指示四皓，且唏嘘向戚姬道："我本欲改立太子，奈彼得四人为辅，羽翼已成，势难再动了。"戚姬闻言，立即泪下。妇女徒知下泪，究属无益。高祖道："汝亦何必过悲，须知人生有命，得过且过，汝且为我作楚舞，我为汝作楚歌。"戚姬无奈，就席前飘扬翠袖，轻盈回舞。高祖想了片刻，歌词已就，随即高声唱着道：

　　鸿鹄高飞，一举千里。羽翼已就，横绝四海。
　　横绝四海，当可奈何！虽有缯缴，尚安所施！

歌罢复歌，回环数四，音调凄怆。戚姬本来通文，听着语意，越觉悲从中来，不能成舞，索性掩面痛哭，泣下如雨。高祖亦无心再饮，吩咐撤肴，自携戚姬入内，无非是婉言劝解，软语温存，但把废立太子的问题，却从此搁起，不复再说了。太子原不宜废立，但欲保全戚姬，难道竟无别法么？

是时萧何已进位相国，益封五千户。高祖意思，实因何谋诛韩信，所以加封。群僚都向何道贺，独故秦东陵侯召平往吊。平自秦亡失职，在长安种瓜，味皆甘美，世称为东陵瓜。萧何入关，闻平有贤名，招致幕下，尝与谋议。此次平独入吊道："公将从此惹祸了！"何惊问原因，平答道："主上连年出征，亲冒矢石，惟公安守都中，不被兵革。今反得加封食邑，名为重公，实是疑公，试想淮阴侯百战功劳，尚且诛夷，公难道能及淮阴么?"何惶急道:"君言甚是,计将安出?"平又道:"公不如让封勿受,尽将私财取出,移作军需,方可免祸。"何点首称善,乃只受相国职衔,让还封邑,且将家财佐军。果得高祖欢心,褒奖有加。及高祖讨英布时,何使人输运军粮,高祖又屡问来使,谓相国近作何事。来使答言,无非说他抚循百姓,措办粮械等情,高祖默然。寓有深意。来使返报萧何,何也未识高祖命意,有时与幕客谈及,忽有一客答说道:"公不久便要灭族哩!"又作一波。何大惊失色,连问语都说不出来。客复申说道:"公位至相国,功居第一,此外已不能再加了。主上屡问公所为,恐公久居关中,深得民心,若乘虚号召,据地称尊,岂不是驾出难归,前功尽殒么?今公不察上意,还要孳孳为民,益增主忌!忌日益深,祸日益迫,公何不多买田地,胁民贱售,使民间稍稍谤公,然后主上闻知,才能自安,公亦可保全家族了。"何依了客言,如议施行,嗣有使节往返,报知高祖,高祖果然欣慰。

已而淮南告平,还都养疴,百姓遮道上书,争劾萧何强买民田,高祖全不在意,安然入宫。至萧何一再问疾,才将谤书示何,叫他自己谢民,何乃补给田价,或将田宅仍还原主,谤议自然渐息了。过了数旬,何上了一道奏章,竟触高祖盛怒,把书掷下,信口怒骂道:"相国萧何,想是多受商人货赂,敢来请我苑地,这还当了得么?"说着,遂指示卫吏,叫他往拘萧何,交付廷尉。可怜何时时关心,防有他变,不料大祸临头,竟来了一班侍卫,把他卸除冠带,加上锁链,拿交廷尉,向黑沉沉的冤狱中,亲尝苦味去了。古时刑不上大夫,况属相国,召平等胡不劝何早去,省得受辱?一连幽系了数日,朝臣都不知何因,未敢营救。后来探得萧何奏牍,乃是为了长安都中,居民日多,田地不敷耕种,请将上苑隙地,俾民入垦,一可栽植菽粟,瞻养穷氓;二可收取槁草,供给兽食。这也是一条上下交济的办法，谁知高祖疑他讨好百姓，又起猜嫌，竟不计前功，饬令系治！猜忌之深，无孔不入。

群臣各为呼冤，但尚是徘徊观望，惮发正言。幸亏有一王卫尉，代何不平，时思保救。一日入侍，见高祖尚有欢容，遂乘问高祖道："相国有何大罪，遽致系狱？"高祖道："我闻李斯相秦，有善归主，有恶自受，今相国受人货赂，向我请放苑地，求媚人民，我所以把他系治，并不冤诬。"卫尉道："臣闻百姓足，君孰与不足？相国为民兴利，请辟上苑，正是宰相应尽的职务，陛下奈何疑他得贿呢？且陛下距楚数年，又出讨陈豨、黥布，当时俱委相国留守。相国若有异图，但一动足，便可坐据关中。乃相国效忠陛下，使子弟从军，出私财助饷，毫无利己思想，今难道反贪商贾财贿么？况前秦致亡，便是由君上不愿闻过，李斯自甘受谤，实恐出言遭谴，何足为法？陛下未免浅视相国了！"力为萧何洗释，语多正直，可惜史失其名。高祖被他一驳，自觉说不过去，踌躇了好多时，方遣使持节，赦何出狱。何年已老，械系经旬，害得手足酸麻，身躯困敝，不得已赤了双足，徒跣入谢。高祖道："相国可不必多礼了！相国为民请愿，我不肯许，我不过为桀纣主，相国乃成为贤相，我所以系君数日，欲令百姓知我过失呢！"何称谢而退，自是益加恭谨，静默寡言。高祖也照常看待，不消细说。

适周勃自代地归来，入朝复命，且言陈豨部将，多来归降，报称燕王卢绾，与豨曾有通谋情事。高祖以绾素亲爱，未必至此，不如召他入朝，亲察行止。乃即派使赴燕，传旨召绾。绾却是心虚，通谋也有实迹，说将起来，仍是由所用非人，致被摇惑，遂累得身名两败，贻臭万年！先是豨造反时，尝遣部将王黄至匈奴求援，匈奴已与汉和亲，一时未肯发兵。事为卢绾所闻，也遣臣属张胜，前往匈奴，说是豨兵已败，切勿入援。张胜到了匈奴，尚未致命，忽与故燕王臧荼子衍，旅次相遇。_{衍奔匈奴，见前文。}两下叙谈，衍是欲报父仇，恨不得汉朝危乱，乃用言诱胜道："君习知胡事，乃为燕王所宠信，燕至今尚存，乃是因诸侯屡叛，汉不暇北顾，暂作羁縻，若君但知灭豨，豨亡必及燕国，君等将尽为汉虏了！今为君计，惟有一面援豨，一面和胡，方得长保燕地；就使汉兵来攻，亦可彼此相助，不至遽亡。否则汉帝好猜，志在屠戮功臣，怎肯令燕久存哩！"张胜听了，却是有理。遂违反卢绾命令，竟入劝冒顿单于，助豨敌汉。绾待胜不至，且闻匈奴发兵入境，防燕攻豨，不由的惊诧起来。暗想此次变端，定由张胜暗通匈奴，背我谋反，乃飞使报闻高祖，要将张胜全家诛戮。使人方发，胜却自匈奴回来。绾见了张胜，当然要把他斩首，嗣经胜具述情由，说得绾亦为心动，乃私赦胜罪，掉了一个狱中罪犯，绑出市曹，枭去首级，只说他就是张胜。暗中却遣胜再往匈奴与他连和，另派属吏范齐，往见陈豨，叫他尽力御汉，不必多虑。偏偏陈豨不能久持，败死当城，遂致绾计不得逞，悔惧交并。蓦地里又来了汉使，宣召入朝，绾怎敢遽赴？只好托言有病，未便应命。

汉使当然返报，高祖尚不欲讨绾，又派辟阳侯审食其，及御史大夫赵尧，相偕入燕，察视绾病虚实，仍复促绾入朝。两使驰入燕都，绾越加惊慌，仍诈称病卧床中，不能出见，但留西使居客馆中。两使住了数日，未免焦烦，屡与燕臣说及，要至内室问病。燕臣依言报绾，绾叹息道："从前异姓分封，共有七国，现在只存我及长沙王两人，余皆灭亡。往年族诛韩信，烹醢彭越，均出吕后计划。近闻主上抱病不起，政权均归诸吕后，吕后妇人，阴贼好杀，专戮异姓功臣，我若入都，明明自去寻死。且待主上病愈，我方自去谢罪，或尚能保全性命呢！"燕臣乃转告两使，虽未尝尽如绾言，却也略叙大意。赵尧还想与他解释，独审食其听着语气，似含有不满吕后的意

思，心中委实难受，遂阻住赵尧言论，即与尧匆匆还报。审食
其祖护吕后，却有一段隐情，试看下文便知。

　　高祖得两人复命，已是愤恨得很，旋又接到边吏报告，乃
是燕臣张胜，仍为燕使，通好匈奴，并未有族诛等情。高祖不
禁大怒道："卢绾果然造反了！"遂命樊哙率兵万人，往讨卢
绾。哙受命即去。高祖因绾亦谋反，格外气忿，一番盛怒，又
致箭疮迸裂，血流不止。好容易用药搽敷，将血止住；但疮痕
未愈，痛终难忍，辗转榻中，不能成寐。自思讨布一役，本拟
令太子出去，乃吕后从中谏阻，使我不得不行，临阵中箭，受
伤甚重，这明明是吕后害我，岂不可恨？所以吕后、太子，进
来问疾，高祖或向他痛骂一顿。吕后、太子不堪受责，往往避
不见面，免得时听骂声。适有侍臣与樊哙不协，趁着左右无
人，向前进谗道："樊哙为皇后妹夫，与吕后结为死党，闻他
暗地设谋，将俟宫车宴驾后，引兵报怨，尽诛戚夫人、赵王如
意等人，不可不防！"高祖瞋目道："有这等事么？"侍臣说是
千真万真，当由高祖召入陈平、周勃，临榻与语道："樊哙党
同吕后，望我速死，可恨已极，今命汝两人乘驿前往，速斩哙
首，不得有误！"两人闻命，面面相觑，不敢发言。高祖顾陈
平道："汝可将哙首取来，愈速愈妙！"又顾周勃道："汝可代
哙为将，讨平燕地！"两人见高祖盛怒，并且病重，未便为哙
解免，只好唯唯退出，整装起行。在途私议道："哙系主上故
人，积功甚多，又是吕后妹夫，关系贵戚。今主上不知听信何
人，命我等速去斩哙！我等此去，只好从权行事，宁可把哙拘
归，请主上自行加诛罢。"这计议发自陈平，周勃亦极口赞
成，便即乘驿前往。两人尚未至哙军，那高祖已经归天了。

　　高祖一病数月，逐日加重，至十二年春三月中，自知创重
无救，不愿再行疗治；吕后却遍访良医，得了一有名医士，入
宫诊视。高祖问疾可治否？医士却还称可治，高祖谩骂道：

"我以布衣提三尺剑，取得天下，今一病至此，岂非天命？命乃在天，就使扁鹊重生，也是无益，还想甚么痊愈呢!"说罢，顾令近侍取金五十斤赐与医士，令他退去，不使医治。医士无功得金，却发了一注小财。吕后亦无法相劝，只好罢了。高祖待吕后退出，便召集列侯群臣，一同入宫，嘱使宰杀白马，相率宣誓道："此后非刘氏不得封王，非有功不得封侯。如违此约，天下共击之!"誓毕乃散。高祖再寄谕陈平，令他由燕回来，不必入报，速往荥阳，与灌婴同心驻守，免致各国乘丧为乱。布置已毕，再召吕后入宫，嘱咐后事。吕后问道："陛下百岁后，萧相国若死，何人可代？"高祖道："莫若曹参。"吕后道："参年亦已将老，此后当属何人？"高祖道："王陵可用。但陵稍愚直，不能独任，须用陈平为助。平智识有余，厚重不足，最好兼任周勃。勃朴实少文，但欲安刘氏，非勃不可，就用为太尉便了。"大约是阅历有得之谈。吕后还要再问后人，高祖道："后事恐亦非汝所能知了。"吕后乃不复再言。又越数日，已是孟夏四月，高祖在长乐宫中，瞑目而崩。享年五十有三。自高祖为汉王后，方才改元，五年称帝，又阅八年，总计得十有二年。称帝以五年为始，故合计只十二年。小子有诗咏道：

仗剑轻挥灭暴秦，功成垓下壮图新。
如何功狗垂烹尽，身后牝鸡得主晨。

高祖已崩，大权归诸吕后手中，吕后竟想尽诛遗臣，放出一种辣手出来。当下召入一人，秘密与商，这人为谁？容至下回再详。

四皓为秦时遗老，无权无勇，安能保全太子，使不废立？高祖明知废立足以召祸，故迟回审慎，终不为爱妾所移，其所谓羽翼已成、势难再动，特绐戚夫人耳。戚姬屡请易储，再四涕泣，高祖无言可答，乃借四皓以折其心，此即高祖之智术也。厥后械系萧何，命斩樊哙，无非恐太子柔弱，特为此最后之防维。何本谦恭，挫辱之而已足；哙兼亲贵，刑戮之而始安。至若预定相位，嘱用周勃，更为身后之图，特具安刘之策，盖其操心危、虑患深，故能谈言微中，一二有征。必谓其洞察未来，则尧舜犹难，遑论汉高。况戚姬、赵王，固为高祖之最所宠爱者，奈何不安之于豫，而使有人彘之祸也哉！

第四十一回

折雄狐片言杜祸　看人彘少主惊心

却说吕后因高祖驾崩，意欲尽诛诸将，竟将丧事搁起，独召一心腹要人，入宫密商。这人姓名，就是辟阳侯审食其。食其与高祖同里，本没有甚么才干，不过面目文秀，口齿伶俐，夤缘迎合，是他特长。高祖起兵以后，因家中无人照应，乃用为舍人，叫他代理家务。食其得了这个美差，便在高祖家中，厮混度日。高祖出外未归，家政统由吕后主持，吕后如何说，食其便如何行，唯唯诺诺，奉命维谨，引得吕后格外喜欢。于是日夕聚谈，视若亲人，渐渐的眉来眼去，渐渐的目逗心挑。太公已经年老，来管甚么闲事，一子一女，又皆幼稚，怎晓得他秘密情肠？他两人互相勾搭，居然入彀，瞒过那老翁幼儿，竟演了一出露水缘。这是高祖性情慷慨，所以把爱妻禁脔，赠送他人。一番偷试，便成习惯，好在高祖由东入西，去路越远，音信越稀，两人乐得相亲相爱，双宿双飞。及高祖兵败彭城，家属被掳，食其仍然随着，不肯舍去，无非为了吕后一人，愿同生死。好算有情。吕后与太公被拘三年，食其日夕不离，私幸项王未尝虐待，没有甚么刑具，拘挛肢体，因此两人仍得续欢，无甚痛苦。到了鸿沟议约，脱囚归汉，两人相从入关，高祖又与项王角逐江淮，毫不知他有私通情事。两人情好越深，俨如一对患难夫妻，昼夜不舍。既而项氏破灭，高祖称帝，所有从龙诸将，依次加封，吕后遂从中怂恿，乞封食其。高祖也

道他保护家属，确有功劳，因封为辟阳侯。床第功劳，更增
十倍。

食其喜出望外，感念吕后，几乎铭心刻骨，从此入侍深
宫，较前出力。吕后老且益淫，只避了高祖一双眼睛，镇日里
偷寒送暖，推食解衣。高祖又时常出征，并有戚夫人为伴，不
嫌寂寞，但教吕后不去缠扰，已是如愿以偿。吕后安居宫中，
巴不得高祖不来，好与食其同梦。有几个宫娥彩女，明知吕后
暗通食其，也不敢漏泄春光，且更帮两人做了引线，好得些意
外赏钱，所以高祖戴着绿巾，到死尚未知晓。惟吕后淫妒性
成，见了高祖已死，便即起了杀心，一是欲保全太子，二是欲
保全情人。他想遗臣杀尽，自然无人为难，可以任所欲为。当
下召入食其，与他计议道："主上已经归天，本拟颁布遗诏，
立嗣举丧，但恐内外功臣，各怀异志，若知主上崩逝，未必肯
屈事少主。我欲秘不发丧，佯称主上病重，召集功臣，受遗辅
政，一面埋伏甲士，把他悉数杀死，汝以为可好否？"食其听
着，倒也暗暗吃惊，转思功臣诛夷，与自己亦有益处，因即信
口赞成，惟尚恐机谋不慎，反致受害，所以除赞成外，更劝吕
后慎密行事。

吕后也未免胆小，复召乃兄吕释之等入商。释之也与食
其同意，故一时未敢发作。转眼间已阅三日，朝臣俱启猜
疑，不过没有的确消息。独曲周侯郦商子寄，素与释之子
禄，斗鸡走马，互相往来，禄私与谈及宫中秘事，寄亟回家
报告乃父。乃父商愕然惊起，匆匆趋出，径往辟阳侯宅中，
见了审食其，屏人与语道："足下祸在旦夕了！"食其本怀着
鬼胎，蓦闻此言，不由的吓了一跳，慌忙问为何事？商低声
说道："主上升遐，已有四日，宫中秘不发丧，且欲尽诛诸
将。试问诸将果能尽诛么？现在灌婴领兵十万，驻守荥阳；
陈平又奉有诏令，往助灌婴；樊哙死否，尚未可知；周勃代

哙为将，北徇燕代，这都是佐命功臣，倘闻朝内诸将，有被诛消息，必然连兵西向，来攻关中。大臣内畔，诸将外入，皇后、太子，不亡何待？足下素参宫议，何人不晓，当此危急存亡的时候，未尝进谏，他人必疑足下同谋，将与足下拼命，足下家族，还能保全么？"*怵心之语。*食其嗫嚅道："我……我实未预闻此事！外间既有此谣传，我当禀明皇后便了。"*还想抵赖。*

商乃告别，食其忙入宫告知吕后。吕后一想，风声已泄，计不得行，只好作为罢论，惟嘱食其转告郦商，切勿喧传。食其自然应命，往与郦商说知。商本意在安全内外，怎肯轻说出去，当令食其返报吕后，尽请放怀。吕后乃传令发丧，听大臣入宫哭灵。总计高祖告崩，已四日有余了。棺殓以后，不到二旬，便即奉葬长安城北，号为长陵。群臣进说道："先帝起自细微，拨乱反正，平定天下，为汉太祖，功德最高，应上尊号为高皇帝。"皇太子依议定谥，后世遂称为"高帝"，亦称"高祖"。又越二日，太子盈嗣践帝位，年甫一十七岁，尊吕后为皇太后，赏功赦罪，布德行仁，后来庙谥曰"惠"，故沿称"惠帝"。

喜诏一颁，四方遄听，燕王卢绾，闻樊哙率兵出击，本不欲与汉兵对仗，自率宫人家属数千骑，避居长城下，拟俟高祖病愈，入朝谢罪。及惠帝嗣立的消息，传达朔方，料知太子登基，吕后必专国政，何苦自来寻死，遂率众投奔匈奴，匈奴使为东胡卢王。事见后文。

惟樊哙到了燕地，绾已避去，燕人原未尝从反，不劳征讨，自然畏服。哙进驻蓟南，正拟再出追绾，忽有一使人持节到来，叫他临坛受诏。哙问坛在何处？使人答称在数里外。哙亦不知何因，只好随着使人，前去受命。行了数里，已至坛前，望见陈平登坛宣敕，不得不跪下听诏。才听得一小半，突有武士数名，从坛下突出，把哙揪住，反接两手，绑缚起来。哙正要喧嚷，那陈平已读完敕文，三脚两步的走到坛下，将哙扶起，与他附耳说了数语，哙方才无言。当由平指麾武士，把哙送入槛车。哙手下只有数人，见哙被拿，便欲返身跑去，可巧周勃瞧着，出来喝住，命与偕行。于是勃与平相别，向北自去，平押哙同走，向西自归。这也是陈平达权的妙计。可谓六出以外又是一出。勃驰至哙营，取出诏书，晓示将士，将士等素重周勃，又见他奉诏代将，倒也不敢违慢，相率听令。勃得安然接任，并无他患。独陈平押着樊哙，将要入关，才接到高祖后诏，命他前往荥阳，帮助灌婴，所有樊哙首级，但速着人送入都中。平与诏使本来相识，当即与他密谈意见，诏使也佩服平谋，且知高祖病已垂危，不妨缓复，索性与平同宿驿中。道遥了两三日，果然高祖驾崩的音耗，传将出来。平一得风声，急忙出驿先行，使诏使代押樊哙，随后继进。诏使尚欲细问，那知平已加了一鞭，如风驰电掣一般，赶入关中去了。又要作怪。

看官听说！陈平不急诛哙，无非为了吕后姊妹。幸而预先料着，尚把哙命保留，但哙已被辱。哙妻吕媭，或再从中进谗，仍然不美，不如赶紧入宫，相机防备为是。毕竟多智。计划一定，刻不容缓，因此匆匆入都，直至宫中，向高祖灵前下跪，且拜且哭，泪下如雨。吕后一见陈平，急向帷中扑出，问明樊哙下落，平始收泪答说道："臣奉诏往斩樊哙，因念哙有大功，不敢加刑，但将哙押解来京，听候发落。"吕后听了，方转怒为喜道："究竟君能顾大局，不乱从命，惟哙今在何处？"平又答道："臣闻先帝驾崩，故急来奔丧，哙亦不日可到了。"吕后大悦，便令平出外休息。平复道："现值宫中大丧，臣愿留充宿卫。"吕后道："君跋涉过劳，不应再来值宿，且去休息数天，入卫未迟。"平顿首固请道："储君新立，国是未定，臣受先帝厚恩，理宜为储君效力，上答先帝，怎敢自惮劳苦呢！"吕后不便再却，且听他声声口口，顾念嗣君，心下愈觉感激，乃温言奖励道："忠诚如君，世所罕有。现在嗣主年少，随时需人指导，敢烦君为郎中令，傅相嗣主，使我释忧，便是君不忘先帝了！"平即受职谢恩，起身告退。甫经趋出，那吕媭已经进来，至吕后前哭诉哈冤，并言陈平实主谋杀哈，应该加罪。吕后怫然道："汝亦太错怪好人，他要杀哈，哈死久了，为何把他押解进来？"吕媭道："他闻先帝驾崩，所以变计，这正是他的狡猾，不可轻信。"吕后道："此去到燕，路隔好几千里，往返须阅数旬，当时先帝尚存，曾命他立斩哈首，他若斩哈，亦不得责他专擅。奈何说他闻信变计呢？况汝我在都，尚不能设法解救，幸得他保全哈命，带同入京，如此厚惠，正当感谢，想汝亦有天良，为什么恩将仇报哩？"这一番话，驳得吕媭哑口无言，只好退去。未几樊哈解到，由吕后下了赦令，将哈释囚。哈入宫拜谢，吕后道："汝的性命，究亏何人保护？"哈答称是太后隆恩。吕后道："此外尚有他人否？"哈记起陈平附耳密言，自然感念，便即答称陈平。吕后笑道："汝倒还有良心，不似汝妻痴狂哩！"都不出陈平所料。哈乃转向陈平道谢。聪明人究占便宜，平非但无祸，反且从此邀宠了。

惟吕太后既得专权，自思前时谋诛诸将，不获告成，原是无可如何；若宫中内政，由我主持，平生所最切齿的，无过戚姬，此番却在我手中，管教她活命不成。当下吩咐宫役，先将戚姬从严处置，援照髡钳为奴的刑律，加她身上。可怜戚姬的万缕青丝，尽被宫役拔去，还要她卸下宫装，改服赭衣，驱入永巷内圈禁，勒令春米，日有定限。戚姬只知弹唱，未娴井臼，一双柔荑的玉手，怎能禁得起一个米杵？偏是太后苛令，甚是森严，欲要不遵，实无别法。何不自尽。没奈何勉力挣扎，携杵学舂，舂一回，哭一回，又编成一歌，且哭且唱道：

> 子为王，母为虏！终日舂，薄暮常与死相伍！相离三千里，谁当使告汝！

歌中寓意，乃是纪念赵王如意，"汝"字就指赵王。不料被吕太后闻知，愤然大骂道："贱奴尚想倚靠儿子么？"说着，便使人速往赵国，召赵王如意入朝。一次往返，赵王不至，二次往返，赵王仍然不至。吕太后越加动怒，问明使人，全由赵相周昌一人阻往。昌曾对朝使道："先帝嘱臣服事赵王，现闻太后召王入朝，明明是不怀好意，臣故不敢送王入都。王亦近日有病，不能奉诏，只好待诸他日罢！"吕太后听了，暗思周昌作梗，本好将他拿问，只因前时力争废立，不为无功，此番不得不略为顾全，乃想出一调虎离山的法儿，征昌入都。昌不能不至。及进谒太后，太后怒叱道："汝不知我怨戚氏么？为何不使赵王前来？"昌直言作答道："先帝以赵王托臣，臣在赵一日，应该保护一日。况赵王系嗣皇帝少弟，为先帝所钟爱。臣前力保嗣皇帝，得蒙先帝信任，无非望臣再保赵王，免致兄弟相戕。若太后怀有私怨，臣怎敢参预？臣唯知有先帝遗命罢了！"吕太后无言可驳，叫他退出，但不肯再令往赵。一面派使飞召赵王，赵王已失去周昌，无人作主，只得应命到来。

是时惠帝年虽未冠，却是仁厚得很，与吕后性情不同。他见戚夫人受罪司舂，已觉太后所为，未免过甚。至赵王一到，料知太后不肯放松，不如亲自出迎，与同居住，省得太后暗中加害。于是不待太后命令，便乘辇出迓赵王。可巧赵王已至，就携他上车，一同入宫，进见太后。太后见了赵王，恨不得亲手下刃，但有惠帝在侧，未便骤然发作，勉强敷衍数语。惠帝知母不欢，即挈赵王至自己宫中。好在惠帝尚未立后，便教他安心住着，饮食卧起，俱由惠帝留心保护。好一个阿哥，可惜失之柔弱。赵王欲想一见生母，经惠帝婉言劝慰，慢慢设法相见。毕竟赵王年幼，遇事不能自主，且恐太后动怒，只好含悲度日。太后时思害死赵王，惟不便与惠帝明言，惠帝也不便明谏太后，但随时防护赵王。

俗语说得好："明枪易躲，暗箭难防。"惠帝虽爱护少弟，格外注意，究竟百密也要一疏，保不定被他暗算。光阴易过，已是惠帝元年十二月中，惠帝趁着隆冬，要去射猎，天气尚早，赵王还卧着未醒，惠帝不忍唤起，且以为稍离半日，谅亦无妨，因即决然外出。待至射猎归来，赵王已七窍流血，呜呼毕命！惠帝抱定尸首，大哭一场，不得已吩咐左右，用王礼殓葬，谥为"隐王"。后来暗地调查，或云鸩死，或云扼死；欲要究明主使，想来总是太后娘娘，做儿子的不能罪及母亲，只好付诸一叹！惟查得助母为虐的人物，是东门外一个官奴，乃密令官吏搜捕，把他处斩，才算为弟泄恨，不过瞒着母后，秘密处治罢了。

哪知余哀未了，又起惊慌。忽有宫监奉太后命，来引惠帝，去看"人彘"。惠帝从未闻有"人彘"的名目，心中甚是稀罕，便即跟着太监，出宫往观。宫监曲曲折折，导入永巷，趋入一间厕所中，开了厕门，指示惠帝道："厕内就是'人彘'哩。"惠帝向厕内一望，但见是一个人身，既无两手，又无两足，眼内又无眼珠，只剩了两个血肉模糊的窟窿，那身子还稍能活动，一张嘴开得甚大，却不闻有甚么声音。看了一回，又惊又怕，不由的缩转身躯，顾问宫监，究是何物？宫监不敢说明，直至惠帝回宫，硬要宫监直说，宫监方说出"戚夫人"三字。一语未了，几乎把惠帝吓得晕倒，勉强按定了神，要想问个底细。及宫监附耳与语，说是戚夫人手足被断，眼珠挖出，熏聋两耳，药哑喉咙，方令投入厕中，折磨至死。惠帝不待说完，又急问他"人彘"的名义，宫监道："这是太后所命，宫奴却也不解。"惠帝不禁失声道："好一位狠心的母后，竟令我先父爱妃，死得这般惨痛么？"说也无益。说着，那眼中也不知不觉，垂下泪来。随即走入寝室，躺卧床上，满腔悲感，无处可伸，索性不饮不食，又哭又笑，酿成一种呆病。宫监见他神色有异，不便再留，竟回复太后去了。

惠帝一连数日，不愿起床，太后闻知，自来探视，见惠帝似傻子一般，急召医官诊治。医官报称病患怔忡，投了好几服安神解忧的药剂，才觉有些清爽，想起赵王母子，又是呜咽不止。吕太后再遣宫监探问，惠帝向他发话道："汝为我奏闻太后，此事非人类所为，臣为太后子，终不能治天下，可请太后自行主裁罢！"宫监返报太后，太后并不悔杀戚姬母子，但悔不该令惠帝往看"人彘"，旋即把银牙一咬，决意照旧行去，不暇顾及惠帝了。小子有诗叹道：

> 娄猪未定寄豭来，人彘如何又惹灾！
> 可恨淫姬太不道，居然为蜮复为虺。

欲知吕太后后来行事，且看下回再叙。

　　有史以来之女祸，在汉以前，莫如褒、妲。褒、妲第以妖媚闻，而惨毒尚不见于史。自吕雉出而淫悍之性，得未曾有，食其可私，韩、彭可杀，甚且欲尽诛诸将，微郦商，则冤死者更不少矣。厥后复鸩死赵王，惨害戚夫人，虽未始非戚氏母子之自取，而忍心辣手，旷古未闻。甚矣，悍妇之毒逾蛇蝎也！惠帝仁有余而智不足，既不能保全少弟，复不能几谏母后，徒为是惊忧成疾，夭折天年，其情可悯，其咎难辞，敝笱之刺，宁能免乎！

第四十二回

媚公主靦颜拜母　戏太后嫚语求妻

却说吕太后害死赵王母子，遂徙淮南王友为赵王，且把后宫妃嫔，或锢或黜，一律扫尽，方出了从前恶气。只赵相周昌，闻得赵王身死，自恨无法保全，有负高祖委托，免不得郁郁寡欢，嗣是称疾不朝，厌闻外事。吕太后亦置诸不问，到了惠帝三年，昌竟病终，赐谥"悼侯"，命子袭封，这还是报他力争废立的功劳。吕太后又恐列侯有变，增筑都城，迭次征发丁夫，数至二三十万，男子不足，济以妇女，好几年才得造成。周围计六十五里，城南为南斗形，城北为北斗形，造得非常坚固，时人号为"斗城"。无非民脂民膏。

惠帝二年冬十月，齐王肥由镇入朝。肥是高祖的庶长子，比惠帝年大数岁，惠帝当然待以兄礼，邀同入宫，谒见太后。太后佯为慰问，心中又动了杀机，想把齐王肥害死。毒上加毒。可巧惠帝有意接风，命御厨摆上酒肴，请太后坐在上首，齐王肥坐在左侧，自己坐在右旁，如家人礼。肥也不推辞，竟向左侧坐下，太后越生忿恨，目注齐王，暗骂他不顾君臣，敢与我子作为兄弟，居然上坐。眉头一皱，计上心来，遂借更衣为名，返入内寝，召过心腹内侍，密嘱数语，然后再出来就席。惠帝一团和气，方与齐王乐叙天伦，劝他畅饮，齐王也不防他变，连饮了好几杯。嗣由内侍献上酒来，说是特别美酒，酌得两卮，置诸案上。太后令齐王饮下，齐王不敢擅饮，起座奉筋，先向太后祝寿。太后自称量窄，仍令齐王饮尽，齐王仍然不饮，转敬惠帝。惠帝亦起，欲与齐王互相敬酒，好在席上共有两卮，遂将一卮与肥，一卮接在手中，正要衔杯饮入，不防太后伸过一手，突将酒卮夺去，把酒倾在地上。惠帝不知何因，仔细一想，定是酒中有毒，愤闷得很。齐王见太后举动蹊跷，也把酒卮放下，假称已醉，谢宴趋出。

返至客邸，用金贿通宫中，探听明白，果然是两卮鸩酒。当下喜惧交并，自思一时幸免，终恐不能脱身，辗转图维，无术解救。没奈何召入随员，与他密商，有内史献议道："大王如欲回齐，最好自割土地，献与鲁元公主，为汤沐邑。公主系太后亲女，得增食采，必博太后欢心，太后一喜，大王便好辞行了！"*幸有此策。*齐王依计行事，上表太后，愿将城阳郡献与公主，未几即得太后褒诏。齐王乃申表辞行，偏偏不得批答，急得齐王惊惶失措，再与内史等商议，续想一法，写入表章，愿尊鲁元公主为王太后，事以母礼。*以同父姊妹为母，不知他从何处想来？*这篇表文呈递进去，果有奇效，才经一宿，便有许多宫监宫女，携着酒肴，趋入邸中，报称太后、皇上，及鲁元公主，在后就到，为王饯行。齐王大喜，慌忙出邸恭迎。小顷便见銮驾到来，由齐王跪伏门外，直至銮舆入门，方敢起身随入。吕太后徐徐下舆，挈着惠帝姊弟两人，登堂就座。齐王拜过太后，再向鲁元公主前，行了母子相见的新礼，引得吕太后笑容可掬。就是鲁元公主，与齐王年龄相类，居然老着脸皮，自命为母，戏呼齐王为儿，一堂笑语，备极欢娱。及入席以后，太后上坐，鲁元公主坐左，惠帝坐右，齐王下坐相陪。浅斟低酌，逸兴遄飞，再加一班乐工，随驾同来，笙簧杂奏，雅韵悠扬。太后悦目赏心，把前日嫌恨齐王的私意，一齐抛却，直饮到日落西山，方才散席。齐王送回銮驾，乘机辞行，贪夜备集行装，待旦即去。离开了生死关头，驰还齐都，仿佛似死后还魂，不胜庆幸了。命中不该枉死，故得生还。

是年春正月间，兰陵井中，相传有两龙现影。想是一条老雌龙，一条小雄龙。未几又得陇西传闻，地震数日。到了夏天，又复大旱。种种变异，想是为了吕后擅权，阴干天谴。是为新学界中所不道，但我国古史，尝视为天人相应，故特录之。及夏去秋来，萧相国何，抱病甚重，惠帝亲往视病，见他骨瘦如柴，卧起需人，料知不能再治，便唏嘘问何道："君百年后，何人可代君任？"何答说道："知臣莫若君。"惠帝猛忆起高祖遗嘱，便接口道："曹参可好么？"何在榻上叩首道："陛下所见甚是，臣死可无恨了！"惠帝又安慰数语，然后还宫。过了数日，何竟病殁，蒙谥为"文终侯"，使何子禄袭封酇侯。何毕生勤慎，不敢稍纵，购置田宅，必在穷乡僻壤间，墙屋毁损，不令修治。尝语家人道："后世有贤子孙，当学我俭约，如或不贤，亦省得为豪家所夺了！"后来子孙继起，世受侯封，有时因过致谴，总不至身家绝灭，这还是萧相国以俭传家的好处。留讽后世。

齐相曹参，闻萧何病逝，便令舍人治装。舍人问将何往？参笑说道："我即日要入都为相了。"舍人似信非信，权且应命料理，待行装办齐，果得朝使前来，召参入都为相，舍人方知参有先见，惊叹不休。参本是一员战将，至出为齐相，刻意求治，志在尚文，因召集齐儒百余人，遍询治道，结果是人人异词，不知所从。嗣访得胶西地方，有一盖公，老成望重，不事王侯，乃特备了一份厚礼，使人往聘，竭诚奉迎。幸得盖公应聘到来，便殷勤款待，向他详询。盖公平日，专治黄帝、老子的遗言，此时所答，无非是归本黄老，大致谓治道毋烦，须出以清静，自定民心。参很是佩服，当下避居厢房，把正堂让给盖公，留他住着，所有举措，无不奉教施行，民心果然翕服，称为贤相。自从参到齐国，已阅九年，至此应召起行，就将政务一切，交与后任接管，且嘱托后相道："君此后请留意狱、市，慎勿轻扰为要。"后相答问道："一国政治，难道除此外，统是小事么？"参又说道："这也并不如此，不过狱、市两处，容人不少，若必一一查究，奸人无所容身，必致闹事，这便叫做庸人自扰了，我所以特别嘱托呢！"惩奸不应过急，纵奸亦属非宜。曹参此言，得半失半。后相才无异言。参遂向齐王告别，随使入都，谒过惠帝母子，接了相印，即日视事。

当时朝臣私议，共说萧、曹二人，同是沛吏出身，本来交好甚密，嗣因曹参积有战功，封赏反不及萧何，未免与何有嫌。现既入朝代相，料必至怀念前隙，力反前政，因此互相戒傲，唯恐有意外变端，关碍身家。还有相府属官，日夜不安，总道是曹参接任，定有一番极大的调动。谁知参接印数日，一些儿没有变更，又过数日，仍然如故，且揭出文告，凡用人行政，概照前相国旧章办理，官吏等始放下愁怀，誉参大度。参不动声色，安历数旬，方渐渐的甄别属僚，见有好名喜事、弄文舞法的人员，黜去数名，另选各郡国文吏，如高年谨厚、口才迟钝诸人，罗致幕下，令为属吏，嗣是日夕饮酒，不理政务。

有几个朝中僚佐，自负才能，要想入陈谋议，他也并不谢绝，但一经见面，便邀同宴饮，一杯未了，又是一杯，务要劝入醉乡。僚佐谈及政治，即被他用言截住，不使说下，没奈何止住了口，一醉乃去。古人有言，上行下效，捷于影响。参既喜饮，属吏也无不效尤，统在相府后园旁，聚坐饮酒。饮到半酣，或歌或舞，声达户外。参虽有所闻，好似不闻一般，惟有二三亲吏，听不过去，错疑参未曾闻知，故意请参往游后园。参到了后园中，徐玩景色，巧有一阵声浪，传递过来，明明是属吏宴笑的喧声，参却不以为意，反使左右取入酒肴，就在园中择地坐下，且饮且歌，与相唱和。这真令人莫名其妙，暗暗的诧为怪事。原是一奇。参不但不去禁酒，就是属吏办事，稍稍错误，亦必替他掩护，不愿声张。属吏等原是感德，惟朝中大臣，未免称奇，有时入宫白事，便将参平日行为，略略奏闻。

惠帝因母后专政，多不惬意，也借这杯中物、房中乐，作为消遣，聊解幽愁。及闻得曹参所为，与己相似，不由的暗笑道："相国也来学我，莫非瞧我不起，故作此态。"正在怀疑莫释的时候，适值大中大夫曹窋入侍，窋系参子，当由惠帝顾语道："汝回家时，可为朕私问汝父道：高祖新弃群臣，嗣皇帝年尚未冠，全仗相国维持，今父为相国，但知饮酒，无所事事，如何能治平天下？如此说法，看汝父如何答言，即来告我。"窋应声欲退，惠帝又说道："汝不可将这番言词，说明由我教汝哩。"窋奉命归家，当如惠帝所言，进问乃父，惟遵着惠帝密嘱，未敢说出上命。道言甫毕，乃父曹参，竟攘袂起座道："汝晓得甚么？敢来饶舌！"说着，就从座旁取过戒尺，把窋打了二百下，随即叱令入侍，不准再归。又是怪事。窋无缘无故，受了一番痛苦，怅然入宫，直告惠帝。知为君隐，不知为父隐，想是有些恨父了。

惠帝听说，越觉生疑。翌日视朝，留心左顾，见参已经站着，便召参向前道："君为何责窋？窋所言实出朕意，使来谏君。"参乃免冠伏地，顿首谢罪，又复仰问惠帝道："陛下自思圣明英武，能如高皇帝否？"惠帝道："朕怎敢望及先帝？"参又道："陛下察臣材具，比前相萧何，优劣如何？"惠帝道："似乎不及萧相国。"参再说道："陛下所见甚明，所言甚确。从前高皇帝与萧何定天下，明订法令，备具规模，今陛下垂拱在朝，臣等能守职奉法，遵循勿失，便算是能继前人，难道还想胜过一筹么？"惠帝已经悟着，乃更语参道："我知道了，君且归休罢。"参乃拜谢而出，仍然照常行事。百姓经过大乱，但求小康，朝廷没有甚么兴革，官府没有甚么征徭，就算做天下太平，安居乐业，所以曹参为相，两三年不行一术，却得了海内讴歌，交相称颂。当时人民传诵道："萧何为法，斠音较若划一，曹参代之，守而勿失。载其清净，民以宁一。"到了后世史官，亦称汉初贤相，要算萧、曹，其实萧何不过恭慎，曹参更且荒怠，内有淫后，外有强胡，两相不善防闲，终致酿成隐患。秉公论断，何尚可原，参实不能无咎呢！抑扬得当。

且说匈奴国中冒顿单于，自与汉朝和亲以后，总算按兵不动，好几年不来犯边。至高祖驾崩，耗问遥传，冒顿遂遣人入边侦察，探得惠帝仁柔，及吕后淫悍略情，遂即藐视汉室，有意戏弄，写着几句谑浪笑傲的嫚词，当作国书，差了一个弁目，赍书行至长安，公然呈入。惠帝方纵情酒色，无心理政，来书上又写明汉太后亲阅，当然由内侍递至宫中，交与吕后。吕后就展书亲览，但见书中写着：

> 孤偾之君，生于沮泽之中，长于平野牛马之域，数至边境，愿游中国。陛下独立，孤偾独居，两主不乐，无以自娱，愿以所有，易其所无。

吕后看到结末两语，禁不住火星透顶，把书撕破，掷诸地上；想是只喜审食其，不喜冒顿。一面召集文武百官，入宫会议，带怒带说道："匈奴来书，甚是无礼，我拟把他来人斩首，发兵往讨，未知众意如何？"旁有一将闪出道："臣愿得兵十万，横行匈奴中！"语尚未完，诸将见是舞阳侯樊哙发言，统皆应声如响，情愿从征。忽听得一人朗语道："樊哙大言不惭，应该斩首！"这一语不但激怒樊哙，瞋目视着；就是吕太后亦惊出意外。留神一瞧，乃是中郎将季布。又来出风头了。布不待太后申问，忙即续说道："从前高皇帝北征，率兵至三十多万，尚且受困平城，被围七日。彼时哙为上将，前驱临阵，不能努力解围，徒然坐困。天下尝传有歌谣云：'平城之中亦诚苦，七日不食，不能彀弩！'今歌声未绝，兵伤未瘳，哙又欲摇动天下，妄言十万人可横行匈奴，这岂不是当面欺上么？且夷狄情性，野蛮未化，我邦何必与较，他有好言，不足为喜，他有恶言，也不足为怒，臣意以为不宜轻讨哩。"吕太后被他一说，倒把那一腔盛怒，吓退到子虚国，另换了一种惧容。就是樊哙也回忆前情，果觉得匈奴可怕，不敢与季布力争。老了，老了，还是与吕婆欢聚罢。当下召入大谒者张释，令他草一复书，语从谦逊，并拟赠他车马，亦将礼意写入书中，略云：

　　单于不忘敝邑，赐之以书，敝邑恐惧，退日自图，年老气衰，发齿堕落，行步失度，单于过听，不足以自污，敝邑无罪，宜在见赦，窃有御车二乘，马二驷，以奉常驾。

书既缮就，便将车马拨交来使，令他带同复书，反报冒顿单于。冒顿见书意谦卑，也觉得前书唐突，内不自安，乃复遣人入谢，略言"僻居塞外，未闻中国礼义，还乞陛下赦宥"等语。此外又献马数匹，另乞和亲。大约因吕后复书发白齿落，不愿相易，所以另求他女。吕太后乃再取宗室中的女子，充作公主，出嫁匈奴。冒顿自然心欢，不复生事。但汉家新造，冠冕堂皇，一位安富尊荣的母后，被外夷如此侮弄，还要卑词逊谢，送他车马，给他宗女，试问与中国朝体，玷辱到如何地步呢！说将起来，无非由吕后行为不正，所以招尤。她却不知少改，仍然与审食其混做一淘，比那高祖在日，恩爱加倍。审食其又恃宠生骄，结连党羽，势倾朝野，中外人士，交相訾议。

渐渐的传入惠帝耳中，惠帝又羞又忿，不得不借法示惩，要与这淫奴算帐了。小子有诗叹道：

> 几经愚孝反成痴，欲罚雄狐已太迟。
> 尽有南山堪入咏，问他可读古齐诗？

究竟惠帝如何惩处审食其，待至下回再表。

偏憎偏爱，系妇人之通病，而吕后尤甚。亲生子女，爱之如掌上珠，旁生子女，憎之如眼中钉。杀一赵王如意，犹嫌不足，且欲举齐王肥而再鸩之，齐王不死亦仅矣。迨以城阳郡献鲁元公主，即易恨为喜，至齐王事鲁元公主为母，则更盛筵相待，即日启行。夷考迁、固二史，于鲁元公主之年龄，未尝详载，要之与齐王不相上下，或由齐王早生一二岁，亦未可知。齐王愿事同父姊妹为母，谬戾已甚，而吕后反喜其能媚己女，何其偏爱之深，至于此极！厥后且以鲁元女为惠帝后，逆伦害理，一误再误，无怪其不顾廉耻，行同禽兽，甘引审食其为寄獂也。冒顿单于遗书嫚亵，戚本自诒，复书且以年老为辞，假使年貌未衰，果将出嫁匈奴否欤？盈廷大臣，不知谏阻，而季布反主持其间，可耻孰甚！是何若屠狗英雄之尚有生气乎！

第四十三回

审食其遇救谢恩人　吕娥姁挟权立少帝

却说惠帝闻母后宣淫，与审食其暗地私通，不由的恼羞成怒，要将食其处死。但不好显言惩罪，只好把他另外劣迹，做了把柄，然后捕他入狱。食其也知惠帝有意寻衅，此次被拘，煞是可虑，惟尚靠着内援，日望这多情多义的吕太后，替他设法挽回，好脱牢笼。吕太后得悉此事，非不着急，也想对惠帝说情，无如见了惠帝，一张老脸，自觉发赤，好几次不能出口。也怕倒霉么？只望朝中大臣，曲体意旨，代为救免；偏偏群臣都嫉视食其，巴不得他一刀两段，申明国法，因此食其拘系数日，并没有一人出来保救。且探得廷尉意思，已经默承帝旨，将要谳成大辟，眼见得死多活少，不能再入深宫，和太后调情作乐了。惟身虽将死，心终未死，总想求得一条活路，免致身首两分，辗转图维，只有平原君朱建，受我厚惠，或肯替我划策，亦未可知，乃密令人到了建家，邀建一叙。

说起朱建的历史，却也是个硁硁小信的朋友。他本生长楚地，尝为淮南王英布门客。布谋反时，建力谏不从，至布已受诛，高祖闻建曾谏布，召令入见，当面嘉奖，赐号平原君。建因此得名，遂徙居长安。长安公卿，多愿与交游，建辄谢绝不见，惟大中大夫陆贾，往来莫逆，联成知交。审食其也慕建名，欲陆贾代为介绍，与建结好，偏建不肯贬节。虽经贾从旁力说，始终未允，贾只好回复食其。会建母病死，建生平义不苟取，囊底空空，连丧葬各具，都弄得无资措办，不得不乞贷亲朋。陆贾得此消息，忙趋至食其宅中，竟向食其道贺。怪极。食其怪问何事？陆贾道："平原君的母亲已病殁了。"食其不待说毕，便接入道："平原君母死，与我何干？"贾又道："君侯前日，尝托仆介绍平原君，平原君因老母在堂，未敢轻受君惠，以身相许；今彼母已殁，君若厚礼相馈，平原君必感君盛情，将来君有缓急，定当为君出力，是君便得一死士了，岂不可贺！"食其甚喜，乃遣人赍了百金，送与朱建当作赙仪。朱建正东借西掇，万分为难，幸得这份厚礼，也只好暂应急需，不便峻情郤还，乃将百金收受，留办丧具。百金足以污节，贫穷之累人实甚！一班趋炎附势的朝臣，闻得食其厚赠朱建，乐得乘势凑奉，统向朱家送赙，少约数金，多且数十金，统共计算，差不多有五百金左右。朱建不能受此却彼，索性一并接收，倒把那母亲丧仪，备办得闹闹热热。到了丧葬毕事，不得不亲往道谢，嗣是审食其得与相见，待遇甚殷。建虽然鄙薄食其，至此不能坚守初志，只好与他往来。

及食其下狱，使人邀建，建却语来使道："朝廷方严办此案，建未敢入狱相见，烦为转报。"使人依言回告食其，食其总道朱建负德，悔恨兼并，自思援穷术尽，拼着一死，束手待毙罢了。谁知食其命未该死，绝处逢生，在狱数日，竟蒙了皇恩大赦，放出狱中。食其喜出望外，匆匆回家，想到这番解免，除太后外，还是何人？不料仔细探查，并不由太后救命，乃是惠帝幸臣闳孺替他哀求，才得释放，不由的惊讶异常。原来宫廷里面，内侍甚多，有一两个巧言令色的少年，善承主意，往往媚态动人，不让妇女。古时宋朝弥子瑕，传播《春秋》，就是汉高祖得国以后，也宠幸近臣籍孺，好似戚夫人一般，出入与偕。补前文所未及。至惠帝嗣位，为了母后淫悍，无暇理政，镇日里宴乐后宫，遂有一个小臣闳孺，仗着那面庞俊秀，性情狡慧，十分巴结惠帝，得了主眷，居然参预政事，言听计从。惟与审食其会少离多，虽然有些认识，彼此却无甚感情。食其闻他出头解救，免不得啧啧称奇，但既得他保全性命，理该前去拜谢。及见了闳孺，由闳孺说及原因，才知救命恩人，直接的似属闳孺，间接的实为朱建。

　　建自回复食其使人，外面毫不声张，暗中却很是关切。他想欲救食其，只有运动惠帝幸臣，帮他排解，方可见功。乃亲至闳孺住宅，投刺拜会。闳孺也知朱建重名，久思与他结识，偏得他自来求见，连忙出来欢迎。建随他入座，说了几句寒暄的套话，即请屏去侍役，低声与语道："辟阳侯下狱，外人都云足下进谗，究竟有无此事？"一鸣惊人。闳孺惊答道："素与辟阳侯无仇，何必进谗？此说究从何而来？"建说道："众口悠悠，本无定论，但足下有此嫌疑，恐辟阳一死，足下亦必不免了。"闳孺大骇，不觉目瞪口呆。建又说道："足下仰承帝宠，无人不知；若辟阳侯得幸太后，也几乎无人不晓。今日国家重权，实在太后掌握，不过因辟阳下吏，事关私宠，未便替他说情。今日辟阳被诛，明日太后必杀足下，母子龃龉，互相报复，足下与辟阳侯，凑巧当灾，岂不同归一死么？"闳孺着急道："据君高见，必须辟阳侯不死，然后我得全生。"建答道："这个自然。君诚能为辟阳侯哀请帝前，放他出狱，太后亦必感念足下。足下得两主欢心，富贵当比前加倍哩。"闳孺点首道："劳君指教，即当照行便了。"建乃别去。到了次日，便有一道恩诏，将食其释出狱中。看官阅此，应知闳孺从中力请，定有一番动人的词色，能使惠帝怒意尽销，释放食其，可见金壬伎俩，不亚娥眉。女子小人，原是相类。惟食其听了闳孺所述，已晓得是朱建疏通，当即与闳孺揖别，往谢朱建。建并不夸功，但向食其称贺，一贺一谢，互通款曲，从此两人交情，更添上一层了。看到后来结局，建总不免失计。

吕太后闻得食其出狱，当然喜慰，好几次召他进宫。食其恐又蹈复辙，不敢遽入，偏被那宫监纠缠，再四敦促，没奈何硬着头皮，悄悄的跟了进去。及见了吕太后，略略述谈，便想告退，奈这位老淫妪，已多日不见食其，一经聚首，怎肯轻轻放出，先与他饮酒洗愁，继同他入帏共枕，续欢以外，更密商善后问题。毕竟老淫妪智虑过人，想出一条特别的妙策，好使惠帝分居异处，并有人从旁牵绊，免得他来管闲事。这条计划，审食其也很是赞成。

看官听着，惠帝当十七岁嗣位，至此已阅三载，刚刚是二十岁了。寻常士大夫家，子弟年届弱冠，也要与他合婚，况是一位守成天子，为何即位三年，尚未闻册立皇后呢？这是吕太后另有一番思想，所以稽延。他因鲁元公主，生有一女，模样儿却还齐整，情性儿倒也温柔，意欲配与惠帝，结做重亲，只可惜年尚幼稚，一时不便成礼。等到惠帝三年，那外孙女尚不过十龄以上，论起年龄关系，尚是未通人道，吕太后却假公济私，迫不及待，竟命太史诹吉，择定惠帝四年元月，行立后礼。惠帝明知女年相差，约近十岁，况鲁元公主，乃是胞姊，胞姊的女儿，乃是甥女，甥舅配做夫妻，岂非乱伦。偏太后但顾私情，不管辈分，欲要与他争执，未免有违母命，因此将错便错，由他主持。真是愚孝。

转瞬间已届佳期，鲁元公主，与乃夫张敖，准备嫁女，原是忙碌得很。吕太后本与惠帝同居长乐宫，此番筹办册后大典，偏令在未央宫中，安排妥当，举行盛仪，一则使惠帝别宫居住，自己好放心图欢，二则使外甥女羁住惠帝，叫他暗中监察，省得惠帝轻信蜚言，这便是枕席喁喁的妙计。此计一行，外面尚无人知觉，就是甥舅成婚，虽似名分有乖，大众都为他是宫闱私事，无关国家，何必多去争论，自惹祸端，所以噤若

寒蝉，惟各自备办厚礼，送往张府，为新皇后添妆。吉期一
届，群至张府贺过了喜，待到新皇后出登凤辇，又一齐簇拥入
宫，同去襄礼。皇家大婚，自有一种繁文缛节，不劳细述。及
册后礼毕，龙凤谐欢，新皇后娇小玲珑，楚楚可爱，虽未能尽
惬帝意，却觉得怀间偎抱，玉软香柔。恐犹乳臭。惠帝也随遇
而安，没甚介意。接连又举行冠礼，宫廷内外的臣工，忙个不
了。一面大赦天下，令郡国察举孝悌力田，免除赋役，并将前
时未革的苛禁，酌量删除。秦律尝禁民间挟书，罪至族诛，至
是准民储藏，遗书得稍稍流传，不致终没，这也是扶翼儒教的
苦衷。

　　惟自惠帝出居未央宫，与长乐宫相隔数里，每阅三五日入
朝母后，往来未免费事。吕太后暗暗喜欢，巴不得他旬月不
来。独惠帝顾全孝思，总须随时定省，且亦料知母后微意，越
要加意殷勤。因思两宫分隔东西，中间须经过几条市巷，銮跸
出入，往往辟除行人，有碍交通，乃特命建一复道，就武库南
面，筑至长乐宫，两面统置围墙，可以朝夕来往，不致累及外
人。当下鸠工赶筑，定有限期。忽由叔孙通入谏道："陛下新
筑复道，正当高皇帝出游衣冠的要路，奈何把他截断，渎嫚祖
宗？"惠帝大惊道："我一时失却检点，致有此误，今即令罢
工便了。"叔孙通道："人主不应有过举，今已兴工建筑，尽
人皆知，如何再令废止呢？"惠帝道："这却如何是好？"通又
道："为陛下计，惟有就渭北地方，另建原庙，可使高皇帝衣
冠，出游渭北，省得每月到此。且广建宗庙，也是大孝的根
本，何人得出来批评呢。"惠帝乃转惊为喜，复令有司增建
原庙。

　　"原庙"的名义，就是再立的意思。从前高祖的陵寝，本
在渭北，陵外有园，所有高祖留下的衣冠法物，并皆收藏一
室，唯按月取出衣冠，载入法驾中，仍由有司拥卫，出游高庙

一次，向例号为游衣冠。但高庙设在长安都中，衣冠所经，正与惠帝所筑的复道，同出一路，所以叔孙通有此谏净，代为设法，使双方不致阻碍。实在是揣摩迎合，善承主旨，不足为后世法呢。论断谨严。及原庙将竣，复道已成，惠帝得常至长乐宫，吕太后亦无法阻止，只得听他自由，不过自己较为小心，免露马脚罢了。

既而两宫中屡有灾异，祝融氏尝来惠顾，累得宫娥彩女，时有戒心。总计自惠帝四年春季，延至秋日，宫内失火三次，长乐宫中鸿台，未央宫中的凌室，系藏冰室，冰室失火，却是一奇。先后被焚。还有织室，亦付诸一炬，所失不赀。此外又有种种怪象，如宜阳雨血，十月动雷，冬天桃李生华、枣树成实，都是古今罕闻。即阴盛阳衰之兆。

过了一年，相国曹参，一病身亡，予谥曰"懿"，子窋袭爵平阳侯。吕太后追忆高祖遗言，拟用王陵、陈平为相，蹰躇了两三月，已是惠帝六年，乃决计分任两人，废去相国名号，特设左右二丞相，右丞相用了王陵，左丞相用了陈平；又用周勃为太尉，夹辅王家。未几留侯张良，也即病终。良本来多病，且见高祖屠戮功臣，乐得借病为名，深居简出，平时托词学仙，不食五谷。及高祖既崩，吕后因良保全惠帝，格外优待，尝石他入宴，强令进食，并与语道："人生世上，好似白驹过隙，何必自苦若此！"想她亦守着此意，故乐得寻欢，与人私通。良乃照旧加餐。至是竟致病殁，由吕太后特别赙赠，赐谥"文成"。良尝从高祖至谷城，取得山下黄石，视作圯上老人的化身，设座供奉。临死时留有遗嘱，命将黄石并葬墓中。长子不疑，照例袭封；次子辟疆，年才十四，吕太后为报功起见，授官侍中。谁知勋臣懿戚，相继沦亡，留侯张良方才丧葬，舞阳侯樊哙又复告终。哙是吕太后的妹夫，又系高祖时得力遗臣，自然恤典从优，加谥为"武"，命子樊伉袭爵。且尝召女弟吕媭，入宫排遣，替她解忧，姊妹深情，也不足怪。总不及汝老妪的快乐。

　　好容易又过一年，已是惠帝七年了，孟春月朔日食，仲夏日食几尽。到了仲秋，惠帝患病不起，竟在未央宫中，撒手归天。一班文武百官，统至寝宫哭灵，但见吕太后坐在榻旁，虽似带哭带语，唠叨有声，面上却并无一点泪痕。大众偷眼瞧视，都以为太后只生惠帝，今年甫二十有四，在位又止及七年，乃遭此短命，煞是可哀，为何有声无泪，如此薄情？一时猜不出太后心事，各待至棺殓后，陆续退出。侍中张辟疆，生性聪明，童年有识，他亦随班出入，独能窥透吕太后隐情。径至左丞相陈平住处，私下进言道："太后独生一帝，今哭而不哀，岂无深意？君等曾揣知原因否？"陈平素有智谋，到此也未曾预想，一闻辟疆言论，反觉得惊诧起来，因即随声转问道："究竟是甚么原因？"辟疆答道："主上驾崩，未有壮子，太后恐君等另有他谋，所以不遑哭泣！但君等手握枢机，无故见疑，必至得祸，不若请诸太后，立拜吕台、吕产为将，统领南北两军，并将诸吕一体授官，使得居中用事，那时太后心安，君等自然脱祸了。"授权吕氏如刘氏何？辟疆究竟童年，不顾全局。

　　陈平听了，似觉辟疆所言，很是有理，遂即别了辟疆，竟入内奏闻太后，请拜吕台、吕产为将军，分管南北禁兵。台与产皆吕太后从子，乃父就是周吕侯吕泽。南北二军，向为宫廷卫队，南军护卫宫中，驻扎城内，北军护卫京城，驻扎城外，这两军向归太尉兼管，若命吕台、吕产分领，是都中兵权，全为吕氏所把持。吕太后但顾母族，不顾夫家，所以听得平言，正惬私衷，立即依议施行。于是专心哭子，每一举哀，声泪俱下，较诸前此情形，迥不相同。过了二十余日，便将惠帝灵輀，出葬长安城东北隅，与高祖陵墓相距五里，一作十里。号为安陵。群臣恭上庙号，叫作"孝惠皇帝"。惠帝后张氏，究竟年轻，未得生男育女，吕太后却想出一法，暗取后宫中所生婴儿，纳入张后房中，佯称是张后所生，立为太子。又恐太子的生母，将来总要漏泄机关，索性把她杀死，断绝后患。计策固狡，奈天道不容何？惠帝既葬，便将伪太子立为皇帝，号做少帝。少帝年幼，吕太后即临朝称制，史官因少帝来历未明，略去不书，惟汉统究未中绝，权将吕后纪年，附于惠帝之后。一是吕后为汉太后，道在从夫，二是吕后称制，为汉代以前所未闻，大书特书，寓有垂戒后人的意思。存汉诛吕，书法可谓谨严了。小子有诗叹道：

> 漫言男女贵平权，妇德无终自昔传。
> 不信但看汉吕后，雌威妄燔欲滔天。

吕太后临朝以后，更欲封诸吕为王，就中恼了一位骨鲠忠臣，要与吕太后力争。欲知此人为谁，待至下回说明。

朱建生平，无甚表见，第营救审食其一事，为《史》、《汉》所推美，特为之作传，以旌其贤。夫食其何人？淫乱之小人耳，国人皆曰可杀，而建以百金私惠，力为解免，私谊虽酬，如公道何！且如《史》、《汉》所言，谓其行不苟合，义不取容，夫果有如此之行义，胡甘为百金所污？母死无财，尽可守孔圣之遗训，敛首足形，还葬无椁，亦不失为孝子。建不出此，见小失大，宁足为贤？史迁乃以之称美，不过因自罹腐刑，无人救视，特借朱建以讽刺交游耳。班氏踵录迁文，相沿不改，吾谓迁失之私，而班亦失之陋也。彼如陈平之轻信张辟疆，请封诸吕，更不足道。

吕氏私食其、宠诸吕，取他人子以乱汉统，皆汉相有以纵成之。本回标目，不称吕太后，独书吕娥姁姁，嫉恶之意深矣。然岂仅嫉视吕后已哉！

第四十四回

易幼主诸吕加封　得悍妇两王枉死

　　却说吕太后欲封诸吕为王，示意廷臣，当时有一位大臣，首先反对道："高皇帝尝召集众臣，宰杀白马，歃血为盟，谓非刘氏为王，当天下共击，不使蔓延。今口血未干，奈何背约！"吕太后瞋目视着，乃是右丞相王陵，一时欲想驳诘，却是说不出理由，急得头筋饱绽，面颊青红。左丞相陈平，与太尉周勃，见太后神色改变，便齐声迎合道："高帝平定天下，曾封子弟为王，今太后称制，分封吕氏子弟，有何不可？"吕太后听了此言，方才易怒为喜，开了笑颜。王陵愤气填胸，只恨口众我寡，不便再言。待至辍朝以后，与平、勃一同退出，即向二人发语道："从前与高皇帝喋血为盟，两君亦尝在列；今高帝升遐，不过数年，太后究是女主，乃欲封诸吕为王，君等遽欲阿顺背约，将来有何面目，至地下去见高帝呢？"千人诺诺，不如一士谔谔。平、勃微笑道："今日面折廷争，仆等原不如君，他日安社稷，定刘氏后裔，恐君亦不及仆等了。"究属勉强解嘲，不得以后来安刘姓为知几之言。陵未肯遽信，悻悻自去。

　　约阅旬日，就由太后颁出制敕，授陵为少帝太傅。陵知太后夺他相权，不如先几远引，尚可洁身，乃上书称病，谢职引归。后来安逝家中，无庸再表。了过王陵。惟陵既谢免，陈平得进任右丞相，至左丞相一缺，就用那幸臣审食其。食其本无相才，仍在宫中厮混，名为监督官僚，实是趋承帷闼，不过太后宠眷特隆，所有廷臣奏事，往往归他取决，所以食其势焰，更倍曩时。吕太后更查得御史大夫赵尧，尝为赵王如意定策，荐任周昌相赵，见前文。至此大权在手，遂诬他溺职，坐罪褫官，另召上党郡守任敖入朝，命为御史大夫。敖前为沛县狱掾，力护吕后，见前文。因此破格超迁，以德报德。一面追尊生父吕公为宣王，长兄周吕侯泽为悼武王，作为吕氏称王的先声。又恐人心未服，先从他处入手，特封先朝旧臣郎中令冯无择等为列侯，再取他人子五人，强名为惠帝诸子，一名彊，封淮阳王；一名不疑，封恒山王；一名山，封襄城侯；一名朝，封轵侯；一名武，封壶关侯。适鲁元公主病死，即封公主子张偃为鲁王，谥公主为"鲁元太后"。父降为侯，子得封王，真是子以母贵。

　　于是欲王诸吕，密使大谒者张释，讽示左丞相陈平等人，请立诸吕为王。陈平等为势所迫，不得已阿旨上书，请割齐国的济南郡为吕国，做了吕台的王封。吕太后有词可借，即封吕台为吕王。偏吕台不能久享，受封未几，一病身亡。早死数年，免得饮刃，却是大幸。吕太后很是悲悼，命台子嘉袭封。此外封吕种释之子。为沛侯，吕平为扶柳侯，吕平系吕后姊子，依母姓吕。吕禄为胡陵侯，吕他为俞侯，吕更始为赘其侯，吕忿为吕城侯，甚至吕太后女弟吕媭，亦受封为临光侯。何不封为女王？

　　吕氏子侄，俱沐光荣，威显无比。吕太后尚恐刘、吕不睦，互相鱼肉，复想出一条亲上加亲的计策，使他联结婚姻，方可永久为欢，不致龃龉。是时齐王刘肥已死，予谥"悼惠"，命他长子襄嗣封。还有次子章，三子兴居，均召入京师，使为宿卫。当即将吕禄女配与刘章，封章为朱虚侯。兴居也得为东牟侯。又因赵王友与梁王恢，年并长成，也代作撮合山，把吕家女子，嫁与二王为妻。二王不敢违命，只好娶了过去。太后以为刘、吕两姓，从此好相安无事了。

那知外面尚未生衅，内廷却已启嫌。吕太后所立的少帝，起初是年幼无知，由她播弄，接连做了三四年傀儡，却有些粗懂人事，往往偷听近侍密谈，得知吕后暗地掉包，杀死自己生母，硬要他母事张后。心中一恨，口中即随便乱言，就是张后平时教训，也全不听从，且任性怒说道："太后杀死我母，待我年壮，总要为我母报仇！"志向倒也不小，可惜鲁莽一点。这种言语，被人听着，当即报知吕太后。太后大吃一惊，暗想他小小年纪，便有这般狂言，将来还当了得，不若趁早废去，结果了他，还可瞒住前谋，除灭后患。当下诱入少帝，把他送至永巷中，幽禁暗室，另拟择人嗣立。遂发出一道敕书，伪言少帝多病，迷罔昏乱，不能治天下，应由各大臣妥议，改立贤君。陈平等壹意逢迎，带领僚属，伏阙上陈道："皇太后为天下计，废暗立明，奠定宗庙社稷，臣等敢不奉诏！"说着，复顿首请示。吕太后尚令群臣推选，叫他退朝协议，议定后陈。大众奉命退出，互相讨论，究未知太后属意何人，不敢擅定。毕竟陈平多智，嘱托宫中内侍，密向太后问明，太后却已意有所属，欲立恒山王义，就是前日的襄城侯山。山为恒山王不疑弟，不疑夭逝，山因嗣封改名为义。一经太后授意内侍，转告群臣，群臣遂表请立义，由太后下诏依言，立义为帝。又叫他改名为弘，且将幽禁永巷的少帝，置诸死地，易称弘为少帝。

弘年亦幼，吕太后仍得临朝，所有恒山王爵，令軹侯朝接封。已而淮阳王强亦死，壶关侯武继承兄爵，嗣为淮阳王。独吕王嘉骄恣不法，傲狠无亲，连太后都看不过去，因欲把嘉废置，另立吕产为吕王。产本嘉叔，即吕台胞弟。以弟继兄，已成当日惯例，偏吕太后假托公道，仍欲经过大臣会议，方好另封，所以延迟数日，未曾立定。

适有一个齐人田子春，来游都下，察知宫中情事，巧为安排。一来是为吕氏效劳，二来是为刘氏报德，双方并进，也是个心计独工的智士。先是高祖从堂兄弟刘泽，受封营陵侯，留居都中，子春常到长安，旅次乏资，挽人引进泽门，立谈以下，甚合泽意。泽屡望封王，子春允为划策，当由泽赠金三百斤，托他钻谋。不意子春得了厚赠，饱载归齐，泽大失所望，但还疑他家中有事，代为曲原。偏迟至二年有余，仍无音信，乃特遣人到齐，寻访子春，责他负友。子春正得金置产，经营致富，接到来使责言，慌忙谢过，且托使人返报，约期入都。待使人去后，也即整备行装，挈子同行。既至长安，并不向泽求见，却另赁大宅住下，取出囊中金银，贿托大谒者张释密友，为子介绍，求居门下。释本是阉人，因得宠吕后，骤致贵显，他心中也想罗致士人，倚作爪牙，一闻友人荐引田子，便即慨允收留。

田子得父秘授，诣事张释，买动欢心，即请释到家宴饮。释绝不推辞，昂然前往，到了子春赁宅，子春早盛设供张，开门迎接。待至释缓步登堂，左右旁顾，见他帷帐器具，无不华丽，仿佛与侯门相似，已是诧异得很，及看核上陈，又皆件件精美，山珍海错，备列筵前，乐得开怀畅饮，自快老饕。饮至半酣，子春屏人与语道："仆至都中，见王侯邸第百余，多是高皇帝的功臣，惟思太后母家吕氏，亦曾佐助高帝，立有大功，并且谊居懿戚，理应优待。今太后春秋已高，意欲多封母家子侄，但恐大臣不服，止立吕王一人。今闻吕王嘉得罪将废，太后必且另立吕氏，足下久侍太后，难道未知太后命意么？"张释道："太后命意，无非欲另立吕产呢。"子春道："足下既知太后隐衷，何不转告大臣，立刻奏请？吕产若得封王，足下亦不失为万户侯，否则足下知情不言，必为太后所恨，祸且及身了！"田生之请封吕产，实是为刘泽着想，略迹原心，尚属可恕。张释惊喜道："非君提醒此意，我且失机，他日得如君言，定当图报。"子春谦逊一番，又各饮了好几杯，方才尽欢而别。

不到数日，即由吕太后升殿，问及群臣，决意废去吕嘉，改立他人。群臣已经张释示意，便将吕产保荐上去，太后甚喜，下诏废吕王嘉，立吕王产，至退朝后，取出黄金千斤，赏与张释。释却不忘前言，分金一半，转赠田子春。子春坚辞不受，释愈加敬礼，引为至交。嗣是常相往来，遇事辄商。子春方得做到本题，乘间进言道："吕产为王，诸大臣究未心服，看来须要设法调停，才得相安。"释问他有何妙法？子春道："现今营陵侯刘泽，为诸刘长，虽得兼官大将军，究竟未受王封，不免怨望。足下何不入白太后，裂十余县，封泽为王？泽得了王封，必然心喜，诸大臣亦可无异言，就是吕王地位，也因此巩固了。"释甚以为然，便去进白太后。

太后本不欲多封刘氏，此时听了释言，封刘就是安吕，不为无计，并且泽妻为吕媭女，婚媾相关，当无他患，乃封刘泽为瑯琊王，遣令就国。子春为泽运动，已得成功，方自往见泽，向泽道贺。泽已查知封王原因，功出子春，当即下座相迎，延令就坐，盛筵相待。子春饮了数觥，便命撤席。泽不禁动疑，问为何事？子者道："王速整装登程，幸勿再留，仆当随王同行便了。"泽尚欲再问，子春但促他速行，不肯明言。故意弄巧。泽乃罢饮整装，夤夜备齐。子春返至寓所，草草收拾，俟至翌晨，复去催泽辞行。泽入宫谒见太后，报告行期，太后并不多言，泽即顿首告退。一出宫门，已由子春办好车马，请泽登车，一鞭加紧，马不停蹄，匆匆的驰出函谷关。既越关门，复急走数十里，始命缓辔徐行。泽尚以为疑，后来得知太后生悔，饬人追还，行至函谷关，已知无及，方才折回。泽乃服子春先见，格外礼遇，欣然就国去了。

太后方悔封刘泽，苦难收回成命，再加赵王友的妻室，入宫告密，说是赵王将有他变，气得吕太后倒竖双眉，立派使人，召还赵王。究竟赵王有无异谋，详查起来，实是子虚乌有，都由他妻室吕氏，信口捏造，有意架诬。吕女为赵王妻，仗着吕太后势力，欺凌赵王。赵王屡与反目，别爱他姬，吕氏且妒且怒，遂不与赵王说明，径至长安，入白太后道："赵王闻得吕氏为王，常有怨言，平居屡语人道：'吕氏怎得为王？太后百年后，我定当讨灭吕氏，使无孑遗。'此外尚有许多妄语，无非是与诸吕寻仇，故特来报闻。"吕太后信以为真，怎肯干休？一俟赵王召到，也不讯明虚实，立把他锢住邸中，派兵监守，不给饮食。赵王随来的从吏，私下进馈，都被卫兵阻住，甚且拘系论罪。可怜赵王友无从得食，饿得气息奄奄，因作歌鸣冤道：

> 诸吕用事兮刘氏微，迫胁王侯兮强授我妃！我妃既妒兮诬我以恶，谗女乱国兮上曾不寤！我无忠臣兮何故弃国，自决中野兮苍天与直！吁嗟不可悔兮宁早自戕，为王饿死兮谁者怜之，吕氏绝理兮托天报仇！

歌声呜呜，饥肠辘辘，结果是饿死邸中。所遗骸骨，但用民礼藁葬长安，<small>未知他妻曾否送葬。</small>吕太后遂徙梁王恢为赵王，改封吕王产为梁王，又将后宫子太封济川王。产始终不闻就国，留京为少帝太傅。太尚年幼，亦不令东往，仍住宫中。赵王恢妻，便是吕产的女儿，阃内雌威，不可向迩，恢秉性懦弱，屡为所制。及移梁至赵，恢本不甚愿意，且从前赵都官吏，半为吕氏所把持，至此复由梁地带去随员，亦有吕姓多人，两处蟠互，累得恢事事受制，一些儿没有主权。那位床头夜叉，气焰越威，竟将恢所宠爱的姬妾，用药毒死。恢既经郁愤，复兼悲悼，辗转思想，毫无生趣，因撰成歌诗四章，令乐工谱入管弦，如怨如慕，如泣如诉，益令恢悲不自胜，索性仰药自尽，到冥府中追寻爱姬，重续旧欢去了。倒是一个情种。

赵臣奏报恢丧，吕太后不责产女，反说恢为一妇人，竟甘自殉，上负宗庙，有亏孝道，不准再行立嗣。另遣使臣至代，授意代王，令他徙赵。代王恒避重就轻，情愿长守代边，不敢移封赵地，乃托朝使告辞。使臣返报吕太后，吕太后遂立吕禄为赵王，留官都中。禄父就是吕释之，时已去世，特追封为赵昭王。会闻燕王建病殁，遗一子，乃是庶出，吕太后不欲他承袭封爵，潜遣刺客赴燕，刺死建子，独封吕台子通为燕王。于是高祖八男，仅存二人，一是代王恒，一是淮南王长，加入齐、吴、楚及琅琊等国，总算还有六七国。恒山、淮阳、济川三国姓氏可疑，故不列入。那吕氏亦有三王，吕产王梁，吕禄王赵，吕通王燕，与刘氏势力相侔。而且产、禄遥领藩封，仍然蟠踞宫廷，手握兵马大权，势倾内外，这却非刘氏诸王所能与敌。刘家天下，几已变做吕家天下了！

流光如驶，倏忽八年。这八年内，统是吕太后专制时代，阴阳反变，灾异迭生，忽而地震，忽而山崩，忽而水溢，忽而红日晦冥，星且尽现。吕太后却也有些知觉，尝见日食如钩，向天嗔语道："这莫非为我不成？"话虽如此，终究是本性难移，活一日，干一日，除死方休。少帝弘名为人主，不使与政，简直与木偶无二。内惟临光侯吕媭、左丞相审食其、大谒者张释，出纳诏奏，参赞秘谋；外惟吕产、吕禄，分典禁兵，护卫宫廷。右丞相陈平、太尉周勃，有位无权，有权无柄，不过旅进旅退，借保声名。独有一位刘家子孙，少年负气，慷慨激昂，他却不肯冒昧图功，暗暗的待着机会，来出风头。小子有诗咏道。

不顾纲常只逆施，妇人心性总偏私；

须知龙种非全替，且看筵前拔剑时。

欲知此人为谁，待至下回再详。

妇道从夫，乃古今之通例，吕雉若不为刘家妇，如何得为皇后，如何得为皇太后！富贵皆出自夫家，奈何遽忘刘氏，徒欲尊宠诸吕乎？当其媾婚刘、吕之时，尚不过欲母家子侄，同享荣华，非必欲遽倾刘氏也。然古人有言，物莫能两大，刘、吕并权，势必相倾，彼吕氏两女，犹弃其夫而不顾，况产禄乎？田子春为刘泽计，先劝张释讽示大臣，请封吕产，然后以刘泽继之。泽居外而产居内，以势力论，泽亦何能及产！但观子春之本心，实为刘泽起见，且后来之安刘灭吕，泽与有功，故本回叙及此事，详而不略，贬亦兼褒。至若陈平、周勃，则力斥其逢迎之失，不以后事而曲恕之，书法不隐，是固一良史手笔也，若徒以小说目之，傎矣！

第四十五回

听陆生交欢将相　连齐兵合拒权奸

却说吕氏日盛，刘氏日衰，剩下几个高祖子孙，都是栗栗危惧，只恐大祸临头。独有一位年少气盛的龙种，却是隐具大志，想把这汉家一脉，力为扶持。这人为谁？就是朱虚侯刘章。刘氏子弟，莫如此人，故特笔提叙。他奉吕太后命令，入备宿卫，年龄不过二十，生得仪容俊美，气宇轩昂。娶了一个赵王吕禄的女儿，合成夫妇，两口儿却是很恩爱，与前次的两赵王不同。吕太后曾为作合，见他夫妇和谐，自然喜慰，就是吕禄得此快婿，亦另眼相待，不比寻常。那知刘章却别有深心，但把这一副温存手段，笼络妻房，好教她转告母家，相亲相爱，然后好乘间行事，吐气扬眉。可见两赵王之死，半由自取，若尽如刘章，吕女反为利用了。

一夕入侍宫中，正值吕太后置酒高会，遍宴宗亲，列席不下百人，一大半是吕氏王侯。刘章瞧在眼中，已觉得愤火中烧，但面上仍不露声色，静待太后命令。太后见章在侧，便命为酒吏，使他监酒。章慨然道："臣系将种，奉命监酒，请照军法从事！"太后素视章为弄儿，总道他是一句戏言，便即照允。待至大众入席，饮过数巡，自太后以下，都带着几分酒兴，章即进请歌舞，唱了几曲巴里词，演了一回莱子戏，引得太后喜笑颜开，击节叹赏。章复申请道："臣愿为太后唱耕田歌。"太后笑道："汝父或尚知耕田，汝生时便为王子，怎知田务?"章答说道:"臣颇知一二。"太后道:"汝且先说耕田的大意。"章吭声作歌道:"深耕溉种,立苗欲疏。非其种者,锄而去之。"太后听着,已知他语带双敲,不便在席间诘责,只好默然无言。章佯作不知,但令近侍接连斟酒,灌得大众醉意醺醺。有一个吕氏子弟,不胜酒力,潜自逃去,偏偏被章瞧着,抢步下阶,拔剑追出,赶至那人背后,便喝声道:"汝敢擅自逃席么?"那人正回头谢过,章张目道:"我已请得军法从事,汝敢逃席,明明藐法,休想再活了!"说着,手起剑落,竟将他首级剁落,回报太后道:"适有一人逃席,臣已谨依军法,将他处斩!"这数语惊动大众,俱皆失色。就是吕太后亦不禁改容,惟用双目盯住刘章,章却似行所无事,从容自若。太后瞧了多时,自思已准他军法从事,不能责他擅杀,只得忍耐了事。大众皆踟蹰不安,情愿告退,当由太后谕令罢酒,起身入内。众皆离席散去,章亦安然趋出。自经过这番宴席,诸吕始知章勇敢,怕他三分。吕禄也有些忌章,但为儿女面上,不好当真,仍然照常待遇。诸吕见禄且如此,怎好无故害章,没奈何含忍过去。惟刘氏子弟,暗暗生欢,都望章挽回门祚,可以抑制诸吕。就是陈平、周勃等,亦从此与章相亲,目为奇才。

时临光侯后媭,女掌男权,竟得侯封,她与乃姊性情相类,专喜察人过失,伺间进谗。至闻刘章擅杀诸吕,却也想不出什么法儿,加害章身,惟与陈平是挟有宿嫌,屡白太后,说他日饮醇酒,好戏妇人。太后久知媭欲报夫怨,有心诬告,所以不肯轻听,但嘱近侍暗伺陈平。平已探得吕媭谗言,索性愈耽酒色,沉湎不治,果然不为太后所疑,反为太后所喜。一日入宫白事,却值吕媭旁坐,吕太后待平奏毕,即指吕媭语平道:"俗语有言,儿女子话不可听,君但教照常办事,休畏我女弟吕媭,在旁多口,我却信君,不信吕媭哩!"平顿首拜谢，起身自去。只难为了一个皇太后胞妹，被太后当面奚落，害得无地自容，几乎要淌下泪来。太后却对她冷笑数声，自以为能，那知已中了陈平诡计。她坐又不是，立又不是，竟避开太后，远远的去哭了一场。但自此以后，也不敢再来潜平了。

平虽为禄位起见，凡事俱禀承吕后，不敢专擅，又且拥美姬，灌黄汤，看似麻木不仁的样子。其实是未尝无忧，平居无事，却也七思八想，意在安刘。无如吕氏势焰，日盛一日，欲要设法防维，恐如螳臂挡车，不自量力，所以逐日忧虑，总觉得艰危万状，无法可施。谁叫你先事纵容。

大中大夫陆贾，目睹诸吕用事，不便力争，尝托病辞职，择得好時地方，挈眷隐居。老妻已死，有子五人，无甚家产，只从前出使南越时，得了赆仪，变卖值一千金，乃作五股分派，分与五子，令他各营生计。自己有车一乘，马四匹，侍役十人，宝剑一口，随意闲游，逍遥林下。所需衣食，令五子轮流供奉，但求自适，不尚奢华。保身保家，无逾于此。有时到了长安，与诸大臣饮酒谈天，彼此统是多年僚友，当然沆瀣相投。就是左丞相府中，亦时常进出，凡门吏仆役，没一个不认识陆大夫，因此出入自由，不烦通报。

一日又去往访，阍人见是熟客，由他进去，但言丞相在内室中。贾素知门径，便一直到了内室，见陈平独自坐着，低着了头，并不一顾。乃开口动问道："丞相有何忧思？"平被他一问，突然惊起，抬头细瞧，幸喜是个熟人，因即延令就座，且笑且问道："先生道我有什么心事？"贾接着道："足下位居上相，食邑三万户，好算是富贵已极，可无他望了。但不免忧思，想是为了主少国疑，诸吕专政呢？"平答说道："先生所料甚是。敢问有何妙策，转危为安？"聪明人也要请教吗？贾慨然道："天下安，注意相，天下危，注意将，将相和睦，众情归附，就使天下有变，亦不至分权，权既不分，何事不成！今日社稷大计，关系两人掌握，一是足下，一是绛侯。仆常欲向绛侯进言，只恐绛侯与我相狎，视作迂谈。足下何不交欢绛侯，联络情意，互相为助呢！"平尚有难色，贾复与平密谈数语，方得平一再点首，愿从贾议。贾乃与平告别，出门自去。

原来平与周勃，同朝为官，意见却不甚融洽。从前高祖在荥阳时，勃尝劾平受金，虽已相隔有年，总觉余嫌未泯，所以平时共事，貌合神离。自从陆贾为平划策，叫他与勃结欢，平遂特设盛筵，邀勃过饮。待勃到来，款待甚殷，当即请勃入席，对坐举觞，堂上劝斝，堂下作乐，端的是怡情悦性，适口充肠，好多时方才毕饮。平又取出五百金，为勃上寿，勃未肯遽受，由平遣人送至勃家，勃称谢而去。

过了三五日，勃亦开筵相酬，照式宴平。平自然前往，尽醉乃归。嗣是两人常相往来，不免谈及国事。勃亦隐恨诸吕，自然与平情投意合，预为安排。平又深服陆贾才辩，特赠他奴婢百人，车马五十乘，钱五百万缗，使他交游公卿间，阴相结纳，将来可倚作臂助，驱灭吕氏。贾便到处结交，劝他背吕助刘。朝臣多被他说动，不愿从吕，吕氏势遂日孤。不过吕产、吕禄等，尚未知晓，仍然恃权怙势，不少变更。

会当三月上巳，吕太后依着俗例，亲临渭水，祓除不祥。事毕即归，行过轵道，见有一物突至，状如苍狗，咬定衣腋，痛彻心腑，免不得失声大呼。卫士慌忙抢护，却不知为何因，但听太后呜咽道："汝等可见一苍狗否？"卫士俱称不见，太后左右四顾，亦觉杳然。因即忍痛回宫，解衣细视，腋下已经青肿，越加惊疑。当即召入太史，令卜吉凶。太史卜得爻象，乃是赵王如意为祟，便据实报明。太后疑信参半，姑命医官调治。那知敷药无效，服药更无效，不得已派遣内侍，至赵王如意墓前，代为祷免，亦竟无效。时衰受鬼迷。日间痛苦，还好勉强忍耐，夜间痛苦益甚，几乎不能支持。幸亏她体质素强，一时不致遽死，直至夏尽秋来，方将全身气血，折磨净尽。吃了三五个月苦痛，还是不足蔽辜？镇日里缠绵床褥，自知不能再起，乃命吕禄为上将，管领北军，吕产管领南军。且召二人入嘱道："汝等封王，大臣多半不平，我若一死，难免变动。汝二人须据兵卫宫，切勿轻出，就使我出葬时，亦不必亲送，才能免为人制呢！"产与禄唯唯受教。

又越数日，吕太后竟病死未央宫，遗诏令吕产为相国，审食其为太傅，立吕禄女为皇后。产在内护丧，禄在外巡行，防备得非常严密，到了太后灵柩出葬长陵，两人遵着遗嘱，不去送葬，但带着南北两军，保卫宫廷，一步儿不敢放松。陈平、周勃等，虽有心除灭诸吕，可奈无隙得乘，只好耐心守着。独有朱虚侯刘章，盘问妻室，才知产、禄谨守遗言，蟠踞宫禁。暗想如此过去，必将作乱，朝内大臣，统是无力除奸，只好从外面发难，方好对付产、禄。乃密令亲吏赴齐，报告乃兄刘襄，叫他发兵西向，自在都中作为内应，若能诛灭吕氏，可奉乃兄为帝云云。

襄得报后，即与母舅驷钧、郎中令祝午、中尉魏勃，部署人马，指日出发。事为齐相召平所闻，即派兵入守王宫，托名保卫，实是管束。齐王襄被他牵制，不便行动，急与魏勃等密商良策。勃素有智谋，至此为襄划策，往见召平，佯若与襄不协，低声语平道："王未得朝廷虎符，擅欲发兵，迹同造反，今相君派兵围王，原是要着，勃愿为相君效力，指挥兵士，禁王擅动，未知相君肯赐录用否？"召平闻言大喜，就将兵符交勃，任勃为将，自在相府中安居，毫不加防。忽有人来报祸事，乃是魏勃从王府撤围，移向相府，立刻就到，吓得召平手足无措，急令门吏掩住双扉，前后守护。甫经须臾，那门外的人声马声，已聚成一片，东冲西突，南号北呼，一座相府门第，已被勃众四面围住，势将捣入。平不禁长叹道："道家有言，当断不断，反受其乱。我自己不能断判，授权他人，致遭反噬，悔无及了！"遂拔剑自杀。此召平似与东陵侯同名异人。待至勃毁垣进来，平已早死，乃不复动手，返报齐王。齐王襄便令勃为将军，准备出兵，并任驷钧为丞相，祝午为内史，安排檄文，号召四方。

此时距齐最近，为琅琊、济川及鲁三国。济川王是后宫子刘太，鲁王是鲁元公主子张偃，两人为吕氏私党，不便联络。惟琅琊王刘泽，辈分最长，又与吕氏不甚相亲，并见前文。论起理来，当可为齐王后援。齐王使祝午往见刘泽，约同起事，午尚恐泽有异言，因与齐王附耳数语，然后起行。及抵琅琊，与泽相见，当即进言道："近闻诸吕作乱，朝廷危急，齐王襄即欲起兵西向，讨除乱贼，但恐年少望轻，未习兵事，为此遣臣前来，恭迎大王！大王素经战阵，又系人望，齐王情愿举国以听，幸乞大王速莅临淄，主持军务！即日连合两国兵马，西入关中，讨平内乱，他时龙飞九五，舍大王将谁属呢？"言甘者心必苦。刘泽本不服吕氏，且听得祝午言词，大有利益，当即与午起行。到了临淄，齐王襄阳表欢迎，阴加监制，再遣午至琅琊，矫传泽命，尽发琅琊兵马，西攻济南。济南向为齐地，由吕太后割畀吕王，所以齐王发难，首先往攻。一面陈诸吕罪状，报告各国，略云：

> 高帝平定天下，王诸子弟，悼惠王薨，惠帝使留侯张良，立臣为齐王。惠帝崩，高后用事，听诸吕，擅废帝更立，又杀三赵王，灭梁、赵、燕以王诸吕，分齐国为四，即琅琊、济川、鲁三国，与齐合计为四。忠臣进谏，上惑乱不听。今高后崩，皇帝春秋富，未能治天下，固待大臣诸侯。今诸吕又擅自尊官，聚兵严威，劫列侯忠臣，矫制以令天下，宗庙以危。寡人率兵入诛不当为王者！

这消息传入长安，吕产、吕禄未免着急，遂遣颍阴侯大将军灌婴，领兵数万，出击齐兵。婴行至荥阳，逗留不进，内结绛侯，外连齐王，静候内外消息，再定行止。齐王襄亦留兵西界，暂止进行。独琅琊王刘泽，被齐王羁住临淄，自知受欺，乃亦想出一法，向齐王襄进说道："悼惠王为高帝长子，王系悼惠冢嗣，就是高帝嫡长孙，应承大统。现闻诸大臣聚议都中，推立嗣主，泽忝居亲长，大臣皆待泽决计，王留我无益，不如使我入关，与议此事，管教王得登大位呢？"齐王襄亦为所动，乃代备车马，送泽西行。赚人者亦为人所赚，报应何速，泽出了齐境，已脱齐王羁绊，乐得徐徐西进，静候都中消息。

都中却已另有变动，计图吕氏。欲问他何人主谋，就是左丞相陈平，与太尉周勃。平、勃两人，既已交欢，往往密谈国事，欲除诸吕。只因产、禄两人，分握兵权，急切不便发作。此次因齐王发难，有机可乘，遂互相谋画，作为内应。就是灌婴留屯荥阳，亦明明是平、勃授意，叫他按兵不动。平又想到郦商父子，向与产禄结有交谊，情好最亲，遂托称计事，把郦商邀请过来，作为抵押。再召郦商子寄，入嘱秘谋，使他诱劝吕禄，速令就国。寄不得已往给吕禄道："高帝与吕后共定天下，刘氏立九王，即吴、楚、齐、代、淮南、琅琊与恒山、淮阳、济川三国。吕氏立三王。即梁、赵、燕。都经大臣议定，布告诸侯，诸侯各无异言。今太后已崩，帝年尚少，足下既佩赵王印，不闻就国守藩，乃仍为上将，统兵留京，怎能不为他人所疑。今齐已起事，各国或且响应，为患不小，足下何不让还将印，把兵事交与太尉，再请梁王亦缴出相印，与大臣立盟，自明心迹，即日就国，彼齐兵必然罢归。足下据地千里，南面称王，方可高枕无忧了！"

吕禄信以为然，遂将寄言转告诸吕。吕氏父老，或说可

行，或说不可行，弄得禄狐疑未决。寄却日日往探行止，见他
未肯依言，很是焦急，但又不便屡次催促，只好虚与周旋，相
机再劝。禄与寄友善，不知寄怀着鬼胎，反要寄同出游猎，寄
不能不从。两人并辔出郊，打猎多时，得了许多鸟兽，方才回
来。路过临光侯吕嬃家，顺便入省。嬃为禄姑，闻禄有让还将
印意议，不待禄向前请安，便即怒叱道："庸奴！汝为上将，
乃竟弃军浪游，眼见吕氏一族，将无从安处了！"却是一个哲
妇。禄莫名其妙，支吾对答，嬃越加动气，将家中所藏珠宝，
悉数取出，散置堂下，且恨恨道："家族将亡，这等物件，终
非我有，何必替他人守着呢？"禄见不可解，惘然退回。寄守
候门外，见禄形色仓皇，与前次入门时，忧乐迥殊，即向禄问
明原委。禄略与说明，寄不禁一惊，只淡淡的答了数语，说是
老人多虑，何致有此。禄似信非信，别了郦寄，自返府中。寄
驰报陈平、周勃，平、勃也为担忧，免不得大费踌躇。小子有
诗叹道：

　　谋国应思日后艰，如何先事失防闲？
　　早知有此忧疑苦，应悔当年太纵奸！

　　过了数日，又由平阳侯曹窋，奔告平、勃，累得平、勃忧
上加忧。究竟所告何事，容至下回说明。

　　　观平、勃对王陵语，谓他日安刘，君不如仆。果
　　能如是，则早应同心合德，共拒吕氏，何必待陆贾之
　　献谋，始有此交欢之举耶！且当吕后病危之日，又不
　　能乘隙除奸，以号称智勇之平、勃，且受制于垂死之
　　妇人，智何足道！勇何足言！微刘章之密召齐王，则
　　外变不生，内谋曷逞，吕产、吕禄，蟠踞宫廷，复刘

氏如反掌，试问其何术安刘乎？后此之得诛诸吕，实
为平、勃一时之侥幸，必谓其有安刘之效果，克践前
言，其固不能无愧也夫。

第四十六回

夺禁军捕诛诸吕　迎代王废死故君

却说平阳侯曹窋，是前相国曹参嗣子，见四十三回。方代
任敖为御史大夫，在朝办事，他正与相国吕产，同在朝房。适
值郎中令贾寿，由齐国出使归来，报称灌婴屯留荥阳，与齐连
和，且劝产赶紧入宫，为自卫计。产依了寿言，匆匆驰去。窋
闻知底细，慌忙走告陈平、周勃，平、勃见事机已迫，只好冒
险行事，便密召襄平侯纪通，及典客刘揭，一同到来。通为前
列侯纪成子，或谓即纪信子。方掌符节，平即叫他随同周勃，
持节入北军，诈传诏命，使勃统兵；又恐吕禄不服，更遣郦寄
带了刘揭，往迫吕禄，速让将印。勃等到了北军营门，先令纪
通持节传诏，再遣郦寄、刘揭，入给吕禄道："主上有诏，命
太尉掌管北军，无非欲足下即日就国，足下急宜缴出将印，辞
别出都，否则祸在目前了！"此语也只可欺禄，不能另欺别人。禄
本来无甚才识，更因郦寄是个好友，总道他不致相欺，乃即取
出将印，交与刘揭，匆匆出营。

揭与寄急往见勃，把将印交付勃手，勃喜如所望，握着印
信，召集北军，立即下令道："为吕氏右袒，为刘氏左袒！"此
令亦欠周到，倘或军中左右袒，勃将奈何！北军都袒露左臂，表示
助刘。勃因教他静待后令，不得少哗，一面遣人报知陈平，平
又使朱虚侯刘章，驰往助勃。勃令章监守军门，再遣曹窋往语
殿中卫尉，毋得容纳吕产。产已入未央宫，号召南军，准备守

御，蓦见曹窋驰入，不知他所为何事，乃亦欲入殿探信。偏殿中卫尉，已皆听信曹窋，将产阻住。产不能进去，只好在殿门外面，徘徊往来。与吕禄同是庸奴，怎能不为所杀！窋见产虽无急智，但南军尚听他指挥，未敢轻动，复使人往报周勃。勃亦恐不能取胜，惟令刘章入宫，保卫少帝。刘章道："一人何足成事？请拨千人为助，方好相机而行。"勃乃拨给步卒千余人，各持兵械，随章入未央宫。章趋进宫门，时已傍晚，见产尚立着庭中，不知所为，暗思此时不击，尚待何时？于是顾语步卒，急击勿延。幸有此尔。一语甫毕，千人齐奋，都向吕产面前，挺刃杀去；章亦拔剑继进，大呼杀贼。产大惊失色，回头便跑，手下军士，却想抵敌刘章，不意"豁喇"一声，暴风骤至，吹得毛发皆竖，立足不住，众心遂致慌乱。更兼吕产平日没有甚么恩德，那个肯为他效死，一哄都走，四散奔逃。章率兵士分头捕产，产不得出宫，逃入郎中府吏舍厕中，蹴伏一团。相国要想尝粪么？偏是死期已至，竟被兵士寻着，一把抓出，上了锁链，牵出见章。章不与多言，顺手一剑，砍中产头，眼见是一命呜呼了！

俄而有一谒者持节出来，口称奉少帝命，慰劳军人。章即欲夺节，偏谒者不肯交付，拼死持着。章转念一想，还是胁与同行，乃将他一手扯住，同载车中，出了未央宫，转赴长乐宫。部下千余人，自然跟去。行至长乐宫前，叩门竟入，门吏见有谒者持节，不敢拦阻，由他直进。长乐卫尉，就是赘其侯吕更始，章正为他前来，出其不意，除灭了他，免得多费兵力。更始尚未知吕产被杀，贸然出迎，又被章仗剑一挥，劈落头颅。章不容谒者开口，便即诈称帝命，只诛吕氏，不及他人。

卫士各得生命，且见有谒者持节在旁，当然听命。章乃返报周勃，勃跃然起座，向章拜贺道："我等只患一吕产，产既伏诛，天下事大定了！"当下遣派将士，分捕诸吕，无论男女老幼，一古脑儿拿到军前。就是吕禄、吕嬃，也无从逃免。勃命将吕禄先行绑出，一刀毕命，吕嬃还想挣扎，信口胡言，惹动周勃盛怒，命军士撅她倒地，用杖乱笞，一副老骨头，禁得起几多大杖！不到百下，已经断气。何不早死数日。此外悉数处斩，差不多有数百人。燕王吕通，已经赴燕，也由勃派一朝使，托称帝命，迫令自尽。又将鲁王张偃，削夺官爵，废为庶人。后来文帝即位，追念张耳前功，乃复封偃为南宫侯。独左丞相审食其，明明是吕氏私党，并且渎乱宫闱，播弄朝政，理应将他治罪，明正典刑，偏由陆贾、朱建代为说情，竟得幸逃法网，仍官原职。陈平、周勃究竟未识大体，就是陆贾亦不免阿私。

　　陈平、周勃因已扫清诸吕，遂将济川王刘太徙封，改称梁王，且遣朱虚侯刘章赴齐，请齐王襄罢兵，再使人通知灌婴，令即班师回朝。灌婴闻得齐将魏勃，劝襄举兵，并擅杀齐相召平，料他不是个驯良人物，索性把勃召至，面加质问。勃答说道："譬如人家失火，何暇先白家长，然后救火哩。"说着，退立一旁，面有战色，不敢复言。这是魏勃故作此态，瞒过灌婴。灌婴注目多时，向勃微笑道："我道魏勃有什么勇敢，原来是个庸人，有何能为？"遂释使归齐，自引兵驰还长安。

　　瑯琊王刘泽，探悉吕氏尽诛，内外解严，才得放胆登程，驱车入都。可巧朝内大臣，密议善后事宜，一闻刘泽到来，统以为刘氏宗室，泽齿居长，不能不邀他参议，免有后言。泽从容入座，起初是袖手旁观，不发一语，但听平、勃等宣言道："从前吕太后所立少帝，及济川、淮阳、恒山三王，实皆非惠帝遗胤，冒名入宫，滥受封爵。今诸吕已除，不能不正名辨谬，若使他姓再得乱宗，将来年纪长成，秉国用事，仍与吕氏无二，我等且无遗类了！不如就刘氏诸王中，择贤拥立，方可免祸。"这番论调说将出来，大众统皆赞成，就是泽也无异词。及说到刘氏诸王，当有人出来主张，谓齐王襄系高帝长孙，应该迎立。泽即发言驳斥道："吕氏以外家懿戚，得张毒焰，害勋亲，危社稷。今齐王母舅驷钧，如虎戴冠，行为暴戾，若齐王得立，钧必专政，是去一吕氏，复来一吕氏了。此议如何行得？"陈平、周勃听到此语，当然附和泽议，不愿立襄。其实泽是怀着前恨，借端报复，故有此言。大众又复另议，公推了一个代王恒，并说出两种理由，一是高祖诸子，尚存两王，代王较长，性又仁孝，不愧为君；二是代王母家薄氏，素来长厚，未尝与政，可无他患，有此两善，确是名正言顺，允洽舆情。平、勃遂依了众议，阴使人往见代王，迎他入京。

代王恒接见朝使，问明来意，虽觉得是一大喜事，但也未敢骤然动身，因召集僚属，会议行止。郎中令张武等谏阻道："朝上大臣，统是高帝旧将，素习兵事，专尚诈谋。前由高帝、吕太后，相继驾御，未敢为非，今得灭诸吕，喋血京师，何必定要迎立外藩？大王不宜轻信来使，且称疾勿往，静观时变。"说到末语，忽有一人进说道："诸君所言，都属非是，大王得此机会，即应命驾入都，何必多疑？"代王瞧着，乃是中尉宋昌，正欲启问，昌已接说道："臣料大王此行，万安万稳，保无后忧！试想暴秦失政，豪杰并起，那一个不想称尊，后来得践帝位，终属刘家，天下都屏息敛足，不敢再存奢望，这便是第一件无忧呢。高帝分王子弟，地势如犬牙相制，固如磐石，天下莫不畏威，这第二件也可无忧。汉兴以后，除秦苛政，约定法令，时施德惠，人心已皆悦服，何致动摇，这第三件更不必忧了。就是近日吕后称制，立诸吕为三王，擅权专政，何等威严，太尉以一节入北军，奋臂一呼，士皆左袒，助刘灭吕，可见得天意归刘，并不是专靠人力呢。今大臣虽欲为变，百姓不肯听从，如何成事？况内有朱虚、东牟二侯，外有吴、楚、淮南、齐、代诸国，互相制服，必不敢动。现在高帝子嗣，只存淮南王与大王二人，大王年长，又有贤圣仁孝的美名，传闻天下，所以诸大臣顺从舆情，来迎大王，大王尽可前往，统治天下，何必多疑呢！"见得到，说得透。

代王恒素性谨慎，还有三分疑意，乃入白母后薄氏。薄太后前居宫中，亦经过许多艰苦，幸得西行，脱身免祸，此时尚带余惊，不敢决计令往。代王又召入卜人，嘱令占卦，卜人占得卦象，即向代王称贺，说是大吉。代王问及卦兆爻辞，卜人道："卦兆叫做大横，爻辞有云：大横庚庚，余为天王，夏启以光。"《周易》中无此三语，想是出诸连山旧藏。代王道："寡人已经为王，还做什么天王呢？"卜人道："天王就是天子，与诸侯王不同。"代王乃遣母舅薄昭，先赴都中，问明太尉周勃，勃极言诚意迎王，誓无他意。薄昭即还报代王，代王方笑语宋昌道："果如君言，不必再疑！"随即备好车驾，与昌一同登车，令昌骖乘，随员惟张武等六人，循驿西行。

到了高陵，距长安不过数十里，代王尚未尽放心，使昌另乘驿车，入都观变。昌驰抵渭桥，但见诸大臣都已守候，因即下车与语，说是代王将至，特来通报。诸大臣齐声道："我等已恭候多时了。"昌见群臣全体出迎，料是同意，乃复登车回至高陵，请代王安心前进。代王再使骖乘，命驾进行，至渭桥旁，诸大臣已皆跪伏，交口称臣。代王也下车答拜，昌亦随下。待至诸大臣起来，周勃抢前一步，进白代王，请屏左右，昌即在旁正色道："太尉有事，尽可直陈。所言是公，公言便是；所言是私，王者无私！"正大光明。勃被昌一说，不觉面颊发赤，仓猝跪地，取出天子符玺，捧献代王。代王谦谢道："且至邸第，再议未迟。"勃乃奉玺起立，请代王登车入都，自为前导，直至代邸。时为高后八年闰九月中，勃与右丞相陈平，率领群僚，上书劝进。略云：

丞相臣平，太尉臣勃，大将军臣武，即柴武。御史大夫臣苍，即张苍，前文云曹窋为御史大夫，此时想已辞职。宗正臣郢，朱虚侯臣章，章本赴齐，至此已经还都。东牟侯臣兴居，典客臣揭，再拜言大王足下：子弘等皆非孝惠皇帝子，不当奉宗庙，臣谨请阴安侯、系高祖兄，刘伯妻，即羹颉侯信母。顷王后、高祖兄，刘仲妻。仲尝废为郃阳侯，子濞为吴王，故仲死后，得谥为顷王。瑯琊王，暨列侯吏二千石，公议大王为高皇帝子，宜为嗣，愿大王即天子位！

代王览书，复申谢道："奉承高帝宗庙，乃是重事，寡人不才，未足当此，愿请楚王到来，再行妥议，选立贤君。"群臣等又复面请，并皆俯伏，不肯起来。代王逡巡起座，西向三让，南向再让，还是向众固辞。平、勃等齐声道："臣等几经恭议，现在奉高帝宗庙，唯大王最为相宜，无论天下列侯万民，无思不服。臣等为宗庙社稷计，原非轻率从事，愿大王幸听臣等，臣等谨奉天子玺符，再拜呈上！"说着，即由勃捧玺陈案，定要代王接受。代王方应允道："既由宗室将相诸侯王，决意推立寡人，寡人也不敢违众，勉承大统便了！"群臣俱舞蹈称贺，即尊代王为天子，是为文帝。

东牟侯兴居进奏道："此次诛灭吕氏，臣愧无功，今愿奉命清宫。"文帝允诺，命与太仆汝阴侯夏侯婴同往。两人径至未央宫，入语少帝道："足下非刘氏子，不当为帝，请即让位！"一面说，一面挥去左右执戟侍臣。左右去了多人，尚有数人未肯退去，大谒者张释，巧为迎合，劝令退出，乃皆释戟散走。夏侯婴即呼入便舆，迫少帝登舆出宫。少帝弘战栗道："汝欲载我何往？"婴直答道："出就外舍便是！"说着，即命从人御车驱出，行至少府署中，始令少帝下车居住。兴居又逼使惠帝后张氏，移徙北宫，然后备好法驾，至代邸迎接文帝。

文帝即夕入宫，甫至端门，尚有十人持戟，阻住御驾，且朗声道："天子尚在，足下怎得擅入？"文帝不觉惊疑，忙遣人驰告周勃。勃闻命驰入，晓示十人，叫他避开。十人始知新天子到来，弃戟趋避，文帝才得入内。当夜拜宋昌为卫将军，镇抚南北军，授张武为郎中令，巡行殿中，自御前殿，命有司缮成恩诏，颁发出去。诏曰：

> 制诏丞相太尉御史大夫，间者诸吕用事擅权，谋为大逆，欲危刘氏宗庙，赖将相列侯宗室大臣诛之，皆伏其辜。朕初即位，其赦天下，赐民爵一级，女子百户牛酒，酺五日。

是夜，少帝弘暴死少府署中；还有常山王朝、淮阳王武、梁王太三人，当时虽受王封，统因年幼无知，未便就国，仍然留居京邸，这三人亦同时被杀。想是陈平、周勃，恐他留为后患，不如斩草除根，杀死了事。文帝乐得置诸不问。究竟少帝与三王，是否惠帝子，亦无从证实，不过这数人无罪无辜，同致杀死，就使果是杂种，也觉得枉死可怜。推究祸原，还是吕太后造下冤孽哩。<small>冤有头，债有主，应该追究。</small>话分两头。

且说文帝既已正位，倏忽间已是十月，沿着旧制，下诏改元。月朔谒见高庙，礼毕还朝，受群臣觐贺，下诏封赏功臣。有云：

> 前吕产自置为相国，吕禄为上将军，擅遣将军灌婴，将兵击齐，欲代刘氏。婴留荥阳，与诸侯合谋，以诛吕氏。吕产欲为不善，丞相平与太尉勃等，谋夺产等军，朱虚侯章首先捕斩产，太尉勃身率襄平侯通，持节承诏入北军，典客揭夺吕禄印。其益封太尉勃邑万户，赐金千斤；

丞相平、将军婴邑各三千户，金二千斤；朱虚侯章、襄平侯通邑各二千户，金千斤；封典客揭为阳信侯，赐金千斤，用酬劳勚。其毋辞！

封赏已毕，遂尊母后薄氏为皇太后，遣车骑将军薄昭，带着卤薄，往代奉迎。追谥故赵王友为幽王，赵王恢为共王，燕王建为灵王。共、灵二王无后，惟幽王友有二子，长子名遂，由文帝特许袭封，命为赵王。移封琅琊王泽为燕王。所有从前齐楚故地，为诸吕所割封，至是尽皆给还，不复置国。中外胪欢，吏民额手。

忽由右丞相陈平，上书称病，不能入朝，文帝乃给假数日。待至假满，平只好入谢，且请辞职。文帝惊问何因？平复奏道："高皇帝开国时，勃功不如臣，今得诛诸吕，臣功不如勃，愿将右丞相一职，让勃就任，臣心方安。"可见称病是诈。文帝乃命勃为右丞相，迁平为左丞相，罢去审食其。实是可杀。任灌婴为太尉。勃受命后，趋出朝门，面有骄色，文帝却格外敬礼，注目送勃。郎中袁盎，从旁瞧着，独出班启奏道："陛下视丞相为何如人？"文帝道："丞相可谓社稷臣！"袁盎道："丞相乃是功臣，不得称为社稷臣。古时社稷臣所为，必君存与存，君亡与亡。丞相当吕氏擅权时，身为太尉，不能救正，后来吕后已崩，诸大臣共谋讨逆，丞相方得乘机邀功。今陛下即位，特予懋赏，敬礼有加，丞相不自内省，反且面有德色，难道社稷臣果如是么？"文帝听了，默然不答，嗣是见勃入朝，辞色谨严，勃亦觉得有异，未敢再夸，渐渐的易骄为畏了。暗伏下文。小子有诗叹道：

漫言厚重足安刘，功少封多也足羞。
不是袁丝袁盎字丝。先进奏，韩彭遗祸且临头！

君严臣恭，月余无事，那车骑将军薄昭，已奉薄太后到来，文帝当即出迎。欲知出迎情事，容待下回再详。

诸吕之诛，虽由平、勃定谋，而首事者为朱虚侯刘章。齐之起兵，章实使之，前回总评中已经叙及。至若周勃已夺北军，即应捕诛产、禄，乃尚不敢遽发，但遣刘章入卫，设章不亟杀吕产，则刘、吕之成败，尚未可知。陈平有谋无勇，因人成事，论其后日定策之功，未足以赎前日阿谀之罪。至文帝即位，厚赏平、勃，而刘章不即加赏，文帝其亦有私意欤？西向让三，南向让再，无非为矫伪之虚文，彼于刘章之欲戴乃兄，尚怀疑忌，宁有不欲称尊之理？况少帝兄弟，同时毙命，皆不过问，其居心更可见矣。夫贤如文帝，而不免怀私，此尧舜以后之所以终无圣主也。

第四十七回

两重喜窦后逢兄弟　一纸书文帝服蛮夷

却说文帝闻母后到来，便率领文武百官，出郊恭迎。伫候片时，见薄太后驾到，一齐跪伏，就是文帝亦向母下拜。薄太后安坐舆中，笑容可掬，但令车骑将军薄昭，传谕免礼。薄昭早已下马，遵谕宣示，于是文帝起立，百官皆起，先导后拥，奉辇入都，直至长乐宫中，由文帝扶母下舆。登御正殿，又与百官北面谒贺，礼毕始散。这位薄太后的履历，小子早已叙过，毋庸赘述。见前文中。惟薄氏一索得男，生了这位文帝，不但母以子贵，而且文帝竭尽孝思，在代郡时，曾因母病久延，亲自侍奉，日夜不怠，饮食汤药，必先尝后进，薄氏因此得痊，所以贤孝著闻，终陟帝位。一位失宠的母妃，居然尊为皇太后，适应了许负所言，可见得苦尽甘回，凡事都有定数，毋庸强求呢。讽劝世人不少。

说也奇怪，薄太后的遭际，原是出诸意外，还有文帝的继室窦氏，也是反祸为福，无意中得着奇缘。随笔递入。窦氏系赵地观津人，早丧父母，只有兄弟二人，兄名建，字长君，弟名广国，字少君。少君甚幼，长君亦尚年少，未善谋生，又值兵乱未平，人民离析，窦氏与兄弟二人，几乎不能自存。巧值汉宫采选秀女，窦氏便去应选，得入宫中，侍奉吕后。既而吕后发放宫人，分赐诸王，每王五人，窦氏亦在行中。她因籍隶观津，自愿往赵，好与家乡接近，当下请托主管太监，陈述己意。主管太监却也应允，不意事后失记，竟将窦氏姓名，派入代国。及至窦氏得知，向他诘问，他方自知错误，但已奏明吕后，不能再改，只得好言劝慰，敷衍一番。窦氏洒了许多珠泪，自悲命薄，怅怅出都。同行尚有四女，途中虽不至寂寞，总觉得无限凄凉。那知到了代国，竟蒙代王特别赏识，选列嫔嫱，春风几度，递结珠胎。第一胎生下一女，取名为嫖；第二三胎均是男孩，长名启，次名武。当时代王夫人，本有四男，启与武乃是庶出，当然不及嫡室所生。窦氏却也自安本分，敬事王妃，并嘱二子听命四兄，所以代王嘉她知礼，格外宠爱。会值代王妃得病身亡，后宫虽尚有数人，总要算窦氏为领袖，隐隐有继妃的希望，不过尚未曾正名。至代王入都为帝，前王妃所出四男，接连夭逝，于是窦氏二子，也得头角崭露，突出冠时。有福人自会凑机，不必预先摆布。

　　文帝元年孟春之月，丞相以下诸官吏，联名上书，请豫立太子。文帝又再三谦让，谓他日应推选贤王，不宜私建子嗣。群臣又上书固请，略言三代以来，立嗣必子。今皇子启位次居长，敦厚慈仁，允宜立为太子，上承宗庙，下副人心。文帝乃准如所请，册立东宫，即以皇子启为太子。太子既定，群臣复请立皇后。看官试想！太子启既为窦氏所生，窦氏应该为后，尚何疑义？不过群臣未曾指名，让与文帝乾纲独断；文帝也因上有太后，须要禀承母命，才见孝思。当由薄太后下一明谕，饬立太子母窦氏为皇后，窦氏遂得为文帝继室，正位中宫，这叫做意外奇逢，不期自至。若使当年主管太监，不忘所托，最好是做了一个姜媵，怎能平空一跃，升做国母呢？彼时幽、共二王，内有悍妇，若窦氏做他姬妾，恐怕还要枉死，何止不能为国母呢！

　　窦氏既得为后，长女嫖受封馆陶公主，次子武亦受封为淮阳王。就是窦后的父母，也由薄太后推类赐恩，并沐荣封。原来薄太后父母，并皆早殁，父葬会稽，母葬栎阳。自从文帝即位，追尊薄父为灵文侯，就会稽郡置园邑三百家，奉守祠冢。薄母为灵文夫人，亦就栎阳北添置园邑，如灵文侯园仪。薄太后以自己父母，统叨封典，不能厚我薄彼，将窦后父母搁过不提。乃诏令有司，追尊窦后父为安成侯，母为安成夫人，就在清河郡观津县中，置园邑二百家，所有奉守祠冢的礼仪，如灵文园大略相同。惺惺惜惺惺。还有车骑将军薄昭，系薄太后弟，时已得封为轵侯，因此窦后兄长君，也得蒙特旨，厚赐田宅，使他移居长安。窦后自然感念姑恩，泥首拜谢。待至长君奉旨到来，兄妹相见，当然忧喜交集，琐叙离踪。谈到季弟少君，长君却唏嘘流涕，说是被人掠去，多年不得音问，生死未卜。窦后关情手足，也不禁涕泗滂沱，待至长君退出，遣人至清河郡中，嘱令地方有司，访觅少君，一时也无从寻着。

　　窦后正惦念得很，一日忽由内侍递入一书，展开一看，却是少君已到长安，自来认亲。书中述及少时情事，谓与姊同出采桑，尝失足堕地。窦后追忆起来，确有此事，因即向文帝说明，文帝乃召少君进见。少君与窦后阔别，差不多有十余年，当时尚只四五岁，久别重逢，几不相识，窦后未免错愕，不便遽认。还是文帝在座细问，方由少君仔细具陈，他自与姊别后，被盗掠去，卖与人家为奴，又辗转十余家，直至宜阳，时已有十六七岁了。宜阳主人，命与众仆入山烧炭，夜就山下搭篷，随便住宿。不料山忽崩塌，众仆约百余人，统被压死，只有少君脱祸。主人也为惊异，较前优待。少君又佣工数年，自思大难不死，或有后福，特向卜肆中问卜，卜人替他占得一卦，说他剥极遇复，便有奇遇，不但可以免穷，并且还要封侯。少君哑然失笑，疑为荒唐，不敢轻信。连我亦未必相信。可巧宜阳主人，徙居长安，少君也即随往。到了都中，正值文帝新立皇后，文武百官，一齐入贺，车盖往来，很是热闹。当有都人传说，谓皇后姓窦，乃是观津人氏，从前不过做个宫奴，今日居然升为国母，真正奇怪得很。少君听了传言，回忆姊氏曾入宫备选，难道今日的皇后，就是我姊不成？因此多方探听，果然就是姊氏，方大胆上书，即将采桑事列入，作为证据。乃奉召入宫，经文帝和颜问及，乃详陈始末情形。

窦后还有疑意，因再盘问道："汝可记得与姊相别，情迹如何？"少君道："我姊西行时，我与兄曾送至邮舍，姊怜我年小，曾向邮舍中乞得米沉，为我沐头，又乞饭一碗，给我食罢，方才动身。"说至此，不禁哽咽起来。那窦后听了，比少君还要增悲，也顾不得文帝上坐，便起身流泪道："汝真是我少弟了！可怜可怜！幸喜得有今日，汝姊已沐皇恩，我弟亦蒙天佑，重来聚首！"说到"首"字，竟不能再说下去，但与少君两手相持，痛哭起来。少君亦涕泪交横，内侍等站立左右，也为泣下。就是坐在上面的文帝，看到两人情词凄切，也为动容。_{恻隐之心，人皆有之。}待至两人悲泣多时，才为劝止，且召入后兄长君，叫他相会。兄弟重叙，更有一番问答的苦情，不在话下。

惟文帝令他兄弟同居，再添赐许多田宅，长君、少君方拜辞帝后，携手同归。右丞相周勃、太尉灌婴闻知此事，私自商议道："从前吕氏专权，我等幸得不死。今窦后兄弟，并集都中，将来或倚着后族，得官干政，岂非我等性命，又悬在两人手中？且彼两人出身寒微，未明礼义，一或得志，必且效尤吕氏。今宜预为加防，替他慎择师友，曲为陶熔，方不至有后患哩！"二人议定，随即上奏文帝，请即选择正士，与窦后兄弟交游。文帝准奏，择贤与处。窦氏兄弟，果然退让有礼，不敢倚势陵人。且文帝亦惩前毖后，但使他安居长安，不加封爵。直至景帝嗣位，尊窦后为皇太后，乃拟加封二舅，适值长君已死，不获受封，有子彭祖，得封南皮侯，少君尚存，得封章武侯。此外有魏其侯窦婴，乃是窦后从子，事见后文。

　　且说文帝励精图治，发政施仁，赈穷民，养耆老，遣都吏巡行天下，察视郡县守令，甄别淑慝，奏定黜陟。又令郡国不得进献珍物。海内大定，远近翕然。乃加赏前时随驾诸臣，封宋昌为壮武侯，张武等六人为九卿，另封淮南王舅赵兼为周阳侯，齐王舅驷钧为靖郭侯，故常山丞相蔡兼为樊侯。又查得高祖时佐命功臣，如列侯郡守，共得百余人，各增封邑，无非是亲旧不遗的意思。

　　过了半年有余，文帝益明习国事，特因临朝时候，顾问右丞相周勃道："天下凡一年内，决狱几何？"勃答称未知。文帝又问每年钱谷，出入几何？勃又详说不出，仍言未知。口中虽然直答，心中却很是怀惭，急得冷汗直流，湿透背上。文帝见勃不能言，更向左边顾问陈平。平亦未尝熟悉此事，靠着那一时急智，随口答说道："这两事各有专职，陛下不必问臣。"文帝道："这事何人专管？"平又答道："陛下欲知决狱几何，请问廷尉。就是钱谷出入，亦请问治粟内史便了！"文帝作色道："照此说来，究竟君主管何事？"平伏地叩谢道："陛下不知臣驽钝，使臣得待罪宰相，宰相的职任，上佐天子理阴阳，顺四时，下抚万民，明庶物，外镇四夷诸侯，内使卿大夫各尽职务，关系却很是重大呢。"真是一张利嘴。文帝听着，乃点首称善。文帝也是忠厚，所以被他骗过。勃见平对答如流，更觉得相形见绌，越加惶愧。待至文帝退朝，与平一同趋出，因向平埋怨道："君奈何不先教我！"忠厚人总觉带呆。平笑答道："君居相位，难道不知己职，倘若主上问君，说是长安盗贼，尚有几人，试问君将如何对答哩？"勃无言可说，默然退归，自知才不如平，已有去意。可巧有人语勃道："君既诛诸吕，立代王，威震天下，首受厚赏，古人有言，功高遭忌，若再恋栈不去，祸即不远了！"勃被他一吓，越觉寒心，当即上书谢病，请还相印。文帝准奏，将勃免职，专任陈平为相，且与商及南越事宜。

南越王赵佗，前曾受高祖册封，归汉称臣。事见前文。至吕后四年，有司请禁南越关市铁器，佗因此动怒，背了汉朝，僭称南越武帝。且疑是长沙王吴回吴芮孙。进谗，遂发兵攻长沙，蹂躏数县，大掠而去。长沙王上报朝廷，请兵援应，吕后特遣隆虑侯周灶，率兵往讨。适值天时溽暑，士卒遇疫，途次多致病死，眼见是不能前行，并且南岭一带，由佗派兵堵住，无路可入，灶只得逗留中道，到了吕后病殁，索性班师回京。赵佗更横行无忌，用了兵威财物，诱致闽越西瓯，俱为属国，共得东西万余里地方，居然乘黄屋、建左纛，与汉天子仪制相同。文帝见四夷宾服，独有赵佗倔强得很，意欲设法羁縻，用柔制刚，当下命真定官吏，为佗父母坟旁，特置守邑，岁时致祭。且召佗兄弟属亲，各给厚赐，然后选派使臣，南下招佗。这种命意，不能不与相臣商议，陈平遂将陆贾保荐上去，说他前番出使，不辱君命，此时正好叫他再往，驾轻就熟，定必有成。文帝也以为然，遂召陆贾入朝，仍令为大中大夫，使他赍着御书，往谕赵佗。贾奉命起程，好几日到了南越，赵佗闻是熟客，当然接见。贾即取书交付，由佗接过手中，便即展阅，但见书中说是：

朕，高皇帝侧室子也，奉北藩于代，道路辽远，壅蔽朴愚，未尝致书。高皇帝弃群臣，孝惠皇帝即世，高后自临事，不幸有疾，日进不衰。诸吕为变，赖功臣之力，诛之已毕，朕以王侯吏不释之故，不得不立。乃者闻王遗将军隆虑侯书，求亲昆弟，诸罢长沙两将军。朕以王书罢将军博阳侯，亲昆弟在真定者，已遣使存问，修治先人冢。前日闻王发兵于边，为寇灾不止，当时长沙王苦之，南郡尤甚。虽王之国，庸独利乎？必多杀士卒，伤良将吏，寡人之妻，孤人之子，独人父母，得一亡十，朕不忍为也。朕欲定地犬牙相入者，以问吏，吏曰：高皇帝所以介长沙王也，朕不能擅变焉。今得王之地，不足以为大，得王之财，不足以为富，岭以南王自治之。虽然，王之号为帝，两帝并立，无一乘之使以通其道，是争也；争而不让，王者不为也。愿与王分弃前恶，终今以来，通使如故，故使贾驰谕，告王朕意。

赵佗阅毕，大为感动，便握贾手与语道："汉天子真是长者，愿奉明诏，永为藩臣。"贾即指示御书道："这是天子的亲笔，大王既愿臣服天朝，对着天子手书，就与面谒一般，应该加敬。"赵佗听着，就将御书悬诸座上，自在座前拜跪，顿首谢罪。贾又令速去帝号，佗亦允诺，下令国中道："我闻两雄不并立，两贤不并世。汉皇帝真贤天子，自今以后，我当去帝制黄屋左纛，仍为汉藩。"贾乃夸奖赵佗贤明。佗闻言大喜，与贾共叙契阔，盛筵相待。款留了好几日，贾欲回朝报命，向佗取索复书，佗构思一番，亦缮成一书道：

　　蛮夷大长老夫臣佗昧死再拜，上书皇帝陛下：老夫故越吏也，针对侧室子句。高皇帝幸赐臣佗玺，以为南越王。孝惠帝即位，义不忍绝，所以赐老夫者厚甚。高后用事，别异蛮夷，出令曰：毋与蛮夷越金铁田器，马牛羊即予，予牡毋予牝。老夫处僻，马牛羊齿已长，自以祭祀不修，有死罪，使内史藩、中尉高、御史平凡三辈，上书谢罪皆不返。又风闻老夫父母坟墓已坏削，兄弟宗族与诛论，吏相与议曰：今内不得振于汉，外无以自高异，故更号为帝，自帝其国，非敢有害于天下。高皇后闻之大怒，削去南越之籍，使使不通，老夫窃疑长沙王谗臣，故敢发兵以伐其边。

且南方卑湿，蛮夷中西有西瓯，其众半赢，南面称王；东有闽越，其众数千人，亦称王；西北有长沙，其半蛮夷，亦称王，老夫故敢妄窃帝号，聊以自娱。老夫处越四十九年，于今抱孙焉，然夙兴夜寐，寝不安席，食不甘味，目不视靡曼之色，耳不听钟鼓之音者，以不得事汉也。今陛下幸哀怜，复故号，通使汉如故，老夫死，骨不腐，改号，不敢为帝矣。谨昧死再拜以闻。

书既写就，随手封固，又取出许多方物，托贾带还，作为贡献，另外亦有赆仪赠贾。贾即别了赵佗，北还报命，及进见文帝，呈上书件，文帝看了一周，当然欣慰，也即厚赏陆贾，贾拜谢而退。好做富家翁了。嗣是南方无事，寰海承平，两番使越的陆大夫，亦安然寿终，小子有诗咏道：

> 武力何如文教优，御夷有道在怀柔。
> 诏书一纸蛮王拜，伏地甘心五体投。

未几就是文帝二年，岁朝方过，便有一位大员，病重身亡。欲知何人病逝，容至下回再表。

有薄太后之为姑，复有窦皇后之为妇，两人境遇不同，而其悲欢离合之情迹，则如出一辙，可谓姑妇之间，无独有偶者矣。语有之：塞翁失马，安知非福，两后亦如是耳。长君、少君，不期而会，先号后笑，命亦从同，得绛灌之代为设法，择正士以保傅之，而长君、少君，卒为退让之君子，是何莫非窦氏之幸福欤。赵佗横恣岭南，第以一书招谕，即顿首谢罪，自去帝制，可见推诚待人，鲜有不为所感动者。忠信之道，行于蛮貊，奚必劳师动众为哉！

第四十八回

遭众忌贾谊被迁　正阃仪袁盎强谏

却说丞相陈平，专任数月，忽然患病不起，竟至谢世。文帝闻讣，厚给赙仪，赐谥曰"献"，令平长子贾袭封。平佐汉开国，好尚智谋，及安刘诛吕，平亦以计谋得功。平尝自言我多阴谋，为道家所禁，及身虽得幸免，后世子孙，恐未必久安。后来传至曾孙陈何，擅夺人妻，坐法弃市，果致绝封。可为好诈者鉴。这且不必细表。惟平既病死，相位乏人，文帝又记起绛侯周勃，仍使为相，勃亦受命不辞。会当日蚀告变，文帝因天象示儆，诏求贤良方正，直言极谏。当由颍阴侯骑士贾山，上陈治乱关系，至为恳切，时人称为至言。略云：

臣闻为人臣者，尽忠竭愚，以直谏主，不避死亡之诛，臣山是也。臣不敢虚稽久远，愿借秦为喻，唯陛下少加意焉！夫布衣韦带之士，修身于内，成名于外，而使后世不绝息。至秦则不然，贵为天子，富有天下，赋敛重数，百姓任罢，赭衣半道，群盗满山，使天下之人，戴目而视，倾耳而听。一夫大呼，天下响应，盖天罚已加矣。臣闻雷霆之所击，无不摧者，万钧之所压，无不靡者，今人主之威，非特雷霆也，势重非特万钧也，开道而求谏，和颜色而受之，用其言而显其身，士犹恐惧而不敢自尽，又况于纵欲恣暴，恶闻其过乎！

　　昔者周盖千八百国，以九州之民，养千八百国之君，君有余财，民有余力，而颂声作。秦皇帝以千八百国之民自养，力罢不能胜其役，财尽不能胜其求，身死才数月耳，天下四面而攻之，宗庙灭绝矣。秦皇帝居灭绝之中，而不自知者何也？亡无也辅弼之臣，亡直谏之士，天下已溃而莫之告也。今陛下使天下举贤良方正之士，天下之士，莫不精白以承休德，今已在朝廷矣，乃选其贤者，使为常侍诸吏，与之驰骋射猎，一日再三出，臣恐朝廷之懈弛，百官之堕于事也。陛下即位，亲自勉以厚天下，振贫民，礼高年，平狱缓刑，天下莫不喜悦。臣闻山东吏布诏令，民虽老羸癃疾，扶杖而往听之，愿少须臾毋死，思见德化之成也。今功业方就，名闻方昭，四方向风，乃从豪俊之臣、方正之士，与之日日猎射，击兔伐狐，以伤大业，绝天下之望，臣窃悼之！《诗》曰："靡不有初，鲜克有终"，臣不胜大愿，愿少衰射猎，以夏岁二月，定明堂，造大学，修先王之道，风行俗成，万世之基定，然后唯陛下所幸耳。古者大臣不得与宴游，方正修絜音洁之士不得从射猎，使皆务其方以高其节，则群臣莫敢不正身修行，尽心以称大礼。如此则陛下之道，得所尊敬，然后功业施于四海，垂于万世子孙矣。

　　原来文帝虽日勤政事，但素性好猎，往往乘暇出游，猎射为娱，所以贾山反复切谏。文帝览奏，颇为嘉纳，下诏褒奖，嗣是车驾出入，遇着官吏上书，必停车收受，有可采择，必极口称善，意在使人尽言。当时又有一个通达治体的英材，与贾山同姓不宗，籍隶洛阳，单名是一谊字，少年卓荦，气宇非凡。贾谊是一时名士，故叙入谊名，比贾山尤为郑重。尝由河南守吴公，招置门下，备极器重。吴公素有循声，治平为天下第一，文帝特召为廷尉。随笔带过吴公，不没循吏。吴公奉命入都，遂将谊登诸荐牍，说他博通书籍，可备咨询，文帝乃复召谊为博士。谊年才弱冠，朝右诸臣，无如谊少年，每有政议，诸老先生未能详陈，一经谊逐条解决，偏能尽合人意，都下遂盛称谊才。文帝也以为能，仅一岁间，超迁至大中大夫。谊劝文帝改正朔、易服色，更定官制，大兴礼乐，草成数千百言，厘举纲要，文帝却也叹赏，不过因事关重大，谦让未遑。谊又请耕籍田、遗列侯就国，文帝乃照议施行。复欲升任谊为公卿，偏丞相周勃、太尉灌婴，及东阳侯张相如、御史大夫冯敬等，各怀妒忌，交相诋毁，常至文帝座前，说是洛阳少年，纷更喜事，意在擅权，不宜轻用。文帝为众议所迫，也就变了本意，竟出谊为长沙王太傅。谊不能不去，但心中甚是怏怏。出都南下，渡过湘水，悲吊战国时楚臣屈原，屈原被谗见放，投湘自尽。作赋自比。后居长沙三年，有鹏鸟飞入谊舍，停止座隅。鹏鸟似鸮，向称为不祥鸟，谊恐应己身，益增忧感，且因长沙卑湿，水土不宜，未免促损寿元，乃更作《鹏鸟赋》，自述悲怀。小子无暇抄录，看官请查阅《史》、《汉》列传便了。

贾谊既去，周勃等当然快意，不过，勃好忌人，人亦恨勃，最怨望的就是朱虚侯刘章，及东牟侯刘兴居。先是诸吕受诛，刘章实为功首，兴居虽不及刘章，但清宫迎驾，也算是一个功臣。周勃等与两人私约，许令章为赵王，兴居为梁王，及文帝嗣位，勃未尝替他奏请，竟背前言，自己反受了第一等厚赏，因此章及兴居，与勃有嫌。文帝也知刘章兄弟，灭吕有功，只因章欲立兄为帝，所以不愿优叙。好容易过了两年，有司请立皇子为王，文帝下诏道："故赵幽王幽死，朕甚怜悯，前已立幽王子遂为赵王，见四十七回。尚有遂弟辟彊，及齐悼惠子朱虚侯章，东牟侯兴居，有功可王。"这诏一下，群臣揣合帝意，拟封辟彊为河间王，朱虚侯章为城阳王，东牟侯兴居为济北王，文帝当然准议。惟城阳、济北，俱系齐地，割封刘章兄弟，是明明削弱齐王，差不多剜肉补疮，何足言惠！这三王分封出去，更将皇庶子参，封太原王，揖封梁王。梁、赵均系大国，刘章兄弟，希望已久，至此终归绝望，更疑为周勃所卖，啧有烦言。文帝颇有所闻，索性把周勃免相，托称列侯未尽就国，丞相可为倡率，出就侯封。勃未曾预料，突接此诏，还未知文帝命意，没奈何缴还相印，陛辞赴绛去了。

文帝擢灌婴为丞相，罢太尉官。灌婴接任时，已在文帝三年。约阅数月，忽闻匈奴右贤王，入寇上郡，文帝急命灌婴调发车骑八万人，往御匈奴，自率诸将诣甘泉宫，作为援应。嗣接灌婴军报，匈奴兵已经退去，乃转赴太原，接见代国旧臣，各给赏赐，并免代民三年租役。留游了十余日，又有警报到来，乃是济北王兴居，起兵造反，进袭荥阳。当下飞调棘蒲侯柴武为大将军，率兵往讨，一面令灌婴还师，自领诸将急还长安。兴居受封济北，与乃兄章同时就国，章郁愤成病，不久便殁。了过刘章。兴居闻兄气愤身亡，越加怨恨，遂有叛志，适闻文帝出讨匈奴，总道是关中空虚，可以进击，因即骤然起兵。那知到了荥阳，便与柴武军相遇，一场大战，被武杀得七零八落，四散奔逃。武乘胜追赶，紧随不舍，兴居急不择路，策马乱跑，一脚踏空，马竟蹶倒，把兴居掀翻地上。后面追兵已到，顺手拿住，牵至柴武面前，武把他置入囚车，押解回京。兴居自知不免，扼吭自杀。兴居功不及兄，乃敢造反，怎得不死。待武还朝复命，验明尸首，文帝怜他自取灭亡，乃尽封悼惠王诸子罢军等七人为列侯，惟济北国撤销，不复置封。

内安外攘，得息干戈，朝廷又复清闲，文帝政躬多暇，免不得出宫游行。一日，带着侍臣，往上林苑饱看景色，但见草深林茂，鱼跃鸢飞，却觉得万汇滋生，足快心意。行经虎圈，有禽兽一大群，驯养在内，不胜指数，乃召过上林尉，问及禽

兽总数，究有若干？上林尉瞠目结舌，竟不能答，还是监守虎
圈的啬夫，官名从容代对，一一详陈，文帝称许道："好一个
吏目，能如此才算尽职哩！"说着，即顾令从官张释之，拜啬
夫为上林令。

　　释之字季，堵阳人氏，前为骑郎，十年不得调迁，后来方
进为谒者。释之欲进陈治道，文帝叫他不必高论，但论近时。
释之因就秦汉得失，说了一番，语多称旨。遂由文帝赏识，加
官谒者仆射，每当车驾出游，辄令释之随着。此时释之奉谕，
半晌不答，再由文帝重申命令，乃进问文帝道："陛下试思绛
侯周勃，及东阳侯张相如，人品若何？"文帝道："统是忠厚
长者。"释之接说道："陛下既知两人为长者，奈何欲重任啬
夫？彼两人平时论事，好似不能发言。岂若啬夫利口，喋喋不
休。且陛下可曾记得秦始皇么？"文帝道："始皇有何错处？"
释之道："始皇专任刀笔吏，但务苛察，后来敝俗相沿，竟尚
口辩，不得闻过，遂致土崩。今陛下以啬夫能言，便欲超迁，
臣恐天下将随时尽靡哩！"君子不以言举人，徒工口才，原是不足
超迁，但如上林尉之糊涂，亦何足用！文帝方才称善，乃不拜啬
夫，升授释之为宫车令。

　　既而梁王入朝，与太子启同车进宫，行过司马门，并不下
车，适被释之瞧见，赶将过去，阻住太子、梁王，不得进去，
一面援着汉律，据实劾奏。汉初定有宫中禁令，以司马门为最
重，凡天下上事、四方贡献，均由司马门接收，门前除天子
外，无论何人，并应下车，如或失记，罚金四两。释之劾奏太
子、梁王，说他时常出入，理应知晓，今敢不下公门，乃是明
知故犯，以不敬论。这道弹章呈将进去，文帝不免溺爱，且视
为寻常小事，搁置不理；偏为薄太后所闻，召入文帝，责他纵
容儿子，文帝始免冠叩谢，自称教子不严，还望太后恕罪。薄
太后乃遣使传诏，赦免太子、梁王，才准入见。文帝究是明

主，并不怪释之多事，且称释之守法不阿，应再超擢，遂拜释之为中大夫，未几又升为中郎将。

会文帝挈着宠妃慎夫人，出游霸陵。释之例须扈跸，因即随驾同行。霸陵在长安东南七十里，地势负山面水，形势甚佳，文帝自营生圹，因山为坟，故称霸陵，当下眺览一番，复与慎夫人登高东望，手指新丰道上，顾示慎夫人道："此去就是邯郸要道呢。"慎夫人本邯郸人氏，听到此言，不由的触动乡思，凄然色沮。文帝见她玉容黯淡，自悔失言，因命左右取过一瑟，使慎夫人弹瑟遣怀。邯郸就是赵都，赵女以善瑟著名，再加慎夫人心灵手敏，当然指法高超，既将瑟接入手中，便即按弦依谱，顺指弹来。文帝听着，但觉得嘈嘈切切，暗寓悲情，顿时心动神移，也不禁忧从中来，别增怅触。于是慨然作歌，与瑟相和。一弹一唱，饶有余音，待至歌声中辍，瑟亦罢弹。文帝顾语从臣道："人生不过百年，总有一日死去，我死以后，若用北山石为椁，再加纻絮杂漆，涂封完密，定能坚固不破，还有何人得来摇动呢。"文帝所感，原来为此。从臣都应了一个"是"字，独释之答辩道："臣以为皇陵中间，若使藏有珍宝，使人涎羡，就令用北山为椁，南山为户，两山合成一陵，尚不免有隙可寻；否则虽无石椁，亦何必过虑呢！"文帝听他说得有理，也就点头称善。时已日昃，因即命驾还宫。嗣又令释之为廷尉。释之廉平有威，都下憚服。

惟释之这般刚直，也是有所效法，仿佛萧规曹随。他从骑尉进阶，是由袁盎荐引，前任的中郎将，并非他人，就是袁盎。盎尝抗直有声，前从文帝游幸，也有好几次犯颜直谏，言人所不敢言。文帝尝宠信宦官赵谈，使他参乘，盎伏谏道："臣闻天子同车，无非天下豪俊。今汉虽乏才，奈何令刀锯余人，同车共载呢！"文帝乃令赵谈下车，谈只好依旨，勉强趋下。已而袁盎又从文帝至霸陵，文帝纵马西驰，欲下峻阪，盎赶前数步，揽住马缰。文帝笑说道："将军何这般胆怯？"盎答道："臣闻千金之子不垂堂，百金之子不骑衡，圣主不乘危、不侥幸。今陛下驰骋六飞，亲临不测，倘或马惊车复，有伤陛下，陛下虽不自爱，难道不顾及高庙太后么？"文帝乃止。

过了数日，文帝复与窦皇后、慎夫人，同游上林，上林郎署长预置坐席。待至帝后等入席休息，盎亦随入。帝后分坐左右，慎夫人就趋至皇后坐旁，意欲坐下，盎用手一挥，不令慎夫人就坐，却要引她退至席右，侍坐一旁。慎夫人平日在宫，仗着文帝宠爱，尝与窦皇后并坐并行。窦后起自寒微，经过许多周折，幸得为后，所以遇事谦退，格外优容。俗语说得好，习惯成自然，此次偏遇袁盎，便要辨出嫡庶的名位，叫慎夫人退坐下首。慎夫人如何忍受？便即站立不动，把两道柳叶眉，微竖起来，想与袁盎争论。文帝早已瞧着，只恐慎夫人与他斗嘴，有失阃仪，但心中亦未免怪着袁盎，多管闲事，因此勃然起座，匆匆趋出。明如文帝，不免偏爱幸姬，女色之蛊人也如此！窦皇后当然随行，就是慎夫人亦无暇争执，一同随去。

文帝为了此事，打断游兴，即带着后妃，乘辇回宫。袁盎跟在后面，同入宫门，俟帝后等下辇后，方从容进谏道："臣闻尊卑有序，方能上下和睦，今陛下既已立后，后为六宫主，无论妃妾嫔嫱，不能与后并尊。慎夫人就是御妾，怎得与后同坐？就使陛下爱幸慎夫人，只好优加赏赐，何可紊乱秩序，若使酿成骄恣，名为加宠，实是加害。前鉴非遥，宁不闻当时'人彘'么！"文帝听得"人彘"二字，才觉恍然有悟，怒气全消。时慎夫人已经入内，文帝也走将进去，把袁盎所说的言语，照述一遍。慎夫人始知袁盎谏诤，实为保全自己起见，悔不该错怪好人，乃取金五十斤，出赐袁盎。妇女往往执性，能如慎夫人之自知悔过，也算难得，故卒得保全无事。盎称谢而退。

会值淮南王刘长入朝，诣阙求见，文帝只有此弟，宠遇甚隆。不意长在都数日，闯出了一桩大祸，尚蒙文帝下诏赦宥，仍令归国，遂又激动袁盎一片热肠，要去面折廷争了。正是：

　　　明主岂宜私子弟，直臣原不惮王侯。

究竟淮南王长为了何事得罪，文帝又何故赦他，待至下回说明，自有分晓。

　　贾谊以新进少年，得遇文帝不次之擢，未始非明良遇合之机。惜乎才足以动人主，而智未足以绌老成也。绛、灌诸人，皆开国功臣，位居将相，资望素隆，为贾谊计，正宜与彼联络，共策进行，然后可以期盛治。乃徒絮聒于文帝之前，而于绛、灌等置诸不顾，天下宁有一君一臣，可以行政耶！长沙之迁，咎由自取，吊屈原、赋鹏鸟，适见其无含忍之功，徒知读书，而未知养气也。张释之之直谏，语多可取，而袁盎所陈三事，尤为切要。斥赵谈之同车，所以防宵小；戒文帝之下阪，所以范驰驱；却慎夫人之并坐，所以正名义。诚使盎事事如此，何至有不学之讥乎？惟文帝从谏如流，改过不吝，其真可为一时之明主也欤！

第四十九回

辟阳侯受椎毙命　淮南王谋反被囚

　　却说淮南王刘长，系高祖第五子，乃是赵姬所出。赵姬本在赵王张敖宫中，高祖自东垣过赵，当是讨韩王信时候。张敖遂拨赵姬奉侍。高祖生性渔色，见了娇滴滴的美人，怎肯放过？当即令她侍寝，一宵雨露，便种胚胎。高祖不过随地行乐，管甚么有子无子，欢娱了一两日，便将赵姬撇下，径自回都。薄幸人往往如此。赵姬仍留居赵宫，张敖闻她得幸高祖，已有身孕，不敢再使宫中居住，特为另筑一舍，俾得休养。既而贯高等反谋发觉，事连张敖，一并逮治，见前文。张氏家眷，亦拘系河内狱中，连赵姬都被系住。赵姬时将分娩，对着河内狱官，具陈高祖召幸事，狱官不禁伸舌，急忙报知郡守，郡守据实奏闻，那知事隔多日，毫无复音。赵姬有弟赵兼，却与审食其有些相识，因即措资入都，寻至辟阳侯第中，叩门求谒。审食其还算有情，召他入见，问明来意，赵兼一一详告，并恳食其代为疏通。食其却也承认，入白吕后，吕后是个母夜叉，最恨高祖纳入姬妾，怎肯替赵姬帮忙？反将食其抢白数语，食其碰了一鼻子灰，不敢再说。赵兼待了数日，不得确报，再向食其处问明。食其谢绝不见，累得赵兼白跑一趟，只得回到河内。

　　赵姬已生下一男，在狱中受尽痛苦，眼巴巴的望着皇恩大赦，偏由乃弟走将进来，满面愁惨，语多支吾。赵姬始知绝望，且悔且恨，哭了一日，竟自寻死。待至狱吏得知，已经气绝，无从施救。一夕欢娱，落了这般结果，真是张敖害她。只把遗下的婴孩，雇了一个乳媪，好生保护，静候朝中消息。可巧张敖遇赦，全家脱囚，赵姬所生的血块儿，复由郡守特派吏目，偕了乳媪，同送入都。高祖前时怨恨张敖，无暇顾及赵姬，此时闻赵姬自尽，只有遗孩送到，也不禁记念旧情，感叹多时。*迟了迟了。*当下命将遗孩抱入，见他状貌魁梧，与己相似，越生了许多怜惜，取名为长，遂即交与吕后，嘱令抚养，并饬河内郡守，把赵姬遗棺，发往原籍真定，妥为埋葬。*尸骨早寒，晓得甚么？*吕后虽不愿抚长，但因高祖郑重叮嘱，也不便意外虐待。好在长母已亡，不必生妒，一切抚养手续，自有乳媪等掌管，毋庸劳心，因此听他居住，随便看管。

好容易过了数年，长已有五六岁了，生性聪明，善承吕后意旨，吕后喜他敏慧，居然视若己生，长因得无恙。及出为淮南王，才知生母赵姬，冤死狱中，母舅赵兼，留居真定，因即着人往迎母舅。到了淮南，两下谈及赵姬故事，更添出一重怨恨，无非为了审食其不肯关说，以致赵姬身亡。长记在心中，尝欲往杀食其，只苦无从下手，未便遽行。及文帝即位，食其失势，遂于文帝三年，借了入朝的名目，径诣长安。文帝素来孝友，闻得刘长来朝，很表欢迎，接见以后，留他盘桓数日。长年已逾冠，膂力方刚，两手能扛巨鼎，胆大敢为，平日在淮南时，尝有不奉朝命、独断独行等事，文帝只此一弟，格外宽容。此次见文帝留与盘桓，正合长意。

一日，长与文帝同车，往猎上苑，在途交谈，往往不顾名分，但称文帝为大兄。文帝仍不与较，待遇如常。长越觉心喜，自思入京朝觐，不过具文，本意是来杀审食其，借报母仇。况主上待我甚厚，就使把食其杀死，当也不致加我大罪，此时不再下手，更待何时！乃暗中怀着铁椎，带领从人，乘车去访审食其。食其闻淮南王来访，怎敢怠慢？慌忙整肃衣冠，出门相迎。见长一跃下车，趋至面前，总道他前来行礼，赶先作揖。才经俯首，不防脑袋上面，突遭椎击，痛彻心腑，霎时间头旋目晕，跌倒地上。长即令从人趋近，枭了食其首级，上车自去。

食其家内，非无门役，但变生仓猝，如何救护？且因长是皇帝亲弟，气焰逼人，怎好擅出擒拿，所以长安然走脱，至宫门前下车，直入阙下，求见文帝。文帝当然出见，长跪伏殿阶，肉袒谢罪，转令文帝吃了一惊，忙问他为着何事？长答说道："臣母前居赵国，与贯高谋反情事，毫无干涉。辟阳侯明知臣母冤枉，且尝为吕后所宠，独不肯入白吕后，恳为代陈，便是一罪；赵王如意，母子无辜，枉遭毒害，辟阳侯未尝力争，便是二罪；高后封诸吕为王，欲危刘氏，辟阳侯又默不一言，便是三罪。辟阳侯受国厚恩，不知为公，专事营私，身负三罪，未正明刑，臣谨为天下诛贼，上除国蠹，下报母仇！惟事前未曾请命，擅诛罪臣，臣亦不能无罪，故伏阙自陈，愿受明罚。"强词亦足夺理。文帝本不悦审食其，一旦闻他杀死，倒也快心，且长为母报仇，迹虽专擅，情尚可原，因此叫长退去，不复议罪。长已得逞志，便即辞行，文帝准他回国，他就备好归装，昂然出都去了。中郎将袁盎，入宫进谏道："淮南王擅杀食其，陛下乃置诸不问，竟令归国，恐此后愈生骄纵，不可复制。臣闻尾大不掉，必滋后患，愿陛下须加裁抑，大则夺国，小则削地，方可防患未萌，幸勿再延！"文帝不言可否，盎只好退出。

过了数日，文帝非但不治淮南王，反追究审食其私党，竟饬吏往拿朱建。建得了此信，便欲自杀，诸子劝阻道："生死尚未可知，何必自尽！"建慨然道："我死当可无事，免得汝等罹祸了！"遂拔剑自刭。吏人回报文帝，文帝道："我并不欲杀建，何必如此！"遂召建子入朝，拜为中大夫。建为食其而死，也不值得，幸亏遇着文帝，尚得贻荫儿曹。

越年为文帝四年，丞相灌婴病逝，升任御史大夫张苍为丞相，且召河东守季布进京，欲拜为御史大夫。布自中郎将出守河东，河东百姓，却也悦服。布为中郎将，见前文。当时有个曹邱生，与布同为楚人，流寓长安，结交权贵，宦官赵谈，常与往来，就是窦皇后兄窦长君，亦相友善，曹邱生得借势敛钱，招权纳贿。布虽未识曹邱生，姓名却是熟悉，因闻曹邱生所为不合，特致书窦长君，叙述曹邱生劣迹，劝他勿与结交。窦长君得书后，正在将信将疑，巧值曹邱生来访长君，自述归意，并请长君代作一书，向布介绍。长君微笑道："季将军不喜足下，愿足下毋往！"曹邱生道："仆自有法说动季将军，只教得足下一书，为仆先容，仆方可与季将军相见哩。"长君不便峻拒，乃泛泛的写了一书，交与曹邱生。

曹邱生归至河东，先遣人持书投入，季布展开一看，不禁大怒，既恨曹邱生，复恨窦长君，两恨交并，便即盛气待着。俄而曹邱生进来，见布怒容满面，却毫不畏缩，竟向布长揖道："楚人有言：得黄金百斤，不如得季布一诺。足下虽有言必践，但有此盛名，也亏得旁人揄扬。仆与足下同是楚人，使仆为足下游誉，岂不甚善，何必如此拒仆呢！"布素来好名，一听此言，不觉转怒为喜，即下座相揖，延为上客。留馆数月，给他厚贶，曹邱生辞布归楚，复由楚入都，替他扬名，得达主知。文帝乃将布召入，有意重任，忽又有人入毁季布，说他好酒使气，不宜内用，转令文帝起疑，踌躇莫决。布寓京月余，未得好音，乃入朝进奏道："臣待罪河东，想必有人无故延誉，乃蒙陛下宠召。今臣入都月余，不闻后命，又必有人乘间毁臣。陛下因一誉赐召，一毁见弃，臣恐天下将窥见浅深，竞来尝试了。"文帝被他揭破隐衷，却也自惭，半晌方答谕道："河东是我股肱郡，故特召君前来，略问情形，非有他意。今仍烦君复任，幸勿多疑。"布乃谢别而去。

惟布有弟季心，亦尝以任侠著名，见有不平事件，辄从旁代谋，替人泄忿。偶因近地土豪，武断乡曲，由季心往与理论，土豪不服，心竟把他杀死，避匿袁盎家中。盎方得文帝宠信，即出与调停，不致加罪，且荐为中司马。因此季心以勇闻，季布以诺闻。相传季布、季心，气盖关中，便是为此。这且不必细表。详叙季布兄弟，无非借古讽今。

且说绛侯周勃，自免相就国后，约有年余，每遇河东守尉巡视各县，往往心不自安，披甲相见，两旁护着家丁，各持兵械，似乎有防备不测的情形。这叫做心劳日拙。河东守尉，未免惊疑，就中有一个促狭人员，上书告讦，竟诬称周勃谋反。文帝已阴蓄猜疑，见了告变的密书，立谕廷尉张释之，叫他派遣干员，逮勃入京。释之不好怠慢，只得派吏赴绛，会同河东守季布，往拿周勃。布亦知勃无反意，惟因诏命难违，不能不带着兵役，与朝吏同至绛邑，往见周勃。勃仍披甲出迎，一闻诏书到来，已觉得忐忑不宁，待至朝吏读罢，吓得目瞪口呆，几与木偶相似。披甲设兵，究有何益！还是季布叫他卸甲，劝慰数语，方令朝吏好生带着，同上长安。

入都以后，当然下狱，廷尉原是廉明，狱吏总要需索。勃初意是不肯出钱，偏被狱吏冷嘲热讽，受了许多腌臜气，那时只好取出千金，分作馈遗。狱吏当即改换面目，小心供应。既而廷尉张释之，召勃对簿，勃不善申辩，经释之面讯数语，害得舌结词穷，不发一言。还亏释之是个好官，但令他还系狱中，一时未曾定谳。狱吏既得勃赂，见勃不能置词，遂替他想出一法，只因未便明告，乃将文牍背后，写了五字，取出示勃。得人钱财，替人消灾，还算是好狱吏。勃仔细瞧着，乃是"以公主为证"五字，才觉似梦方醒。待至家人入内探视，即与附耳说明。原来勃有数子，长名胜之，曾娶文帝女为妻，自勃得罪解京，胜之等恐有不测，立即入京省父，公主当亦同来。惟胜之平日，与公主不甚和协，屡有反目等情，此时为父有罪，没奈何央恳公主，代为转圜。公主还要摆些身架，直至胜之五体投地，方嫣然一笑，入宫代求去了。这是笔下解颐处。

先是释之谳案，本主宽平。一是文帝出过中渭桥，适有人从桥下走过，惊动御马，当由侍卫将行人拿住，发交廷尉。文帝欲将他处死，释之止断令罚金，君臣争执一番，文帝驳不过释之，只得依他判断，罚金了事。一是高庙内座前玉环，被贼窃去，贼为吏所捕，又发交廷尉。释之奏当弃市，文帝大怒道："贼盗我先帝法物，罪大恶极，不加族诛，叫朕如何恭承宗庙呢！"释之免冠顿首道："法止如此，假如愚民无知，妄取长陵一抔土，陛下将用何法惩办？"这数语唤醒文帝，也觉得罪止本身，因入白薄太后，薄太后意议从同，遂依释之言办理罢了。插叙两案，表明释之廉平。此次审问周勃，实欲为勃解免，怎奈勃口才不善，未能辩明，乃转告知袁盎。盎尝劾勃骄倨无礼，见四六回。至是因释之言，独奏称绛侯无罪。还有薄太后弟昭，因勃曾让与封邑，感念不忘，所以也入白太后，为勃伸冤。薄太后已得公主泣请，再加薄昭一番面陈，便召文帝入见。文帝应召进谒，太后竟取头上冒巾，向文帝面前掷去，且怒说道："绛侯握皇帝玺，统率北军，彼时不想造反，今出居一小县间，反要造反么？汝听了何人谗构，乃思屈害功臣！"文帝听说，慌忙谢过，谓"已由廷尉讯明冤情，便当释放"云云。太后乃令他临朝，赦免周勃。好在释之已详陈狱情，证明勃无反意，文帝不待阅毕，即使人持节到狱，将勃释免。

勃幸得出狱，喟然叹道："我尝统领百万兵，不少畏忌，怎知狱吏骄贵，竟至如此！"说罢，便上朝谢恩。文帝仍令回国，勃即陛辞而出。闻得薄昭、袁盎、张释之，俱为排解，免不得亲自往谢。盎与勃追述弹劾时事，勃笑说道："我前曾怪君，今始知君实爱我了！"遂与盎握手告别，出都去讫。勃已返国，文帝知他不反，放下了心。独淮南王刘长，骄恣日甚，出入用天子警跸，擅作威福。文帝贻书训责，长抗词答复，愿弃国为布衣，守冢真定。明是怨言。当由文帝再令将军薄昭，致书相戒，略云：

> 窃闻大王刚直而勇，慈惠而厚，贞信多断，是天以圣人之资奉大王也。今大王所行，不称天资。皇帝待大王甚厚，而乃轻言恣行，以负谤于天下，甚非计也。夫大王以千里为宅居，以万民为臣妾，此高皇帝之厚德也。高帝蒙霜露，冒风雨，赴矢石，野战攻城，身被疮痍，以为子孙成万世之业，艰难危苦甚矣。大王不思先帝之艰苦，至欲弃国为布衣，毋乃过甚！且夫贪让国土之名，轻废先帝之业，是谓不孝；父为之基而不能守，是为不贤；不求守长陵，而求守真定，先母后父，是谓不义；数逆天子之令，不顺言节行，幸臣有罪，大者立诛，小者肉刑，是谓不仁；贵布衣一剑之任，贱王侯之位，是谓不智；不好学问大道，触情妄行，是谓不祥。此八者危亡之路也，而大王行之，弃南面之位，奋诸贲之勇，专诸、孟贲，古之力士。常出入危亡之路，臣恐高皇帝之神，必不庙食于大王之手明矣！
>
> 昔者周公诛管叔、放蔡叔以安周，齐桓杀其弟以反国，秦始皇杀两弟、迁其母以安秦，顷王亡代、即刘仲事见前文。高帝夺其国以便事，济北举兵、皇帝诛之以安汉，周齐行之于古，秦汉用之于今，大王不察古今之所以安国便事，而欲以亲戚之意望诸天子，不可得也。王若不改，

汉系大王邸论相以下,为之奈何!夫堕父大业,退为布衣所哀,幸臣皆伏法而诛,为天下笑,以羞先帝之德,甚为大王不取也。宜急改操易行,上书谢罪,使大王昆弟欢欣于上,群臣称寿于下,上下得宜,海内常安,愿熟计而疾行之。行之有疑,祸如发矢,不可追已。

长得书不悛,且恐朝廷查办,便欲先发制人。当下遣大夫但等七十人,潜入关中,勾通棘蒲侯柴武子奇,同谋造反,约定用大车四十辆,载运兵器,至长安北方的谷口,依险起事。柴武即遣士伍开章,汉律有罪失官为士伍。往报刘长,使长南连闽越,北通匈奴,乞师大举。长很是喜欢,为治家室,赐与财物爵禄。开章得了升官发财的幸遇,自然留住淮南,但遣人回报柴奇。不意使人不慎,竟被关吏搜出密书,奏报朝廷。文帝尚不忍拿长,但命长安尉往捕开章。长匿章不与,密与故中尉简忌商议,将章诱入,一刀杀死,省得他入都饶舌。开章得享财禄,不过数日,所谓有无妄之福,必有无妄之灾。悄悄的用棺殓尸,埋葬肥陵,佯对长安尉说道:"开章不知下落。"又令人伪设坟墓,植树表书,有"开章死葬此下"六字。长安尉料他捏造,还都奏闻,文帝乃复遣使召长。长部署未齐,如何抗命,没奈何随使至都。

丞相张苍,典客行御史大夫事冯敬,暨宗正廷尉等,审得长谋反属实,且有种种不法情事,应坐死罪,当即联衔会奏,请即将长弃市。文帝仍不忍诛长,更命列侯吏二千石等申议,又皆复称如法。毕竟文帝顾全同胞,赦长死罪,但褫去王爵,徙至蜀郡严道县邛邮安置,并许令家属同往,由严道县令替他营室,供给衣食。一面将长载上辎车,派吏管押,按驿递解,所有与长谋反等人,一并伏诛。

长既出都,忽由袁盎进谏道:"陛下尝纵容淮南王,不为预置贤傅相，所以致此。惟淮南王素性刚暴，骤遭挫折，必不肯受，倘有他变，陛下反负杀弟的恶名，岂不可虑！"文帝道："我不过暂令受苦，使他知悔；他若悔过，便当令他回国呢。"盎见所言不从，当然退出。不料过了月余，竟接到雍令急奏，报称刘长自尽，文帝禁不住恸哭起来。小子有诗咏道：

> 骨肉原来处置难，宽须兼猛猛兼宽。
> 事前失算临头悔，闻死徒烦老泪弹。

欲知刘长如何自尽，且至下回再详。

　　审食其可诛而不诛，文帝之失刑，莫逾于此。及淮南王刘长入都，借朝觐之名，椎击食其，实为快心之举。但如长之擅杀大臣，究不得为无罪，贷死可也，仍使回国不可也。况长之骄恣，已见一斑，乘此罪而裁制之，则彼自无从谋反，当可曲为保全。昔郑庄克段于鄢，公羊子谓其外心积虑，乃成于杀。文帝虽不若郑庄之阴刻，然从表面上观之，毋乃与郑主之所为，相去无几耶！况于重厚少文之周勃，常疑忌之，于骄横不法之刘长，独纵容之，昵其所亲，而疑其所疏，谓为无私也得乎！甚矣，私心之不易化也！

第五十回

中行说叛国降虏庭　缇萦女上书赎父罪

却说淮南王刘长被废，徙锢蜀中，行至中道，淮南王顾语左右道："何人说我好勇，不肯奉法？我实因平时骄纵，未尝闻过，故致有今日。今悔已无及，恨亦无益，不如就此自了吧。"左右听着，只恐他自己寻死，格外加防。但刘长已愤不欲生，任凭左右进食，却是水米不沾，竟至活活饿死。左右尚没有知觉，直到雍县地方，县令揭开车上封条，验视刘长，早已僵卧不动，毫无气息了。赵姬负气自尽，长亦如此，毕竟有些遗传性。当下吃了一惊，飞使上报。文帝闻信，不禁恸哭失声。适值袁盎进来，文帝流涕与语道："我悔不用君言，终致淮南王饿死道中。"盎乃劝慰道："淮南王已经身亡，咎由自取，陛下不必过悲，还请宽怀。"文帝道："我只有一弟，不能保全，总觉问心不安。"盎接口道："陛下以为未安，只好尽斩丞相、御史，以谢天下。"盎出此言，失之过激，后来不得其死，已兆于此。文帝一想，此事与丞相、御史，究竟没甚干涉，未便加诛。惟刘长经过的县邑，所有传送诸吏，及馈食诸徒，沿途失察，应该加罪，当即诏令丞相、御史，派员调查，共得了数十人，一并弃市。冤哉枉也。并用列侯礼葬长，即就雍县筑墓，特置守冢三十户。

嗣又封长世子安为阜陵侯，次子勃为安阳侯，三子赐为周阳侯，四子良为东成侯。但民间尚有歌谣云："一尺布，尚可缝，一斗粟，尚可春，兄弟二人不相容。"文帝有时出游，得闻此歌，明知暗寓讽刺，不由的长叹道："古时尧舜放逐骨肉，周公诛殛管蔡，天下称为圣人，无非因他大义灭亲，为公忘私，今民间作歌寓讥，莫非疑我贪得淮南土地么？"乃追谥长为厉王，令长子安袭爵，仍为淮南王。惟分衡山郡封勃，庐江郡封赐，独刘良已死，不复加封，于是淮南析为三国。

长沙王太傅贾谊，得知此事，上书谏阻道："淮南王悖逆无道，徙死蜀中，天下称快。今朝廷反尊奉罪人子嗣，势必惹人讥议，且将来伊子长大，或且不知感恩，转想为父报仇，岂不可虑！"文帝未肯听从，惟言虽不用，心中却记念不忘，因特遣使召谊。谊应召到来，刚值文帝祭神礼毕，静坐宣室中。宣室即未央宫前室。待谊行过了礼，便问及鬼神大要。谊却原原本本，说出鬼神如何形体，如何功能，几令文帝闻所未闻。文帝听得入情，竟致忘倦，好在谊也越讲越长，滔滔不绝，直到夜色朦胧，尚未罢休。文帝将身移近前席，尽管侧耳听着，待谊讲罢出宫，差不多是月上三更了。文帝退入内寝，自言自叹道："我久不见贾生，还道是彼不及我，今日方知我不及彼了。"越日颁出诏令，拜谊为梁王太傅。

梁王揖系文帝少子，惟好读书，为帝所爱，故特令谊往傅梁王。谊以为此次见召，必得内用，谁知又奉调出去，满腔抑郁，无处可挥，乃讨论时政得失，上了一篇治安策，约莫有万余言，分作数大纲。应痛哭的有一事，是为了诸王分封，力强难制；应流涕的有二事，是为了匈奴寇掠，御侮乏才；应长太息的有六事，是为了奢侈无度，尊卑无序，礼义不兴，廉耻不行，储君失教，臣下失御等情。文帝展诵再三，见他满纸牢骚，似乎祸乱就在目前，但自观天下大势，一时不致遽变，何必多事纷更，因此把贾谊所陈，暂且搁起。

值匈奴使人报丧，系是冒顿单于病死，子稽粥嗣立，号为老上单于。文帝意在羁縻，复欲与匈奴和亲，因再遣宗室女翁主，汉称帝女为公主，诸王女为翁主。往嫁稽粥，音育。作为阏氏。特派宦官中行说，护送翁主，同往匈奴。中行说不欲远行，托故推辞，文帝以说为燕人，生长朔方，定知匈奴情态，所以不肯另遣，硬要说前去一行。说无法解免，怏怏起程，临行时曾语人道："朝廷中岂无他人，可使匈奴？今偏要派我前往，我也顾不得朝廷了。将来助胡害汉，休要怪我！"小人何足为使，文帝太觉误事。旁人听着，只道他是一时愤语，况偌大阉人，能有甚么大力，敢为汉患？因此付诸一笑，由他北去。

说与翁主同到匈奴，稽粥单于见有中国美人到来，当然心喜，便命说住居客帐，自挈翁主至后帐中，解衣取乐。翁主为势所迫，无可奈何，只好拼着一身，由他摆布。这都是娄敬害她。稽粥畅所欲为，格外满意，遂立翁主为阏氏，一面优待中行说，时与宴饮。说索性降胡，不愿回国，且替他想出许多计策，为强胡计。

先是，匈奴与汉和亲，得汉所遗缯絮食物，视为至宝，自单于以至贵族，并皆衣缯食米，诩诩自得。说独向稽粥献议道："匈奴人众，敌不过汉朝一郡，今乃独霸一方，实由平常衣食，不必仰给汉朝，故能兀然自立。现闻单于喜得汉物，愿变旧俗，恐汉物输入匈奴，不过十成中的一二成，已足使匈奴归心相率降汉了。"稽粥却也惊愕，惟心中尚恋着汉物，未肯遽弃，就是诸番官亦似信非信，互有疑议。说更将缯帛为衣，穿在身上，向荆棘中驰骋一周，缯帛触着许多荆棘，自然破裂。说回入帐中，指示大众道："这是汉物，真不中用！"说罢，又换服毡裘，仍赴荆棘丛中，照前跑了一番，并无损坏。乃更入帐语众道："汉朝的缯絮，远不及此地的毡裘，奈何舍长从短呢！"众人皆信为有理，遂各穿本国衣服，不愿从汉。说又谓汉人食物，不如匈奴的膻肉酪浆，每见中国酒米，辄挥去勿用。番众以说为汉人，犹从胡俗，显见是汉物平常，不足取重了。本国人喜用外国货，原是大弊，但如中行说之教导匈奴，曾自知为中国人否？

　　说见匈奴已不重汉物，更教单于左右，学习书算，详记人口、牲畜等类。会有汉使至匈奴聘问，见他风俗野蛮，未免嘲笑，中行说辄与辩驳，汉使讥匈奴轻老，说答辩道："汉人奉命出戍，父老岂有不自减衣食，赍送子弟么？且匈奴素尚战攻，老弱不能斗，专靠少壮出战，优给饮食，方可战胜沙场，保卫家室，怎得说是轻老哩！"汉使又言匈奴父子，同卧穹庐中，父死妻后母，兄弟死即取兄弟妻为妻，逆理乱伦，至此已极。说又答辩道："父子兄弟死后，妻或他嫁，便是绝种，不如取为己妻，却可保全种姓，所以匈奴虽乱，必立宗种。一派胡言。今中国侈言伦理，反致亲族日疏，互相残杀，这是有名无实，徒事欺人，何足称道呢！"这数语却是中国通弊，但不应出自中行说之口。汉使总批驳他无礼无义，说谓约束径然后易行，君臣简然后可久，不比中国繁文缛节，毫无益处。后来辩无可辩，索性厉色相问道："汉使不必多言，但教把汉廷送来各物，留心检点，果能尽善尽美，便算尽职，否则秋高马肥，便要派遣铁骑，南来践踏，休得怪我背约呢！"可恶之极。汉使见他变脸，只得罢论。

　　向来汉帝遗匈奴书简，长一尺一寸，上面写着"皇帝敬问匈奴大单于无恙"，随后叙及所赠物件；匈奴答书，却没有一定制度。至是说教匈奴制成复简，长一尺二寸，所加封印统比汉简阔大，内写"天地所生，日月所置，匈奴大单于敬问汉皇帝无恙"云云。说既帮着匈奴主张简约，何以复书上要这般夸饰。汉使携了匈奴复书，归报文帝，且将中行说所言，叙述一遍，文帝且悔且忧，屡与丞相等议及，注重边防。

　　梁王太傅贾谊，闻得匈奴悖嫚，又上陈三表五饵的秘计，对待单于。大略说是：

> 臣闻爱人之状，好人之技，仁道也；信为大操，常义
> 也；爱好有实，已诺可期，十死一生，彼将必至，此三表
> 也。赐之盛服车乘以坏其目，赐之盛食珍味以坏其口，赐
> 之音乐妇人以坏其耳，赐之高堂邃宇仓库奴婢以坏其腹，
> 于来降者尝召幸之，亲酌手食相娱乐以坏其心，此五
> 饵也。

谊既上书，复自请为属国官吏，主持外交，谓能系单于
颈，笞中行说背，说得天花乱坠，议论惊人。未免夸张。文帝
总恐他少年浮夸，行不顾言，仍将来书搁置，未尝照行。

一年又一年，已是文帝十年了，文帝出幸甘泉，亲察外
情，留将军薄昭守京。昭得了重权，遇事专擅，适由文帝遣到
使臣，与昭有仇，昭竟将来使杀死。文帝闻报，忍无可忍，不
得不把他惩治。只因贾谊前上治安策中，有言"公卿得罪，
不宜拘辱，但当使他引决自裁，方是待臣以礼"等语，于是
令朝中公卿，至薄昭家饮酒，劝使自尽。昭不肯就死，文帝又
使群臣各著素服，同往哭祭。昭无可奈何，乃服药自杀。昭为
薄太后弟，擅戮帝使，应该受诛，不过文帝未知预防，纵成大
罪，也与淮南王刘长事相类。这也由文帝有仁无义，所以对着
宗亲，不能无憾哩。叙断平允。

越年为文帝十一年，梁王揖自梁入朝，途中驰马太骤，偶
一失足，竟致颠蹶。揖坠地受伤，血流如注，经医官极力救
治，始终无效，竟致毙命。梁傅贾谊，为梁王所敬重，相契甚
深，至是闻王暴亡，哀悲的了不得，乃奏请为梁王立后。且言
"淮阳地小，未足立国，不如并入淮南。惟淮阳水边有二三列
城，可分与梁国，庶梁与淮南，均能自固"云云。文帝览奏，

愿如所请，即徙淮阳王武为梁王，武与揖为异母兄弟，揖无子嗣，因将武调徙至梁，使武子过承揖祀。又徙太原王参为代王，并有太原。武封淮阳王，参封太原王，见四七、四八回中。这且待后再表。

惟贾谊既不得志，并痛梁王身死，自己为傅无状，越加心灰意懒，郁郁寡欢，过了年余，也至病瘵身亡。年才三十三岁。后人或惜谊不能永年，无从见功，或谓谊幸得早死，免至乱政，众论悠悠，不足取信，明眼人自有真评，毋容小子絮述了。以不断断之。

且说匈奴国主稽粥单于，自得中行说后，大加亲信，言听计从。中行说导他入寇，屡为边患，文帝十一年十一月中，又入侵狄道，掠去许多人畜。文帝致书匈奴，责他负约失信，稽粥亦置诸不理。边境戍军，日夕戒严，可奈地方蔓延，约有千余里，顾东失西，顾西失东，累得兵民交困，鸡犬不宁。

当时有一个太子家令，姓晁名错，初习刑名，继通文学，入官太常掌故，进为太子舍人，转授家令。太子启喜他才辩，格外优待，号为智囊。他见朝廷调兵征饷，出御匈奴，因即乘机上书，详陈兵事。无非衔才。大旨在得地形、卒服习、器用利三事：地势有高下的分别，匈奴善山战，中国善野战，须舍短而用长；士卒有强弱的分别，选练必精良，操演必纯熟，毋轻举而致败；器械有利钝的分别，劲弩长戟利及远，坚甲铦刃利及近，贵因时而制宜。结末复言"用夷攻夷，最好是使降胡义渠等，作为前驱，结以恩信，赐以甲兵，与我军相为表里，然后可制匈奴死命。"统篇不下数千言，文帝大为称赏，赐书褒答。错又上言发卒守塞，往返多劳，不如募民出居塞下，教以守望相助，缓急有资，方能持久无虞，不致涣散。还有入粟输边一策，乃是令民纳粟入官，接济边饷，有罪可以免罪，无罪可以授爵，就入粟的多寡，为级数的等差。此说为卖官鬻爵之俑，最足误国。文帝多半采用，一时颇有成效，因此错遂得宠。

错且往往引经释义，评论时政。说起他的师承，却也有所传授。错为太常掌故时，曾奉派至济南，向老儒伏生处，专习尚书。伏生名胜，通尚书学，曾为秦朝博士，自秦始皇禁人藏书，伏生不能不取书出毁，只有《尚书》一部，乃是研究有素，不肯缴出，取藏壁中。及秦末天下大乱，伏生早已去官，避乱四徙，直至汉兴以后，书禁复开，才敢回到家中，取壁寻书。偏壁中受着潮湿，将原书大半烂毁，只剩了断简残编，取出检视，仅存二十九篇，还是破碎不全。文帝即位，诏求遗经，别经尚有人民藏着，陆续献出，独缺《尚书》一经。嗣访得济南伏生，以《尚书》教授齐鲁诸生，乃遣错前往受业。伏生年衰齿落，连说话都不能清晰；并且错籍隶颍川，与济南距离颇远，方言也不甚相通。幸亏伏生有一女儿，名叫羲娥，凤秉父传，颇通《尚书》大义。当伏生讲授时，伏女立在父侧，依着父言，逐句传译，错才能领悟大纲。尚有两三处未能体会，只好出以己意，曲为引伸。其实伏生所传《尚书》二十九篇，原书亦已断烂，一半是伏生记忆出来，究竟有无错误，也不能悉考。后至汉武帝时，鲁恭王坏孔子旧宅，得孔壁所藏书经，字迹亦多腐蚀，不过较伏生所传，又加二十九篇，合成五十八篇，由孔子十二世孙孔安国考订笺注，流传后世。这且慢表。

惟晁错受经伏生，实靠着伏女转授，故后人或说他受经伏女，因父成名，一经千古，也可为女史生色了。不没伏女。当时齐国境内，尚有一个闺阁名姝，扬名不朽，说将起来，乃是前汉时代的孝女，比那伏女羲娥，还要脍炙人口，世代流芳。看官欲问她姓名，就是太仓令淳于意少女缇萦。从伏女折入缇萦，映带有致。

　　淳于意家居临淄，素好医术，尝至同郡元里公乘阳庆处学医。公乘系汉官名，意在待乘公车，如征君同义。庆已七十余岁，博通医理，无子可传，自淳于意入门肄业，遂将黄帝、扁鹊脉书，及五色诊病诸法，一律取授，随时讲解。意悉心研究，三年有成，乃辞师回里，为人治病，能预决病人生死，一经投药，无不立愈，因此名闻远近，病家多来求医，门庭如市。但意虽善医，究竟只有一人精力，不能应接千百人，有时不堪烦扰，往往出门游行。且向来落拓不羁，无志生产，曾做过一次太仓令，未几辞去，就是与人医病，也是随便取资，不计多寡。只病家踵门求治，或值意不在家中，竟致失望，免不得愤懑异常，病重的当即死了。死生本有定数，但病人家属，不肯这般想法，反要说意不肯医治，以致病亡。怨气所积，酿成祸祟。至文帝十三年间，遂有势家告发意罪，说他借医欺人，轻视生命。当由地方有司，把他拿讯，谳成肉刑。只因意曾做过县令，未便擅加刑罚，不能不奏达朝廷，有诏令他押送长安。*为医之难如此。*

　　意无子嗣，只有五女，临行时都去送父，相向悲泣。意长叹道：“生女不生男，缓急无所用。”为此两语，激动那少女缇萦的血性，遂草草收拾行李，随父同行。好容易到了长安，意被系狱中，缇萦竟拼生诣阙，上书吁请。文帝听得少女上书，也为惊异，忙令左右取入。展开一阅，但见书中有要语云：

　　　妾父为吏，齐中尝称其廉平，今坐法当刑，妾伤夫死者不可复生，刑者不可复属，虽欲改过自新，其道莫由，终不可得。妾愿没入为官婢，以赎父刑罪，使得改过自新也。

文帝阅毕，禁不住凄恻起来，便命将淳于意赦罪，听令挈女归家。小子有诗赞缇萦道：

> 欲报亲恩入汉关，奉书诣阙拜天颜。
> 世间不少男儿汉，可似缇萦救父还。

既而文帝又有一诏，除去肉刑。欲知诏书如何说法，待至下回述明。

与外夷和亲，已为下策，又强遣中行说以附益之，说本阉人，即令其存心无他，犹不足以供使令，况彼固有言在先，将为汉患耶！文帝必欲遣说，果何为者？贾谊三表五饵之策，未尽可行，即如晁错之屡言边事，有可行者，有不可行者。要之御夷无他道，不外内治外攘而已，舍此皆非至计也。错受经于伏生，而伏女以传；伏女以外，又有上书赎罪之缇萦，汉时去古未远，故尚有女教之留遗，一以传经著，一以至孝闻，巾帼中有此人，贾、晁辈且有愧色矣。

第五十一回

老郎官犯颜救魏尚　贤丞相当面劾邓通

却说文帝既赦淳于意，令他父女归家。又因缇萦书中，有"刑者不可复属"一语，大为感动，遂下诏革除肉刑。诏云：

> 《诗》曰："恺悌君子，民之父母"，今人有过，教未施而刑已加焉，或欲改过为善，而道无繇至，朕甚怜之！夫刑至断肢体，刻肌肤，终身不息，何其痛而不德也！岂为民父母之意哉？其除肉刑，有以易之！

丞相张苍等奉诏后，改定刑律，条议上闻。向来汉律规定肉刑，约分三种，一为黥，就是面上刻字；二为劓，就是割鼻；三为断左右趾，就是把足趾截去。经张苍等会议改制，乃是黥刑改充苦工，罚为城旦舂，城旦即旦夕守城，见前注。劓刑改作笞三百，断趾刑改作笞五百，文帝并皆依议。嗣是罪人受刑，免得残毁身体，这虽是文帝的仁政，但非由孝女缇萦上书，文帝亦未必留意及此。可见缇萦不但全孝，并且全仁。小小女子，能做出这般美举，怪不得千古流芳了！极力阐扬。后来文帝闻淳于意善医，又复召到都中，问他学自何师，治好何人？俱由意详细奏对，计除寻常病症外，共疗奇病十余人，统在齐地。小子无暇具录，看官试阅《史记》中仓公列传，便能分晓。仓公就是淳于意，意曾为太仓令，故汉人号为仓公。

　　话分两头。且说匈奴前寇狄道，掠得许多人畜，饱载而去。见前回。文帝用晁错计，移民输粟，加意边防，才算平安了两三年。至文帝十四年冬季，匈奴又大举入寇，骑兵共有十四万众，入朝那，越萧关，杀毙北地都尉孙卬，又分兵入烧回中宫，前锋径达雍县、甘泉等处，警报连达都中。文帝亟命中尉周舍、郎中令张武，并为将军，发车千乘，骑卒十万，出屯渭北，保护长安。又拜昌侯卢卿为上郡将军，宁侯魏遫为北地将军，隆虑侯周灶为陇西将军，三路出发，分戍边疆。一面大阅人马，申教令，厚犒赏，准备御驾亲征。群臣一再谏阻，统皆不从，直至薄太后闻悉此事，极力阻止，文帝只好顺从母教，罢亲征议，另派东阳侯张相如为大将军，率同建成侯董赤、内史栾布，领着大队，往击匈奴。匈奴侵入塞内，骚扰月余，及闻汉兵来援，方拔营出塞。张相如等驰至边境，追蹑番兵，好多里不见胡马，料知寇已去远，不及邀击，乃引兵南还，内外解严。

　　文帝又觉得清闲，偶因政躬无事，乘辇巡行。路过郎署，见一老人在前迎驾，因即改容敬礼道："父老在此，想是现为郎官，家居何处？"老人答道："臣姓冯名唐，祖本赵人，至臣父时始徙居代地。"文帝忽然记起前情，便接入道："我前在代国，有尚食监高祛，屡向我说及赵将李齐，出战巨鹿下，非常骁勇，可惜今已殁世，无从委任，但我尝每饭不忘。父老可亦熟悉此人否？"冯唐道："臣素知李齐材勇，但尚不如廉颇、李牧呢。"文帝也知廉颇、李牧是赵国良将，不由的抚髀叹息道："我生已晚，恨不得颇、牧为将，若得此人，还怕甚么匈奴？"道言未绝，忽闻冯唐朗声道："陛下就是得着颇、牧，也未必能重用哩。"这两句话惹动文帝怒意，立即掉转了头，命驾回宫。既到宫中，坐了片刻，又转想冯唐所言，定非无端唐突，必有特别原因，乃复令内侍，召唐入问。

俄顷间唐已到来，待他行过了礼，便开口诘问道："君从何处看出，说我不能重用颇、牧？"唐答说道："臣闻上古明王，命将出师，非常郑重，临行时必先推毂屈膝与语道：阃以内，听命寡人；阃以外，听命将军，军功爵赏，统归将军处置，先行后奏。这并不是空谈所比。臣闻李牧为赵将，边市租税，统得自用，飨士犒卒，不必报销，君上不为遥制，所以牧得竭尽智能，守边却虏。今陛下能如此信任么？近日魏尚为云中守，所收市租，尽给士卒，且自出私钱，宰牛置酒，遍飨军吏舍人，因此将士效命，戮力卫边。匈奴一次入塞，就被尚率众截击，斩馘无数，杀得他抱头鼠窜，不敢再来。陛下却为他报功不实，所差敌首只六级，便把他褫官下狱，罚作苦工，这不是法太明、赏太轻、罚太重么？照此看来，陛下虽得廉颇、李牧，亦未必能用。臣自知愚戆，冒触忌讳，死罪死罪！"老头子却是挺硬。说着，即免冠叩首。文帝却转怒为喜，忙令左右将唐扶起，命他持节诣狱，赦出魏尚，仍使为云中守。又拜唐为车骑都尉。魏尚再出镇边，匈奴果然畏威，不敢近塞，此外边防守将，亦由文帝酌量选用，北方一带，复得少安。

自从文帝嗣位以来，至此已有十四五年，这十四五年间，除匈奴入寇外，只济北一场叛乱，旬月即平，就是匈奴为患，也不过骚扰边隅，究竟未尝深入。而且王师一出，立即退去，外无大变，内无大役，再加文帝蠲租减税，勤政爱民，始终以恭俭为治，不敢无故生风，所以吏守常法，民安故业，四海以内，晏然无事，好算是承平世界，浩荡乾坤。原是汉朝全盛时代。

但文帝一生得力，是抱定老氏无为的宗旨，就是太后薄氏，亦素好黄老家言。母子性质相同，遂引出一两个旁门左道，要想来逢迎上意，邀宠求荣。有孔即钻，好似寄生虫一般。有一个鲁人公孙臣，上言"秦得水德，汉承秦后，当为土德，土色属黄，不久必有黄龙出现，请改正朔，易服色，一律尚黄，以应天瑞"云云。文帝得书，取示丞相张苍，苍素究心律历，独谓汉得水德，公孙臣所言非是，两人都是瞎说。文帝搁过不提。偏是文帝十五年春月，陇西的成纪地方，竟称黄龙出现，地方官吏，未曾亲见，但据着一时传闻，居然奏报。文帝信以为真，遂把公孙臣视作异人，说他能预知未来，召为博士。当下与诸生申明土德，议及改元易服等事，并命礼官订定郊祀大典。待至郊祀礼定，已是春暮，乃择于四月朔日，亲幸雍郊，祭祀五帝。嗣是公孙臣得蒙宠眷，反将丞相张苍，疏淡下去。

古人说得好："同声相应，同气相求。"有了一个公孙臣，自然倡予和汝，生出第二个公孙臣来了。当时赵国中有一新垣平，生性乖巧，专好欺人。闻得公孙臣新邀主宠，便去学习了几句术语，也即跑至长安，诣阙求见。文帝已渐入迷团，遇有方士到来，当然欢迎，立命左右传入。新垣平拜谒已毕，便信口胡诌道："臣望气前来，愿陛下万岁！"文帝道："汝见有何气？"平答说道："长安东北角上，近有神气氤氲，结成五采。臣闻东北为神明所居，今有五采汇聚，明明是五帝呵护，蔚为国祥。陛下宜上答天瑞，就地立庙，方可永仰神庥。"文帝点首称善，便令平留居阙下，使他指示有司，就五采荟集的地址，筑造庙宇，供祀五帝。

平本是捏造出来，有什么一定地点，不过有言在先，说在东北角上，应该如言办理。当即偕同有司，出东北门，行至渭阳，疑神疑鬼的望了一回，然后拣定宽敞的地基，兴工筑祠。祠宇中共设五殿，按着东、南、西、北、中位置，配成青、黄、黑、赤、白颜色，青帝居东，赤帝居南，白帝居西，黑帝居北，黄帝居中，也是附会公孙臣的妄谈，主张汉为土德，是归黄帝暗里主持。况且宅中而治，当王者贵，正好凑合时君心理，借博欢心。好容易造成庙貌，已是文帝十有六年，文帝援照旧例，仍俟至孟夏月吉，亲往渭阳，至五帝庙内祭祀。祭时举起燎火，烟焰冲霄，差不多与云气相似。新垣平时亦随着，就指为瑞气相应，不若径说神气。引得文帝欣慰异常。及祭毕还宫，便颁出一道诏令，拜新垣平为上大夫，还有许多赏赐，约值千金，于是使博士诸生，摘集六经中遗语，辑成《王制》一篇，现今尚是流传，列入《礼记》中。《礼记》中《王制》以后，便是《月令》一篇，内述五帝司令事，想亦为此时所编。新垣平又联合公孙臣，请仿唐虞古制，行巡狩封禅礼仪。文帝复为所惑，饬令博士妥议典礼，博士等酌古斟今，免不得各费心裁，有需时日。文帝却也不来催促，由他徐定。

　　一日驾过长门，忽有五人站在道北，所着服色，各不相同。正要留神细瞧，偏五人散走五方，不知去向。此时文帝已经出神，暗记五人衣服，好似分着青、黄、黑、赤、白五色，莫非就是五帝不成。因即召问新垣平，平连声称是。未曾详问，便即称是，明明是他一人使乖。文帝乃命就长门亭畔，筑起五帝坛，用着太牢五具，望空致祭。已而新垣平又诣阙称奇，说是阙下有宝玉气。道言甫毕，果有一人手捧玉杯，入献文帝。文帝取过一看，杯式也不过寻常，惟有四篆字刻着，乃是"人主延寿"一语，不禁大喜，便命左右取出黄金，赏赐来人，且因新垣平望气有验，亦加特赏。平与来人谢赐出来，又是一种好交易。文帝竟将玉杯当作奇珍，小心携着，入宫收藏去了。平见文帝容易受欺，复想出一番奇语，说是日当再中。看官试想，一天的红日，东现西没，人人共知，那里有已到西边、转向东边的奇闻？不意新垣平瞎三话四，居然有史官附和，报称日却再中。想是有挥戈返日的神技。文帝尚信为真事，下诏改元，就以十七年为元年，汉史中叫做后元年。元日将届，新垣平复构造妖言，进白文帝，谓"周鼎沉入泗水，已有多年，见前文。现在河决金堤，与泗水相通，臣望见汾阴有金宝气，想是周鼎又要出现，请陛下立祠汾阴，先祷河神，方能致瑞"等语。说得文帝又生痴想，立命有司鸠工庀材，至汾阴建造庙宇，为求鼎计。有司奉命兴筑，急切未能告竣，转眼间便是后元年元日，有诏赐天下大酺，与民同乐。

正在普天共庆的时候，忽有人奏劾新垣平，说他欺君罔上，弄神捣鬼，没一语不是虚谈，没一事不是伪造，顿令堕入迷团的文帝，似醉方醒，勃然动怒，竟把新垣平革职问罪，发交廷尉审讯。廷尉就是张释之，早知新垣平所为不正，此次到他手中，新垣平还有何幸，一经释之威吓势迫，没奈何将鬼蜮伎俩，和盘说出，泣求释之保全生命。释之怎肯容情？不但谳成死罪，还要将他家族老小，一体骈诛。这谳案复奏上去，得邀文帝批准，便由释之派出刑官，立把新垣平绑出市曹，一刀两段。只是新垣平的家小，跟了新垣平入都，不过享受半年富贵，也落得身首两分，这却真正不值得呢！福为祸倚，何必强求！

文帝经此一悟，大为扫兴，饬罢汾阴庙工，就是渭阳五帝祠中，亦止令祠官，随时致礼，不复亲祭。他如巡狩封禅的议案，也从此不问，付诸冰阁了。惟丞相张苍，自被公孙臣夺宠，辄称病不朝，且年已九十左右，原是老迈龙钟，不堪任事，因此迁延年余，终致病免。文帝本欲重任窦广国。转思广国乃是后弟，属在私亲，就使他著有贤名，究不宜示人以私。广国果贤，何妨代相。文帝自谓无私，实是惩诸吕覆辙，乃有此举。乃从旧臣中采择一人，得了一个关内侯申屠嘉，先令他为御史大夫，旋即升迁相位，代苍后任。苍退归阳武原籍，口中无齿，食乳为生，享寿至百余岁，方才逝世。

那申屠嘉系是梁人，曾随高祖征战有功，得封列侯，年纪亦已垂老，但与张苍相比，却还相差二三十年。平时刚方廉正，不受私谒，及进为丞相，更是嫉邪秉正，守法不阿。一日入朝奏事，蓦见文帝左侧，斜立着一个侍臣，形神怠弛，似有倦容，很觉得看不过去。一俟公事奏毕，便将侍臣指示文帝道："陛下若宠爱侍臣，不妨使他富贵，至若朝廷仪制，不可不肃，愿陛下勿示纵容！"文帝向左一顾，早已瞧着，但恐申屠嘉指名劾奏，连忙出言阻住道："君且勿言，我当私行教戒罢了。"嘉闻言愈愤，勉强忍住了气，退朝出去。果然文帝返入内廷，并未依着前言，申戒侍臣。

究竟这侍臣姓甚名谁？原来叫做邓通。现任大中大夫。通本蜀郡南安人，无甚才识，只有水中行船，是他专长。辗转入都，谋得了一个官衔，号为黄头郎。黄头郎的职使，便是御船水手，向戴黄帽，故有是称。通得充是职，也算侥幸，想甚么意外超迁，偏偏时来运至，吉星照临，一小小舵工，竟得上应御梦，平地升天。说将起来，也是由文帝怀着迷信，误把那庸夫俗子，看做奇材。先是文帝尝得一梦，梦见自己腾空而起，几入九霄，相距不过咫尺，竟致力量未足，欲上未上，巧来了黄头郎，把文帝足下，极力一推，方得上登天界。文帝非常喜欢，俯瞰这黄头郎，恰只见他一个背影，衣服下面，好似已经破裂，露出一孔。正要唤他转身，详视面目，适被鸡声一叫，竟致惊醒。文帝回思梦境，历历不忘，便想在黄头郎中，留心察阅，效那殷高宗应梦求贤故事，冀得奇逢。是读书入魔了。

是日早起视朝，幸值中外无事，即令群臣退班，自往渐台巡视御船。渐台在未央宫西偏，旁有沧池，水色皆苍，向有御船停泊，黄头郎约数十百人。文帝吩咐左右，命将黄头郎悉数召来，听候传问。黄头郎不知何用，只好战战兢兢，前来见驾。文帝待他拜毕，俱令立在左边，挨次徐行，向右过去。一班黄头郎，遵旨缓步，行过了好几十人，巧巧轮着邓通，也一步一步的照式行走，才掠过御座前，只听得一声纶音，叫道立住，吓得邓通冷汗直流，勉强避立一旁。等到大众走完，又闻文帝传谕，召令过问。通只得上前数步，到御座前跪下，俯首伏着。至文帝问及姓名，不得不据实陈报。嗣听得皇言和蔼，拔充侍臣，方觉喜出望外，叩头谢恩。文帝起身回宫，叫他随着，他急忙爬起，紧紧跟着御驾，同入宫中。黄头郎等远远望见，统皆惊异；就是文帝左右的随员，亦俱莫名其妙. 于是互相推测，议论纷纷。我也奇怪。其实是没有他故，无非了为了邓通后衣，适有一孔，正与文帝梦中相合，更兼邓（繁体作鄧）字左旁，是一"登"字，文帝还道助他登天，应属此人，所以平白地将他拔擢，作为应梦贤臣。实是呆想。后来见他庸碌无能，也不为怪，反且日加宠爱。通却一味将顺，虽然没有异技，足邀睿赏，但能始终不忤帝意，已足固宠梯荣。不到两三年，竟升任大中大夫，越叨恩遇。有时文帝闲游，且顺便至通家休息，宴饮尽欢，前后赏赐，不可胜计。

独丞相申屠嘉，早已瞧不上眼，要想摔去此奴，凑巧见他怠慢失仪，乐得乘机面劾。及文帝出言回护，愤愤退归，自思一不做、二不休，索性遣人召通，令至相府议事，好加惩戒。通闻丞相见召，料他不怀好意，未肯前往；那知一使甫去，一使又来，传称丞相有命，邓通不到，当请旨处斩。通惊慌的了不得，忙入宫告知文帝，泣请转圜。文帝道："汝且前去，我当使人召汝便了。"这是文帝长厚处。通至此没法，不得不趋出宫中，转诣相府。一到门首，早有人待着，引入正厅，但见申屠嘉整肃衣冠，高坐堂上，满脸带着杀气，好似一位活阎罗王。此时进退两难，只好硬着头皮，向前参谒，不意申屠嘉开口一声，便说出一个"斩"字！有分教：

严厉足惊庸竖胆，刚方犹见大臣风。

毕竟邓通性命如何，且至下回分解。

　　语有之：观过知仁。如本回叙述文帝，莫非过举，但能改过不吝，尚不失为仁主耳。文帝之惩办魏尚，罪轻罚重，得冯唐数语而即赦之，是文帝之能改过，即文帝之能全仁也。他如公孙臣干进于先，新垣平售欺于后，文帝几堕入迷团，复因片语之上陈，举新垣平而诛夷之，是文帝之能改过，即文帝之能全仁也。厥后因登天之幻梦，授水手以高官，滥予名器，不为无咎。然重丞相而轻幸臣，卒使邓通之应召，使得示惩，此亦未始因过见仁之一端也。史称文帝为仁君，其尚非过誉之论乎！